W0279888

AtV

STEFFEN MENSCHING, 1958 in Berlin geboren, 1977 Abitur, 1979 redaktioneller Mitarbeiter der Zeitschrift »Temperamente«, Studium der Kulturwissenschaft an der Humboldt-Universität, Berlin. Seit 1983 freiberuflich als Autor, Schauspieler, Regisseur. Er lebt in Berlin.

Publikationen: Poesiealbum 146 (1979); Erinnerung an eine Milchglasscheibe (Gedichte 1984); Tuchfühlung (Gedichte 1986); Pygmalion – ein verloren geglaubter dubioser Kolportage-Roman aus den späten 80er Jahren, entschlüsselt und herausgegeben von Steffen Mensching (Roman 1990); Berliner Elegien (Gedichte 1995); Struwwelpeter neu erzählt (1995); Quijotes letzter Auszug (Stück 2001); Jacobs Leiter (2003, AtV 2004); Lustigs Flucht (Roman 2005).

Herausgabe: Rudolf Leonhard: In derselben Nacht. Das Traumbuch des Exils (2001).

Soloabende: »One Man Show Down« (1999); Amok (2001).

Film: Letztes aus der Da Da eR (Film 1991).

Diverse Clownsabende gemeinsam mit Hans-Eckardt Wenzel, Übersetzungen.

»Den Hintergrund mythologischer und literarischer Anspielungen und Zitate integriert Steffen Mensching in seinem ›Kolportage-Roman aus den späten 80er Jahren‹, der, die seichte wie gehobene Unterhaltung ebenso zitierrend wie persiflierend, vom historischen Ende und von der moralischen Entlarvung der DDR berichtet, indem die Pygmalion-Mythe in einen in dieser Form noch nicht erprobten politischen Kontext eingebunden wird. Der Roman spiegelt, ohne direkt politisch zu erscheinen, eher die der ›Wende‹ vorausgegangene Stimmung als die Vorgänge selbst.«

literatur für leser

Steffen Mensching

Pygmalion

Ein verloren geglaubter
dubioser Kolportage-Roman
aus den späten 80er Jahren

Aufbau Taschenbuch Verlag

Die Erstausgabe dieses Romans erschien 1991 beim Mitteldeutschen Verlag unter dem Titel »Pygmalion – ein verloren geglaubter dubioser Kolportage-Roman aus den späten 80er Jahren, entschlüsselt und herausgegeben von Steffen Mensching«.

Die vorliegende Ausgabe ist eine vom Autor überarbeitete Fassung.

ISBN 3-7466-2174-7

1. Auflage 2005

Umschlaggestaltung gold, Anke Fesel und Kai Dieterich
unter Verwendung eines Fotos von
getty images und mauritius images
Druck und Binden GGP Media GmbH, Pößneck
Printed in Germany

www.aufbau-taschenbuch.de

Erster Tag

> Es gibt Leute, die unversehens, wie ein Blitz aus heiterem Himmel, auffällig werden. Eine ganze Reihe von Jahren beobachtet man nichts Auffälliges an ihnen, es sind ganz gewöhnliche bescheidene Bürger, die ihre Pflichten gegenüber ihrer Familie, dem Staat und ihrer Umgebung tadellos erfüllen. Auf einmal jedoch beginnt so ein Unglücksmensch zu spinnen und zieht immer mehr Leute in seine Spinnerei hinein.
>
> Jaroslav Hašek, *Das Landsmannstreffen*

Die Männer vor meiner Tür machten bedrohlich ernste Gesichter. Und auch mir verging das dumme Grinsen, als sie ihre Klappkärtchen zeigten. Hoppla, dachte ich, es ist soweit. Der Kollege vom Bundesvorstand vertrug offenbar mehr, als er zu zeigen bereit war, gestern abend, beim festlichen Umtrunk im Gästehaus, nach erfolgreichem Abschluß der vorbildlichen Zusammenarbeit, wo ich – oder war alles nur ein böser Traum? – im Überschwang einige lose Sprüche klopfte. *Nicht jeder Vertrauensmann / ist ein Mann, dem man / blind vertrauen kann.* Schade, gerade jetzt, da der fruchtige Herbst naht, sollte ich, und wer weiß, für wie lange?, von meinen Lieben getrennt werden. Mir wurde schwarz vor Augen.

Ich bin bereit, sagte ich.

Wir haben damit gerechnet, sagte der unscheinbarste der unscheinbaren Herren.

Die Entscheidung kann dir niemand abnehmen. Sie duzten mich, die *Genossen*. Steriler Raum, Neonlicht von der Decke, Kunstledersessel, ein Tisch, acht Meter lang, ein überdimensionaler Farbfernseher in der Ecke, neben der Blumenrabatte. Warum ich, warum ausgerechnet ich? schrie etwas in mir. Doch ich mußte ruhig bleiben. Rufen Sie die 4711 an, wenn Sie etwas brauchen, hatte der Kleine gesagt.

4711.

Hier bin ich, sagte ich. Blödsinniger Satz.

Was kann ich für dich tun? fragte 4711.

Ich brauche Zigaretten.

Geht in Ordnung, sagte die Stimme.

Sekunden später betrat, in der Hand ein silbernes Tablett, eine patriotische Marylin Monroe meine luxuriöse Zelle und reichte mir Zigaretten, deren Länge den Beinen der Kellnerin durchaus entsprach. Ich dankte schüchtern, versteckte mich in den Akten – noch blieb mir eine halbe Stunde –, inhalierte heftig, hustete, bekam die Gedanken nicht übereinander.

Noch einmal von vorn. P. soll der *Kandidat* sein, Agent der Bourgeoisie, sie seine *Komplizin*.

… Kandidat und Komplizin knüpften am 5. 9. auf Leipziger Welthandelsplatz Verbindungen mit bekanntem Münchner Marzipan-Magnaten Dr. O. Blender, Inhaber der Scho-Ko-Kult-Kette, der daraufhin die kurz vor Vertragsabschluß stehenden Verhandlungen mit VEB Süßholz ohne Kommentar abbrach, seinen Privat-Jet bestieg und am 6. des Monats, um 7.15 Uhr mitteleuropäischer Sommerzeit, von Leipzig-Schkeuditz Richtung Freistaat Bayern davonflog …

… Kandidat überschritt am 7. 9. unter Mißbrauch seines dem Verband Schaffender Bildner (VSB) eigentümlichen Reisepasses die Westgrenze am Übergang Berghirsch, verriet die Republik, in einem Fluchtwagen PKW Skoda, Baujahr 1968, unter Mitnahme eines Campinganhängers Bastei, in dem sich das gesamte plastische und grafische Schaffen des Kandidaten befand …

… über Aufenthaltsort der Komplizin zu jener Zeit wird noch ermittelt. Es besteht Grund zu der Annahme eines illegalen Grenzübertritts, der den zuständigen Organen im gegenwärtigen Ermittlungsstadium noch rätselhaft …

… Kandidat und Komplizin tauchten im Großraum München unter …

Es folgte eine Kurzbiographie des männlichen *Täters* – einzig der Kunstpreis der Stadt Niesky fehlte. Wie konnte ein Mensch wie P., ein unbescholtener parteiloser Sozialist, sich als *Kandidat* entpuppen, gewissenlos die Seite der Barrikade wechseln? Wer war die ihn begleitende unbekannte Frau? Auch die *Genossen* schienen ratlos. Die Weiber, dachte ich, nichts wie Ärger. Und weiter: ich muß den *Chef* sprechen.

Geht nicht, knurrte der *Schweigsame*.

Dann geht's nicht, sagte ich, verwundert über die kalte Entschiedenheit, mit der ich den Satz über die Lippen brachte.

Seine blaugrauen Augen taxierten mich wie einen Gebrauchtwagen. Ich spielte mit, Pokerface, in meinem Großhirn liefen mehrere Western als Retrospektiven – wo hatte ich nur mein Pferd gelassen? Der Mann lächelte, konnte Gedanken lesen.

Wir sind nicht im Wilden Westen, Mister, sagte er, die *Genossen* hüten keine Kühe.

Aber ich bitte Sie, entgegnete ich, unsicher, fühlte mich ertappt, Vertrauen gegen Vertrauen. Wie soll ich einen Auftrag erledigen, den ich nicht kenne.

Hier weiß keiner alles, sagte er salomonisch.

Aber der *Chef*, fing ich wieder an, ich muß den *Chef* sprechen.

Wie naiv sind Sie eigentlich? fragte der *Schweigsame*, in unserem Beruf …

Es ist nicht meiner, warf ich ein.

... in unserem Beruf, fuhr er unbeirrt fort, braucht es charakterstarke, mutige, verschwiegene Männer.

Aber ich bin Schriftsteller, labil, sensibel, ein wenig alkoholabhängig, ungeeignet ...

Das Telefon unterbrach meine Beichte.

Geht in Ordnung, selbstverständlich, sofort, sagte der *Schweigsame*, legte den Hörer auf die Gabel, sah mir erneut tief in die Augen.

Sie sind unser Mann, der *Chef* läßt bitten, die Lage duldet keinen Aufschub.

Unendliche Korridore. Labyrinthisch. Der Fahrstuhl fiel wie ein Stein in den Brunnen. Rollbänder, Kameras an jeder Ecke. Der *Chef* sitzt bestimmt unter der Erde. Zehn Minuten durchquerten der *Schweigsame* und ich schweigend das Gebäude. Der *Genosse* bewegte sich mit schlafwandlerischer Sicherheit, ein doppelbödiger Satz. Am Zimmer 732 vorüber, waren wir nicht schon hier gewesen?, das nächste Zimmer trug die Nummer 467, daneben 021.

Nicht darüber nachdenken, das Zahlensystem hat keine Bedeutung.

Warum besteht es dann?

Es hat sich bewährt, sagte der *Genosse*.

Niemand begegnete uns, selbst der Paternoster war menschenleer. Vor einer Metalltür zog mein Begleiter einen handgroßen Taschenrechner aus dem Jackett, tippte gelassen dreiundzwanzig Zahlen und Buchstaben ein, eine Hydraulikbremse zischte, und die Tür schob sich lautlos auf. Dahinter erschien eine hölzerne Tür mit einer einfachen Messingklinke.

Zimmer 16 B, sagte der *Schweigsame* und ließ mich stehen.

Dieser Mensch hat seltsame Umgangsformen, dachte ich, aber sicher, daß ich hier unmöglich verlorengehen würde, schritt ich mutig zur Tat, zur Tür, öffnete und stand in einem Bürokorridor, der so gewöhnlich war, daß er mir schon wieder ungewöhnlich vorkam. An der Wand hing neben einem Kalender der *Rathenower Brillenwerke* eine grünstichige Reproduktion der *Zugbrücke* von van Gogh. Eine circa vierzigjährige Frau kam mir entgegen, spielte Sekretärin mit Kaffeekanne und Rollkragenpullover aus Wolpryla.

Wir ha'm aber kein Zugger, sagte sie, zweite Tür links.

Ich sah den Rücken eines mittelgroßen Mannes. Er drückte sich mit der linken Hand einen Telefonhörer ans Ohr, hatte die rechte lässig in die Hosentasche seines zweitklassigen Anzugs gesteckt. Kurz drehte er sich um, deutete mit dem Kopf einen Gruß und das Angebot zum Platznehmen an. Diese Geste, präzis, elegant und weltmännisch, duldete keinen Widerspruch und stand in so offenbarem Gegensatz zur lächerlichen Ausstattung des Büros, daß ich wußte, dies muß, obwohl es unbegreiflich war, der *Chef* sein. Ich setzte mich – an diesem Tag konnte mich nichts mehr umwerfen –, blickte durch das Fenster, das unvergittert war, was mich verwunderte, auf einen Schulhof. Vier Jungen spielten zwischen zwei Mülltonnen Fußball. Ich beneidete sie.

Vor mir das Glas. Neben mir der *Chef*. Der *Kognak* war Cognac. Alles hat seine Grenzen. Auch die Konspiration.

Sind Sie wirklich alkoholabhängig? fragte der *Chef*, als ich den Weinbrand zerkaute.

Wie kommen Sie darauf? Ich stutzte, nein, eigentlich nicht.

Hätte mich auch enttäuscht.

Danke.

Wo wir Sie sonst so gut kennen. Ich habe alles von Ihnen gelesen.

Wie bitte?

Na, sagen wir, fast alles. Die Gedanken sind frei, wie's im Liede heißt. Zur Sache. Sie wollen Aufklärung, da sind Sie nicht der erste Literat, Spaß beiseite, ich appelliere an Ihr staatsbürgerliches Gewissen, es handelt sich, leider, muß ich sagen, leider, um Vorgänge von internationaler Tragweite. Der *Kandidat* und seine *Komplizin* stehen in geheimnisvoller Verbindung zu Dr. Oswald Blender. Dieser Kapitalist verließ Leipzig panikartig. Wurde er erpreßt, bedroht? Wenn ja, warum? Mit welchen Mitteln? Warum von P., einem bislang unbelasteten Bürger. Wer zieht die Fäden? Niemand weiß, wer die *Komplizin* ist, noch für wen sie arbeitet. Wenige Zeugenaussagen. Sie spricht Deutsch. Anscheinend perfekt, akzentfrei. Hat ein chaotisches Temperament. Lesen Sie den *Messe-Bericht* zu Hause in Ruhe durch. Welche Absicht verbirgt sich hinter alldem? Hier ein Foto der beiden, zusammen mit Blender. Etwas unscharf, ein Hobbyfotograf aus Ilmenau, ein Zufallstreffer, unser einziger Anhalt. Kennen Sie die Frau?

Nein, sagte ich, nie gesehn.

Was soll ich Ihnen sagen? *Wir* brauchen Aufklärung. Und dafür brauchen wir Sie.

Aufklärung ist der Ausgang des Menschen aus seiner selbst verschuldeten Unmündigkeit …

Kommen Sie mir jetzt nicht mit Kant, sagte der *Chef* gereizt, es geht um den Frieden. Sind Sie dafür?

Na sicher.

Sprechen Sie dies Wort nie leichtfertig aus, sagte der *Genosse*.

Er füllte mir erneut das Glas, stellte die Flasche in den Aktenschrank zurück, begann auf und ab zu laufen, zwei Meter hin, zwei Meter zurück. Er war besessen, trug bequeme Schuhe, besaß feingliedrige Hände.

… da wir aber nicht wissen, wer dahintersteckt, sind wir zu oberster Vorsicht gezwungen. Wir unterließen bislang eine Durchsuchung der *Kandidatenwohnung*, wiewohl wir über alle Rechtsmittel verfügen. Das Haus wird ständig überwacht. Nur müssen wir damit rechnen, wir sind nicht die einzigen. Sie sind ein Freund des Malers, besitzen einen Schlüssel zu seinem Atelier, haben dort, wie wir wissen, mehrfach übernachtet, kurz, Sie erregen keinerlei Verdacht, falls der *Gegner* die Wohnung überwacht.

Das reimt sich, murmelte ich.

Ernst ist das Leben, heiter die Kunst, scherzte der *Chef*. Sie werden heute nacht die Behausung des *Kandidaten* durchsuchen.

Aber ich kann doch nicht …

Sie müssen, sagte der *Chef*. Auch im Interesse Ihres Freundes, wir denken, er ist Opfer einer Erpressung, Nötigung, was weiß ich, vielleicht steht er unter Drogen. Es gibt Beispiele. Sie übernehmen eine große, schwere Aufgabe.

Und dieser Münchner Doktor? fragte ich, welche Rolle spielt der in diesem Groschenroman?

Verehrtester, sprach der *Chef*, nach der Erfahrung meines Berufsstandes kommt mancher Groschenroman dem Menschenschicksal näher als die Oden und Hymnen Ihrer Kollegen zusammengenommen. Blender läßt nicht nur Schokoladenhasen und Weihnachtsmänner produzieren. Haben Sie Kinder? Ach, was frag ich, ich weiß es ja, aber gesetzt, Sie hätten welche, halten Sie sich die kleinen Kinderaugen vor Augen, tränenverklärt, unterm Tannenbaum, ohne einen Weihnachtsmann aus Alpenmilchschokolade.

Er schien erregt. Ich war erschüttert. Welche Gefühle tobten in diesem Mann. Er spürte meine Aufmerksamkeit, atmete kurz durch und tigerte weiter durch den Raum.

Die Bedürfnisse wachsen, und wir wachen darüber, daß jedermann in Ruhe und Sicherheit befriedigt wird. Der Klassenkampf tobt erbarmungslos, er geht bis in die Kinderzimmer. Warum hat Dr. Blender die Verhandlungen abgebrochen? Wer zahlt ihm dafür? Wer hofft, durch dieses

Embargo soziale Konflikte zu schüren. Das Sein bestimmt das Bewußtsein. Der Feind schläft nicht.

Ist das alles? wagte ich dazwischenzurufen.

Natürlich nicht, wie ich schon sagte, sagte der *Chef*, und ich übertreibe nicht, das verbietet mir mein Amt, hat der Fall bedauerlicherweise multinationale Dimension, falls Sie verstehn, was das heißt.

Ich gestehe, ich verstehe es nicht, gestand ich.

Oswald Blender gilt als ein Mann der besten Gesellschaft. Ein Freund mehrerer Regierungschefs aus Lateinamerika und Schwarzafrika. Dorthin liefert er keine Osterhasen.

Weil's dort zu heiß ist, folgerte ich, doch der *Chef* fuhr unbeirrt fort.

Sein Geld steckt nicht nur im Kakaogeschäft. Muß ich deutlicher werden?

Also ein ziemlich mieser Typ?

Ich kann's mir nicht leisten, in solchen Kategorien zu denken, und selbst wenn Sie recht hätten, könnten wir uns nicht leisten, daß dem Mann irgend etwas geschieht, das irgendwer irgendwie mit uns in Verbindung bringen könnte.

Wer ist *wir*? sagte ich kleinlaut – der *Genosse* warf mir einen unwilligen Blick zu und rückte sich die Brille zurecht.

Nicht nur seiner Weihnachtsmänner wegen. Leider aber ist der *Kandidat* durch unsere *Polytechnische Schule* gegangen. Und leider wissen wir nicht, was er und die *Komplizin* mit dem Doktor vorhaben. Reicht das?

Der *Chef* wischte sich mit einem schneeweißen Taschentuch die Stirn, setzte sich auf die Tischkante.

Sie wissen, was Ihnen zu tun bleibt, sagte er knapp. Rufen Sie an, sobald Sie etwas gefunden haben, das uns weiterhelfen könnte. Unter dieser Nummer bin ich heute zu erreichen. Melden Sie sich auf jeden Fall, zu jeder Zeit. Ansonsten melden wir uns.

Er reichte mir ein Kärtchen.
Ihre Privatnummer?
Was ist das, fragte der *Chef*, ein Privatleben?

Im Korridor querte die Schauspielerin erneut meinen Weg, sie trug einen leeren Papierkorb. Kaffee hatte sie keinen gebracht. Wie im Theater. Alles Mache. Nur der Cognac war echt und der *Chef*. Ansonsten alles schlechte Reproduktionen. Alles grünstichig. Mir war übel.

Die Glastür, sagte die Kleindarstellerin und lächelte diabolisch.

Das machte sie gut. Vor der Tür schien die Sonne. Das Gebäude war ein Phänomen, ich lief hundert Meter an der Schule entlang, bis mir auffiel, daß ich nicht wußte, wo ich war, wo ich hinwollte, was mit mir geschehen noch was weiter werden sollte. An einer Laterne hielt ich inne. Wach auf, sagte ich mir. Komm Junge, werd nüchtern. Ein Mann schob sein Fahrrad vorbei und mir den Gepäckträger an die Hüfte.

Pardon, sagte der Mensch.

Jaja.

Sie brauchen keine Angst haben, sagte der Rempler, wir sind bei Ihnen.

Ich sah ihn an. Es war der kleine schnellsprechende *Genosse*, der sich aufs Rad schwang und im Gegenlicht der Septembersonne verschwand.

Das ist ein Scheißstück, dachte ich, und welche Rolle spielst du eigentlich?

Messe-Bericht, 5. September, 00701

Dienstbereich Halle 14. Pendelte zwischen Bonbonautomaten [Schweden] und Zigarren [Kuba]. Präsenz, Information, Beobachtung. Ruhiger Vormittag. Keine Zwischenfälle. Üblicher Besucherverkehr. Erwischte einige Kinder bei Gummitierdiebstählen. [Empörte mich als Privatmann.]

Beide Verdächtige fielen auf, als Frau in die Arme des Industrieroboters [England] lief. Magisch von ihm angezogen, übersprang sie Absperrung, rannte auf Marzipankartoffeln sortierenden Automaten zu. Wollte eingreifen, als sie unter großem rechtem Greifarm des Roboters, doch spezielle Sicherungsanlage [Lichtbrücke] stoppte Arbeitsvorgang. Verdächtiger holte Frau zurück. Heftiger Streit von Mann und Frau. Roboter arbeitete weiter. Lärm. Verstand kein einziges Wort. Verdächtige weinte. Große Menschenansammlung. Vorfall eingeordnet als politisch irrelevant. Um Mittagszeit nachlassender Besucherstrom. Wenige Geschäftsleute an Ständen. Hochbetrieb bei Svedske Tre Bonbonas. Öffentliche Heidelbeer-Gelee-Verkostung. Beteiligte mich aus konspirativen Erwägungen. [Gelee schmeckte ganz gut.] Verdächtige tauchten erneut auf. Befremdliches Paar. Mann: Künstlertyp [Kirchenszene], Vollbart, dunkle Hose, schwarzer Pullover, Halbstiefel. Frau: Glattes, schulterlanges schwarzes Haar, Kleidung ordentlich, modern, neuwertig, Mantel [beige], Schuhe flach, braun [Import]. Weibliche Person benahm sich unnormal, also verdächtig. Verfolgte beide. Untersuchte Motivlage. Registrierte auffällige Nichtbeachtung von Exponaten. Konzentration auf Mitarbeiter, Berater, Experten, Dolmetscher usw. Verdächtige tauschten Beobachtungen aus. An Scho-Ko-Kult-Niederlassung München sprach Mann mit Schokomädchen, junger Mitarbeiterin des Unternehmens. Trat hinzu, griff Werbeprospekt, Mädchen sagte: Tut mir leid, mein Herr [Zitatende]. Verdächtiger blieb stehen, nachdenklich. Keine zweite Frage. Frau, abseits, starrte auf Farbmonitor. Schokomädchen fragte mich nach Wünschen. Sagte: Haben Sie weiteres Reklamematerial? Tut mir leid, mein Herr. Aber Sie können, wenn Sie wünschen, unseren Angebotskatalog einsehen [Zitatende]. Schulklasse erschien, Einkesselung. Ließ Schokoladenmädchen stehen, bahnte Weg durch Jugendfreunde [Blauhemden]. Beide Verdächtige vom Erdboden verschluckt. Beschloß, Scho-Ko-Kult-Stand im

Auge zu behalten. Gegen 16.30 Uhr erschienen mehrere Männer im klassischen Anzug [Unternehmer Dr. O. Blender, Export-Import-Manager Hart, Generaldirektor von VEB Süßholz, Genosse Herzig, plus der ökonomische Chefkoordinator, Genosse Abend]. Blender führte Gäste durch Exposition. Plötzlich schriller weiblicher Schrei. Verdächtige rannte auf Delegation zu, Frau starrte Unternehmer an wie zuvor den Roboter. Keine Tätlichkeiten. Unterließ Eingriff, zwecks Vermeidung diplomatischer Verwicklungen [Personenschutz des Genossen Abend blieb zurückhaltend im Hintergrund]. Verdächtiger verharrte in 5-Meter-Distanz zur Gruppe. Blitzschnelle Lageveränderung: Verdächtige schrie etwas von Geschäften, die sie zu unterbinden wissen werde [indirekte Rede], verlangte von Blender, er solle sich erinnern [indirekte Rede]. Gebrüll gipfelte im Schlußsatz: Ein Menschenleben ist ein Menschenleben [Zitatende]. Kennt die Frau den Münchner Firmenleiter? Provozierte sie Skandal? Dr. Blender, seelenruhig, übernahm von der Dame Briefumschlag, diese brüllte ein Wort, unverständlich, lautete möglicherweise: Hexenküche. Bezugnahme auf Erzeugnisse von Scho-Ko-Kult? Kapitalist erbleichte, kippte um wie Pappkamerad. Aufregung, Geschrei, Panik. Mann und Frau suchten, das Durcheinander nutzend, zu entkommen. Bemerkte rechtzeitig beider Fluchtabsichten, heftete mich an ihre Fersen, mußte Halle verlassen [Dienstvergehen nach § 5, Absatz 2 der Betriebsrahmenverordnung]. Verdächtige verließen Messegelände. Nahm Verfolgung auf.

Das Treppengeländer schwankte wie ein Soldat nach dem ersten Ausgang. Geruch von altem nassem Holz, Kanalisation und Katzen. Jede zweite Glühbirne brannte. Eisentüren mit schweren Vorhängeschlössern. Ich kannte den Weg, war ihn oft gegangen. Dennoch beschlich mich ein seltsames Gefühl. Als besuchte ich eines Freundes schöne Freundin, die mir schon zu lange zu gut gefiel.

Der Weg in die Versuchung. Jede Bewegung abgebremst. Noch kannst du zurück, hast du ihr Haar nicht gerochen. Bin ich ein Verräter? Ein Schwein? Die Tür, Wellblech, rotschwarz bestrichen. Wenn's wenigstens eine Frau wäre, befleckst du dich für ein Phantom? Ich klingelte, klopfte, die Schläge verfingen sich zwischen den Brandmauern des Hinterhofs, echoten darin herum wie Fledermäuse. Niemand öffnete. Abwartend nahm ich die Zigarettenschachtel aus der Jackentasche, versuchte die Banderole zu lösen, fummelte nervös, riß die Packung so heftig auf, daß drei oder vier Zigaretten in den Treppenschacht fielen. Egal. Ich öffnete das erste Sicherheitsschloß, die Blechtür knarrte, dann die zweite Tür. P.s Angst vor Einbrechern war sprichwörtlich. Warum sollte er unser Land verlassen, eines der sichersten Länder der Welt. Erzählte man nicht, P. habe vor zwei Jahren eine Studienreise nach New York dankend abgelehnt, mit der Begründung, er fürchte die dort grassierende Kriminalität. Ich habe ihn nie danach gefragt; ich hätte die Antwort nicht ertragen.

Hallo, rief ich, jemand da? Ich hab 'n Mordsdurst.

Linker Hand die Küche. Ich stieß mit dem Schenkel gegen den Tisch und – was war das? – berührte etwas Weiches, Pelziges. In elektrisierter Erwartung eines springenden Panthers schrak ich zurück, doch die Kreatur würdigte mich keines Blickes, kein magisches Auge blinkte – ich vernahm kein Knurren oder Fauchen, einzig das leise Schnurren des Kühlschranks. Lebloses Fell? Ein Kadaver? Ein ausgestopftes Präparat, das P. für Naturstudien benutzte? In der Hand ein Streichholz, näherte ich mich dem unbekannten Wesen. Eine Hundertstelsekunde bevor ich mir die Mittelfingerkuppe verbrannte, gelang die Identifizierung des Opfers – ein alter Kanten Brot, gehüllt in einen grauen Persianermantel, Marke Schimmel. Kein Beweis für *Republikflucht*, Baby. Das braungelbe

Faltrollo auf Halbmast. Eine Kerze auf dem Fenstersims. Als sie flackerte, sah ich nicht viel mehr, aber das, was ich sah, versetzte mir einen Schlag ins Genick. Der Raum schien ausgeraubt. Dies war nicht P.s Küche. Einzig das Brot erinnerte an ihn. Keine bewachsenen Kaffeetassen, Rotweingläser mit Neigen, in denen Pinsel steckten, keine offenen Fischbüchsen, Schnittkäserinden. Unumstößlicher Fakt: Diesen Ort hatte der Maler seit Tagen nicht mehr betreten. Irgendwer hatte seine Spuren verwischt. Wir müssen damit rechnen, wir sind nicht die einzigen, hörte ich den *Chef* sagen. Nun mach doch nicht die Pferde scheu. Im Kühlschrank eine Flasche Doppelkorn, das Siegel nicht erbrochen. Bin ich im Dienst, ja oder nein? Im Schein der Kühlschranklampe füllte ich mein Glas und sah – es war poliert, wie neu, keine Abwaschspuren, kein Fettfingerabdruck, perfekte Spurensicherung. Profis. Ich kippte den Korn auf den faustgroßen Kloß in der Kehle.

Das leere Atelier. Zwei zerbrochene Gipsabdrücke in der Ecke, Reste einer Staffelei, unfertige Ölbilder, der vier Meter lange Tapeziertisch. P.s blaue Schlossermontur, seine Arbeitskleidung, hing im Türrahmen – schlaffe körperlose Haut. Im Vorbeigehen griff ich mir eine Farbbüchse (als Aschenbecher), setzte mich in der Zimmermitte auf eine Gemüsekiste, unter die eiserne Baulampe. Schto delatch? Trostlose Verlassenheit. Wahrheit kann schmerzen. Der Wecker auf dem Bücherregal tickte leise, es war 18 Uhr 07, die Automatik zeigte auf die Ziffer 6. Wer wollte gegen sechs, tags oder abends?, geweckt werden? Für P. eine ungewöhnliche Zeit. Die Uhr lag in meiner Hand wie eine kleine Bombe. Wer derlei zurückläßt, geht nicht fort für immer, stimmte das? P. ist vergeßlich, und Wecker sind dort, wohin er sich, wenn es wahr sein sollte, absetzte, lächerlich billig.

Nirgendwo ein Zettel, kein Hinweis: Bin in Urlaub, keine Postkarte, kein abgerissenes Kalenderblatt. Wann betrat P. (oder ein anderer?) die Wohnung zuletzt? Wer war vor mir hier? Zeitungen, ich mußte die Presse durchforsten, welchen Tag haben wir heute? Den 10. September. Unter dem Tisch lagen keine Papiere, am Fenster stand eine Tüte, krempelvoll, alte Kippen, Asche, zerrissene Skizzen, harte Farbtuben. Wenn das der Brandschutzobmann erfährt. Keine Zeitung weit und breit. Nicht allein die Küche, die gesamte Wohnung, jahrelang der Welt ein Beispiel für schöpferisches Chaos, war verwandelt. Verdächtige Ordnung. Bücher in Reih und Glied, Pinsel in Wassergläsern, die Decken über den abgelederten Sesseln glattgezogen, alles ruhte wohlgeordnet an seinem Platz. Hatte P. vor seiner Abreise klar Schiff gemacht? Aber warum die Stätte ordnen, die man verläßt? Mußte er Spuren tilgen, jedes Stück Besitz wenden, sortieren, was mitnehmen, was zurücklassen? Verlief die Flucht panisch? Brach sie über den in einem Sinneswandel Begriffenen wie eine Sturzwelle herein? Was veranlaßte ihn, die Ringe der Tassen, die Weinflecken auf dem Kofferfernseher abzuwischen? Neben dem Gerät entdeckte ich einen vorher nie gesehenen rustikal-kitschigen Korb mit Zeitungen und beschloß, mich nicht länger über jede Änderung der Wohnungseinrichtung zu verwundern, es waren zu viele, ich mußte darangehen, die Lage zu analysieren. Auf dem – übrigens sauberen – Teppich knieend, breitete ich die Presseerzeugnisse aus. Insgesamt – notierte ich in mein Notizheft – elf Exemplare des *Zentralorgans*, dessen Abonnent P., trotz, wie er betonte, gewisser ideologischer Differenzen, geblieben war. Diese Äußerungen nie ernst genommen zu haben erschien mir jetzt ein unverzeihliches Versäumnis, ein Beweis meiner staatsbürgerlichen Unreife und Oberflächlichkeit. Alle Zeitungen waren wie druckfrisch gefaltet, aber zerschnitten, Fotos, einzelne Passagen, ganze Artikel, die Daten der Kopfspalten fehlten. Wollte mich P. für dumm verkaufen? Aus den Nachrichten, den Leichtathletik-Berichten, ersah ich spielend, die Ausgaben konnten nicht älter als 20 Tage sein. Dazu brauchte es keiner Sehergabe. P. war kein Idiot. Er war (im Gegensatz zu mir) kein Rationalist, aber ein durchaus intelligenter Vertreter seiner Gattung. Als Maler – wie konnte ich es vergessen, P. war Grafiker, Gestalter – collagierte er zuweilen, und wie vor ihm Picasso, Braque verwandte auch er in seinen Montagen mit Vorliebe Material der Tagespresse, dieses zivilisatorischen Sinnbilds der Vergänglichkeit. Hing nicht sogar über meinem Schreibtisch eine seiner Collagen, betitelt: *Material März letzter Schnee*. Er hatte bis zuletzt gearbeitet. Ich dachte an ihn wie an einen Toten, aber war er nicht gestorben, für mich, wenn sich der Verdacht bestätigte? Verrat war mir zuwider. Aus einer Zeitung flatterte eine kleine Zeichnung. Ich sah die Gestalt eines Mannes, gebeugt über ein Waschbecken, einen Zuber oder Kessel, der sein Gesicht aus den Händen aufhebt. Das Blatt, hingeworfen, unsigniert, trug ein Zitat als Titel. Die filigrane Handschrift meines Freundes. *Du mußt dein Leben ändern – Rilke.*

Die Skizze gegen das Licht haltend, hoffte ich irgendeinen Hinweis übersehen zu haben, die Spur von einer Spur, die zur Klarheit führte. Erkannte ich P.s Züge, die schmale, längliche Nase, das harte Kinn, den Kopf eines Uhus? Die Figur, gesichtslos, würde kein Staatsanwalt als Selbstporträt akzeptieren. Einzig die Haltung, das gequälte Aufbegehren, zerstreute in mir jeden Zweifel, dem Maler hätte ein anderer als er selbst zur Vorlage gedient. Diese entschiedene Unentschiedenheit, die Kunst, Beschlüsse zu fassen und hinauszuzögern, dies Hinundhergeschiebe der Gewichte war eine Eigenheit seines Wesens. Daraus folgten seine Schwäche und Begabung, den einen galt er als kalt, anderen als verweichlicht. P.s Bilder wuchsen langsam, er bereitete jahrelang vor, skizzierte, änderte die Perspektive, unterbrach, skizzierte erneut, vernichtete, übermalte, verwarf. Hatte er ein Bild fertig (totgemalt, sagte er), sah er es einzig mit Mißvergnügen. *Halbwahrheiten sind die gröbsten Fehler.* Solche Lebensart strengte an. Verkroch er sich in seine Seele wie in eine Tube schwarzer Farbe, vermochte niemand ihn aufzumuntern, ausgenommen vielleicht N., seine Ehemalige, die seine Zusammenbrüche stützte, bis sie schließlich, bevor es sie erdrückte, aus der Pflicht floh. P., ein zartsinniger Diktator, der sich und andere gleichermaßen quälte, fällte wichtige Entscheidungen keineswegs leichthin. In mir wuchs das sichere Gefühl, irgendwo in diesen Räumen Spuren seiner Gewissensqualen aufzuspüren. Ich legte das Blatt auf den Tapeziertisch, als ein Klingeln ertönte. Unwillkürlich wandte ich mich zur Tür, doch das Geräusch kam aus dem hinteren Teil des Ateliers, unter einer gläsernen Halbkugel, einer Art Käseglocke, stand das graue Telefon. Abheben? Wer wird dran sein, am andern Ende der Leitung, der *Chef*, der Feind, ein Fremder, ein Freund? Was sagen, was ich hier suche, was, fragt man, wo P. ist? Und wenn er selbst anruft. Die *Komplizin*? Wer schneidet die Gespräche mit? Der Apparat läutete zum vierten Mal. Nehme ich den Hörer ab, weiß man, daß ich hier bin. Und wenn man es ohnehin schon wußte? Wurde beobachtet, wie ich das Haus betrat? Sah man das Licht angehen? Keine Gardinen. Ferngläser. Wurde ich observiert, so wie ich hier stand, unschlüssig, verdächtig, weil nicht normal reagierend? Ich bin nur ein Freund, der einen Freund besucht, ich muß mich so verhalten, als wüßte ich nichts. Der sechste Anschlag. Das Relais klickte. Der Griff zum Hörer.

Hallo, rief ich, hallo, ins Leere, in die Tropfsteinhöhle der Freizeichen.

Ich schwitzte, die Jagd hatte begonnen, ich wußte nicht

genau, wer mich jagte, warum, wohin, ich sah in den Dunst der Abenddämmerung. Vor dem Fenster sangen zwei Amseln. Oder Sprosser. Ich konnte sie nie unterscheiden.

Messe-Bericht II. Teil.

... Nahm Verfolgung auf. Eingang Halle 22 zufällige Begegnung mit Genossen 00843. Anweisung, Zentrale Einsatzleitung [ZEL] in Kenntnis zu setzen, da Halle 14 nach besonderen Vorkommnissen unbeaufsichtigt. Mann und Frau liefen in einem Pulk Menschen Richtung Straßenbahn-Haltestelle. Hinterher. In letzter Sekunde, mit Ertönen des Warnsignals, Einstieg ins Nahverkehrsmittel. Gefährliche Situation. Druck und Gegendruck. An männlichen Fahrgast gepreßt, Abschirmung der Dienstwaffe. Gleichzeitig Verdächtige im Auge behaltend. Beide standen zwei Schritte entfernt, schwiegen. Tarif noch nicht entgolten. Besaß keine Fahrkarten [dienstwagenorientiert und bezirksfremd], mußte aber eventueller Kontrolle vorbeugen. [Zeitverlust, Dekonspirierungsgefahr – wie den Genossen der Verkehrsbetriebe die Notwendigkeit meiner Arbeit erläutern, vor Augen und Ohren der Öffentlichkeit?] Neue Fahrgäste stiegen ein. Entschied mich für Täuschungsmanöver. Drängelte aus Einstiegsschleuse in Nähe der Verdächtigen, holte aus Portemonnaie [Private Mittel] Zwanzigpfennigstück, tippte Frau, direkt vor mir stehend [das Haar bündelte einfacher Bürogummi zum Pferdeschwanz – seltsames Mißverhältnis zur Eleganz] auf rechte Schulter. Verdächtige Dame zuckte zusammen, sah mich, sich umdrehend, mit schreckgeweiteten Augen an. Blick ließ mich erstarren, fühlte mich durchschaut, sagte, Rolle durchspielend: Verzeihung, verkaufen Sie mir einen Fahrschein? Bin von außerhalb [Zitatende]. Frau gab keine Antwort. Begleiter mischte sich ein, trat zwischen mich und Verdächtige. Wir auch, Sie entschuldigen [Zitatende]. Gesprächsende. Wandte mich, um Unauffälligkeit bemüht, an ältere Leipziger Bürgerin [Dialekt], die zwei Billetts

abtrat, zwei, weil als Rentnerin, dank Sozialpolitik, halben Preis zahlend. Was, wenn sie mein Alter richtig einschätze, für mich noch nicht der Fall sei [Indirekte Rede]. Dankte herzlich, aber entschieden. [Fahrkarten, siehe Anhang, Reisekostenabrechnung], Entwertete Scheine. Beobachtete Verdächtige aus Augenwinkeln. Mann und Frau sprachen nicht – verstritten oder vorsichtig. Am Hauptbahnhof verließen sie Trambahn. Folgte durch zweiten Ausstieg. Fürchtete Abbiegen beider in Richtung Fernbahnsteig. Verfolgung über Stadtgrenze schien mir fahrlässig, ohne erfolgte Order durch ZEL. Doch beide schlenderten am Hotel vorbei ins Zentrum. Kaufte am Kiosk Zeitung Sportecho [siehe Anhang, Reisekostenabrechnung], bückte mich, als Verdächtiger sich umdrehte, Schuh-Zubindungs-Trick. Auf Bürgersteig legte Mann, selbstbewußt, der Dame Arm um Schulter – beide circa ein Meter siebzig Zentimeter groß – Frau sprach, Kopf an Schulter von Mann, mit diesem – Gesprächsinhalt unbekannt, zu große Entfernung, plus Straßenlärm, Berufsverkehr. Nahe Opernhaus betraten beide Café am Hochhaus. Wollte folgen, als sie wieder heraustraten, Deckung vor Schaufenster, Buchhandlung, starrte auf Geschichte der Kriegskunst und Ästhetik der Kunst, während das Paar zur Universität ging. Wagte kurzen Blick ins Caféhaus, halbleer, freie Sitzplätze, Seltenheit während der Messetage. [Das Café ein toter Briefkasten, Treffpunkt für Informanten?] Kaffee und Kuchen verzehrende Gäste, Alltagsgesichter, bejahrte Herrschaften. Taxierte Kellnerin. Brüske Beschimpfung. Na, wassn nu, wolln Se rin komme oder nisch? Wenn Se roochen wolln, missen Se wouanders gehn [Zitatende – schlage vor: Frau überprüfen]. Am Springbrunnen vor Alma mater Lipsiensis neue Kontaktnahme mit Verdächtigen. Gingen zum Markt, betraten Apotheke. Diese Kümmelapotheke verließ das Paar so schnell wie zuvor das Café. Apotheke erwies sich als exquisite Mokka-Bar. Überfüllt. [Preisstufe S – hätte mein Budget gesprengt]. Suchten beide freie Plätze oder Verbin-

dungen? Im Espresso an Leipzig-Information setzten sie sich an Tisch. Fünf Abwarteminuten vor Eingang. Hinterher. Durst ließ mich Entscheidung fällen. [Wissensdurst und leiblicher – zu viele Süßwarenverkostungen pro Tag.] Ein freier Platz, drei Meter von Verdächtigen entfernt. Beide bemerkten ihren Schatten nicht. Bestellte Gin-Tonic. [Seit Viertelstunde regulär Dienstschluß – wiewohl ein Tschekist sich nie gänzlich aus Verantwortung entlassen kann.] Der Mann trank ebenfalls Alkohol. Weinbrand [teure Marke]. Dame begnügte sich mit Apfelsaft und Windbeutel. Beide sprachen wenig, sehr leise. Folgender Wortwechsel fand lauter statt: Mann trat zum Kuchenbüfett, sprach mit Kassiererin, plötzlich schrie Verdächtige auf, deutete durch Fenster auf Straße, wo schwarze Mercedeskolonne vorbeirollte. Mann ermahnte seine Begleiterin: Habe ich nicht gesagt, du sollst dich zusammenreißen, wenn du es nicht schaffst, müssen wir nach Hause fahren, morgen ist vielleicht schon alles vorbei [Zitatende]. Notierte die Sätze auf Rand des Sportechos, tat, als löste ich Kreuzworträtsel. [Sportecho ist rätsellos, aber was blieb mir anderes übrig?]

Der Messe-Bericht ödete mich an, zuwenig Spannung, die entspannte, zu viele Fakten, der Autor, rezensierte ich still, verliert sich in nicht handlungsrelevanten Details. Ja, eine Handlung war sowenig zu erkennen wie soziale Typisierung und Verdichtung. Unbefriedigt stolperte ich, links Schuh, rechts Socke, zum Kühlschrank, goß mir fünfzig Gramm ins Glas, eine medizinische Ingredienz, zur Reaktivierung der Blutzirkulation, kaute den eiskalten Schnaps, ließ ihn zwischen Zunge und Zähnen gleiten, wollte ihn gerade herunterschlucken, als er mit dem Backenzahn, den ich entnervt wähnte, schmerzhaft kollidierte. Mein HNO-Raum erstarrte augenblicklich zur Maske, auch ohne Spiegel sah ich mein Rasiergesicht, sanfte Blödheit. Der Schock kam nicht vom Schmerz allein, ich erinnerte mich des heutigen Datums, der Tageszeit, meines Terminkalenders. Mein Körper maßregelte mein Gedächtnis mit einem feinen Stich im Unterkiefer. Eigentlich müßte ich längst auf dem Zahnarztstuhl unter dem Bohrer leiden, anstatt in geheimer Mission unter mißlungenen literarischen Laienübungen. Alliterationen helfen dir auch nicht darüber hinweg, dachte ich, der Termin bei Dr. K. ist unrettbar in den Acheron gesunken. Das hast du von deiner staatsbürgerlichen Disziplin: faulende parasitäre Karies. Ausgerechnet jetzt, wo in meinen Mund allmählich wieder Ruhe, Ordnung und Sicherheit einkehrten, verpaßte ich den Termin. Heute wollte der Doktor die Brücke einweihen. Wenn ich nicht erscheine, dachte ich, mit der Zunge den Backenzahn umspielend, wird er enttäuscht sein, oder er zerbricht in stiller Verzweiflung die Brücke. *Soll den Posten ich verlassen / oder den Termin verpassen?*

Doktor K. war der Ehegatte einer entfernten Bekannten, seines Zeichens erster Dentist der Jugendzahnklinik, ein Bibliophiler, seine Leidenschaft galt Kieferoperationen und Büchern gleichermaßen, glücklicherweise, denn meine Beziehungen zum staatlichen Buchhandel standen in indirektem Verhältnis zum Zustand meiner Zähne. Vor einem halben Jahr schaffte ich es, den neuesten Roman der Autorin Christina Fuchs aufzutreiben. Schier unglaubliche Leistung. Angeblich wurde eine Hälfte der Erstauflage *intern distribuiert*, die andere durch Organe der Nationalen Verteidigung zu Auszeichnungszwecken aufgekauft. Diesen Gerüchten schenkte ich keinen Glauben, doch *Das Lachen des Prometheus* schien tatsächlich vom Erdboden verschluckt. Obwohl ich eine junge Händlerin zum Kaffee in die *Pritty-Belinda-Bar* einlud, obwohl ich dem altbekannten Kollegen vom *Christlichen Werk* zwei Karten für die *Nürnberger Cellistenfabrik* zuschob, obwohl ich alle meine *Connections* spielen ließ, gelang mir erst durch Vermittlung meines schreibenden Freundes L., der in der nordwestlichen Provinz eine alte Windmühle ausbaut, die stolze Eroberung. Was mir nur als sportliche Selbstbestätigung galt, erwies sich als folgenreich. Der lesegewaltige Mediziner wollte mich kennenlernen, besser gesagt, meinen Mund, wußte er doch aus dem *Börsenblatt* um die Ankündigung des vierten Gedichtbands meines Kollegen Grün, der, je älter er wurde, seinem Namen alle Ehre machend, ökologische Tabus poetisch umkreiste. Auch sollte endlich die vollständige Ausgabe des Schneiderschen dramatischen Werks erscheinen. Daß Doktor K. meine Bücher, die lyrische Sammlung *Steinbruch* oder die Novellen *Verwechslung der Jacken* und *Die Einsamkeit des Schiedsrichters in der Halbzeitpause*, mit keiner Silbe erwähnte, kränkte mich wenig, ich wußte, in jeder besseren Buchhandlung lagen sie dutzendweise, seit Jahren floh ich, schamrot, die Antiquariate, wo ich die eigenen Zeilen überflog und nach eventuellen fremden Anstreichungen überprüfte. Ich war kein Genie, das wußte ich längst, darum ließ mich des Dentisten Gleichgültigkeit kalt, würde er sich um meine Zähne (nicht meine Bücher) kümmern, würde ich mich um seine Bücher (und um nichts weiter) sorgen. Der Doktor rettete mein Zahnwerk in den Stunden seiner Dienste als Notarzt im Zentralen Stadtbezirkskrankenhaus. Zwischen Schmerzpatienten behandelte er den *Dichter*, wie er mich nannte, dies war mir unangenehm, wußte ich doch, daß er mich für alles andere hielt. Auch ihm würde ich eines Tages meinen *Faust* vorlegen. Aber erst, so schwor ich, sollte er mich darum bitten. Doch die schöne Stunde war noch weit entfernt. Heute würde *ich* ihn bitten müssen, um Verzeihung, ich trank aus und griff zum Hörer.

Hallo, ich, ja, kann ich den Doktor sprechen, nein, ja dienstlich, ja, ein Patient.

Hallo, ich höre, hörte ich den Zahnarzt sagen.

Ich bin's, sagte ich, haben Sie Hermann Fichtes Kurzgeschichten schon durch?

Großartig, einfach großartig, jubelte er, daß der Mann trotz seiner Position oder gerade darum ...

Herr Doktor, ich hab eine traurige Mitteilung für Sie ...

Tun Sie mir das nicht an, ich muß den neuen Tengis Baibakow haben, ich muß ...

Das ist es nicht, warf ich ein.

Sie müssen ihn ja nicht gleich mitbringen, aber wenn ich nur weiß, Sie bleiben dran ...

Ich kann nicht kommen, sagte ich endlich.

Schade, sagte Doktor K., kaum Betrieb heute, wir wollten doch die Brücke, und den Sechser dazu ...

Dringende Familienangelegenheiten, erklärte ich bedeutungsschwanger.

Schön für Sie, wo soll's denn hingehn? Könnten Sie mir, wenn ich Ihnen das Geld gebe, die Essays von Occa mitbringen, 26 Mark, Paperback, Alberto Occa, Sie wissen schon, umstritten, aber seinen Aufsatz *Verdrängung und Beichte* las ich mit Gewinn. Wie alt wird denn die Tante?

Nein, sagte ich sinnlos, meine Mutter. Verwirrtes Gestotter. Zu meiner Mutter. Ich schwitzte.

Zu Ihrer Mutter? Der Doktor wunderte sich, er besaß ein phänomenales Gedächtnis für Nebensächlichkeiten. Ihre Mutter? Verzeihung, ich glaubte, Sie hätten mir erzählt, daß Ihre Mutter ...

Meine Mutter ist tot, Sie haben recht – ich verhedderte mich in meinen Gedanken –, ich fahre morgen zum Friedhof.

Dringend nennen Sie das, *Dichtung und Wahrheit*, scherzte der Dentist. Deplaziert, wie ich fand.

Exhumierung, flüsterte ich mit belegter Stimme.

Wie bitte?

Ich meine, meinte ich, eine Umbettung, der Friedhof

wird verlegt, Straßenbau, ein neues Heizkraftwerk, es ist schrecklich.

Tja, der Fortschritt. Aber wenn Sie morgen nach …

Vetschau.

… nach Vetschau fahren, warum kommen Sie dann nicht heut nacht in die Praxis?

Meine Nerven, wissen Sie, ich habe Angst, eine Friedhofsaversion, ich muß noch Koffer packen, ein Manuskript liegt brach, mir wächst alles über den Kopf, sagte ich. Das kam der Wahrheit nahe.

Wie Sie denken, sagte der Doktor, aber die Brücke muß demnächst rein, sonst wächst der Fünfer schief. Falls Sie in Vetschau den Baibakow erwischen, denken Sie an mich.

Ich versprach's, legte erschöpft auf. In der Kunst des Lügens war ich so talentlos wie in der Lyrik. Gab es da geheime Verwandtschaften? Meine neue Tätigkeit ging über meine Kräfte. Konnte ich schon meinem Zahnarzt nichts vormachen, wie sollte ich den Auftrag meistern? Und was, wenn der sensible Backenzahn verrückt spielte? Dann mußte ich die *Genossen* bitten um eine Behandlung in ihrer Betriebspoliklinik, aber nein, besser die Dienste nicht zu stark beanspruchen, daraus erwachsen moralische Pflichten. Aus Flirt kann Ehe werden, und mein Vorsatz galt: Ich will nie heiraten, aus Scheu vor Verantwortung, betonte meine Mutter stets, ach Mutti, ist der *Fall* erst gelöst, besuch ich dich, vergib mir, daß ich dich sterben ließ, es war eine Notlüge, damals, als mich Doktor K. fragte, ob du etwa schon tot seist, konnte ich, den rotierenden Bohrer im Mund, nur nicken und grunzen, der Doktor aber seufzte so mitleidsvoll, daß ich ihm die Wahrheit, deine irdische Existenz, nicht zumuten wollte, als er das heiße Eisen aus meinem Rachen zog. Du bist ein schwächlicher Mensch, dachte ich, aber *Nicken und Grunzen* wäre ein origineller Titel für einen neuen Gedichtband.

Kurz vor sieben. Vertrödelte wertvolle Zeit. Was tun? Den *Messe-Bericht* weiterlesen? Trostloser Gedanke. Die Wohnung durchwühlen? Ängstliche Vision. Mutti anrufen? Peinliche Vorstellung. (Außerdem war sie verreist.) Einen Schnaps trinken? Eine Zigarette rauchen? Hervorragend, ich brauchte eine Pause, Ablenkung, TV, Mittwoch? Fußball? Montag, ärgerlich. Ich hob den Fernseher auf die Gemüsekiste. Beide Kisten sahen sich irgendwie ähnlich. *Du und dein Garten, Lokalreport, Unser Kosmos, koreanischer Abenteuerfilm, Werbung.* Wer die Wahl hat und die Qual. Reklame, Wasser, Sonne, nackte Haut, eine junge Frau flimmerte vorbei, sie war so schön, ihre Brust so wohlgeformt, daß ich mich sofort auch in den Haarfestiger verliebte, obwohl ich für meine wenigen Fussel keinen benötigte. Eins zu null für die Werbemanager. Es folgte eine Familienidylle. *Cremebutter Buttercreme / das Leben ist schön.* Leere Behauptungen. Eins zu eins. Szenenwechsel, *Dentoclean 3000*, für die dritten Zähne, *einfach hineinwerfen, einszweidrei, in drei Minuten keimfrei!* Ich gedachte meiner Brücke, war ich schon Zielgruppe? Aber die Dramaturgie? Man merkt die Absicht, ist verstimmt, die Oma hat den Text auswendig gelernt – die Manager im Hintertreffen. *Alpenmilch und viel Kakao*, nichts Neues, *das große Preisausschreiben, Naschen und Gewinnen, Teilnahmeformulare in jeder Tafel*, was?, wie heißt die Firma?, ich starrte auf den Bildschirm, die Welt ein Dorf, der Fernseher ein Hermes, *Scho-Ko-Kult München*, das war doch, das ist doch, das kann doch nicht wahr sein, ich griff zum *Messe-Bericht*, da stand es schwarz auf weiß, aus berufnem Munde/Auge/Kopfe: *Scho-Ko-Kult.* Das muß ich noch mal sehen, ich schaltete um, der koreanische Streifen forderte ein neues Opfer, der Kosmos dehnte sich aus, der Garten war den Nachrichten gewichen, der *Lokalreport* lag in den letzten Zügen, auf diesem Kanal, wußte ich aus Erfahrung, folgte gleich Werbung. Ich wartete wie auf die Bescherung, wie der Jäger auf das nahende Wildschwein, meine Hand trommelte, mein Zeigefinger rutschte über den Rand des Glases, das ich nicht nachfüllen konnte, in Sorge, ich könnte etwas verpassen. *Scho-Ko-Kult* sparte oder hatte Reklame nicht nötig, kein zweiter Spot von *Alpenmilch und Preisausschreiben*. Immerhin ein imperialer Sender gemahnte mich meines humanistischen Auftrags. Zuerst öffnete ich den Schreibtisch. Anfälle von Selbstekel bestürmten meine Seele, heftiger als das atlantische Sturmtief, das nach Meinung des Meteorologen den Seeleuten im Golf von Biskaya eine unruhige Nacht bereiten würde. Für die gute Sache, für P., für die Freundschaft. Ich wünschte mich weit weg, von mir aus auf eine Bohrinsel in der Biskaya, dort lagert kein Erdöl, egal, weit weg von dieser Wohnung, der widerlichen Pflicht. Darf man sich schmutzig machen für eine saubere Welt? Dostojewskischer Moralkram? Eine Schatulle. Stählern, aber unverschlossen. Dokumente. Ein Ausweis des Jugendverbandes (Zweitschrift), P. als Teenager, 1971, rührend, lange Haarsträhnen hinter abstehende Ohren geklemmt, einige Fotos, unbekannte Knabengesichter, Mädchen, pubertär und dicklich, Ponyfrisuren, Jugendweihelächeln, ein Mitgliedsbuch des Anglervereins, erstaunlich, daß P. einst Fische fing, Fischers Fritze fischt frische und so weiter, ich wußte so gut wie nichts aus dem Vorleben des *Kandidaten*. P. galt mir als Intellektueller schlechthin, mit seiner Neigung zu Courbet, Beckmann, Rotwein und Mozart, ein kindheitsloser Bohemien. *Lieber P.* Ein Liebesbrief in ungelenker Handschrift, *du sollst nicht denken, daß ich in Olaf verknallt bin*, das ging mich nichts an, Affären aus der Unterstufe. Eine Spartakiade-Goldmedaille (oder Bronze), Abzeichen, Münzen aus der Weimarer Republik, Betriebsferienlagerurkunden, *hervorragende Leistungen bei der Vorbereitung des Neptunfestes 1968*. P.s Zeugnisheft

– vielleicht erhellte es den Charakter meines Freundes, aber kannte ich ihn nicht gut genug, um nicht an die Räubergeschichte der *Genossen* zu glauben, ich schloß die Nostalgieschublade. Nichts, das P.s jüngste Vergangenheit erleuchtete. Sein Skizzenbuch hatte er kaum zurückgelassen, nur einen Stapel Bilder, erinnerte ich mich. Wahrscheinlich unbedeutende Sachen. Ein Stilleben: *Wecker Rotweinflasche Fernseher*. In weichen Brauntönen gehaltene Stadtlandschaften: *Blick auf die Straße*. Die zerschossene, zerfallene Fassade Altberlins, ein Lichtmast, ein ausgesägter Baum, schließlich ein Haufen auf Zeichenkarton geworfene Skizzen für ein Tafelbild. P. arbeitete, ich wußte es, seit geraumer Zeit an einem mythologischen Gegenstand, seinem *privaten Altar*, wie er selbstironisch behauptete, dem Triptychon *Das große Schweigen*, die Bleistiftzeichnungen mußten dafür Studien sein, Kompositionsentwürfe, aber auch Details, darunter mehrere Porträts von Figuren, die er zu den Helden seiner Tafeln auserkoren. Irgend etwas faszinierte, verwunderte, beunruhigte mich. *Das große Schweigen*, nomen est omen, *die Botschaft des Malers sind seine Bilder*, unterstellte man nicht dem jungen Däubler diesen resoluten, aber weisen Satz. Vielleicht entschlüsselte ich das Mysterium des *Kandidaten* über den Ausdruck seines Werkes? Du kommst dir wohl überschlau vor, zuviel Chandler gelesen, Miß Murple gesehen, es bedarf für eine Werkanalyse eines Werks, du besitzt einzig Fragmente. Woher nimmst du die Gewißheit, daß diese in dein phantasmagorisches Tafelbild eingingen? Was soll der bürgerliche Defätismus? Beherrschte ich nicht die Kunst der Improvisation mit Ersatzteilen, langjähriger Kraftfahrzeughalter, der ich war. Gehörten die Genossen auch deshalb zur internationalen Spitze, da sich bei ihnen Alltagserfahrungen und Berufszwänge idealisch überschnitten? Wie sollte ich *Das große Schweigen* rekonstruieren? Die

Gefahr einer literaturzentrierten Sackgasse, P. war kein Ideologe. Er malte Bilder, nicht Transparente. Die Blätter lagen unter den Dachfenstern, ein blasser Mond sah auf die mit Ölfarbe bekleckseten Dielen, pointillistische Bretter, dachte ich und drehte die Zeichnungen in den Händen hin und her.

Das *P* erregte mein Aufmerken. Eigenartiges Signum. Sonst setzte der Maler die Anfangsbuchstaben des Vor- und Zunamens, sein Künstler-P kannte ich als schwungvoll, ein spitzes P, wie eine auf ein Streichholz gespießte Mohrrübe, dieses hier war sachlich und saß in der linken Ecke des Blattes. Eine Zeichnung im Querformat, ein liegender Mensch (Mann?) auf dem Bauch, seltsam verkrampft, die linke Hand schlaff neben dem Körper auf dem Boden. War er verletzt? Nackt? Die Skizze grob, unfertig. Ein trauriger Anblick, aber dafür war P. prädestiniert. Wenn ich nicht verzweifelt wär, wüßte ich nicht, was ich malen sollte, hörte ich ihn sagen. Ein zweites Blatt zeigte das Interieur einer modernen Wohnung. Schrankwand, Bücherflucht, Farbfernseher (Testbild), eine Frau mit einem kleinen Bauch (schwanger?), streift sich mit graziöser Geste eine Socke vom Fuß, ihre Haltung erinnerte an einen französischen Maler, dessen Name mir nicht einfiel. Auf der Rückseite stand schwer leserlich: *evtl. R*. Der *Kandidat* hinterließ Varianten, er zeigte die Frau sich kämmend, halbnackt, im Slip, der Fernseher rückte in den Bildvordergrund, darin verschwommen das Gesicht jener Frau, die dahinter, die Ellenbogen auf die Knie gestützt, in einem Korbstuhl sitzt. Bildete ich es mir ein, oder ähnelten beide (die Sitzende und die Fernsehfrau) ein wenig seiner Ehemaligen? Was suchte diese im Bildschirm? Tristesse. Als drittes Sujet erkannte ich eine Kneipenszene, Stehbiertische, ein kurzhaariger Mann (gesichtslos) starrt in leere Schnapsgläser. Im Hintergrund ein Tresen mit einer großen Wanduhr, deren Zeiger auf zwölf stehen, das Detail mußte mir auffallen, es kehrte in allen Versionen wieder, das Zifferblatt schien im Gegensatz zur Trinkerfigur, dem Mobiliar, genau ausgeführt, in für P. untypisch naturalistischer Manier. Legte er auf die Zeit besonderen Wert? Die Kneipen-Blätter trugen keine Bezeichnung, nur rückseitig fand ich lässige Haken (ein *C* oder ein *L*?). Alle übrigen Skizzen waren in einen Bogen braunen Kartons eingeschlagen. Ich zündete mir eine Zigarette an, um auch diese Sammlung in Augenschein zu nehmen, als das Telefon erneut klingelte. Ich eilte zur Käseglocke.

Ja, hauchte ich in die Muschel.

Sehr gut, antwortete eine fremde dunkle Stimme, aber am Telefon versagte bei mir häufig die akustische Orientierung.

Mit wem spreche ich?

Wir hatten heut bereits das Vergnügen, äußerte der Unbekannte.

Gut, was wünschen Sie? Es ist spät.

Haben Sie etwas, begann mein Gesprächspartner verhalten, herausbekommen?

Weiß nicht, wovon Sie reden, sagte ich und sah mich plötzlich als Humphrey Bogart im Spiegel.

Sehr gut, knarrte die Leitung. Sie denken mit. Wenn das Telefon klingelt, heben Sie ab. Aber rufen Sie uns nicht an. Fragen Sie nichts. Punkt vierundzwanzig Uhr vor Ihrer Haustür, wir holen Sie ab.

Warum denn, sagte ich, ich hab noch 'n Termin heut.

Lassen Sie sich was einfallen, sagte der Mensch, erzählen Sie doch, Sie müßten zum Zahnarzt. Bis gleich.

Klick, Freizeichen. Ganz schön naßforsch, die *Genossen*. Sollte ich zu mitternächtlicher Stunde Bericht erstatten? Ich denke nicht dran, dachte ich. Wer sagt mir, für wen der mysteriöse Anrufer arbeitet? Vertrauen ist gut, Kontrolle besser. Wo du nichts kontrollieren kannst, mußt du mißtrauen. Bist du erst gekidnappt wie P., kommt jede Reue zu spät – begann des *Kandidaten* Tragödie auch mit einem harmlos anmutenden Telefonat? Stunden später gehst auch du, las ich mir aus der zitternden Hand, die den Telefonhörer umkrallte, mit Drogen vollgepumpt, den Abweg in feindliche Kanäle. Des *Gegners* Plan: die Entführung der jungen künstlerischen Intelligenz? Heckenschützen im Überbau? Der *Fall* eine Falle? Waren es wirklich *Genossen*, die mir ihre Klappkärtchen vor die Nase streckten? Wen konnte ich einweihen in meine Zweifel? Ich wählte die Nummer des *Chefs*, niemand meldete sich. Allein gegen alle. Ganz locker bleiben, Junge, es wird nichts so heiß gegessen, ach Mutti, deine Arbeiter-und-Bauern-Regeln versagen in diesem nebulösen Dickicht, dein Sohn übt Salti mortali im ideologischen Niemandsland, ohne Netz und doppelten Boden. Wagte ich den Sprung in den gegnerischen Apparat, um als *Doppelagent*, Strukturen sprengend, P. zu befreien? Menschlich-moralisch blieb mir nichts anderes übrig. Wer immer mich abholte in der nullten Stunde, ich mußte die Prüfung bestehen. Ein Blick auf den Wecker, noch drei Stunden des Wartens. Das ist der letzte, sagte ich laut, goß mir das Glas voll, du brauchst einen klaren, Kopf hoch, Kopf.

Der Buchstabe *M*, mit roter Farbe auf Packpapier geschrieben, kennzeichnete die Blätter der *Braunen Sammlung*. Die Studien verwirrten in ihrer Fülle, eine Zusammenballung von Figuren, Gebärden, Gegenständen, in scheinbarer Willkür nebeneinandergestellt. Ich setzte mir das Mittelbild des Triptychons – nichts anderes lag vor mir – wie ein Puzzle zusammen. Den Hintergrund füllte eine Barriere (ähnlich wie Schrankwand und Tresen), am Horizont hing schlaff eine abgeschnittene Losung BE DER FRIE, was einst ES LEBE DER FRIEDEN geheißen haben mochte. Davor sammelte sich eine karnevalesk-militante Menge. Eine Indianerhaube auf dem Kopf, richtet ein hockender Junge einen Revolver aus dem Bild, ein Herr mit Stock, Frack und Zylinder hebt die geballte rechte Faust, die ein Bündel Geldscheine festhält. Das Gesicht einer Frau verdeckt ein Spiegel, in dem ein zweites (nicht erkennbares) Gesicht auftaucht. Im Zentrum der Komposition steht eine Puppe, hölzern, steif, nackt und geschlechtslos – P. besaß eine Schaufensterpuppe, die er einem Freund abgeschwatzt hatte –, doch die gezeichnete Figur besaß ein Gesicht, das mir bekannt vorkam. Sie hält einen Säugling im Arm, P. zitierte die Geburt Jesu, die Puppe als eine Maria der Zivilisation, ein Konsumtionsidol? Ihr zu Füßen sitzt ein Mädchen mit Zöpfen, das versonnen Flöte spielt, erst beim Blick in die dazugehörige Detail-Zeichnung erkannte ich angedeutete Kopfhörer unter den Haarschleifen. Ein Gemisch aus Interieur und Landschaft, Geschichte und Natur. Ein feister Herr im Anzug rudert in einer Badewanne, einem Sarg oder Rednerpult?, in Richtung des Transparents, zwei Uniformierte spielen, abseits sitzend, Armdrücken, ein Alter mit Blindenarmbinde schaut, die Hand wie ein Kapitän über die Augen haltend, aus dem rechten Bildrand. Wüste Gemeinschaft. Kafkaeske Welt.

P.s Bildwelt verdichtete den Nebel, anstatt ihn aufzulösen. Mystizismus statt Aufklärung. Wo blieb der soziale Kausalnexus? Indianer, geldgeile Rotfrontkämpfer, puppengesichtige Frauen in Reizwäsche, mondäne Muttergottes-Figuren aus Holz und Pappe, traurig-vertraute Trinkermienen. Wo blieben *unsere Menschen*? Floh P. aus der Verantwortung? Käme dieses *Große Schweigen* je zur Ausstellung, hagelte es Leserbriefe, Zuschriften, Proteste. Die Bürger, entlassen aus der Unmündigkeit, wußten sich zu wehren gegen unredliche Abbildungen. Mit Recht verlangte man von P. Stellungnahmen. War er mit seinen dreiunddreißig Jahren müde der *Rechenschafts-*

pflicht, der *Treuebeteuerungen*? Fühlte er sich unverstanden? Verletzt? Umzingelt? Es wäre eine mögliche Erklärung seiner Flucht, doch beruhte sie auf Vermutungen, Schuldkomplexen, der Deutung spekulativer Träume, also auf Methoden, die der *Chef* ablehnen mußte, er brauchte Beweise, Logik, eiskalte Fakten. Mit bürgerlichen Hirngespinsten kommst du nicht weiter. Die Zigarettenschachtel war leer. Kein Erfolg und nichts zu rauchen. Ich stülpte die Jackentaschen um, alte Fahrscheine, ein Taschentuch, Streichhölzer, kein Tabak. Da fielen mir die heruntergefallenen Zigaretten wieder ein. Im Treppenhaus gähnendes Dunkel. Gebückt wie ein Polizeihund kroch ich auf allen vieren, ein flackerndes Zündholz vor den Augen, Stufe um Stufe hinunter. Meine Suche wurde mit zwei Zigaretten belohnt. Mir zum dritten Mal die Finger verbrennend, hörte ich das Klingeln, schoß hoch, blieb mit dem Jackenfutter am Geländer hängen, stürzte, schlug mir das Knie auf, meine alte Meniskusverletzung!, und hüpfte, heldenhaft den Schmerz verschluckend (wie in angeschossener, aber treuer Dackel), zur Quelle des telefonischen Sirenengesangs.

Hallo, stöhnte ich atemlos.

Was treibst du denn in meiner Wohnung? knurrte eine Baßstimme.

Ich zitterte vor Aufregung. Die Stimme stimmte. Es war P. Ausgezeichnete Verbindung. Du bist einer Finte aufgesessen, schoß es mir durch den Kopf, P. steht zwei Straßen weiter in einer Telefonzelle, angetrunken, aber unbescholten, du mußt ihn hinhalten, aufräumen, bevor er eintrifft.

Ich warte schon zwei Stunden. Wir wollten doch in die *Klause*?

Kann nicht, antwortete er leise.

Bist du trocken?

Mißlungener Witz, keine Antwort. Was sollte er auch

sagen? Seine schwere Zunge war Antwort genug auf meine Frage.

Heh, rief ich, wann kommst du, ich weiß nicht, was ich machen soll?

Kann nicht, sagte P., bin verreist.

Hast 'ne Scheibe, sagte ich.

Schweigen, leises Rauschen, in der Ferne summte ein Besetztzeichen. Ich mußte irgend etwas fragen oder sagen, aber ausgerechnet dieses *Irgendetwas* fiel mir nicht ein.

Ich versteh dich so schlecht.

Komisch, sagte P.

Hör mal, setzte ich an, ich muß dringend mit dir reden. Ich bin in einer dummen Lage.

Kann ich mir denken, antwortete mein Freund.

Was? fragte ich.

Paß auf, die Sache ist die. Ich kann dir jetzt nichts sagen, mach den Ofen sauber. In ein paar Tagen sehen wir uns.

Wo denn, um Himmels willen, rief ich, denn P., so schien mir, wollte das Gespräch beenden. Ich weiß ja nicht mal …

Frag nicht, unterbrach mich der *Kandidat*. Misch dich nicht in meine Privatangelegenheiten. Mach, was ich dir sage. *So long*.

Er hängte ein, noch bevor ich, den Schreck überwindend, antworten konnte. Starker Tobak. P. war mitunter ein wenig ruppig, aber so angefahren hatte er mich nie zuvor. *Privatangelegenheiten*, dachte ich bitter, von wegen privat, wüßte er, wer sich um seine Angelegenheiten kümmert, würde er seine Worte gründlicher wählen. Ich hab die Schnauze voll. Bin ich jedermanns Fußabtreter, den man anrufen, anfahren (mit Fahrrad oder Stimme), beauftragen, bestellen, anbellen, verprellen, bevormunden kann? Immerhin bin ich Mitglied der Sozialkommission des Schriftstellerverbands, seit zwei Jahren, genau, ich müßte Fichte zu Rate ziehen. Ein Mann mit Herz und Verstand und guten Beziehungen, man sagte, ein Duz- und Jugendfreund des Generalstaatsanwalts, vielleicht könnte der mir aus der Klemme helfen? Aber was heißt denn Klemme, wo ist eine solche, kannst du nicht jederzeit zu deinem stahlblauen Produktionsmittel zurückkehren, ran an den *Faust*? Die *Genossen* mögen an deiner patriotischen Gesinnung zweifeln, zwingen können sie dich nicht (woher weißt du das?), und P., dem dein ganzer Einsatz gilt, fällt dir frech in den Rücken, beschimpft dich dazu. Misch dich nicht ein, mach, was ich sage. Was hatte er verlangt? Den Kopf saubermachen? Den Ofen? Humbug. Verquastes Gefasel. Eigentlich nicht seine Art. Ich verteidigte ihn noch, den Undankbaren, dessen Ausdruck so präzis wie seine Malweise ist, distanziert, sachlich, er gilt unter jüngeren Kollegen als konservativ, akademisch, kühl (das waren die diplomatisch-höflichen Formulierungen), P.s spröde Bescheidenheit verwechselten nicht nur Frauen mit Arroganz. Hochmut kommt nach dem Fall, dachte der für Aphorismen zuständige Teil meines Gehirns. Warum quasselte er jetzt, in entscheidenden Augenblicken, etwas von Reisen, wußte ich doch, er war ganz in meiner Nähe. Wollte er mir aus dem Weg gehen? Warum wählte er seine eigene Nummer, kam nicht in seine eigene Wohnung? Wen erwartete er? Welche Person trat zwischen uns? Die Komplizin? Wer war das eigentlich? Und woher wußte ich, daß P. noch in der Stadt war? Oder im Land? Hatte ich nicht höchstpersönlich vor drei Jahren ein Telefongespräch mit Mister Pat Ting Hoa, einem Verlagsdirektor von den Fidschi-Inseln geführt, den ich, wenn auch nicht semantisch – sein Deutsch war so schlecht wie mein Englisch –, doch akustisch blendend verstand. Es ging um eine Anthologie europäischer Kurzprosa, die auch meine Geschichte *Ellenlanger Wandbehang* enthielt, Pat Ting kam mit der Übersetzung der Worte *Abschnittsbevollmächtigter* und

Wanderfahne nicht zurecht, eine halbe Stunde mühte ich mich um eine Erklärung, ich erfuhr nie, wie Mister Pat Ting Hoa mein Gestammel für seine Transliteration nutzte, denn das Buch kam, infolge eines abrupten Regierungswechsels, nie zum Erscheinen. Doch wußte ich, die Qualität einer Telefonverbindung bestimmte sich nicht hinreichend durch die Entfernung der Teilnehmer. Das hieß, ob P. mich aus der Telefonzelle am Helmholtzplatz oder aus Lambasa (dem Heimatorte Pat Tings) anrief, konnte ich nicht wissen. Denke nicht soviel, dachte ich, darüber nach, was du nicht, mehr über das, was du weißt. Suva ist die Hauptstadt der Fidschi-Inseln, dozierte ich, aber das half nicht weiter. Mannomann, wo immer P. steckte, er steckte offenbar in einer Krise. Entweder wollte er mir nichts sagen, oder – da fiel es mir wie Schuppen von den kurzsichtigen Augen – er konnte nicht, wie er wollte. Na klar. Hatte ich solche Situation nicht oft genug erlebt, nun ja, erlebt war übertrieben, aber gesehen zumindest, im Fernsehen, im Kino, ein Mann, umzingelt von waffenstarrenden Halunken, wird genötigt, ein Telefongespräch zu führen. Und dieser Mann war P. mit dem einzigen Unterschied, daß er kein Schauspieler war, sondern ein Opfer. In einem schlechten Film der Wirklichkeit. Und mir schien die Aufgabe zugefallen, dieses Machwerk zu rezensieren. Oder spielte ich vielmehr eine Nebenrolle? Egal. Alle diese miesen Filme handelten, ob in Asien, Amerika oder Rumänien, stets von Erpressung oder Spionage. Also schlußfolgerte ich kühn: der *Fall* ein Fall von Erpressung und Spionage. Eine ebenso einfache wie geniale Folgerung, fand ich. Doch würde der *Chef* meine *conclusio* teilen?

Sollen die *Genossen* die Sache selbst klären. Mir hilft auch keiner. Basta. Bin ich der Heiland? Bin ich nicht. Ich bin Alkoholiker (wider die guten Vorsätze war das Glas erneut gefüllt), der seine Freundin, seinen Beruf und Künstlerverband vernachlässigt. *Chef*, werde ich sagen, sagte ich mir, der *Fall* ist zu heiß für mich, Erpressung und Spionage interessieren mich nur in italienischen Spielfilmen (wenn Claudia Cardinale im Bikini badet), ich bin weder Humphrey Bogart noch Sherlock Holmes, noch Dzierzynski, ich bin nur ein armer Wandergesell, gute Nacht, lieber *Chef*, gute Nacht. Dann würde ich dem *Genossen* freundschaftlich die Hand reichen, damit er meine Entscheidung nicht persönlich nimmt, und meiner Wege ziehen. Ja, sagte ich, wenn das so einfach wäre. Der *Chef* ist kein Hampelmann. Der Mann hat's *Faust*-dick hinter den Ohren, ein harter Kader im internationalen Sicherheits-Hick-Hack, der weiß, eine Kämpfernatur, stets, wo die Front verläuft. Du mußt ihm dein Unvermögen plausibel machen, also ehrlich bleiben, denn das währt am längsten. *Chef*, formulierte ich, die Durchsuchung verlief ergebnislos, keine Indizien, keine Verdachtsmomente, ich bin zu blind für die Aufklärung, ich phantasiere zu viel. Falsch, er würde kontern: Phantasie ist ein Grundpfeiler unserer Tätigkeit. Nein, meine Argumentation müßte seine Vorbehalte gegen meine Person untermauern. 1. Alkoholfrage (mein Mundgeruch schien Argument genug), 2. psychische Konstitution (seitdem ich wieder rauchte, zitterten die Finger wie Espenlaub), 3. Unsensibilität (ich hoffte, die *Genossen* beobachteten jeden meiner Schritte), 4. Unfähigkeit zu logischem Denken (Hang zur Psychoanalyse), 5. Westkontakte (Pat Ting Hoa, mein verschollener Vater sowie eine Großtante mütterlicherseits in Wuppertal, die mir seit zwanzig Jahren zu Weihnachten *Blasenkaugummi* schickte). Wenn das nicht reicht, weiß ich auch nicht. Als allerletztes Mittel beschloß ich, vor ihn hinzuknien und zu seufzen: *Chef*, ich bin nicht stark genug für diesen schizophrenen Job. So, sagte ich, jetzt hau hier ab, bevor noch irgend jemand anruft und dir die Entscheidung erschwert. Schon an der Tür, den Schlüssel in der Hand, fiel mir die Flasche ein. Sie stand noch immer auf dem Fernseher. Stell dir vor, P. kommt doch nach Hause, sieht die Unordnung, die durchwühlten Skizzen (die auf den Dielen lagen), das halboffene Schubfach (das zu Boden gefallene Paßbild eines weiblichen Jungpioniers). Der Maler müßte denken, ich bespitzelte ihn. Peinlich, peinlich. Spurenverwischen. Wohin mit den Kippen?, kein Mülleimer in der Küche. Ich warf einen kurzen Blick in P.s Schlafgruft, die ich bislang nicht betreten, denn der Raum war mir zuwider, seit ich dort übernachtet hatte. Muffiger Geruch schlecht gelüfteter Wäsche, P. wechselte das Bettzeug so häufig wie seine Frisur, will sagen, so gut wie nie. Aber was sah ich jetzt? Das Bett schimmerte wie eine Kumuluswolke am Sommerhimmel, ein Duft von Lavendel lag in der ehemals stickigen Luft. Ich glaubte meinen Augen (meiner Nase) nicht. Den Aschenbecher in der Hand, lüftete ich (ein stürmischer Ehemann, der den Liebhaber seiner Frau sucht) die Überdecke und erblickte ein Damennachthemd, einen Slip von der Größe einer gefalteten Serviette. Da war ich wohl doch einen Schritt zu weit gegangen, zumal mich die Sache nichts mehr anging. Der Fall lag klar. P. befand sich in den Flitterwochen. Offenbar mußte ich seine Herzensdame kennen, da er sich mir gegenüber so komisch benahm. Ulrike, Andrea, Anett oder Rahel? Oder sollte er, durchzuckte mich ein eifersüchtiger Krampf, mit meiner Xenia? War er deshalb so selten zu mir (zu uns) gekommen in den letzten Wochen? Ich muß nach Hause, soll der Aschenbecher bleiben, wo der Pfeffer wächst, sachte, sachte, bewahre deinen Sprachstil. Ich ging zum Ofen, öffnete die Klappe, schüttete circa 15 Kippen in die Feuerstelle, die völlig verstopft war. Angebranntes Papier, ich zog ein Schreibheft heraus und registrierte, daß ich tat, um das mich P., der

Kandidat, der Undankbare, der geile Bock, gebeten hatte. *Mach den Ofen sauber*.

Verkohlte, zerrissene Seiten. Hier war kein Pyromane am Werk, wer komplette Hefte in den Ofen schiebt, wickelt das Feuer förmlich ein. Kein Zug, keine Frischluft, kein Bratapfel, deklamierte Großmutter Charlotte, der ich mein Talent verdanke. Handschriftliche Notizen, in einer Schrift erkannte ich (nicht unerwartet) P., doch die restlichen Bögen zeigten die unbeholfene Hand eines Kindes. Sonderbar. Zwar kannte ich den Inhalt der Ofenpost noch nicht, doch erhoffte ich mir aus dem Gefundenen nur wenig. Aktenberge, diplomatische Geschäftsbriefe, Aktionsskizzen, Tatpläne suchte ich, unumstößliches Material, das den *Kandidaten* rehabilitierte, mich aus der Pflicht entließ. Statt dessen Intimbekenntnisse und infantile Kindergartenprosa. Ich schlug das lädierte Schreibheft auf, fand die böse Vermutung bestätigt: *27/3/ Seit dem Tag X bin ich in einer rasanten Talfahrt begriffen. Mein Leben gefällt mir nicht mehr. Kein Spaß an gar nichts, keine Produktionsleiche, kein vernünftiger Strich. Aus dem toten Äther flattert das Schweigen Courbets*. P.s Tagebuch oder Arbeitsheft?, *Tag X?* Schon im März? Mitnehmen, durchlesen, aufbewahren. Was bedeutete der Kram dem Maler, der offenbar eine Vernichtung der Dokumente plante, aber die Tat zu eilig, unbedacht oder, weil unglücklich, halbherzig ausführte. In der Ofenecke lag eine Plastetüte, *Marlboro*, ich stopfte die Skizzen und Notizzettel hinein, klopfte die Ascheflecke von den Jackettärmeln, wusch mir die Hände – Kontrollblick in den Spiegel – und verließ das Atelier, wie es war, mit offenem Schrank, herumliegenden Zeitungsfetzen, dem schwarzen Schnee verbrannten Papiers. Eine innere Stimme sagte mir, P. kehrte weder heute noch morgen in seine Wohnung zurück.

Licht im Fenster. Auch das noch, Xenia verzieh mir, warum ausgerechnet heute, gemeiner Gedanke, sie ist so ein nettes Mädchen, ja Mutti, ein Germanistik studierender rotblonder Engel, zweiundzwanzig, schlank wie ein Haiku, etwas anstrengend, besonders wenn sie ein neues *innovatives Werk* rezipiert und meine Texte mit Joyce, Schmidt und Vonnegut junior vergleicht. Vor fünf Tagen nannte sie meine Broschüre *Der Baubär* eine *demagogische verlogene Scheiße*. (Xenia kraftmeiert gern mal.) *Eine Talentvergeudung*. Es ging hin und her, bis ich sie auslachte und sie die Tür derart ins Schloß donnerte, daß bei meinem Nachbarn, Herrn B., wie er mir versicherte, die Küchenuhr stehenblieb und zwei A-Eier (im Kühlschrankfach) platzten. Ich glaubte ihm und zahlte die Eier. Als ich jetzt vor der verdonnerten Tür stand, lugte Herr B. aus dem Türspalt, die Augen über der Schließkette, ich nickte, er hüstelte und schloß seinen Beobachtungsschlitz. Xenia lächelte wie ein Unschuldslamm. Sie hatte gebadet und trug, ich spürte es, als ich sie sanft umarmte, nichts als Haut unter dem blauen Bademantel.

Bist du zum Duschen da oder zu Besuch? fragte ich mit dem Charme eines Verkehrspolizisten.

Sei nicht mehr böse, schnurrte sie mir ins Ohr.

Die Eier von Herrn B. sind zerplatzt. Ich bekomme sechzig Pfennig von dir.

Du tickst wohl nicht richtig.

Und die Uhr ist stehengeblieben nach deinem Urknall, quasselte ich.

Bist wieder besoffen, sagte Xenia.

Ich entwand mich ihrer weichen Umklammerung, sie duftete nach türkischem Bad, Eselsmilch und Jasmin und verstörte mit ihren warmen Rundungen meine harten nervösen Gedankengänge. Davor mußte ich mich schützen.

Ich hab Hunger, sagte ich und lief in die Küche.

Sie stand im Rahmen wie eine elisabethanische Königin,

bleich, schön, hinterhältig, und beobachtete mich siegesgewiß. Die Überheblichkeit der Jugend, sie meint, sie kriegt mich, Katz und Maus, Xenia, Schätzchen, es gibt Dinge, von denen du keinen Schimmer hast.

Darling, sagte ich mit einer mir selbst unverständlichen Freundlichkeit, was hältst du eigentlich von P.?

Richtig, dachte ich, frontale Angriffsführung. Xenia zuckte mit keinem Gesichtsnerv.

Netter Kerl, sagte sie gähnend. War diese Müdigkeit nicht etwas aufgesetzt?

Hast du mal was mit ihm ..., fragte ich lauernd.

Hast wohl keine andern Sorgen, sagte sie.

Das ist keine Antwort, brüllte ich.

Der Tag hatte Spuren hinterlassen. Ich mußte jetzt schleunigst die Kurve kriegen, ansonsten passierte ein Unglück, das ich wahrscheinlich nicht überleben würde. Deshalb begann ich plötzlich wie über einen gelungenen Witz zu lachen.

Entschuldige, sagte Xenia, ich dachte echt, du meinst das ernst.

Mein ich ja auch, prustete ich wieder los. (Immer überspanne ich den Bogen, ja, Mutti.)

Mach mir auch mal 'ne Stulle, sagte Xenia.

Quark? fragte ich.

Quak, sagte Xenia.

Mach wenigstens die Augen zu, sagte sie keusch.

Ich habe einen Krampf, sagte ich.

Fragt sich bloß, wo, meinte sie zweideutig und drückte mir wie einem soeben Verstorbenen die Augenlider zu.

In nomine patri.

Ich träumte, während meine Hand langsam über ihr Knie hinaufglitt. Frauen sind so sensibel, Männer so brutal. Ablenken, die Erregungskurve flach halten, dachte ich, langsam bis hundert zählen, an Einstein denken, an Zweistein,

Dreistein, die Relativitätstheorie, die Krümmung des Weltalls, etwas, das du nie verstehen wirst, oder an P., auf jeden Fall an ein Mysterium; der Tag X, der *Chef*, alle Gedanken sind erlaubt, wenn sie nur unerotisch sind, die Gesichter der *Genossen, Scho-Ko-Kult*, Leipziger Messe, *Alma mater et filius sancti*, ganz ruhig bleiben, wie spät wird's sein?, ob die *Genossen* schon warten?, ja warten!, Dunkelheit, Wegdenken, der *Kandidat*, die Nationale Front, Eisenstein, Schneisenstein, Meisenstein, die *Komplizin*, die Puppe mit dem seltsamen Gesicht, die *Komplizin* – ich fuhr auf, Xenia schreckte hoch und funkelte mich böse an.

Willst du mich umbringen, giftete sie.

Sorry, ich muß mal, stotterte ich, stand auf, rückte mir die Hose zurecht, fiel beim Hinausrennen fast über das Telefon, das Xenia wieder einfach auf dem Teppich hatte stehen lassen, Schlamperei, griff im Flur die *Marlboro-Tüte*, preschte aufs Klo.

Überzeugender konnte man ein plötzlich aufwallendes Bedürfnis nicht spielen. Auf dem Badewannenrand sitzend, ließ ich die Skizzen auf die Bastmatten flattern, die *Braune Sammlung*, wo ist das Blatt, das mich erleuchtet hatte? Da – die Puppe, tatsächlich, unglaublich, das war sie, die *Komplizin*, sie war sein Modell. Ohne Zweifel. Die Frau auf dem Foto des Ilmenauer Amateurfotografen war keine andere als die Puppe. Die *Komplizin* hatte sich als Modell in P.s Leben eingeschlichen, ihm Drogen verabreicht (in welcher Form auch immer), ihn langsam abhängig, gefügig gemacht und schließlich entführt. So muß es gewesen sein. Logisch kombiniert, die Zeichnung bewies den Zusammenhang. Der *Chef* wird staunen, Wenn er das Blatt sieht. Nicht mit leeren Worten und Händen würde ich ihm gegenübertreten. Gott sei Dank. Wie spät ist es?

Bist du eingeschlafen? rief Xenia von draußen.

Nein, antwortete ich, mir geht's dreckig.

Dann sauf nicht immer so viel.

Bin krank.

Weiß ich, spottete sie. Was fehlt dir denn? Bist du impotent?

Mach dich nur lustig.

Ich packte die Blätter zusammen und überlegte, wie, in aller Welts Namen, ich ihr erklären könnte, daß ich jetzt, mitten in der Nacht, wo's so gemütlich zu werden begann, nicht zu ihr zurückkehren, sondern die Wohnung *unverrichteter Dinge* verlassen mußte.

Zahnschmerzen, brüllte ich, schreckliche Zahnschmerzen, mein Fünfer wächst schief, alles eitert, au, schrie ich, au, ich werd verrückt.

Ach du Scheiße, sagte Xenia.

Dafür hätte ich sie küssen können, aber mit Zahnschmerz und Eiter?

Komm doch erst mal raus da, rief sie, *wir* gehn zum Notarzt.

Na herrlich: wir. Ich setzte mein Tantalusgesicht und schob den Riegel auf, trat vor sie hin.

So plötzlich, sagte sie leise.

Schon den ganzen Tag, log ich, ich wollte uns nur nicht den schönen Abend verderben. (Du Arsch, dachte ich, sie ist so lieb.)

Mein Held, höhnte sie. (Das Biest, dachte ich.)

Wie schpäht ischt es denn? nuschelte ich.

Kurz vor zwölf, sagte sie und schlüpfte in die Hosen.

Isch geh, rief ich, versteckte die Zeichnung unter der Jacke, isch halts nicht mehr aus.

Xenia irrte mit wehendem Bademantel im Zimmer umher und suchte ihre weiträumig verstreute Garderobe.

Augenblick, ich komm mit.

Kann nischt, rief ich, den Schlüssel in der Hand. Laß misch alleine leiden. Dasch dauert doch wieder ewisch bei dir.

Ich schlüpfte aus der Tür, nichts wie weg, raste die Treppen runter, wenn sie jetzt hinterherkommt, bestimmt kommt sie hinterher. Vor dem Haus stand ein Auto, ein *Moskwitsch*. Sollte der *Chef* …? Lichthupe, tatsächlich, ich riß die Wagentür auf, der *Genosse* reichte mir die Hand, zum zweiten Mal an einem Tag, ach nein, Geisterstunde, Mitternacht, ein neuer Tag, ein neues Glück.

Wirst du verfolgt, fragte der *Chef* mit sorgenvoller Miene.

Nischt direkt, sagte ich, fahren Sie los, isch erkläre Ihnen allesch.

Soso, murmelte der *Chef*. Du vermutest einen Zusammenhang zwischen der Komplizin und dem Modell X., das wiederum eine gewisse Affinität zu der genannten Schaufensterpuppe aufweist. Findest du das nicht selbst etwas verworren?

Zugegeben, sagte ich kleinlaut, während der *Moskwitsch* quietschend eine Kurve nahm, ich habe Sie gewarnt, ich bin unfähig.

Sag das nicht. Denke an Goethes Formel: Genie gleich Talent plus Sitzfleisch.

Hilfskonstruktionen, widersprach ich frech. Nehmen Sie Lenin: Kommunismus gleich Sowjetmacht plus Elektrifizierung.

Na ja, knarrte der *Chef*, bleiben wir bei der Sache.

Ich steige aus, sagte ich.

Bleib, rief er entsetzt, griff mir energisch unter die Achsel, hier ist Halteverbot.

Sie mißverstehen mich, ich möchte, daß Sie den *Fall* ohne mich aufklären.

Schade, seufzte der *Chef*, ich hielt Sie für eine Friedenskämpfernatur. Können Sie diese Entscheidung mit Ihrem Gewissen vereinbaren?

Frostige Worte, der *Genosse*, spürbar abgekühlt, siezte mich wieder. Er tippte dem schweigenden Chauffeur (war er taub?) dreimal auf die Schulter, worauf dieser blinkend in die Wendespur sprang.

Der *Kandidat* ist ein gefährlicher Feind. Und Sie helfen nicht, ihn kaltzustellen. Sehr bedauerlich.

Er lehnte sich in den Sitz zurück und schwieg. Meine Hände schweißnaß. Ich verspürte das Bedürfnis nach einer Zigarette, aber am Seitenfenster klebte ein Abziehbild *Nichtraucherauto*.

Ein Fall von Erpressung und Spionage, ich weiß, sagte ich, aber P. kann unmöglich ein Feind sein. Glauben Sie mir.

Ich bin nicht religiös, sagte der *Chef* kurz angebunden. Und der *Fall* ist ein Fall und kein Abenteuerfilm.

Wieder überraschte mich seine Sehergabe.

Er ist auch nicht im Westen, hakte ich nach, er hat mich angerufen …

Das ist uns bekannt, schnarrte der *Genosse*.

Vom Helmholtzplatz, aus den Flitterwochen.

Möglich, sprach mein Nebenmann düster, aber vom Münchner Helmholtzplatz.

Sie machen Witze, rief ich lachend.

Der *Chef* drehte sich blitzschnell um, fixierte mich mit seinen Katzenaugen, die im Schein der Straßenbeleuchtung wie grüne Ampeln leuchteten.

Scheinbar begreifen Sie den Ernst der Lage nicht, sprach er schneidend, der *Kandidat* wohnt zur Zeit in der Gottfried-Benn-Allee in Schwabing, ebenso die *Komplizin*. Sie verfolgen Blender. Ein Manöver großen Stils. Die im *Messe-Bericht* geäußerten Befürchtungen zeigen nur die Spitze des Eisbergs. Haben Sie ihn gelesen?

Den *Eisberg*?

Den *Messe-Bericht*, Sie Komiker. Lesen Sie, und das Lachen wird Ihnen vergehen.

Wem sagen Sie das, *Chef*, dachte ich und rutschte in einer scharfen Rechtskurve auf den *Chef*-Schoß. Er blieb unbeeindruckt.

Der *Kandidat* arbeitet im Auftrag einer linksextremistischen Gruppierung, wahrscheinlich der Sponti-Basis-Zelle *Rote Grütze*, die, infiltriert, gesteuert und bezahlt von der ultrarechten Organisation *Scholle*, Terroranschläge gegen Vertreter von Management und Großindustrie plant.

Kann nicht sein, sagte ich.

Fakten, sagte der *Chef*.

Der angebliche Terrorist P. kann nicht mal einen Karpfen schlachten, er ist feige und sensibel, das ist auch ein Fakt, ich bin Zeuge, ich mußte ihn ausnehmen, den Fisch, Silvester vor zwei Jahren, ich hab noch eine Schuppe im Portemonnaie.

Ich kramte in meiner Geldbörse und hielt dem *Chef* eine grüngraue Karpfenschuppe hin, aber der übersah oder ignorierte mein Beweisstück.

Okay, ich muß Ihren Entschluß akzeptieren, bitte Sie nur um einen letzten Gefallen.

Ich höre, antwortete ich lässig.

Gehen Sie morgen noch einmal in die *Kandidatenwohnung*. Fotografieren Sie die Schaufensterpuppe. Wir wissen noch immer zuwenig über die *Komplizin*. Vielleicht hilft uns die *Phantomfigur* weiter. Würden Sie das tun?

Weil Sie es sind.

Danke, sagte der *Chef* und reichte mir aus der Ablage des Heckfensters ein winziges Kästchen. Der Apparat, kinderleicht, Japan, erklärte er. Spitzentechnologie, preiswert.

Toll, sagte ich.

Der *Moskwitsch* bremste, ich tippte dem Chauffeur auf die Schulter, aber der reagierte nicht, reichte dem *Chef* die Rechte und stieg aus.

Wir hören voneinander, rief der *Chef*.

Der Wagen brauste davon, ich steckte, vor meiner Haustür, den *Japaner* in die Jackentasche. Ein Gefühl vollständiger Verwirrung. Auf den Stufen sitzend, zündete ich eine Zigarette an. *Rote Grütze*, *Scholle*, linksrum, rechtsrum, ob Xenia noch da ist? Ausgerechnet in der Gottfried-Benn-Allee.

Xenia sah Tennis. Steffani Fürst bückte sich nach einem Ball und zeigte der Weltöffentlichkeit ihren Hintern.

Ging ja fix, freute sich Xenia.

Der *Chef* war in Eile, sagte ich abwesend.

Xenia starrte mich an.

Na der *Chef*, ich meine, der Chefarzt, mußte zu einer Entbindung (ich war mit den Nerven fertig), zu seiner Tochter, in die Klinik, Querlage.

Papperlapapp, Steffanis dritter Doppelfehler, Satzball, sagte der Kommentator bedrohlich, ich machte einen Fehler nach dem andern. *Break.*

Hat er gebohrt?

Und wie.

Geht's dir besser?

Beschissen.

Xenia streichelte mir mütterlich über den Hinterkopf, blickte auf den Fernseher. Die Balljungen standen am Rasenrand wie frierende Statuen. *Out.* Pingpong, Netzvolley, schön gemacht, Röckchen flattert, schweißnasse Hunderttausend-Dollar-Girls unter dem blauen Himmel Kaliforniens. Eine andere Welt. Xenia drückte plötzlich, ohne Vorwarnung, ihre Lippen auf meinen Mund. Ich biß die Zähne zusammen.

Du bist irgendwie verhaltensgestört, sagte sie sauer.

Ich darf zwei Stunden nichts essen, sagte ich.

Du warst gar nicht beim Arzt, schluchzte sie. Du betrügst mich.

Wie kommst du denn darauf?

Du hast eine andere, heulte sie in ihrer Couchecke.

Während Steffani ihren Tennisschläger zu Boden knallte und wieder aufhob. Das fehlte noch, eine Szene, zwei Uhr morgens.

Mensch Xenia, versuchte ich sie zu beruhigen, ich hab

zur Zeit gar keine Zeit für eine andere. Du reichst mir völlig.

Ich griff mir an die Stirn. Xenia liefen wahre Sturzbäche über das verkrampfte Gesicht. Steffani strahlte über ihren *Breakpoint*. Ich streichelte Xenias Hinterkopf. Väterlich.

Ich hol dir was zu trinken. Lief in die Küche.

Als ich den Korkenzieher ansetzte, klingelte das Telefon, ich drehte mich auf dem Absatz um, hechtete ins Zimmer und sah Xenia, sie stand breitbeinig auf der Couch und hielt mir, eine halbnackte, rachsüchtige Amazone, den Telefonhörer wie eine Kriegserklärung vor die Nase.

Aufgelegt, sagte sie knapp. Für sie war der Fall erledigt.

Bleib auf dem Teppich, sagte ich und holte sie von der Couch. Das war nicht ..., das war keine Frau.

Klar, rief sie, mitten in der Nacht.

Ich halt's nicht aus, stöhnte ich.

Na wer war's denn? Wer denn? löcherte Xenia.

Mein Zahnarzt, fiel mir glücklicherweise ein, er wollte mir sagen, was es ist.

Was was ist? Mit deinem Zahn? Du spinnst ja.

Nein, das Baby.

Xenia beobachtete mich mißtrauisch von der Seite. Ich Schwein. Nutzte ihre femininen Schwachstellen aus. Die Achillesferse ihrer weiblichen Seele, du *Chauvi*, dachte ich und setzte meinen treusten Augenaufschlag auf. Verflixt und zugenäht, wer ruft mich denn weshalb, warum (um zwei Uhr dreißig) an?

Zweiter Tag

> Die Person des Mythos verkörpert ein Gesetz, eine universale Forderung, und muß deshalb in ihrer Entwicklung vorhersehbar sein; sie darf sich keine Überraschungen vorbehalten. Die Person des Romans jedoch handelt unter Bedingungen der Ungewißheit, wie wir alle, und was ihr zustoßen kann, ist ebenso unvorhersehbar wie das, was uns zustoßen könnte.
>
> Umberto Eco, *Apokalyptiker und Integrierte*

Schweißnasses Erwachen. Halb fünf. Übelkeit wie nach einem Trinkgelage. Xenia schniefte leise, Schlaf der Gerechten. Auferstehung. Suche nach Unterhose und Brille. Duschen, Kaffeewasser, Brotschneiden, Käse mit Marmelade. Essen, damit man rauchen kann. Apfelsaft, Telefon. P.s Nummer. Freizeichen, Freizeichen. Kein böser Traum. Der Maler schien wirklich verschwunden. Im Hinterhaus gingen die ersten Lichter an, nörgelnde Kinder. Wann war ich zuletzt freiwillig um halb fünf aufgestanden? Was heißt hier *freiwillig*?

Messe-Bericht, III. Teil

Verdächtige verweilten 42 Minuten im Café. Eiliger Aufbruch. Kellnerin, unfreundlich, kassierte zwei Mark Trinkgeld. Frau empörte die Summe. [Der Herr besitzt viel oder leichtfertiges Verhältnis zum Geld.] Nach Verlassen der Mokkastube spazierten sie [gemächlich] Richtung Hochschule für Körperkultur. Beschattung bei Wahrung des Sicherheitsabstands. Beide betraten Haus Friedrich-Ludwig-Jahn-Allee 33. Stoppte im Hausflur in Höhe der Briefkästen.

Schritte verhallten in dritter oder vierter Etage. [Namen der Mieter, siehe Anlage, Briefkastenkartei – Überprüfung durch Leipziger Bezirksinspektion beantragt.] Wartete, verschanzt hinter öffentlicher Bedürfnisanstalt, kleiner Platz gegenüber dem Gebäude. Normaluhr zeigte 19 Uhr 32, als Verdächtige aus Tür traten. Bekannte Garderobe, er trug jetzt Umhängetasche. Bestieg grünen Skoda. Komplizierte Konstellation. Hielt leeres Taxi an – glücklicher Zufall –, sah Mann hinter Steuer starten, fluchen, erneut starten und – aussteigen. Autodefekt. Sprang aus Taxi. Fahrer brüllte. Wütendes Sächsisch. Erneute Straßenbahnfahrt. Ohne Zwischenfälle. Vom Bahnhof zu Fuß zum Hotel Merkur. Mann und Frau nahmen Platz im Foyer. Suchte Deckung hinter exotischen Palmen. Gegen 20 Uhr 45 telefonierte Verdächtiger an Rezeption. Kurzes Telefonat innerhalb des Hotels. Minuten später erschien Dr. Blender [weißer Anzug, Fliege, Zigarre]. Die drei setzten sich in dunkle Nische der Hallenbar. Blieb im Schutz der Blumenrabatten. Bezeuge Inhalt folgenden Gesprächs [siehe Anlage: Gedächtnisprotokoll].

Blender: Nennen Sie den Preis.

Mann: Unterschreiben Sie?

Blender: Wie lächerlich, Herr, wie war der Name? Das kauft Ihnen keiner ab.

Mann: Unterschreiben Sie, und die Sache ist aus der Welt.

Schallendes Gelächter des Industriellen. Die Verdächtige schwieg, ließ Blender keinen Moment aus den Augen, der Mann, nervös, trommelte auf dem Aschenbecher. Kellner kam.

Kellner: Hotelgäste?

Blender: Whisky, Soda.

Kellner: Der Herr, die Dame?

Mann: Danke.

Blender: Darf ich Sie einladen?

Mann: Nein.

Kellner suchte schmollend das Weite. Dr. Blender zündete Zigarre an.

Mann: Eine Unterschrift und die Papiere. Das ist alles.

Blender: Warum sollte ich?

Mann: Sie Verbrecher, Sie Mörder.

Blender: Aber die Leiche lebt doch.

Frau erhob sich, eilte, ein Taschentuch vor dem Gesicht, zur Toilette. Kapitalist wandte sich dem Mann zu.

Blender: Glauben Sie eigentlich selbst an diese Geschichte, mein Herr?

Mann: Ihnen dürfte bekannt sein, daß …

Blender: Undank ist der Welt Lohn. Sie haben eine nette junge Freundin. Wie alt war'n Sie damals? Fünf oder sechs, ein Hosenscheißer.

Mann: Aber sie kann nicht leben.

Blender: Muß sie's lernen. Jeder lebt, wie er's verdient.

Mann: Weil sie Ihnen auf die Schliche kam. Wir verfügen über Beweise, die Sie zwingen werden. Ihre Geschäfte bewegen sich an der Grenze des Erlaubten.

Blender: Unsinn, eine Verwechslung. Und überhaupt, meinen Sie im Ernst, daß ich, selbst wenn das Märchen wahr wäre, Angst haben müßte. Ein Mann in meiner Position.

Mann: Vielleicht gerade. Ihre Namensänderung hat nichts genützt, wir haben Sie auch so gefunden.

Kellner brachte Whisky und Rechnung.

Kellner: Bei uns wird gleich kassiert.

Oswald Blender legte Schein hin, Gesicht des Kellners milchweiß.

Blender: Stimmt so.

Kellner schwankte zur Bar.

Blender: Ich habe geheiratet, den Namen meiner Frau angenommen, was ist daran verwunderlich, ein ganz normaler Vorgang.

Mann: Unterschreiben Sie den Vertrag. Ansonsten werden wir Sie …

Im Foyer erdröhnte Lautsprecherbox. Love, Love, Love. Der Kellner, glücklich, bescherte Gästen musikalische Um-

rahmung. Love, Love, Love, braucht der Bettler und der Graf. Akustische Belastung. Verstand letzte Worte nicht mehr. Spürte Handschlag auf Schulter. Hinter mir der diensthabende Merkur-Genosse. Leistete keinen Widerstand. Genosse führte mich in kleines Bürozimmer neben Intershop. Kannte ihn nicht, er kannte mich nicht. [Wir können uns ja nicht alle kennen.] Merkur-Genosse begann Verhör [korrekt, gemäß § 2, Absatz 4 der Betriebsrahmenverordnung]. Wies Kennungszeichen vor. Genosse studierte gründlich. [Möchte betonen, daß Leipziger Tschekist schuldlos an Kontaktunterbrechung. Dummer Zufall.] Nach Identitätskontrolle [Dauer: zehn Minuten] Rückkehr ins Hotel-Foyer [unterstützt durch Merkur-Kollegen]. Keine Spuren der Verdächtigen. Auch Blender verschwunden. [Zigarrenstummel qualmte im Aschenbecher – Beweisstück A, siehe Materialanlage.] Genosse aus Hotel fuhr mich [sich schwere Vorwürfe machend, die unbegründet sind, wie gesagt] direkt zur Zentralen Einsatzleitung. Bericht erstattet dortselbst 22 Uhr 16 Minuten. Gezeichnet [unleserlich].

Verworrenes Protokoll. Ich machte mir Stichpunkte: – Was suchte P. bei A., im Leipziger Westen? – P. nennt Blender Mörder. – Will ihm etwas verkaufen. – Dr. Blender behauptet: das kaufe ihm niemand ab. – P.s Motive? – Will auf Industriellen Zwang ausüben. Wie? – Blenders Gelassenheit? – Wie lautet sein früherer Name? – Warum ist dieser Fakt für Fakt für *Kandidaten* wichtig? – Weshalb verläßt Blender am nächsten Morgen die Stadt? – Was geschah während der unfreiwilligen Abwesenheit des Berichterstatters? – Wie konnte sich dieser den diffusen Dialog einprägen? – Dichtung und Wahrheit? – Ist die *Komplizin* schwanger? – Über welche Geschichte streiten P. und Blender? – Was wissen *Kandidat* und *Komplizin* von den Geschäften des Münchners? – Was für ein Todesfall? – Wie kann ein Leichnam leben? Fragen, auf die ich keine Antwort wußte. Leider besaß unser gemeinsamer Freund A. zwar eine geräumige Wohnung in der Friedrich-Ludwig-Jahn-Allee Nummer 33, aber kein Telefon. Wie ihn erreichen? Sechs Uhr morgens. In der Intendanz anrufen? Sinnlos. Ein Schauspieler liegt, falls er um die Zeit im Theater weilt, volltrunken unter einem Kantinentisch. Und ich brauchte A. nüchtern. Ich zog aus der *Marlboro*-Tüte die Tagebücher des *Kandidaten* (vielmehr die Fragmente) und suchte nach den letzten Eintragungen. Die Flammen hatten den Monat August verschont, doch, das Glück war mir nicht hold, am September eifrig gefressen. Und um diesen Monat drehte sich alles.

26/08 Streit über Degas. Arroganz des Modernisten. W., meint Edgar, sei flach. Pädophiler Kleinbürger, malte heute Eiskunstläuferinnen, der kurzen Röcke wegen. Schauderhafte Ignoranz. Wenn mir nur einmal gelänge, eine Figur derart in der Bewegung einzufangen, wie es Degas vermochte, wäre ich ein glücklicher Mensch. W. ist selbst ein Kleinbürger, der Intellektueller sein will, er bietet Posen, die er Position nennt. Am liebsten hätte ich ihn rausgeschmissen. Leider ging er von selbst.

28/08 Alle Welt collagiert, fügt zusammen, gebärdet sich gestalterisch, es lebe der Eklektizismus, wenn hohe Kunstformen zur Manier werden, kann nur der wirkliche Künstler sie weiterführen, der sie beherrscht, sich abgrenzt vom Mittelmaß. Ich bin montageunbegabt, ich laß es. Bemerke mit Erschrecken Entpolitisierung meiner selbst. Ich oder das Land, wer zieht sich zurück? Beide. Und wohin? L., jetzt in Düsseldorf, hat eine Freundin, Boutiquinistin, sie schrieb, wie ich noch malen könnte, hier, sei ihr ein Rätsel. Recht hat sie, aber was geht es sie an?

29/8 Träumte wieder von N. Unbegreiflich, dachte, es wäre vorüber. Längst. Küßte sie in einer offenen Straße, auf einem sonnigen Wegstück. Alle konnten Einsicht nehmen, ertappt rannten wir fort, irgendwie wissend, wir sind Opfer eines Irrtums.

29/8 Abends. Wo sind die Zeichen, die unsere Einsamkeit zeigen, in der Geschichte, der verhängnisvolle Hang zu zweifelhaften Sicherheiten, ich sitze umgeben von Dingen, die ich nicht ausreichend beschreiben kann, der Tisch, auf dem ich fröhlich frühstückte, das Bett, darauf ich liebte … Ich vergehe augenblicklich, denke an der Grenze des Wahns, aber male nicht dort, die Gedanken zu blitzhaft. Blitze zeichnen ist die Kunst! Bilder festhalten setzt voraus …

… erste Puritaner unter unseren Malern; sinnliche Gebärden … er möchte so gerne … ist es nicht, jedwede Sinnlichkeit erstickt unter dem Korsett des Sinns, … der Sitte, unsittlich, weil unsinnlich ... Nachahmung … Verkunstung, Leidenschaft, die Leiden nicht kennt, kalte Freude, zum ideologischen Zeichen gefroren, Puritanismus der Bewegung, der an den Menschen vorbeilebt, die revolutionäre Geste, eine Phrase, Geschichte ein Sammelsurium, Museum, Theaterfundus zur Erbauung der Gegenwart, Gestammel der Macht … Müdigkeit … Trieb … ohne Orient …

31/8 Was ist bloß geschehen? Ich erwachte, schwerer Kopf, zwei, drei Flaschen, abgestürzt ins Glas, Chaos um mich herum … als ich die Augen aufschlug, … sie im Sessel. Filmriß … wirklich nicht, wo … gabelte … schläft jetzt … sagt, sie … nicht möglich, aber Ähnlichkeit … müßte mich doch erinnern, wenn ich mit ihr im Bett … war ich derart …? … sie heiße Katharina … Hatte schon nachmittags mit dem Saufen begonnen, der letzte Augusttag verdoppelte die krankhafte Sehnsucht nach N., die Geburtstag feiert, … und den andern um Mitternacht … war nun vorbei … der Gedanke, daß ein anderer … ich ertränkte ihn … sagt, angeblich hätte ich sie um … geküßt und entzaubert, Unsinn … wer kann … verblüffend … wo die Puppe??? … mein Modell für die Entfremd… spielt mit mir ein übles …heuer sexy, aber verklemmt … möglich, daß mir die Sicherungen … gibt's doch gar nicht, daß … durch die offene Tür. Jetzt schläft sie. Hätte sie rausschmeißen sollen, gleich. Sie wirkt unbeholfen. Gefällt mir. Dummerweise. Sie sieht wirklich wie die Puppe aus … eine Verrückte, schade drum, oder bin ich wahnsinnig? …räume ich? Was bilde ich mir ein? Brauche dringend Klimawechsel. Hab ich mir mein Gehirn weggebrannt. Meine Modelle planen den Aufstand. Bin ich Pygmalion?

Zahnschmerzen? fragte Xenia mit verschlafenen Katzenaugen.

Ich arbeite, sagte ich.

Willst wohl doch noch den Nobelpreis, plapperte sie und ging ins Bad.

Man müßte noch mal zwanzig sein und so verliebt wie damals, hörte ich sie trällern und starrte in die verwirrenden Seiten.

Hast du mein' Bikini versteckt? rief Xenia verzweifelt.

Bin doch kein Fetischist.

Ich hab Sport, Schwimmen, keine Zeit.

Geh doch nackt.

Willst mich wohl loswerden.

Ihhhm.

Was schreibst du denn mitten in der Nacht? säuselte Xenia und beugte sich über die Blätter.

Nichts, sagte ich und legte die *Marlboro-Tüte* auf meine kostbaren Inkunabeln.

Liebesbriefe? sagte sie spitz.

Ein Essay, sagte ich mit gesetzter Baßstimme.

Ach, sagte Xenia mit germanistisch-konzentriertem Sekundärliteratur-Gesicht. Woran versuchst du dich?

Sie knabberte abwechselnd (hungrig) an einem Brötchen und (nervös) an ihrem kleinen Finger.

Ein Essay über Kunst, versuchte ich auszuweichen.

Nein, sagte Xenia verblüfft und sah mich an, als hätte ich vor, das Fallgesetz zu widerlegen.

Ja, sagte ich.

Xenia balancierte mit einem Eßlöffel voll Erdbeermarmelade durch die Küche und suchte ihren Bikini im Zwiebelbeutel.

Soso, und was konkret, wenn ich fragen dürfte? Über Pygmalion, sagte ich, ohne weiter nachzudenken.

Eine verhängnisvolle Leichtfertigkeit, wie sich herausstellen sollte.

Pygmalion, Pygmalion, ein Mythos, wie wunderbar, du trittst in die Fußstapfen von Schneider und Fuchs, Hans Glühmann und Knacks. Endlich begreifst du, daß Gegenwartsliteratur archaisch abgesichert sein muß. Wenn ich bloß wüßte, wo mein Bikini ist.

Xenia rannte, wie von einer Tarantel gestochen, ins Zimmer und kam wie ein erfolgreicher Großwildjäger mit einem winzigen Stoffteil zurück.

Pygmalion, sagte sie, war das der mit dem Stein oder der mit dem Fluß?

Keine dumme Frage. Wir waren beide nicht mythensicher.

Darling, sagte ich vorwurfsvoll, du studierst schon das zweite Jahr und kennst dich noch immer nicht in der griechischen Götterwelt aus. Eine Schande.

Na, rief sie munter und schlüpfte in die Schuhe, kannst mir ja Nachhilfe geben. Wenn man schon mit so einem alten Knacker ins Bett geht …

Ich warf meinen Filzpantoffel, Xenia bückte sich,

schlüpfte aus der Tür, der Pantoffel knallte gegen die gerahmte Zeichnung von P., die im Flur hing, das Glas splitterte, ein langer Riß zerschnitt das Blatt (wie ein Fluß eine Stadt) in zwei Teile.

Pulpa, Pumpernickel, Puschkin, Pygmäen, Pyjama, zu weit, Pygmalion, da hatten wir ihn, *König von Zypern, Bildhauer, der sich nach der griechischen Sage in ein von ihm gefertigtes Bild einer Jungfrau verliebte. Auf sein Flehen belebte Aphrodite das Werk. P. heiratete die Belebte und zeugte mit ihr den Paphos. Vgl. Ovid »Metamorphosen« 10, spätere Behandlung in Suppés »Schöner Galathee«.*

Sex and crime, raffiniert, so muß es sein. Existierte eine etymologische Verwandtschaft von *Pygmäen* und *Pygmalion*. Der *Kandidat* maß einen Meter fünfundsechzig – war fünf Zentimeter kleiner, als der *Genosse* im *Messe-Bericht* geschätzt hatte. Oft leiden kleine Männer an Größenwahn. Seit Homers und Ovids Zeiten. Minderwertigkeitskomplexe erzeugen Höchstleistungen, Zwerge geraten zu Riesen in Kunst-, Wissenschafts- und Kriegsgeschichte. Goethe, Einstein, Stalin, eine schöne Tradition. Napoleon marschiert allen voran. Eine gute These ist der halbe Essay. Irgend etwas würde ich Xenia erzählen müssen. P. leidet unter einem Pygmalion-Komplex, notierte ich gewissenhaft in meine Stichwortliste. Psychoanalyse. Für Xenia das Richtige, aber nichts für den *Chef*.

Die Stadt lag im Halbdunkel, als ich den Hinterhof betrat. Den *Japaner* in der Jackentasche, blickte ich die Fassade hoch und sah – Licht im Atelier. Der *Gegner*, ich erschauderte, zu meinem Erstaunen weniger aus Angst, mehr aus Wut, was suchte *der Feind* in der Wohnung des Freundes. Eine dreiste Einmischung *in innere Angelegenheiten*, in meinen *Fall*. Ich drückte mich an die Klinkerwand, bemüht, im toten Winkel die Eingangstür zu erreichen, blieb dummerweise mit dem Jackett an einem rostigen Nagel hängen und riß mir einen Dreiangel, was meinen Zorn noch steigerte. Wenn sie bewaffnet sind? In der zweiten Etage zog ich die Schuhe aus. Die *Genossen* benachrichtigen? Würden sie eingreifen? Es ist dein Auftrag, dachte ich, werde nicht wankelmütig. Okay, aber auf eine Schießerei läßt du dich nicht ein. Mein Plan sah vor: 1. leises Eindringen, 2. Beobachtung, 3. Fotografieren von Puppe und *Gegner*, 4. umsichtig-lautloser Rückzug, 5. Kontakt mit dem *Chef*. Die Schuhe ließ ich auf dem Absatz stehen – auf dem Treppenabsatz – und schlich wie eine Katze nach oben. Die Bohlen knarrten verräterisch. Meine Miene war so verschlossen wie die Wellblechtür. Ich machte mich mit der Kamera vertraut, Spitzentechnologie, kinderleicht, *Klick, Berliner Dächer im Morgengrauen*, schoß per Selbstauslöser ein letztes Porträt, hoffend, die *Genossen* würden das Foto meiner Mutti übergeben, falls mir etwas zustoßen sollte – *in Ausführung einer staatswichtigen Tätigkeit*. Vorsichtig öffnete ich beide Türen, trat ein. Flur und Küche menschenleer, knisternde Stille. Hatten die *Agenten* – Profis! – mein Kommen gehört, verharrten mit entsicherten Brownings hinter den Gardinen? Den *Japaner* im Anschlag, schob ich mich ins beleuchtete Arbeitszimmer und, *klick, klack, klick*, schoß, wie auf einer Safari, fünfzehn Aufnahmen in drei Sekunden. Auch das Atelier war verlassen. Blieb noch die Schlafkammer. Mutig geworden, lüftete ich mit der Linken den grauen Vorhang, fotografierte mit der Rechten. Meine Augen brauchten einige Zeit, sich an das Dunkel der Gruft zu gewöhnen. Ich riß den Kleiderschrank auf, brüllte: Los rauskommen!, sprang aufs Bett, prellte erneut mein Knie, ließ aber den Finger am Auslöser. Kein *Gegner* rührte sich, der Film war alle, ich lag auf dem rosa Nachthemd und atmete den Duft von Oleander und Rosmarin.

Der Schrank sperrte das Maul auf. Ich fand keinen *Feind*, aber Unmengen Röcke, Kleider, Strümpfe, alles fabrikneu. Du benimmst dich wie ein Anfänger, dachte ich, laienhaft. So kannst du den *Fall von internationaler Dimension* nicht lösen. Erfülle des *Chefs* letzten Wunsch, und mach dich auf die Socken – mein Schuhwerk stand noch immer im Hausflur. Ich begutachtete den *Japaner* und verschluckte mich vor Schreck. Wie ohne Film fotografieren? So weit war auch Nippons Kameratechnik noch nicht. Aber vor allem, wo war das Motiv, das abzulichten mir die *Genossen* auftrugen? Die Puppe? Weder im Atelier, in der Küche noch in der Gruft, sogar im Schrank war sie nicht. Hatte ich sie gestern abend gesehen? Oder bildete ich mir ihre Anwesenheit nur ein? Monatelang stand sie zwischen Staffelei und Ofen. Hatte der *Gegner* sie entführt? Und bei dieser Nacht-und-Nebel-Aktion vergessen, das Licht zu löschen? Auch Profis unterlaufen Fehler. Sollte P. die Puppe mitgenommen haben – auf seine Hochzeitsreise? –, verschenkt oder zurückgegeben, denn sie war, wenn ich mich richtig erinnere, eine Leihgabe eines gemeinsamen Bekannten R., der auf Haushaltsauflösungen die absonderlichsten Dinge erstand. Deutete P. in seinen wirren Aufzeichnungen nicht einen Verlust der Puppe an? Jedenfalls schien ihm die (wie auch immer) in sein Atelier (sein Leben) eingedrungene Dame (die *Komplizin*?) von großer Ähnlichkeit mit der Puppe. Und selbst mir war die Affinität (um des *Chefs* Ausdruck zu verwenden) aufgefallen, als ich P.s Zeichnungen mit dem Foto des Ilmenauer Bildreporters verglich (der, nach der Qualität seines Fotos zu urteilen, nicht im Besitz japanischer Technologie war). Sollte der Freund einem Pygmalionkomplex verfallen sein? Hatte der *Gegner* in der Nacht vom 31. August zum 1. September die Puppe entfernt, um die *Komplizin* einzuschleusen. Handelte es sich bei der in P.s Tagebuchfragmenten erwähnten weiblichen

Person um die *Agentin*? Nutzte der *Feind* die geistig desolate Verfassung des Malers aus, wissend, daß P. als Bildhauer für einen derartigen Komplex besonders anfällig war? Stimmte am Ende die Terrorismus-These der *Genossen*?

Ich legte den Hörer auf die Gabel zurück. Besser ein öffentlicher Fernsprecher. *Gegner*, Wanzen, Spitzentechnologie, klein und unscheinbar. Erst auf der Straße bemerkte ich, durch eine Pfütze laufend, daß meine Schuhe noch immer auf dem Absatz standen. Doch bis zur nächsten Telefonzelle waren es nur ein paar Schritte. Eine Kabine defekt, die zweite besetzt. Eine Horde Schulkinder (dreizehnjährige Mädchen mit lila Lidschatten) ergötzten sich an meinen Füßen, brachen fast auseinander, als Sandra das Loch entdeckte. Der rechte große Zeh. Peinlich. (Für diese kleinen Idioten, ihre süße Zukunft, opferte ich wertvolle Zeit.) Irgendwann endete das längste Telefongespräch der Weltgeschichte.

Wird auch Zeit, knurrte ich den jungen Schnösel an.

Halt die Fresse, sagte der und hielt mir sein Schlüsselbund unter die Nase.

Keine Zeit für Privatkonflikte, Goldstück in den Schlitz, vierundvier, das Doppelte, zwo drei, sieben fünf.

Grüß dich, ich bin's.

Lebst du auch noch? grunzte der Antiquitätenhändler.

Geht's dir gut?

Was willst du, hab zu tun, sagte R., bin nicht freischaffend.

'ne Frage, sagte ich gedehnt, du hast doch P. 'ne Schaufensterpuppe besorgt, ich brauch so ein Ding, ganz schnell.

Ganz schnell geht gar nichts, sagte R., war 'ne einmalige Transaktion. Deinem Freund P. kannst du bestellen, wenn er nicht bald die Grubenlampe vorbeibringt, hol ich die Puppe wieder ab.

Ach, sagte ich, hat er die immer noch?

Hoff ich für ihn, sagte R.

Er legte auf. Ziemlich unfreundlich. Aber was ich wissen wollte, wußte ich nun. Die Kinder drückten sich an der Telefonzelle die Nasen platt. Ich streckte ihnen die Zunge raus. Sandra schob sich graziös eine Zigarette in den roten Kußmund und sagte: Nichts wie weg, der Typ ist ausgebrochen, sieht man doch drei Meilen gegen Wind.

Zurück im Atelier, beugte ich mich über die auf den Dielen liegenden Zeitungsreste. Die Passage in P.s Tagebüchern hatte ich nicht überlesen. *Ich bin montageunbegabt* – was für ein Wortungetüm –, *ich laß es.* Punkt, Punkt, Punkt. Schwer vorstellbar, daß P. seine programmatische Absage an die Collage praktisch hinterging. Bewußtseinsspaltung? Stand er bereits unter dem verheerenden Einfluß der *Komplizin*. Oder collagierte sie? Verdammt, so könnte es gewesen sein. Logisch. Der *Gegner* will P. abwerben. Er weiß um die Schwächen des Esoterikers P.: Malerei, Kunst und schöne Frauen. Man sucht ein hübsches Mädchen mit Kunstverstand und erpresserischen Erfahrungen, die der von P. gezeichneten Zentralfigur (Puppe) ähnlich sieht. Ein Trick, der die Einschleusung befördert und den *Pygmalion-Komplex* auslöst. Exakte Planung. Nicht jede gutaussehende Agentin zeichnet wie Paula Modersohn. Daher erwirbt die *Komplizin* in einem Schnellkurs (an der Kunstakademie München?) das *Einmaleins des Collagierens und Montierens.* Schere, Klebstoff, Phantasie und Selbstbewußtsein, lehrt sie Professor Josef Görls, bleiben die vier Grundpfeiler dieser Gattung. Die *Komplizin*, abgesetzt auf dem Territorium der *Republik*, trifft (in der Klause?) den Maler, der, vereinsamt, den reizvollen Köder schluckt und, im Glauben, er sei der Verführer, verführt wird. Am Morgen (nach jener Nacht, in der was geschah?) will P., ernüchtert, die *Komplizin* vor die Tür setzen, diese fesselt ihn mit einem kunstinteressierten Gespräch, schmeichelt seiner Eigenliebe, Schaffensfragen, ein wenig Expressionismus, Kubismus, neue Sachlichkeit, gewürzt mit sinnlich-konkreten Augen- und Blusenaufschlägen. Die Versuchung des wirklichen Lebens. P. gibt der *Komplizin* Werkzeug und Zeitungen. Natürlich darf sie in seinem Atelier arbeiten, er will ihr *unter die Arme* greifen, wenn nötig. Sie nistet sich ein. So könnte es gewesen sein. Leider, dachte ich, sind ihre Arbeiten verschwunden. Kein zurückgelassenes Material, einzig die amputierten *Zentralorgane*. Immerhin. Selbst das – ein Fehler. Eine Gegenüberstellung von Fragmenten und Originalen müßte die *Komplizin* entlarven. Welche Fotos, Titelzeilen, Absätze selektierte sie aus der gesellschaftlichen Totalität. Aus dem unorganisierten Stoff der Collagen erhoffte ich Aufschlüsse über den Zustand ihrer Psyche, Hinweise auf Wirkungsabsichten. Die künstlerische Betätigung der Unbekannten fungierte, davon ging ich aus, nicht allein als Ablenkungsmanöver, sondern als Teil der *Infiltration* des *Kandidaten*. Wo gehobelt wird, fallen Späne, wo montiert wird, bleiben Reste. Schwitters sei Dank. Es lebe die Materialästhetik, die Reproduktion, das konstruktive Moment des Konstruktivismus!

Die Klima-Anlage des Lesesaals brummte wie eine Schmeißfliege. Vor mir lagen, neben dem Notizblock, in einer Mappe die *illustrierten Ruinen*, wie ich poetisiert die Zeitungsreste nannte. (*Marlboro-Tüte* und *Japaner* ruhten im Schließfach.) Fleißige Studenten, eifrige Leseratten, Xenia?, nein, hübsches Kind, zwischen den kulturgeschichtlichen Regalen. Ausgesprochen attraktiv. Bibliotheken potenzierten meine erotische Energie, Museen, Ausstellungen, Theater und öffentliche Büchereien. Die *Zentralorgane* der Monate August bis September nur im Lesesaal, entschied die graue Bibliothekarin mit apodiktischer Miene, dauert aber, fügte sie, eine Wahrheit gelassen aussprechend, hinzu, falls sie nicht gerade in der Binderei sind. Was sie wohl sucht? dachte ich und meinte die kleine dunkelhaarige Historikerin, an deren rotbestrumpften Beinen meine arbeitslosen Augen hingen. Ich erhob mich und steuerte mit wissenschaftlich-festem Schritt und Gesichtsausdruck in Richtung der Buchreihen. Soso, China, England, Österreich, wo steckt sie denn?, ach, da blinkte als Signal ein Stückchen Wade, ich griff mir einen zweitausend Seiten starken *Abriß der Entwicklung der Umwälzung der Produktionsweise der Völker der mittleren Periode der …* und spielte (eine Lieblingsetüde) den seit Jahrzehnten gänzlich in der Forschung versunkenen Professor, der sich nur noch um Skelette und gar nicht mehr um rote, grüne oder überhaupt Damenstrümpfe kümmert. Gebückt am Regal entlangtippelnd, murmelte ich (wie ein betender Muslim) Signaturen vor mir her und stieß schließlich (erfolgreich) mit dem Kopf an ihren Ellenbogen, ließ den Wälzer fallen, dummerweise auf ihren roten Fuß, der in einer entzükkenden, aber sehr leichten Sandale steckte.

Oh, verzeihen Sie, Fräulein, hauchte ich mit mitleiderheischendem Trottelgesicht und wischte auf ihrem Fuß herum.

Können Sie nicht aufpassen, sagte sie, zog den Fuß weg und ließ ihrerseits eine *Encyclopaedia graeca* auf meine ins Leere streichelnde Hand stürzen.

Es krachte wie ein Schuß. Meine Finger waren wie gelähmt. Alle Lesesaalinsassen blickten entrüstet zu uns.

Darf ich Sie, stotterte ich, zu einem Kaffee einladen?

Ich erwartete keine Antwort aus dem spöttisch verzogenen Mund.

Gut, sagte die *Rote* und nahm mir das lexikalische 10-Kilo-Gewicht aus der verstauchten Hand. Aber erst in einer Stunde, wenn ich das durch habe.

Du hast so ein Glück bei den Frauen, dachte ich verwundert, du bist ein irrer Typ, du mußt nur endlich dran glauben.

Man rief meinen Namen. Endlich. Selbstbewußt schlenderte ich durch die Reihen der Lesenden. Immerhin ist ein Schriftsteller im Lesesaal so etwas wie ein Fisch im Wasser. Seltsamer Vergleich. Stolzgeschwellte Brust. Das amouröse Abenteuer mit der *Roten* war Öl, gegossen auf die kleine Flamme meines Selbstwertgefühls. Ich trat an die Buchausgabe.

Guten Tag, flüsterte ich vertraut.

Unterschreiben, sagte die Dame.

Ssssso, sagte ich, Autogramm, und klemmte die geliehenen *Organe* unter die Achsel.

Sind Sie mit dem Schriftsteller verwandt, fragte die Bibliothekarin, dem Autor von *Verwechslung der Jacken*?

Aber ja, rief ich, durchaus.

Hat mir nicht gefallen, sagte die jüngferliche Maus knapp. Können Sie ihm mal ausrichten.

Warum mißfiel es Ihnen? wollte ich wissen.

Ein Blaukittel näherte sich und schob der Dame einen Bücher-Himalaya vors Gesicht. Diese nahm von mir nicht länger Notiz und verfiel in ihren eintönigen Singsang: Herr Mül-ler, Frau Brau-mann, Frau Pro-fessor Hir-dina-sius.

Kriegsberichte, Flugzeugabstürze, Zugunglücke, Nahost-Reportagen, Havarien, Briefe und Reden aus Moskau, Fotos aus Japan und Amerika, Staatsprotokolle – die *Komplizin* hatte (schlußfolgerte ich mit Hilfe der vergleichenden Analyse) in erster Linie *katastrophale* und *politische Stoffe* ausgeschnitten. Die Seiten zwei und drei *(Wirtschaft und Kultur)* zeigten kaum Spuren schöpferischer Gewalt. Ebenso die Ressorts *Sport und Lokales*. Die Schlüsselworte *Brisanz* und *Grausamkeit* beschrieben das Credo der *Komplizin* am deutlichsten. Todesanzeigen und

Gerichtsberichte bezog sie in ihre Arbeit ein, fiel die Annonce *spektakulär* (ein jung Verstorbener), der Bericht besonders aufregend (ein Mordfall) aus. Eine fatale Weltsicht, in der Nachrichten über großartige Erfolge (Wohnungsbau, Milchviehhaltung, Volksröntgenuntersuchung) keinen Platz fanden. Positive Zeichen aus Ökonomie und Sozialwesen übersah die *Komplizin*. Internationale Ovationen für Klangkörper und Kunstschaffende verachtete sie. Die lachenden Gesichter der Politiker auf den Titelseiten waren in keinem einzigen Exemplar von der Schere der collagierenden Spionin beschnitten. Ich versenkte mich in das Foto *jubelnder Jungaktivisten*. Begeisterung glühte in diesen Gesichtern, Zukunftsgewißheit, Stolz auf Erreichtes – man sah die Anstrengung, so groß war die Freude, daß es Kraft kostete, sie auszukosten. Kräftige Muskeln in aufgeblähten Masken. Stiernacken, breite Brustkörbe, Resonanzräume großer Rhetoren, die auf weiten Plätzen des Volkes Meinung verkündeten, Lebenskünstler, wohlgenährte Bäuche, über denen das blaue Hemd spannte. Damit, dachte ich, kann sie nichts anfangen. Diese Perspektive verschließt sich dem Feind, diese kraftvoll-stämmige Hoffnung bedroht pessimistische Schwarzmalerei. Auch jene Nachrichten über *Aktivitäten westlicher Agenten* hatte sie geflissentlich überlesen. Nicht allein hübsch und verführerisch, mit Vorsicht und Feingefühl betrieb sie ihr schändliches Werk.

Mit doppelt Zucker, sagte die *Rote* und strich sich das blauschwarze Haar hinter die Ohren.

Keine Angst vor Kalorien, dachte ich, taxierte ihre Figur, blies den Rauch höflich unter den Tisch, begutachtete die roten Knie. Außerordentlich reizvolle Exemplare. Ich blockierte.

Und was machen Sie so? fragte die *Rote*.

Texte. Ausweichende Antwort. Ich schreibe.

Schriftsteller? Sie war erstaunt. Sie sehen gar nicht so aus.

Ach nein, wieso?

Sie sehen so normal aus.

Betroffenes Schweigen. Mußte das sein? Hatte ich nicht genug Ärger? Das hast du davon, du Hahn, dachte ich.

Und woran schreiben Sie? fragte die *Rote* und warf drei Stück Zucker in die Kaffeetasse.

Déjà vu. Die Fragen wiederholten sich. Die Kellnerin säuberte den Aschenbecher.

Pygmalion, sagte ich kurz angebunden.

Nein, sagte sie.

Doch, sagte ich.

Mein Diplomthema, sagte die *Rote*.

Ich verschluckte mich. Auch das noch, eine Expertin, eine Koryphäe der Mythenforschung.

Was studieren Sie, wenn ich fragen darf?

Klassische Archäologie.

Da haben Sie ein schönes Thema erwischt, plauderte ich, faszinierende Gestalt, dieser Pygmalion, Archetypus des Artifizius, der Fakt des Artefakten, Vergegenständlichung als Sinnproduktion, Antizipation, Realisation ...

Ich weiß nicht, sagte die *Rote* traurig. Ich komm damit nicht klar.

Ihre melancholischen Augen berührten eine Saite in meiner Seele, die ich lange nicht mehr hatte tönen hören: Mitgefühl und Zärtlichkeit. Bei Gott, wie kann der Frau geholfen werden?

Eine Bank im Lustgarten. Hintersinniger Ort. Die Augen der *Roten* tränenverhangen. In der letzten warmen Septembersonne.

Aber, sagte sie stockend, ist doch eine Schweinerei, dieser Mythos, Männerrecht, maskuliner Machtanspruch. *Neigte sich über das Bett und küßte sie. Wärme verspürt er. /*

Wiederum nahte sein Mund; mit der Hand auch prüft er den Busen. / Siehe, das Elfenbein wird weich, und befreit von der Starrheit … Erst durch die *herrliche* Hand lebt das Weib auf, er haucht ihr Leben ein mit seinem Atem. Nichts wäre sie ohne ihn, den Schöpfer. Die Legende eine Lüge. Gewalt unter dem Deckmantel der Liebe. Wer zeugt den Menschen, der Mann oder die Frau?

Beide, denke ich, warf ich behutsam ein.

Von mir aus beide, aber doch mehr die Frau, die schmerzhaft gebiert. Im Pygmalion-Märchen vertauscht Ovid die Rollen. Ein demagogisches Verfahren. Die Männer, die Geschichte durch Blut und Mord betreiben, kleiden sich ins Kostüm der Humanität, ihre Art zu lieben erheben sie zum Maß aller Dinge. Die Frau als Objekt. Dankbarkeit als Preis der Existenz, bezahlt in Naturalien, mit Fleisch, im Bett, Hingabe gleich Gefügigkeit.

Ist doch nur eine Allegorie, sagte ich.

Ein Prinzip ist es, täglich praktiziert, sehen Sie sich doch die Herren der Schöpfung an, die großen Künstler, die Tyrannen in Filzpantoffeln.

Dieser Vergleich ließ mich an Xenia denken, an die morgendliche Auseinandersetzung, bei der die Grafik des *Kandidaten* zu Bruch ging. Was tat ich? Ich führte eine (zugegeben anregende) Konversation mit einer aufgeregten/aufregenden Frauenrechtlerin und vernachlässigte meine staatsbürgerlichen Pflichten.

Und diese Misere, fuhr sie fort, soll ich verteidigen, ausleuchten als klassisches Ideal? Das kann ich nicht. Verstehen Sie das?

Ruhig Blut, sagte ich gesetzt, schreiben Sie doch nur über das *künstlerische Moment*, Wirklichkeit, Mimesis, Entwurf. Pygmalion als großer Künstler, abstrahieren Sie von der Prosa, die Ihnen im Kopf herumgeistert.

Bin ich schizophren? rief sie, natürlich bin ich's. Wie Sie. Wie wir alle hier, die immer eine Lücke finden, um unsere

Fachmeinung rein zu halten vom Alltagskummer. Klinisch saubere Forschung. Ekelhaft.

Irgendwie reizte mich ihre Rigorosität. (Schuldbewußtsein? Schon möglich.) Doch die Zeit drängte, meine Kenntnis des Pygmalion-Stoffes war gering, mir fehlten Argumente, ich mußte den *Chef* erreichen, meine *Fall-Analyse* zusammenfassen, mußte das Thema, das ins Unendliche auszuufern drohte, abrupt zu Ende bringen.

Sie gefallen mir, sagte ich, sehr sogar.

Ein echter Wirkungstreffer. Die *Rote* wurde rot, senkte schüchtern den klugen Kopf.

Na ja, sagte sie, ich muß auch in die Uni.

Wir gingen noch ein Stück gemeinsam, bis zu den steinernen Humboldt-Riesen. Ich reichte ihr meine Telefonnummer.

Ihre Auffassung deckt sich nicht völlig mit der meinen. Ich sehe Pygmalion etwas weiter. Es war dennoch sehr anregend ...

Brechen Sie sich keinen ab, sagte sie, ich ruf Sie an, wenn mir danach ist.

Und wann? fragte ich.

Wann haben Sie denn Zeit, fragte die *Rote*.

Heut abend, sagte ich zu meiner eigenen Verblüffung. Sie sagte nichts, grinste nur, warf das Haar nach hinten und verschwand hinter Wilhelm von H.

Hast du noch nicht genug am Hals? dachte ich. Der *Chef*, der Fall, P., Pygmalion, Xenia, die *Komplizin*, Zahnprobleme – jetzt noch ein Verhältnis? Der Mensch wächst mit seinen Aufgaben, schwacher Trost, da spürte ich eine kühle Hand auf meiner Schulter. Die *Genossen*, kurzer freudiger Schreck, gleich war ich eine Sorge los. Ich sprang einen doppelten Rittberger auf der Stelle und sah – Xenia. Ihr Blick eisig. Sah sie Enttäuschung in meinem Gesicht? Verfolgte sie mich? Wenn ja, wie lange schon?

Xenia, Darling, so eine Überraschung.
Brich dir keinen ab.
War das Zitat oder Zufall, verschuldet der allgemeinen Sprachverrohung? Ich beschloß, jede Anspielung zu überhören. Ich bin ebenso frei wie freischaffend.
Gut gebadet?
Mein Bikini fand allgemeine Beachtung. Und nicht nur der, sagte sie bemüht bissig.
Nein, dachte ich, Xenia, nun versuch's nicht auf die Tour, das klappt doch nicht.
Ich hatte gerade einen aufschlußreichen Disput mit einem klassischen Archäologen, Pygmalion-Fachmann …
Fachmann, fauchte Xenia. Du meinst nicht etwa die Zicke?
Kennst du das Fräulein?
Die tickt doch nicht ganz. Totaler Männerfrust. Bei der beißt du auf Granit.
Ich will ja nicht mit ihr …
Weiß schon, was du willst, rief sie. Denkst wohl, ich bin bescheuert. Sag bloß, die Schnepfe ruft nachts um drei an, um über alte Griechen zu plaudern?
Kann sie gar nicht gewesen sein, beruhigte ich Xenia. Ich hab ihr eben erst meine Telefonnummer gegeben.
Na, da soll ich mich wohl noch freuen, daß sie jetzt öfter an der Strippe hängt. Prima, brüllte Xenia und trat mit Wucht gegen eine vor Humboldt abgestellte Coca-Cola-Büchse.
Ein kleiner amerikanischer Tourist (mit Baseball-Ambitionen) warf sich der Länge nach hin und fing die Büchse auf. *Catch as catch can*. Die Passanten teilten sich augenblicklich in zwei Gruppen: Beifall klatschende Sympathisanten und klatschende Ordnungshüter, die, den Kopf schüttelnd, bösartige Bemerkungen fallenließen. Xenia schenkte dem Vorgang keinerlei Beachtung.
Bist du heut abend da?

Klar, sagte ich.

Ich hol meine Sachen ab. Und will, daß du dabei bist. Nachher verklagst du mich, weil irgendwas fehlt.

Aber Xenia, sagte ich.

Aber Xenia hörte mich nicht mehr, sie lief zur Bushaltestelle, sprang in den 57er und verschwand im Getümmel des Nahverkehrs.

Ach, ihr Frauen, dachte ich und setzte eine fixe Idee in die Tat um. Dank eines auszugsweisen Nachdrucks meiner Dokumentarprosa *Zuschauer unter Bauern* in der West-Berliner Zeitung WANZ (*Weddinger Anzeiger*) besaß ich sechs D-Mark (*Forum-Schecks*), also ausreichend Kaufkraft im *Intershop* für ein paar Gummibären. Wenn überhaupt, würde ich Xenia einzig damit besänftigen und milde stimmen können. Widerwillig betrat ich den Laden. Süßlicher Sterbegeruch schlug mir entgegen. Ein Gang nach Canossa. Die Konfrontation mit den musealen Überresten der alten Welt war mir verhaßt. Wider meine Prinzipien. Aber gelegentlich muß man für den lieben Hausfrieden auch ein hehres Prinzip opfern. (Der *Intershop*-Erfinder Dr. D. Wiese dachte einst wie ich.) Also nicht lange gefackelt, links, rechts, gradeaus, an den Schwanz der Schlange. Elf Uhr vormittags. Hunderte Kauflustige. Tja, die technische Revolution, dank Mechanisierung und Automatisierung geht der Mensch einkaufen, die Arbeitsproduktivität steigt unaufhörlich. Ein Mann mit Oberlippenbart trat mir auf den Fuß, ich meinte ihn schon einmal gesehen zu haben, nur wo? Richtig, auf dem Foto *jubelnder Jungaktivisten*, in der zweiten Reihe, mit erhobener Faust, frag ihn doch, aber ich traute mich nicht, vielleicht war ihm der Ruhm peinlich, zumal hier, in dieser Umgebung, ein *Held der Arbeit* in seiner Freizeit. Vor mir wünschte eine winzige alte Dame *einen schönen Kasten Konfekt zum Verschenken*. Die

Verkäuferin, ein zwanzigjähriges Pony, zeigte mit lässiger Gebärde ins Regal.

Was Sie hier sehen.

Das ist aber sehr teuer, sagte die Rentnerin.

Dann müssen Se eben rüberfahrn, sagte das Fräulein zuvorkommend. Und Sie? wandte sie sich an mich.

Äh, ich, ja, also, einmal Gummitiere, was kostet das? Und, äh, Schokoladenbären von *Scho-Ko-Kult*.

Sind nicht, sagte das Pony, legte mir eine Tüte Bären hin, *Scho-Ko-Kult-Scho-Ko-Bären* sind zur Zeit nicht …

Na warte, Schätzchen, dachte ich, jetzt macht dir der Onkel mal den Hintern heiß.

Wo gibt's denn so was? rief ich, so laut, daß es der ganze Laden hören konnte, wo gibt's denn so was: gibt's nicht? Hat man denn so was schon gehört. Warum gibt's das nicht? Das gibt's doch nicht!

Was weiß ich denn? flapste das Jungpferd.

Na, was heißt das denn, weiß ich nicht, wo gibt's denn so was, weiß ich nicht, warum stehn Sie denn dann hier?

Jawohl, sagte die alte Dame, der junge Mann hat ganz recht.

Sie können doch *Ferrari-Nüßchen* nehmen, sind auch lecker, sagte das Mädchen, das auf die Größe eines Shetlandponys schrumpfte.

Will ich aber nicht, brüllte ich, *Scho-Ko-Kult* will ich für mein gutes Geld und eine ordentliche Auskunft.

Ja, säuselte das Pony, verzeihen Sie, *Scho-Ko-Kult* war beim letzten Wareneingang nicht dabei. Ich werde gleich eine Neubestellung ausschreiben. Entschuldigen Sie nochmals.

Na gut, schniefte ich großmütig, zahlte eine Mark fünfzig für die Gummibären.

Erst als das Pony meine zerknitterten Forumscheine erblickte und ich enttarnt war, gewann es seine ursprüngliche Gestalt zurück.

Was darf's denn sein? wandte sie sich lächelnd an eine Frau mit violettem Hut.

Na endlich, piepste die, der hält ja den ganzen Verkehr auf. Dreimal die *Sonntags-Krönungs-Mischung von Jacobus.*

Aus der Botschaft trat der amerikanische Botschafter. Gut gelaunt rief ich *Good morning, mister*, er dankte überrascht und gnädig, setzte sich in seinen *Chevrolet*, brauste davon. In den Schaukästen Fotos berühmter Schriftsteller, Hemingway, Dreiser, Ginsburg. Eine Minute schweigenden Verweilens. In der Mauerstraße spürte ich wiederum menschliche Finger meine Schulter streifen.

Xenia, sagte ich, ohne mich umzudrehn, muß das sein?

Stehenbleiben, sprach eine nie gehörte Stimme hart.

Ich kannte den Mann nicht, er nuschelte einen unverständlichen Namen und zeigte mir sein Klappkärtchen mit der Geschwindigkeit eines Trickkünstlers.

Genosse, rief ich, froh über den unerwarteten Kontakt, das trifft sich aber …

Ihren Ausweis, forderte der Mann ungerührt.

Wie bitte? fragte ich.

Ihren Ausweis.

Aber warum? Ich komm doch auch so mit.

Die Fragen stelle ich, sagte der.

Gut, daß Sie mich getroffen haben.

Mund halten, fuhr er mich an. Was suchen Sie hier? Mehrere Bürger beobachteten Ihr Verhalten. Ihren Ausweis. Ihren Namen. Was sind Sie von Beruf?

Das wissen Sie doch alles, sagte ich.

Nicht frech werden, schrie der Zauberer mit spitzer Stimme.

Jetzt reicht's aber, rief ich, nun auch ein wenig erregt, ich bin nicht zum Spaß unterwegs, ich arbeite, verstehen Sie, *Genosse*, ich hab zu tun.

Für wen arbeiten Sie? fragte der wiederum.

Was geht Sie das an?

Allerhand.

Ich verhandle nur noch mit dem *Chef*, sagte ich und schob seine pelzigen Finger von meinem Unterarm, ging weiter, die *Marlboro-Tüte* in der Hand, in der rechten Jackentasche die Gummibären, in der linken den *Japaner*.

An der nächsten Ecke packten mich zwei kräftige Briefträger, warfen mich wie einen Postsack in eine dunkle Limousine. Ich wußte nicht, wie mir geschah. Minuten später saß ich in einem Büro, heruntergelassene Jalousien, ein dicker Mann in einem grauen Rollkragenpullover hackte wie der verzweifelte Funker der *Titanic* auf einer Schreibmaschine herum.

So, grunzte der Zauberkünstler, jetzt wollen wir uns mal unterhalten.

Von *Wollen* kann die Rede nicht sein, dachte ich. Hat dich der *Gegner* doch noch gekascht? Raffinierte Methoden. Eine Verwechslung? Weiß die eine Hand nicht, wen die andere verhaftet?

Taschen leeren, sagte der Dicke.

Sie machen einen Fehler, sagte ich und folgte der netten Aufforderung.

Gummitiere, ein dreckiges Taschentuch, alte Fahrscheine, Kleingeld, vier Mark fünfzig *Forum*, mein Notizbuch, ein Feuerzeug, der Fotoapparat. Obenauf legte ich das Mitgliedsbuch des Verbandes. Ohne Zaudern griff der Kartenspieler den Ausweis, warf diesen verächtlich auf das Schnupftuch. Den *Japaner* übergab er dem Dicken, der damit eilig den Raum verließ.

Das wird Ihrem *Chef* gar nicht gefallen, sprach ich, bemüht selbstsicher, den Apparat übergab er mir persönlich.

Was wollten Sie an der Botschaft?

Ach, daher weht der Wind. *Nothing*, dachte ich, *absolutly nothing*.

Nichts, sagte ich, absolut nichts.

Sie haben mit dem Botschafter gesprochen?

Guten Morgen hab ich ihm gewünscht, mehr nicht.

Erzählen Sie nicht. Wir haben es gehört.

Was fragen Sie dann?

Mein Gesprächspartner witterte einen bedeutenden *Fall* in mir, einen *großen Fisch*, er schaltete die Schreibtischlampe ein, drehte den Stuhl herum, legte die Arme auf die Lehne und blickte mir tief in die Augen.

Was wollten Sie im *Intershop*?

Gummibären. Ich wies auf den Tisch.

Und was noch?

Mehr nicht, oder doch, *Scho-Ko-Kult-Scho-Ko-Bären*, aber die gab's nicht.

Ach, sagte der Zauberer, allwissend lächelnd. Ich helfe Ihnen auf die Sprünge: Ihr Plan sah vor, Provokation eines Skandals in der Innenstadt, in unmittelbarer Nähe der amerikanischen Vertretung. Nur dank der Umsicht und Besonnenheit unserer Bürger platzte Ihr Unternehmen.

Ich wurde bleich. Alles, was ich in Angriff nahm, geriet zu einer Staatsaktion.

Rufen Sie den *Chef* an, bat ich.

Nichts da, sagte der *Genosse*, erst packen Sie aus.

Aber ich hab doch schon, sagte ich und deutete auf meinen offengelegten Tascheninhalt.

Wer steckt dahinter? fragte der Mann. Welche *informelle* Gruppe?

Wenn ich das wüßte, murmelte ich, wenn ich das wüßte.

Der Dicke kam wieder, mit dem *Japaner* und einem Haufen Fotos. Beide tuschelten. Dann begutachtete der Trickkünstler die Aufnahmen.

Militärisch, flüsterte der Dicke dem Magier über die Schulter, dieser verzog bedeutungsvoll die Unterlippe.

Nennen Sie die Objekte, sagte er, Leugnen ist zwecklos. Sie sind überführt.

Kann ich mal sehen?

Man reichte mir die Fotos, *Berliner Dächer im Morgengrauen*, eine schöne Stimmung, das blaßrote Ziegeldach, der *Chef* hatte keine Kosten gescheut, *Kosak-Farbfilm*. Auf den Aufnahmen im Atelier war so gut wie nichts zu erkennen, verwackelt, verrissen, abgelichtete Stuckrosetten der Zimmerdecke.

Genug, sagte der uneinsichtige *Genosse*. Haben Sie diese Fotos geschossen?

Ja, sagte ich.

Luftbilder, bemerkte der Dicke und zeigte auf einen düsteren Abzug.

Ein Kleiderschrank, erklärte ich, im Flug fotografiert, da haben Sie recht.

Und wer ist dieser Mann? Der Magier hielt mir mein Selbstporträt vor die Nase, gestochen scharf.

Mein Bruder, blödelte ich.

(Ja, Mutti, in dieser Situation war die Erfindung eines Bruders wirklich unangemessen. Aber du kennst mich, ich wollte stets ein Brüderchen, aber deine *Erwachsenenqualifizierung* war dir ja wichtiger.)

Heißt Ihr Bruder wie Sie?

Ja und nein.

Wie meinen?

Er hat einen anderen Vornamen. (Eine logische Lüge.)

In diesem Augenblick betrat ein dritter *Genosse* das Zimmer, meine beiden Freunde strafften sich und ließen ab von mir.

Das Foto ist identifiziert, sagte der Dritte. Die Sache erledigt. Entschuldige vielmals, wandte er sich an mich, unangenehmes Mißverständnis.

Der eifrige Magier schluckte, gab mir die Kamera zurück, Film und Abzüge, hielt meine Jacke, während der

Dicke mit der Grazie einer Artisten-Gehilfin mir Gummibären, Fahrscheine und sogar das Taschentuch überreichte. Grußlos verließ ich mit dem *Befreier* das Büro.

Der *Chef* bot mir einen *Cognac* an. Auf den Schreck. Doch ich lehnte dankend ab, fühlte mich überprüft. Er erriet meine Gedanken – daran gewöhnte ich mich langsam.

Trinken Sie ruhig, ich weiß, Sie sind nicht alkoholabhängiger als der gesellschaftliche Durchschnitt.

Merci, sagte ich seltsamerweise.

Zur Sache, begann der *Chef*. Ihr törichtes Benehmen kann böse Folgen nach sich ziehen. Über den Auftritt im *Intershop* grassieren schon die wildesten Gerüchte. Unverständlich, mir absolut unverständlich. Was haben Sie sich dabei gedacht?

Er sah mich an, erwartete jedoch keine befriedigende Antwort, schüttelte den Kopf. Ich fühlte mich augenblicklich schuldig.

Sie, ein Mann der Öffentlichkeit, verwickelt in einen Eklat. Einer der ersten Autoren unseres Landes. Demoralisierend. Ein Politikum, um so schlimmer, als Sie eingeweiht sind in den *Fall*. Ihre Aktion war sträflich leichtsinnig. Was, wenn Ihnen der *Gegner* auf den Fersen folgte? Und dazu die Kontaktaufnahme mit dem Botschafter! Ein Gespräch auf offener Straße. Am hellerlichten Tag. Also die Arbeit mit Laien!

Stöhnend setzte sich der leitende *Genosse* und trank den eigentlich mir zugedachten Weinbrand höchstpersönlich.

Aber *Chef*, brabbelte ich verstört, guten Morgen hab ich dem Mann gewünscht, wie können Sie das Gespräch nennen?

Auf dieser Ebene, mein Lieber, gilt schon ein Blickwechsel als Unterhaltung. Kennen Sie die gesetzlichen Verfügungen? Soll ich Sie in die siebzehn Stufen der Kommunikation mit westlichen Diplomaten einweihen? Damit

Sie sich ein Bild machen können, Ihr *fauxpas* rangiert (inoffiziell, versteht sich) auf Platz 11. Und Stufe 12 beschreibt schon geschlechtlich-sexuelle Vergehen.

Nein, rief ich ehrlich erschrocken.

Ja, sagte der *Chef*. Was sagten Sie dem Herrn?

Good morning, Mister.

Na also, ein vollständiger Hauptsatz, bestehend aus drei Wörtern. Hätten Sie beispielsweise *Hallo* gerufen, säßen Sie nur auf Rang 9.

Wieso?

Ganz einfach, Sie grüßten in des Mannes Landessprache, eine eindeutig schmeichlerische Geste – während *Hallo* noch als *Internationalismus* gelten könnte. Zweitens stellt Ihre Grußformel eine durchweg positive Lexikalkonstruktion dar. Good gleich gut ist rundum positiv. *Morning* gleich *Morgen* impliziert *Hoffnung, Aufbruch, Perspektive*. Merken Sie, was Sie angerichtet haben? Und *Mister*, gleich *Herr*, ist besonders spitzfindig. Eine Huldigung an die bürgerliche Verfassung Amerikas. Hätten Sie, was ich Ihnen hiermit strikt untersage, den Vertreter eines arabischen Scheichtums mit *Mister* tituliert, könnten wir Ihren Ausrutscher auf den 10. Platz verbannen. Aber so? Erschwerend kommt hinzu, daß Sie sich zwar der Landessprache des Diplomaten bedienten, jedoch so geschickt bekanntes Wortmaterial einstreuten, daß alle in der Nähe befindlichen Bürger ihre Grußlosung verstehen *mußten*.

Es war niemand in der Nähe.

Aber, aber, woher wüßten wir dann, daß …, nun ja, sagte er, was machen wir denn nun mit Ihnen? Sein Blick durchbohrte mich. Wie steht's um Ihr Interesse am *Fall P.*?

Eigentlich, setzte ich an, sah aber das Funkeln hinter den Brillengläsern des *Chefs*.

Ja, sagte ich, Sie haben mich überzeugt. Ich bleibe dabei.

Die Fotografie, deine Schwesterkunst, dozierte der *Chef* und duzte mich wieder, behandelst du reichlich stiefväterlich. Weißt du, was ein *Kosak-Farbfilm* kostet? Auch ich muß meine Valutamittel einteilen.

Ich hab noch 4 fünfzig *Forum*, reicht das? fragte ich und kramte in der Hosentasche.

Nicht doch, nicht doch, ich brauche keinen Wertausgleich, ich benötige eine Begründung.

Das Einfache, das schwer zu geben war. Ich überlegte fieberhaft. Sollte ich mich (und meine literarische Innung) lächerlich machen oder (zu unserer Ehre) die Geschichte etwas ausschmücken?

Tja, begann ich, die Sache verlief ein wenig fatal. In der Dämmerung betrat ich den Hinterhof und sah schon von dort zuckende Schatten im Atelier. Mir war klar, die Wohnung war in der Hand des *Gegners*.

Ich blickte den *Chef* an, doch der schien unerschüttert.

Rückzug oder Alleingang? Ich entschied mich, den feindlichen Kollegen – der *Genosse* verzog das Gesicht, als hätte er Zahnschmerzen – das schmutzige Handwerk – er erholte sich wieder – zu legen, drang, den Apparat schußbereit, in die Wohnung ein, sah einen Lichtreflex durchs Zimmer tanzen und wurde niedergeschlagen.

Was? Der *Chef* sprang aus dem Sessel.

Ja, spann ich weiter, eine zwei mal zwei Meter große Leinwand stürzte hinter der Tür auf mich nieder, ich taumelte, hielt, damit er nicht zu Bruch ging, den *Japaner* krampfhaft fest – die Bemerkung, die Valuta-Situation der *Genossen* betreffend, verschluckte ich –, prallte unglücklich mit dem Kopf gegen den Tapeziertisch und verlor das Bewußtsein. Als ich, nach Sekunden oder Minuten, ich weiß es nicht, wieder zu mir kam, bemerkte ich mit Erschrecken, ich hatte die Kamera gerettet, aber die ganze Zeit den Zeigefinger auf dem Auslöser gelassen.

Und das Atelier?

Leer, kein Mensch, kein *Gegner*, keine Puppe.

Hast du die Schatten wirklich gesehen?

Bin doch nicht blind, gab ich gekränkt zurück.

Ein Hinterhalt, die *stürzende Leinwand*, ein alter Trick, vorgetäuschter Unfall, es gab einen Fall Anfang der fünfziger Jahre … – er unterbrach sich –, es müssen Spuren vorhanden sein.

Waren, sagte ich.

Rede doch, rief er ungeduldig, muß man dir alles aus der Nase ziehen?

Verbranntes Papier auf den Dielen, Asche, Rußflocken.

Aha, schniefte der *Chef*.

Der Ofen brannte lichterloh, möglicherweise warf auch er die beobachteten Reflexe.

Sicherlich nutzten sie die Nachtstunden und waren längst über alle Berge. Und die Puppe?

Weg. Aber dazu komme ich noch. Wieder bei Bewußtsein, stürzte ich zum Ofen, riß die Klappe auf und zog einige halbverkohlte Schriftstücke aus den Flammen.

Schriftstücke welcher Art?

Tagebuchaufzeichnungen des *Kandidaten*.

Immerhin, sagte der *Genosse*, ich höre.

Hast du eine Theorie? fragte der *Chef*, als ich geendet.

Ja, sagte ich, die wiederholte Lektüre dieser Aufzeichnungen bestärkt mich in meiner Spekulation.

Erzähl, sagte er.

Er hörte sich, im Sessel liegend, meine Erläuterungen geduldig an, nicht ein einziges Mal unterbrach er meinen Redefluß. Ich berichtete von der *Komplizin*, die These ihrer Einschleusung, von Collagen, dem künstlerischen Talent, ausgeschnittenen Zeitungsseiten, um schließlich mit einer Darstellung des *Pygmalion-Komplexes* zu enden.

… denn, so schlußfolgerte ich, einzig die Auslösung eines die Persönlichkeitsstruktur des Kandidaten angreifenden Pygmalion-Komplexes gibt Antwort auf die Frage, wie dem Gegner die gewaltfreie Entführung des vorbildlich-patriotischen Bürgers P. gelingen konnte.

Das klingt ganz schlüssig, sagte der *Chef*, einen Druckbleistift in den Fingern drehend, will aber nicht in meinen Kopf. Erstens kenne ich in der klinischen Psychiatrie bislang keinen vergleichbaren Komplex. Diesen *Pygmalion-Komplex*, verehrter Freund und Kupferstecher, dürftest du dir zusammengereimt haben. Mangels Beweisen. Zweitens besitzen wir Informationen, die zu einigen Zweifeln an der bewußten Gesinnung des Bürgers P. berechtigen. Seine auf der letzten Sitzung des *Verbandes Schaffender Bildner* gehaltene Rede kannst du lesen. Drittens benimmt sich P. auf der Messe vollständig normal, nicht er scheint von der *Komplizin* abhängig, eher diese von ihm. Viertens muß man annehmen, daß der *Gegner*, wenn er in der vorigen Nacht die Wohnung des *Kandidaten* durchsuchte, Schlüssel besitzt und Kenntnis darüber, wo sich belastende Akten befanden. Das heißt, woher wissen wir, ob P. nicht *freiwillig* mit dem Feind kollaboriert? Schließlich gebe ich zu, eine, wenn wirklich vorhandene, Ähnlichkeit von Puppe / Modell und *Komplizin* kann kein Zufall sein, aber was steckt dahinter?

Chef, entgegnete ich, für eine Zusammenarbeit mit dem *Feind* müßte es ein Motiv geben, zumal *Kandidat* und *Komplizin* in der Organisation *Rote Grütze* den gegnerischen Machtapparat angreifen.

Ja, die Lage ist diffus. Fakt bleibt, P. verließ die *Republik* illegal und plant Aktionen, die der *Republik* großen internationalen Schaden zufügen können. Das muß verhindert werden, egal, wer den *Kandidaten* bezahlt. Uns geht es im Augenblick nicht um die Zerschlagung der *Roten Grütze*, vielmehr um Eliminierung des *Kandidaten*. Mit ihm fällt schräges Licht auf unsere gute Sache.

Und wie weiter? fragte ich verzweifelt.

Bleib dran, sprich mit Bekannten, die den *Kandidaten* in

den Septembertagen getroffen haben. Erkundige dich nach der *Komplizin*. Irgend jemand muß sie kennen. Aber Vorsicht! Forsche nach deinem *Pygmalion-Komplex*. Das ist verworren genug, das kauft man dir ab.

Wo ist P. jetzt? flüsterte ich, verbittert über die Ironie des *Chefs*.

Noch immer in Bayern. Beide leben zurückgezogen in einem Münchner Vorort. Übrigens, bezeichnenderweise bei *Ehemaligen*. Was sagst du nun?

Wortmeldung des Kandidaten auf der Mitgliederversammlung des Verbandes Schaffender Bildner 3. September (aus dem Protokoll):

Ja, also, liebe Kollegen, ich habe die ganze Zeit überlegt, ob ich besser wieder gehen oder etwas sagen soll. Was machen wir hier? Mir, Verzeihung, ist es scheißegal, ob ich der Dresdner Jury drei oder vier Exponate vorstellen kann. Chancen rechne ich mir eh keine aus, ich kenne die Leute, die letztlich über die Ausstellung befinden. Das ist doch Demagogie. Augenauswischerei. Und hat, ganz nebenbei, mit der Lage im Land herzlich wenig zu tun. Wen juckt denn das? Wer sieht sich in einem halben Jahr unsere Bilder noch an? Wie weltfremd sind wir eigentlich? Herr S., daß Sie kein großer Redner sind, wird hier im Saal wohl niemand bestreiten. Das Gerede von Veränderung gerät zur leeren Floskel, im Grunde ist alles in Ordnung. Zitiere ich korrekt? Sie, der große Verhinderer, dem der Vorstand jede Neuerung abtrutzte, wagen über mechanisches Denken zu richten, über angebliche Lethargie und Resignation. (Geraune im Saal, bleib sachlich, Kollege – Zwischenruf einer Dame). Das ist zynisch. Wer blockte als erster die Avantgarde-Projekte ab, wer dekretierte über unsere Köpfe hinweg, wer, wenn nicht Sie? Wem klang das Wort Demokratie bis vor kurzem noch wie Umsturz, Verbürgerlichung, Aufweichung der Werte? Wer trug im Mai unsere Protest-Resolution direkt ins Hohe

Haus? Wem verdanken wir, daß der Verband auf das Niveau eines Taubenzüchtervereins herabsank? (Nun werde man nicht ungerecht! – Zwischenruf.) Ich weiß, Sozialpolitik ist Ihr Steckenpferd – die Leistungen in allen Ehren. Und der Preis? Artigkeiten gegenüber dem Ministerium, damit die Subventionen weiterfließen. Und alle grundsätzlichen Fragen schön unter den Teppich gekehrt. Liebe Kollegen, was nützt mir eine prophylaktische Kur in Bad Salza, wenn Auseinandersetzung fehlt, Streit, kritisches Denken. Statt dessen Parolen, Hinhaltetaktiken, Entschuldigungen, versteckte Verbote, Verfügungen – oder mal eine Reise in die Toscana. Zuckerbrot und Peitsche. (Du hättest ja nicht fahren brauchen, nach Italien – Zwischenruf und Gelächter.) Wie soll man das aushalten, weiterhin Kunst machen? Da verkrampfen sich allmählich Finger und Gehirn. (Das merkt man! – Zwischenruf aus der ersten Reihe. Geraune im Saal.) Kollege T. fühlt sich angesprochen? Sie dürfen gleich. Bin fast fertig. Kollege S., wenn Ihnen das Schicksal des Verbandes wirklich so am Herzen liegt, machen Sie einmal Ernst, leisten Sie dem Verband einen letzten großen Dienst – stellen Sie Ihren Stuhl zur Verfügung. Danke. Danke.

(Heftiger Beifall und starker Protest, ein Antrag auf Ausschluß des Kollegen P. wird eingebracht, erreicht jedoch bei der folgenden Abstimmung nicht die erforderliche Mehrheit.)

Seit einer Stunde saß ich im *Chef*-Zimmer. Es war halb zwei.

Pardon, sagte ich, das ist eine *typische Wortmeldung*, erregt, überspitzt, verworren, wo sehen Sie staatsfeindliche Absichten? In den Künstlerverbänden geht es manchmal heiß her.

Das ist mir leider bekannt, bemerkte der *Chef*, aus einem Aktenberg aufschauend, ich äußerte lediglich leise Zweifel am von dir besungenen Patriotismus des *Kandidaten*.

Beachte die Zwischentöne, einige Passagen, die am 3. September unverfänglich schienen, leuchten heute in einem anderen Licht.

Er drückte auf einen grünen Klingelknopf, und der schweigsame *Genosse* betrat das Büro, sein blaugrauer Anzug war maßgeschneidert, von bestem englischem Stoff. Ich staunte.

Ins Theater?

Schlimmer, sagte der Schweigsame, moderne Oper.

Kunstbanause, brummte der *Chef*, wenn die Gipfelbaude inszeniert, brennt die Luft, da wünsch ich dir offne Ohren, Genosse. Übrigens, wandte er sich zum Abschied an mich, kennst du Schlegels *Pygmalion-Gedicht*?

Selbstverständlich, log ich, ein wunderbares poetisches Gebilde.

Nicht wahr. *Festlich duften Cypriens Altäre, / Von Gesang ertönt Paphos Hain. / Schön geordnet ziehn geschmückte Chöre /* undsoweiterundsofort …

Aber woher …? setzte ich an.

Ich weiß, was du sagen willst, unterbrach er mich, die Arroganz künstlerischer Intelligenz, ich liebe Poesie, mein Hobby, wohltuender Ausgleich zum faktenreichen Alltag. Was denkst du, wer ist meines Herzens Dichterfürst, a) Goethe, b) Hölderlin, c) Heine?

A, sagte ich ohne Zögern.

Falsch.

Der *Chef* verzog den Mund wie ein beleidigter Teenager, dessen *Superstar* man nicht kennt.

C? fragte ich skeptisch.

Nein, sagte mein Gegenüber.

Hölderlin, entfuhr es mir erstaunt. Unglaublich.

Es schufen sich einst die Einsamen liebend / Nur von Göttern gekannt ihre geheimere Welt, rezitierte er mit innerer Begeisterung.

Der *Schweigsame* blickte auf ihn voller Stolz, klatschte

Beifall, den der *Chef* mit lässig-bescheidener Geste unterbrach. Ich torkelte am Arm des *Schweigsamen* durch die Türfüllung.

Zu Hause eilte ich, eine Zigarette im Mundwinkel, zum Bücherregal und suchte die Familie Schlegel, der *Chef*, der Renaissancemensch, weiß aber auch alles. Wer die Gesellschaft überblickt, entwickelt einen weiten Horizont. Hegel, Flegel, Pegel. Verstaubte Klassiker (inclusive Romantiker) gleichen versunkenen Hochkulturen. Ich zog den guten Friedrich aus der druckvollen Umklammerung seines Bruders August Wilhelm, Heine preßte ihn eifrig von links. Friedrich, sprach ich, schriebst du ein Gedicht *Pygmalion*? Gestehe! Die *Genossen* wissen es sowieso. Wann, dachte ich, könnte Freddy sich dem Mythos genähert haben, höchstens in seiner Sturm-und-Drang-verdächtigen Dichterblüte. *Vom Jungaktivisten zum Konvertiten ist es nur ein Schritt, messieurs!* Friedrich schwieg, redete nur noch im Beichtstuhl. *Schlegel predigt gegen Hegel / Für den Teufel schieb' er Kegel. // Hegel spottet über Schlegel, / Sagt, er schwatz' ohn' alle Regel. // Schlegel spannt der Mystik Segel; Hegel faßt der Logik Flegel / Kommt ihr Deutschen, Kind und Kegel / Von der Saar bis an den Pregel! // Schaut, wie Schlegel kämpft mit Hegel! / Schaut, wie Hegel kämpft mit Schlegel!*

Auf Seite 38 des ersten Bandes der *Gesammelten Poetischen Werke des August Wilhelm von Sch., herausgegeben von Eduard Böcking, zu Leipzig 1846*, stand, schwarz auf gelbweiß, das Gedicht *Pygmalion*, und ich hatte, als ich es ahnungslos rühmte, nicht untertrieben. Sechsunddreißig achtzeilige Strophen, im Reimschema A-B-A-B-C-C-D-D, gigantisch. Ein gewisser Schiller, Friedrich, bewies Geschmack und Urteilskraft, als er 1797 die heutzutage (außer in gewissen Kreisen) unbekannte gewaltige Ballade in seinen im deutschen Lande (unter den Geistesgrößen) geschätzten *Musenalmanach* aufnahm. Ich stellte mich, das Buch im Handteller, vor das Fenster, schlug mir wie ein Rhapsode die Tischdecke als Toga um die Schultern und sprach mit kräftiger Stimme:

Festlich duften Cypriens Altäre, / Von Gesang ertönt Paphos Hain. / Schön geordnet ziehn geschmückte Chöre / In den myrtumkränzten Tempel ein. / Rosig blüh'nde Mädchen, zarte Knaben; / Alle bringen sie Gelübd' und Gaben, / All' erflehn, Verlangen in der Brust, / Liebe, Reiz und Jugendlust.

Wollust atmet aus den Rosenlauben, / Wo sich willig manches Paar verirrt, / Wo ein Paar von buhlerischen Tauben / Ihrer Ankunft süß entgegen girrt. / Küße hört man flüstern in den Büschen, / Wo sich Licht und Dunkel lieblich mischen, / Wo der Grund, mit Moosen überwebt, / Sich zum Lager schwellend hebt.

Aber einsam in sich selbst verschlossen, / Schaut Pygmalion dem Feste zu; /Das Frohlocken muthiger Genoßen / Weckt ihn nicht aus seiner ernsten Ruh …

Es klingelte. Götter Griechenlands, betete ich, helft! verstandsmordende Kyklopen greifen den Frieden der Seele an, hohe Olympier, seid ein Schild meiner kalokagathischen Bildung! Laß einschlagen, edler Kronide, deinen Blitz in die Türklingelspule, kehre, herrlicher Hermes, zurück, woher du kamst, in die Steine, störe mit deinem schläfrig machenden Stab des Telefonnetzes hauchdünne Kabel. Ihr Himmlischen, droben, in Prunk und Ruhm, Verwalter des Schicksals, macht, was ihr wollt, mit eurer Allmacht, doch einzig, ich bitt euch, laßt mir, eurem ergebenen Diener, die Ruhe, zu enden demutsvoll die

Lektüre dieser Ballade! Ich kniete, die Hände gefaltet, vor dem Fernseher, sah mich im spiegelnden Bildschirm. Lächerlich. Vielleicht störten Zeus und Konsorten meine katholische Grundhaltung, denn, ich vernahm erneutes Läuten, sie erhörten mein Flehen nicht.

Schön, daß ich Sie antreffe, jubelte Kollegin Dr. Biene, Oberreferentin des Sekretariats des Schriftstellerverbandes.

Ganz meinerseits, sagte ich.

Darf ich eintreten? Sie stand im Zimmer, wollte sich die Schuhe ausziehen.

Nicht nötig, Frau Oberreferentin.

Ist Ihnen kalt, fragte sie sorgenvoll und deutete auf die hellblaue Toga mit dem fußballgroßen Kaffeefleck.

Grippe, sagte ich.

Tun Sie uns das nicht an, stöhnte sie. Wir haben ein Problem ..., mir richtig unangenehm ..., Erich Altsch will nicht, John Doppelblitz recherchiert in Oberitalien für seinen autobiographischen Roman *Togliatti und ich und andere Partisanen*, Hügler webt einen Sonettkranz für Solls siebzigste Auflage, dazu kommen sechs Kollegen mit Influenza, fünf leisten Reservistendienst ... und wir stehen da.

Setzen Sie sich doch, sagte ich, schüttelfrostig zitternd.

Ja und? Was sagen Sie? fragte Frau Dr. Biene.

Schrecklich, sagte ich, furchtbar, aber Sie sehen ja selbst. Ich wischte imaginären Schweiß von der Stirn.

Nein, heulte die Biene, ich halt's nicht mehr aus, keiner will nach Zypern, obwohl's nur sechs Tage sind.

Was sagten Sie? fragte ich.

Mit Anreisetag sieben, brummte die Biene.

Sie meinen, Sie fragen, Sie wollen also, daß ich, stotterte ich, nach Zypern ...

Ich kann nichts dafür, weinte die Oberreferentin, meine

Erregung offenbar mißdeutend. Reist dies Jahr niemand, fährt nächstes Jahr keiner. Zypern soll so schön sein!

Festlich duften Cypriens Altäre, / Von Gesang ertönt Paphos Hain. / Schön geordnet ziehn geschmückte Chöre / In den myrtumkränzten Tempel ein, rezitierte ich schwungvoll.

Sie fahren? fragte die Biene. In ihren geröteten Augen wechselte Dankbarkeit mit Unglauben, Unglauben mit Ergebenheit.

So sehen verunglückte Alpinisten den Bernhardinerhunden ins Gesicht.

Zur Geliebten hat er sich erlesen, / Die noch nie ein sterblich Auge sah; / Nur ein Schatte, doch ein mächtig Wesen, / Ist sie fern ihm, und doch ewig nah. / Tief in seines Innern heil'ger Stille / Pflegt die Dichtung sie mit reger Fülle, / und umarmt das göttlich schöne Bild, / Halb von eignem Glanz verhüllt.

In erstauntes Anschaun so versunken, / Fühlt er sich allein, wann er erwacht. / »Götter!« seufzt er dann, »nur einen Funken, / Einen Funken eurer Schöpfermacht! / Bin ich bloß zum eitlen Wahn geboren? / Meine Lieb an einen Traum verloren, / Der von ihrem Odem nie beseelt / Liebevoll sich mir vermählt?« …

Wunderschön, sagte die Oberreferentin, floß das Poem aus Ihrer Feder?

Ein Schlegelbruder, August Wilhelm.

Ach nein.

Jaja.

Eine Reise muß ich noch loswerden, sagte sie, wenn ich nicht irre, arbeitet Schlegel als Chefdramaturg am *Theater der jungen Generatoren*. Darf ich mal Ihr Telefon …?

Zwecklos, sagte ich.

Nicht reisefähig? fragte die emsige Biene, das kriegen wir hin, Zypern ist eine Insel. Ich schüttelte das Haupt.

Kein Interesse. War schon da? Nicht Verbandsmitglied? Krank? Angst vorm Fliegen?

Nein, sagte ich, tot.

Schade, sagte die Referentin, hab ich gar nicht mitbekommen, die Theaterleute trinken so unkontrolliert. Aber Sie erwähnten seinen Bruder, schreibt der auch?

Friedrich, rief ich, aber ja. Ein strammer Katholik.

Das macht uns schon lange nichts mehr, ereiferte sich die habilitierte Biene. Die Koalition der Vernunft erfaßt die Religion, obwohl Opium fürs Volk.

Auch schon tot, der Bruder, sagte ich, langsam den Spaß an der Sache verlierend.

Na hoffentlich hat's ihm was genützt.

Was denn?

Sein Glaube, sagte sie schlicht. Aber bevor Sie die restlichen dreißig Strophen vorlesen, erledigen wir rasch die Formalitäten. Ihr Flug geht Donnerstag früh um 8 Uhr 45, also übermorgen …

Kurz vor 15 Uhr erreichte ich das *Medizinische Institut der Wasserwirtschaft*. Treppauf, treppab. Weiße trockene Flure. Das Sprechzimmer mit dem schrägen Schildchen: Dr. Z., Facharzt für Neurologie und Psychiatrie. Ich klopfte. Hoffentlich war mein alter Freund, *das Nervenbündel*, wie wir ihn in unserem illegalen studentischen Tierschutzverein nannten, nicht auf Dienstreise. Die Tür öffnete sich langsam.

Schwester Dörte, rief ich, ist der Doktor zu sprechen?

Ach Sie sind's, sagte die Schwester, eigentlich nicht.

Reinlassen den Mann, baßte es aus dem Behandlungszimmer.

Wir umarmten uns, Z. trug noch immer seine wirre Pilzkopffrisur, Bluejeans und den skurrilen Ho-Chi-Minh-

Bart. Im Kittel steckte er wie eine zwei Meter große Vogelscheuche. Ich blickte zu ihm auf, doch als einfühlsamer Seelenkenner ging er gekrümmt zum Schreibtisch und nahm umgehend Platz.

Für mein neues Buch, sagte ich, brauche ich dringend Fachberatung.

Um was dreht sich's? sagte Z. und schob sich eine Havanna-Zigarre unter der Nase hin und her.

Die Geschichte eines Malers, der sich in eine Puppe verliebt, die ihm als Modell dient. Eine hohle Schaufensterpuppe. Den Maler verfolgen Agenten, die ihn in schmutzige Dienste hineinzwingen wollen. Als der Held seine Verzweiflung und Einsamkeit im Alkohol ertränkt, vertauschen die Spione, seinen nächtlichen Rausch ausnutzend, die leblose Puppe mit einer *Komplizin*, die dieser leibhaftig ähnlich sieht. Diese Frau verführt den Maler, suggeriert ihm, sie sei die beseelte Puppe, jener erleidet, in sexuelle Abhängigkeit geratend, eine schwere Bewußtseinskrise. Der *Pygmalion-Komplex* – so übrigens der Titel des Buches – verwirrt ihn zutiefst, doch versucht er sich dem verheerenden Einfluß zu entziehen. Er besucht mit der *Komplizin* einen befreundeten Neurologen, in Hoffnung auf dessen Hilfe. Das Buch ...

Okay, fiel mir der Doktor ins Wort – die weitere Fabel reizte ihn offenbar wenig –, bißchen verschroben, die Räuberpistole. Dabei liegen tausend reale Menschenschicksale unbeschrieben brach. Arbeite 'ne Woche in unserer Klinik, dann lesen sich deine Phantasmagorien wie Ammenmärchen.

Der Doktor kränkte mich nicht, im Grunde meines Herzens gab ich ihm recht, doch meine Rolle verlangte eine andere Antwort.

Die Story ist nur das Skelett, verteidigte ich mich, um das sich ein sozial brisantes Gewebe bildet.

Na gut, knurrte Z., und wie kann ich dir helfen?

Nehmen wir an, sagte ich, der *Kandidat*, also der Maler, und die *Komplizin* kämen in deine Sprechstunde. Wie reagiertest du?

Moment, sagte Z., sie behauptet, eine belebte Puppe zu sein, der Maler, mein Freund, behauptet, ihr zu glauben. Exakt?

Ich nickte und kramte, als Beweis für echtes literarisches Interesse, Notizblock und Stift aus der Ledertasche. Beides lag zwischen *Marlboro-Tüte*, Gummibären, einem Gedichtband August Wilhelm von Schlegels sowie einem bunten Reiseprospekt *Visit Cypria – Island in the sun*.

Angenommen, sagte ich, die *Komplizin* brächte ihre Geschichte ruhig und überzeugend vor. Ohne Angst, ohne ausgeprägte Bedeutungserlebnisse.

Keine neurasthenische Reaktion, weder Symptome eines Entwurzelungssyndroms noch Störungen der Assoziationsfähigkeit, die auf Schizophrenie deuten. Hmm, solche Ferndiagnose fällt immer schwer, sagte der Doktor grüblerisch. Worin soll die psychische Störung eigentlich gründen?

In der Behauptung, sie sei ein vitalisiertes Kunstmodell.

Eine Art Golem, sagte Z. zerstreut. Er schien nicht recht bei der Sache.

Vielleicht nahm er, wie sollte ich es ihm verübeln, mein lächerliches Romanprojekt nicht ernst.

Nun, sagte der Neurologe, wenn die Patientin einen gefaßten Eindruck macht, offenbar nicht unter der Wirkung von Drogen, Alkohol oder anderen Giften steht, könnte ich dennoch schwerere psychische Schädigungen nicht ausschließen. Man darf niemals erwarten, alle wichtigen Symptome einer Krankheit in einem gegebenen Moment zu sehen. Manchmal finde ich selbst bei ausgesprochener Psychose vorübergehend nichts Krankhaftes. Es bliebe auch Simulation zu beachten, möglicherweise handelt es sich um einen Fall von *pseudologia phantastica*.

Pseu-do-logi-a-phan-tas-ti-ca, wiederholte ich, notierte mir den Begriff. Kannst du das übersetzen?

Pseudologen besitzen eine überaus lebhafte Phantasie, sie gleichen euch Dichtern, setzte Z. hinzu, lächelte jedoch nicht über den eigenen Scherz, Pseudologen konstruieren sich Märchen von vornehmer Abkunft, Wunschbarkeiten seltsamer Art und handeln danach. Vor Jahren erklärte mir ein Patient mit genausten Begründungen und Faktenwissen, er sei Militärattaché in Burma. Im Unterschied zu Konfabulanten und Gedächtnishalluzinanten wird Pseudologen der wirkliche Wert ihrer Phantasien zwar häufig bewußt, doch verlieren sie sich derart in ihren eigenen Lügengeschichten, daß die Frage *wirklich oder nicht* zeitweilig vollständig verdrängt wird.

Aufschlußreich, sagte ich, wirklich, sehr aufschlußreich.

Ja, sagte Z., als *pseudologia phantastica* könnte man auch den Fall betrachten, der mich zur Zeit gerade beschäftigt: ein Schriftsteller sucht einen Neurologen auf und erzählt ihm von einem Roman, den er nie schreiben wird, eine vollständige Lügengeschichte von einem Maler, einer Puppe, Agenten und Komplexen.

Wie kommst du darauf? rief ich erbost. (Die Frage interessierte mich ernstlich. Seine Folgerung war genial.) Ich schreibe dieses Buch! Von wegen pseudo…

Bemüh dich nicht weiter, sagte Dr. Z., ich weiß Bescheid.

Ich sah ihn an, seine Miene war medizinisch-steril. Die Havanna ragte aus der Brusttasche des Kittels, während die sauberen langen Pianistenhände mit einem verchromten Kniescheibenreflex-Hämmerchen spielten. Er sah mich an wie die Schlange das Chamäleon.

Sie waren schon da, sagte der Doktor.

Regungslos, mit offenem Maul, starrte ich ihn an.

Wer? fragte ich stimmlos, der *Chef*, der *Schweigsame* oder der kleine *Schnellsprechende*?

Hör auf zu flunkern, sagte Z. energisch, sonst bleibst du hier. Montag vor einer Woche saß P. auf diesem Stuhl, neben ihm diese angebliche Puppe. Ein neues Gesellschaftsspiel? Macht wohl Spaß? Psychosentheater! Ich hielt P. für einen ernsthaften Künstler. Und jetzt tanzt du noch an. Haltet ihr mich für blöd oder was?

Glaub mir, sagte ich flehentlich, ich weiß nicht mehr als du, eher weniger. Wir waren verabredet, P. versetzte mich, zu Hause war er nicht, ich betrat seine Wohnung (mit dem Zweitschlüssel), ängstlich, er könnte sich etwas angetan haben. Er blieb spurlos verschwunden. Ich fand die Reste seines Tagebuchs.

Warum erst dieses Märchen? fragte Doktor Z., noch immer beunruhigt.

Sollte ich dir unbewiesene Vermutungen auftischen? Ich ahnte ja nicht, daß er bereits hier gewesen, in einem, wie du es nennen würdest, Stadium geistiger Verwirrung. Du hättest mich ausgelacht.

Aber wo, sagte Z. stirnrunzelnd, steckt er jetzt?

Keine Ahnung, sagte ich leise.

Um ihn mache ich mir weniger Sorgen als um die Frau, sie scheint ernsthaft gefährdet, ich gab P. die stationäre Überweisung, aber er lieferte sie nicht im Krankenhaus ab.

Hatte er das ernsthaft vor?

Nach der Untersuchung erklärte ich ihm unter vier Augen, eine eindeutige Diagnose sei unter meinen Bedingungen unmöglich, seine Bekannte müsse zur Beobachtung auf Station. Ich nannte den Namen des Oberarztes, bei dem sie sich melden sollten. Das war Montag letzter Woche. Er schien einsichtig.

Aber P. glaubt dieser Frau?

Ihre Geschichte, mein Lieber, ist nicht nur unwahrscheinlicher, als du es dir jemals ausdenken könntest, sie wird dazu absolut überzeugend erzählt. Pseudologen, gesetzt es handelt sich um eine *pseudologia*, spielen ihre

Rollen konsequenter und talentierter als Staatsschauspieler. Ich erinnere mich einer Patientin, die in der geschlossenen Abteilung einem, wohlbemerkt erfahrenen, Pfleger so wirkungsvoll ihre angebliche Gesundheit erklärte, daß dieser sie schließlich aus der Station entließ. Und außerdem – der Doktor stockte –, außerdem ist die junge Frau verteufelt hübsch.

Du meinst, P. könnte nicht allein verwirrt, sondern auch noch blind sein.

Du sagst es, sagte der Doktor.

Dr. Z. zog einen blauen Hefter aus dem Schubfach, warf ihn auf die Schreibtischplatte.

Das ist die Akte. Ihr Name ist Katharina Lichtfeld, behauptet sie zumindest.

Du glaubst ihr nicht?

Ich habe Gründe. Sie besaß keinerlei Papiere, weder Personal- noch Versicherungs- oder Betriebsausweis. Nur P. zu Gefallen führte ich die Untersuchung durch. Jetzt bereu ich's, wer weiß, vielleicht fahndet die Polizei längst nach der Frau.

Ich lachte und dachte, lieber Dr. Z., wenn du wüßtest. Dieser sah mich strafend an und öffnete den Schnellhefter.

Orientierungsvermögen o. B. Ich fragte sie nach Datum, Jahreszeit, dem Ort unserer Unterhaltung, nach ihrem Begleiter, nach dem Wetter der letzten zwei Tage. Vollständige, ruhige Antworten. Obskure Ideen projiziert sie einzig in die Vergangenheit, ihr Puppendasein existiert nicht als Wunsch-, sondern als Angstvorstellung, als Schockerlebnis. Exhibitionistische Ambitionen schließe ich zu 99 Prozent aus. Erst ihre Geschichte berichtend, erregte sie sich zunehmend. Erstaunlicherweise erzählt sie, wie P. versichert, fast wortgetreu nur eine Version dieser Erinnerung. Was gegen eine *pseudologia* spricht. Übereinstimmung in allen Details. Verrückt, aber kein typisches Wahnbild. Sonderbar.

Erzähl mir ihre Geschichte, sagte ich und rückte näher an den Schreibtisch.

Nein, entgegnete Z., erstens hab ich nicht viel Zeit, zweitens einem gewissen Hippokrates einen Eid geleistet und weiß drittens nicht, was dich das alles angeht. Hab dir schon zuviel erzählt. Denk dir selbst was aus. Ist ja dein Job.

Doktor, bettelte ich, wie soll ich P. finden ohne die Geschichte seiner Freundin.

Geh zur Polizei, riet er mir, legte die *Akte Lichtfeld* auf einen Haufen Schnellhefter, reichte mir im Aufstehen die Hand.

Arbeitsgruppenquartalsplanberatung, Schwester, rief er, du mußt mich verstehen, sagte er zu mir, Schwester Dörte, die Akten können runter, ruf an, wenn du was erfährst, forderte er mich auf, preßte mich sekundenlang an seine Brust und flog mit wehendem Kittel aus dem Zimmer.

Er kommt immer zu spät, sagte die Schwester lächelnd.

Schwester Dörte war Mitte Zwanzig, eine schlanke blonde Sonne, um deren Licht ich meinen Freund Z. beneidete. Ich saß im Vorzimmer und sah ihr beim Arbeiten zu.

Schwester, ich trage so schwer an meinem Schicksal, könnten Sie mir etwas Blut abnehmen?

Sie lachte und stülpte einen grauen Plastiksack über eine schiffsgroße Schreibmaschine.

Schon wieder hinüber, sagte sie, die Sekretärin krank, der Monteur in Urlaub.

Was fehlt ihr denn?

Ich beugte mich über das maschinelle Ungetüm und atmete eine leichte Duftwolke ihres blonden Haars.

Keine Ahnung, flüsterte sie und wich mir aus.

Schreibmaschinen kannte ich besser als die weibliche Psyche. Eine Feder, aus der Verankerung gesprungen, blokkierte den Farbbandtransport. Ich krempelte die Hemdsärmel hoch, entschlossen, sozialistische Hilfe zu leisten. *Schwester Dörte, Schwester Dörte, keine Schwester gibt's, mit der ich lieber flirte, Schwester Dörte, Schwester Dörte.* Stumm summte mein Kopf diesen unbekannten Hit.

Anfang November, sprach ich, über die schmierigen Typen gebeugt, feiert der Schriftstellerverband Karneval. Woll'n Sie nicht mitkommen?

Nein, ich schreibe nur Rezepte und Weihnachtskarten.

Fertig, gewußt wie. Warum sind Sie so hart zu mir, Schwester?

Sie nehmen mich auf den Arm, sagte sie.

Sofort! rief ich.

Lassen Sie den Unsinn, sagte Dörte streng. Ich bring Sie runter, muß sowieso die Unterlagen im Archiv abgeben.

Sie trug einen Aktenberg im Arm, obenauf lag, ich erkannte es, die *Akte Lichtfeld*. Stumm nahm ich ihr die schwer wiegenden Krankengeschichten ab.

Bemühen Sie sich nicht, es ist für mich ein Weg, ich kenne das Archiv.

Sie widersprach nicht, bückte sich verführerisch, hängte mir die Ledertasche um und öffnete die Tür.

Danke schön, hauchte sie.

Schwester Dörte, sagte ich, das Kinn auf den Akten, ich bin so verrückt nach Ihnen, aber der Doktor sagt, das sei völlig normal.

Die Fluruhr zeigte 16 Uhr 23. Zwanzig Minuten vor Dienstschluß. Ich schlüpfte auf die Toilette, verriegelte die Tür, atmete tief durch (ein Mann auf der Flucht) und nahm mir die Akte vor. Ersteintrag 3. September. *Name: Lichtfeld, Vorname: Katharina Charlotte, geboren am 4. Juli 1935 in Görlitz. (Alter: Anfang, höchstens Mitte 20.)* Ich kicherte, Doktor Z. hatte dennoch als Geburtsjahr 1935 eingesetzt. Lateinische undechiffrierbare Krakel zu Masern, Röteln, Keuchhusten. Dann folgte, von Doktor Z. zusammengefaßt, was er mir verschweigen wollte – *die Krankengeschichte*:

Patientin kam am 3. 9. kurz nach 8 Uhr in Begleitung in Praxis. Äußerlich ruhiger Eindruck. Störung des Zeitbewußtseins (Geburtsdatum), keine erkennbare räumliche Desorientierung; Bewußtseinstrübung, ohne eindeutig psychotische Reaktion. Monothematisch-atypisches Wahnbild. Patientin behauptet obengenannte Identität. (psd. phantast.?)

Vater, Theodor Lichtfeld, Sattler, erklärt Patientin, geboren 1901, gefallen 1939 in Polen, Mutter, Charlotte Lichtfeld, geb. Reschke, geboren 1909, weiterer Verbleib ungeklärt. Patientin äußert sich nicht dazu. Erste fünf Lebensjahre in Geburtsstadt verbracht, 1940 Verzug in Reichshauptstadt, Mutter Arbeit als Granatendreherin, Schulbesuch, Lieblingsfächer Deutsch, Zeichnen, Singen.

Nach ersten Angriffen Flucht von Mutter und Tochter zur Tante, die bei Stettin in einer Anstalt Kranke pflegte. Gefragt nach Art dieser Anstalt, antwortet Patientin, eine gewöhnliche Irrenanstalt, wo Sie mich ja wohl auch einliefern wollen.

Bis zum Kriegsende dort. 1946 Rückkehr in die tote Stadt. Gefragt, wie lange das jetzt wohl her ist, sagt Patientin: dreiundvierzig Jahre, nach Adam Ries. Mutter Trümmerfrau. Es war leider nicht möglich, daß ich aufs Gymnasium kam. Patientin lernte Verkäuferin, Lehre Kommissionshändler und Schneiderei Sonneberg. Ab 1951 Arbeit im Warenhaus Potsdamer Platz. Bis zum schrecklichen Jahr 53. (Gesteigerte Erregtheit der bislang sachlich berichtenden Patientin.) Im August, das Warenhaus war abgebrannt, ich bediente in der Zweigstelle Friedrichstraße, verzauberte mich der Abteilungsleiter. Gefragt nach diesem Vorgang, sagt Patientin: Er verwandelte mich in eine Schaufensterpuppe. Und fügte hinzu: Ich weiß, Sie glauben mir nicht, aber überlegen Sie selbst, wie könnte ich sonst so jung aussehen, nach vier Jahrzehnten?

Mir ist, als sei ich damals eingeschlafen und jetzt erwacht. Angeblich habe im Jahr 1953 der Abteilungsleiter Okult den

Genossen Parteisekretär Willi Bernhardt mit westlichen Konsumgütern abwerben wollen. Patientin behauptet, das doppelte Spiel des Abteilungsleiters, seine Schiebergeschäfte durchschaut zu haben, woraufhin dieser über sie den Bann verhängte, den erst der Maler (die in Begleitung der Patientin erschienene männliche Person) zu brechen imstande war. (Die Erwähnung des Abteilungsleiters versetzte Frau in Zustand hysterischer Gereiztheit.) Angeblich müsse sie, erklärte Patientin, den Abteilungsleiter, der heute unter dem falschen Namen Blender im Westen lebt, zwingen, ihre Identität zu bestätigen. Sie wisse auch schon, wie. Erstaunlich die Bestimmtheit, mit der Patientin den Irrwitz ihrer Geschichte benennt, doch deren Wahrhaftigkeit nicht bezweifelt. Vertrauen Sie mir, es ist die Wahrheit und nichts als die Wahrheit.

Ich beruhigte Frau Lichtfeld, bat sie ins Nebenzimmer, gab ihr Stift und Papier und besprach mit ihrem Begleiter die notwendige Überweisung ins Klinikum. Jener erzählte, daß Besagte (ihm vorher Unbekannte) vor zwei Tagen nackt in seiner Wohnung auftauchte, ihre Geschichte wortwörtlich wiederhole, offenbar keine Angehörigen kenne oder nennen wolle. Patientin hinterließ auffällig kurze Schriftprobe (siehe Anlage), weder orthographisch-grammatische Fehler noch Korrekturen, Verschmierungen, zeugten von psychischen Defekten. Einzig die infantile (imbezile) Unbeholfenheit scheint symptomatisch:

Herr Doktor, Sie halten mich für irre. Etwas anderes bleibt Ihnen auch nicht übrig. Wenn ich aber bei klarem Verstand bin, wie kann ich dann verrückt sein? Ich möchte ein normaler Mensch sein. Verstehen Sie. Wenn man, wie ich, so lange einsam war, wird man genügsam. Der Maler versprach, daß Sie mir helfen. Bitte seien Sie so nett. Katharina Lichtfeld.

Diese weichen, holprigen Hieroglyphen kannte ich, es waren dieselben, die ich aus dem Ofen gerettet und als Aufzeichnungen eines Kindes eingestuft hatte. Die *Komplizin* entlarvte sich selbst. Zwar führte sie Doktor Z. hinters Licht, aber nicht mich. Ein sanfter Hauch der Eitelkeit streifte meine Seele. Ich begann (wie ein mittelalterlicher Mönch), auf dem Klodeckel sitzend, die Krankengeschichte zu kopieren. Ein Mann betrat die Toilette, rüttelte energisch an meiner Zelle.

Besetzt, knurrte ich.

Verdammt, sagte der Unbekannte, dauert's noch lange?

Leider ja, antwortete ich mechanisch und verfiel, meinen Worten Gewicht verleihend, in ein leises Stöhnen.

Der Mann zog eilig davon. Die *Komplizin*, dachte ich, spielt ihre Rolle wahrlich perfekt. Kein Wunder, daß P. auf sie hereinfiel. Ich mußte die Akte im Archiv abgeben und schnellstens Kontakt zu einigen Freunden des *Kandidaten* suchen. Warum erwähnte jene Katharina in ihrer Phantasie-Biographie den Abteilungsleiter und sein vermeintliches Opfer, Genossen Willi? Was bezweckte die Behauptung, Blender sei das Pseudonym eines gewissen Okult? Warum gab sie vor, der Münchner Manager sei mit dem imaginären Abteilungsleiter identisch? Unsinn. Verstrick dich nicht in ihre Prämissen. Aber was, in Dreiteufelsnamen, will sie von dem Schoko-Fabrikanten? Was weiß sie von ihm, was ich nicht weiß. Die Firma heißt *Scho-Ko-Kult*, zugegebenermaßen ein ungewöhnlicher Name. Zufall? Oder Verwirrspiel? Es kann doch alles nicht wahr sein. Dr. Z. hält die *Komplizin* für verrückt, P. für normal. Aber wie kann ein erwachsener Mitteleuropäer mit Hochschulabschluß ein solches Märchen glauben, ohne *verrückt* genannt zu werden? Irgend etwas, murmelte ich vor mich hin, an der Sache gefällt mir nicht.

Alle Freunde wohnen im vierten Stock. Ich klopfte schnaufend. Mehrere Kinder schlugen an, Wachhundmanieren,

Inge öffnete, eine Art Turban um die Stirn, eine große rote Brille auf der Nase.

Gut siehst du aus, sagte ich schlacksig, 'ne neue Brille.

Hab ich schon länger als ein Jahr, sagte Inge und sandte mir statt eines Kommentars einen schrägen Blick.

War grad in der Nähe.

Koch mal Kaffee, bin beim Schleudern.

Kessel auf den Gasherd. Nur nicht mit der Tür ins Haus fallen. Sonst denkt Inge, ich horchte sie aus. Inge war Staatsbürgerkunde-Lehrerin. Eine empfindsame Pflanze (Mimose). Mach einen Witz, sagte ich mir, sei charmant, plaudere, daß ein Gespräch in Gang kommt.

Freut mich dennoch, sagte Inge, Ringe rauchend.

Arbeit, Pflichten, Familie, stöhnte ich, und die alten Freundschaften gehen zu Bruch. Morgen reise ich ins Ausland. Ein Kreuz.

Beneidenswert, sagte Inge, aber fragte (zu meinem Mißvergnügen) nicht nach dem sonnigen Reiseziel, sondern nach meinem derzeitigen literarischen Schaffen.

Ich lächelte mein bescheidenstes Lächeln, versonnen und geheimnisvoll, nutzte die so gewonnene Pause zum Nachdenken. Inge durfte ich nicht verprellen, brauchte sie, war also eine Antwort schuldig, doch der Schiffbruch, den mein erfundenes Roman-Projekt bei Dr. Z. erlitten, gemahnte mich eines behutsameren Vorgehens. Sollte ich den Pygmalion-Essay in die Waagschale werfen, doch was könnte ich, von der wissensdurstigen Lehrerin befragt, zum Stoff sagen? Keine Ahnung. Die besten Gedanken schlagen wie Blitze ein.

Ich sitze an einer Prosa-Skizze für P.s neuen Ausstellungskatalog, ein Versuch, sein Schaffen mit Figuren der griechischen Mythologie in Korrespondenz …

Will er wieder ausstellen? fragte Inge verblüfft. Vor einigen Tagen, als er mich besuchte, schien er völlig ab davon.

Ach, sagte ich (und brauchte kein Erstaunen zu spielen), das ist mir neu, wir trafen uns Ende August.

Seine Sache, sagte Inge und schwieg.

Sie machte einen Punkt, drückte die Zigarette aus, zeigte wenig (verdächtig wenig, fand ich) Lust, die Unterhaltung weiter diesem Gegenstand (dem *Kandidaten*) zu widmen. Eine neuerliche Stromschnelle, eine unerwartete Komplikation? In welchem Verhältnis (o Doppelsinn der Worte) stand Inge zu P., P. zu Inge? War er der Scheidungsgrund für Klaus und Inge? Es half nichts, ich mußte, um den Preis der Wahrheit, die zarte (und verletzte) Seele der Freundin unsanft berühren. Es war ein Spiel, das mir keine Freude bereitete.

Ach, sagte ich und verschränkte die Arme im Genick, der P., was für ein Teufelskerl, bewundernswerte Kraft, die zähe Energie, mit der er sein Werk vorantreibt, verbissen, einsam in sich vergrübelt, ihm eignet etwas, was mir fehlt, genialischer Wille.

Inge fingerte nach den Streichhölzern, gelangweilt, doch folgte sie jedem meiner Worte – eine gute Lehrerin.

In P.s letzten Bildern sehe ich eine einzigartige Synthese von Zeitbewußtsein und distanziertem Blick, er vereint in sich die Geste Degas' mit der Universalität Beckmanns und bleibt, bei aller formalen Fertigkeit, ein Künstler politischer Verantwortung, dessen Credo ganz im Gegenwärtigen wurzelt …

Von mir aus, sagte Inge, mag P. sein, was er will, seine Freundin ist eine Irre oder Linksradikale, da kannst du faseln, was du willst.

Wie kommst du darauf? sagte ich. (Und dachte: also doch.)

Hab sie kennengelernt. P. hat mich enttäuscht. Ich finde, als Mittdreißiger ist man allmählich zu alt für solche Kindereien.

Kenn ich, fragte ich, die besagte Dame? Wie heißt die Delinquentin?

Karin oder Katrin oder so, sagte Inge, und deine Ironie

müßte dir selbst deplaziert erscheinen, wüßtest du um die Rolle der (wie Lenin sagte) Kinderkrankheiten in diesem Jahrhundert, die Arbeiterbewegung …

Doch, Inge, sagte ich (eine Nebenrolle, dachte ich), ich weiß Bescheid, aber was hat das mit P. zu tun?

Inge, beleidigt, weil ich das Referat nicht hatte hören wollen, hob die Augenbrauen und einen warnenden Zeigefinger.

Schon die Klassiker, Meister des Spottes, geißelten die gefährliche Neigung von Vertretern der künstlerischen Intelligenz, politischen Kernfragen durch moralische Hintertürchen auszuweichen. Und du bist leider keinen Deut besser als P.

Aber, sagte ich (über ihre Worte ehrlich erschüttert), genau aus diesem Grund komme ich zu dir. P.s Entwicklung bietet Anlaß zu größter Sorge. Wie könnte mir, seinem engsten Freund, sein Abdriften in diffuse ideologische Kanäle, die du – ich mußte sie von meiner Lauterkeit überzeugen – völlig richtig qualifiziertest, gleichgültig sein?

An des Satzes rettendem Ufer durchbohrte mich Inges stechender Pädagogen-Blick. Inhalt Eins oder Betrugsversuch Fünf?

Ich brauche deinen Rat, stammelte ich, als Freundin und Genossin.

Der große Bluff. Gezinkte Karten. Alle Asse und Buben aus den Ärmeln gezogen. Inges Röntgen-Augen. Ihrem Blick widerstehend, sah ich den kaum wahrnehmbaren Schleier über ihren Pupillen und wußte, ich hatte unfair gekämpft – aber gewonnen.

War's Montag?, ja, Montag, ich erinnere mich, am ersten Schultag, nach der Ratsversammlung (als Mitglied der *Lehrerplan-Kontroll-Kommission, LKK*), durcheilte ich die Markthalle (der Jahresappell war ohnehin verpaßt, meine erste Geschichtsstunde begann um eins), fuhr mit meinem *Trabant* (kennst du keinen Verrückten, der mir den noch abkauft?) nach Hause, Milch und Käse abzulegen. Als ich (mit vollen Einkaufsnetzen) die Treppen hochstolperte, saß sie auf der obersten Stufe, ich grüßte, sie grüßte zurück, hinter ihr, im Halbdunkel, schrieb, gegen meine Tür gelehnt, ein Mann, den ich nicht zu kennen glaubte, eine Nachricht auf meine Notizrolle (ein Kassenbon, sehr praktisch.) Als dieser Mann sich eindrehte, erkannte ich P., der vor Freude seinen Stift fallen ließ und mich umarmte. Wir hatten uns ein Jahr nicht gesehen. Vollbart, das Haar etwas kürzer, mager, düster, wie immer, aber mit sehr klarem Blick. Na, du kennst ihn ja. Will sagen, meine Überraschung war echt, obwohl ich Vormittagsbesuche als Zumutung empfinde. Ich bat sie herein, wir tranken Kaffee, P.s stille Freundin Tee, es war nett und irgendwie auch seltsam. Ich besitze (durch meinen Beruf) Instinkte, die mich für gewisse Gesten und Zungenschläge besonders empfindsam machen. P. war ungewohnt aufgeräumt – und ich fragte mich, nach etwa zehn verplauderten Minuten, warum er, die monatelange Abstinenz unterbrechend (dazu in Begleitung einer mir fremden weiblichen Person), an einem Montagmorgen (am allerersten Schultag, wo ich, wäre ich nicht *LKK*-Mitglied, nicht zu Hause hätte weilen dürfen) zu mir kam? Auf einen Sprung, sagte er. Mir kam ein Gespräch willkommen, hatte mich die Ratssitzung doch heftig erregt, ich mußte Dampf ablassen, bevor ich vor die Schüler trat. Also berichtete ich P. (und ihr) vom Streit in der *LKK* und brach, wie auch jetzt, unter dem Mantel der Verschwiegenheit meine Schweigepflicht. Die Kollision in der Kommission verursachte ein junger (im Ausland ausgebildeter) Historiker, indem er vehement gegen eine, wie er sagte, *Harmonisierung des Geschichtsbildes* im Unterricht zu Felde zog. Es entstand eine gereizte Spannung, die ihren Höhepunkt erreichte, als der Doktor, seine These untermauernd, zusammenfaßte, was in den Lehrbüchern zu den *Verletzungen der Leninschen Normen*, zum *Personenkult* usw. ausgeführt werde, nämlich so gut wie nichts. Der Leiter der *LKK*, Professor Naspieltkeinerolle, forderte – nein, das Wort trifft es nicht –, nörgelte zur Diskussion auf. Von mir selbst überrascht (in verblüffte Gesichter starrend), stimmte ich dem jungen Mann zu, da mir, so erklärte ich, im praktischen Unterricht (wenige *LKK*-Mitglieder stehen im Schuldienst) allzuoft Argumente fehlen. Fragen Schüler nach Stalin (der Professor zuckte zusammen), von dem sie im Westfernsehen hörten (der Professor hüstelte), muß ich als Lehrer eine überzeugende Antwort finden. Ohne Hilfe des Lehrbuchs. Kurz, es kam zu einem riesigen Knall. Ich erzählte und erzählte, redete mich in Rage und bemerkte plötzlich, was für erstaunte Mienen meine Gäste aufgesetzt hatten, P. eine sorgenvolle (wie der Professor), sie eine skeptische (wie Frau Dr. H., Stellvertretende *LKK*-Vorsitzende). Gefragt, ob ich sie langweile, schüttelte diese den Kopf, P. erhob sich, erklärte, sie müßten los, er versuche ein Taxi zu rufen. Mir war es nicht unrecht, ich wollte in der Schule Mittag essen. P. lief ins Wohnzimmer. Und jetzt begann der eigentlich spannende Teil der Unterhaltung.

Und weiter? Was weiter, fragte ich.

(Denn bislang hatte ich Inges Monolog keinerlei sachdienliche Hinweise entnehmen können.)

Entschuldige, sagte Inge, es ist halb sechs, ich muß den Kleinen baden.

Das mach ich, rief ich leichtfertig, ausgebildeter Bademeister, erzähl ruhig weiter.

Gut, wenn du weißt, was du tust.

Sie holte den Kleinen vom Fernseher weg, er brüllte wie am Spieß.

Da ist die Wanne. Sie deutete auf den Schrank, zog dem schreienden Knaben die Strumpfhosen aus. Heut wird dich der *Onkel* baden. Ist das fein? Und die Hosen voll. Da wird sich der Onkel freuen.

Der Onkel war erbleicht. Inge zündete sich lachend eine Zigarette an. Reichte mir einen Waschlappen. Setzte sich hin.

Wo war ich stehengeblieben? Ach ja, P. rief aus dem Zimmer, er könne das Telefon nicht finden. Ist er blind, dachte ich und ging zu ihm. Er schloß die Tür und bat mich flüsternd (das Telefon in der Hand haltend), mit seiner Bekannten nicht über Politik zu reden. Eine absurde Bitte. Ich entgegnete, ich beabsichtigte kein solches Gespräch, wüßte mir jedoch sein Verbot nicht zu erklären, worauf P. (immerzu die Nummer der Taxibestellung wählend) behauptete, seine Bekannte wäre psychisch labil, übersensibel, verhaltensgestört – er hätte sie gerade einem Neurologen vorgestellt – und dürfe vor allem nicht durch *Reizthemen* erregt werden. Mir kam das ein wenig überspannt vor, aber ich verschluckte jeden Kommentar, ging wieder in die Küche. Kaum saß ich, verwickelte mich P.s Pflegefall in ein Gespräch, das nicht anders als politisch genannt werden konnte. Sie fragte, ohne Umschweife: Was denken Sie von Stalin? P.s Worte im Ohr, versuchte ich auszuweichen, indem ich ihr noch ein Glas Tee anbot, aber sie blieb stur: Ist er Ihnen Vorbild? Veralberte sie mich? Aber ihr Blick war offen, sie griff nach meiner Hand, erklärte, daß P. sich weigere, mit ihr über die revolutionären Strömungen zu sprechen, deren oberster Stratege nun einmal Stalin sei. Sie schien wirklich verrückt – ich bemühte mich, sie zu beruhigen, Stalin ist lange tot, sagte ich (wie zu einem Kind), aber gar nicht kindlich fuhr sie auf und flüsterte mit glühenden Augen: Er ist unsterblich! Ihr Eifer ließ mich P.s Mahnungen vergessen, solches Geschwätz konnte ich nicht unwidersprochen lassen. Ich preßte die Zähne zusammen. Er war ein Diktator, auch wenn die Ewiggestrigen das nicht einsehen wollen! Sie heulte wie ein Schloßhund.

P. hatte Anschluß, es tat mir leid, aber meine Nerven waren durch den Bulgarien-Urlaub (mit den Kleinen) nicht ganz auf der Höhe. Schon stand P. in der Tür, sah uns an – und wußte Bescheid.

Du kannst es nicht lassen, sagte er, du kannst das Agitieren nicht lassen.

Er nahm seine Freundin und verließ mit ihr eilig die Wohnung, ich aber überlegte (ich gesteh es ehrlich) den ganzen Tag, ob P.s eindringlicher Vorwurf nun sie oder mich hatte treffen sollen.

Pudelnaß stand ich im Flur. Inge hielt das Kind auf dem Arm, das sich nur schwer von seinem Spielzeug (dem *Onkel*) trennen konnte.

Nein, sagte sie, eine Mode. Kennst du diese Leute nicht? Wollen immer auffallen, das Ungewöhnlichste ist ihnen gerade gut genug. Eindruck schinden auf den Stehpartys. Ach, ich hab ein Faible für Josef und Towarisch Berija. Da bleiben den orthodoxen Linken die Gabelbissen im Hals stecken. Schickimicki.

Kann sein, entgegnete ich (und dachte, wäre es so, wäre es noch zu ertragen), aber P., fuhr ich fort und putzte meine Brille, war eigentlich immer ein Todfeind der Szene. Sieht sie gut aus, fragte ich?

Nicht schlecht, sagte Inge frostig, aber ihr Männer seht das sowieso anders – und P. ist übrigens auch nicht mehr der, der er mal war.

In ihre vorige erzieherische Strategie verfallend, fuhr sie mir sorgenvoll über den Scheitel.

Du solltest dir wirklich die Haare fönen, mahnte sie.

Du solltest deinem Sohn öfter ein Bad gönnen, sagte ich (etwas vorlaut), entzog mich ihrem Segen, öffnete die Tür.

Da hing die praktische Papierrolle für Notizen.

Was wollte P. eigentlich hier? fragte ich Inge, die in der Tür stand, eine ernste Maria mit Brille und Knäblein.

Ich glaube, sprach Inge, traurig lächelnd, P. besuchte nicht mich, sondern mein Telefon.

In der U-Bahn las ich, die Gedanken an Inge, Stalin, Z., *Chef*, Xenia, *Komplizin* und *Kandidaten* verdrängend, in Schlegels Großgedicht. Allerdings leise.

Göttin, deren neugeborne Schöne / Einst das Meer in Purpurglut getaucht! / Du, die in die Brust der Menschensöhne, / Wie der Götter, linde Wonne haucht! / Sieh mit unaussprechlichem Verlangen / Mich am Schatten deines Bildes hangen; / Diese Züge hoher Anmut lieh /Nur von dir die Fantasie.

Zwar dich darf kein Sterblicher erblicken, / Wie du bist, wie dich der Himmel kennt; / Kaum durchblitzen würd ihn das Entzücken / Einen schnell vernichtenden Moment …

Übermorgen hat der Spuk ein Ende. *Cypria – Island in the sun.* Amphitheater, Statuen, Tintenfische, kalkweiße Steine, eiskalte Cocktails, Gastmahle am Meer, kastanienbraune Schönheiten, deren Haut wie Wachs in der Sonne glänzt, Bouzoukis und das Zirpen der Zikaden. Ein schriller Singsang durchpeitschte den Tunnel, der Zug bremste scharf, das Licht erlosch, ein unförmiger Körper stürzte auf meine Knie, mir entglitt die *Marlboro-Tüte*, instinktiv bückte ich mich, als ein stumpfer schwerer Gegenstand schmerzhaft meinen Hinterkopf touchierte. Mir wurde schwarz vor Augen. Kidnapping, spukte ein Zündfunken durch mein aufgerütteltes Gehirn. Jetzt bist du dran, *comrade*. Bist der *Komplizin* und der *Roten Grütze* zu nah gekommen, wie Ikarus der Sonne. Die Mafia vergißt niemanden, abgerechnet wird zum Schluß, jedem seine Hölle. Mein Schädel dröhnte wie die große Glocke des Kölner Doms. Enorme Nachhallzeit. Die Augenlider eisenschwere Gullydeckel. Sieh den nackten Tatsachen ins Gesicht. Wie sieht er aus, der Agent, dein Feind, dessen Spur du Schnüffelhund verfolgst? Jetzt stehst du keinem

Schatten aus der Politinformation gegenüber, sondern ihm selbst, leibhaftig. Nutze die Chance. Mit der Hand meine rechte Schläfe befühlend (die Segelohren hatten die Brille gehalten, ein Wunder), hob ich vorsichtig die Lider. Der U-Bahn-Wagen war wieder erleuchtet. Durch den schmalen Sehschlitz erblickte ich weißen Baumwollstoff. Vor mir stand ein dreißigjähriger Dandy. Tat unbeteiligt (*tatunbeteiligt*). Wollten sie mich entführen oder nur ängstigen? Gekränkte Geisel. Die Tatwaffe hielt er noch in den Händen. Geschickte Tarnung. Der *Feind* nutzte keinen Totschläger oder ein anderes abgegriffenes Werkzeug des organisierten Verbrechens, er schlug (volkstümlich und auf nationale Eigenarten achtend) mit einer halben *Trabant*-Auspuffanlage zu (Profis). Nicht einschüchtern lassen, sagte meine innere Stimme, hier, in diesem demokratischen Nahverkehrsmittel, *wagen* sie es nicht. Das war die erste Warnung. Laß die Finger von der Sache, das nächste Mal machen wir Ernst. Ganz naiv bleiben, tu so, als ob du nichts weißt (kann dir doch nicht schwerfallen). Jetzt spürte der Snob meine Beobachtung, sah durch mich durch. Sehr gern hätte ich ihm mit einer plazierten Geraden den auftoupierten Oberlippenbart ein wenig in Unordnung gebracht. Elender Handlanger der Imperialisten, andere Leute rennen sich nach Ersatzteilen die Hacke wund, und du, hinterhältiger Kollaborateur, exekutierst damit friedliebende Bürger. Deine smarte Visage merk ich mir. Ich suchte mein Notizbuch, um mir eine Phantomzeichnung anzufertigen, es war nicht in meiner Ledertasche, mußte daher in der *Marlboro-Tüte* stecken, und dieselbe – war weg, lag nicht auf meinen Knien, nicht zu den Füßen, wo sie, ich erinnerte mich, bevor der Büttel zuschlug, hingefallen war. Also hatten sie ihr Ziel erreicht, die U-Bahn gestoppt, mir einen betäubenden Hieb versetzt und mein wichtigstes Beweismaterial entwendet. Die Bahn stand noch immer zwischen den Stationen. Der

Dieb, folgerte ich, befand sich noch mit mir (und dem Diebesgut) im Waggon. Der Snob, steif wie ein Arbeiterdenkmal, konnte die Tüte nicht an sich genommen haben, er war nur das willfährige Instrument, der *Schläger*, wo aber war der *Fänger*?

Welchem Ausgang zu sollte ich mit der Fahndung beginnen, die Zeit drängte, der Zug konnte jeden Augenblick weiterfahren, und der nahe liegende Bahnhof würde dem Gegner die sichere Flucht ermöglichen. *Links, links, links. Eine Frage des Instinkts.* Starren Blicks schob ich mich zwischen den (allmählich unruhig werdenden und für mein Drängeln wenig Verständnis zeigenden) Fahrgästen hindurch, musterte jeden einzelnen mit einem entkleidenden Blick, hoffte, mein Kontrahent würde, sich ertappt fühlend, sein Verbrechen eingestehen. Die dicke Großmutter wich meinen Augen aus, blickte auf ihre klobigen Schuhe, sollte sie etwa …? Auch ihr Nachbar, ein schmalbrüstiger Beamter mit schütterem Grauhaar, drehte den Vogelkopf seitwärts, als ich ihn fixierte. Niemand sah mich an. Auch nicht die Dame, die sich mit gespreizter Eleganz an eine pinkfarbene Plastetasche klammerte und schamhaft die goldberingte Hand vors Dekolleté hielt, als witterte sie in mir einen *Untergrund-Voyeur*. Der uniformierte Riese (ein Zöllner) stellte sich, anstatt mir hilfreich unter die Arme zu greifen, wie ein Fels in den Gang – unterstützte er die Aktion? Ich drückte mich (höflich, aber bestimmt) an ihm vorbei und wurde durch einen Stoß an seine Brust geworfen – die Bahn ruckte an, jetzt war alles verloren. Schon glänzten des Bahnhofs leuchtende Kacheln, da sah ich, zwei Meter entfernt, in der geöffneten Tür, ein Bein in der Luft, eine Hand am Griff, in der anderen eine (meine?) *Marlboro-Tüte*, einen knapp dreizehnjährigen Jungen. Wie ein Delphinschwimmer kraulte ich zum Ausgang, erreichte diesen in der Sekunde, als der *Fänger*, bei atemberaubender Geschwindigkeit, mit ebensolcher Geschicklichkeit, aus dem Zug sprang. Ich sah ihn stürzen, stürzte hinterher. Uns trennten zwanzig Meter auf dem Perron. Atemlos humpelte ich ihm entgegen, er erkannte mich, erhob sich (wie eine Katze), rannte direkt auf mich zu, schlug (wie ein Hase) einen Haken und jagte die Treppe hinauf. Ich konnte nicht mehr, war geschlagen und sah (wie vom Donner gerührt) – der *Feind* hatte (in seiner verständlichen Angst) die Beute fallen gelassen. Einsam lag meine Tüte an einem eisernen Pfeiler. Ich massierte mein Knie – und vernahm in meinem Rücken eine belfernde Frauenstimme.

Bürger, sind Sie noch bei Sinnen?

Die Stationsvorsteherin. Ihr ausdrucksloser Gesichtsausdruck holte mich wieder in die Realität zurück.

Wissen Sie nicht, daß es verboten ist zu springen, vom fahrenden Zug, verboten, weil eine Gefährdung des reibungslosen Ablaufs, der Ordnung und Sicherheit, als grober, ja gröblichster Verstoß gegen Personenbeförderungsordnung (PBO), Paragraph, Absatz, vom Soundsovielten, verurteile ich Sie, Bürger, zu Ordnungsmaßnahme, Geldstrafe in Höhe von fünfzehn Mark, hoffentlich Lehrgeld sein …

Ich war ihr *Fall*. Sie konnte glücklich sein. Die Sachlage war eindeutig, ich ohne Fluchtabsichten.

Gute Frau, Gott schenke Ihnen viele kräftige Söhne, ein langes Leben und eine ruhige Rente. Kaufen Sie sich einen Kaffee, sagte ich und überreichte ihr einen zerknautschten Zwanzigmarkschein.

Von Ihnen will ich kein Trinkgeld, rief die Frau Oberamtfrau.

Aber da war ich bereits auf der obersten Stufe und nicht mehr im Personen-Beförderungs-Ordnungs-Bereich.

Dämmerung, Autolärm, rasende Passanten. Ich brauchte einen Schnaps und federte, im Gefühl, einen schweren, aber schönen Sieg errungen zu haben, zum Tresen eines Currywurst-Verkaufsstandes. Das Pappschild *Würste ausverkauft* ignorierte ich, verlangte, wie ein Flamingo auf einem Bein stehend, das verletzte angewinkelt, einen Klaren, entschied nach einer halben Minute (meiner Großmutter gedenkend), daß es sich auf einem Bein schlecht stehen läßt – und trank einen zweiten. Mein Kreislauf war gerade wieder auf die normale Schlagzahl zurückgefallen, als ich den Rücken des *Fängers* an einem Nebentisch entdeckte. Ohne Zweifel, es war die verschlissene Jeansjacke mit dem ausgewaschenen BMW-Aufnäher. Ein Adrenalinstoß, eine zerebrale Ejakulation: Kinderarbeit, Engels, England, Industrie, Revolution, Konterangriff, Bayern, München, Bayrische Motorenwerke – der *Gegner* schreckt vor nichts zurück. Der *Fänger* trank Brause, hatte er mich übersehen, oder stand er hier, als Köder, der mich in eine neue Falle locken sollte. Wo war der *Schläger?* Lauernde Anonymität – langsam kroch eine Gänsehaut meinen Rücken hoch, die Heimatstadt begann fremd, ein Labyrinth, zu werden, gestern noch stumpfsinnig-gemütliche Provinz, heute *China-Town. Live and let die.* Das Gesetz des Dschungels, werde gejagt oder sei Jäger. Trotz meiner poetischen Profession neigte ich zur *vita activa*, steuerte den Stehtisch des *Fängers* an, packte ihn mit einem Zangengriff am Genick und riß ihn mit mir fort. Ein Angriff, präzis wie ein Schlangenbiß. Der *Fänger* starrte mich (wie das Kaninchen die Schlange) mit entsetzten Kinderaugen an, stammelte einen hilflosen, unverständlichen Protest.

Hat Vati nicht gesagt, du sollst pünktlich kommen, rief ich grob und poltrig (um umstehenden Bürgern meine Tätlichkeit zu erklären), jedesmal dasselbe mit dir, Geduldsfaden gerissen, komm du mir nach Hause …

Dreißig Meter weiter zog ich den Halbwüchsigen in einen Hausflur, drückte auf den Lichtknopf.

Hände an die Wand, befahl ich, der Knabe duldete schweigend und gehorchte.

Ich tastete ihn ab, hastig – mich plagte das Gefühl, etwas Verbotenes zu tun –, fand aber nur ein elektronisches Spielzeug, *Made in Taiwan*, und ein rostiges Taschenmesser, keine größeren Waffen.

So, Bursche, sagte ich und drehte ihn um, so daß er mich ansehen mußte, jetzt erzählst du dem Onkel alles, und zwar schnell.

Ohne meinen Anwalt mache ich keine Aussagen, entgegnete der Jüngling leise, aber vernehmlich.

Mir blieb die Spucke weg. War er nur fernseherfahren, oder kannte er tatsächlich seine Rechte?

Hör zu, knurrte ich, wir können auch anders. Entweder du packst aus, oder wir unterhalten uns auf dem Revier weiter.

Ich kenne Sie nicht, weiß nicht, was Sie von mir wollen, das ist Kindesentführung, ich bin minderjährig.

Ach, und was ist das hier? fragte ich, die *Marlboro-Tüte* schwenkend, soll ich dir auf die Sprünge helfen? Versuchter Diebstahl, Raub, sagte ich und schüttelte ihn wie einen großen Würfelbecher.

Das, antwortete der clevere Knabe, müßten Sie erst mal beweisen.

Ich werde dir gleich ..., setzte ich an, zügelte jedoch meinen Zorn und fragte: Wer steckt dahinter? Welche Firma bezahlt dich für den Coup?

Sie sind ja nicht ganz sauber, gab mein Gegenüber patzig zurück, weiß gar nicht, was Sie wollen, haben Ihren Kram doch wieder, über die Tüte bin ich gestolpert, wollte sie grad zum Fundbüro schleppen, aber Sie mußten mich ja aus der U-Bahn stoßen, das ist versuchter Mord, unter zehn Jahren kommen Sie da nicht weg.

Ausgebuffter Bursche, dachte ich, die brutale Masche zieht nicht. Ich griff nach den Zigaretten, zündete mir eine an.

Unter Männern, sagte ich cool und bot ihm die Schachtel an, wir sollten uns im guten einigen.

Der Knabe lächelte und winkte ab.

Okay, was wollen Sie eigentlich?

Wer hat dich angesetzt?

Häh?

Er glotzte begriffsstutzig.

Wer gab dir den Auftrag für den Raub der Tüte?

Der Weihnachtsmann, sagte der Junge und blickte mich nun doch etwas eingeschüchtert an.

Sicher ein Deckname, dachte ich, dreht sich doch der ganze *Fall* um Schokolade, *Rote Grütze* und andere Süßwaren.

Und wie, bohrte ich weiter, sah der Mann aus?

Sie sind ja verrückt, sagte der Junge und wurde blaß.

Ja, rief ich, lauter werdend, ich werde verrückt, wenn du nicht gleich die Hintermänner nennst, dann, dann – ich schnappte nach Luft und drohenden Worten –, dann kannst du das hier – ich hielt ihm seinen asiatischen Mini-Computer unter die Nase – in allen Einzelteilen bewundern.

Ich knallte das elektronische Wunder auf die Kacheln des Treppenhauses und hob drohend den Fuß.

Nein, schrie der *Fänger*, bitte nicht, das können Sie nicht machen, das ist mein stärkstes Zockerspiel!

Hängt die *Komplizin* mit drin? fragte ich geradeaus, die *Rote Grütze* ...?

Ja, brüllte der Junge mit hochrotem Kopf, alle, die Komplizin und die Roten, alle – er weinte wie ein Kleinkind, dem man den Buddeleimer weggenommen hat. Alle, rief er, alle, ich war doch nur auf die Tüte scharf, weil ich dachte, Sie sind ...

In diesem Augenblick öffnete sich im Parterre eine Tür, ein bulliger Mann im Unterhemd erschien – offenbar durch das Geschrei angelockt –, der *Fänger* nutzte die Gelegenheit, riß mir das Spielzeug aus der Hand und sprang seinem Retter entgegen.

Hilfe, schrie er, ein Verrückter, hat mich unsittlich berührt, ein Irrer, wollte mich entführen …

Blödsinn, sagte ich, der Knabe ist ein Dieb, hat meine Tüte geraubt, obendrein ein gefährlicher Agent.

Meine Worte verfehlten ihre erhoffte Wirkung, der Mann kam wie ein Tigerbändiger auf mich zu, ich überlegte, ob ich auf die Kraft der Vernunft oder meiner Beine bauen sollte. Ich entschied mich für letzteres und zog des *Fängers* Taschenmesser.

Bleiben Sie stehen, sofort, sagte ich.

Den dicken Bürger verließ der Mut.

Schön ruhig, so ist's brav, brummte ich, öffnete die Tür – und stürzte in das rettende Dunkel.

Ich komme um acht und möchte dich bitten dazusein. Grußloser Zettel, kein liebes Wort. Xenia war ernsthaft verärgert. Schade. Gerade heute – verfolgt, geschlagen, verschrammt, verurteilt, verunglimpft – bräuchte ich ihre Zärtlichkeit, ein müder Krieger, der seinen Glauben an die *Humanitas* verlor. Frau Dr. Biene, sprach ich in die leere Wohnung, Sie ahnen gar nicht, welchen Dienst mir Ihre Dienststelle erweist. Zypern, dein Sonnenschein soll meiner Seele den tief vermißten Frieden geben. Es war dreiviertel sieben, als ich die *Marlboro-Tüte* leerte, um, wie ich gestelzt formulierte, endlich das Material zu sondieren. Der *Fänger* hatte versagt, es fehlte nichts. Der *Feind* war mir auf den Fersen. Heute war ich Sieger geblieben – aber morgen? Egal, übermorgen atmete ich die Brisen des Mittelmeers. Ich beugte mich über die Seiten, unzweifelhaft, die Blätter zeigten die Schrift der *Komplizin*, die gegenüber Doktor Z. behauptet hatte, Katharina Lichtfeld zu heißen. Auch der *Fänger* kannte sie als *Komplizin*?

Woher aber, durchzuckte es mich, wußte *der* den *Code*, den die *Genossen* für jene Katharina gefunden hatten? Irgendwo existierte ein Loch im dichten Netz der *Genossen*. Grausiger Verdacht. Ich mußte den *Chef* warnen – das war ich ihm schuldig.

Ich soll wieder schreiben lernen. Der Maler ist freundlich zu mir, paßt auf mich auf wie ein Vater. Wenn er die Wohnung verläßt, macht er ein sorgenvolles Gesicht, obwohl ich doch das Alleinsein gewöhnt bin. Er sagt, schreib auf, was dir geschah, damit du Klarheit besitzt, ich mach, was er sagt, obwohl mir alles klar ist. Vielleicht glaubt er meine Geschichte nicht. Aber ich werde ihn überzeugen.

Meine Schrift ist noch wackelig. Wie als ich beinah von der Ruine erschlagen worden bin, auf dem Weg zur Verkaufsstelle. Wo ich gar keine Rechnungen schreiben konnte vor Schreck. Ich möchte so gern nach draußen. Den Himmel sehen.

Heute ist Sonntag. Seit gestern bin ich hier. Mein zweiter Geburtstag fiel wieder auf einen Sonnabend. Komischer Zufall. Ich wollte immer ein Sonntagskind sein. Brauche lange für jeden Satz. Bin schon wieder müde. Der Maler schimpft mit mir. Aus Spaß. Wie kann man so müde sein, nach dreißigjährigem Schlaf.

Als ich erwachte, sah ich den Mann vor mir. Er hatte mich geküßt. Meine Nase konnte noch nicht riechen, dadurch merkte ich nicht, wie betrunken er war. Wie Feldmann, unser Prokurist, wenn er am Gehaltstag von dem Bauern in Dahlwitz Schwarzgebrannten kaufte. So betrunken war der Maler, als ich ihn kennenlernte. Mein Retter hing an meinem Hals und brummelte Unverständliches ... in die Erde versu... unverschämt ...schte zu Boden, leblos, erst dachte ich, er wäre tot. Wie der alte Greuzer, der Scherenschleifer. Damals, während des ersten Alarms. Ich hatte es gar nicht bemerkt, auch Muttchen nicht, alle dachten viel zu sehr an sich. Obwohl der Angriff kurz und schmerzlos vorüberging. Nach der Entwarnung stieß Muttchen den Greuzer an: nun komm' Sie, ist ja vorbei, doch der antwortete nicht, und erst, wo Frau Hinrichs (oder war es die rotblonde Schwester vom Kolonialwarenhändler?) aufstand, sackte der Alte zur Seite. Ich erschrak fürchterlich. Als die Hinrichs sagte: Siebenundsiebzig Jahre sind vielleicht auch genug, begriff ich, was mit ihm geschehen war. Mein erster Toter. Lunge gerissen. Ich erinnerte mich an ihn, als der unbekannte Mann zu meinen Füßen lag, zog mir, noch immer splitternackt, eine Uniform an, das einzige, was ich in dem unordentlichen Zimmer finden konnte, eine schwarze Montur, mit Farbklecksen. Die kratzte und scheuerte auf der Haut. Und hörte das Schnarchen. Sehr laut. Wie ein Wildschwein. Der Maler lebte, denn wenn ich auch nicht wußte, wo ich hingeraten war, so wußte ich doch: Tote schnarchen nicht.

Habe mir Waffeln aus dem Küchenschrank geholt. (Alles ist abgewaschen und abgetrocknet, hoffentlich freut er sich.) Süße Waffeln hat er mitgebracht. Die schmecken herrlich. Was geschah dann? (Meine Fragezeichen sehen aus wie Fleischerhaken.) Ach ja, ich setzte mich auf einen Stuhl und beobachtete den Mann. Der sah komisch aus. So einen Menschen hatte ich noch nie zuvor gesehen. Lange Haare (wie auf alten Gemälden) und einen dicken Bart. Wie ein armseliger Heiliger. Ich kannte ihn nicht, wußte nicht seinen Namen, noch wie ich in die Wohnung kam. Das letzte, was mir im Gedächtnis haftete, war das Gesicht des Magiers. Hatte ich lange geschlafen?

Vor den großen Fenstern hing die Nacht. Frische, kühle Luft. Wunderbar. Ich verspürte großen Durst und wollte

Wasser trinken. In der Küche befiel mich wieder riesige Angst. Auf dem Tisch stand ein kleiner beleuchteter Kasten, in dem Bilder wackelten. Ein kleines Kino. (Der Maler nennt das: Fernsehen.) Zwei Boxer schlugen sich. Ich wußte nicht, was ich davon halten sollte. Die Küche war klebrig, schmutzige Teller und Tassen. Ein weißer Schrank zerbrummte die nächtliche Stille. Neugierig zog ich die Tür auf und blickte in eine Haus-Bar, viele Flaschen lagerten da und waren sehr kalt. Der Mann muß ein reicher Schieber sein, wenn er soviel Alkoholwaren besitzt, dachte ich.

Eigentlich wollte ich das Weite suchen. Aber ich fror und war müde. Deshalb setzte ich mich mit einem Glas Wasser neben den liegenden Mann und überlegte. Meine Sinne verwirrten sich, je mehr ich grübelte. Dabei muß ich eingeschlafen sein. Nur kurz, denn der Maler rüttelte mich wach, er hatte nasse Haare, und ich hielt das leere Glas in der Hand. Alles Weitere weiß der Maler besser zu beschreiben. Mir tut auch schon die Hand weh.

Heute nacht hatte ich einen Traum, der mich unglücklich machte. Ich lief eine Straße entlang, auf der sehr viele Automobile fuhren. Auch Panzer. Sie kamen mir entgegen und verschwanden im Rauch. Dann stieg aus einem schwarzen Auto der Doktor (der Freund des Malers) und sprach auf mich ein. Er ähnelte sehr dem Magier. Ich wollte nicht wieder erstarren und ließ mich in eine Anstalt einweisen. Die gleiche Klinik, wo Tante Reni Dienst getan hatte. Dann stand ich mit Muttchen und der Tante auf dem Hügel, im Südteil der Anlage, es war Abend, in der Dunkelheit sah man am Horizont die schlagenden Flammen, die brennenden Städte. Reni sagte: Morgen gibt's wieder viel Arbeit, Lottchen. Zwar war ich ein Kind von neun Jahren, doch ich verstand alles. Jeden Tag, am Bahnhof, kamen die Züge voller wahnsinniger Menschen. Verschüttete, Verwaiste, die alles verloren hatten, Panikmacher, Unruhestifter, deren Zahl wuchs in den Bombenstädten. Ich wußte nur nicht, was schwere Fälle waren, die, wie Reni zu Muttchen sagte, gleich die Spritze bekamen. Ich dachte, damit sie ruhig werden und gesund. In der grauen Anstaltskleidung stand ich vor der Grube hinter dem Krematorium, zwischen dem kleinen Birkenwäldchen und dem Dammweg. Ich schrie im Schlaf und erwachte – der Maler saß an meinem Bett.

Pünktlich um acht kam Xenia. Sie wedelte mit dem Schlüsselbund vor meiner Nase herum. Ich schwieg betreten. Also machte sie allen Ernstes Ernst. Wortlos reichte sie mir einige Briefe, die sie, vielleicht schon vor Tagen?, aus dem Postkasten geholt hatte, ohne sie mir auszuhändigen.

Meinen Anteil von der Telefonrechnung zahle ich dir beim nächsten Stip. Dreißig Mark sind wohl genug.

Xenia, sagte ich, es ist nicht das, was du denkst. Ich habe im Augenblick den Kopf so voll. Der Essay macht mich verrückt, ich finde einfach nicht den springenden Punkt und brauche jede Auseinandersetzung mit Kennern der Materie. Laß uns nichts überstürzen.

Meine Entscheidung steht fest, ich will nur meine Kleider, die kleinen silbernen Teelöffel und meine Mozart-Platten.

Schon kniete sie nieder, aber nicht vor mir, um Vergebung und Neuanfang bittend, wie ich (im stillen) hoffte, sondern vor dem Plattenschrank. Achtlos überblätterte sie meine Sammlung frisch-froh-engagierter Jugendlieder aus den sechziger Jahren, mehrere *Ellpies* der Gruppe *November-Salon* sowie die damals so beliebten Aufbau-Songs zum Mitschunkeln: *He Lalilali Lou*. Ich brachte leider nie in Erfahrung, wer diese Lou war. Sicher ein tolles Weib.

Aber die Es-Dur-Sinfonie gehört mir, sagte ich, dein Weihnachtsgeschenk voriges Jahr, erinnerst du dich, wie glücklich wir *Stille Nacht undsoweiter* unter der bunt geschmückten Tanne sangen?

Der Umweg über die nostalgische Ecke. Umsonst.

Es war eine Kiefer, schief wie dein Gesang, sagte Xenia grob. Von Musik hast du keinen Schimmer. Ein halbwegs gebildeter Mensch müßte doch zwischen Es-Dur und g-Moll-Sinfonie unterscheiden können.

Bleib sachlich, Darling, es war Es, nicht g, aber ich schenke dir Es und g, Dur und Moll, wenn du nicht gehst. Überleg es dir. Ich fliege in zwei Tagen für eine Woche ins Ausland, da kannst du zur Ruhe kommen und dir über deine Gefühle zu mir klarwerden. Wir sind doch erwachsene Leute.

Verschone mich mit deinen Privilegien. Ich nehme dein Angebot, die Wohnung betreffend, an, aber denk nicht, daß ich heute bei dir, ich meine hier, schlafe. Hab noch eine Verabredung, dienstlich, mit einem Regisseur, Spezialist für *Happening Culture*.

Sie sprach's, griff im Aufspringen die Schlüssel (ich hatte sie wütend auf den Tisch geworfen) und schlüpfte, eh mir irgendeine Entgegnung einfiel, aus der Tür. Das Biest. Gemeinheit. Weibliche Rache.

Sekunden später klingelte es. Sie hat sich's überlegt. Der Abend ist gerettet. Das Happening findet zu Hause statt. Warum in die Ferne schweifen? Ich stülpte mir kurz entschlossen die Plattenhülle der Es-Dur-Sinfonie auf das Haupt, als Karnevalsprinz, dem ein Schwerlasttransporter über die Mütze gefahren ist, öffnete die Tür und erblickte – den schweigsamenn *Genossen*, dem, als er mich sah, das Wort im Halse steckenblieb.

Ach, Sie sind's, sagte ich. Wollten Sie nicht in die Oper?

War ich, sagte der *Schweigsame*, bis zur Pause. Aber davon darf der *Chef* nicht erfahren.

Kennen Sie Mozart? fragte ich.

Welchen? Den Komponisten oder den Waffenhändler?

Schon gut, sagte ich, sollte ein Witz werden. Was führt Sie zu mir?

Der *Schweigsame* lauschte geduldig. Ich lag mehr, als ich saß, auf der sandfarbenen Sitzcouch. Freud hätte sich über den *Genossen* gefreut, taktisch-taktvoll, mit gezielten Fragen, zog er mir die Schleier von der Seele. Meine persönliche Meinung zum *Fall* überraschte mich selbst.

Es gibt für mich, sagte ich, keine Beweise für eine Agentenschaft der *Komplizin*.

Der *Schweigsame* lachte. Ich drehte ihm verwirrt den Kopf zu.

Ich verstand: Schwangerschaft, gestand er.

Das glaube ich nicht, denn zwischen dem Maler und ihr scheint sich bislang nicht viel abgespielt zu haben. Alle meine Informanten bestätigen das.

Das hieße doch aber ..., sagte der *Genosse* bedächtig.

Genau, fuhr ich fort, daß die These sexueller Nötigung und Abhängigkeit ein Hirngespinst ist. Die *Komplizin* scheint mir eine psychisch gestörte Persönlichkeit zu sein. Ich denke, sie spielt ihre Rolle nicht, sondern ihr Wesen wurde von den *Agenten* und den ultralinken Hintermännern als Rolle in dieses Boulevardstück eingebaut. Wenn sie aber nicht weiß, was sie tut, muß ihr vergeben sein.

Solche Leute, meinte der *Schweigsame*, gehören eben in geschlossene Anstalten. Potentielle Schwachstellen einer intakten Gesellschaft, unberechenbare Variablen, Sicherheitsrisiken. Die Staatsmacht muß stärker ihrer Kontrollpflicht nachkommen. Ruhigstellung, Abgrenzung, gezielte Therapie. Wir pflegen seit Jahren mit einigen Kliniken erfolgreiche Kooperationsbeziehungen ...

Wen meinen Sie mit *wir*? entfuhr es mir überrascht.

Der *Genosse* schwieg, blickte sich im Zimmer um, verschränkte die Arme vor der Brust und ließ sich in die Kissen sinken.

Warum schluckt der Maler den Köder, gesetzt Ihre Theorie der schüchternen (frigiden) und labilen *Komplizin* stimmt?

Es kommt mehreres zusammen. Die *Komplizin* soll, wie ich hörte, sexy und *ungewöhnlich* sein, aber auch *nervös* und *unsicher*, eine Verlockung, die nicht allein Lustgefühle weckt, sondern dazu Emotionen, die erstere überprägen: zum Beispiel Mitleid, Sorge, Hilfsbereitschaft. Männliche Personifikationen beider Gefühlslagen sind a) der Geliebte, b) der Vater.

Ein *Kandidat* mit Vaterambitionen, das scheint mir etwas weit hergeholt.

Hmm. Nun, Sie, verehrter *Genosse*, kennen den *Kandidaten* nur als abstrakten Fall, ich aber kenne den leibhaftigen Menschen, den sensiblen Artisten, weiß um seine schwierige Intimsituation und denke, auch der *Gegner* muß diese sehr gut studiert haben, als er dem Maler kein Betthäschen, sondern eine *Aufgabe* unterschob. Dahinter verbirgt sich eine tiefe Kenntnis modernen männlichen Denkens im Sozialismus. Der Mann will nicht mehr nur Sexualprotz, sondern kameradschaftlicher Partner sein. Zudem spekulierte der Feind erfolgreich auf die Auslösung eines *Pygmalion-Komplexes*. Der *Kandidat* lebt in dem Wahn, die *Komplizin* sei sein Werk, fühlt die Pflicht der Verantwortung. Übrigens besitzen viele Künstler Anlagen für einen solchen *Komplex*, denn jeder Schöpfer steht dem Geschaffenen mit väterlicher Liebe gegenüber, erkennt in seinem Kind die Gestalt gewordenen eigenen Züge wieder. Nennen Sie es Eigenliebe oder Sehnsucht nach Unsterblichkeit.

Leben Sie jetzt neuerdings allein? fragte der *Genosse* unvermittelt.

Manchmal, wich ich aus, bringt das der Beruf so mit sich.

Der *Schweigsame* schien sichtlich gerührt. Wir nippten an unseren Weinbränden. Ich nickte.

Sie wollen meine Geschichte wirklich hören? Na gut. Dauert aber etwas länger. Ich stamme, Sie hören's noch, aus dem Süden. Gelernter Dreher. Lag bei uns im Blut, Großvater, Vater, Onkel, alle drehten Stahl. Jetzt reißt die Tradition ab. Eigentlich schade. Mitte der fünfziger Jahre (kurz nach der Ungarn-Krise) ging ich zum Maschinenbau. Eine harte Zeit. Hoffnungslos veraltete Maschinen, ausgeschlagen, Schrott. Noch schlechter stand's um den Transport. Ein einziger Elektrokarren, alles andere wurde per Hand bewegt. Schinderei. Die kräftigsten Genossen übernahmen diese Aufgabe. Freiwillig. Mehr oder weniger. War damals noch so üblich. Sehen Sie hier, meine Hände, kräftig war ich, Genosse wurde ich ein Jahr drauf. Mit meinem Handwagen zog ich durch die Halle, wuchtete die Motorenteile von den Bänken auf die Holzpritsche, fuhr damit zum Lager. Wenn Sie am Tag ein paar Tonnen stemmen, wissen Sie am Abend, was Sie gemacht haben. Der Mensch ist ein Gewohnheitstier. Nach drei Monaten hob ich 50-Kilo-Federn wie andere ihr Eßbesteck. Im Winter, kurz vor der III. Parteikonferenz, besuchte das Werk ein junger Funktionär (ich könnte seinen Namen nennen) und hielt in meiner Halle eine Rede. Wir standen noch alle unter dem Schock des XX. Parteitags und hatten Aufmunterung nötig. Sie verstehen. Dieser Besuch veränderte mein Leben. Auf sonderbare Art. Der Genosse aus der Hauptstadt sprach von einer improvisierten Tribüne, dem Laufsteg einer Druckpresse. Er mußte erhöht stehen, sonst hätten ihn die Kollegen nicht gesehen. Nach der Ansprache kamen wie immer Junge Pioniere (aus den Patenbrigaden der Oberschule *Junges China*) und überreichten dem Gast Blumen und Zeichnungen. Das war so Sitte. Ich befand mich ziemlich nah an der Presse, sah einen kleinen Pionier hilflos vor (oder unter) dem Redner stehen, nicht wissend, wohin mit seinen Geschenken. Der Berliner kam aber nicht von seiner Empore, neben ihm standen Werkleitung, Parteisekretär und der Gewerkschaftsmensch. Kurz entschlossen trat ich hinzu und hob den Kleinen (was sind schon 20 Kilo?) in die Höhe. Warum ich das erzähle? Sie werden unruhig? Nein, na gut. Ich komme gleich zum Eigentlichen. Jedenfalls fuhr der Funktionär wieder ab, und ich zog weiter meinen Handwagen von der Halle zum Lager, hin und her. Es war im April, als ich zum APO-Sekretär ins Büro zitiert wurde. Mir war mulmig zumute. War mir keiner Schuld bewußt. Aber mitunter begeht man Fehler ohne Wissen. Der Sekretär musterte mich ernst und (wie ich später begriff) feierlich. Ich habe einen Anruf erhalten, sagte er, ich zuckte zusammen, das klang gar nicht gut, Berlin will dich sprechen. Um was geht's? fragte ich. Keine Ahnung, sagte der Genosse hinter seinem großen Schreibtisch. Morgen bringt dich der Wagen des Direktors ins Komitee. Ich fuhr in die Hauptstadt, dort angekommen …

Das Telefon unterbrach den autobiographischen (und erstaunlich weitschweifigen) Bericht des (ehemals, müßte ich hinzufügen) schweigsamen *Genossen*.

Augenblick.

Vielleicht änderte Xenia ihren hartherzigen Entschluß.

Wie geht's Ihrer Mutter? skandierte jemand hektisch.

Ich hoffe, gut, antwortete der ehrliche Sohn in mir, bevor ich begriff, mit wem ich sprach.

Wie bitte? sagte der Zahnarzt.

Ach, Herr Doktor, rief ich, ja, also ausgezeichnet, wenn man so sagen darf, eine ruhige Ecke hat sie erwischt, mein Mütterchen, Wacholderbäumchen, Birken, idyllisch. Und der Lärm vom Heizkraftwerk stört sie ja nicht mehr. (Mein Gott.)

Und Baibakow? fragte der Dentist bohrend.

Äh Baibakow? Ach, Baibakow! Leider schon durch.

In Vetschau auch. Verdammt. Moment. Amalgam, rief der Doktor, soll'n die sich doch hier hinstellen, die Idioten, bleiben Sie dran, Moment, Schwester, sagen Sie dem Chef, sind Montag keine neuen Bohrer da, schließe ich die Praxis. Sind Sie noch dran?

Ich bleib dran, Doktor. Am Baibakow.

Hier ist was los, das reinste Irrenhaus. Wie ist es, haben Sie heut nacht Zeit? Denken Sie an die Brücke.

Hab zu tun. Ist der *Chef* bei Ihnen?

War da, der Chef, sagte der Doktor, der steht ja nicht vor den Patienten, braucht kein Amalgam, nur Berichte, ich sag Ihnen, gegen die tägliche Praxis ist die Kunst eine sonnige Insel.

Um was sich der *Chef* alles kümmert, murmelte ich selbstvergessen.

Um alles und nichts, sagte der Doktor spitz. Also, denken Sie an Tengis. Und verpassen Sie Ihren nächsten Termin nicht.

Wenn ich Ihnen einen Tip geben kann, der neue Baibakow liegt in unserer *Betriebsbuchhandlung* stapelweise, sagte der *Schweigsame*.

Scheinbar war es für ihn selbstverständlich, anderer Leute Telefongespräche zu belauschen, so offenherzig gab er mir seinen Ratschlag. Sympathischer Mann, immer geradeaus.

Herzlichen Dank, sagte ich, fahren Sie fort. Beim Klingelzeichen erreichten Sie Berlin.

Tja, die Hauptstadt war ein Erlebnis, können Sie glauben, für einen Provinzler wie mich, die Stalin-Allee (oder hieß sie schon nicht mehr so?, egal) faszinierte uns alle, großzügige Räume, in denen Arbeiter wohnten, weiße Paläste der *Neuen Zeit*. Aber ich kam ja nicht als Tourist. Ich erhielt keine Rüge, sondern einen Auftrag. Darüber nd über die neue Wohnung) war ich so glücklich, daß ich ›fort einwilligte. Die Genossen bereiteten die Mai-Feierlichkeiten vor, die Tribüne für den Festumzug stand schon in ihrer ganzen Pracht und Größe in der Allee. Viele Gäste sollten darauf Platz nehmen, neben den ersten Vertretern der *Republik* die Aktivisten, die Botschafter der Volksdemokratien, auch Bauern und Offiziere der Sowjetarmee. Einem umsichtigen Genossen (der später durch tragische Verstrickungen und persönliches Fehlverhalten in Ungnade fiel, heute aber wieder genannt werden darf) verdankte ich meine neue Funktion. Ich wurde der erste *Kinderheber der Republik*. Inzwischen hat, was damals völliges Novum, der Berufsstand Tradition, selbst in der ruhmreichen Union gab es keine *Kinderheber*. Wir gingen schon damals (bei aller Verbundenheit) eigene Wege. In diesem Fall lernten die *Freunde* von uns, ich selbst leitete einen mehrmonatigen Lehrgang *Kinderheben im Wettbewerb der Systeme*, an dem sich Kameraden aus allen Bruderstaaten beteiligten. Aber das war später. Mein Auftrag schien einfach, war jedoch ein Posten der *Sicherheitsstufe 1*. Ich gehörte zum *engeren Kreis*, das heißt, ich fehlte bei keinem öffentlichen Auftritt der Führung, wo mit plötzlich hervorbrechenden Kindern zu rechnen war. Und Sie wissen selbst, Kinder gehören bei uns zum politischen Alltag. Seit eh. Ich reichte die kleinen Leute mit ihren Fähnchen und Sträußen nach oben, zu den Genossen auf der Tribüne. Zehn Sekunden durften sie mit den Volksvertretern plaudern, dann setzte ich sie wieder auf den Boden der Tatsachen. Warum nur zehn Sekunden? Ein gewerkschaftliches Recht. Ich galt nach wie vor als Arbeiter mit schwer körperlicher Belastung. Sie werden sagen, Kinder wiegen nicht schwer. Ein Irrtum. Eisenfedern zappeln nicht, aber Kinder, die dem ersten Mann des Staates gegenüberstehen (oder hängen), entwickeln enorme Lebensfreude. Während meiner *Heber-Premiere* (an jenem historischen Mai-

Tag, wo ich erstmals nicht demonstrierte, sondern vor der Tribüne *arbeitete*) schwitzte ich mehr als in meiner Werkhalle. Schließlich steckte ich noch in einem Anzug, der, zwei Nummern zu klein, unter den Achseln spannte wie eine Zwangsjacke. Doch die Arbeit machte mir Freude, ich bin kinderlieb (leider blieb mir das Vaterglück versagt) und forderte mich auch geistig. Ein *Kinderheber* muß kräftig, aber auch ein guter Psychologe sein. Denn sehen Sie, gerade in den Zeiten sich zuspitzender Klassenkämpfe wurden oftmals Kinder in die schmutzigen Dienste der Reaktion gezogen. *Das Kind als Werkzeug in ideologischen Auseinandersetzungen.* Ich könnte Ihnen einen Vortrag halten, aber das führte zu weit. Jeden Pionier mußte ich mustern, *ehrliche* konnte ich *heben*, *getarnte* mußte ich verdrängen, denn diese konnten werweißwas in ihren Geschenken verstecken oder *durch ihre Blumen sagen wollen*. Diese Entscheidung fiel nicht immer leicht. Stellen Sie sich vor, wie sich ein *aufrichtiger* Pionier zurückgesetzt fühlt, wenn er wie ein *getarnter* behandelt und abgedrängt wird. Ein solches Schockerlebnis kann katastrophale Folgen für die weitere politische Entwicklung der Persönlichkeit nach sich ziehen. Kurz und gut. Sie fragten mich, wie ich zu meinem Beruf gekommen bin. So war es. Zwanzig Jahre blieb ich *Erster Demokratischer Kinderheber (EDK)*, bis ich, meiner Bandscheiben wegen, den Posten an einen Jüngeren abgab. Die ständige Belastung hinterließ Spuren der Abnutzung an meiner Wirbelsäule. Und die Kinder wurden auch immer schwerer. Aufgrund der Sozialpolitik. Es war eine schöne Zeit. Das können Sie glauben.

Die Haustür schlug zu, ein Auto sprang an, ich leerte den Aschenbecher, trug das Glas des *Schweigsamen* in die Küche, seine Geschichte gefiel mir, wäre das nicht der lang gesuchte Stoff für einen sozial brisanten, anrührenden Roman, den zu schreiben ich seit Jahren beabsichtigte, doch immer wieder mangels kluger Einfälle nicht zustande brachte. Zwanzig nach zehn. Ich nutzte die ruhige Stunde zur Sichtung meines Postberges. Xenia beachtete meine Korrespondenz peinlich genau, kannte die Handschriften aller Intimfreunde, spürte aus hundert Briefen sofort den einzigen heraus, den eine weibliche Hand signierte. Vorsichtig öffnete ich die Energierechnung, wie ein Telegramm, das eine schreckliche Botschaft fürchten ließ. Nur eine dreistellige Summe. Amtspost, Verlagskram, Leserbriefe aus Südböhmen, ein Schreiben – Gott sei Dank kein *Einschreiben* – von der Armee, Einladung für ein *populärwissenschaftliches Rundtischgespräch im Grünen*, Postkarte von Mutti: *Bin auf Kur, das Wetter ist schön, mach dir keine Sorgen, iß was. Liebe Grüße*. Zu guter Letzt, ich erstarrte, ein Brief aus der Ferne, absenderlos, unbekannte Marke, *Bundespost*, ohne Stempel, seltsam. Doch mein Graphologen-Auge erkannte auf einen Blick, die Adresse hatte kein anderer auf den Umschlag gesetzt – als der *Kandidat*. Sollte das Märchen wahr sein? Ist das der Beweis? (Und was bewies die unabgestempelte Marke?) Ich riß das Kuvert auf. Mit zitternden Fingern.

Mein Lieber, *Munich 8. 9.*

ich kann Dich nur schwer telefonisch erreichen, nicht allein mangelt es mir an einer ökonomischen Basis, ich muß mit den mageren Spesen haushalten, und ein R-Gespräch würde Dich in die roten Zahlen reißen, auch kann ich, was ich Dir zu sagen habe, dem Telefonnetz nicht anvertrauen. Darum die für mich schreibfaulen Hund ungewöhnliche Briefform. Ich schreibe, wie Du siehst, aus dem goldenen Westen, wo ich für einige Tage weilen darf, als Gast des 4. Schwabinger Unesco-Plainair, doch geht es mir nur zum Teil goldig. Gemalt hab ich noch keinen Strich, eine Stipvisite in die Pinakothek blieb bislang der einzige kulturelle

Höhepunkt. Ich wohne bei Münchner Freunden (alles linke Leute, Aussteiger, einige kennst Du sogar!), die mich in Beschlag nehmen. Aber vor allem: ich kenne hier ein nettes Mädchen, eine verrückte Person, die Dir gefallen dürfte. Ihretwegen schreibe ich, denn sie möchte übersiedeln, ich würde sogar heiraten, aber wie läuft die ganze bürokratische Prozedur? Muß sie hier einen Ausreiseantrag stellen? Sehr kompliziert, ihre Papiere sind unvollständig. Erkundige Dich bitte, Du kennst doch tausend Leute in der Lobby. Ich kann mich nicht an die Ständige Vertretung wenden, später erklär ich Dir, warum.

Eine zweite Bitte: geh in meine Wohnung und mach den Ofen sauber. Du findest dort Papierkram, wenn Du mein Freund bist – und ich rechne fest damit –, sorge dafür, daß alles verbrennt. Es sind intime Aufzeichnungen. Frag mich bitte nichts, was ich jetzt unbeantwortet lassen muß … Tu's – und sei konsequenter als Max Brod in seinem Umgang mit Kafkas Nachlaß. Nur soviel: Ich stecke, wie Du vielleicht merkst, in gewissen Schwierigkeiten, die mich zwingen, Dinge zu tun, die mir zuwider sind. Glaub mir. Ich mache es nicht aus Eigennutz. Ich weiß nicht, wie diese Reise endet, nur jemand, der sehr einsam ist, braucht meine Hilfe wie ich die Deine. Okay. Ich verwirre Dich nicht länger. Falls ich krank werde, muß ich einige Tage länger bleiben. Ich hoffe, wir sehen uns bald. Ich melde mich bei Dir. Sei gegrüßt (auch von Katharina, jenem Mädchen, unbekannterweise). P.

P. S.: Ich gebe den Brief einem Freund mit, der morgen nach West-Berlin fährt. Ich hoffe, er erreicht Dich bald.

Lüge, nichts als Lüge, dachte ich, Freundschaftsdienste, selbstlose Hilfe verlangt er, Mitgefühl, Verständnis und täuscht mich im gleichen Atemzug. Schwein. So kannte ich den Freund nicht. Tief gesunken, Opfer der verlogenen bürgerlichen Welt. Was wollen sie alle von mir? dachte ich – *very important person*. Vor drei Tagen galt ich so viel und so wenig wie jeder mittelmäßige Literat, heute buhlte halb Europa um meine Gunst wie die Freier um die schöne Penelope. Der Vergleich hinkte. Doch wie sollte ich für die über mir zusammenschlagende Welle den trefflichen Ausdruck finden? Undurchschaubares Regelwerk. Der Gedanke fraß sich (wie ein Holzwurm) in mein Gehirn: P. will dich in die *Rote* Grütze hineinziehen. Und die Genossen? Legten sie es darauf an, mich einzuschleusen? Warum gaben sie mir nicht die versprochene *Sicherheit*? Sollte ich mehr wissen als sie. Absurde Vorstellung. P. gab vor, seine Reise sei legal, seine Rückkehr einzig eine Frage der Zeit, was bezweckte der Verweis auf die *eventuelle Krankheit*? Andererseits verriet er das Versteck seiner Aufzeichnungen. Die Terroristen nannte er linke *Aussteiger*, die *Komplizin* erhob er zur Freundin, die *verrückt* und *übersiedlungswillig* wäre. Mindestens fünf Menschen (der Direktor von VEB Süßholz, der Messeberichterstatter, Doktor Z., Inge, ein Leipziger Schauspieler) beobachteten diese jedoch vor wenigen Tagen auf dem Territorium der *Republik*. Die Behauptung, P. lernte die *Komplizin* in München kennen, entbehrte jeder Grundlage. Moment, der Freund weilte nicht das erste Mal in der Bayrischen Hauptstadt. *Ich kenne hier ein nettes Mädchen.* Damit war nicht gesagt, wie lange er sie schon kannte. Logik. Doch warum reist ein Münchner Mädchen illegal in die *Republik*, führt sich wie eine Irre auf, gibt an, 1935 in Görlitz geboren zu sein, liebäugelt mit Josef Wissarjonowitsch, verläßt das Land auf unerforschte Weise, um alsdann (zurück in Bayern) den Wunsch nach Übersiedlung zu äußern. Humbug, Quatsch. Handlungen ohne Motiv. Wahnsinnige oder große Verbrecher oder, was das geringere Übel wäre, irgendwer führt sie als irre Marionetten am Strick und läßt sie verbrecherisch tanzen.

Wo das Vertrauen fehlt, spricht der Verdacht. Weiser Lao-tse, Sprüche klopfen kann jeder. Mein Freund, der Schuft. Immerhin kämpfe ich für den Frieden. Als Aufklärer. Mir tränten die Augen, Urlaubsreife, Übermüdung. Das Jackett auf den Knien, wollte ich den Dreiangel vernähen. Hexenstiche. Blutige Fingerkuppen. Wenn jetzt Mutti käme. Kam aber nicht. (War im Erzgebirge, Bäume zählen.) Glücklich sprang ich auf, als das Telefon schellte. Es war die *Rote*. Seit wann kannte ich die nette Archäologin? Seit heute oder drei Jahren.

Etwas spät geworden, sagte sie. War in der Oper. Müssen Sie unbedingt hingehen, die Gipfelbauce ist umwerfend. Das Publikum war gespalten, absolut gespalten. Der Saal tobte.

War wohl 'ne Rockoper?

Sie sind mißlaunig, sagte die *Rote*, hab ich Sie aus dem Bett geholt?

Liebes Kind, sagte ich, es gibt Dinge im Leben eines dreißigjährigen Mannes, die Sie nicht verstehen können, auch wenn Sie zehnmal Altertumswissenschaften studieren.

Sie haben Kummer, sagte die *Rote*, ich hör's doch. Ich würd Sie ja trösten, wär ich mir sicher, daß Sie nicht zu der Sorte Männer gehören, die alles mißverstehen, das heißt immer in ihrem Sinne.

Wo das Vertrauen fehlt, spricht der Verdacht, sprach ich mit meiner traurigsten Stimme in die Muschel.

Daudesching, hauchte die Historikerin.

Pause. Knacken in der Leitung. Heiseres Räuspern.

Warum ich eigentlich anrufe, kommen Sie morgen in die Sektion. Die letzte Vorlesung zum Pygmalion-Stoff. 12 Uhr, Professor Jacht, mein Mentor.

Oh, ja, sagte ich aufwachend (und dachte: ihr *was*?).

Na dann bis morgen, sagte sie, bereiten Sie sich gut vor. Gute Nacht und gute Träume.

Keine Sorge, sagte ich, doch da hatte sie schon aufgelegt.

Ich verspürte noch keine Lust, den guten Wünschen der *Roten* nachzukommen. Im Kühlschrank lag ein letztes Bier, direkt unter dem Gefrierfach (ach Xenia!), ein Eispils oder Pilseis. Wider meine Prinzipien trank ich Schnaps. (Das zweite Mal innerhalb von achtundvierzig Stunden.) Mit eiserner Disziplin beugte ich mich über die *Ofen-Post*, meine Augen trieben zwischen den Zeilen umher wie Schiffbrüchige, die schon kein rettendes Ufer mehr erwarteten. Hinzu kam der katastrophale Zustand der vor mir liegenden Zettel. Einzig mit Hilfe einer Lupe (ich sammelte als junger Mensch Briefmarken) gelang die Lektüre der spärlichen Aufzeichnungen des *Kandidaten* aus den letzten (und vielleicht entscheidenden?) Septembertagen.

... ich las in einer medizini... mir geborgt hatte (nicht ohne pädagogische Absichten) ... Alkoholmißbrauch zu Zustä... geistiger ... Irritatio ... führen ... was soll ich machen? Ich würde sie sofort ... weiß ja nicht wohin ... froh, daß jemand hier, auch ... um eine arme Irre handelt. Problematischer scheint, wie ich unter diesen Bedingungen jemals Das große Schweigen vollen... will partout nicht erklären, wo die Puppe abgeblieben. Immer wieder die alte Geschichte, wie ein Grammophon. Heute morgen (bei herrlichem Licht) bat ich sie, wenn sie denn schon mal da ist (und die Ähnlichkeit frappiert), Modell zu stehen, erst Begeisterung (mir zu Hilfe), dann Zappeltheater. Wortwörtlich: Da bekomme ich Angst, wieder einzufrieren. Ich dreh durch. Montag früh zu Z. (Hoffentlich nicht auf Kongreß.) Wie soll ich ihm die Sache schildern? Irgendwo muß sie ja herko... vielleicht nur um einen üblen Scherz handeln. Zum Beispiel mein Freu... diese Literaten und ...chrecken vor nichts zurück, im Glauben eine Idee ... ...lungen ... denke, sein Gewerkschafts-Broschürchen füllt ihn zur Zeit ... wird's wohl nicht gewesen sein.

Eine traurige Wahrheit, wir bleiben mit dieser Geschichte allein. Wen vertrauensvoll einweihen? – man würde uns zwangsläufig zu Idioten stempeln. Bei aller Naivität sieht sie dies mit verblüffender Klarheit. Wollte sie überreden, Polizei einzuschalten, irgendwo müssen die Akten verblieben sein, die ihr plötzliches Verschwinden bekunden. Okult, sagt sie ... Seine Spuren ... widersprach heftig ... keinen Fall, die ...ns verhaften oder in eine Anstalt stecken. Eine Suche nach Betriebsarchiv des Warenhauses begrüßte sie, in der Hoff... Material aufzufinden ...otos, Bestätigungen ihrer Ideen ... Kommt mit dem Irrwitz des Ganzen ganz gut zu Rande ...sige Schwierigkeiten der Umgewöhnung. Kein Wunder ...mmt aus einer völlig anderen Welt.

Bin ich noch zu retten? Ich höre sie reden – und glaube ihr, dann laufe ich eine halbe Stunde durch die Stadt, lese eine Zeitungsseite, höre einen Satz aus dem Radio – und weiß, es ist alles nur Einbildung. Es kann nicht sein. Obwohl alles darauf hindeutet, daß es so ist.

Als ich nachmittags aus VSB kam, hörte ich auf der Treppe lauten Knall. Jetzt ist sie durchgedreht, dachte ich, hat sich was angetan oder den Fernseher in Panik aus dem Fenster geworfen. Nichts da, sie lag – meinen Matrosenpullover wie ein Kleid tragend – mit dem Bauch auf der Kiste unter der Türfüllung, hielt in beiden Händen Stricke, sie liefen durch zwei im Rahmen steckende Haken, an ihren Enden hingen zwei Mauersteine. Sie übte Trockenschwimmen mit einer, wie sie verschämt gestand, sowjetischen Trainingsmethode, die sie jedoch noch nicht vollständig beherrsche, die aber wissenschaftlich erprobt und das beste für die Reaktivierung ihrer Muskeln sei. Nur richtiges Schwimmen wäre noch gesünder, sagte sie schmollend, aber das sei ihr ja (von mir) verboten worden. Ich sperre sie angeblich ein. Da hat sie recht. Aber was soll ich tun? – entlasse ich sie in die freie Wildbahn, ist das Chaos perfekt..

Heute bei Z. Deprimierend. Meine einzige Hoffnung.

Unterlassene Hilfeleistung kann ich ihm nicht vorwerfen. Aber er sieht in ihr eben nur den Fall. Morgen fahren wir nach L. Ich bin skeptisch. Sie glau… obwohl ich mit größter Vorsicht ans Werk ging, die Zeitungen kontrollierte …, daß unsere Fernseh-Nachrichten eine Gefahr werden könnten – wer hätte es geahnt? … Inlandsberichterstattung gab ihr einen Hauch der Welt zurück, die sie verlassen … vergessen, daß die Messe stattfindet … der Geschäftsmann sei derselbe. Dr. Oswald Blender. Alias Okult. Leider haben wir den Plan, die Kaderabteilung der Handelsorganisation aufzusuchen, noch immer nicht …

Morgen sollte mein Abschlußbericht vorliegen – erhoffte der *Chef* von mir (als Mann der schreibenden Zunft) ein besonders stilvolles Protokoll, mußte ich wohl oder übel, jetzt, zu mitternächtlicher Stunde, erste Gedanken sammeln. Bündle, forderte ich mich auf, all deine logischen Energiereserven im Bemühen, ein wenig Ordnung in die Zufälligkeiten des Falls zu bringen.

Abschlußbericht des Freiwilligen Mitarbeiters im Fall (FMF) des Kandidaten und der Komplizin
(Streng vertraulich, zu Händen des Chefs)

Vorbemerkung:
FMF sieht sich außerstande, Klarheit in das nebulöse Dickicht des Vorgangs zu bringen. FMF kam zu seiner Tätigkeit wie Jungfrau zum Kinde. FMF bittet hiermit um sofortige fristlose Entlassung aus dem Dienstverhältnis. FMF stellt keinerlei finanzielle oder sonstigen Forderungen.

A. Republikflucht-These
A. 1. Dafür spricht Grenzübertritt des Kandidaten, eine sich anbahnende Schaffenskrise, verbunden mit übersteigerten politischen Theorien (Rede im VSB; Tagebuch), sein

gegenwärtiger Aufenthaltsort, ein Telefongespräch aus München, seine (z. T. ebenfalls flüchtigen) Gastgeber, ein aus dem Westen in die Republik geschmuggelter Brief.

A. 2. Dagegen spricht vorbildliche Biographie des Kandidaten, seine Angst vor Kriminalität und Gewalt (d. h. Gesetzesbruch), die (am Telefon und im Brief) bekundete Absicht eines baldigen Wiedersehens, die Ankündigung eines Übersiedlungswunsches der Komplizin. Da der Brief zwar mit einer Bundespost-Briefmarke frankiert, aber nicht mit Stempel versehen war, kann wirkliche Flucht nicht mit 100%iger Sicherheit angenommen werden.

A. 3. Unklar bleibt, was Kandidat in München will, welcher Art seine Beziehungen zu Dr. O. Blender sind, warum er diesen in Leipzig behelligte, ihn nach Bayern verfolgt. Über eventuelle Verbindungsaufnahme zur Organisation Rote Grütze liegen FMF keine gerichtsverwertbaren Indizien vor.

B. Agentenschafts-These

B. 1. Dafür spricht Attacke auf O. Blender, dessen plötzliche Abreise, die daraus resultierenden wirtschaftlichen und sozialpolitischen Folgen (Ausbleiben der Warenlieferungen usw.), der ungeklärte Grenzübertritt der Komplizin, ihre undurchsichtige Biographie (siehe Abschnitt C), alle auf FMF verübten Anschläge (Atelier, U-Bahn-Attentat), die Tatsache, daß bislang kein imperialistisches Massenmedium Notiz von Kandidat und Komplizin nahmen (beide werden offenbar von oben gedeckt), sowie die Teilnahme des Malers am Unesco-Pleinair, ohne daß der VSB von einer Einladung wußte (wer lancierte die Teilnahmebestätigung?).

B. 2. Dagegen spricht der mangelnde Professionalismus der Komplizin, eine bislang völlig fehlende Motivkonstruktion, die ausgesprochene (ausgesprochen naive) Vorstellung des Kandidaten, mit der Komplizin in die Republik zurückzukehren, die beklagte miserable Finanzsituation des Malers und der Komplizin an ihrem derzeitigen möglichen Aufenthaltsort München-Schwabing.

C. Komplizenschafts-These

Summa summarum handelt es sich hier um das eindeutigste und zugleich dunkelste Kapitel des Falls. Es sind keine schlüssigen Für und Wider aufzustellen. Nach Auffassung des FMF hat sich folgendes zugetragen:

In den letzten Augusttagen knüpfte Komplizin mit dem Kandidaten Kontakt – eine Begegnung, von der Kandidat keine – oder nur spärliche – Erinnerungen zurückbehielt. Komplizin nistet sich beim Maler ein, mit der erfundenen (oder wirklich eingebildeten) Geschichte ihrer Herkunft, die besagt, sie wäre die zum Leben erweckte (dem Hausrat des Kandidaten angehörige) Schaufensterpuppe, welcher dieser als Modell für sein Gemälde Das große Schweigen benützte. Der Künstler gerät in Gewissenskrise, schwankend zwischen Rationalität und Wahn (Pygmalion-Komplex). Bedrohlich beginnt die Lage für Kandidaten zu werden, als er der Komplizin (ihren Phantasien) Glauben schenkt. Hinzu kommt erstarkende emotionale Bindung des Mannes an die Frau, die Gewißheit, diese zu verlieren, sobald er sie (die vorgibt, nicht im Besitz ordentlicher Papiere zu sein) medizinischen bzw. staatlichen Stellen übergibt. Ein Versuch, dieselbe einem befreundeten Neurologen vorzustellen, bringt keine Läuterung. Erstaunlich bleibt, daß die Komplizin diesen Canossa-Gang auf sich nimmt; es darf vermutet werden, daß sich diese entweder ihrer Rolle sicher ist, sie meint, selbst einen Facharzt täuschen zu können – oder daß diese (zu letzterer Annahme neigt FMF mehr und mehr) nur als bedauernswerte Marionette fungiert, die an Fäden hängt, die sie selbst nicht erkennt. FMF sieht sich außerstande, die wahren Hintermänner dieses Puppentheaters aufzudecken.

Abschließend wird FMF versuchen, einige biographische Angaben der Komplizin auf ihren Realitätsgehalt zu prüfen.

Nach Erledigung dieser Aufgabe sieht er seine zwischenzeitliche Mitarbeit am Fall als abgeschlossen an. Mit vorzüglicher Hochachtung.

Ich wendete (ein Vogel im winterlichen Park) Blatt um Blatt, in der Hoffnung, irgendwo einen letzten versprengten Briefumschlag zu erspähen. Umsonst. Xenia? Könnte zwischen ihren Strümpfen, Ketten und sprachwissenschaftlichen Untersuchungen des Nibelungenliedes ein leeres Kuvert auf Erfüllung warten? Der Gedanke hatte sich kaum gebildet, da kniete ich schon vor ihrem Schrank, griff in die seidige Wäsche. Mich befiel das Gefühl, Frevelhaftes zu tun, eine Einmischung in die Angelegenheiten eines anderen Ego. Scham hin, Scham her, dies war nur eine weitere Grenze, die ich übertrat. Der Auftrag griff meine Sensibilität an, kaltes Zweckdenken bemächtigte sich meiner. Tatsächlich, auf dem hölzernen Boden des Faches lag ein unbeschrifteter, verschlossener Brief, der, ich fühlte es mit abwägender Hand, einen Inhalt verbarg. Was nun, was tun? Den Umschlag vorsichtig öffnen? Im Wasserdampf? Total übergeschnappt? Was mag darin sein, murmelte ich in den Wodka. Die billigste Erklärung: Xenia schrieb einen Brief an Y. oder Z., verzettelte sich, was nicht nur möglich, sondern mit Gewißheit anzunehmen war, geriet in Zeitnot, war noch nicht vollständig (oder dem Anlaß gemäß) gekleidet, suchte passende Socken, legte das Kuvert nachlässig ab – und vergaß es. Ebensogut konnte sie es auch bewußt dort abgelegt haben, im Glauben, dort liege es sicher, geschützt vor fremden Augen. Was für ein Schreiben? Ein an Xenia gesandtes oder von ihr verfaßtes. Mysteriös. Wer einen ungeöffneten Brief liegenläßt, kennt den Inhalt oder fürchtet ihn. Oder beides. Und was, wenn das Kuvert gar nichts mit Xenia zu tun hatte? Möglich, sie kehrte nach Hause (will sagen in meine Wohnung) zurück, wie immer hektisch, zwischen dringenden Terminen, findet unter dem Briefschlitz das obskure Objekt, weiß nicht, wohin damit, denn es ist unbeschriftet, trägt es, unschlüssig, neugierig – darf sie es öffnen? – durch die Zimmer, erinnert sich plötzlich einer Freundin, die seit zehn Minuten am Märchen-Brunnen wartet, springt aus den Sachen, reißt sich die Hose herunter, probiert mehrere Röcke an, entscheidet sich für den oder den, doch zu diesem oder jenem passen die Strumpfhosen nicht, also stürzt sie zum Schrank, läßt den Umschlag achtlos fallen und hat – kaum da sie sich vor dem Spiegel dreht – den Vorgang vergessen. Ich sah Xenia lässig mit einem kurzhaarigen Bartmenschen plaudern, auf der *vernissage* Sekt trinken und filterlose Zigaretten rauchen, erhob mich, schon etwas schwankend, griff kurz entschlossen (wie der Tierarzt die Sandviper) den Brief und – riß ihn auf.

Ein christliches Gebet soll Ihnen Glück bringen! Das Original liegt in Amsterdam. Es ging neunzigmal um die Welt. Jetzt soll es Ihnen Glück bringen. 9 Tage nach Erhalt des Briefes werden Sie Glück haben, vorausgesetzt, Sie schicken diesen Brief weiter. Das ist kein Witz, das Glück kommt per Post zu Ihnen. Sie senden Kopien an Leute, von denen Sie glauben, sie brauchen Glück, senden Sie kein Geld, denn Glück kann man nicht kaufen. Behalten Sie diesen Brief nicht länger als 95 Stunden, dann muß er weitergegeben werden.

Beispiele, was schon passierte:

Simon Jonson erhielt diesen Brief 1983. Er bat seine Sekretärin, 20 Kopien zu machen, und schickte sie ab. Tage später gewann er zwei Millionen Dollar. Carlo Seikert, ein Angestellter, erhielt diesen Brief, vergaß, ihn abzuschicken, und verlor seinen Job. Nachträglich schickte er auch zwanzig Kopien ab. Nach Tagen bekam er wieder Arbeit.

Ida Kuschmann erhielt diesen Brief, schmiß ihn weg, weil

sie nicht daran glaubte. Tage später verstarb sie. 1964 erhielt Hermann Theimer diesen Brief, er lachte darüber, Tage später verstarb seine Frau bei der Geburt des fünften Kindes, das krank zur Welt kam. Er schickte dann seine zwanzig Kopien ab, und nach neun Tagen erhielt er die Nachricht, daß sein Kind gesund wird.

Bitte senden Sie auch 20 Kopien an Freunde und Bekannte. Schon nach Tagen werden Sie eine Überraschung erleben. Es ist wahr, auch wenn Sie es nicht glauben.

Arme Ida Kuschmann, dachte ich, und: Was soll denn das nun wieder? Eine verschlüsselte Botschaft? Eine Finte? Metaphysischer Schnickschnack? Simon Jonson – wer, um Gottes willen, ist das, wer Seikert, wer Theimer? Nie gehörte Namen. Unbegreiflich, ich suche einen Umschlag, finde einen, um ermuntert zu werden, zwanzig weitere Briefe zu schreiben, Kopien zu verfassen von Hirngespinsten. Steckte hinter den Zahlenkombinationen ein System? Ich las das Schreiben erneut, hielt es gegen das Licht, reihte die ersten Buchstaben aller Worte hintereinander – es ergab keinen Sinn. Hatte mich einzig Xenias Unordnung vor diesem Unsinn bewahrt? Wollte man mir Schrecken einflößen, mich verwirren, rechnete der Absender damit, daß ich als Materialist die Botschaft verlachte, mein Glück in die Schanze forderte, leichtsinnig werdend Fehler beging? Oder wollte wer auch immer durch diesen Trick in Erfahrung bringen, mit welchen zwanzig Menschen ich mich am engsten verbunden fühlte, um auch diese zu verfolgen? Was ich zu tun hatte, wußte ich – das *christliche Gebet* würde ich, als Anlage zu meinem Abschlußbericht, dem Chef überreichen, es fiel in sein Metier, sollte er sich darüber den Kopf zerbrechen – Hauptsache, ich war die Sendung los. Ich legte mich auf die Couch und dachte im Einschlafen: Frau Kuschmann hat 2 Millionen Kopien gewonnen, labyrinthische Welt – was hast du vor mit mir?

Dritter Tag

Und das Gestein – wer glaubt' es, wofern nicht zeugte das
 Alter? –
Wird von der Spröde befreit und verliert die starrende Härte,
Wird allmählich erweicht und beginnt sich, erweicht, zu
 gestalten.
Bald, wie es wachsend sich hob und zu milderem Wesen sich
 wandte,
Trat schon sichtlich hervor, doch noch undeutlich im Umriß,
Menschengestalt, gleichwie aus eben behauenem Marmor,
Nicht vollendet genug und ganz wie rohe Gebilde.

Ovid, *Metamorphosen*

Nach einer unruhigen Nacht – düstere Visionen hinterließen eine verkaterte Seele – stand ich vier Minuten nach acht Uhr vor der Pförtnerloge der Staatlichen Handelsorganisation. Hinter der Glasscheibe thronte in einer dichten Qualmglocke ein griesgrämlicher Alter mit grauem Schnurrbart.

Wohin, knurrte der, seine Luke einen Spalt öffnend.

BGL, entgegnete ich und blies einen dünnen Rauchfaden in das Gesicht meines Gegenübers.

Schnellsten Einlaß in Bürohäuser gewährt eine blasierte Unbescheidenheit, die nach Macht und Vorrechten stinkt. Diese Maxime war im Leben erfolgreich erprobt.

Angemeldet?

Statt einer Antwort zog ich den Ausweis des Schriftstellerverbandes, sah dem Graubart in die Augen, deren klares Blau mich eine Sekunde lang verwirrte, und betrat, ohne weitere Entscheidungen des eifrigen Wachmanns abzuwarten, das Innere des Handelshauses. Zielbewußt eilte ich zum Paternoster, erreichte mit einem kühnen Sprung die schwebende Plattform, entwich in die Höhe, während im Foyer heiseres Husten sich mit wütenden Rufen vermischte. Gefoppt, dachte ich, tut mir leid, verehrter Veteran der Arbeit, doch wer mit internationalen Verbrechersyndikaten im Kampf steht, kann sich nicht in Bagatellgefechten verzetteln.

Mein Beglaubigungsschreiben zierten der Briefkopf des Bundesvorstands, ein waschechter Stempel und die Unterschrift des 2. Sekretärs, Kollegen Stuhls. Die BGL-Frau legte es mit flatternden Fingern auf die geblümte Tischdecke.

Natürlich freut uns der Besuch eines bekannten Schriftstellers, sagte sie, ein hilfloses Lächeln aufsetzend, aber heute, so plötzlich, ohne Anmeldung, wenn Sie, Genosse, vielleicht morgen kommen könnten, wir stecken mitten in der Jahresabschlußbilanz, ja, ich verstehe, es eilt, aber was haben wir, ich meine der Handel, eigentlich mit dem Wohnungsbau zu schaffen, denn Sie schreiben doch, wie ich diesem Schreiben entnehme, eine Broschüre *Der Baubär.*

Ohne Handel kein Wandel. Wer sichert die reibungslose Bauarbeiterversorgung, wer sorgt für das Wohl der Bevölkerung in den Wohngebieten, *wer baute das siebentorige Theben*, kennen Sie das Gedicht?

Sie nickte betreten.

Hatte er nicht wenigstens einen Koch bei sich? rief ich pathetisch, ohne Konsum und Versorgung, will uns der Dichter sagen, gibt es keine Geschichte von Klassenkämpfen, du, als Vertrauensfrau solltest das doch wissen …

Ja, entgegnete sie kleinlaut, aber ohne Genehmigung des Direktors ist es mir verboten, betriebsfremden Personen …

Gestattest du, schnitt ich der Gewerkschafterin das Wort ab, griff zum Telefon, ich brauche ein Amt, ach ja, und die Nummer des Bundesvorstands.

Es war Erpressung, aber wirkungsvoll. Das Gesicht der Frau nahm die Farbe der Tapete an, vergilbtes Weiß, sie goß erneut Kaffee in meine Tasse, wählte eine Nummer.

Ich nehm's auf meine Kappe, sagte sie, aber länger als zwei Stunden dürfen Sie nicht im Archiv bleiben. Versprechen Sie mir das?

Pionierehrenwort, schwor ich mit erhobener Hand.

Donnernd fiel die Tür ins Schloß. In zwei Stunden wollte mich Frau Grundmann – so hieß meine freundliche Betreuerin – aus dem Warenhausarchiv befreien. In dieser Zeit mußte mir gelingen, das Material aufzuspüren, das P. und die *Komplizin* hier zu finden hofften. Vielleicht verbarg das düstere Gemäuer unter dem Dach eine heiße Spur. Der Raum, in dem ich mich unschlüssig umblickte, wurde in letzter Zeit offenbar selten betreten. Morsche Büromöbel, Transparente, eine zerschlissene Matratze, die irgendwann den papierenen Alltag der Mitarbeiter aufgelockert haben mochte, ein Dutzend Eisenregale sowie zwei offenbar verschlossene Rollschränke. Ich begriff, warum Frau Grundmann all ihre Überredungskunst angestrengt hatte, mir diesen Teil des Betriebsgeländes vorzuenthalten, wo man, wie sie nicht müde wurde zu betonen, ohnehin nur die Zeit von 1946 bis '55 aufbewahrte. Zeit, dachte ich, kann man nicht archivieren, doch verschluckte ich jeden Kommentar und blieb stur. Gerade die heroischen Aufbaujahre, sagte ich, sollten im Zentrum des *Baubären* stehen, und an Staub sei ich schließlich in meinem Beruf gewöhnt. Ich legte das Jackett zusammengefaltet auf ein hölzernes Skelett, das in besseren Zeiten einmal ein Rednerpult gewesen sein mochte, und krempelte die Hemdsärmel hoch.

Rechnungen, Belege, Warenposten, Zahlungsbescheide, handgeschriebene Listen mit Ziffern, Lagerbestände,

Umsatzbeträge der Einzelhandelsfilialen, Bilanzen, Import, Export, Soll und Haben, Abschreibungen, Planungsgrößen, Zinsverkehr, Prozente, Lohn- und Gehaltskosten, NAW-Fonds-Bereitstellung, Lieferverträge, Kreditierungen, Kollegin Grundmann, stöhnte ich, es war eine Untertreibung, als Sie sagten, diese Akten seien wenig aufschlußreich für einen Uneingeweihten. Meine Hände waren so trocken, daß sie knisterten. Das Verbot mißachtend, zündete ich mir eine Zigarette an, setzte mich auf die Matratze. Ich durchwühlte Zahlenkolonnen wie andere Heuhaufen – was für eine Stecknadel hoffte ich zu finden? Eine Stunde mußte ich bereits vertrödelt haben. P. schien – wie seinem Tagebuch zu entnehmen war – hier etwas zu vermuten, das mit dem Schicksal (oder den Phantasien) der *Komplizin* zusammenhing, ergo mit dem Münchner Manager. Freilich, in ihrer Krankenakte behauptete jene Katharina Lichtfeld, einst als Verkäuferin einer Filiale in der Friedrichstraße gearbeitet zu haben, bis sie von ihrem Abteilungsleiter, wie sie es nannte, verzaubert wurde. Ich griff zur Jacke, die meine *Marlboro-Tüte* umhüllte – diese hatte ich der Gewerkschaftsfrau nicht zeigen wollen, um deren Glauben in meine politische Prinzipienfestigkeit nicht zu erschüttern –, der Ärmel des Jacketts blieb an einem Holzsplitter des Stehpultes hängen, unwillig zog ich daran, brachte das Kleidungsstück an mich, doch gleichfalls das wacklige Wrack zum Einsturz. Von einer Staubwolke umhüllt, erwartete ich die BGL-Frau, doch kein Mensch ließ sich blicken. Irgendwie stand mein Leben unter einem unglücklichen Stern, wo ich auftauchte, ereigneten sich Katastrophen. Hätte ich doch den Amsterdamer Hirtenbrief kopieren sollen vergangene Nacht? Als ich die Trümmer zur Seite räumte, kippte ein sperriges Kantholz gegen den kleineren der beiden Rollschränke. Krachend fiel die Klappe herunter.

Sesam, Sesam, nuschelte ich und entstaubte die *Marlboro-Tüte*.

Drei Karteikästen – ich brauchte einige Sekunden, bis ich begriff, was für einen Schatz mir der Gott des Zufalls überantwortet hatte. Vor meinen fassungslosen Augen lag die (oder ein Teil der) Personalkartei der Staatlichen Handelsorganisation. Alte Unterlagen, irgendwann für verjährt erklärt, ausgelagert und von einem eifrigen Mitarbeiter (aus Platzgründen) auf den Dachboden verbannt. Hab Dank, teurer Unbekannter. Die mit Paßbildern versehenen gelben Pappbögen stammten – wie ein Blick auf die Registratur zeigte – allesamt aus dem fünften Jahrzehnt dieses Jahrhunderts. Und möglicherweise – ich sprach den Traum nicht aus, unsicher, ob ich mir wünschen sollte, hier auf eine Spur der *Komplizin* zu stoßen. Der erste Kasten umfaßte Mitarbeiter von A bis G, ich öffnete den zweiten, der von H bis P reichte. *Heinisch, Hinze, Hülsenbeck, Irpitz, Jäger, Januschewski, John, Kramer, Krause, Berta, Krause, Rudolf, Krause, Siegbert, Langhans, Lehbert, Lehmann,* ich blätterte langsamer, die Spannung stieg, noch ein paar Kärtchen – und das Kartenhaus des *Falls* stand oder fiel in sich zusammen. *Lewerenz, Libera, Libutzki, Lichtfeld* – nein, sagte ich laut und setzte mich auf den dreckigen Fußboden.

Auf dem Personalbogen Nr. R 2093/51 stand mit Maschinenschrift: Katharina Lichtfeld, geb. 4. 7. 1935, Geburtsort: Görlitz, Vater: Sattler, Soldat, gef. 1939, Mutter, geb. 1911, Familienstand: ledig, Wohnort: Berlin W 8, Jägerstraße 27, Mitglied NS-Organisationen: Strich, Demokratische Massenorganisationen: Freie Deutsche Jugend (seit 1951), Freier Deutscher Gewerkschaftsbund (seit 1950), Berufsausbildung: Verkäuferin, Lehre bei Kommissionshändler Sonneberg, Textil, Brunnenstraße, Gehaltsgruppe 1 B. Unter den Angaben standen mehrere handschriftliche Bemerkungen: *Regelmäßige Spende für den Korea-Fonds, Kollegin Lichtfeld tritt für Normerhöhungen ein. Sonderschicht (März 1953), Aufkündigung des Arbeitsvertrages durch HO, August 1953.* Das blasse Foto in der rechten oberen Ecke der Kaderakte zeigte ein Mädchen mit dunklem glattem Haar. Feine Gesichtszüge, ernster Blick – ich nahm das Foto des Ilmenauer Hobbyfotografen aus der *Marlboro-Tüte*, verglich die Aufnahmen. Eine Ähnlichkeit zwischen beiden Gesichtern war unleugbar vorhanden, wenn auch das alte Paßbild schon sehr verschwommene Konturen aufwies. Frau Grundmann, sprach ich glücklich und nachdenklich, leider muß ich die Karteikarte Nr. R 2093/51 im Namen des Volkes konfiszieren.

Oberpichler, Rudolf, Ochel, Marianne, Oderbach, Liane, Oehme, Helga, Orlikowsi, Sigrid. Kein Okult, hatte ich's mir doch gedacht. Und Blender? Sollte der als tote Seele unter diesem Dachfirst hausen? Unwahrscheinlich. B wie *Bauer, Gerda, Bernhardt, Willi, Brezsinski, Ursula*, kein Okult, kein Blender, Oswald. Na also, von wegen Abteilungsleiter, der Mann ist ein Münchner Kapitalist, kein sozialistischer Tausendsassa. Dann blätterte ich die Kartei ein zweites Mal durch, um sicherzugehen, keinen Personalbogen übersehen zu haben, die Kästen machten einen preußisch-akkuraten Eindruck, doch immerhin war ihr jetziger Unterbringungsort kein Garant für Ordnung und Sicherheit. Bernhardt, Willi, irgendwann hatte ich den Namen schon einmal gehört, aber wo, eine Martina Bernhardt ging in meine Klasse, ein Freund meines Großvaters hieß Bernhard, aber mit Vornamen, Willi, Willi? Aus dem Lichtbild blickte mir ein ausgemergeltes Gesicht entgegen, ein hagerer Mittfünfziger mit hervorstechenden Wangenknochen, *geb. 1912, in Breslau/Wrocław, KJVD, Zuchthaus, Gewerkschaftsmitglied, Verkaufsstellenleiter, ab 1952 Parteisekretär der HO-Filiale 3, Groß-Berlin.*

Tatsächlich, von dem Mann plauderte die *Komplizin* im Sprechzimmer von Doktor Z. Es klopfte, Frau Grundmann, verdammt, kurz entschlossen zog ich die Akte *Bernhardt* heraus, stülpte den Deckel auf den Karton, riß den Rollschrank hoch und warf meine Jacke über die beiden requirierten Bögen.

Was Sie nicht sagen, staunte Frau Grundmann, kaum zu glauben.

Das Glück gehört den Tüchtigen, sagte ich und trocknete mir die Hände ab. Dieser Bernhardt, Willi, gehört zu den Aktivisten der ersten Stunde, ein Held der demokratischen Umwälzung, ein wirklicher proletarischer *Baubär* – nur leider wissen wir zuwenig über ihn. Lebt er noch?

Tja, räusperte sich die Gewerkschaftsvertrauensfrau, ich kann Ihnen auch nicht weiterhelfen. Bin erst seit vier Jahren im Betrieb. War vorher in der Volksbildung, aber die Nerven.

Ich kenn das, sagte ich höflich, eine Freundin von mir …

Die Kinder von heute, wissen Sie, wir waren irgendwie …

Pardon, wie spät ist es?

Gleich Mittag, zehn nach elf.

Frau Grundmann, eine letzte Frage: Welcher Ihrer Kollegen ist länger als 35 Jahre Mitarbeiter im Staatlichen Handel, oder anders gefragt, wer könnte Auskunft geben über Willi Bernhardt?

Sind nicht mehr viele, sagte die Kollegin und öffnete eine rote Auszeichnungsmappe. Unsere Gewerkschaftsleitung hat fünf Ehrenmitglieder. *Robert Kerling*, feiner Kerl, aber schon sehr tatterig, *Lisa Grell*, genannt Rakete, wohnt in Dresden bei ihrer Schwester, *Bruno Berg, Werner Habedank, Lotte Rademacher*, alle im Pflegeheim.

In welchem? fragte ich ungeduldig und zückte mein Notizbuch.

Keine Ahnung, Veteranenbetreuung macht Kollegin Schröder, die ist im Babyjahr und kennt die Adressen, rufen Sie mich morgen an, dann ... oder fragen Sie mal Perenke, unsern Pförtner, der ist schon hundert Jahre bei der Firma. Kennt die gesamte Belegschaft.

Perenke, murmelte ich und notierte mir den Namen des Mannes, der mir, wie ich fürchtete, kaum mit einer Auskunft helfen würde.

Nein, rief die Frau, mir über die Schulter blickend, was erzähl ich bloß, Renke heißt er, Paul Renke, aber ihn nennen alle Perenke.

Aha, sagte ich – und verspürte plötzlich ein scharfes Stechen im hinteren Teil meines Gehirns.

Perenke, Paul Renke, Okult, Scho-Ko-Kult, O. Blender, Oswald Blender. Vielleicht war des Abteilungsleiters Nachname Blender oder Müllermeierschulze, Oswald hieß er mit Sicherheit.

Frau Grundmann, sagte ich und begann hastig mein Jackett zu durchsuchen, ich fürchte, ich habe mein Scheckheft verloren.

Während die Gewerkschafterin ihr Büro auf den Kopf stellte, stürzte ich wie ein Hindernisläufer die Treppen zum Archiv hoch, wuchtete den klobigen Schlüssel ins Schloß, öffnete, ließ mit einem Fußtritt dem Rollschrank die Kinnlade herunterfallen und schlug den zweiten Karteikasten auf. K wie Kriminalpolizei, wie Kombinationsgabe, wie Kunst und Kultur, K wie Kult. Unglaublich, aber wahr, *Oswald Kult*, wer immer dies sein mochte, in welcher Beziehung er immer zu Blender, der *Komplizin* und P. stand, war vom Staatlichen Handel der *Republik* 1952 als Warenspediteur angestellt worden. Das Foto zeigte einen Mann mit akkurat gezogenem Seitenscheitel, stechenden Augen und großen abstehenden Ohren, den man durchaus für einen Sohn des Münchner Marzipanfabrikanten Dr. Blender halten konnte. Ich steckte das Beweisstück, von dem ich noch nicht wußte, was es bewies, unter mein Hemd, verließ den düsteren Raum, dem ich drei große Geschenke verdankte, lief im Laufschritt zurück zu Frau Grundmann, bemüht, eine traurige Miene im fröhlichen Spiel zu machen.

Gefunden? rief sie mir von der Türschwelle aus zu.

Leider nein, seufzte ich traurig.

Dann zog sie das Scheckheft, das ich unter den Stuhl hatte gleiten lassen, wie einen Blumenstrauß hinter dem Rücken hervor.

Sie müssen's ja haben, sagte sie lachend.

Perenke, in seinem rauchigen Reich, würdigte mich keines Blickes. Ich war Luft für ihn, hatte ihn ausgetrickst, was sollte er, der mir den Eintritt nicht hatte verwehren können, mich nun am Hinausgehen hindern. Er war zu alt oder zu stolz oder zu weise, um sich lächerlich zu machen. Ein Eigenbrötler, ein Starrkopf, ein unberechenbarer Kontrahent, im Lichtkegel der Schreibtischlampe, über ein Kreuzworträtsel gebeugt. Ohne den Alten komme ich nicht weiter, dachte ich wehmütig, er wird mich nicht mögen.

Na Chef, sagte ich, und Perenkes Schweigen zeigte mir, was er von dieser Anrede hielt. Hatte es vorhin ein bißchen eilig, Darmgrippe, Sie verstehn? Seit zwei Wochen nur Zwieback …

Wenn Sie auf den Bus warten, sagte der Alte und schaute mich über den Brillenrand an, hier kommt keiner vorbei. Wenn Sie sich entschuldigen wollen, tun Sie's, und machen Sie, daß Sie Land gewinnen.

Verzeihen Sie, tut mir leid wegen vorhin. *Hinweis* mit drei Buchstaben dürfte Tip sein.

Irrtum, entgegnete Perenke, Rat, denn *Verbrennungsendprodukt* ist *Teer*. Wiedersehn.

Herr Renke, setzte ich an, ich würde mich gern einmal mit Ihnen unterhalten, ich bin Schriftsteller.

Ich nicht, knurrte Perenke listig, ich bin Pförtner.

Zehn Minuten nach 12 Uhr betrat ich atemlos den Hörsaal 0703 der Kulturgeschichtlichen Sektion, die *Rote* saß in der vorletzten Reihe, lächelte, drückte mir flüchtig die Hand und spitzte mit, wie ich fand, übertriebener Sorgfalt einen Bleistift an. Das unerquickliche Zusammentreffen mit dem alten Renke hatte meine Hochstimmung ein wenig getrübt, so daß ich mich der Einladung der hübschen Wissenschaftlerin als einer willkommenen Ablenkung erinnerte. Ein schwarzer Rock umhüllte ihre Beine, so daß ich über die Farbe ihrer Strümpfe im ungewissen blieb. Mein Taktgefühl verbot mir die Nachfrage.

Haben Sie gut geschlafen? – eine Erkundigung, die mir angesichts der Tageszeit und unserer flüchtigen Bekanntschaft unangemessen vorkam, im Augenblick, da ich sie über die Lippen brachte.

Die *Rote* blickte mich an, überlegte wohl, was, wie oder ob sie überhaupt antworten sollte, doch in diesem Moment verebbten die studentischen Pausengespräche, man klopfte auf die Pulte, denn vor der graugrünen Tafel stand ein kleiner, stämmiger Herr mit wirrem Haarschopf und erhob seine Stimme.

Meine Damen, meine Herren, einige von Ihnen, nicht die wenigsten, denke ich, werden sich mit innerer Begeisterung meiner Ankündigung erinnern, die besagte, wir würden heute den Pygmalion-Stoff abschließen, um alsdann beim Tod des Achilles zu verweilen. Ihrer werten Mitarbeit ist zu verdanken, daß wir diesen Plan ein wenig korrigieren – warum sollte die Kultur hinter der Industrie zurückstehen? –, um den Versuch eines Brückenschlages in die Gegenwart, oder sagen wir, unser Jahrhundert zu wagen. Denn die Auseinandersetzung mit dem Mythos, dessen Kenntnis wir Ovid verdanken, erstarb keineswegs mit Rousseau, Goethe, Schlegel oder Shaw. Pygmalion hat in seiner, ich möchte sagen, trivialen Archaik immer wieder

Künstler verschiedenster Genres zu neuen Modifikationen angeregt. Wie kann man sich dies erklären, welche übergreifenden, ewigen Prinzipien, Werte, Sinn bildenden Orientierungen wirken in der Geschichte vom kyprischen König und dem Objekt seiner obskuren Begierde?

Autor Alan Jay Lerner und Komponist Frederic Loewe errangen mit *My Fair Lady* 1956 einen sensationellen Erfolg am New Yorker Broadway. Die Handlung ist schnell erzählt. In einer März-Nacht stößt der etwas schrullige Phonetik-Professor Higgins im Londoner East End auf den unüberhörbaren Dialekt des armen Blumenmädchens Eliza, deren unglaubliches Gebrabbel er kritisiert – *kann denn die Kleine keiner lehren, wie man spricht?* Eliza horcht auf, als der Higgins behauptet, er könne sie nach halbjährigem Unterricht als Herzogin ausgeben, ihr sogar eine Stelle in einem Blumenladen verschaffen. Eliza träumt von einem bescheidenen sorgenfreien Leben – wie einige der Anwesenden leider auch. Im Gegensatz zu diesen Träumern will das Blumenmädchen aus *My Fair Lady* lernen, lernen und nochmals lernen, sie bittet um Unterricht, gegen Bezahlung natürlich. Oberst Pickering, ein weiterer Phonetik-Experte, wettet mit Higgins, daß es ihm nie gelingen werde, aus Eliza eine Dame zu machen. Der Professor, an der Berufsehre gepackt, der sensibelsten Stelle aller Akademiker, hält dagegen. Eliza soll sechs Monate bei ihm bleiben und wird 70 Schilling bekommen, wenn ihr dann niemand mehr die Herkunft anmerkt.

Zweiter Akt. Nach der Heimkehr vom Ball triumphiert Higgins, Oberst Pickering gratuliert ihm – *Sie sind es, der's geschafft hat.* Eliza dankt keiner von beiden. Empört wirft sie Higgins einen Pantoffel an den Kopf. H. fühlt sich von ihrem Ausbruch getroffen, hält sie für herzlos und undankbar. Eliza sucht ihr angestammtes Milieu auf, aber keiner erkennt sie mehr, sie fühlt sich einsamer denn je. Higgins versteht die Welt nicht mehr, als er entdeckt, daß ihn das Mädchen verlassen hat. *Kann eine Frau nicht sein wie ein Mann*, fragt er, die Frage, in der, wenn Sie so wollen, der Pygmalion-Mythos kulminiert. Bei seiner Mutter, wo sonst?, trifft der Professor Eliza, gibt ihr zu verstehen, daß er nicht ohne sie auskommt, sie aber – wie sie vorgibt – ganz gut ohne ihn. Der Professor muß die erschreckende Erkenntnis machen, daß er sich an sie gewöhnt hat. Am Ende triumphiert das Happy-End, Eliza kehrt zu dem inzwischen sensibilisierten Sprachforscher zurück. Schlußduett und Kuß und Vorhang. .

Higgins – ein kleinbürgerlicher Pygmalion. Abstrahieren wir – die Musikwissenschaft möge uns vergeben – von Dreivierteltakten, Instrumentierung und Arien, erscheinen unter der Oberfläche der kitschig anmutenden *Cinderella-Story* die vagen Schatten kapitalistischer Verhältnisse. Der Professor haucht wie sein feudales Vorbild einem Wesen Leben ein, *formt es nach seinem Bilde*, doch ist dies geprägt durch die Etikette, die Kultur der *High Society*. Pygmalion belebt eine tote Statuette, Higgins ein Blumenmädchen, das er, obwohl Eliza in Fleisch und Blut vor ihm steht, nicht für lebend erachtet. Keine innere Berufung treibt ihn zur Tat, sondern Egoismus (Berufsehre und ein Wettgeschäft), der Fall Eliza Doolittle ist ihm Abwechslung, Hasard, Unterbrechung der täglichen Langeweile. Professor Higgins' Unterricht erinnert mehr an eine Dressur denn eine Sozialisation – unterscheidet sich also grundsätzlich von meinen Vorlesungen –, er trainiert gute Aussprache, wie etwas, nicht was gesagt wird. Eliza, das veredelte Objekt. Im leichtfüßig-amüsanten Vorgang von *My Fair Lady* wird, gelingt der Blick hinter die glitzernden Kulissen, das Verhältnis Schöpfer–Geschöpf fragwürdig. Der *petit bourgeois* leistet sich die prometheische Geste, seine Bankverbindungen garantieren ihm das göttliche Patent.

Hi, heute morgen mach ich Hochzeit, verehrte Damen,

verehrte Herren, *es grünt so grün, wenn Spaniens Blüten blühen*, gehören nicht zu meinen Lieblingsmelodien, doch möchte ich Sie warnen, *My Fair Lady* gegen *As You Like It*, oder Loewe gegen Guiseppe Verdi auszuspielen, die Losung *Kunst contra Kitsch* ziert seit eh die *Allee des Geschmacksurteils*, eine edle Straße, aber eine Sackgasse. Statt einer ignoranten Verteufelung der niederen Entwürfe sollten wir uns befleißigen zu erkennen, welche Hoffnungen, Illusionen, Sehnsüchte dort ihre (wenn auch nur eingebildete) Erfüllung finden, die auf den höheren Sphären der Kunst allzuoft unbefriedigt bleiben. Ich lasse Sie mit diesen Überlegungen allein, denn nun, verehrte Anwesende, habe ich die Freude, meinen Redeschwall unterbrechen zu können, da, durch die freundliche Vermittlung einer Ihrer Kommilitoninnen, heute unter uns ein Gast weilt, der als Essayist das Phänomen Pygmalion betrachtet und bereit ist, in den nächsten dreißig Minuten seine Position darzustellen. Ich begrüße den Ihnen sicherlich bekannten Autor der Novelle *Die Verwechslung der Jacken*.

Eine Sekunde wie eine Ewigkeit. Die Ereignisse überstürzten sich. Unter Aufbietung meiner letzten Nerven und geistigen Reserven hatte ich am Munde des Professors gehangen, bemüht, Eliza nicht mit der *Komplizin*, Higgins mit P. oder Pickering mit Dr. Blender gleichzusetzen, als mein Name und mit ihm mir das Herz in die Hose fiel. Was sollte ich? Reden? Meine Position darstellen? Meine Finger kalt wie Eiszapfen. Die *Rote* blickte erwartungsvoll in meine starren Pupillen. Wie auf Kommando drehten sich die Studenten um, lustige Voyeure einer Exekution. Langsam erhob ich mich – von einem unsichtbaren Flaschenzug, einem himmlischen Marionettenspieler hochgezogen. Welche Kraft mich den Platz des Professors einnehmen ließ, weiß ich nicht mehr. Jedenfalls stand ich plötzlich vor sechzig Studenten, in einem staubgrauen Hemd, unrasiert, mit einem gordischen Knoten im Hals – und öffnete den Mund.

Am Anfang meiner Arbeit am Pygmalion-Mythos, begann ich, *stand eine naive Frage*, aber welche?, *nämlich die Überlegung*, na, komm schon, laß dir was einfallen, *warum sich der König von Kypros den wirklichen, leibhaftigen Frauen verweigerte, an einen Fetisch aus Elfenbein verschwendete?* Nicht genial, aber ungewöhnlich. *Haben Sie eine schlüssige Antwort?* Rhetorische Fragen ans Auditorium erwecken den Anschein von Wissen. *War Pygmalion verzärtelt, schüchtern, ein Frauenfeind gar?* Komm zur Sache. *Immerhin, Ovid schreibt*, willst du zitieren, Größenwahnsinniger?, *sinngemäß, Pygmalion wußte von sündhaften Ehen, den Fehlern der Frauen, er teilte mit einigen das Lager, doch blieb die befriedigende Erfüllung aus, denn diesen sexuellen Tests folgten »Krise«, Kontemplation, Kunst.* Und nun? Logisch bleiben, wage dich nicht auf das dünne Eis der Details. *Sie werden zugeben, ein reicher Herrscher, der keine Frau findet, provoziert die Frage nach dem Warum.* Du wiederholst dich. *Zypern, ich will daran erinnern, der Tatort eine Insel*, Gefasel, *ein Eiland*, ein Was?, *zwischen den Welten, im Norden Griechenland, die Ägäis, im Süden Ägypten und der Nahe Osten.* Geographie Eins, setzen. *Inselbewohner sind grüblerische Existenzen*, stimmt das?, *dem Meer ausgesetzt, dem hohen Himmel*, ja, beweise dich als Dichter, *den Schlägen des Windes und der Sonne*, genug, das reicht, *das, was sie mit der Welt innig verbindet, trennt sie zugleich von dieser. Pygmalion lebt in dieser Spannung. Alle Frauen seines Reiches stehen ihm zur Verfügung, sind ihm gefügig, hörig, untertan. Paradiesisch. Die Langeweile des Paradieses, möglich, daß der König alle weiblichen Wesen von Adel und Stand kannte, daß Don Juan Pygmalion immer neue Abenteuer suchte*, so wie du, *sprich neue Frauen, die jedoch ausblieben, denn das Reservoir der Insel war erschöpft*, so wie du, *die Verbindung zum Festland technisch schwierig oder politisch unmöglich, dem König blieben zwei Alternativen: Etablierung, die Prosa akzeptierend, d. h. eine Vernunftehe mit einer unvollkommenen Insulanerin, oder Verweigerung, Flucht in die Poesie, Hingabe an eine Vision der Vollkommenheit.* Trefflich formuliert. *Seine Entscheidung ist bekannt, sie machte ihn berühmt und, wenn wir dem Rhapsoden Glauben schenken, glücklich. Doch greifen wir nicht voraus.*

Der König wird zum Künstler, er schnitzt seine Traumfrau, doch wer oder was dient ihm als Vorlage. Bildet er ohne Modell? Schwer zu glauben. Arbeitet er aus dem Fundus der Erinnerung? Doch welches Weib sieht er vor sich, warum heiratete er diese nicht? Starb sie? Gehört sie zum feindlichen Lager, eine Art kyprische Helena? Ist sie von zu geringem Stand? Oder versammelt der Bildhauer alle bei seinen Geliebten erfahrenen Schönheiten nun in einer einzigen, nimmt er die Stirn von dieser, die Nase von der, die Brust von der dritten? Gut, das reicht, sie wissen, was du meinst. *Die Utopie ist ein bezaubernder Golem.* Wie meinst du das? *Wir erreichen hier einen schwierigen Punkt.* Sehr wahr. *Pygmalion vergegenständlicht seine Erfahrungen und Sehnsüchte in einer Skulptur, eine Antizipation des Glücks. Der Mythos berührt einen Grundwiderspruch der Kunst. Mit ihr besitzen die Menschen ein Medium, ihre in der Wirklichkeit unerfüllten Wünsche darzustellen, mit dem Resultat, daß die Realität aushaltbar gemacht und das Leiden an dieser vergrößert wird. Der Künstler P. muß dies um so stärker erfahren haben, als er ein Gott auf Erden, ein Herrscher, war, den die noch tote Figur aus Elfenbein in die Schranken seiner Herrschaft wies. Pygmalion wird zum Objekt eines Gegenstandes.* Du mußt zum Schluß finden. *Mithin verweist die Legende auf die Kluft (und Gemeinsamkeit) von Kunst und Macht. Despotische und poetische Charaktere beanspruchen das Schöpfungsrecht Zukunft, die einen im einsamen Kampf, die andern im Traum, der Vorstellung. Beide halten sich für lächerliche*

Konkurrenten. Pygmalion gerät zwischen die Fronten, wird handlungsunfähig. Seine Situation grenzt an Wahnsinn, er findet keine Erfüllung, nicht in der Liebe zu der Skulptur, nicht in den Staatsgeschäften. Der Königshof hält ihn für einen Narren, der einer leblosen Figur Geschenke und Liebkosungen darbringt. Eine Lösung ist lebensnotwendig für Kypros.

Die Geschichte würde den sensiblen König beseitigt haben, die Mythologie rettet ihn mit göttlichem Wink. Die Skulptur tritt ins Leben, ein Happy-End. Ein idealischer Schluß, die Utopie wird Wirklichkeit, und siehe, als neunmal sodann sich die Hörner geschlossen zum Vollmond – das schöne Bild hatte sich mir eingeprägt –, sehen wir die Königin schwanger. Doch unsere Geschichte, gestatten Sie diese letzte Bemerkung, ist hintersinniger als ein Groschenroman. Zwar bricht sie an dem Punkt ab, wo es spannend zu werden verspricht, wie nämlich realisiert sich das Traumgebilde, wie vollzieht sich der Übergang von Poesie zu Prosa? Wie lebt ein namenloses, geschichtsloses Wesen, das über keinerlei Eigenerfahrungen und Selbstbewußtsein verfügt? Der künstliche Schöpfungsakt, der willkürliche Eingriff in den historischen Fluß, hat katastrophale Auswirkungen, nicht in der ersten oder zweiten, doch in der dritten Generation. Die Urenkelin von Pygmalion, Myrrha, verfällt in eine, so sagt Ovid, unnatürliche Leidenschaft zum eigenen Vater. Diese Inzestverbindung bringt Schrecken, Verfolgung und Tod über den Clan. Man kann jeden Mythos als ein in sich kreisendes Ideengebilde lesen oder auf seine Logik hin untersuchen. Dann wird Mythenforschung zur Spurensuche, zu einer kriminalistischen Sicherung wirklicher Beweisstücke. Leider fehlt mir die Zeit, Ihnen weitere Ergebnisse …

Die Studenten beklopften die Tische, griffen Schnellhefter, Jacken, Taschen, Zigaretten und Feuerzeuge und strebten ins Freie. Der Professor trat auf mich zu, blickte freundlich-gelassen und zog an seiner kalten Pfeife.

Ich bin kein Experte, sagte ich entschuldigend.

Aber nein, aber nein. Ihre Ausführungen waren unorthodox und anregend. Ganz recht, Pygmalion oder jener Unbekannte, der für ihn Pate stand, kannte den menschlichen Körper. Verwunderlich? Nein. Frühe kyprische Kultur bildete sich unter ägyptischem Einfluß. Und die Araber hegten, wie Sie wissen, besonders lebendige Vorstellungen über ein Leben nach dem Tode.

Ja, sagte ich und nickte eifrig.

Zur Zeit der IV. Dynastie, erläuterte der Professor und lächelte der *Roten* zu, beginnen die ersten Konservierungen. Die Kunst des Einbalsamierens lüftete viele Geheimnisse der Anatomie des Menschen. Das Weiterleben der Abgeschiedenen zu sichern, stellte man Abbilder aus Holz oder in Stein gemeißelte Porträtstatuen neben die Grabstellen.

Es hat sich nichts geändert, sagte die *Rote*.

Sie haben wohl recht, sagte der Professor schelmisch, aber damals wie heute mußten erst magische Mittel bemüht werden, den Geist der Toten zu wecken. Wie auch immer, es ist die Geburtsstunde des Naturalismus. Kommen Sie mit essen? Nein, nun dann bis zum nächsten Mal.

Im Universitätsgang. Betretene Stille.

Fair war's nicht, gab die *Rote* zu, aber sonst wären Sie nicht gekommen. Ich wollte nur …

… daß ich mich blamiere, sagte ich gekränkt, und das ist Ihnen auch geglückt.

Der Vortrag war ein Erfolg, wo haben Sie nur Ihre Augen?

Ich muß jetzt los, sagte ich kühl.

Darf ich anrufen? hauchte die *Rote* mit übertriebener Hingabe, stellte sich auf die Zehenspitzen und küßte meine Stirn.

Diese gönnerhafte Zärtlichkeit verwirrte mich um so mehr, als ich über das Haar der jungen Altertumswissenschaftlerin am Ende des Flurs ein Gesicht auftauchen sah, das schon einige Male auf meinem Kopfkissen die Augen aufgeschlagen hatte. Xenia – sie stutzte, drehte sich auf den Absätzen um. Der Brief aus Amsterdam, dachte ich, wirft seine düsteren Schatten voraus.

Der *Chef* empfing mich in der Sporthalle, mit roten Turnhosen, hinter der Tischtennisplatte.

Nimm dir eine Kelle, sagte er, und schieß los.

Viel klüger bin ich nicht geworden, gestand ich und warf den Ping-Pong-Ball in die Luft. Ein reichlich verworrener *Fall*. Mein Abschlußbericht liegt vor.

Dazu später, meinte der *Genosse*, du hast Aufschlag, was brachte der HO-Besuch?

Erstaunliches, insofern einige Aussagen der *Komplizin* zumindest faktisch stimmen.

Er fing den Ball, stützte sich auf die grüne Platte, drehte blitzschnell den Arm und versetzte der weißen Kugel einen Schlag, so daß diese mit den Flugeigenschaften eines Eies auf mich zugetrudelt kam.

Das ist doch mal was, rief er fröhlich.

Ich bin kein Profi, seufzte ich, nachdem ich den Ball an die Turnhallendecke gedonnert hatte.

Ich weiß, sagte der *Chef* mit seinem mysteriösen Lächeln, aber deine Rückhand ist nicht von schlechten Eltern.

Der *Genosse* wanderte durch die Turnhalle. Hier konnte er sich auslaufen.

Drei Akten liegen vor. *Lichtfeld, Bernhardt* und ein gewisser *Oswald Kult*. Jetzt kann ich's dir sagen, dieser Mann ist kein anderer als unser Dr. Blender. Siehst du hier auf der Akte die zwei Buchstaben: R und F? fragte er und legte *Kults* Personalbogen auf das Seitpferd.

Rundfunk oder Rentenfonds, rätselte ich, keine Ahnung.

Republikflüchtig, sagte der *Chef* bedächtig, 1953.

Warum verschweigen Sie mir das? rief ich erbost.

Ruhig Blut, sagte er, ich hab es selbst erst heut morgen erfahren. Und es war nicht die einzige schlechte Neuigkeit, verehrter Kollege. Noch ein letztes Spiel vor der Vesper? Dumm fängt an. Also du, *Genosse*.

Willi Bernhardt können wir nicht mehr fragen, sagte er, Herzversagen, vor zwei Monaten. Wer könnte noch etwas wissen?

Ich kratzte mich am Kinn und schwieg.

1953, monologisierte mein Gegenüber, existiert ein Kontakt *Oswald Kult-Blender* zu einer Katharina Lichtfeld. Eine Verbindung welcher Art? Hätte Willi Bernhardt eine Antwort gewußt? Egal. Mehr als dreißig Jahre später trifft eine Person, die sich Lichtfeld nennt (und der von 1953 ähnelt) *Kult*, der inzwischen Blender heißt, offenbar in erpresserischer Absicht. Frage: Woher kennt die *Komplizin* die Lichtfeld-Biographie, wer nutzt warum die Lichtfeld-Maske aus? Was erhofft sich *Komplizin* oder Hintermänner vom Münchner Kapitalisten? Warum das Spiel mit dem Irrsinn? Um Blender zu schockieren? Verrücktheit dürfte den kaum in Schrecken versetzen. Dennoch gerät der als abgebrüht bekannte Manager in Panik, als *Komplizin* und *Kandidat* ihm in Leipzig gegenübertreten. Warum verließ Kult-Blender '53 die *Republik*? Was verbirgt seine Doppelidentität? Welchen politischen Profit erhofft sich die *Rote Grütze*? Warum gibt es keinerlei sachdienliche Hinweise für eine Zusammenarbeit der beiden Flüchtigen mit der Terrorszene? Welche Rolle spielt der *Kandidat*? Er stellt die *Komplizin* einem Neurologen vor, folgt ihr über die Grenze, erwägt Tage später deren eventuelle Übersiedlung in die *Republik*, ich gebe dir recht, es ergibt keinen Sinn. Aber es muß einen geben. Komm, laß uns jemanden um Rat fragen, der klüger ist als wir.

Der Raum, in den mich der *Chef* führte, war menschenleer. In Erwartung unseres Gesprächspartners steckte ich mir eine Zigarette zwischen die Lippen, aber der *Genosse* zog sie aus meinem Mund und versenkte sie in der Brusttasche meines lädierten Jacketts.

Mag er nicht, sagte er und drückte mich auf einen Bauhausstuhl.

Chef, sagte ich, auf meine Schuhspitzen starrend, ich nahm immer an, daß Sie hier ...

Zuviel der Ehre, wehrte der bescheiden ab, ich erfülle meine Pflicht, meine *Genossen* setzten mich auf diesen Posten, ihnen obliegt, mich einzuschätzen.

Immerhin, müßte nicht der klügste auch der erste Mann sein, entgegnete ich frech.

Eine Frage der Prioritäten.

Sie meinen der Definition?

Der *Chef* hantierte hinter meinem Rücken. Ich registrierte eine bleierne Müdigkeit, die sich bei mir häufig durch Streitlust ankündigt.

Klugheit ist ein mannigfaltig Ding, sagte er sentenziös, nehmen Sie Marx, ein kluger Kerl, ist Bismarck aber darum ein Dummkopf? Oder der Ingenieur Eiffel, Fontane. Alle sind klug auf ihre Art. Diese Arbeit hier, sagte er, verlangt eine gewisse Intelligenz und – er hob die Stimme – Prinzipienfestigkeit. Und nun dreh dich um, der *Genosse* wartet schon.

Peinlich berührt drehte ich den Kopf – und sah auf einen grünen flackernden Bildschirm. *Index: Before start enter password. Thanks.* Der *Chef* drückte ein schmales Plastequadrat – so groß wie eine Vollkornbrotstulle – in den Schlitz eines Gerätes, das ich für einen *Computer* hielt.

Ich schiebe die *Floppy* in das Laufwerk, lese mit dem *Scanner* deinen Abschlußbericht ein, speichere, füge die HO-Ermittlungen ein, speichere erneut, starte das *Analysis-Programm* und warte seine Meinung ab. Aber erst das *Password. Kan-di-dat*, buchstabierte er und schlug auf die Tasten.

Japan? fragte ich.

Unter anderem, sagte der *Genosse*. Der Monitor ist aus Erfurt.

Jetzt hat er alles verdaut, jubelte der *Chef*, rieb sich die Hände wie ein Spitzbube, mal sehen, was er ausspuckt.

Auf dem Bildschirm erschien ein Insert: *That's all? Press return to stop input. Thanks.*

Höflich ist er, bemerkte ich, aber warum redet er englisch?

Ich erinnerte mich der Abreibung, die ich gestern erfahren, weil ich diese Sprache allzu unüberlegt in Anwendung gebracht hatte. Der *Chef* überhörte die Anspielung, kroch förmlich in das Gerät hinein, tauschte Disketten aus, schrieb einige Ziffern und verschiedene Male *o. k.*, verschränkte die Arme vor der Brust – und wartete.

Das *Analysis-Programm* arbeitet auf deutsch.

Wie viele Fremdsprachen beherrschen Sie?

Englisch verstehe ich, Russisch spreche ich besser, Polnisch lerne ich seit drei Jahren. Und du?

Die Peinlichkeit einer Antwort blieb mir erspart – ich radebrechte ein wenig Englisch, das war alles. Der Computer fragte: *Analysis-Ausgabe? Weitere Angaben? Abbruch?* Der *Chef* befahl Ausgabe, daraufhin fragte das Gerät *Bildschirm* oder *Drucker*?

Grün, sagte der *Chef*, soll angeblich gesund sein, mir schlägt es auf die Sehkraft. Da lob ich mir das weiße Papier.

Das leise Surren des *Vierundzwanzignadeldruckers* hieß uns hoffen, *er* hatte sich eine Meinung gebildet.

Ein niederschmetterndes Ergebnis. Der *Genosse* legte den handtuchlangen Papierstreifen auf die Tastatur des Rechners, strich sich mit dem Daumen über das Nasenbein und zog mit der rechten Hand die Zigarette aus meiner Reverstasche.

Wer nicht funktioniert, sagte er mit einem traurigen Lächeln, verliert seine Vorrechte.

Der Satz mißfiel mir, ich reichte ihm Feuer. Wir rauchten, er mit dem Ekel eines Nichtrauchers, ich mit der Gier eines Zwangsentzogenen. Die *Analyse* ergab nicht mehr als eine chronologische Aufzählung aller Fakten und schloß mit der weisen Bemerkung: Katharina Lichtfeld ist entweder *mit Katharina Lichtfeld identisch, oder eine Person gibt vor, Katharina Lichtfeld zu sein.*

Die heutige Katharina Lichtfeld kann nicht die von 1953 sein, schrieb der *Chef*, erbitte erneute Prüfung des Sachverhalts.

Unter Berücksichtigung der Fakten, antwortete der Computer hartnäckig, *ist dieser Schluß der wahrscheinlichste. Die Gesetze der Logik.*

Menschen altern, entgegnete der *Chef*, chrono-logisch.

O. k., war die Antwort, *weitere Fakten notwendig. Informationen zum Leben der Lichtfeld – 1953 plus Biographie der Komplizin. Bitte Rauchen einstellen. Raumklima aggressiv.*

Versager, tippte der *Genosse* ein.

Kann Anwendung nicht finden, stand auf dem Monitor.

Da hast du's, sagte er, der Mensch bleibt Hauptproduktivkraft, die Technik ist hilflos ohne ihn.

Welche Motive die *Gegner* zur Tat drängen, ob Politik, Geld oder Wahnsinn, für uns zählt nur eines – den Anschlag auf Blender vereiteln.

Leider, stotterte ich, unvorhergesehen, außerplanmäßig, sechs Tage Zypern, morgen geht's los. Nur damit Sie Bescheid wissen.

Mein Lieber, sagte der *Chef* gütig und legte mir seine Hände auf die Schultern, so eine Reise macht niemand ohne unser Einverständnis, ein Klimawechsel dürfte dir guttun, die letzten achtundvierzig Stunden waren nicht einfach für dich.

Haben Sie etwa …? fragte ich.

Empfehlungen, meinte er, wir machen nur unverbindliche Vorschläge. Die Entscheidungen fällen die Institutionen. Aber ich dachte mir, Zypern wäre dein Fall, Schlegel, Pygmalion. *Endlich geht die freundlichste der Sonnen / Über ihm, Vollendung bringend, auf / Endlich, endlich ist das Ziel gewonnen / Und die Palme kühlt des Siegers Lauf.* Etceterapepe.

Der *Fall*, warf ich ein, ein Aktenzeichen X Y ... ungelöst?

Unpassender Vergleich, knurrte der *Chef*. Wenn du zurück bist, und ich hoffe, du kommst zurück, sehen wir weiter. Wir haben Zeit gewonnen, der *Gegner* sitzt in Schwabing fest, fühlt sich beobachtet ... Du hast gute Arbeit geleistet. Für die Sache.

Heißt das, ich bin raus?

Vorläufig. Sonne, Meer und schöne Künste. Wir warten ab. Das kann Monate dauern. Und außerdem, sagte er, dachte ich, du willst aussteigen?

Irgendwie interessiert mich der *Fall*, literarisch natürlich.

Ich wußte, auf dich kann man rechnen, sagte er, nur um eines muß ich dich bitten, laß die Kopien der Personalbögen und alle sonstigen Unterlagen in der Heimat, der Feind hat seine Leute auch im Mittelmeer.

Aber *Chef*, sagte ich, ist doch selbstverständlich.

Knapp zwanzig Stunden verblieben bis zur Landung in Nikosia. Qualvolle tote Zwischenzeit. Einem erotischen Automatismus folgend, betrat ich das Café, in dem mir die Knie der *Roten* so starken Eindruck gemacht hatten, und bestellte einen *Quick-Snack*, in der Hoffnung, der Kellner würde mir etwas Eßbares servieren. Vor dem Fenster die regengraue *City*, orangene Busse, hastig hetzende Passanten, auf der Suche nach Waschmaschinenersatzteilen, einem Roman von Frau Fuchs, einem zärtlichen Menschen, ahnungslos den Verbrechen der Welt ausgeliefert. Für mich war der *Fall* vertagt, ich hätte glücklich sein können, ich war es nicht, stocherte in der Tasse – und grübelte.

Zwanzig Minuten nach vier. Das zweite Mal an diesem Tag stand ich vor dem Eingang des Handelshauses, aber anstatt einzutreten, blieb ich im Schatten einer Litfaßsäule. In Perenkes Kabuff saß neben dem Wachmann ein zweiter Alter, ein schmächtiger Glatzkopf, der den nach Hause strömenden Mitarbeitern die Schlüssel abnahm und *schönen Feierabend* wünschte. In meine Beobachtung versunken, übersah ich Frau Grundmann, die direkt auf mich zugesteuert kam. Ich erstarrte zur Salzsäule, heftete meine Augen wie zwei Laserstrahlen auf ein Plakat, das eine *republikoffene Rassekaninchenschau* ankündigte. Mein Eifer war umsonst, denn die Gewerkschafterin stieg in ein mausgraues Auto, würgte den Gang hinein und fuhr tuckernd davon.

Wenig später schlurfte Perenke aus dem HO-Haus. Er trug (gegen den Regen) eine Ledermütze, einen schweren blauen Mantel und eine speckige Aktentasche, ging gemächlichen Schritts, hatte es offenbar nicht eilig. Daran knüpfte ich gewisse Erwartungen, denn ich folgte ihm in fünfzig Meter Abstand, von Hausflur zu Hausflur springend. Inzwischen naß bis auf die Haut, sah ich mich verschnupft, in dicke Wolldecken gehüllt, die Zypressen am *Swimmingpool* im *Nikosia Hilton* betrachten. Perenke kaufte in einem Lebensmittelladen ein Päckchen *Sprachlos – 10 Zigarillos*, verwickelte die Verkäuferin in einen Plausch, der zehn Minuten dauerte. Pro Zigarre eine Minute. Dem Himmel sei Dank, dachte ich, daß der Mann keine große Kiste genommen hat. Der Pförtner konnte – ich beobachtete ihn durch die Schaufensterscheibe – ein umgänglicher alter Knacker sein. Wenn er wollte – und ob er wollen würde, war die Frage.

Natürlich ging ein Mann wie Perenke nicht in irgendeine, sondern in *seine* Kneipe. Sie hieß *Zum Anker*, und das Haus, das sie beherbergte, war mindestens so alt wie der Pförtner selbst, nur nicht mehr so gut in Schuß. Der letzte Krieg hatte verputzte Spuren im Mauerwerk hinterlassen, die Balkone waren wegen Baufälligkeit abgeschlagen – teilamputierte Fassaden. Zwei Bier Vorsprung mußte ich dem Alten gönnen, eine zufällige Begegnung muß klug geplant werden. Er durfte keinen Verdacht schöpfen. Durch die Scheibe blickte man auf den Tresen, hinter dem eine massive Brünette flockige Biere zapfte – mir tropfte der Zahn, Geduld, Geduld. Trank der Alte am Stammtisch? Ich mußte wissen, wo er sitzt, um ihn gezielt übersehen zu können. Ein Halbwüchsiger beklopfte wie ein wütender Specht mit einem Eisenrohr einen Sperrmüllcontainer.

Heh, Kleiner, sagte ich lässig, willste dir 'ne Mark verdienen?

West oder Ost, Opa, nuschelte der durch die Zahnlücken.

Hier – ich wedelte mit einem zerknitterten Fünfmarkschein der demokratischen Kreditinstitute.

Um was geht's denn? fragte der Kleine und langte nach der lockenden Belohnung.

Sachte, brummte ich, eine einfache Sache, sieh nach, ob in der Kneipe ein Alter mit grauem Schnauzbart sitzt, kapiert?

Fauler Zauber, warum gehn Sie nicht selber rein?

Überraschung, zum Geburtstag – was ist los, ja oder nein?

Weil Sie's sind, sprach der Knabe und trabte los.

Die lassen wir mal besser hier, sagte ich und nahm die Stahlstange aus der Kinderhand.

Perenke saß in der hintersten Ecke des halbleeren Lokals, ich trank am Büfett ein Schnellbier.

Sauwetter, sagte ich und leerte die Tulpe.
Noch eins? fragte die Zapfdame.
Ja, aber im Sitzen.
Ich trottete in Richtung des Graubarts, steuerte auf den Nebentisch zu, zog den Stuhl zurück und touchierte leicht des Alten rechtes Schulterblatt. Er drehte mit der Seelenruhe einer Kuh den Kopf und blickte mich an. Trotz des schummrigen Kneipenlichts verwirrte mich wieder der klare Glanz seiner Pupillen.
Pardon, sagte ich, riß die Augen auf – wie ich fand, überzeugend –, Herr Renke, Sie, das gibt's doch nicht! Gestatten, daß ich mich zu Ihnen setze?
Wenn's sein muß, brummelte der in seinen Schnauzer, rausschmeißen kann ich Sie ja nich.
Sauwetter.
Hhm, knurrte er.
Nette Kneipe.
War'n wohl noch nie hier? sagte der Alte bedächtig.
Noch nie, gestand ich.
Warum heute? fragte mein mürrischer Gesprächspartner.
Zufall. Spazieren.
Bei dem Regen?
Der Pförtner stellte sein Glas auf den Bierdeckel.
Junge, sagte er, woher weißte, daß ich hier rumhocke?
Tja, also, sagte ich (und dachte, warum besitzen immer die andern die Menschenkenntnis, die ich bräuchte), ich war noch mal in Ihrem Betrieb, wollte Sie sprechen, aber da saß schon Ihre Ablösung, und so erfuhr ich, daß …
Is nich meine Ablösung, is Kollege Niebergall – 'ne alte Quatschtüte.

Nee, sagte Perenke, ich will nich inne Zeitung, wenn ich mal rinkomme, dann als schwarze Annonce, wenn ich's nich mehr verhindern kann.

Wie alt sind Sie jetzt, Herr Renke?

Schätz mal.

Sechsundsechzig?

Bist 'n Schleimer, sagte der Alte grob, achtundsiebzig, und wenn du wirklich bei der Grundmann warst, hast du's auch gewußt. Könnt ihr außer lügen auch noch was andres?

Ich bin nicht von der Presse, beteuerte ich. Überlegen Sie's sich doch noch mal. Morgen fahr ich für ein paar Tage weg, in einer Woche reden wir weiter.

Hat kein' Zweck, knurrte der Pförtner und fragte nebenbei: Wo fährst'n hin, Junge?

Zypern, sagte ich geradeheraus, denn dem Wachmann war nichts vorzuflunkern – und unsympathischer, als ich ihm war, konnte ich kaum noch werden.

Diesmal jedoch hatte ich mich verrechnet, denn die Gesichtszüge des Alten verzogen sich zu keinem spöttischen Grinsen, sie zeigten vielmehr eine milde versonnene Freude.

Zypern, sagte er, Limassol, Nikosia – er spreizte zwei Finger, winkte zum Tresen, Gertrud, rief er, zwei Rum, aber doppelte.

Weißte, sagte Perenke, mit der See isses wie mit der Liebe, das vergißt man nich, Limassol war mein erster fremder Hafen – und das kam so. '26 fuhr ich an Bord der *Concordia* nach El Ladhaqiye, als Moses, Hilfsmatrose – wenn der Kapitän einen Hund hatte, dann kam der Köter und dann kam der Moses –, aber ich wurde nett behandelt, nur jedesmal wenn's irgendeine Dreckarbeit gab, hieß es, Moses, du mit dem Gymnasium, du hast es ja gelernt, mach mal das Klo sauber. Im Schiffsrumpf lagen Eisenschienen, man munkelte für die *Bagdad-Bahn*, zwar machten wir kaum Fahrt, doch der tiefe Schwerpunkt rettete uns vielleicht das Leben, als wir am Cabo Finisterre in einen verheerenden Herbststurm gerieten. Grauenvolle

Nacht. Wir hatten noch alle Segel stehen, und plötzlich, kaum daß die Lichter von La Coruna verschwanden, brach eine grüne Dunkelheit herein, und mit ihr der Sturm, die Bö fegte über das Deck, es hagelte, regnete, der Kapitän schrie seine Kommandos, aber seine Stimme schluckte das grollende Meer, das Schiff tanzte wie ein Stehaufmännchen in den Wellen, die Brecher krachten gegen die Bordwände, aufgerissene Gischt fegte über Deck und Brücke. Und ich – schob Freiwache, lag in der Koje und wollte sterben, als der Erste Offizier alle Mann an Bord befahl. Ich hatte keine Ahnung – aber danach fragte jetzt keiner, jede Hand wurde gebraucht, um die Rahen einzuholen, der Sturm drückte uns immer näher an die Klippen der spanischen Küste. Wie ich überlebte, weiß ich nich mehr, ich klammerte mich an die Taue, eine Hand fürs Schiff, eine Hand für dich, sagt der Seemann, ein flatternder Affe zwanzig Meter über Deck, wir schafften es, die Segel zu raffen. Der Kapitän spendierte der Mannschaft einen Schnaps, ich hatte so gut wie keine Haut mehr an den Händen, wollte in meine Koje wanken, als der Steuermann mich zurückhielt und knurrte, Moses, Sturm is Sturm, aber Hundewache is Hundewache.

Dem Unwetter folgte die Flaute, wir schleppten uns bei schlechtem Wind durch den Backofen des Mittelmeers. Die Temperatur stieg, die Stimmung an Bord sank, unsere Trinkwasservorräte gingen zur Neige, die rollende See hatte mehrere Stahlschienen aus der Verankerung gerissen, die waren wie riesige Messer durch den Laderaum geflogen und hatten zwei der vier Wasserfässer zerschlagen. Wir schaffen es, entschied der Käpt'n und verhängte Waschverbot. Nicht bei dem Wind, entgegnete der Steuermann. Es ging ums Geld. Erreichten wir El Ladhaqiye nich Anfang November, würde uns ein anderes Schiff die Ladung nach Hamburg vor der Nase wegschnappen. Einen Hafen anlaufen, Vorräte nehmen bedeutete zwei verlorene Tage.

Jeder Mann bekam zwei Glas Wasser pro Tag, bei 40 Grad, auf offener See, und Pökelfleisch. Kein Vergnügen. Wir passierten die Balearen, Sardinien, schlüpften durch das Nadelöhr zwischen Sizilien und Malta, machten bis Kreta gute Fahrt, doch auf dem dreißigsten Längengrad war Schluß mit dem Wind, Schluß mit dem Wasser – und der Eintracht auf der göttlichen *Concordia*. Siebzig Meilen bis Zypern. Wir kreuzten drei Tage, kamen jedoch nich aus dem Windloch heraus. Am vierten begegnete uns ein Motorkutter, ein glatzköpfiger Türke, der als Geschäftsmann zwischen Alexandria und Zypern pendelte, welcher Art Geschäften er nachging, wußte keiner. Doch ich sollte den Mann näher kennenlernen. Mein Kapitän ließ zwei Fässer auf den Kahn hieven und gab mir den Auftrag, diesen nach Limassol zu begleiten, Wasser zu tanken und mit den gefüllten Fässern zur *Concordia* zurückzukehren, die bei anhaltender Flaute ihre Position kaum verändern oder, käme Wind auf, was wenige der durstigen Männer glaubten und noch weniger hofften, in Richtung des Festlandes weitersegeln würde. Der Käpt'n drückte mir mein Seefahrtsbuch und fünf englische Pfund in die Hand, für alle Fälle, sagte er, wir liegen acht Tage in El Ladhaqiye.

Langweile ich? fragte Perenke, winkte, Gertrud, noch mal das gleiche.

Überhaupt nicht, sagte ich, erzählen Sie weiter.

Also der Türke, sagte der Seemann, nahm mich und die Fässer an Bord, neben Mister Ali, so hatte mein Kapitän ihn mir vorgestellt, fuhren drei Mann auf dem Kahn. Es erübrigt sich, zu erwähnen, daß mir der Auftrag nich schmeckte, ich war allein, mitten im Mittelmeer, ohne mein Schiff, meine Heimatsprache, ungewiß, ob ich die *Concordia* jemals wiederfinden würde, Fremden ausgeliefert, deren Kauderwelsch ich nich verstand, der Kutter war eine morsche Arche, unberechenbar wie die Besatzung. Mister Ali wurde mir höchst verdächtig, als ich den Laderaum sah, Dynamit und englische Karabiner. Aber da waren wir bereits zwölf Stunden auf See und sahen die zyprische Küste. Ich saß neben dem Türken im Steuerraum und starrte auf die Wellen. Wind kam auf, Mister Ali stoppte die Motoren, kaute unablässig Tabak, spuckte aus dem Fenster, gab mir durch eine Handbewegung zu verstehen, daß ich ruhig bleiben möge. Ali erwartete die Dämmerung, ich erwartete nichts Gutes. Mister Ali schmuggelte Waffen. Für wen die Ladung bestimmt war, weiß ich bis heute nich, aber die englische Küstenwache wußte es wohl, denn sie erwartete uns, lauernd in einer Bucht, und begrüßte den Geschäftsmann mit Scheinwerfern, Leuchtspurgeschossen, endlich mit Maschinengewehrsalven. Auf allen vieren kroch ich von der Brücke, robbte zum Heck, suchte hinter leeren Fischkästen Deckung. Die Schmuggler griffen ihrerseits zu Gewehren, schossen zurück, kümmerten sich einen Dreck um mich, den neutralen Beobachter der Seeschlacht. Der Türke warf mir einen Karabiner zu, Sekunden später lag mein Versteck unter Dauerbeschuß. Ich lag auf schmierigen Planken, das Gesicht auf die Arme gepreßt, an der Stirn das kalte Eisen der Waffe – öliger Geruch –, und spürte, wie Holzsplitter sich in meinen Haaren verfingen. Allmählich begannen die Kästen mich zu begraben, ich hob den Blick, sah, wie ein Leuchtspurgeschoß die Scheibe des Steuerraums durchschlug, dem Geräusch folgte ein Schrei, eine Explosion, eine Stichflamme schlug hoch, die Tür flog heraus, und ein brennender Mann ging über Bord. Der jüngste Türke. Ali und die zwei älteren Schmuggler lagen auf dem Vordeck hinter der Schanzung. Die Engländer brachten einen zweiten Scheinwerfer in Stellung, der Kutter trieb manövrierunfähig als gut ausgeleuchtete Zielscheibe auf die Klippen zu. Was sollte ich tun? Warten, bis die Wache den Kutter kaperte, den Engländern meine Geschichte erzählen? Würden sie mir glauben? Sollte ich den Schmugglern helfen, den Karabiner durchladen, das Feuer erwidern? Ein sinnloser, ungleicher Kampf. Ich wog meine wenigen Möglichkeiten gegeneinander ab, als die Flammen von der Brücke auf den Laderaum übergriffen, eine Segeltuchbahn brannte bereits, und unter dem Leinen stapelten sich, wie ich wußte, drei Dutzend Kisten mit Sprengstoff, der eigentlich für afrikanische Diamantminen bestimmt war. Jeden Augenblick konnte der Kahn in die Luft fliegen – in meiner panischen Angst sprang ich ohne weitere Überlegungen in das Schwarz des Meeres. Warmes Wasser, ruhige See, ich wollte schnell dem schwimmenden Pulverfaß und den Augen der Briten entfliehen, doch hinderten mich die schweren Schaftstiefel und das Wollzeug, das sich wie ein Schwamm voll Wasser saugte. Ich wäre wie ein Bleigewicht untergegangen, hätte ich nich eine von Bord geschleuderte Kiste erreicht, ein rettendes Floß, die Stiefel ließen sich von den Füßen schütteln – da ich in der Kunst des Fußlappenwickelns noch sehr ungeübt war –, und barfuß, auf dem Rücken schwimmend, das Holzteil umschlungen, kam ich ein Stück von dem brennenden Kutter weg.

Zuletzt sah ich das sich aufbäumende Boot. An den Knall des Dynamits kann ich mich nich erinnern, doch als ich am nächsten Tag erwachte, war ich so gut wie taub. Die Augen aufschlagend, erblickte ich das zerknitterte Gesicht einer uralten Frau, sie bewegte unablässig den Mund, und ich brauchte einige Sekunden, um zu begreifen, daß meine Ohren keine Signale mehr empfingen. Doch von einer Ohnmacht zur anderen wurde es besser, und so erfuhr ich, nach zwei Tagen, daß ich in der Hütte des Fischers Vassilis lag, der mich in der Morgendämmerung jener Nacht bewußtlos, an eine Kiste gekrallt, aus dem offenen Meer gezogen hatte. Vassilis war ein verschwiegener Mann, gegen Mittag kam er vom Fang, setzte sich an mein Lager und lächelte – ich blieb vier Tag bei ihm, er stellte mir keine einzige Frage, obwohl er von der nächtlichen Schießerei vor der Küste wußte. Ich verließ seine Hütte am Morgen, er lief zu den Netzen am Meer und zeigte in Richtung des Sonnenaufgangs, Limassol, sagte er, ich mußte zum Hafen.

Ja, sagte Perenke, und da blieb ich ein Jahr lang, die *Concordia* sah ich nie wieder, denn im Hafen lag weder ein deutsches Schiff, das nach El Ladhaqiye fuhr, noch überhaupt ein deutsches Schiff, den Engländern oder Griechen wagte ich nich, mein Schicksal anzuvertrauen – also ging ich als Docker. Eine Schinderei, alles wurde auf dem Rücken in die Laderäume getragen, im Entengang über schwankende Planken. Ein Hungerlohn. Aber ich war jung und immerhin dem Tod entronnen. Außerdem erfuhr ich eine neue Welt, Kumpels aus aller Herren Länder, Araber, Türken, Sudanesen, Italiener, zwei Juden, einer aus Palästina, einer aus Litauen. So ähnlich war's nur in Spanien, später. Ich war der einzige Blonde, Paolus aus Berlin-Wedding.

Wann kamen Sie zurück nach Berlin? fragte ich Perenke, hoffend, ihn in lokalpatriotischen Netzen in die Gegenwart ziehen zu können.

Viermal, sagte Perenke, '28, arbeitslos, dann wieder auf See, '33, liebäugelte aber mit der falschen Partei, wieder auf See, 1940 nich ganz freiwillig, mit dem Zug aus Südfrankreich, und '45 aus der Gefangenschaft.

In welcher waren Sie? fragte ich.

In deutscher, sagte Perenke, *Sachsenhausen*, wenn dir das was sagt.

Drucks nich rum, sagte der Alte, is ja klar, du willst mich fragen, warum ich als so 'n kleines Licht bei der HO leuchtete, obwohl ich aus dem Lager kam, stimmt's?

Genau, sagte ich, scheint mir ungewöhnlich.

Geht dich zwar nichts an, knarrte der Alte, aber da ich nichts zu verbergen und schon zuviel getrunken habe, kann ich's dir erzählen, erstens bin ich nie Partei-Mitglied gewesen, war ja meistens im Ausland, zweitens war ich in Spanien bei der CNT-Miliz, von '34 bis '39, und eine Reihe von Genossen bewiesen ein gutes Gedächtnis nach '45.

Anarchist? fragte ich.

Junge, sagte Perenke, ich war Syndikalist, und zwar mit Leidenschaft.

Hat Sie Willi Bernhardt verpfiffen?

Perenke kniff die Augen zusammen.

Woher kennst du denn den?

Aus dem Archiv. War Parteisekretär.

Willi, sagte der Pförtner, war kein Held, aber auch kein Schwein, und verpfeifen konnte mich keiner, ich verheimlichte die Zeit bei Durruti ja nich, wie andere ihre SA-Karriere, ich war Mitte Dreißig, sah zehn Jahre älter aus, die Seefahrt konnte ich vergessen, mit der zerschlagnen Brust, gelernt hatt' ich nix, blieb Hilfsarbeit.

Vierzig Jahre Pförtnerloge, sagte ich, wie hält man das aus?

So schlimm is nich, sagte der Alte, vor der Rente war ich im Verkauf, Textil, Ober- und Untertrikotagen. Damenwäsche. Prost.

Perenkes Augen hatten eine leichte Trübung erfahren, denn vor uns stand das fünfte oder sechste Glas Rum, ich nahm einen Hieb, behielt den Branntwein in der Mundhöhle, schwankte aufs Klo, spuckte den Schnaps ins Bekken. Du mußt nüchtern bleiben, wer weiß, wann du den Alten wieder in so redseliger Stimmung antriffst. Ich kehrte an den Tisch zurück und wagte einen kühnen Vorstoß.

Eine Katharina Lichtfeld verkaufte Textilien am Potsdamer Platz, später in der Friedrichstraße, sagte ich, kannten Sie das Fräulein?

Junge, sagte Perenke und warf mir einen schrägen Blick zu, wenn du bei der Firma bist, kannste deinen Ausweis zeigen.

Ich verstehe nicht ..., stotterte ich, verstand aber sehr wohl.

Paul Renke klappte seinen Hemdkragen auf und nieder, als wollte er ein verborgenes Zeichen zeigen, und kniff verschwörerisch das linke Auge zu.

Nachdem ich zwanzig Minuten auf den Alten eingeredet, ihn angefleht hatte, mich als Schriftsteller anzuerkennen, nachdem er sich, meinen Verbandsausweis musternd, über das Paßbild vor Lachen ausgeschüttet und beinahe mein Bierglas umgeworfen hatte, nachdem ich ihn in den Plan eines Familienromans eingeweiht und Katharina Lichtfeld zu meiner Stieftante erklärt hatte, nachdem er nach meiner Mutter gefragt und ich diese (vergib mir, Mutti) erneut hatte sterben lassen müssen, um ihre Zeugenschaft zu liquidieren, nachdem ich beteuert hatte, so gut wie nichts über das Leben der angeheirateten Schwester meiner Mutter, jener Lichtfeld, zu wissen, da auch Frau Grundmann und das HO-Archiv keine weiteren Aufschlüsse ergeben hatten und ich hoffnungslos und verloren im dunkeln tappte (was der Wahrheit nahekam), nachdem ich derart ins Schwitzen geraten war, Rum und Riesenschlücke Bier hinunterstürzte, meinte Perenke: Katharina is doch im Westen, Mann.

Zwei Fehler besaß sie, sagte der Pförtner, einen großen, entschuldbaren, ihr Alter – sie war zehn Jahre zu jung, wenn du verstehst, was ich meine –, und einen kleineren, ihren Starrsinn, den sie mitunter als wilde, reizende Furie austobte. An einem verregneten Frühherbsttag des Jahres 1952 kam sie in unsere Abteilung, ich erinnere mich so genau, weil ich sie heut noch vor mir sehe, wie sie über den grauen Trümmerplatz tänzelte, in einem leichten Sommermantel, am Arm, unter dem Regenschirm des Sektorenleiters, der sie in der Zentralen Kaderleitung entdeckt und für unsere Verkaufsstelle geworben hatte. Seine Devise lautete: *Das Gesicht verkauft mit.* Er vertrat die Auffassung, eine Modeverkäuferin müsse jung, charmant und nett anzusehen sein, dies steigere den Umsatz. Es war auch ein Gutteil Eigennutz dabei, denn das, was wir verkaufen konnten, hätten auch blinde verhutzelte Fischweiber losgeschlagen. Doch der Sektorenleiter besaß den Blick des Don Juan – ihm dankten wir Katharinas plötzliches Erscheinen und wohl auch ihr späteres Verschwinden.

Der Alte verstummte, schien nachzudenken, lächelte elegisch versonnen.

1952? fragte ich, um ihn aus der grüblerischen Stimmung zu reißen, kann es kein anderes Jahr gewesen sein?

Unmöglich, denn ich befestigte gerade die Losung *Vorwärts zum dritten Jahrestag – das demokratische Berlin trotzt dem Adenauer-Regime*, du mußt wissen, unsere Schaufenster ähnelten mehr Agitationswandzeitungen als einem Trikotagengeschäft, mal ein einsamer Seidenstrumpf, mal ein Baumwollhemdchen, aber viel roter Fahnenstoff – und nich etwa, weil die Waren fehlten, nein, selbst Ladenhüter blieben in den Regalen, das Ausstellen von Reizwäsche in der Öffentlichkeit bleibt untersagt, sagte der Sektorenleiter und wunderte sich sehr, als ihm Katharina lauthals zustimmte, denn unsere schönste Verkaufskraft entpuppte sich bald als eifrigste Verfechterin des neuen Puritanismus. Ins Fenster gehörten ihrer Meinung nach nur Röcke und Pullover, am besten …

Aber wieso 1952? unterbrach ich Perenke.

Weil sie nur bis zum August '53 bei uns blieb, sagte der, ich kam aus dem Urlaub, und der Ärger fing an. Die Kripo vermutete keinen Zufall, sondern einen Fall, eine weitere großangelegte Aktion zur Störung des friedlichen Wiederaufbaus.

Tut mir leid, sagte ich, kann nicht ganz folgen.

Diesen Sommerurlaub verbrachte ich am Meer, auf der Insel Poel in der Lübecker Bucht, bei meinem alten Kumpel Heinrich, zwei gute Wochen, in aller Herrgottsfrühe tuckerten wir hinaus, damals gab es noch viel Fisch in der Bucht – jedenfalls kehrte ich wohlgenährt und braungebrannt in die Stadt zurück, betrat am Montag in guter Laune die Verkaufsstelle – inzwischen in die Friedrichstraße verlegt –, wo die Kripo schon ungeduldig wartete. Drei Herren in dunklen Mänteln, Montagmorgen um acht, in einem Geschäft für Damenwäsche – das konnte kein gutes Zeichen sein. Und tatsächlich, man begrüßte mich als kommissarischen Verkaufsstellenleiter, denn nich nur Katharina, auch der Sektorenleiter hatte sich abgesetzt. Eine eiskalte Dusche, mir blieb die Luft weg, ich lehnte kalkweiß am Büstenhalterregal, wie ich später erfuhr, deuteten die Kriminalisten meinen Schreck als Ausdruck gewachsener staatsbürgerlicher Reife und Indiz meiner Unschuld. Darauf, daß nur ein unglücklich Verliebter einen Traum zusammenbrechen sah, kam niemand. Aber so war es.

Die K. hatte Kassenstand, Bilanzen, Waren-Ein- und Ausgänge zu prüfen, aber die Buchführung stimmte, nochmals wurden Gelder gezählt, Punktkarten hinzugezogen, Perlonstrümpfe sortiert, aufgehäuft, Zahlen und Rechnungen verglichen, selbst die Gewerkschaftsbeiträge vom Juni kamen auf den Tisch – nichts fehlte, nichts war zuviel, wir waren sauber. Mir fiel ein Stein von der Seele. Das kann nich sein, sagte der Leutnant, es muß etwas fehlen. Es fehlt aber nix, brüllte ich, und die Kunden warten vor der Tür. Inventur, sagte der Kriminalist, machen Sie ein Schild dran. Nur wenn Sie mir sagen, was Sie suchen. Der Mann musterte mich ob dieser dreisten Forderung und sagte, wir suchen das, was Fräulein Lichtfeld hat mitgehen lassen, und verlassen Sie sich drauf, wir finden es auch.

Und, fragte ich, haben sie etwas gefunden?

Nein, sagte der alte Mann, soweit ich weiß, nie.

Der Leutnant hatte Gründe für seinen Verdacht. Bei der Durchsuchung von Katharinas Wohnung in der Jägerstraße entdeckte man, daß diese offenbar nichts in den Westen mitgenommen hatte. Entweder erfolgte die Flucht in großer Eile, oder, sagte der Kommissar, es schien der Gesuchten unnötig, sich mit dem Ballast der Vergangenheit zu belasten, weil sie genug zur Seite geschafft hat. Sogar ihr Lohn vom August lag noch abholbereit an der Kasse. In der Jägerstraße, sagte der Leutnant, fanden wir Lebensmittelkarten im Wert mehrerer tausend Mark. Außerdem konnten ein fabrikneuer roter Velourmantel *Leningrad*, mit schwarzem Samtbesatz, zwei Hemdblusenkleider aus Plauener Tüllspitze sowie verschiedene Dokumente sichergestellt werden. Der Polizeibeamte schickte die anwesenden Verkäuferinnen aus dem Büro und legte eine offene Briefmappe neben das Telefon. Kennen Sie die Schriftstücke, fragte er mich. Wie sollte ich nich? gab ich zurück, ich hab sie ja verfaßt. Eben, sagte der Kommissar.

Wie sollte ich's dem Mann erklären? Mein Verhältnis zu Katharina war, leider, nie das, was man sich unter einem Verhältnis vorstellt. Gute Freunde. Im Laden blieben wir streng dienstlich, wollten keine Gerüchte oder Neid aufkommen lassen, dafür schrieben wir uns Briefe, obwohl wir uns fast täglich sahen, gingen mal ins Kino, *Die Mörder sind unter uns*, blieben aber immer im Ost-Sektor, ich ging manchmal über die Grenze, aber sie wollte mich nie begleiten. Hätte man mich im Juli '53 gefragt, wer von meinen Mitarbeitern als nächster bei Nacht und Nebel die *Republik* verlassen würde, Katharinas Name wäre zuletzt gefallen, nach meinem eigenen. Noch im Mai hatte der Betriebsdirektor vor der versammelten Belegschaft die *vorbildliche Jugendfreundin* gepriesen, die drei Monate später als *Schieberbraut und Heuchlerin* entlarvt wurde. Es wollte nich in meinen Kopf. Alle Tatsachen sprachen sie schuldig, aber mein gesunder Menschenverstand widersetzte sich dem Urteil. Ich glaubte damals, und heute noch immer, Katharina wurde ein Opfer dunkler Geschäfte, sie war naiv, glaubte, wie man so sagt, an das Gute im Menschen, man konnte sie ausnutzen. Und der Sektorenleiter war ein Schlitzohr, ein Aufsteiger, ein energischer junger Kader – mir unsympathisch, nich nur, weil auch er auf Katharina Lichtfeld ein Auge geworfen hatte.

Nein, sagte ich, sagte Perenke, verräterische, umstürzlerische Absichten habe ich bei Fräulein Lichtfeld nie entdeckt, sie lebte bescheiden, mit ihrem Lohn kam sie gerade so über die Runden, Theater- oder Kinobesuche waren mit ihr immer nur am Monatsanfang möglich, denn zwischen uns herrschte die stille Abmachung, zahlst du heute, zahl ich morgen, und sie meinte, eine gleichberechtigte Frau dürfe sich nich *aushalten* lassen. Waren Sie, fragte der Leutnant, der einzige, er räusperte sich, überlegte, Freund der Flüchtigen? Nein, antwortete ich, Katharina genoß die Zuneigung aller Kollegen, Sie können jeden fragen. Mißverstehen Sie mich nich, ich meine *intime Freundschaft*, erklärte der Kommissar daraufhin. Mir stieg das Blut in den Kopf. Herr Leutnant, sagte ich barsch, wenn Sie wissen wollen, ob ich zu Fräulein Lichtfeld geschlechtliche Beziehungen unterhielt, so kann ich sagen: Nein, mehr weiß ich nich, denn ich habe sie nich bespitzelt, das überlasse ich anderen. Nun brannte dem Kommissar die Sicherung durch. Herr Renke, schrie er mich an, ich untersuche nich Ihre Privatangelegenheiten, sondern ein Wirtschaftsverbrechen ersten Ranges. Oder wissen Sie zufälligerweise, wo zehntausend Paar *Monofil-Perlonstrümpfe* abgeblieben sind?

Und dann? fragte ich ungeduldig, was geschah weiter?

Scheiße, sagte der Alte, an mir blieb alles hängen, sechs Tage U-Haft, auf dem Präsidium, war ja nich mein erster

Knast, aber zum ersten Mal wußte ich nich, warum ich einsaß. Da ich Katharina nich belastete, machte ich mich immer verdächtiger. Nein, sagte ich dem Untersuchungsrichter, Fräulein Lichtfeld war eher ein Sektierer als ein Reaktionär, sie begab sich am 17. Juni in Lebensgefahr, für die *Republik*, nich gegen sie. Täuschungsmanöver, entgegnete der Richter, was trieben Sie denn an besagtem Tage? Also erzählte ich die Geschichte zum x-ten Male. Jeden Mittwoch in der Monatsmitte besprach ich in der BWVZ, der Berliner Warenverteilungszentrale des Handels, die Lieferungen für den übernächsten Monat. Zu diesen Gesprächen zog ich Katharina hinzu. Wir trafen uns wie verabredet am 17. Juni um 7.30 vor der BWVZ, es regnete, ich verspätete mich, weil ich um sieben die letzten Meldungen des RIAS gehört hatte. Katharina wußte von nichts, sie besaß kein Radio, und einen westlichen Sender hätte sie ohnehin nich empfangen. Ich sagte ihr, am Strausberger Platz versammelten sich die Arbeiter, um gegen die *Normerhöhungen* der Regierung zu demonstrieren. Erst glaubte sie mir kein Wort. Warum sollten Arbeiter gegen eine Arbeiterregierung protestieren, das is doch Unsinn, Paul, sagte sie, außerdem sind neue Normen wichtig, weil gewinnbringend für alle. Scheinbar vertreten die Bauarbeiter in der Stalin-Allee eine andere Meinung, sagte ich. Du unterstützt die Streikenden, bellte Katharina. Nein, ich versuche sie zu verstehen. Das Mädchen war wieder einmal von mir enttäuscht, du bist und bleibst ein Trotzkist, sagte sie, eine Einschätzung, die ich bei meiner Aussage auf dem Präsidium verschwieg, da sie meine Lage nur noch verworrener gemacht hätte. Wir standen also vor der BWVZ im Nieselregen und stritten uns, als der Dienstwagen des Sektorenleiters, ein klappriger Volkswagen, neben uns hielt. Gott sei Dank, hier seid ihr, rief der, ich dachte schon, ihr wäret im Geschäft. Wieso? fragten wir wie aus einem Munde. Ja, wißt ihr denn nich, was los is, am Potsdamer Platz, eiferte der, die Hölle. Die Luft riecht brenzlig. Die Bestell-Listen haben Zeit bis morgen, wartet in der Kantine auf mich. Der Sektorenleiter ließ uns stehen und stürzte mit wehendem Mantel in die Dienststelle.

Geschlagene drei Stunden hockten wir im Essenraum, Pfefferminztee trinkend, den Blick starr auf die Uhr gerichtet, mißmutig und verstritten. Für Katharina lag der Fall klar, wer sich gegen die Volksmacht auflehnt, is ein Feind des Volkes. Wem kommt der neue Wirtschaftskurs zugute? fragte sie und antwortete gleich selbst, den Arbeitern, wem schadet er? den Ausbeutern, wer steckt also hinter den Unruhen, Adenauer, seine Clique und die amerikanischen Kriegstreiber. Ich versuchte einzulenken, die beste Politik verfehle ihre Wirkung, wenn sie von den Massen unverstanden bliebe, Weltrevolution per Dekret sei ein frommer Wunsch, die Arbeiterklasse kein heiliger Fetisch, mit Befehlen könne die Neue Welt nich erbaut werden. Wir redeten aneinander vorbei, spürten es und verfielen in eisiges Schweigen. Katharina durchbrach es, als sie fragte, Paul, was wird denn jetzt, wir sitzen hier rum, und auf der Straße werden wir gebraucht. Wir verließen die BWVZ und liefen in Richtung der Sektorengrenze. Es war nich einfach, die Stadt lag noch in Trümmern, der Nahverkehr kam an diesem Junitag einem Glücksspiel gleich. Gegen Mittag erreichten wir den Potsdamer Platz.

Schon am *Haus Vaterland* hörte man das Geschrei der Menge, der Geruch des Qualms reizte die Schleimhäute, aber es war noch nich das *Columbia-Haus*, das brannte. Vor der großen Leuchtschrift *Die freie Berliner Presse meldet* drängten sich an die hundert Menschen, doch verfolgten sie keine Nachrichten, die *freie Presse* schwieg außerdem, sondern versuchten zu den drei Kiosken der HO vorzudringen. Junge Männer wuchteten mit Brecheisen die Türen aus den Angeln, andere zerschlugen Fensterscheiben, rissen mit kräftigen Hau-ruck-Rufen die Schutzgitter aus den Verankerungen. Die Plünderungen nahmen ihren Lauf. Katharina, bleich und fahrig, wollte sofort in Richtung der Lebensmittel-Stände laufen, bist du wahnsinnig, herrschte ich sie an, die schlagen dich tot, so wie die in Fahrt sind! Am Arm zog ich sie über den Platz, an einem brennenden Autowrack vorbei, das vor dem Aufklärungspavillon der *Nationalen Front* lag, aus dem hohe Flammen schlugen. Um Himmels willen, stöhnte sie, das ist Konterrevolution. Ja, dachte ich, da hast du ausnahmsweise recht, Mädchen.

Der Pförtner am hinteren Liefereingang ließ uns ein. Kaum einer mehr da, sagte der. Wir staunten, wie denn das? Der Sektorenleiter hat die Leute bis auf weiteres beurlaubt, wegen der Unberechenbarkeit der Lage, sagte der Mann, Anweisung von oben. Unglaublich, Katharina schüttelte den Kopf. Und wer verteidigt unsere Geschäfte, wenn denen da, ich deutete in Richtung der Zusammenrottung, einfällt, das Warenhaus zu plündern. Die Kioske und der Pavillon sind schon zertrümmert, ergänzte sie. Keine Ahnung, sagte der Pförtner, ich habe nich mal eine Waffe, wenn sie angreifen, können wir nur versuchen, unsere Haut zu retten, ich jedenfalls riskier meinen Kopf nich für den Laden. Aber Kollege, agitierte Katharina, is es nich auch *dein* Warenhaus.

Machst mir Spaß, Mädchen, sagte der, vielleicht gehört es mir, aber kaufen kann ich mir trotzdem nichts. Monatsende geh ich mit 320 Mark nach Hause. Ich auch, Mann, rief Katharina, und trotzdem laß ich nich zu, daß die Banditen unser Eigentum zerstören. Die gesamte Trikotagenabteilung war ausgeflogen, ich versuchte den Sektorenleiter im BWVZ anzurufen, aber niemand meldete sich dort, danach wählte ich die Nummer von Franz, einem Kameraden aus dem Lager, jetzt zweiter Mann im Ministerium für innerdeutschen Handel. Hallo, antwortete eine Stimme, Franz? rief ich, hier is Paul, Paolo Renke, was gibt's, fragte Franz, hab wenig Zeit, ich auch, entgegnete ich, sitze im umzingelten *Columbia-Haus*, das vom Ministerium scheinbar aufgegeben wurde. Wie viele seid ihr dort? rief mein alter Freund. Fünf Personen, drei Verkäuferinnen, ein Pförtner und ich. Haltet euch, sagte Franz, keine Provokationen, Hilfe is unterwegs, melde dich, wenn Unvorhergesehenes geschieht.

Wir sahen durch die Fensterscheiben auf den Platz, wo ein junger Mann, mit Bebop-Frisur, wie Katharina sofort erkannte, einen schweren Kanister durch die erbrochene Tür des Lebensmittelkiosks zerrte. Immer mehr Menschen drängten sich zusammen, Schnapsflaschen gingen reihum, offenbar Beuteware, Polizisten ließen sich nich blicken, die Plünderer handelten in aller Ruhe. Katharina ging im Laden auf und ab, ich blieb am Fenster auf Beobachtungsposten. Wir müssen schleunigst die Kowaljow-Methode einführen, erklärte sie unvermittelt. Hast du verstanden, Paul? Ich bejahte, mit den Gedanken nich bei der Sache. Die Aufteilung des Verkaufsraumes in mehrere Stände bleibt erhalten, sagte sie, aber damit, daß Lisa nur Strümpfe, Gerda die Trikotagen und ich die Miederwaren verkaufen, sollte Schluß gemacht werden. Wir müssen den Sowjet-Handel studieren. Du hast Nerven, Mädchen, dachte ich, oder überschaust die Lage nich. Wird erst an jedem Stand das volle Sortiment angeboten, verteilt sich die Kundenschaft gleichmäßig, die Verkaufskräfte werden gleichmäßig ausgelastet. Kowaljow lehrt, rief Katharina Lichtfeld am 17. Juni im bereits besetzten *Columbia-Haus*, gleiche Arbeitsbedingungen sichern Verkaufskultur und Wettbewerb. Ihre Rede beendete die Detonation einer Handgranate.

Kamerad Minister Franz meldete sich, als die zwei Frauen den Verkaufsraum betraten, wir sahen sie durch den Türspalt, hörten ihre kreischenden Stimmen. Alles für die Frau! Na, da sieht man's mal wieder! Früher stand über solchen Läden *Alles für die Dame* – aber wir sind eben keine Damen mehr. Wir sind nur noch *Frauen* für die HO – na, überhaupt die HO ... Sie sind da, hauchte ich in den Hörer, bezweifelte jedoch, daß Franz mich verstand. Wir saßen in einer Falle. Die beiden Frauen sahen nich wie Kriminelle aus, waren modisch gekleidet, gut frisiert und durchwühlten die Regale, sieh dir mal, brüllte die etwas Kleinere, die Lappen an, und warf einen Stapel Miederhemden aus Kunstseide auf den Boden. Perlons, frohlockte die zweite, Ostproduktion, aber als Geschenk vom Staat kann man sie mitnehmen. Oho, und hier, jubelte die Kleine, was ganz Attraktives, ein proletarisches Abendkleid. Sie wiegte die Hüften vor dem großen Spiegel, hatte das Fahnentuch aus der Vitrine sich wie ein Gewand um den Leib geschlungen. Paß bloß auf, sagte die andere, daß dich keiner von den Jungs erwischt, bei denen geht der Revolver von selbst los, wenn sie die Farbe sehen. Katharina sprang aus dem Büro, rannte auf die Damen zu, versetzte der Kleinen eine Ohrfeige und entriß ihr den roten Stoff, ich verfolgte die Szene, neben der Kasse stehend, heute kann ich über den absurden Vorgang lachen, aber damals vereiste mir das Blut, denn die beiden Frauenzimmer begriffen schnell, daß da Leute vor ihnen standen anderen Schlages als sie. Eine Sache von Sekunden, Katharina zog der Frau, die vor Verblüffung kein Wort herausbrachte, ein Dutzend Paar Strümpfe aus der Tasche, die andere stakste mit ihren hohen Absätzen zum Zwischengeschoß und schrie: Djordsch, Djordsch, komm schnell, die Russin schlägt Claudia zu Tode, ich meinerseits schnappte mir meine Freundin, die Dame namens Claudia folgte ihrer Kumpanin auf dem Fuße, rief in der Eingangstür: Rote Zimtzicke! und begann die Suche nach Djordsch. In den oberen Stockwerken fielen Schüsse, Katharina, rief ich, wir müssen hier raus, uns bleibt nur noch eine Chance. Ich nahm ihr das rote Leinen aus der

Hand und gab ihr dafür die zum Boden gefallenen Perlonstrümpfe, ich selbst eilte zum Regal, griff wahllos einige Kartons mit Damenunterwäsche aus den Fächern. In dem Augenblick stopfte sich Katharina die rote Fahne unter den Rock, ich bemerkte es nich, sollte es jedoch später erfahren.

Die oberen Etagen brannten schon, unten wurde noch ausgeräumt, wir entkamen durch ein zerschlagenes Schaufenster, rannten, Seidenwäsche vor der Brust, in Richtung Haus Vaterland, über den plötzlich verödeten Platz – liefen den Russen in die Arme, bogen in die Straße ein und standen vor einem T-34. Wir waren gerettet, doch der Soldat, der uns in Gewahrsam nahm, ließ sich durch unser freudigstes Lächeln nich rühren, tippte mit der Kalaschnikow auf die Miederwaren, warf sie achtlos auf die Erde und begann uns nach Waffen abzuklopfen. Katharina wurde aufgefordert, das Geheimnis zu lüften, das sie unter dem Rock trug, sie drehte sich um und zog, mit einem schüchternen Lächeln, die rote Fahne hervor. Der Russe, sichtlich verwirrt, ließ uns zum nächsten Polizeirevier führen, dort gaben wir unsere Geschichte zu Protokoll und wurden nach einer Stunde entlassen, denn Kamerad Franz hatte inzwischen unsere Spuren verfolgt und, kraft seines Amtes und seiner Person, unsere sofortige Freilassung erwirkt.

Grobschmid, sagte Perenke, der Untersuchungsrichter, damals, vor mehr als dreißig Jahren, hörte wie du, wortlos, rauchend, meinen Bericht, nur Bier und Schnaps mußte er sich verkneifen, und die Umgebung war nich ganz so gemütlich.

Kann ich mir denken, sagte ich, aber wie kamen Sie aus der Haft frei, wieder dank Ihrer Beziehungen?

Die waren nichts mehr wert, entgegnete der Alte, Franz wurde noch im Juni sämtlicher Funktionen entbunden und wegen *kapitulantenhaften Zurückweichens vor gegnerischen*

Positionen, gefährlicher Nachtrabpolitik und mangelnder Selbstkritik zur Bewährung in die materielle Produktion geschickt. Hilfe kam, wenn man das so sagen kann, von der andern Seite der Barrikade. Der Sektorenleiter tauchte wieder auf, in Köln, im *Deutschlandfunk* berichtete er über seine gelungene Flucht in die *Freiheit*. Ich mochte den Mann nie leiden, aber eigentlich schulde ich ihm Dank, denn er stellte mich als *einen Stalinisten, wie er im Buche steht*, heraus, als *pedantischen Unterdrücker, Geheimdienstspitzel und ehemaligen Rot-Spanier*. Leute wie ich, sagte er, sicherten der *Zonen-Regierung* die Herrschaft. Es war zuviel der Ehre, aber der Staatsanwaltschaft lagen keine gegenteiligen Beweise vor, man schenkte Okult Glauben und mir den Entlassungsschein. Wen der Feind angreift ...

Was sagten Sie, rief ich, wie hieß der Sektorenleiter, *Okult*? Sie erwähnen den Namen zum ersten Mal.

Richtig, sagte Perenke, er hat sich nur als Sektorenleiter in mein Gedächtnis eingegraben, eigentlich hieß er Osram Kult.

Osram? Nicht Oswald?

Klar, Oswald, aber angeblich war auch das nich sein richtiger Name ...

Inwiefern, unterbrach ich – spürte ein nervöses Zucken in der Schulter.

Was du alles wissen willst. – Der Alte schüttelte den Kopf. Die Geschichte is etwas konfus.

Ja, dachte ich, den Eindruck habe ich allerdings auch.

In der Zeit damals, fuhr mein Gegenüber fort, war es nich ungewöhnlich, daß ein Mann seinen wirklichen Namen verbarg. Kult hatte angeblich, bevor er zur HO kam, mit falschen Papieren, Lebensmittel verschoben, in Sachsen.

Unter welchem Namen? fragte ich.

Nun mach aber mal 'n Punkt, Junge, sagte Perenke, was weiß denn ich? Gertrud, rief er, ich zahl die Schnäpperken und mein Bier.

Und Katharina, haben Sie von der jemals was gehört, in all den Jahren?

Nie, sagte der Alte, Mitte der fünfziger ließ ich sie sogar suchen über das *Rote Kreuz*, aber ohne Erfolg.

Falls Ihnen noch etwas zu meiner Tante einfällt und überhaupt, ich steckte Perenke meine auf einen Bierdeckel gekritzelte Anschrift in die Manteltasche, danke für das Gespräch, den Rum.

Die Einladung war mir peinlich.

Mach dir nich ins Hemd, Junge, brabbelte der Pförtner.

Nach meiner Rückkehr besuche ich Sie, Herr Renke.

Droh mir nich, grüß die Insel, sprach er und verschwand hinter einem S-Bahn-Bogen.

Die Uhr zeigte zehn Uhr 28 Minuten – finstere Nacht.

Die frische Luft wirkte ernüchternd. Ich ging in eine Telefonzelle und wählte die Tagesnummer des *Chefs*.

Guten Abend, *Chef*, sind Sie es? Haben Sie schon geschlafen? Verzeihung.

Was gibt's denn? sagte der, ich bin grad beim Abwaschen.

Tut mir leid, daß ich Sie unterbreche. Aber ich habe soeben erfahren, daß auch Katharina Lichtfeld 1953 die *Republik* verließ, offenbar gemeinsam mit *Kult-Blender*. Ich dachte, das dürfte Sie interessieren.

Ja, antwortete der Mann am anderen Ende der knarrenden Leitung, *Kult* setzte sie wohl unter Druck.

Woher wissen Sie das?

Verehrter Kollege, du bist uns zwar eine große Hilfe, aber ganz untätig sind wir darum noch nicht. Wir nahmen Einblick in unser Archiv und fanden die Akten *Kult-Lichtfeld-Renke*. Den Pförtner hast du ja schon vernommen …

So würde ich es nicht nennen, unterbrach ich, wir tranken lediglich ein Bier.

Eins? fragte der *Chef* und lachte. Na ja, immerhin wissen wir jetzt, mit welcher Geschichte die *Komplizin* hausiert.

Ich verstehe nicht, rief ich.

Ganz einfach, sagte der *Genosse*. Aus den Akten geht folgendes hervor: Fräulein Lichtfeld entdeckte 1953 die schmutzigen Praktiken des Sektoren- oder Abteilungsleiters, der erfolgreich illegal riesige Warenposten zu Unterpreisen in den Westen verkaufte. *Kult-Blender* erhielt prozentuale Gewinnanteile. Als er sich entlarvt sah, versuchte er zunächst, die Lichtfeld zu kaufen, sie zu seinem Teilhaber zu machen, als er jedoch auf deren granitharte Prinzipienfestigkeit stieß, erpreßte er sie schließlich.

Aber wie denn? Perenke behauptet, ihre Weste sei blütenrein.

Möglich, sagte der *Chef*, aber Katharinas Mutter arbeitete im Nachkriegs-Berlin nicht nur als Trümmerfrau.

Schiebung? fragte ich.

Im gewissen Sinne, sie war eine Nutte – *Kult-Blender* besaß Beweise. Und das Mädchen …

… wollte verhindern, daß dies bekannt wird, beendete ich den Satz des *Chefs*.

Exakt, er räusperte sich, hustete – wir plaudern hier, sagte er, und derweil wird mein Abwaschwasser kalt. Wann fliegst du morgen?

Gegen neun, sagte ich.

Gut, sagte er, wir werden sehen.

Der Briefkasten war voll, wie immer mittwochs. Xenia war also nicht nach Hause gekommen, war es noch ihr *Zuhause*? Ich sichtete den Postberg, obenauf lag ein Telegramm, Zypern, dachte ich, sicherlich eine Absage, nein, *Erwarten Sie dringend zu unserem Wochenendseminar »Revolution und Emanzipation«, Hauptreferent erkrankt, Honorarvertrag vor Ort*. Tut mir leid, keine Zeit, sagte ich und schloß die Tür auf. Ein weiterer Brief von P. war nicht dabei, dafür eine Mahnung vom Energiekombinat, Nachzahlungsaufforderung, sowie ein Kuvert ohne Briefmarke.

Lieber Kollege, las ich, *ich möchte mich nochmals entschuldigen, daß ich Sie (wider meine Absicht)*, die Schriftzüge waren mir unbekannt, *heute in Verlegenheit gebracht habe. Sollte ich Ihre Sensibilität unterschätzt haben?* Inwiefern? *Es täte mir aufrichtig leid, doch können Sie mir glauben, Ihr Vortrag fand allgemeine Zustimmung*, das kann ja wohl nicht wahr sein. *Ich hätte Sie gern persönlich um Vergebung gebeten, kann jedoch meine Wohnung nicht verlassen, da meiner Claudia die ersten Zähne wachsen.* Sie hat ein Kind, ich faß es nicht. *Falls es Ihre Zeit erlaubt und Sie mein Pardon annehmen (und Sie überhaupt Lust haben)*, wie ist denn das zu deuten?, *könnten Sie ja bei mir vorbeischauen. Kollwitzstraße 88, Hinterhof, Quergebäude.* Also gleich um die Ecke. *Mit freundlichem Gruß. Helena Zielinski.* Die rote Helena, soso, bleibst du, wo du bist, oder ziehst du gen Troja?

Vorsichtshalber, man weiß ja nie, putzte ich mir die Zähne, Kampf dem Mundgeruch, soll man kurz vor Mitternacht, dachte ich, halbbesoffen, einsame Mütter besuchen, schickt sich das? Was mag die *Rote* von dir denken, wenn sie dich sieht oder riecht? Aber was müßte sie denken, wenn du weder heute noch morgen oder in den nächsten Tagen erschienst. Gekränkte Eitelkeit, würde sie vermuten, bereuen, dir geschrieben zu haben. Aus den Augen, aus dem Sinn. Die zwischenmenschlichen Beziehungen sind empfindlich wie Quecksilber. Also gut, erfüll ihren Wunsch, sei höflich, auf eine halbe Stunde, ein Glas Tee.

An der Tür hing ein Pappschild: *Claudia und Helena Zielinski*, kein ständiger männlicher Untermieter, folgerte ich, nicht ohne, wie ich erstaunt bemerkte, Frohlocken, ich legte das Ohr an das Türholz und lauschte nach Geräuschen, die wache Mieter vermuten ließen. Stille. Kein Geschirrgeklapper, keine Fernsehstimmen, keine dezente kleine Nachtmusik. Plötzlich wich der Druck von meinem

Ohr, die Tür öffnete sich lautlos, und ein junger Mann mit Hornbrille sah mich erstaunt an.

Ist dir schlecht? fragte er.

Ich öffnete und schloß den Mund wie ein an Land geworfener Fisch, rückte meine Brille zurecht, kratzte mich im Genick, schniefte, schluckte und begriff, daß ich in ein Bewußtseinsloch abgestürzt war. Handlungsunfähig. Wer war ich? Was wollte ich hier? Was sagte der Mann? Warum hatte er ein Gestell auf der Nase? Weshalb waren meine Zunge so naß und meine Finger so klamm? Hinter dem Jüngling erschien die Gestalt der *Roten* und mit ihr eine Ahnung Wirklichkeit.

Ach, du bist's, rief sie, Pygmalion, komm rein, hab noch mal schönen Dank, Ulli, sagte sie und klopfte dem jungen Mann auf die Schulter, denk mal an die Bohrmaschine.

Eine wunderschöne Pflanze, sagte ich und deutete auf einen winzigen Blumentopf.

Becherprimel, sagte die *Rote*.

Grünes ist gesund für die Augen.

Wohnst du in der Nähe?

Ja, ich denke schon.

Wie bitte?

Gleich nebenan.

Daß wir uns da noch nie begegnet sind. Ein Glas Wein?

Danke, ich hab heut schon.

Bist du noch sauer?

Ich verreise morgen, und da dachte ich, geh ich doch besser heute noch vorbei, auf einen Sprung, damit sie nicht denkt, ja also, ein ungewöhnlicher Name, Helena.

Mein Vater war Archäologe.

Da hast du ja die besten Voraussetzungen.

Von wegen, sagte die *Rote*, immer wenn ich was vermassel in der Uni, heißt es gleich, von der Tochter unseres verehrten emeritierten Professors Zielinski hätten wir eine andere Leistung erwartet.

Das Leben ist nicht leicht, sagte ich und spähte nach einem Aschenbecher.

Dann werd ich mal wieder, sagte ich, es war sehr nett. Die *Rote* blickte mich an, und ich wußte nicht, ob ihr müder Blick Erleichterung oder Enttäuschung verbarg.

Ja, sagte sie und begleitete mich in den Flur.

Ich reichte ihr die Hand, sie mir ihre Wange, ich küßte sie flüchtig, denn ich fürchtete die Aura meines Atems, sie aber blieb mit zielstrebiger Hilflosigkeit an meinem Hals hängen. Was passiert denn nun, dachte ich verwirrt und streichelte ihr über das dunkle Helenenhaar. – Ob du nun hier schläfst oder zwei Ecken weiter, sagte sie, ist doch eigentlich egal.

Es war ein sehr sachliches Angebot und schwer zu widerlegen.

Schade, sagte sie, als ich den dritten Versuch unternahm, meine Hand unter ihr Nachthemd zu schieben, du hast irgend etwas mißverstanden.

Offenbar, sagte ich, um einen lockeren Tonfall bemüht, und befahl meinen Fingern einen geordneten Rückzug.

Du bist mir ganz sympathisch, aber mit dir schlafen will ich nicht.

Okay, sagte ich – und dachte an die Worte, *bei der beißt du auf Granit*, Xenia hatte recht behalten, doch würde sie dieser Triumph kaum erfreuen.

Lebst du allein? fragte die *Rote* und verschränkte die Arme unter dem Kopf, was sie besser nicht hätte tun sollen, denn der Duft ihrer Achselhaare stieg in meine Nase und ließ mich alle guten Vorsätze vergessen.

Selbstvergessen nebensächlich wanderten meine Finger über die sanften Talregionen ihrer Brust. Sie ließ es geschehen und schob meine Hand erst zurück, als diese sich zu den Gipfeln emporwagte.

Im Augenblick ja, antwortete ich, und fand den Satz reizvoll-doppelbödig.

Will man euch Männer mit einem Finger streicheln, sagte sie, greift ihr gleich nach der ganzen Hand.

Könnten wir uns nicht auf zwei Finger einigen?

Na gut, Daumen und Ringfinger, aber alles über der Decke.

Bist du im Kloster erzogen?

Jungfrau bin ich nicht mehr, wenn du das meinst, der Beweis liegt nebenan in den Windeln.

Es ist verrückt, ich dürfte dir das alles nicht erzählen, aber wo man jedem mißtrauen muß, kann man auch jedem vertrauen, es ist hin wie her, vielleicht war unsere Begegnung in der Bibliothek nur ein geplanter Zwischenfall, wer weiß, vielleicht hat Ulli vorhin unter dem Bett ein Tonbandgerät präpariert? Verstehst du, ich halte inzwischen alles für möglich, aber sehe keinen Zusammenhang, früher, bevor der *Fall* in mein Leben trat, war die Diffusität ein unabänderlicher Begleitumstand des Alltags, aber heute weiß ich, es ist Ausdruck unseres Daseins, verstehst du, ich höre viele vereinzelte Stimmen, die ihren Part singen, aber es fügt sich nichts ineinander, eine blecherne, kriegerische Disharmonie, und ich irre dazwischen herum, mit so einer blödsinnigen Vermittlerambition, mit meinen Einsichten und moralischen Gesetzen, und hinter meinem Rücken lachen sich alle Parteien halbtot über meine naive Dummheit, was sagst du, Helena, kennst du das Gefühl. – – –

Keine Antwort. Sie schlief. Die Schwärze der Nacht wechselte hinüber ins Milchgrau der Dämmerung. Ich drückte den Wecker an meine Nase, es war zehn Minuten nach fünf Uhr, fühlte eine schwere übernächtige Müdigkeit, die mich frösteln machte, berührte beim Aufstehen den warmen Körper der *Roten* und registrierte verwundert, daß dieser Kontakt ein wahrhaftiges, also nicht eingebildetes Erlebnis vermuten ließ.

Vierter Tag

> Aber die Unvernunft ist mehr als diese Leere, in der man sie sich abzeichnen sieht. Die Wahrnehmung des Irren hatte schließlich nur die Vernunft selbst zum Inhalt; die Analyse des Wahnsinns unter den Krankheitsarten hatte ihrerseits nur die Vernunftordnung einer natürlichen Weisheit zum Prinzip; infolgedessen fand man dort, wo man die positive Fülle des Wahnsinns suchte, stets nur die Vernunft, wodurch der Wahnsinn paradoxerweise zur universalen Anwesenheit der Vernunft und Abwesenheit des Wahnsinns wurde. Der Wahnsinn des Wahnsinns heißt: heimlich Vernunft zu sein. Und dieser Nicht-Wahnsinn als Inhalt des Wahnsinns ist der zweite wesentliche Punkt, den man bezüglich der Unvernunft festhalten muß. Die Unvernunft ist, daß die Wahrheit des Wahnsinns Vernunft ist. Oder vielmehr Quasi-Vernunft.
>
> Michel Foucault, *Wahnsinn und Gesellschaft*

Die Schrankwand glich einem Weihnachtskalender am Heiligabend, alle Fenster geöffnet, Hosen und Hemden lagen zwischen Filtertüten, Manuskriptseiten zwischen Geschirrhandtüchern, mein ganzes Hab und Gut hatten unbekannte Hände in eine neue, verwirrende Ordnung gebracht. Also doch, dachte ich, der Gegner kennt kein Pardon, das zweite Attentat innerhalb von vierundzwanzig Stunden, höchste Zeit, daß du abhaust. Die *Marlboro-Tüte*, die ich, eher der Routine als einer warnenden inneren Stimme gehorchend, zu Helena mitgenommen hatte, lag auf dem Küchentisch, wohin sollte ich jetzt damit? Die Wohnung war ein unsichres Versteck, durfte ich den

Chef wecken, doch wie, es war Donnerstagmorgen, seine Telefonnummer hatte sich schon wieder geändert. Die *Rote*? Könnte ich ihr meine Beweismittel anvertrauen, doch was, wenn der feindliche Apparat mich verfolgte und in meiner Abwesenheit gegen Helena vorging? Nein, ich durfte sie nicht in die Sache hineinziehen, schon wegen der kleinen Claudia. Die Kinder, unsere Zukunft. Mir traten winzige Tränen in die Augen, ich wußte nicht, ob vor Rührung, Trauer um mein verwüstetes Heim, Übermüdung oder Altersschwäche.

Was meinst du, fragte der Chef und wippte ein kleines Mädchen auf seinen Knien. Die Rote wackelte bedächtig mit dem Kopf.

Eine Sitzung bräuchte ich noch.

Der Chef lächelte nachsichtig, schien eine Bemerkung auf den Lippen zu haben, die er besser verschluckte. Er zog die Gardine zu, sah auf der anderen Straßenseite, im dritten Stock, Xenia stehen, in einem offenen Fenster, mit einem Fernglas.

Ich möchte dich etwas fragen, sagte die Rote, hat es Sinn?

Nein, sagte ich, es ist ein Verwirrspiel, eine Art Ablenkung, Anhäufung von Nebensächlichkeiten, Banalitäten, Seitensträngen, alle einzig dazu angetan, uns begreiflich zu machen, daß es darum nicht geht.

Aber worum? fragte sie.

Keine Ahnung, sagte ich. Du hast einen schönen Körper.

Ja, sagte sie, das sagt er auch, und deutete auf den Stuhl, wo der Chef saß. Doch der war verschwunden. Würdest du, fuhr sie fort, wäre ich aus Elfenbein, dich verzehren nach mir?

Ich werde dich, sagte ich …

Mann, rief eine Stimme, hier ist Endstation, der Zug fährt zurück nach Oranienburg.

Aus der S-Bahn torkelnd, schleppte ich mich, eine Reisetasche (Hemden, Waschzeug, Badehose, Bücher) sowie meine Ledertasche, in der die *Marlboro-Tüte* lag, in Richtung des Flughafengebäudes. Frau Dr. Biene, dachte ich, wo schwirren Sie umher? Es war 7 Uhr 30, ich brauchte dringend einen Mokka, nahm an einer kleinen Bar Platz und versuchte zu rauchen. Die große Anzeigetafel der Halle kündigte meinen Flug bereits an. Nikosia, *Departure* G, 8 Uhr 45 Minuten. Andere Maschinen flogen nach Leningrad, Constanza, Amsterdam und Wien, während der Jet aus Havanna soeben glücklich gelandet war.

Ein Brief für Sie, störte der Mann hinter der Bar meine geographischen Träumerein und lehnte einen Umschlag an die Zuckerdose.

Umgehend sollte ich mich – las ich verblüfft – auf der Aussichtsplattform gegenüber der Rollbahn einfinden. Warum? Der Brief war maschinegeschrieben, mit einem unleserlichen Namen gezeichnet. Ich zahlte, fuhr mit der Rolltreppe ins Obergeschoß. Ein einsamer Mann stand im Wind und starrte auf die Betonpiste, ich stellte mich neben ihn. .

Guten Morgen.

Der schweigsame *Genosse*.

Fliegen Sie auch nach Nikosia?

Sowenig wie Sie, sagte der trocken. Es ist etwas passiert.

Ja und? Was denn? Ich meine, warum so viele Umstände? Wenn ich nicht reisefähig bin, dann …

Das ist es nicht, unterbrach mich der *Genosse*, wir haben außerdem keine Zeit zum Diskutieren.

Wie wahr, dachte ich, bei dieser Arbeit fällt man aus einem Streß in den nächsten.

Ihre Maschine fliegt in dreißig Minuten, der letzte Aufruf erfolgte bereits, bleibt einzig die Frage – er stockte seinen Redefluß –, ob Sie fliegen *wollen*?

Aber ja, aber klar.

Sie müssen nach Paris, sagte der *Schweigsame*.

Wohin, fragte ich, wohin muß ich?

Paris, Hauptstadt der Französischen Republik, Sie haben richtig verstanden. Ihren genauen Auftrag formulierte der *Chef* in diesem Brief.

Er überreichte mir einen Umschlag, den die Insignien des Schriftstellerverbandes zierten, dazu eine Kollegmappe, in der, wie er mir erklärte, Paß, Ticket, Zahlungsmittel sowie eine Telefonnummer für dringende Rücksprachen steckten.

Fahren Sie? fragte der *Genosse*.

Ich hielt die Papiere abwägend in den Händen, als prüfte ich die Schwere des über mich hereinbrechenden Schicksals. Ein Flugzeug ließ die Düsen aufheulen.

Der Auftrag ist kein Kinderspiel, brüllte mein Gegenüber.

Ja, sagte ich.

Also gut, beeilen Sie sich. Sie fliegen bis Amsterdam, dort weiter Richtung *Charles de Gaulle*. Den Brief lesen Sie, wenn Ihnen niemand zusehen kann. Beachten Sie die Vorschriften, keine Eigenmächtigkeiten. Es wird Zeit. Gute Reise.

Warum haben wir die Zollerklärung nicht ausgefüllt? brummte der bärbeißige Beamte in der schnittigen grauen Uniform.

Ich drehte mich um – niemand stand hinter mir.

Wir? Sie meinen, die *Genossen und ich*? Es ging alles ein wenig drunter und drüber.

Nach Paris? sagte der Mann, ohne eine Antwort zu erwarten, und wendete meine Badehose hin und her. Dienstlich?

Ja, ja, ich nickte, ich bin Schriftsteller.

Verstehe, grunzte der Zöllner. Wieviel Geld führen Sie aus?

Muß mal nachsehen, sagte ich, spähte in die Kollegmappe und fand ein Dutzend großer bunter Scheine. Eintausendzweihundert Francs.

Gestatten – der Beamte blätterte in den Formularen, hielt mir den Brief des *Chefs* vor die Nase –, was ist da drin?

Mir trat klebriger Schweiß auf die Stirn.

Ein Schreiben, sagte ich, ein Grußschreiben, vom Schriftstellerverband, vom Schriftstellerverbandspräsidenten, vom Kollegen Fichte, dem Autor der Romane *Die Mensa* und *Das Postskriptum*, eine Grußbotschaft, eine Kampfesgrußbotschaft an die Künstler und Kriegsgegner und …

Wir geben den Abflug der Maschine nach Amsterdam bekannt, alle Passagiere werden zum Bereich D gebeten.

Nächstes Mal mit ordnungsgemäß ausgefüllter Zoll- und Devisenerklärung für das Ausland.

Er reichte mir gelangweilt die Mappe zurück.

Danke, murmelte ich.

Wiedersehen, sagte der Graue.

Die Stewardeß – ein dunkelblondes holländisches Kind – erläuterte den Gebrauch von Schwimmweste und Sauerstoffmaske, ich hing mit geschlossenen Augen – in einem blauen Samtsessel – meinen Gedanken nach, die wie Moleküle in Braunscher Bewegung durch mein Gehirn irrten. Jetzt fliegst du also nach Paris, zwar nicht wissend, warum, aber immerhin, *ganz Paris träumt von der Liebe, Pigalle, Pigalle, einmal sehen und sterben*. Hoffentlich stürzen wir nicht ab. Die Maschine machte einen gepflegten Eindruck, stand auf dem Rollfeld, lauernd, der Captain telefonierte ein letztes Mal mit dem Tower, nuschelte sein *Roger*, legte den vierten Gang ein, jetzt drückte mich das Tempo ins Polster, der kritische Augenblick, kurz vor dem Abheben, wo man glaubt, die Startbahn wäre zu kurz, doch dann verliert das Flugzeug den Boden unter den Rädern. Fliegen. Tatsächlich. Leicht wie ein Kolibri. Im Steigflug die Heimat verschwinden sehen. Kann es

Schöneres geben? Mein Nachbar zündete sich eine Zigarre an, obwohl noch die Warntafel *no smoking* leuchtete, ich maßregelte ihn mit einem schrägen Blick, drängelte an seinen Knien und dem darauf ruhenden Diplomatenkoffer vorbei, begab mich, den *Chef*-Brief in der Hosentasche, auf die Suche nach der Toilette.

Lieber Freund. Die Umstände zwingen uns zu dieser plötzlichen Umdisponierung.

Du erreichst Paris am Donnerstagabend. Befindest Dich auf einer einwöchigen Studienreise. Wähle nach Ankunft ein (Deiner Finanzlage entsprechendes) Hotelzimmer in der Nähe der Gare du Nord (Nordbahnhof). Erwarte dort, Freitagmorgen, P. und die Komplizin, 9.43 Uhr aus München kommend. Sie folgen Dr. Blender, der bereits in den Nachtstunden mit seinem Privatflugzeug in der französischen Hauptstadt landet. Anlaß seiner Reise ist die große Nahrungs- und Genußmittelmesse EURO-BON-BONHEUR.

P. und die K. werden erneut Kontakt mit Dr. B. suchen. Warum? – wir wissen es nicht, Du sollst es herausbekommen. Recherchiere individuell, als Autor – denk Dir einen neuen Roman aus, wir zahlen Förderhonorar. Dr. B. darf nichts zustoßen. Nutze alle Dir zur Verfügung stehenden Mittel. Im äußersten Fall versuche P., von Freund zu Freund, moralisch unter Druck zu setzen. Straffreiheit wird ihm (gesetzt, er wird einsichtig) zugesichert.

Folgende Prämissen sind bedingungslos zu beachten: privates Auftreten, Gewaltfreiheit, keine Einmischung in innere Angelegenheiten Frankreichs oder von Drittländern.

Dr. B. steigt in Paris gewöhnlich im HOTEL EDEN-ROYAL ab. Du bist gänzlich auf Dich gestellt. Notrufnummer: Dein Geburtsdatum rückwärts. Lerne diesen Brief auswendig, laß ihn niemanden sehen, vernichte ihn, indem Du ihn aufißt. (Er besteht aus organischem Reispapier, die Tinte ist ph-wert-neutral, nicht-toxisch, von verschiedenen Kinderärzten geprüft und empfohlen.) Wir wünschen Dir und uns allen viel Erfolg und guten Appetit.

Der Umschlag ein aufgeblähter Kloß in meinem Mund, zitternde Knie, Übelkeit, Gerüttel an der Tür, Flüche, Turbulenzen im Bauch, ich spuckte das Reispapier ins metallene Becken, stopfte den Brief in die Hosentasche zurück, später, dachte ich, bei einem Glas trockenen Weines, müßte es rutschen, das Schreiben.

Ist Ihnen übel? fragte die Stewardeß, als ich den Gang entlangschwankte.

Nicht direkt, entgegnete ich stimmlos.

Kaum saß ich wieder im Zigarrenrauch, brachte mir die junge Dame ein Tütchen aus Papier. Charmantes Lächeln.

Für alle Fälle.

Sagen Sie, sagte ich, könnten Sie diesem Herrn sagen, wie sehr mich seine *Virginia* stört.

Das können Sie dem Herren auch selbst sagen, sagte der Herr und reichte der jungen Frau seinen Stumpen.

Pardon, knurrte ich und schlief ein.

Der Flughafen *Amsterdam-Schiphol* glich einem Ameisenhaufen. Ein Gedrängel, in dem ich sofort die bürgerliche Welt erkannte, jedermann suchte seinen Vorteil. An einem dicht umlagerten Informationsstand legte ich stotternd mein Ticket vor.

I want to fly to Paris. But don't know when and where from?

Sprechen Sie deutsch, mein Herr, antwortete eine dunkelhäutige Grazie.

Yes, yes.

Es tut mir sehr leid für Sie, sagte die Schöne und klimperte mit streichholzlangen Wimpern, doch der Flugbetrieb zwischen Amsterdam und Paris ist derzeit unterbrochen.

Wann die nächste Maschine startet, weiß ich nicht zu sagen.

Zu blöd, ich hab's ziemlich eilig.

Ich dankte mit einem weltmännischen Kopfnicken und wollte mich abwenden.

Selbstverständlich bleiben Sie, erklärte das Fräulein, in der Zeit Ihres Transitaufenthaltes Gast unserer Gesellschaft.

Ach ja, sehr schön, aber warum geht's eigentlich nicht weiter?

Ein Bummelstreik unserer Fluglotsen, sagte sie, strahlend lächelnd, haben Sie nichts davon gehört? Wir hoffen, daß morgen früh zumindest ein *Jumbo* Paris anfliegt. Wenn Sie allerdings auf die Bahn umsteigen wollen …

Geht denn das? fragte ich erfreut.

Problemlos, flötete die reizende Hosteß.

Na dann, sagte ich.

Selbstverständlich erhalten Sie die Kosten zurück, die Ihnen durch die unfreiwillige Zugfahrt entstehen. Im Büro unserer Fluggesellschaft. – Sie begutachtete mein Ticket. – Ich nehme an, in Ost-Berlin?

Tja, sagte ich gedehnt (und überlegte fieberhaft, was tausendzweihundert Francs wohl wert sein mochten), das ist so eine Sache mit den Eisenbahnen, die einen vertragen das ewige *Taktak-taktak*, andere werden ganz krank davon. Ich glaube, ich warte, bis die Maschine fliegt. Besser spät geflogen als schlecht gefahren.

Ich lachte über meinen sinnigen Spruch, schenkte der schönen Fremden einen dankbaren Blick, schob das Ticket in die Brieftasche und tauchte im Gewimmel unter.

Schöne Scheiße, jetzt sitzt du hier in Holland, im Transitraum, in der weltgrößten *Duty Free Zone*, zwischen Vertretern aller Herren und Damen Länder, als Teil der Völkerfamilie, und machst, was du immer gemacht hast, warten. Zwei Stunden schlenderte ich zwischen den Ständen herum, Käse, Computer, Schallplatten, alles lag zum Verkauf bereit, Reizwäsche, Gold, Brillanten und Gummibären. Ich dachte an Xenia, die *Rote*, Emanzipation und Restauration, blätterte an einem Buch- und Zeitungsstand verstohlen in einem *Playboy*, verspürte, warum, war mir unklar, angesichts des nackten Fleisches Hunger, denn die Verpflegung im Flugzeug hatte ich, einer, wie ich der Stewardeß beteuerte, Magenverstimmung wegen, dankend abgelehnt.

Aires, das *Business Class Restaurant*, in das ich, dem Finger des adretten Zeitungsverkäufers folgend, gelangte, war auf erschreckende Weise leer. Zwei japanische Mädchen und eine ältere Dame weißer Haut- und Haarfarbe saßen und aßen schweigend, überhörten mein galantes *Hallo*. Ich konnte zwischen vierzig leeren Tischen wählen, entschied mich nach Sekunden währender Unschlüssigkeit für einen Fensterplatz, mit Blick auf das Rollfeld, eine Entscheidung, die jedem guten Psychologen den Beweis für mein provinzielles Gemüt geliefert haben würde. Nun saß ich, versuchte die Karte zu lesen, bestellte ein Mineralwasser, als der Mann mit dem Regenschirm geradewegs auf meinen Tisch zusteuerte. Nein, dachte ich, bemüht um eine unfreundliche Miene, bitte nicht, geh vorüber, du bärtiger Kelch oder Knilch, laß mich in Ruhe mein Wasser trinken, den startenden, landenden Flugzeugen und den fliegenden Vögeln zuschauen – denn trotz des Streiks herrschte auf dem Rollfeld erstaunlich reger Betrieb.

Der Tonfall, der Akzent, ohne Frage, ein Schweizer. Ich nickte, wohl wissend, das Gespräch, das ich befürchtete, damit zu eröffnen.

Sie sind Deutscher, sagte er gemütlich.

Zwar hängte er an seine Worte ein zartes Fragezeichen, doch mehr aus Höflichkeit, statt eventueller Zweifel wegen.

Sieht man das? gab ich ein wenig gekränkt und schokkiert zur Antwort.

Ja, sagte der Mann, aber fragen Sie mich nicht, warum. Mein Name ist Adrian Zengli, Professor für Mathematik, verheiratet, getrennt lebend, ansonsten mehr oder weniger normal, unterwegs nach Amerika, haben Sie schon gewählt?

Zengli war das, was man einen dünnen Menschen nennen muß. Um so mehr erstaunte mich seine Freßlust. Ich war mit meinem Käseteller gerade am Ende, als er seine dritte Vorspeise erhielt, ich glaube, Kalamares in Ananassauce.

Sind Sie krank, fragte er mich und ließ sich den Rotwein schmecken.

Mir schlägt die Fliegerei immer auf den Magen, log ich mit Leidensmiene in mein Wasserglas.

Grausame Welt, schnurrte der Schweizer, da haben Sie als Sozialist, ich nehme einmal an, Sie glauben einer zu sein, oder andere sehen Sie als solchen, denn wie dürften wir sonst hier sitzen, wir zwei?, einmal im Leben die Chance, ein großes Unternehmen, einen Multi, einen kapitalen Erzfeind zu schröpfen – so wie ich, von Vorspeise zu Nachspeise –, ohne draufzuzahlen, und was bekommen Sie da anstatt Appetit? Magenkrämpfe, Durchfall, Übelkeit! Eine unverzeihliche Schwäche, Ihr Körper ist ein Saboteur, verstehen Sie, was ich meine …

Heißt das, sagte ich leise, hier ist alles umsonst?

Wer *Business Class* fliegt, sagte der Professor, kann hier bis zum Magendurchbruch tafeln, ich meinte, Sie wüßten … Es tut mir leid, ich habe mich unmöglich benommen.

Zengli schien ehrlich verwirrt, betupfte sich mit der Serviette die hohe Stirn, über der drei feuchte graue Haarsträhnen hingen.

Aber nicht doch, aber nicht doch, sagte ich.

Wie in einem schlechten Film. Adrian Zengli reichte mir die rechte Hand und mit der linken die Karte.

Es dämmerte, als ich Arm in Arm mit Adrian das Restaurant verließ. Wir waren gute Freunde geworden in nur zwei Stunden. Doch ich weiß nicht mehr, wie. Die Maschine nach Mexico über Houston/Texas wurde aufgerufen. Eine lange Schlange ungeduldiger übermüdeter Passagiere wartete bereits vor Schleuse J, *Gate 56*.

Sollte es dich jemals nach Amerika verschlagen, sagte Adrian, ruf mich an, Nationaluniversität Mexico-City, Mathematische Fakultät. *Nos vemos*. Auf jeden Fall.

In Ordnung, Adrian, du bist ein feiner Kerl, sagte ich und merkte erst jetzt, daß der *Beaujolais* Wirkung zeigte. Ich war wieder allein, zwei Männer der Flugsicherung schlenderten vorüber, störten sich jedoch nicht daran, daß ich auf einer Bank lag, um ein wenig auszuruhen.

Durst, Kälte und Kopfschmerz ließen mich die Augen aufschlagen. Es war Nacht. Das digitale Zeitband zeigte einundzwanzig Uhr zehn. Ich rieb mir Augen und eingeschlafene Füße. Amsterdam und Adrian. Offenbar Wirklichkeit. Kein Glücksgefühl stellte sich ein. Richtig, ich befand mich auf dem Weg nach Zypern über Holland nach Paris, um die Münchner abzufangen, ich, der Verfasser der Novelle *Die Einsamkeit des Schiedsrichters in der Halbzeitpause*. Eine Reise in geheimer Mission. Entgegen der Anordnung des Chefs trug ich die Instruktionen noch immer statt im Magen in der Hosentasche. Unverdaut. Früher, sagte ich, warst du ein egozentrischer Poet, jetzt bist du zum Befehlsempfänger geschrumpft Ich brauchte einen starken Kaffee, was immer er mich kosten möge. Kaum saß ich vor der dampfenden Tasse, hielt die brennende Zigarette zwischen den Lippen, als ich schon Notizheft und Füllfederhalter aus der Tasche kramte und ohne Zögern mit dem Schreiben begann.

Der Knabe Pygmalion, Sohn des kyprischen Königs, langweilte sich sehr an diesem Morgen. Er lief, das Verbot des

Vaters mißachtend, in den verwilderten Teil des Palastgartens, durchquerte den Hain der mannshohen Zitronenbäume, deren stachelreiche Zweige schwer an grünen Früchten trugen, ging auf das Dickicht zu. Auf der Ostmauer der Festung sah er die Wache, auf und ab schwankende Schatten über weißen Steinen. Pygmalion duckte sich, entdeckten ihn die Soldaten, würde der Hausarrest – von dem die knappe Hälfte, sechs Tage, hinter ihm lag – um eine weitere Woche verlängert werden. Keine Stunde eher verläßt du die Kammer, hörte er den Vater schimpfen. Welch herrschaftlicher Irrtum. Am Fuß der Mauer das Klirren der Harnische, Helme und Waffen. Die Ausflüge in versperrte Regionen gehörten zu einer Art Versteckspiel, das er mit seinem Vater spielte – in Ermangelung anderer Gefährten, um den Preis tagelangen Eingeschlossenseins. Spätestens am Mittag, wenn er trotz mehrmaliger Aufforderung nicht zum Mahl erschienen war, würde man mit der Suche beginnen. Daß man ihn aufspürte, stand fest, die Frage war einzig, wie schnell. An der Wurzel des knorrigen Ölbaums lag der Stein. Der Knabe zog den Kalkblock zur Seite, verharrte reglos, als fürchtete er, jemand könnte ihn gehört haben. Stille. Nur das mechanische Klappern der Soldatenschritte, das Zirpen der Zikaden. Das Versteck war unberührt. Pygmalion nahm die Schätze nacheinander in die Hand. Zuerst den goldenen Dolch des Eurysteus – der Sohn des in Ungnade gefallenen Ersten Ministers hatte das handgroße Messer lange verzweifelt gesucht, während Pygmalion, der freche Dieb, von Kammer zu Kammer folgend, eifrig Anteilnahme heuchelte. Des Ministers Sohn verdiente es nicht besser, falsch bis aufs Blut, verlogen, hinterlistig, war er ganz Abbild seines Vaters. Jeden Ringkampf ließ er Pygmalion gewinnen, wehrte sich nicht – eine beleidigende Unterwerfung, fand der um einen Kopf kleinere Königssohn. Er hatte Eurysteus nie gemocht, doch jetzt, da jener mit seinem Vater des Palastes verwiesen war, gedachte er mit gewisser Sehnsucht des gleichaltrigen

Gefährten. Er steckte den Dolch in den Gurt, griff nach den Muscheln, schillerndes Perlmutt, gewundene Schneckengehäuse, seine Zunge berührte den abgeschliffenen Stein, er meinte das Meer zu schmecken, das er nicht kannte, obwohl es ganz in seiner Nähe ans Ufer schlug. Eurysteus hatte von den Wellen erzählt, ihm die Steine geschenkt, nicht ohne großspurig seinen Vorteil herauszustellen, er könne sich neue holen, zu jeder Zeit. Pygmalion mußte die Kränkung hinnehmen. Das Gesetz wollte es so, der Thronfolger durfte den Palast erst verlassen, wenn er aufgenommen war in die Reihen der Männer. Ein Scharren, ein Kratzen, zehn Schritte entfernt, dort, wo dichtes Gestrüpp die Mauer versteckte. Auf den Boden gepreßt, starrte er in Richtung der Laute. Nichts zu sehen. Er legte die Muscheln in die Mulde zurück, wälzte die Platte darauf, kroch an der Mauer entlang. Leise, sehr leise. Sich aufrichtend, sah er die Katze, mit gelblichbraunem, zottigem Fell, in den Krallen ein Vogel, der, blutig, zerfetzt, doch noch lebend, in Todesangst mit den Flügeln schlug. Pygmalion umschloß den Dolch mit festem Griff. Das Tier bemerkte den Jungen. Der kniff die Augen zusammen, grub die linke Hand in die trockene Erde, zielte auf den wuchtigen runden Katzenschädel und warf das Messer. Mit einem fauchenden Schrei löste sich das Raubtier von der Beute, raste auf den Jäger zu, schlug einen Haken und – war verschwunden. Vom Fieber der Jagd gepackt, begann er mit der Verfolgung. In der Mauer, dicht über dem Boden, sah er das Loch, steckte den Kopf hinein, erblickte Wurzeln, Gestein, groben Sand und einen faustgroßen Lichtfleck. Hier mußte sie durch sein. Er scharrte im Dreck wie ein Hund. Schon zeigten sich blutrote Flecke auf seinen Händen. Was tat er? Fing er die Katze? Oder suchte er längst das Andere, Hinter-der-Mauer-Verborgene, Schimmernde, Fremde, die wirkliche Welt? Sich mit der rechten Hand an einer Luftwurzel festhaltend, zog er zerbrochene Steine aus dem Mauerwerk. Gut eingebaut, dachte er, die

Festung des kyprischen Königs. Auf der anderen Seite wuchs dichtes Buschwerk, Dornensträucher mit gelben Blüten. Schweiß lief ihm in die Augenwinkel, vor Anstrengung, Erregung und weil die Sonne, obwohl noch früh am Tag, unbarmherzig brannte. Pygmalion hoffte, daß auch die Wachmänner, der Hitze überdrüssig, in ihrer Aufmerksamkeit nachlassen, den Geräuschen nicht allzuviel Beachtung schenken würden. Sollten sie denken, Katzen oder Hunde streunen, dachte er. Der Gedanke schreckte sein Knabenherz – hatten doch die Soldaten Order, verwahrloste Tiere ohne Federlesens zu töten. Was, wenn ein sonnenstichiger Krieger, des Postengangs müde, seinen Speer in die Tiefe sausen ließ, dort, wo er einen scharrenden Köter vermutete. Beeile dich, bald werden die Posten abgelöst, und vom Schlaf erfrischte Ohren hören besser. Pygmalion, schmächtig, tauchte, beide Arme über dem Kopf erhoben, in das schmale Loch, schob sich langsam vorwärts. Du darfst nicht steckenbleiben, die Schmach wäre dein Tod. Er glitt wie eine Schlange in die Freiheit. Regungslos, vom Schmerz wie betäubt, vernahm er die Rufe der Wachleute. Belangloses Zeug. Die neue Postenkette, die Männer scherzten, grölten mit blechernen Stimmen. Der kleine Flüchtling zog mit den Zähnen spitze Dornen aus Handrücken und Fingern. Schon bereute er das Abenteuer, doch sein Stolz gestattete keine schnelle Umkehr. Er schlich aus dem unwirtlichen Buschwerk, erreichte den schützenden Schatten eines Federbaumes, ließ sich erschöpft fallen. Keine Menschenseele belebte die geheimnisvolle Welt. Es ging auf Mittag, die Landschaft lag ausgestorben, leer, verbrannt. In einiger Entfernung stieg ein Faden Rauch zum Himmel. Pygmalion beschloß, da er die Grenze nun einmal überschritten, sich eines unerhörten Vergehens schuldig gemacht hatte, dieses in seiner Gänze auszuschöpfen, erhob sich, marschierte in Richtung des Feuers. Der Trampelpfad führte übers Feld. Die Luft vibrierte wie heißes Pergament. Pygmalion ge-

dachte der schattigen Winkel des Gartens, wo er jetzt hätte ruhen können, ihm zur Seite ein Diener, der auf seinen Fingerzeig hin loseilte, kühles Wasser zu reichen, Ziegenmilch oder Zitronensaft. Diese Trockenheit im Hals, dachte der Knabe, muß Durst sein, die Leere im Bauch Hunger, wachsender Hunger. Als er an die Feuerstelle heran war, den Rauch in den Augen spürte, den Geruch verbrannten Holzes, entdeckte er zwischen den Bäumen geduckte Behausungen. Nicht aus Steinen gefügte Häuser, auch keine Zelte gleich den Schlafräumen der Soldaten, Höhlen, von Menschenhand errichtet, sah der Königssohn, aber keinen einzigen Bewohner. Zwei magere Hühner in einem Verhau aus Zedernholz glotzten ihn an. Pygmalion ging den Weg weiter, der sich hinter der Siedlung in einem Waldstück verlor. Er stand, mit der Hand die Augen beschirmend, blickte in die Sonne, deren Strahlen durch das grüne Baumdach fielen, versuchte den Vogel zu entdecken, dessen verlockender Ruf ihn narrte. Perrüüi, Perrüüi, Perrüüi. Einmal schrie er in Richtung des Sonnenaufgangs, danach in die des Abendrots. Pygmalion drehte sich wie ein Kreisel um die eigene Achse. Plötzlich wurde ihm schwarz vor Augen, er wollte sich des Ledersacks entledigen, den er auf dem Gesicht spürte, doch die Arme gehorchten nicht, kräftige Hände hielten ihn gepackt. Ihm wurde ein Strick um den Hals gewunden, um Handgelenke und Beine, wie eine Puppe hob man ihn auf, trug ihn fort. Erst jetzt schrie er. Laßt mich in Ruhe. Ich bin Pygmalion. Laßt mich frei. Wie gewaltsam ihn die Wachen ergriffen. Wie einen Verbrecher, ihn, den Thronfolger. Laßt mich herunter, schrie er, strampelte mit den Beinen, ich lasse euch auspeitschen. Die Entführer lachten. Er stieß mit den Füßen, aber gegen die Kraft seiner Gegner kam er nicht an. Sie schaukelten ihn hin und her, brüllten unverständliche Laute – und ebenso unverhofft, wie sie ihn gefangen hatten, gaben sie den Knaben frei. Er schwebte, er flog, er stürzte. Ihm stockte der Atem. War er verwandelt, ein Vogel, ein

Stein? Als er zu sich kam, sah er Wasser. Überall Wasser. Er hockte im Wasser, seine Haare, seine Kleider waren naß, das Wasser kam als Berg auf ihn zu, überschüttete ihn, riß ihn, der noch immer Fesseln trug, um, warf ihn auf den Sand, drückte ihn gegen die Steine. Was ist das? rief er. Was ist das? Das Meer ist das Meer, sagte eine Stimme in seinem Rücken. Auf einem Felsen am Ufer saß ein grinsender Junge mit zerrissenen Kleidern. Ein anderer bückte sich, nahm ein Stück Holz und brüllte gegen die Brandung. Was ist das? Was ist das? Ein Ast ist ein Ast. Ein Baum ist ein Baum. Ein Dummkopf ein Dummkopf. Ein Dritter hockte am Strand, schützte sich mit dem Ledersack gegen die Sonne und sagte: holt ihn jetzt raus. Bereitwillig legten die beiden den nassen Thronfolger ihrem Anführer zu Füßen. Wie ein Opfertier, dachte Pygmalion. Es war der kleinste der drei Vagabunden, der das Sagen hatte. Ist unserem Freund das Bad bekommen? sprach jener mit seltsam weicher Stimme. Was wollt ihr von mir, ich kenne euch nicht. Du wolltest uns doch kennenlernen, rief der Zerlumpte, wedelte mit den Armen, hüpfte über den weißen Sand. Perrüüi, Perrüüi. Nehmt mir die Fesseln ab. Was verlangt ihr für meine Freiheit? Gold, sagte der Anführer. Alle drei lachten schallend. Wieviel? fragte Pygmalion. Es wurde still. Der Kleine nickte den beiden zu, diese lösten die Stricke. Der Königssohn knetete sich die Fußgelenke, sprang auf und rannte davon. Er kam nicht weit. Nach hundert Schritten wurden ihm die Beine weggerissen. Nur der Kleine folgte ihm, den er, so dachte Pygmalion, würde bezwingen können. Er irrte. Schon preßte dieser seinen Kopf in den Sand, mit aller Kraft konnte er sich dem Griff entwinden, den Feind mit dem Knie niederdrücken. Der setzte sich mit einem Faustschlag zur Wehr. Der Königssohn verlor das Gleichgewicht, stürzte, eng umschlungen wälzten sie sich im Sand, lagen halb im Trockenen, halb im Wasser, mal schien der eine Vorteile zu erlangen, mal der andere. Die beiden Vagabunden eilten ihrem Anführer nicht zu Hilfe. Gelassen kamen sie näher. Der Thronfolger lockerte den Würgegriff am Hals seines Kontrahenten, eine verhängnisvolle Leichtfertigkeit. Sein Gegner verdrehte ihm den rechten Arm, preßte mit dem Schienbein sein Kinn zurück. Er war geschlagen. Der Kleine saß auf ihm, triumphierend wie ein Reiter, die Nase blutend, das Hemd zerrissen, und darunter sah Pygmalion, und wollte seinen Augen nicht trauen, wuchs seinem Bezwinger eine Brust. Er befand sich in der Gewalt eines Mädchens. Was wollt ihr von mir, was habe ich euch getan? Nichts, antwortete die kampfeslustige Amazone, strich sich mit den Fingern durch das sandverklebte Haar, einzig, daß ihr einzudringen wagtet in unser Reich. Diese Insel gehört mir, sagte er, den Tonfall seines Vaters nachahmend, ich bin der Sohn des Königs. Das Mädchen lachte. Sie lief, ohne den Blick von Pygmalion zu wenden, mit ausgebreiteten Armen ins Meer, stand bis zur Hüfte im Wasser und rief: Diese Insel gehört mir, ich bin die Tochter der Mutter des Meeres. Die zwei Gehilfen, inzwischen herangekommen, blickten auf das Mädchen, als erwarteten sie neue Befehle. Laßt ihn in Ruhe, sagte dieses, er langweilt mich. Du kannst gehen, laß dich hier nie wieder blicken. Die drei Kinder liefen davon. Pygmalion, kniend, versuchte den Riemen der zerrissenen Sandale zu knoten. Es gelang nicht, das Leder war naß. Als er aufblickte, sah er, die Gruppe hatte sich aufgelöst, nur noch ein heller Punkt hob sich am Horizont ab. Er preßte die Lippen aufeinander, zog den zweiten Schuh vom Fuß, begann zu laufen. Die Felsen boten ihm Deckung. Das Mädchen durfte ihn nicht erspähen. Das böse Kind war schneller als er. Der Angriff mußte überraschend erfolgen, katzenhaft, aus dem Hinterhalt. Diese Art des Kämpfens, dachte der Knabe, ist feige, aber als Vergeltung gerechtfertigt. Zu spät blickte sie sich um, Pygmalion flog bereits, erreichte ihre Schulter, riß sie zu Boden, mit der Linken hielt er den Mund zu, drückte mit der Rechten den sich aufbäumenden

Körper nieder. Als sie ihn schmerzhaft in die Hand biß, zog er den kleinen Dolch aus dem Gewand. In ihren Augen leuchtete das fiebrige Flackern, das in den Augen der Katze gebrannt hatte: Todesangst. Die Bedrohung, die von ihm ausging, ließ seine Hände eiskalt werden. Seltsamerweise fühlte er keine Befriedigung. Wie heißt du? fragte er. Sie schwieg. Wie du heißt? rief er und hielt das Messer unter ihre Kehle. Es war, als folge er einem unbekannten Plan, als gehorche er einer Stimme, die ihm Order gab. Die Klinge und die Haut der Fremden trennte eine Fingerspanne. Myrrha hat mich mein Vater genannt. Das ist mein Name. Der Plan war geglückt. Was nun, dachte er, was anfangen mit der Gefangenen? Was soll ich mit dir beginnen, fragte er mit zornig verkniffenem Mund. Ich weiß nicht, sagte das Mädchen, du bist der Sieger, du fällst das Urteil. Ja, ich bin der Sieger. Was würdest du an meiner Stelle tun? Myrrha faßte Pygmalions Handgelenk, senkte den Dolch in den Sand. Ich an deiner Statt würde mich freilassen. Einmal siegte Myrrha, einmal siegtest du, wir sind gleich. Gut, entschied Pygmalion. Was machen wir nun? fragte das Mädchen in die sich ausbreitende Stille. Ich habe Durst, sagte der Knabe und ging auf das Meer zu. Er führte die Handschüssel an die Lippen, trank, schluckte und spuckte aus. Gesalzenes Wasser. Myrrha lachte. Komm, ich zeige dir eine Quelle. Der Weg verzweigte sich zwischen den Ufersteinen. Das Mädchen, vorangehend, sprang mit großer Gewandtheit von Fels zu Fels, der Knabe folgte mit Mühe. Seine Füße brannten. Mit dem Wald erreichten sie kühlere Gefilde. Hier entlang, sagte Myrrha, kletterte auf einen krumm gewachsenen Baumstamm, stand mannshoch über dem Königssohn. Hab keine Angst, nur von oben haben wir Zugang zur Grotte. An einem armdicken Ast hangelte sie zu einem großen Gesteinsblock. Auch Pygmalion erreichte den Felsen. Jeden Augenblick, fürchtete er, müßten seine Arme zerreißen. Doch traute er sich nicht, den rettenden Stamm loszulassen. Es ist nicht tief, hörte er das Mädchen unter sich rufen. Dreimal verrufen, dachte der Knabe, sei dieser Tag. Er schloß die Augen und löste die Finger. Myrrha versuchte ihn aufzufangen, doch Pygmalion fiel wie ein nasser Ledersack und riß das Mädchen zu Boden. Wie ungeschickt du bist. Hättest du nicht im Wege gestanden, wäre gar nichts geschehen, entgegnete er, blickte mißmutig auf das blutende Knie. Myrrha führte ihn zu einem schattigen Winkel und verschwand. Pygmalion bewegte das Bein. Stechender Schmerz. Wie sollte er nach Hause kommen? Er sah den zornroten Vater. Die Mutter in Tränen. Der aufgeregte Palast. Götter, gebt, daß es nur ein böser Traum ist. Das eiskalte Wasser, das in sein Gesicht spritzte, holte ihn in die Wirklichkeit zurück. Er saß noch immer auf der Felsplatte. Myrrha schüttelte den Kopf, aus den Haaren flogen Wassertropfen. Hier ist meine Quelle, erklärte sie, aber der Abstieg durch den Spalt ist zu steil für dich. Das Mädchen reichte ihm eine Holzschale mit Wasser. Er trank gierig. Komische Schale, sagte der Königssohn und drehte das klobige Gefäß in den Händen. Habe ich selbst gemacht, sagte das Mädchen, den Spott nicht bemerkend, und wies auf einen geschnitzten Tierkörper am Schalenrand. Mein Lieblingshund. Pygmalion lachte. Was findest du daran so lustig? Ein sonderbares Wort, Lieblingshund, ich dachte stets, alle Hunde seien gleich. Mein Hund hatte zwei weiße Ohren und konnte auf den Vorderpfoten gehen. Beinahe wie ein Mensch. Pygmalion staunte. Konnte er etwa auch sprechen? fragte der Knabe. Nein, aber wenn ich auf meinem Lochstein pfiff, kam er angelaufen. Den Hund, der das kann, sagte er skeptisch, mußt du mir zeigen. Das geht nicht, weil er nicht mehr lebt, die Palastwache hat ihn mit einem Speer verletzt, und er ist gestorben. Alle streunenden Hunde müssen getötet werden, das ist der Befehl meines Vaters, und die Posten … Dein Vater? fragte das Mädchen. Der König, sagte Pygmalion. Fang doch nicht wieder damit an. Beide waren auf dem kühlen Fleck eng aneinandergerückt, daß sich ihre Arme berührten. Myrrha glaubte dem fremden Jungen nicht. Seine Kleider waren zerrissen und schmutzig, wenngleich aus feinem Tuch, sein Haar zerzaust, seine Haut zerkratzt. Außerdem, sagte das Mädchen, darf, wie alle wissen, der Königssohn den Palast erst verlassen, wenn er das Mannesalter erreicht hat. Pygmalion zog den Dolch hervor. Der gehört mir, sagte er, und ist aus reinem Gold. Ja, so ein Messer, sagte die Kleine und fuhr mit dem Daumen über die Klinge, habe ich noch nie gesehen. Sie schnitt eine Schlangenlinie in das dunkelbraune Holz der Trinkschale, ritzte zwei unförmige Kreise in den Boden. Mit der Spitze stach sie zwei Löcher hinein, setzte einen Punkt in die Mitte, einen waagerechten Strich darunter. Augen, Nase, Mund. Das bist du, sagte Myrrha, zeigte das Gefäß, und das bin ich. Du hast die Ohren vergessen, sagte der Königssohn. Richtig, sagte sie, aber ich wollte … Da ertönten die Männerstimmen. Die Kleine sprang auf, spähte in Richtung der Laute. Soldaten, flüsterte sie stimmlos, Soldaten der Palastwache. Sie suchen mich, ich muß mich ihnen zeigen. Der Knabe erhob sich, das Mädchen hielt ihn zurück. Pygmalion, wenn sie uns entdecken, werden sie mich töten, denn ich habe dich gesehen, obwohl ich dich nicht sehen durfte. Die Männer kamen näher. Steine polterten. Äste brachen. Ich werde befehlen, und sie werden dich in Frieden lassen. Myrrha schwieg. Er eilte zum Rand der Felsplatte. Soldaten, rief er, hier bin ich, den ihr sucht, hier ist Pygmalion, der Sohn des Königs. Zuerst zeigten sich die Spitzen zweier Lanzen, dann tauchte auf dem Baum ein hochgewachsener Krieger auf. Er ist hier, schrie er in das Labyrinth der Steine, ich habe ihn gefunden. Warte, ich hole dich herunter, sagte der Soldat und kletterte auf den Ast, der sich bedrohlich durchbog, sprang auf die Steine. Er ist verletzt, brüllte der Mann. Bist du allein, wie bist du hier heraufgekommen? Pygmalion drehte sich um. Von Myrrha keine Spur. Nur die Schale lag am verlassenen Schattenfleck. Pygmalion hob das Gefäß auf. Ja, sagte er, ich bin allein. Der Soldat reichte ihn einem zweiten Krieger in die Arme. Gehen wir, sagte der. Sie liefen in Richtung des Meeres. Pygmalion preßte die Schale an seinen Körper. Vom Ufer war die Felsplatte kaum auszumachen. Zwischen den dunklen Steinen leuchtete ein Stück weißen Tuches. Pygmalion kniff die Augen zusammen, die untergehende Sonne blendete ihn. Sah das Mädchen, das seinen Dolch in der Hand hielt, ihm nach? Oder bildete er sich dies nur ein? Er hob die linke Hand von der Schulter des Soldaten zu einem kaum erkennbaren Gruß. Dann schloß er die Augen.

Fünfter Tag

> »Deine Furchtsamkeit«, sagte Don Quixote, »macht, Sancho, daß du weder richtig siehst noch hörst, denn eine von den Wirkungen der Furcht besteht darin, die Sinne zu verwirren und dadurch die Dinge anders erscheinen zu lassen, als sie in der Tat sind …«
>
> Cervantes, *Don Quixote*

Bonjour, sagte die alte Dame, darf man Platz nehmen?

Sie dürfen, sagte ich.

Möge Ihnen gelingen, was Sie sich vorgenommen haben.

Nichts wünschte ich mehr. Erst jetzt fixierten meine Augen die Erscheinung. Und, in der Tat, die Dame durfte eine solche genannt werden. Circa 50 oder 70 oder 100 Jahre alt, trug sie ein schwarzes Samtkleid, mehrere Füchse sagten sich an ihrem Hals gute Nacht. Oder guten Morgen. Ihr Gesicht war entweder von Meisterhand mehrfach geliftet oder hatte sich durch höhere Fügung diese erschreckende Jugend bewahrt. An den Ohren, im Dekolleté der Diva – denn nur eine solche konnte es sein – glänzte genug Gold, um Pygmalions Dolch mehrfach aufzuwiegen. Das erstaunlichste aber war der Dame Haupthaar, es hing ihr, so grau es war – ich sah es, als sie sich eindrehte, um dem Kellner zu schnipsen –, bis zum Gesäß. Daß ihre Figur die eines Mannequins war, muß nicht eigentlich betont werden. Kurz, wäre sie 30 oder 50 oder 70 Jahre jünger gewesen (oder ich 30 oder 50 oder 70 Jahre älter), ich hätte mich sofort unsterblich in sie verliebt. Und nicht des edlen Metalls und der Steine wegen, die sie zierten.

Auch ich wünsche Ihnen einen guten Tag, stotterte ich.

Ich liebe Flughäfen, sprach sie, wo sich die Welt mischt,

alles nur Augenblick ist, vergängliches Glück. Man sieht sich, man lacht, scherzt, man flirtet, und – hinfort, hinfort, jedermann an einen andern Ort, dahin, dahin – das Leben wie ein Diamant gefaßt. Sie verstehen mich?

Sie sind eine Dichterin.

Aber nicht doch. Ich habe Sie beobachtet. Stundenlang. *Pardon, monsieur*. In welcher abgrundtiefen Zeit, fragte ich mich, weilt dieser Mensch? Sie schienen glücklich. Und Ihr Glück war ein Geschenk für mich. Ich bin Ihnen zu Dank verpflichtet.

Sie machen mich verlegen, sagte ich. Es war die Wahrheit.

Mitnichten, mitnichten. Jenes geheime Band, von dem ich sprach, ist keine okkulte Erscheinung. Keine Eingebung. Wiewohl es auch, gebe ich zu, gewisser Intuitionen bedarf, die verschütteten Erfahrungen offenzulegen, sie ins Bewußtsein zu übersetzen. Jede schöpferische Tat bedarf des tiefen Blicks. Als ich das Bistro betrat, waren Sie für mich nur ein x-beliebiger Fremder, ein reisender, übernächtigter Unbekannter. Doch schon die Art, wie Sie Ihre Zigarette hielten, ließ mich aufmerken ...

Wie denn? warf ich ungeduldig ein.

Sie rauchen mit gieriger Entschlossenheit, sagte die Alte und starrte mich an, als hätte sie mir mit dieser Meinung mein Schicksal verkündet.

Welcher wirklich leidenschaftliche Nikotinabhängige tut dies nicht?

Junger Mann, entgegnete sie, in meinem Leben sah ich Hunderte diesem Laster frönen, ich selbst gab es auf Anraten meines Zürcher Internisten Anfang der Sechziger auf und kann Ihnen versichern, auch die Leidenschaft existiert in vielen Spielarten. Sie zum Beispiel greifen die Zigarette wie einen Griffel. Im Vertrauen, wie halten Sie es mit Haschisch?

Eigentlich ..., setzte ich an und wollte gerade ausführen,

daß ich solche und ähnliche Suchtmittel ablehnte, da sie Opium fürs Volk seien, kam jedoch nicht dazu.

Einen Menschen, fuhr die Diva unbeirrt fort, sollte man weniger daran zu erkennen suchen, was er sagt, vielmehr daran, wie er sich die Nase schnäubt, wie er Sahne in den Kaffee gießt, wie er eine Zeitung aufschlägt, nach der Uhr blickt, wie seine Zunge über die Lippen fährt. Der Physiognomiker erkennt seine Wahlverwandten nicht in äußeren Gemeinsamkeiten. Vor fünf Jahren weilte ich zu einer Auktion in London, um die Mittagszeit, nach dem Lunch, spazierte ich, dies eine meiner Gewohnheiten, durch eine reizende Gartenanlage, setzte mich auf eine Parkbank und sah meine Post durch. Es war Mai und herrliches Wetter. Ich kam jeden Tag etwa um die gleiche Zeit, und dort, wo ich mich niedersetzte, saß jedesmal ein junger Gentleman. Seinen Namen merkte ich mir schwer. Er heißt Shambhunath Saksena, wurde in Uttar Pradesh geboren, studierte in Oxford Jura – und ist heute mein Adoptivsohn.

Was Sie nicht sagen? Wie kam es denn dazu?

Der Kellner eilte herbei, stellte zwei *Cappuccino* auf den Glastisch. Sowie eine blaue Packung französischer Zigaretten. Die alte Dame nickte aufmunternd und schleuderte lässig einen Fuchskopf, der nach der Kaffeetasse gierte, in die Rückenlage zurück.

Diesen jungen Mann observierte ich drei Tage. Wir sprachen in dieser Zeit kein einziges Wort. Shambhunath saß mir gegenüber auf seiner Bank und las in einem Buch. Es war etwas an ihm, das mich fesselte. Während seiner kontemplativen Lektüre kratzte er sich beständig mit dem kleinen Finger der rechten Hand an der rechten Augenbraue. Er erinnerte mich an einen Menschen, aber mir wollte nicht einfallen, wen. An meinem letzten Londoner Spaziergang, am Tag meiner Abreise, ich flog mit der Abendmaschine nach Orly zurück, faßte ich mir ein Herz und fragte den jungen Mann, denn ich konnte meine bohrende

Neugier nicht unbefriedigt lassen, was für ein Buch, in drei Teufels Namen, ihn so unbändig fesselte. Shambhunath blickte auf, nahm den Finger von der Stirn und gab lächelnd zur Antwort: *Don Quixote* von Cervantes. In dieser Sekunde *begriff* ich. In diesem jungen indischen Menschen lebte mein Cousin Raimund, der 1923 bei einem Flugzeugabsturz in den Pyrenäen verunglückte. In meinen dunklen Erinnerungen sah ich diesen in unserem Wintergarten, im Korbstuhl lümmelnd, die Beine auf einem Schemel, lesen, immerzu lesen. Auch er litt an der seltsamen Gewohnheit, sich beständig die Braue streicheln zu müssen. Und, Sie werden es nicht glauben, das Buch, das ihn sein kurzes Leben begleitete, ihn schließlich auch nach Spanien und ins Verderben treiben sollte, war eben jener Ritterroman des *Don Miguel*.

Nehmen Sie es nicht persönlich, wenn ich meine Skepsis gegen die Phänomene der *Reinkarnation* nicht verhehle. Ich bin Materialist, solch ein Gepäck wirft man nicht leichthin über Bord.

Verehrter Freund, sagte die *Lady*, ich beabsichtige keine Rekrutierung. Eines schönen Tages werden Sie ohnehin meiner Überzeugung folgen. Das sehe ich in Ihren Augen.

Sie blickte mich an, warmherzig, freundlich, so freundlich, daß ich fürchtete, sie könne mir in jedem Moment die Adoption anbieten. Nicht, daß sie mir unsympathisch gewesen wäre, im Gegenteil, aber immerhin lebte meine leibliche Mutter noch in der Heimat und war, wenn auch nicht reich an Geld und Gut, so doch reich an Herz und Güte. Und wie hätte ich den *Genossen* meine plötzliche Verwandtschaft mit der kapitalen Frau klarmachen können, sie müßten glauben, ich wäre gekauft worden. Und dann die Formalitäten – immerhin war ich nicht zum Spaß unterwegs. Ich senkte den Blick und fingerte eine der filterlosen dicken Zigaretten aus dem Silberpapier.

Madame et Monsieur, ich darf Ihnen mitteilen, schnarrte

der Kellner in gebrochenem Deutsch, der erste Fluch nach Paris is angekundigt.

Dem Himmel sei Dank, stoßseufzte ich. Es wird auch Zeit. Darf ich Ihre Tasche tragen, *madame*?

Gehen Sie nur, mein Lieber, sagte die Dame, ich fliege erst gegen zehn, mein Shambhunath erwartet mich hier. Er kommt heute aus Bombay.

Ach, ich hoffte, wir könnten gemeinsam ...

Ein andermal gern, unterbrach mich die Diva. Besuchen Sie mich in Paris, wenn Sie Zeit finden. Hier, meine Karte. Wir sehen uns wieder, ich weiß es.

Ich erhob mich, sie reichte mir die Hand. Und ich beugte mich, als wäre es die normalste Sache der Welt, über ihre zerknitterten Greisenfinger und hauchte einen Kuß darauf.

Vergessen Sie das Gift nicht, sprach sie und streckte mir das blaue Schächtelchen entgegen.

Auf Wiedersehn. An der Flugabfertigung schob ich die Visitenkarte in die Brieftasche. Filigrane Goldschrift. *Elisabeth von Trautenheim. 12, bd Haussmann, 75009 Paris, Téléphone 4 08 24 58 73.*

Ding-dang-dong. Stimmen. Fremde Sprache. Gerüttel und Geschüttel. Wer rührte an meinen Schlaf, o Welt, wer an meine Schulter? Lenin? Auch er weilte, wo ich gelandet war. Paris. Die Besatzung des Jumbo-Jets umringte mich. Dutzende Hände wiesen zum Ausgang. *Sortie. Oui, oui.* Gelächter. Der letzte Passagier. Jazzmusik. *Aérogare Charles de Gaulle. Chef*, ich bin am Einsatzort. Wo sollte ich hin? Paßkontrolle. *Bonjour*. Das Einreiseprotokoll in der Landessprache auszufüllen. Profession: *Poète* oder *agent*? Die Beamten zogen gestrenge Gesichter. Von wegen französisch heiter? Wenn nur die bleierne Müdigkeit von mir wiche. *Nationalité: Allemande*. In Röhrentransportbändern schwebte ich in die Eingangshalle, betrat das unüberschaubare Gelände aus Glas, Chrom und Spiegeln. Wo war der *baggage claim*? Da lag meine khakibraune Reisetasche. Ich erwachte. *Mon Dieu*, sagte ich, nach einem Blick auf die Uhr. Jesus, 9 Uhr 06, in einer Dreiviertelstunde kommen die *beiden* am Nordbahnhof an.

Zehn Minuten später stürzte ich aus dem Autobus Nummer 28. Panik. Der Fahrkartenverkäufer war offenbar taubstumm. *Gare du Nord, gare du Nord*, plärrte ich wie ein Papagei in das Kommunikationsloch. Schob einen Hundertmarkschein durch den Schalterschlitz. *Pardon*. Fingerte 20 Francs aus dem Kuvert der *Genossen*. Der Mann wackelte mißbilligend mit der Nase, zeigte mir seinen Daumen, deutete auf ein digitales Leuchtfeld. Eine rot leuchtende 21. Ich zahlte, schnappte das rosa Ticket, vergaß den Heimatschein, drehte mich wie ein Kreisel und blieb hechelnd im Fahrkartenentwertungsautomaten hängen. Wie komme ich zum *Perron*? Wo soll ich die Karte hineinstecken? Die Sperre, ein eiserner Vorhang, ein grausamer Vorhang. Hallo, Schaffner! Kein Mensch, der die Technologie erklärt. Mit dem Mut des Verzweifelten schob ich das Billett in den Schlitz. Augenblicklich schoß es an einem anderen Schlitz wieder heraus. Ich drängelte mich und mein Gepäck durch die Schleuse, ängstlich, das Drehkreuz könnte mich aufhalten. Auf dem Bahnsteig angelangt, ertönte ein Hupsignal, ich stolperte, mein Paß klatschte auf den Beton, Türen schlugen – der Zug rollte lautlos in den Tunnel. *Verlorener Posten im Friedenskampf.*

Bibberndes Herz, ich war in Paris – und freute mich nicht. *Genossen*, dachte ich grimmig, ihr habt meine höchste Sehnsucht zerstört. Der verlassene Bahnsteig. Ruhig Blut. Du mußt einen klaren Gedanken fassen. Falls das Unheil eintritt und du verpaßt P. und die *Komplizin*, was kannst du dafür? Schuld trifft die Amsterdamer Fluglotsen, nein, das Kapital, das sie zum Ausstand trieb, die Profitgier, das *müßten* die *Genossen* einsehen. Andererseits, widersprach der *Genosse* in mir, stehst du in der Pflicht, eben einen dieser *Expropriateure* vor Unbill zu schützen. Versagen bleibt Versagen. Du wirst nicht mit Nachsicht rechnen können. Welcher Satan ritt dich, den Fall zu übernehmen? P., der elende Verbrecher, sollte mir büßen. Egal, in welcher Ecke der Welt du dich verkriechst, preßte ich durch die kranken Zähne, ich werde dich finden, dich und deine dubiose Braut. Die blaue Metro fuhr eine kurze Strecke unterirdisch, dann als S-Bahn durch grau verhangene Vororte, dann wieder unter der Erde, vom Glanz *Lutetias* kein Hauch. Ich hielt meine Taschen, Paß und Geld, an den Körper gepreßt. Unterwäschereklame auf allen Bahnsteigen, die Türen öffneten sich per Druckknopf, zischten, Sesam, Sesam, einsam, einsam in der großen Stadt. 9 Uhr 40 erreichte ich den Nordbahnhof. Noch schien alles möglich. Labyrinth aus Tunnelgängen. Mich an den größten Menschenstrom anschließend, stand ich plötzlich unter freiem Himmel, auf der *rue de Dunkerque*. Ich war geblendet, machte auf den Hacken kehrt, schwankte in die riesige Halle zurück, auf der Suche nach dem Fernbahnsteig.

Zehn Minuten vor zehn Uhr, auf dem elften *Perron*, entdeckte ich den Zug aus München. Alle Räder standen still, alle Türen offen. Drei Arbeiter entluden Postsäcke. Mir wich das Blut aus dem Kopf. Die Knie knickten ein. Alles umsonst. Sie waren schon da, waren entkommen. Keine Schwäche vorschützen. Zurück. Vielleicht entdeckst du sie in der Menge? Immerhin sind auch sie Fremde in der Stadt. Woher weißt du das? Katharina Lichtfeld ist eine Unbekannte. In dieser offenen Rechnung. Dort stand ein Pärchen am Getränkestand. Der Statur nach könnte er es sein, sie trug schulterlanges schwarzes Haar. Nein, ich sah den Mann mit der Verkäuferin scherzen. P. verstand sowenig

Französisch wie ich. Außerdem war der Unbekannte bartlos, die Frau trug eine Brille, war nicht halb so hübsch wie die verrückte Katharina. Wenn ich nur wüßte, was sie vorhaben, könnte ich ahnen, was sie jetzt unternehmen würden. Aber wer konnte mit Sicherheit sagen, daß sie überhaupt Paris erreicht hatten. Wie zuverlässig waren die Quellen, aus denen die *Genossen* ihre Daten schöpften? Ein Teufelskreis. Erneut am Bahnhofsvorplatz, sah ich, o Kummer, ein Taxistand, wie ich ihn aus der Heimat gewohnt war, fehlte, die Automobile hielten in chaotischer Regellosigkeit, nahmen die Fahrgäste auf und verschwanden im Verkehrsgetümmel. Alles vollzog sich in rasantem Tempo. Ich schluckte und ließ die Tasche auf die geweihte Erde fallen.

Occupé, occupé, alle Schließfächer besetzt, ganz wie zu Hause. Mein Name ist Sisyphos, ich wälze meine Last von Automat zu Automat. Ein älterer Herr erbarmte sich, fragte (und ich verstand ihn sogar), ob ich eine Box suche, er wolle sein Gepäck auslösen. Ja, ja, ja. Er ging voran, ich folgte, erreichte sein Fach mit Müh und Not, der Mann blickte auf ein Zettelchen, tippte einige Zahlen auf einen kleinen Taschenrechner, der in die Automatenwand eingebaut war – ich erinnerte mich des schweigsamen *Genossen*, der mit ebensolchem Zahlenspiel mir jüngst Zugang zum Zimmer des *Chefs* verschafft hatte – und, *klick*, der *Safe* konnte geleert werden. Der Fach-Mann zog einen Koffer hervor und lud mich mit galanter Handbewegung zum Platz-Nehmen ein. Während ich mein *merci* über die Lippen stülpte, stürzte eine junge Dame, eine Mulattin, Mitte Dreißig, auf mich zu, überschüttete mich mit sanften Zischlauten, die ich nicht zu dechiffrieren vermochte, ich brabbelte ein weltmännisches *sorry*, was sie veranlaßte, ins Englische zu wechseln. Ob ich das Schließfach benötigte, das Monsieur freigegeben. *Oui, oui, yes, yes, I need it*. Ich nickte wie ein japanischer Judoweltmeister, als ein Mensch mit wuchtigem Knebelbart und sektfarbenem Trenchcoat sich in die Debatte mischte. Isoabell, nua moach doch amoal, siahst doach, daß er net kloarkommt. Is a Schweinerei, kummt man hiar an und koin Schließfuach ist frei. Ein Snob aus dem Freistaat. Immerhin, *Isoabell* besaß genug Charakter, um, nun ebenfalls Deutsch sprechend, einzuwenden: Aber ich kann doch nicht einfach das Automat wegnehmen, er – also ich – wartet doch auch. Der Geck aus den Alpen stöhnte. Nua hab dich doch net so. Der – eben ich – voasteht uns doach eh net. Ein Irrtum – ich schleuderte mein Reise-Utensil in den Sicherheitsschlund, zog eine Zigarette aus der Jackentasche und sagte, mich dem Skilehrer zuwendend, in feinstem Hochdeutsch: Wenn Sie Feuer hätten, werter Landsmann, wär ich Ihnen sehr verbunden.

Ein Triumph von kurzer Dauer. Kaum hatte die bayrische Konkurrenz den Rückzug angetreten, stand ich – wie ein Ochs – vor einem neuen Tor. Die Instruktion für die Inbetriebnahme der Schließfächer der Französischen Staatsbahn hatte ein Freund von Derrida verfaßt. Der höfliche Hinweis, fremdsprachige Bedienungsanleitungen seien *hier auf dem Bahnhof* erhältlich, spendete schwachen Trost. Wo und wie konnte ich mir eine Anleitung besorgen, ohne mein schwer erkämpftes Refugium verloren zu geben. Also Nachdenken, Inspiration und Logik. Preis 15 Francs, man konnte Ein- bis Zehn-Francs-Münzen benützen, soweit herrschte Klarheit. Eine Zahlenfolge von 0 bis 9, eine Buchstabenreihe A, B, C. Offenbar arbeitete das Gerät mit einem Code, blieb die Frage: Kann oder muß der Reisende diesen Schlüssel selbst wählen und, wenn ja, nach welchem Prinzip, oder bekommt man eine Kombination zugeteilt? Und wie und wann wirft man das Geld in den Schlitz? Letzteres wollte ich, knapp an Zahlungsmitteln, genau wissen. *Have you problems, may I help you?* Ein junger Mann trat mir zur Seite. *Yes*, sagte ich und dankte im stillen meiner alten Englischlehrerin Miss Meier, *I don't know how it works.* Er wollte mir helfen, war jedoch so hilflos wie ich. So hackten wir eine gute Minute im Takt auf den Tasten herum, in der Hoffnung, das System zu ergründen. Plötzlich bellte ein schriller Alarmton – aus meinem Schließfach. Das hat mir noch gefehlt, durchzuckte es mich, gleich kommt die Gendarmerie mit Handschellen, Herr Kommissar Maigret, ich bin nur ungebildet und unschuldig, aber diese Tasche ist meine Tasche, darin liegt meine Novelle *Die Verwechslung der Jacken*, so etwas stiehlt doch keiner. Ich sah den jungen Mann an, der sah mich an, ratlos, verblüfft, zwanzig Sekunden regungslos wie zwei Ölgötzen, in Erwartung der Hüter der Gesetze. Statt der Polizei kam ein Monteur im Schlendergang, beachtete uns nicht und begann die gesamte Apparatur auseinanderzunehmen. Dort drüben, zeigte er, sind freie Kapazitäten. Nichts wie hin. Tasche rein, Münzeinwurf, Türe zu, Ratterratter, eine kleine Papierkarte mit dem Code (und einem Abdeckblatt für aufdringliche Augen) flatterte heraus. *Merci, merci bien*, sagte ich meinem freundlichen Begleiter. *Good luck*, sagte der und verschwand im Gewimmel.

Mitten auf dem Trottoir blieb ich steif wie ein Hydrant stehen. Passanten wichen aus. Lachende junge Mädchen, Herren mit Regenschirmen und Aktenkoffern, riesige Neger, die schwarze Plastiksäcke auf der Schulter trugen, alte Gräfinnen mit meterlangen Weißbroten. Wie ein Stromstoß hatte mich der Gedanke getroffen: Du bist verloren, alle Fäden sind zerrissen. Als letzte winzige Chance blieben die *Genossen*. Ich betrat die Telefonzelle, vernahm den Fiepton aus dem Hörer, fütterte den Speicher mit kostbaren Münzen, wählte die Nummer meines Heimatlandes, und mein Geburtsdatum rückwärts. Bange Sekunden des Wartens. Die Leitung schnarrte derart, daß ich fürchtete, sie würde gerade zersägt.

Müller, sagte ein Mensch in der Ferne.

Hallo, brüllte ich und sah die erste Münze in den Bauch des Telefons stürzen, mein Name ist, nun, mein Name wird Ihnen nichts sagen, ich rufe aus Paris an …

Wie schön für Sie, sagte Herr Müller.

Von wegen, entgegnete ich leiser, schön wär's ja, aber ich habe sie verloren.

Was, fragte Müller, was haben Sie verloren?

Wen, schrie ich, wen. Begreifen Sie doch, *Genosse*!

Moment, nörgelte mein Teilnehmer, ich verbinde.

Ein weiteres 5-Francs-Stück fiel in den Abgrund. Ich begann meinen Daumennagel abzunagen.

Lehmann, vernahm ich aus dem Hörer. Bitte sprechen Sie.

Ich bin in Paris wegen des *Falls*, in dringender Angelegenheit, aber weil die Fluglotsen streikten, zu spät eingetroffen. Jetzt habe ich *beide* verpaßt. Was soll ich machen?

Warten Sie, sagte der Mann Lehmann, ich stelle durch.

Ich machte mich über den Zeigefinger her und stopfte weitere drei Geldstücke in den gefräßigen Schlitz. Meine Halsschlagader zuckte bedrohlich. Wenn sich jetzt ein *Genosse* Meyer meldete, dachte ich, kollabierst du oder wirst wahnsinnig.

Schneider, näselte es sächsisch an mein Ohr.

Ich schloß die Augen, hörte das Klicken, das meine Armut vergrößerte und lehnte die Stirn an das kühle Metall der Apparatur.

Ich bin in Paris, stöhnte ich …

Das ist mir bekannt, unterbrach mich der *Genosse*, kommen Sie zur Sache, Vergeudung von Volksvermögen steht unter Strafe.

Aus den Augen verloren habe ich sie, oder besser, keine Ahnung, ob *sie* überhaupt ankamen, hier, jedenfalls, wo *sie* untertauchten, der *Kandidat* und die *Komplizin*, weiß ich nicht …

Keine Namen, schnauzte Schneider. Ich werde das klären. Rufen Sie gegen acht noch mal an. Das Geburtsdatum Ihres Vaters.

Vorwärts? schrie ich panisch, denn die letzte Münze mußte jeden Augenblick verschwinden.

Rück..., nuschelte der *Genosse*, dann unterbrach die Verbindung.

Gott sei Dank, dachte ich, um 40 Francs erleichtert, ein Hoffnungsschimmer am Horizont. Jetzt siehst du dir die Stadt an, und am Abend gibt dir der *Chef* neue Instruktionen. Du rufst *ihn* an, und der *Fall* geht seinen Gang. Aber um Himmels willen, entsetzte sich eine innere Stimme, wie denn? Ich war ja eine Art Halbwaise, kannte meinen Vater kaum, hatte doch der mich und meine Mutter verlassen, in Richtung Westen, Anfang der sechziger Jahre, als ich noch als kleiner Junge in der Gummihose saß. Sein Geburtsdatum war mir genauso unbekannt wie das von Friedrich Schlegel. Nie hatte ich ihm gratulieren, ein Lied vorsingen können, ein Geschenk gebastelt. Mich verband nichts mit diesem Mann. Ich wußte nicht einmal, ob er noch lebte. Einzig die Tatsache, daß ich, sooft ich wollte, nie ins fremde Ausland hatte reisen dürfen, ließ mich an seine leibliche Existenz glauben. Nur meine Mutter (und offenbar die *Genossen*) kannten seine Daten. Mutti, dachte ich, wenn ich dich jetzt fragen könnte, wie immer, wenn ich einen Fragebogen ausfüllen sollte, wo und wann mein Erzeuger geboren ist, könnte ich jubeln, aber so ergriff Trübsinn mein stilles Herz. Drauf und dran, erneut die Telefonzelle zu betreten, um meiner Mutter Nummer anzuwählen, fiel mir ein, daß die Gute ja (was sie sich ehrlich verdient hatte) zur Kur weilte, tausend Kilometer weit entfernt, im Mittelgebirge. Ich war am Ende. Der Schnaps kostete genausoviel wie das Telefonat mit den *Genossen Müller-Lehmann-Schneider*, gab mir jedoch mehr Kraft als dieses. Apathisch durchblätterte ich einen Reiseführer, der auf dem Kaffeehaustisch auslag. Die Galloromer, las ich, erbauten Lutetia im ersten Jahrhundert vor Christus, heute wohnten zehn Millionen Menschen in der Stadt, welche die *heilige Genoveva* im Jahr 451 erfolgreich gegen die *Hunnen* verteidigte, durch die damals schon die Seine floß, die Metro hingegen noch nicht, da deren erste Strecke 1900 in Betrieb genommen wurde, wohingegen sich London bereits seit 1863 einer Untergrundbahn rühmte. Meine Augen schweiften über die *Thermen von Cluny*, das UNESCO-Gebäude, das *Cabaret Moulin Rouge* bis zum *Louvre*, ich besichtigte die Stadt, vergaß, daß sie mir zu Füßen lag, tauchte ein in Frühgotik, Hochgotik, Spätgotik, Renaissance, Barock und Klassizismus, es war alles vorhanden, von van Gogh bis Andy Warhol, von Dalí bis Courbet. An diesem Namen stockte mein Lesefluß. Courbet, Gustave. Jener Mann, den P. nach jedem dritten Bier wie einen Messias handelte, hatte in dieser Stadt gewirkt, viele seiner Werke hingen in hiesigen Galerien. Die meisten verwahrte ein gewisses *Musée d'Orsay*. Ich zahlte die Rechnung und eilte zu einer der 360 Stationen der famosen Metro, die, wie ich wußte, 15000 Menschen Arbeit gewährte und, was nicht jeder wußte, pro Tag mehr als vier Millionen Passagiere beförderte. Ich war einer davon, nicht der Dümmste, wie ich fand.

Der Plan beruhte auf Spekulation und Psychologie. Mein – sollte ich sagen *ehemaliger*? – Freund P. vollzog, anders als ich, seine künstlerische Arbeit mit ganzer Leidenschaft. Selbst kein Genie, besaß er doch die manische Energie, die dieses wachsen läßt. Darüber hatte ich mich oft amüsiert, wiewohl ich ihn insgeheim um seine Krankheit beneidete. P. konnte an keinem Gemälde vorbei, ohne noch das stümperhafteste mit Ruhe und Ausdauer betrachtet zu haben. Museumsbesuche mit ihm hatte ich mir abgewöhnt, ständig mußte ich warten, mit dem Aufsichtspersonal plaudern, beobachtete die Besucher oder versenkte mich gelangweilt in einen Rahmen, ohne das Bild wahrzunehmen. Ich konnte mir nicht vorstellen, daß der *Komplizin* Charme ausreichen würde, diesen Trieb des Malers zu verdrängen. Wenn sich der *Kandidat* in Paris befand, mußte er auf dem Weg in eine Ausstellung sein. Falls ihn nicht dringende Geschäfte, Katharina Lichtfeld oder Dr. Blender davon abhielten. Und wohin sollte es ihn eher ziehen als zu den Arbeiten seines großen Vorbilds Gustave, die er, das kam hinzu, noch nie im *Original* hatte sehen dürfen. Courbet – eine Spur.

In meinem Rücken floß der berühmte Fluß, der die Stadt teilte. Die Hochachtung vor seinem Alter und seiner Geschichte hätte verlangt, ihm einen Blick zu schenken, doch die Pflicht hielt mich ab. Reger Andrang vor dem Portal des *Musée d'Orsay. Paris* – ein Mekka der Kunstliebhaber. Auch ich hätte mich gern unter die wandelnden Damen und Herren gesellt – vor allem natürlich unter die Damen, denn ich sah reizende Wesen in das Gebäude hinein- und aus demselben herausströmen. Aber, sagte ich mir, die Zigaretten der guten Frau von Trautenheim rauchend, desertiert wird nicht, Schnaps ist Schnaps und Dienst ist Dienst. Es begann zu regnen. Wie viele sinnlose Stunden stand ich mittlerweile auf der Uferstraße? Du holst dir noch eine Grippe, mein Guter, sagte die Stimme meiner Großmutter. Doch was tun? Weit und breit kein Unterstand. Mich ins Museumsfoyer zu begeben, hielt ich für konspirativ fahrlässig. Einen Regenschirm besaß ich nicht, da es auf Zypern im September nicht regnet. In meiner Tasche entdeckte ich die *Marlboro-Tüte* und stülpte sie mir, nach Umlagerung des Inhalts, über den Kopf. Daß ich einen höchst lächerlichen Anblick abgab, ignorierte ich kalt. Ich beschloß, bis tausend zu zählen, um dann meinen Plan als gescheitert zu betrachten und abzubrechen.

Bei Ziffer 885 angelangt, dem Jahr, als Normannenheere Paris belagerten und gegen Graf Odo stritten, den späteren König von Frankreich, glaubte ich einer Fata Morgana zu begegnen, verzählte mich augenblicklich und sah – es war Wirklichkeit – auf der anderen Straßenseite, an einer Häuserecke, den *Kandidaten* und eine Frau. Ich riß mir den auffälligen Kopfschutz vom Haupt, drehte mich ein, als schaute ich auf die Seine. Jetzt hätte ich sie sehen können, doch jetzt durfte ich nicht mehr. Aus den Augenwinkeln betrachtete ich das Paar. Sie schienen unschlüssig. P. – er hatte sich äußerlich nicht verändert – redete auf seine Begleiterin ein, die, nach Figur und Haarfarbe zu urteilen, die *Komplizin* sein konnte. Sicher war ich nicht, denn sie zeigte sich mir von hinten. Jetzt löste sich der Maler von ihr und ging in Richtung des Museums. Die Frau blickte ihm nach, und ich erkannte, dort stand mit seltsam verlorenem Antlitz die *Komplizin* oder Katharina Lichtfeld, in jedem Fall die im *Fall* gesuchte mysteriöse Person.

Der Maler betrat die Galerie, die Frau ein Café. Unschlüssig klebte ich am Geländer. Auf diese neue Lage war ich nicht vorbereitet. Jetzt hatte ich die beiden, doch was fing ich mit ihnen an? War P. vorausgegangen, um Karten zu kaufen? Oder besichtigte er die Exhibition im Alleingang? Vorsichtig (schlendernd) näherte ich mich dem Café. Die *Komplizin* – fürwahr ein schönes Mädchen – verhandelte mit dem Kellner. Mein Entschluß stand fest. Vielleicht war die kurzzeitige Trennung der beiden meine große Gelegenheit? P. durfte nicht wissen, daß ich ihn verfolgte, sie aber kannte mich nicht. Für den *Fall* war sie der Schlüssel. Sie mußte ich kennenlernen. Und der Gedanke an einen extrastarken heißen Mokka ließ meine letzten Zweifel verfliegen.

Katharina saß am Fenster. Ich nahm am Nebentisch Platz, knapp zwei Meter von ihr entfernt, und heuchelte Interesse an der Aussicht. Die majestätischen *Quais* nahm ich nicht wahr, studierte das Mädchen, das nicht aufhörte, mit dem Löffel in der Kaffeetasse zu rühren. Wer bist du? Hätte ich nichts von ihr gewußt, würde ich sie für ein argloses Kind aus der Provinz gehalten haben. Schüchtern, verletzlich, vielleicht ein wenig wunderlich. Von *cleverness* keine Spur. Doch stille Wasser, man weiß es, können tief sein und gefährlich. Zum ersten Mal sah ich ihr Gesicht aus der Nähe, fein geschnitten, die Backenknochen gaben ihm etwas Zerbrechliches, doch nichts Herbes, ein spitzes Kinn mit einem kleinen Grübchen auf der linken Wange, einen Fingerbreit unter dem Mund ein Leberfleck in der Größe eines Stecknadelkopfes. Die *Komplizin* war ungeschminkt. Wie vorgehen? Ich zauderte. Eine Zigarette anbieten? Zu plump. Sie ansprechen? In welcher Sprache. Woher sollte ich wissen, daß sie Deutsch verstand. Und ihr Schweigen gab mir keinen Grund, ihre Herkunft zu entdecken, so daß ich mit einem freudigen Schrecken sie als Landsmännin (welch Unwort) erkennen und, *was für ein Zufall, die Welt ein Dorf*, in ein Gespräch über die Heimat verwickeln könnte. Sensibilität, hatte mir der Chef eingeschärft, sei deine erste Maxime, vor allem nichts überstürzen. Doch die Zeit drängte, P. würde sie keine Ewigkeit allein im Bistro sitzen lassen.

Dies denkend, erblickte ich auf der Straße einen völlig durchnäßten chinesischen Rosenverkäufer. Mehr einer Intuition als einem Vorsatz folgend, machte ich diesem ein Zeichen. Ein Lächeln überzog das Gesicht des bemitleidenswerten Floristen, und eine Sekunde später stand er neben mir und hielt den betörend duftenden Strauß vor meine Nase. Ich mußte niesen, wählte eine tiefrote Blume, *une rose rouge*, soviel konnte ich grad noch sagen, zahlte dafür eine Wahnsinnssumme, für die ich drei Stunden mit den *Genossen* delikate Telefonate hätte führen können, erhob mich vom Stuhl und reichte, meine Don-Juan-der-

Unwiderstehliche-Maske aufsetzend, dieselbe der *Komplizin*. Deren Gesicht nahm die Farbe der Blüte an, was ihr eine gewisse Ähnlichkeit mit Helena Zielinski verlieh, was mich verwirrte, aber nicht verwirren durfte, denn das Spiel hatte begonnen und verlangte einen kühlen Kopf. Ein kaum vernehmbares *merci* perlte von ihren Lippen.

Die *Komplizin* schüttelte den Kopf, der *Garçon* brachte eine Vase, schenkte mir ein komplizenhaftes Zwinkern. Ich versteh dich, Mann.

Do you speak English? fragte ich, fürchtend, sie könnte mich mit einem Wortschwall überhäufen, denn wer konnte wissen, wo sie *ausgebildet* wurde.

Doch lächelte sie erneut verlegen, war der Sprache Shakespeares entweder unkundig oder wollte ihr Wissen nicht preisgeben.

Russki jasück?

Katharina sah mich an, und in ihren Augen funkelten grüne Punkte.

Otschen malenki, sprach sie und zeigte mit Daumen und Zeigefinger einen kleinen Spalt.

Ja tosche, dachte ich, und weiter: Was sollte sie bewegen, mir, einem Fremden, die geringe Kenntnis des Russischen einzugestehen, wenn sie des Englischen mächtig wäre. Wenn dies ein Trick war, so durchschaute ich denselben nicht. Darüber mußt du nachdenken, notierte ich in mein zerebrales Notizbuch.

Deutsch? fragte ich in einem Tonfall, der keine positive Antwort erwartete. Gerissener Bursche.

Ja, sprach Katharina Lichtfeld, Deutsch ist meine Muttersprache.

Wie sie das sagt, so hölzern, als hätte sie es auswendig gelernt.

Was für ein Zufall, ließ ich meinem Munde entfahren, die Welt ist ein Dorf, kaum zu glauben, da sind wir ja Landsleute, gewissermaßen.

Ja, sagte ich, da bin ich geboren, aber lebe schon lange nicht mehr dort. Meine Familie stammt aus Stettin.

Die Biographie, die ich mir in Sekunden erfand, unverfänglich und übersichtlich, mußte meine wahre Identität verhüllen, jedoch genug Reizpunkte enthalten, die Katharina anregten, mir die ihre zu offenbaren.

Waren Sie schon einmal in Köln? fragte ich. Katharina verneinte. Gott sei Dank.

Dort wohne ich, log ich tapfer. Gleich neben dem Dom, Sie haben ihn sicher schon im Fernsehen gesehen. Ein Meisterwerk der Hochgotik.

Leider nein, sagte sie höflich, ich darf nicht fernsehen.

Der gestrenge Vater?

Nein, mein, die *Komplizin* stockte, mein Freund will es nicht.

Ach, dachte ich, was erzählst du mir denn, und war geneigt, sie nach ihrem Freund, der mein Freund war, auszuhorchen, doch eine innere Weisung empfahl mir Zurückhaltung. Du mußt erst ihr Vertrauen erobern.

Ist sie nicht wunderschön, die Hauptstadt der Welt, wies ich mit großer Geste auf die Promenade. *Die Thermen von Cluny*, die Seine, der *Gare du Nord*, ja selbst das UNESCO-Gebäude.

Ich finde die Stadt laut und kalt, sagte die *Komplizin*.

Da sind Sie aber eine Ausnahme, scherzte ich verblüfft, jeder gute Reiseführer schwärmt von Paris.

Na ja, sicher waren Sie schon oft hier.

Ja, selbstverständlich, hochstapelte ich frech, mindestens einmal im Jahr brauche ich diese Atmosphäre, diese Luft, die Musik der Straßen …

Aber die vielen Automobile, sagte sie, machen einen doch ganz nervös.

Darf man fragen, leben Sie auf dem Lande?

Katharina sah zum Fenster hinaus.

Früher, sagte die *Komplizin* und schwieg.

Stettin liegt jetzt auf polnischem Gebiet.

Ich weiß, sagte Katharina, die *Oder-Neiße-Friedensgrenze*. Wir waren dort evakuiert.

Sie, staunte ich (und ich staunte wirklich), waren evakuiert, wie und wann denn?

Aber nicht doch, natürlich, sagte sie, ich meine, meine Familie, Mutter und Großmutter. Im Krieg.

Ja, der grausame Krieg.

Ja, das war er.

Und Ihre Mutter? Lebt in Norddeutschland? fragte ich.

Sie ist schon tot. Bis wir wegzogen aus Berlin, war sie Verkäuferin. Dann wurde sie sehr krank.

Demnach kamen Sie in Hamburg zur Welt, man hört es gar nicht, sagte ich. Sprechen Sie Platt?

In Hamburg, sie stotterte, nein, wieso, nein, Plattdeutsch kann ich nicht. Wir waren ja nur Zugezogene. Aber was reden wir immer nur von mir, das schickt sich nicht, erzählen Sie von sich.

Geschäftlich, jaja, in meinem Beruf treibt es einen von Messe zu Messe. Bankette, Vertragsabschlüsse, Konferenzen, Arbeitsessen, da bleibt wenig Zeit für private …

Sind Sie Kapitalist? Wieder sah ich das seltsame braungrüne Glimmen in *ihren* Pupillen.

Nun, lachte ich auf, alles ist eine Frage der Kategorien. Gewisse Leute nennen mich so, der sich selbst eher *freien Unternehmer* heißen würde.

Und was, fragte sie und fixierte mich kühl, lassen Sie herstellen?

Waffeln.

Waffen? rief Katharina so laut, daß der Kellner einen erstaunten Blick zu unserem Tisch warf.

Mit Ell, gab ich zu verstehen, Wafff-fffellllln, zum Knabbern, Kekse, Brezeln und Müsli-Riegel.

Ein verhängnisvoller Fehler. Ich registrierte ihre offensichtliche Erregung, ließ sie jedoch meine Aufmerksamkeit nicht spüren. Bestätigten sich die Vermutungen der *Genossen*? Drehte sich der *Fall* um Waffen? Keine übereilten Schlüsse, bremste ich mich.

Ach, wollen Sie auch zur EURO-BON-BON-HEUR?

Woher, entfuhr es mir, wissen Sie denn das? Genau dorthin muß ich.

In allen Straßen hängen Plakate, redete sie sich heraus, die Messe beginnt morgen, stimmt's?

EURO-BON-BON-HEUR gilt als weltgrößte Süßwaren- und Genußmittelexposition, mehr als 6000 Firmen aus über 60 Staaten ...

Mehr als hundert, unterbrach sie mich, habe ich gelesen.

Gut möglich, sagte ich und dachte, was sie nicht sagt, es werden jedes Jahr mehr. Selbst wir Fachleute können den Markt kaum noch überblicken.

Katharina sah auf die Armbanduhr, die mir bekannt vorkam, ja richtig, Xenia besaß eine solche, nur mit blauem Zifferblatt.

Haben Sie eine Verabredung? erkundigte ich mich dreist.

Mein Freund, sagte sie, holt mich hier ab, in einer halben Stunde.

Gut zu wissen, dachte ich. Noch blieben mir 20 Minuten, um einen geordneten Rückzug anzutreten, denn P. erschien nie, so kannte ich ihn, vor einem vereinbarten Termin. Du mußt zum Angriff übergehen. Ich hatte noch nichts herausbekommen, nicht einmal beider Anschrift. Ihre Naivität war ein kräftiges Schild. Mir fehlte ein klares Konzept, stocherte ich doch in ihrer Geschichte herum wie ein Blinder in einem Cocktailglas auf der Suche nach der Piemont-Kirsche. Durst und Hunger plagten mich, meine letzte Mahlzeit hatte ich vor knapp 24 Stunden in Amsterdam eingenommen, gemeinsam mit Zengli, dessen logisches Denkvermögen ich jetzt vermißte.

Ihr Freund muß ein argloses Gemüt besitzen, daß er Sie so allein läßt, in Paris, der Stadt der Liebe.

Er ist Kunstmaler, antwortete sie und hatte mich offenbar nicht verstanden, er will die Galerien besuchen …

Ein Künstler, beneidenswert, und Sie, malen Sie auch?

Ich bin unbegabt, gestand sie.

Das kann ich nicht glauben! Nicht als Hobby? Unter der Anleitung des Meisters, mal ein zartes Aquarell, eine kleine Collage?

Schien es mir nur so, oder beobachtete ich in ihrem Blick eine Spur von Mißtrauen?

Ich seh es an Ihren Augen, fügte ich hinzu, Schöpfertum bedarf des tiefen Blicks, wie meine Tante Lily zu sagen pflegt. Aber ein Studium absolvierten Sie, seien Sie ehrlich.

Leider nein, ich bin nur Verkäuferin.

Eine Art Familientradition?

Wieso?

Sagten Sie nicht, sagte ich, daß auch Ihre Mutter …

Ja, natürlich, wie dumm von mir.

Da könnten Sie ja glatt in mein Geschäft einsteigen, ich brauche noch motivierte Kräfte.

Bonbons sind mir zu klebrig, lachte die *Komplizin*, ich verkaufe Textilien.

Ich hatte die Angel ausgeworfen – hing sie am Haken? Ich hoffte es allenfalls. Mir blieb keine Zeit mehr. Der Boden unter den noch immer kalten Füßen begann heiß zu werden. Wenn P. jetzt käme, wäre alles verloren. Du mußt verschwinden. Du mußt sie wiedersehen.

Wie spät haben wir es?

Gleich drei, sagte Katharina.

Olala, rief ich, höchste Zeit für mich. Eine dringende Verabredung mit meinem Geschäftsfreund Oswald aus München.

Sie starrte mich an und stieß mit dem Ellenbogen an die Kaffeetasse, die, glücklicherweise schon leer, vom Unterteller auf den Tisch kippte.

Im Hotel *Eden-Royal*, fügte ich hinzu. Ein reizender

Herr, charmant, feinfühlig, ganz Mann von Welt. Sie sollten ihn kennenlernen.

So, sagte sie, sollte ich das.

Ein Teenachmittag mit Mister Pat Ting Hoa, der taiwanischen Krokant-Größe, es wird sicher langweilig, aber *business* bleibt *business*, ich würde viel lieber weiter mit Ihnen … Ach übrigens, ich fingerte eine 100-Francs-Note aus der Brieftasche, ich vergaß gänzlich, mich vorzustellen, mein Name: Sebastian von Trautenheim, und wie heißen Sie?

Katharina Lichtfeld, sagte Katharina Lichtfeld.

Ein ebenso schöner wie ungewöhnlicher Name, und wo, wenn Sie erlauben, kann man Sie eventuell erreichen, hier in Paris.

In der Pension *Voltaire*, erklärte die *Komplizin*, die mein Kompliment erneut hatte erröten lassen. Aber machen Sie sich keine Umstände. Sie haben viel zu tun, ich bleibe nur drei Tage. Und mein Freund, verstehen Sie, sieht es nicht gern.

Das verstand ich sehr gut, denn P.s Eifersucht hatte ich oft erleben können, als dieser noch in geordneten Verhältnissen lebte. Ich legte großzügig (innerlich fluchend) das Geld neben die Blumenvase, nahm meinen Mantel, reichte der *Komplizin* die Hand.

Ein reichlicher Flegel, Ihr Freund, Sie so zu vernachlässigen, scherzte ich zum Abschied.

Das dürfen Sie nicht sagen, flüsterte Katharina, er ist ein wunderbarer Mensch, würden Sie ihn kennen, sprächen Sie anders von ihm.

Es hat mich gefreut, Ihre Bekanntschaft gemacht zu haben. Wenn es meine Zeit erlaubt, rufe ich an. Pension *Voltaire*?

Ja, sagte die *Komplizin*. Auf Wiedersehen, Herr Trautenheim. Und tausend Dank für die Rose und die Einladung und überhaupt.

Wir verfehlten uns um Sekunden. Kaum hatte ich mich in den Hauseingang aus dem prasselnden Regen zurückgezogen, bog wippenden Schritts der *Kandidat* um die Ecke und ließ sich auf dem Stuhl nieder, auf dem ich noch gerade gesessen. Der *Genosse* in meinem Innersten erteilte mir einen strengen Verweis. Unverantwortlich. Die Vorstellung einer Begegnung mit P. ließ mich schaudern. Wie sollte ich ihm meine Reise erklären? Er würde denken, ich sei ein *Genosse*. Und – schlagartig erfaßte ich meine Lage – im Prinzip war ich es. Eine Art *freier* Mitarbeiter. Auf was hast du dich eingelassen? Du Spitzel, du feiger Zuträger, du Schmierenkomödiant. Während meine Seele über mich Gericht hielt, starrten meine Augen, zwei treue Staatsdiener, durch das Kaffeehausfenster. P. redete ununterbrochen, die *Komplizin* lauschte ihm schweigend. Obwohl ich nicht hörte, was er sagte, konnte ich seinen Ausführungen folgen. Er sprach mit den Fingern, ich sah ihn die Abtönungen preisen, den feinen Strich, angedeutete Schatten, er drehte und wendete sich, suchte im Café Gegenstände, um ihr in etwa Vorstellungen der Farben geben zu können. Als er auf die Rose deutete, unterbrach ihn seine Freundin. Was sie sagte, hätte ich allzu gern gewußt, doch ich vernahm einzig das Geräusch der vorbeifahrenden Autos und das Pladdern des Herbstregens. Der *Kandidat* entfaltete einen Stadtplan. Beide beugten sich über die Karte. Als sie gefunden hatten, was sie suchten – was konnte dies sein? –, machte P. dem Ober ein Zeichen, doch die *Komplizin* hielt ihn ab, zeigte auf die zerrissene Rechnung auf ihrer Untertasse. Des *Kandidaten* Miene verfinsterte sich, doch offenbar gelang ihr eine Bemerkung, die seine Verstimmung aufheiterte. Die beiden zogen sich an und verließen das Café. Ich ließ sie gute zwanzig Meter vorausgehen, wollte mich gerade aus meinem Versteck lösen, als Katharina eilig zurück ins Bistro stürmte. Sie hatte die Blume vergessen. Ich spürte eine gewisse Rührung und dankte ihr im

Namen der Rose. Sei nicht albern, Emotionen kannst du dir in diesem Fall nicht leisten. Es geht um den Frieden. Nimm dich zusammen und die Verfolgung auf.

Beide stoppten an einer Pizza-Bäckerei. Ich durchwühlte die Auslagen eines Buchladens. Mein Magen knurrte so laut, daß mich eine elegante Frau verwundert-mitleidsvoll anblickte. Wenn ich nicht bald etwas Nahrung fand, würde ich, *o Falladah, die du hangest*, auf dem Boulevard zusammenbrechen. P. und die *Komplizin* schlenderten, scherzten, ließen sich die italienische Torte schmecken. Ein teures Vergnügen. 20 Francs. Gerade als ich meine Zähne in den heißen Teig senkte, bestiegen die beiden einen Autobus – Nummer 135 –, ich preßte das Gesicht gegen die Hauswand, denn sie fuhren, auf der offenen Plattform im Heckteil des Fahrzeugs stehend, an mir vorüber. Ich ließ sie entkommen. Was blieb mir auch übrig? Du mußt zu Kräften kommen, dachte ich und wischte mir den Ketchup aus den Augen. *Bon appetit*, sagte ein alter Franzose und nickte mir zu.

Im tausendseitigen Pariser Telefonbuch standen drei Pensionen, denen der Verfasser des *Candide* seinen Namen lieh. Nachdem ich Anschriften und Telefonnummern notiert hatte, kaufte ich einen *Plan de Paris*, verließ das Postgebäude. Eine Absteige lag in der *rue de varenne*, in der Nähe, doch würden sie sich dahin kaum mit dem Bus begeben haben. Wer weiß, ob sie auf dem Weg ins Hotel sind? Was, wenn beide, auf dein Anraten, im *Eden-Royal* Dr. Blender auflauerten, der dort, wie die *Komplizin* zu wissen glaubte, mit mir (oder Sebastian von Trautenheim) im Kreis von Geschäftspartnern seinen Tee nahm? Das Nobel-Hotel stand unweit der Oper. Dorthin müßte ich fahren. Traf ich sie nicht, könnte ich zumindest den Münchner Manager befragen, ob er einst Kult geheißen habe. Blender, dachte ich, paßt natürlich besser zu einem werbebewußten Menschen wie ihm.

Am Ende der schmalen Straße mußte, versprach der Stadtplan, ein Metro-Schacht unter die Erde führen. Kaum war ich hundert Meter gelaufen, tauchte eine Menschenmenge auf. Schwarze Vermummte mit rotschwarzen Fahnen. Meine Freude wechselte in Schrecken, als diese auf mich zustürzten. Hinter ihnen flackerten blaue Lichter, zuckten in die Dämmerung, spiegelten sich in den Fenstern der Häuser. Sirenen, Rufe, das Stampfen von Stiefeln. Verdammt, Polizei, nichts wie weg, du handelst dir bloß wieder Ärger ein. Ich bog in eine Gasse ab, begann zu laufen. Als ich die beiden Uniformierten mit Maschinenpistolen wahrnahm, zügelte ich das Tempo, schlich, mir die Karte vor die Nase haltend, bemüht selbstbewußt, an ihnen vorbei. Ein *flic* musterte mich, der andere redete in ein Sprechfunkgerät hinein. Dreißig Meter von der Streife entfernt fiel mir auf, daß ich, einer modischen Marotte treu, sehr dunkle Kleidung trug, mich also äußerlich kaum von den Demonstranten abhob. Diese Tatsache registrierten auch die Polizisten in diesem Augenblick, sie schwangen sich auf ihre schweren *Kawasakis*, fuhren mir hinterher, kamen näher und näher. Auch am Ende der Gasse blitzten blaue Signale. Die nackte Angst ließ mich in den Torbogen eintreten. Hier, meinte ich, lassen sie dich in Ruhe. Irrtum. Kaum hatte ich atemlos den Innenhof erreicht, hörte ich die Stimmen der Verfolger. Sollte ich mich ergeben? Immerhin war ich ein ahnungsloser Ausländer. Wie lange würde der Kommissar brauchen, um mich, von meiner Unschuld überzeugt, auf freien Fuß zu setzen? Verhaftung, Verhör, Protokolle, Gespräche mit der Botschaft, Komplikationen. Und Dr. Blender? Würde er diese Stunden lebend überstehen? Einen Gitterzaun überwindend, landete ich in einem weiteren Hof. Ein *flic* rief Kommandos in den *Walkie-Talkie*, der andere brüllte einen mir unverständlichen Befehl. Bitte nicht schießen! Unübersetzbarer Wunsch. Die Tür, deren Klinke meine eiskalten Finger herunterdrückten, gab nach, ich stand in einem Hausflur, rannte zum Vorderausgang und sah – Polizeiwagen. Jemand berührte meine Schulter, ich senkte den Kopf, hob die Hände.

Ohne Gegenwehr ließ ich mich fortziehen. Der Mann, soviel erkannte ich im Halbdunkel, trug Zivil, hatte das lange Haar zu einem Zopf gebunden. Alles geschah wortlos und schnell. Er öffnete einen Holzverschlag und stieß mich in die Finsternis. Eine Taschenlampe warf einen dünnen Lichtkegel auf eine steile Kellertreppe. Ich fürchtete mich und versuchte, die Hand des Unbekannten von meinem Arm zu lösen. Er zischte *attention*, preßte den Finger auf den Mund, löschte die Lampe. Schritte im Haus, Rufe und Pfiffe. Der Keller lag tief unter der Stadt. Ich schwieg und stieg mit höchster Vorsicht dem Fremden hinterher. Er beleuchtete eine aus alten Felssteinen errichtete Wand, forderte mich mit Zeichensprache auf, eine riesige Tonne zur Seite zu heben. Wortlos gehorchte ich. Ein meterhoher Spalt zeigte sich in der Mauer, der Mann stieg hinein, reichte mir die Hand. Auf was ließ ich mich ein? Du bist wahnsinnig, du stürzt dich ins Unglück. Vielleicht hätte ich, der Vernunft gehorchend, den Rückweg angetreten, doch die Stimmen der Polizisten, die durch das Gewölbe hallten, ließen mich meine Feigheit überwinden. Ich ergriff die Finger des Unbekannten.

Ein Tunnel, eine Röhre, zwei Meter hoch, einen Meter breit. Ab und zu stieß ich mit den Füßen an Steine, die auf dem Boden lagen. Mein Begleiter hatte es offenbar eilig, aus der Nähe der Polizei zu kommen. Der Gang verlor sich im Unendlichen. Ich folgte dem flackernden Lichtstrahl. Die Flucht verwirrte mich. Ich stolperte durch ein Labyrinth unter dem Pflaster von Paris, ich, der Autor der Gedichtsammlung *Steinbruch*. Nach einem zehnminütigen Fußmarsch blieb der Mann stehen, reichte mir die Lampe, ich sah sein Grinsen, konnte jedoch den Grund seines

Vergnügens nicht teilen. Er nahm die Brille vom Gesicht und begann die Gläser gründlich zu putzen.

Il faut que j'aille chez l'opticien pour faire réparer mes lunettes, sagte er lächelnd.

Sorry, antwortete ich, nach Luft schnappend, ich kann Sie leider nicht verstehen.

Oaa, du bist nisch von hier? wunderte er sich in nahezu akzentfreiem Deutsch.

Daß er mich (und meine Sprache) verstand, verwunderte mich nicht weniger.

Oui, oui – ich nickte.

Da hast du aber Gluck, daß isch eine elsässische Großmutter habe. Isch heiße Jacques. Willkommen in der Unterwelt, *mon ami*.

Warum varfolgen disch die *flics*? Hast Du die *Banque Nationale* überfallen?

Aber ich bitte Sie, wie kommen Sie darauf?

Das wäre keine Schand, meinte der Mann, der sich Jacques nannte, im Gegenteil, es wäre durschaus erfreulich.

Ich bin Schriftsteller, erzählte ich, besichtigte die Stadt, wollte zur Oper ...

Was, um Himmels Willhelm, wolltest du denn an der *opéra*? Das is doch ein schreckliches Monstruum.

Mag sein, sagte ich, aber ich bin erst seit zehn Stunden in der Stadt.

Und schon von der *police* gesucht, auf der Flucht in *les catacombs*, du bist ja ein toller Fisch. Und kannst froh sein, daß isch disch gesehen habe, vom Fenster aus, die Herren von der französische *police* haben nämlich wenig Sinn für Spaß.

Ja, pflichtete ich ihm bei, sie haben mich verfolgt, obwohl ich keine Gesetzeswidrigkeit beging ...

Gesätzes-wiedrisch-keid, buchstabierte der Elsäßer, ein echtes Wort *d'allemand*.

... sie hielten mich offenbar für einen Randalierer.

Ach was, du bist in die Anarschisten-Demo geraten, ein dummer Zufall. Armlose Studenten, Spinner, die zelebrieren jede Woche einen Mai Achtunsechsig. *Très comique*. Wäre isch *le chef de la police*, isch würde sie laufenlassen. Ganz armlos.

Trotz meiner mißlichen Lage erlag ich der Versuchung und sah vor meinem geistigen Auge Hunderte armlose Anarchisten. Wie sollten sie die Fahnen halten? Grausige Vision.

Jacques, fragte ich am nächsten Haltepunkt, wohin gehen wir, wo sind wir eigentlich?

Moment, sagte der und beleuchtete die Tunnelwand. Das Gemäuer schimmerte feucht, mattgrüne Flechten oder Moosarten bewuchsen die Steine. Mein neuer Bekannter schien etwas zu suchen.

Hier, rief er, und das Wort verhallte in den Katakomben, hier, siehst du die Ziffer?

Mit blauer Ölfarbe stand eine 37 an die Wand geschrieben. Ja und?

Wir müßten uns jetzt direkt unter dem *Boulevard Saint-Germain* befinden. Das heißt *exactement* unter den Beinen der *flics*, die disch suchen.

Mir wäre lieber, gestand ich, wir kämen wieder an die Oberfläche.

Gefällt es dir nisch, hier unten?

Doch, schon, log ich, aber ich leide an Klaustrophobie.

Wir können aussteigen, natürlisch, sagte mein *Führer*, aber wenn du mitten auf der Straße aus dem Gulli, sagt man so?, kletterst, verhaften sie disch auf der Stelle. Möchtest du das?

Jacques' Argument überzeugte mich. Wir gingen weiter.

Manche Steinbrüche *de Paris* waren noch vor hundert Jahren in Betrieb. Arbeiter aus der *Bretagne* und dem Zentralmassiv. Sehr oft Straftäter, die sisch vor der Verfolgung der *police* schützen wollten. Du bist also nischt der ärste.

Jacques lachte, ich quälte mir ein Lächeln ab und tappte ihm hinterher.

Siebsähnundertvierunsiebzisch stürzten die Häuser in der *rue d'Orléans* im Süden der Stadt auf einer Strecke von dreihundert Meter ein. Besonders gefährdet war Montmartre-Hügel im Norden, unter dem *jips* abgebaut wurde, wie nennt man in Deutsch diese weiße Stoff zum Varschmieren von Löchern?

Gips, sagte ich.

En français jips. Jedenfalls sehr historische Boden. Ab drittes Jahrhundert vor Christi von die Kelten, die Parisii, besiedelt, dann kamen Römer, später Merowinger, viel später deine Landsleute. Einige Straßen weiter existiert noch eine große Bunker. Damals gab es überall Licht und Türen aus Eisen. Die Besatzer fühlten sisch unter die Erde sicherer als oben, in der Stadt, die sie besetzt hatten. Die Franzosen observierten die Deutschen. Hauptquartier der *résistance* war nur wenige Galerien entfernt. Und das seltsame, es kam hier in die *catacombs* nie zu einer *confrontation*.

Jacques, der gesprächige Fremdenführer, erzählte von galloromanischen Brunnen, Krypten und Sakralbauten, Champignonzüchtern und *Kataphilen*. Ich hörte kaum zu. Meine Augen brannten, die ständige Dunkelheit ermüdete mich. Immerhin hatte ich die letzten Tage so gut wie nicht geschlafen.

Auch die *opéra* hat ein geheimes unterirdisches Läben, das nur Eingeweihte kennen. Die *scène* ruht auf einem Gewölbe, das wie eine mittelalterliche Kirche wirkt …

Die Seine, fragte ich matt, der Fluß?

Unsinn, gab Jacques unwirsch zur Antwort, die *scène*, die Bretter, wo die Sänger singen und sterben.

Die Bühne, du meinst die Bühne?

Naturellement, die Büh-ne. Is unterirdisch. Das varleiht ihr, wie man sagt, besondere Resonanz. Früher zogen Pferde die Kulissen auf die Bühne hoch. Und in diesen Räumen hat man Achtunseschsig während der *révolte* Studenten arretiert. Alle Gefängnisse *de Paris* waren überfüllt. Das waren Zeiten, sag isch dir. Schau mal her, wie an der Mauer in Berlin.

Das Licht wanderte über eine Wand, die über und über mit Losungen und Zeichnungen beschmiert war.

Da, wo ich herkomme, sagte ich, ist die Mauer ganz weiß.

Komisch, wunderte sich Jacques, als isch in Berlin war, gab es keinen Fleck, der nisch bunt angemalt gewesen wär.

Ich bin aus dem Osten, erklärte ich und fühlte ein eigenartiges Gefühl von Scham.

Non, rief er, das gibs doch nisch. Du bist der erste Mensch aus Osdeutschland, den isch kennenlerne. *Avec plaisir*, das kannst du glauben. Isch war nämlisch drei Monate *en Berlin*, zu einem Kursus von der *université*, aber immer nur im Westen. Isch denke, deine Soldaten an die Grenze hatten etwas gegen meine Nase oder *peut-être* meine politische *engagement*.

Ein dumpfes Grollen verzerrter Gitarren, scheppernder Becken. Orpheus in der Unterwelt, sicher tanzen die Nymphen Cancan. Träg setzte ich einen Fuß vor den andern, ein Delinquent auf dem Weg zur Hölle, der sich in sein Schicksal fügte. Jacques nahm keine Rücksicht, eilte voraus. Ich spürte das Ende meiner Kräfte nahen. Das Licht der Lampe verschwand, mir schwanden die Sinne, ich lehnte mich an das klamme Gestein, wollte nicht weiter, sehnte mich nach Ruhe. Mein elsässischer Freund ließ mich nicht im Stich, kehrte zurück und schleppte mich die letzten Meter.

Camarade, sagte er, gleich haben wir es geschafft.

Mein Gaumen schmeckte den kalten trockenen Weißwein nicht, ich trank ihn wie Wasser, wurde zugleich wach und betrunken, schlug die Augen auf und erblickte zehn oder zwölf junge Männer und Frauen. Jacques sprach mit einem Jungen, der eine Grubenlampe auf dem Kopf und in den Händen ein Saxophon trug. Vor mir hockte ein Mädchen, das offenbar aus Asien kam und mich anstarrte wie einen verwundeten Rehbock.

Vous voulez manger quelque chose?

Merci, stammelte ich hilflos. Was sollte ich auch sagen?

Il ne parle pas français, rief der Elsässer und kam zu mir. Sebastian, das is Kim, sie fragt, ob du Hunger hast?

Non – ich schüttelte den Kopf.

Natürlich bist du hungrig. Das is eine Einladung zum Abendbrot. Eine Befehl. Sei bitte ein wennig höflisch zu *mes amis*.

Jacques führte mich zu einigen Betonblöcken, wo unter einem kleinen Gaskocher ein Topf mit siedendem Öl stand. Eine Leuchte illuminierte das Gastmahl. Kim reichte mir einen Metallspieß, auf dessen Spitze ein Stück Fleisch hing, forderte mich auf, diesen in die Flüssigkeit zu stecken.

Fondue, grinste der Elsässer, echt französische Küsche.

Nachdem ich schweigend zwanzig Fleischbrocken und ein halbes Weißbrot vertilgt hatte, begann sich mein Bewußtsein zu erholen. Um mich herum flirrte die Unterhaltung der *Kataphilen*, denn als solche stellte mir Jacques seine Freunde vor. Die Unterwelt war diesen Leuten eine Art Refugium. Einmal in der Woche, donnerstags, feierten sie in den Katakomben ein Fest. Hier, ganz unter sich, in der *absolüten* Nacht, konnten sie schreien und tanzen, Krach machen oder Musik, niemand störte sie oder wurde gestört. Und Jacques?, offenbar der älteste unter ihnen, was trieb ihn in die Gänge des Labyrinths?

Isch bin hier auch nur eine Gast. Kim, sagte er, eine

Freundin von mir, eine von meine viele Freundinnen, hat mir erzählt, und isch will machen eine *reportage* über *les cataphiles* für *un magazine*, isch bin *journaliste*, und *peut-être* isch werde schreiben tolle *story* über unfreiwillige Ausflug von eine osdeutsche *littérateur* in die große Nazi-Bunker. Mal sehen, ob *Le Figaro* mir das abkauft.

Das ist nicht dein Ernst?

Warum nisch? Die Idee is *super*, nur fehlen mir mein Fotto-Apparat.

Das fehlte mir noch. *Publicity* war das letzte, das ich gebrauchen konnte. Die Rock-Band begann wieder mit einer *kleinen Nachtmusik*. Kim fragte mich etwas, das ich jedoch, selbst wäre ich ihrer Sprache mächtig gewesen, nicht verstehen konnte.

Langsam ließ der Druck auf den Ohren nach. Wir gingen zu dritt, Jacques, Kim, ich am Schluß. Der Ausstieg, war mir erklärt worden, befände sich mitten im *Quartier Latin*. Nicht ungefährlich. Der Gang wurde mal enger, mal breiter. Der elsässische Journalist mahnte zu größter Ruhe. Als ich das flackernde Licht sah, atmete ich auf. Wir näherten uns der normalen Welt. Die Erde hatte mich wieder. Glücklich vernahm ich den Lärm von Motorrädern und Autos. Die Asiatin reichte mir die Hand und zog mich auf den obersten Gesteinsabsatz. Jacques hatte sich bereits durch den schmalen Spalt gezwängt und flüsterte von draußen verhaltene Kommandos. *Allons enfants*, ich hielt mich an Kim und erreichte die Freiheit. Wir rannten geduckt im Schutz einiger Mauerreste bis zu einem zwei Meter hohen Eisendrahtzaun. Der Elsässer kletterte wie ein Affe darüber, zog eine Zigarette aus der Tasche und zündete sie an. *Alors*, rief er. Kim schob mich das Gitter hoch, berührte dabei meinen Hintern, was mich, trotz der gefährlichen Lage, einigermaßen durcheinanderbrachte. Ich landete neben Jacques, der mir eine brennende Zigarette zwischen die Lippen steckte und mit den Fingern schnipste. Das Zeichen für das

Mädchen, der Zaun wackelte, Jacques drehte sich um und fing sie auf. Kim blieb, wie ich fand, einige Augenblicke zu lang in den Armen des *kataphilen* Reporters.

Vielleicht scheute ich die Einsamkeit oder war einfach zu müde, mich auf die Suche nach der Pension zu begeben, vielleicht hinderte mich meine Wohlerzogenheit oder meine Hingezogenheit zum weiblichen Geschlecht – jedenfalls willigte ich ein, als Jacques anbot, man könne gemeinsam in seine Wohnung fahren, der Abend sei noch jung, bei ihm würden neben ein paar Freunden nur ein paar Flaschen *Beaujolais* anzutreffen sein. Die Metro war halbleer, das Mädchen und der Journalist saßen mir gegenüber. Ich hatte das Gefühl, eine Unterhaltung anregen zu müssen, verspürte das Verlangen, locker, zwanglos, weltmännisch zu erscheinen.

Spricht sie, ich deutete auf Kim, noch andere Sprachen als Französisch?

Die Frage kam mir, kaum hatte ich sie gestellt, derart dumm und unverfroren vor, daß ich mich innerlich schüttelte. Wie viele Sprachen beherrschst *du* Idiot eigentlich?

Sicher, sagte Jacques, Kim spricht fließend Schinesisch, was aber nur eine unbedeutenndä Leistunk is, *parce que* sie hat eine schinesische Mutter. Sprichst du Schinesisch, *mon ami*?

Leider nein, sagte ich, bemüht, das Thema zu wechseln. Jacques verzog die Mundpartie zu einem breiten Grinsen und sprach mit dem Mädchen, das ihm aufmerksam zuhörte. Beide lachten, ich gewann den Eindruck, über mich. Kim legte graziös die Finger auf die Schulter des Elsässers und sagte irgend etwas, das sich offenbar auf meine Person bezog.

Sie möchte wissen, übersetzte er, was du sie fragen willst?

Ach, begann ich stotternd und schlug ein Bein über das

andre, es war nur eine allgemeine Erkundigung, interessehalber. Immerhin fahren wir ja gemeinsam in der U-Bahn.

Der Franzose bestaunte mich einige Sekunden wie ein seltenes Tier. Dann fühlte er den fragenden Blick seiner Nachbarin, deutete zu mir herüber und begann, so schien mir jedenfalls, ein Gedicht aufzusagen.

Merci, sagte das Mädchen und zeigte mir ein herzliches Lächeln, das ich mir nicht mit asiatischer Höflichkeit zu erklären vermochte.

Was hast du ihr gesagt? fragte ich meinen Dolmetscher.

Etwas sehr Allgemeines, daß du findest, sie sei eine sehr hübsche *mademoiselle*, die dir interessehalber gefällt, daß du außerordentlich bedauerst, in die Schule nisch besser Französisch oder Kinesisch gelärnd zu haben ..., das findest du doch auch, Sebastian, oder?

Mir blieb nichts übrig, als gute Miene zu diesem Spiel zu machen. Und im Grunde hatte mein Gegenüber recht, denn – im Licht des Metrowagens sah ich, was in den düsteren Katakomben nur ahnbar war – Kim besaß seltene Anmut und Schönheit.

Stalingrad. Wir wechselten von der Linie 7 zur Nummer 2. Der Name der Metrostation erinnerte mich an Inge und die *Komplizin*.

Ich hätte nicht erwartet, wandte ich mich an Jacques, mitten in Paris dem Namen Stalins zu begegnen.

Pourquoi non? fragte der. Außerdem steht dort nisch *Stalin*, sondern *Stalingrad*. Das is eine gewisse *différence*. Etwa wie zwischen *Lenin* und *Leningrad*. Oder zwischen *George Washington* und *Washington*.

Aber Stalin ging als Diktator in die Geschichte ein, während Lenin als ...

Als was? *that is here the question* ...

Gut, nimm Washington, der war Demokrat.

Repüblikaner, knurrte Jacques, der erste im Krieg, der erste im Frieden, der erste im Herzän der Amärikaner.

Und *Stalingrad*, um darauf zurückzukommen, lebt eben in die Herzän des französische Volk, weil *les russes* haben geschlagen *les nazis* eben dort. Varstehst du?

Wir haben alles umbenannt, sagte ich.

Das is, was misch so varrückt macht an die Deutschen, sie benennen alles um und denken, sie änderten die Wält.

Er schüttelte sein weises Haupt. Die Metro hielt. Jacques öffnete die Wagentür und half Kim mit galanter Geste beim Einsteigen. Es begann wieder zu regnen.

Jacques wohnte im 14. *arrondissement, Belleville*, im Pariser Nordosten. Auf den Straßen herrschte reger Verkehr, wie auf einem Basar, Araber, Asiaten, Türken, Afrikaner, *Schwarze, Gelbe, Braune, Weiße*. Aus der Unterwelt steigend, umfing mich babylonisches Stimmengewirr. Vor der Wohnung meines Freundes stehend – und wirklich, er war mir bereits eigenartig vertraut –, hörten wir drinnen Lachen und Gläsergeklirr. Ich fürchtete die Begegnung mit einer hundertköpfigen Gesellschaft, doch saßen nur vier Personen, drei Männer und eine Frau, um den einzigen leeren Tisch – auf allen anderen Tischen und Stühlen der zwei Zimmer lagerten Bücher, Zeitschriften und Papierstapel. Man begrüßte einander mit großem Hallo, als hätte man sich jahrelang nicht gesehen, tauschte Umarmungen und Küsse. Ich hielt mich abseits, fühlte mich überflüssig. Irgendwann, nach einigen Ewigkeiten währenden Sekunden, erblickte mich der Hausherr, schlug sich mit der flachen Hand auf die Stirn und mir dann mit derselben auf die Schulter, nahm ein leeres Glas, einen Löffel und stieg auf den Stuhl. Er hielt eine Rede, um mich – ich wäre am liebsten in den Teppichboden versunken – vorzustellen. Was er sagte, verstand ich nicht, da er nicht übersetzte, aber daß er übertrieb, wußte ich sicher. Jedenfalls erntete er, auf meine Kosten, einige Lacher und viel Beifall. Schließlich zog Kim den Rhetor von seiner Tribüne.

Darf isch vorstellen, sagte Jacques und führte mich zu der dunkelblonden Frau, das is Nadine, sie arbeitet als Psycholog für eine große Automobilkonzern, dessen Namen isch immer vargesse. Nadine spricht kein Deutsch, varsteht aber alles, wegen ihre *profession*. Nur ihr Mann bleibt ihr äwiges Müsterium, dieser *monsieur* hier, Claude, ein Architekte mit viel gute Ideen und sehr wenig gute Aufträge. Näben ihm, der kleine Mann mit dem Korkenzieher, is das korrekt?, *oui*, Korkenzieher, eine wichtige Vokabel, heißt Jean, aber alle nennen ihn Jean-Paul, weil er früher jeden Tag ins *cinéma* rannte, wenn *Monsieur Belmondo* zu sehen war, er is natürlich Filmkritiker, ein *collègue* von mir. Und, *last but not least*, nisch, daß du denkst, isch sei ein varsteckte Rassist, der Mann mit die schwarzen Locken, sein Name is Pierre, er is der anerkannte intellektüelle Kopf von unsere *petite soirée*.

Neben dem Filmkritiker sitzend, starrte ich den *intellektüellen* Kopf an, der vis-à-vis an einem Rotweinglas nippte. Pierre trug schulterlange Rastalocken und erinnerte an einen berühmten, aber schon toten Reggae-Musiker. Er störte sich nicht an meinem Blick, zog es vor, Philosoph zu bleiben, indem er beharrlich schwieg. Der *cinéaste* Jean-Paul schenkte mir Wein ein und seine Aufmerksamkeit.

Där deutsche Film, erklärte er unvermittelt, stäckt in eine tiefe Krise.

Der französische aber auch, entgegnete ich patriotisch dreist.

C'est vrai, rief Jean-Paul, das is meine Rede seit swansig Jahren. Arbeiten *monsieur* auch für *le cinéma*?

Kaum, gestand ich.

Mit Fassbinder, Visconti und Truffaut starben die großen naiven Gäschichtenerzähler des europäischä Kino. Wir stehen vor eine tiefen Abgrund von *commerce* und postmoderne *avantgarde*. *L'aspect social* gerät immer mehr su eine Zufalligkeit, zu eine ornamentale Nebensache.

Jean-Luc hat richtig bemerkt, die Amärikaner zwingen der Welt ihre Erzählwaise auf. *Une occupation culturelle …*

Nadine warf vom Ende des Tisches eine Bemerkung ein. Entweder verstand sie wirklich *alles*, oder aber sie kannte die *Grundthesen* meines Gesprächspartners. Dieser nickte mit kummervollem Antlitz.

Sie sagt, sagte er mir, im Mittelalter, als es wenig *musique* unter den Leuten gab, außer auf Bällen oder etwas Flötenmüsik, kommunizierten die Menschen andärs. Heute glaubt man zu kommunizieren, aber man tut es nischt. In eine Flugzeug, eine *train* spricht keiner mit dem anderen. Im *cinéma* reden nur Leute auf der Lainwand. Nachher geht man raus, und keiner traut sisch, etwas zum Nachbarn zu saggen, wenn er ihn nisch kännt.

Der Beobachtung stimmte ich zu, obwohl ich nicht wußte, was sie mit der Krise der Filmkunst gemein hatte. Ich fragte mich vielmehr, was ich hier suchte, ich beteiligte mich an Debatten, von denen ich eigentlich keine Ahnung besaß, ich suchte Kim in der Runde, doch sie hielt sich wohl im anderen Zimmer auf. Wenn sie überhaupt noch da war.

Jean-Paul überschüttete Nadine mit einem Vortrag, ich wanderte mit meinem *Beaujolais* in den Nebenraum. Dort sah ich durch eine Art Fenster in die Küche, in der Jacques, Kim und der Architekt zusammenstanden und Kaffee kochten. Als ich die Uhr an der Wand wahrnahm, fielen mir die *Genossen* ein, der *Chef* wartete schon geschlagene zwei Stunden auf meinen Rückruf.

Jacques, sagte ich und steckte den Kopf in die Durchreiche, kann ich mal dein Telefon benutzen?

Mon ami, antwortete der Elsässer, was mein is, soll auch dein sein, meine Zahnbürste und meine Frau ausgenommen. Und die kommt sowieso erst morgen abend.

Mit wenig Hoffnung auf Erfolg wählte ich meine Nummer in der Heimat. Die Leitung knackte. Bange Sekunden des Wartens.

Hallo, hörte ich eine bekannte Stimme sagen.

Xenia, rief ich mit ehrlicher Freude, gut, daß du da bist. Ich brauche dich dringend …

Bemüh dich nicht, kam es frostig an mein Ohr, es ist aus mit uns, ich habe es satt. Ich hole nur noch meine letzten Sachen aus der Wohnung …

Einverstanden, laß dir Zeit, ich komme erst in ein paar Tagen zurück, bin auf einer Konferenz … Bitte hör mir ein letztes Mal genau zu und mach, was ich dir sage.

Ich höre, sagte sie.

Ich brauche unbedingt für einen Fragebogen die Telefonnummer, will sagen, das Geburtsdatum meines Vaters, du weißt, ich kann mir Zahlen so schlecht einprägen, geh also zu meinem Schreibtisch, im untersten Schubfach liegen meine persönlichen Dokumente, eine braune Kollegmappe, hol die mal ran.

Während Xenia nach meinen Unterlagen fahndete, goß Kim kochendes Wasser in die Mokkatassen.

Vous mettez du sucre dans le café? rief sie mir zu.

Habt ihr da Ausländer bei euch, erkundigte sich die neugierige Germanistin in der Ferne.

Jaja, sagte ich, Frau Professor d'Orsay, eine Pariser Lyrik-Spezialistin, hast du die Mappe gefunden?

Eine mit Schnippsgummis?

Ja, mit Gummis, stimmte ich entnervt zu. Öffne sie, ich habe es eilig.

In der Ruhe liegt die Kraft, brummte Xenia, hier haben wir es, Friedrich, ich wußte gar nicht, daß dein Vater Friedrich hieß.

Ist doch einerlei, brüllte ich in den Hörer, wie er heißt oder hieß, wann er geboren wurde, will ich wissen?

Am 10. Dezember '35, erklärte Xenia, in Jüterbog.

Okay, sagte ich 10. 12. 35, schönen Dank und schönen Abend.

Ich legte auf. Vor mir stand Kim.

Vous mettez du sucre dans le café? fragte sie mit einer Kaffeetasse in der Hand.

Oui, oui, sagte ich abwesend, *merci bien, mademoiselle Kim*, und wählte die Nummer der Genossen.

Na endlich, stöhnte der *Chef*, wir sitzen wie auf Kohlen. Weißt du, wie spät es ist?

Ja, sagte ich, denn die Küchenuhr lag in meinem Gesichtsfeld. Es gab einige Komplikationen, so daß ich ...

Du hast *sie* verloren, ich weiß, fuhr mir der *Genosse* ins Wort.

Nicht durch eigene Schuld, verteidigte ich mich, das Verhängnis begann in Amsterdam, dadurch brach die Verbindung ab, doch dank intensiver Suche hatte ich sie am Nachmittag wiedergefunden ...

Na bestens, triumphierte mein Auftraggeber, ich wußte, auf dich ist Verlaß.

Die Stimme des *Chefs* tönte durch die Kabel in so kindlicher Freude, daß ich nicht wagte, ihm den neuerlichen Verlust der *Komplizin* und des *Kandidaten* zu beichten.

Morgen beginnt die Messe, sagte er (und sagte mir damit nichts Neues), sieh zu, daß du an unserm Mann aus München dranbleibst. (Die Formulierung stieß mir eigenartig auf.) Ich bin im Besitz von Erkenntnissen, die einen direkten Zugriff der *Roten Grütze* nicht ausschließen. Das muß auf jeden Fall, hörst du?, auf jeden Fall verhindert werden. Wie können wir dich erreichen? In welchem Hotel bist du abgestiegen?

In noch gar keinem, sagte ich, der *Fall* nahm mich bis jetzt voll in Anspruch.

Verstehe, raunte es in der Muschel, wir sind stolz auf dich, deinen Einsatz wird ein Orden belohnen, gesetzt, alles verläuft reibungslos. Ruf morgen zurück. Dein Geburtsdatum vorwärts plus Tagesstunde rückwärts. Wir zählen von 1 bis 24. Alles klar?

Ja, sagte ich – und dachte, was wolltest du *ihn* noch fragen.

Wie ist das Wetter in Paris? erkundigte sich der *Chef*.

Regen, warum, ist das von Bedeutung?

Ein gutes Omen, flüsterte der führende *Genosse*, ein sehr gutes Omen.

Über dem Tisch hing eine dichte blaue Rauchwolke.

Sebastian, rief Jacques, du bist gefragt, es steht Aussagä gegen Aussagä. Du sollst machen *le chef du tribunal*.

Claude varteidigt, erklärte Jean-Paul, das ostlische Systäm, sozusagen aus Eigeninteresse, er meint, die Arschitektür, *les maisons d'habitations*, sei zwar in eine *situation catastrophique*, aber *les louer* bliebe für die Leute erschwinglich. *Les loyers – comment est-ce qu'on dit en allemand, Jacques?*

Mieten? sagte der und blickte mich zweifelnd an.

Ich nickte mit gestrenger Richtermine.

Gut, also die Mieten. Nadine hingegen vartritt die *thèse*, man kann nisch Unfreiheit durch eine kleine Freiheit eilig sprechen. Sie is unsere schöne *Jeanne d'Arc*, tritt ein für unsere wästlische Demokratie.

Nadine wagte einen offenbar spitzen Einwurf, denn alle außer Jean-Paul und meine Wenigkeit brachen in schallendes Gelächter aus.

Die demokratische Fraksion, erklärte er mir mit gespielter Scham, bezichtigt misch einer parteiischen Rhetorik. Das habe isch, *mesdames et messieurs*, übrigens nisch nötig, denn isch glaube an eine dritte Weg.

Claude wandte sich an Jacques mit einer Frage.

Er möchte wissen, sagte der zu mir, wieviel Zimmer du bewohnst und wie hoch die Miete iss?

Sechzig Mark, antwortete ich wahrheitsgetreu, für zwei Räume.

Wüviel Francs sind das?

Keine Ahnung, sechs Flaschen billiger Wein.

Habt ihr gehört, schrie der Elsässer, er zahlt *six bouteilles de vin*.

Par semaine? fragte Nadine.

In der Woche? fragte Jean-Paul.

Pro Monat.

Mon Dieu, ächzte der Hausherr, lief in die Küche, kam mit zwei vollen Flaschen zurück. Sechs Flaschen für eine Monat, das is keine *communisme, c'est le paradis*.

Jean-Paul hing mit den Lippen an meinem Ohr und übersetzte das Streitgespräch.

Nadine meint *maintenant*, flüsterte er, sie glaube schön an *socialisme*, aber nisch an das ostlische Modell, *par exemple* in die Beziehungen von *les enfants*, die Kinder, *oui*, und die Älteren, Mutter und Vater, oder bei *les animaux*, gebe es Stücke von *socialisme*. Oder natürlich in der Liebe es gibt Augenblicke, wenn die Arbeit der Körper keine Schprache braucht.

In diesem Augenblick öffnete Pierre, der intellektuelle Kopf, zum ersten Mal, seitdem ich im Raum war, den Mund.

Pierre fragt Nadine, ob sie glaube, ihre *chef, le président* von große Autofirma, sei eine *socialiste*, nur weil er saine *madame* oder sain Sohn zartlich begegne. Pierre erklärt, *le chef* blaibe *le chef*. Vielleicht nisch gerade ain *monstre*, aber eine *capitaliste* allemal. Geht es um Gäld, fragt er, oder um *émotion*?

Ja, sagte ich, zwar kenne ich nur einen einzigen Kapitalisten persönlich – was eine freche Übertreibung war –, aber der geht, sieht er seinen Profit gefährdet, über Leichen, er steckt, obwohl äußerlich ein verständiger, seriöser Herr, vielleicht sogar ein einfühlsamer Liebhaber?, tief im internationalen Waffenhandel.

Jacques teilte meine Meinung der Runde mit. Eine bedrohliche Stille breitete sich aus. Bist du besoffen, blitzte es durch mein trübes Gehirn, was quasselst du denn hier herum? Du bringst noch den ganzen Fall zu Fall. Jacques ist Journalist, Jean-Paul ist Journalist, wer weiß, was Pierre beruflich treibt, bestimmt wird er seinen Lockenkopf nicht nur zum Hütetragen benutzen. Der Rasta-Mann brach als erster das Schweigen.

Est-ce que le mois de septembre a trente ou trente et un jours? fragte er.

Trente, naturellement, sagte Kim und öffnete das Fenster. Ein eigenartiges Gefühl beschlich mich. Irgendwie hatte ich mich danebenbenommen. Einerseits fragte ich mich, was dieser abrupte Themenwechsel bedeutete, andererseits war ich froh, mich nicht tiefer in die Geschichte um *Blender-Kult*, die *Komplizin*, den *Kandidaten* und die *Genossen* verstrickt zu haben. Vorsicht, Vorsicht, dachte ich, es sind liebe Leute, aber wer weiß, Vertrauen ist gut, Kontrolle ist besser.

Pierre reichte mir eine Zigarette, ein unförmiges langes, selbstgedrehtes Exemplar, das sonderbar schmeckte. Da ich nicht unhöflich erscheinen wollte, zog ich den Rauch begierig in die Lungen. Als mir, nach zehn Zügen, schwarz vor Augen wurde, nahm mir Kim, mein Schutzengel, den starken Tabak aus den Fingern. Ich lehnte mich zurück, um meine Lage zu überdenken, konnte jedoch keinen klaren Gedanken fassen. Plötzlicher Durst überkam mich, ich schwankte oder schwebte oder flog zur Küche, wo ich, meine Erinnerung liegt in düsteren Nebel gehüllt, eine Flasche Mineralwasser austrank. Das letzte Bild, das sich mir einprägte, war das Gesicht von Kim, die in der Tür stand und sehr langsam den lächelnden Kopf hin und her bewegte. Dann versank alles in einer weichen Dunkelheit.

Sechster Tag

> Um eine Revolution zu machen, sind zwei Dinge erforderlich: jemand oder etwas, gegen das zu revoltieren ist, und jemand, der wirklich erscheint und den Aufstand macht. Die Kleidung ist normalerweise salopp, und beide Parteien können über Zeit und Ort mit sich reden lassen, aber wenn eine von beiden Gruppen sich nicht einfindet, wird die ganze Unternehmung wahrscheinlich scheitern. In der Chinesischen Revolution von 1650 erschien keine von beiden Parteien, und die Anzahlung für den Festsaal ging flöten.
>
> Woody Allen,
> *Eine kurze, aber hilfreiche Anleitung zum bürgerlichen Ungehorsam*

Der Fiepton einer elektronischen Armbanduhr ließ mich erwachen. Mühsam zog ich die Augenlappen von den trüben Pupillen und erblickte eine Landschaft aus schwarzem Haar. Wer ist das, wo bin ich? Mit zitterndem Zeigefinger teilte ich die Strähnen und legte das Gesicht frei – es war Kim, die mich verschlafen anblinzelte. In diesem Augenblick gewahrte ich, daß ihr Bein zwischen meinen Waden ruhte, wie kam es dorthin? Ich schloß die Augen. Kim zog – spürte sie meine Verlegenheit? – ihren Körper zurück und kroch aus den Decken. Trotz des Halbdunkels konnte ich sie durch die halbgeschlossenen Lider sehen, sie trug einen Slip, sonst nichts, und schlich wie eine Katze ins andere Zimmer. Mit einem leisen Seufzer des Bedauerns schlief ich wieder ein.

Mon ami, hörte ich und fühlte jemanden meine Schulter schütteln, der Kaffee is fertisch, die Sonne lacht, es is schon acht Uhr.

Jacques' frischrasiertes Gesicht.

Isch war schon in *le boulangerie*, habe frisches Brot gekauft. Du hast gesagt, gestern nacht, isch soll disch wäkken, spätestens *à huit heures*. Du wolltest nach *La Villette*.

Wohin, nuschelte ich aus den Kissen, will ich?

Zur Mässä, rief der Elsässer aus der Küche.

Ich sprang hoch – und fiel auf das Bett zurück. Mein Schädel schmerzte, als hätte ich zwischen Ziegelsteinen geschlafen. Was sagte er? Woher wußte Jacques ...? Warum hatte ich ...? Ich torkelte zur Dusche, mein Vermieter reichte mir grinsend ein Handtuch.

Sebastian, sagte er, isch hätte nie geglaubt, daß es so komische Deutsche gibt.

Du sublime au redicule il n'y a qu'un pas, monsieur, knurrte ich, verwundert über meine zitatenreiche Geistesgegenwart.

Olala Napoléon, antwortete der freche Franzose, hat er bei Kim *leçons de français* genommen *cette nuit*?

Marmelade mit Weißbrot, Kaffee mit Milch. Er legte eine Platte auf.

Dworschak, sagte Jacques, am Morgen höre isch immer *Stravinsky* oder diesen Tscheschän.

Scheinbar hatte er einen geordneten Tagesrhythmus.

Und das alles, setzte ich erneut an, habe ich gestern erzählt?

Du warst sehr gesprächig, hast dich gestritten mit Pierre wegen diese *capitaliste de Munich*, der herstellt *chocolat* und varkauft *des armes*, Pierre kannte diese *monsieur Blendeer* und seine Methoden. Du bist eksplodiert wie eine echte *patriote*, als er hat behauptet, *Blendeer* würde varschicken seine Waffen nach *Amérique du Sud et Afrique via* eine *port*, eine Hafen, in Osdeutschland.

Was, schrie ich, das hat er behauptet?

Oui, oui, und du hast etwa so wie eben reagiert. *Très irrité*. Hast gesprochen von *une organisation*, *une groupe*

Ro-tä Grietsä, die töten will *le monsieur bavarois*. Isch hatte große *complications* bei der Übersetzung von *Ro-tä Grietsä*, das muß seien eine Art Pudding. *Je ne comprends pas cette expression*. Pierre hat dich ausgelacht, er hätte nie gehört von eine *groupe* mit Namen *Gruau Rouge*, hat er gesagt. Du bist gewordän immer wütender. Erst als dir Pierre hat gegeben noch eine *cigare*, bist du geworden mehr friedlich. *En passant* hat er varsprochen, sisch heute gleich zu erkundigen, ob existiert eine solche *organisation*. Pierre steht in gute Varbindung zu eine linke *Journal*, heißt *Constellation Rouge*.

Aha, sagte ich, den Kopf in die Handflächen gestützt, hätte ich bloß nicht soviel getrunken.

Hast du nisch, beruhigte mich Jacques und räumte die Teller in die Küche, dir hat das Haschisch die Füßä umgeworfen.

Haschisch, o mein Gott. Bin ich jetzt drogenabhängig?

Möglicherweise bist du abhängig, aber nisch von das bißchen schwarze Afghane. Komm jätzt, wir müssen los.

Jacques warf die Kamera auf den Rücksitz, startete den völlig zerbeulten *Renault*, bot mir eine Zigarette an, aber ich lehnte dankend ab.

Wohin, fragte ich, fahren wir?

La Villette, antwortete er und jagte um die Kurve, wir haben doch eine Plan ausgeheckt in der Nacht. Erinnerst du dich dänn an gar nichts mehr?

Ehrlich gesagt, sagte ich, nein.

So etwas, rief der Franzose und beschleunigte die klappernde Blechbüchse, habe isch noch nisch erlebt. Es war doch deine eigene *idée*, *camarade*, daß wir machen ein *interview* mit *Blendeer*, auf EURO-BON-BON-HEUR, du als deutsche *journaliste*, isch als deine kleine bescheidene französische *photographe*.

Ach, murmelte ich, gar kein schlechter Einfall.

Herbstsonne in den Straßen von Paris, Straßenfeger

kehrten Abfall zusammen, Obsthändler bauten Stände auf, große weiße Wolken flogen im blauen Himmel.

Linker Hand, sagte mein Chauffeur und wies aus dem Fenster, wohnen einige berühmte Kollegen von dir, Molière, Hugo, Eluard, Oscar Wilde, Apollinaire und wer weiß isch noch …

Heine? fragte ich in Erinnerung an meinen morgendlichen Spruch.

Non, Henri liegt in *Montmarte*, das hier is *Cimetière du Père-Lachaise*.

Ich nahm mir nun doch eine Zigarette.

Paß auf, daß du nisch süchtig wirst, stichelte der Elsässer.

Spar dir deine Ironie, *mon ami*, entgegnete ich, sag mir lieber, worauf deine Bemerkung am Frühstückstisch abzielte.

Nein, rief Jacques, bremste hart vor einer roten Ampel, schaute mir verdutzt in die Augen, hast du misch nisch varstanden? Heute abend kommt meine Frau und meine Sohn Richard zurück von die Großeltern aus Nancy, da kannst du nisch schlafen bei mir. Hast du eine Frau?

Logisch, log ich,

Im Augenblick schien mein Intimleben einigermaßen durcheinander. Mit Xenia war es aus, mit der *Roten* hatte noch nichts begonnen, Dörte verschmähte mich, Inge begehrte mich, aber ich sie nicht – und das sollte noch nicht alles sein.

Das habe isch nisch gemeint, griente Jacques, *tu es marié*, bist du varheiratet?

Nein, erklärte ich, bin ich nicht.

Um so besser, sagte er, dann kannst du heut nacht bei Kim bleiben. Aber ich kann doch nicht, widersprach ich, nichts Gutes ahnend, zu Kim, ich kenne sie doch gar nicht, und über was soll ich mich mit ihr unterhalten, ich meine wie denn, sie kann doch nur, oder besser, ich kann doch nur …

Wenn isch nisch total blind bin oder taub, habt ihr euch gestern ziemlich gut varstanden. Ein bißchen zu gut, finde isch.

Was soll das heißen ...?

Tu nich so *naïf*, du schwerer Nötiger.

Ein was? Wovon redest du?

Sag bloß, sagte Jacques, du hast auch *das* vergessen?

Er sah mein Trottelgesicht und schüttelte kummervoll den Kopf.

Armer deutscher Junge, du tust mir leid. Er vargißt die schönsten Stunden seines Lebäns. *Ce soir* wir treffen Pierre, er bastelt dir eine kleine *cigare*, und dann wiederholst du *la fête d'amour*, damit du es dir merken kannst. *D'accord?*

Ich starrte auf das zitternde Tachometer.

Jacques eilte zum Pressebüro, wo er irgendeine Yvette kannte, die uns, wie er verkündete, *sans problèmes et sans d'argent* Messe-Akkreditierungen ausstellen würde. Ich rauchte eine *Gauloise* nach der anderen, durchforschte meinen Schädel, immer noch hoffend, einen kleinen Erinnerungsfetzen der letzten Stunden zu finden. Daß ich Jacques und Genossen von Blender (und *Genossen*?) erzählt hatte, beschäftigte mich weniger als die *histoire d'amour*. Trug ich im Erwachen die Unterhose am Leib? Ja, aber was bewies das? Ich konnte Kim doch nicht fragen, ob ich ... – per Dolmetscher? Unmöglich. Ausgeschlossen. Warum sollte sie, eine attraktive, geheimnisvolle Pariser Grazie – reiß dich zusammen, Mann – sich ausgerechnet mir, einem bekifften, hirnlosen Blödian – übertreib nicht, du besitzt einen gewissen deutschen Charme – in der ersten besten Nacht an den Hals schmeißen? Schmiß ich mich an ihren? Wer weiß, wie *Haschisch* auf meinen Körper wirkt? Aphrodisiakisch möglicherweise. Und war nicht das Mädchen schon erregend genug? So viele Fragen, so wenig Berichte. Ich lehnte den Kopf gegen die Scheibe.

Müde? fragte Jacques und wedelte mit zwei blauen Karten.

Ich denke nach.

Das Volk der Dischter und Denker, deklamierte er. *Alors*, erst kommt die Arbeit, dann das Vergnügen. *Scho-Ko-Kult* befindet sisch in Hallä Nümmero vierzehn.

Sonnabendmorgen, kurz nach 9 Uhr, bewegten sich nur wenige Menschen auf dem Messegelände. Riesige Transparente wiesen den Besuchern die Wege zu einzelnen Firmen. *De Breukmaier, Sovjetskaja Vischnja, Confetto Milano, Svedske Tre Bonbonas, Dulces y caramelos mexicanos*, alle süßen Leckereien dieser Erde versammelten sich hier. Zu meiner Verwunderung erblickte ich einen zehn Meter hohen Aufsteller des *VEB Süßholz* – Kekse und Waffeln aus Wurzen.

Übrigens, wandte ich mich an Jacques, der wie ein Profi die Kamera schußbereit in den Händen trug, falls ich die beiden sehen sollte, was nicht unwahrscheinlich ist, zeige ich dies durch starkes Husten an, wir treffen uns dann am Auto wieder.

Mais si, sagte der.

In Halle 14 trat uns ein baumlanger Neger in den Weg. Er wies mit seinen riesigen Händen auf seinen Bauchladen und überschüttete uns mit einem fremdländischen Wortschwall.

Was sagt er? fragte ich Jacques.

Soweit isch ihn varstehe, will dieser Kubaner uns eine *cigare* anbieten.

Ich wählte eine kleine, der Mann hielt mir ein Feuerzeug hin, ich dankte und ging schmauchend weiter. Jacques nickte mir aufmunternd zu, er hatte sein Geschenk in die Tasche gesteckt. Ich kam mir vor wie ein Geschäftsmann, der gerade einen Vertrag unter Dach und Fach gebracht hatte. Als ich Jacques dieses Gefühl mitteilen wollte, verschluckte ich eine dicke Wolke der *Havanna* und erlitt einen grausamen Reizhustenanfall. Mein Reporterkollege haute mir unter schallendem Gelächter auf den Rücken, so als müsse er einen zwanzig Jahre nicht gesäuberten Teppich ausklopfen.

Hör auf, brüllte ich, hör schon auf. Du schlägst mich ja tot.

Entschuldige, sagte er, isch muß jetzt zum Auto. Habe eine Varabredung.

Mit wem? fragte ich, nicht begreifend, auf wessen Arm ich saß.

Na mit dir, du hast doch gehustet wie eine *asthmatique* im letzte Stadjum.

Er hob den Fotoapparat vors Auge und drückte ab.

Le photo, sagte er verschmitzt, schenke isch Kim, damit sie dir Trottel nisch nachtrauert.

Weinbrandkirschen, Gummischlangen, Nougatriegel, *Baisers*, Kaubonbons, Zitronensplitter, Hustenperlen, Kandiszucker, weiße Schokolade, mit Nüssen, Sultaninen, Krokant, mit und ohne Yoghurt, Caramelcremes, Toffees, Oblaten, Lakritzstangen, Kekse, Waffeln, Plätzchen, Spekulatius, Lutscher, Sahnetörtchen, *chewing gum*, Geleefrüchte, russisches Brot, türkischer Honig, englische Drops – und dann sah ich ihn, *Dr. Kult-Blender,* in einem silbergrauen Nadelstreifenanzug, mit schwarzblauem Binder, diamantener Krawattennadel. Ohne Zweifel, dies war der Mann, den zu schützen mir mein Auftrag befahl.

Das ist der Herr aus München, raunte ich Jacques zu.

Dann los, sagte der, geh ihm um den Bart, *mon frère*.

Erstaunlich, wie einfach alles lief. Ich trat auf den Manager zu, mein Fotograf blieb zwei, drei Meter hinter mir, ich hielt das Notizbuch in der Hand und wies meine Pressekarte aus.

Herr Dr. Blender? säuselte ich devot, mein Name ist

Sebastian von Trautenheim, ich arbeite als freier Journalist für die *Alemannische Woche*, gestatten Sie ein paar Fragen?

Der Münchner musterte mich zwei Sekunden, streichelte seine rechte Kotelette, warf einen Blick auf seine schwere goldene Armbanduhr.

Fragen dürfen Sie, wenn Sie sich beeilen, aber eine Antwort kann ich Ihnen nicht versprechen.

Tausend Dank, ich verbeugte mich. Sie, Herr Doktor, gelten unumstritten als einer der führenden Köpfe des internationalen Süßwarengeschäftes. Haben Sie es eigentlich noch nötig, auf einer Messe wie EURO-BON-BONHEUR präsent zu sein?

Das war der richtige Weg, Oswald Blender fühlte sich geschmeichelt und konnte auf sein altehrwürdiges Berufsethos verweisen.

Wissen Sie, junger Mann, begann er altväterlich, die einen Geschäftsleute handeln, um Geld zu verdienen, die anderen handeln, um zu handeln. Ich zähle zu letzteren.

Aber, mit Verlaub, wagte ich einen Einwurf (den ich in keinster Weise zu belegen vermochte), die Umsätze Ihrer Firma erreichten im vergangenen Jahr ungekannte Größenordnungen.

Tja, sagte der Manager, sichtlich zufrieden, mitunter gelingt, das eine mit dem andern zu verbinden.

Herr Dr. Blender, fuhr ich fort, ich glaube, Sie stehen für jene wenigen Unternehmer der alten Schule, die es schafften, mit den neuen Erfordernissen des Marketings Schritt zu halten. Was, glauben Sie, macht das Geheimnis Ihres Erfolges aus?

Kein Mysterium, sagte der Doktor streng, mein Rezept lautet: Arbeit, Arbeit und nochmals Arbeit.

In diesem Augenblick näherte sich eine langbeinige Blondine dem Münchner Menschen und flüsterte ihm etwas in sein großes rotes Ohr.

Tut mir leid, verehrter Freund, sagte der, ein wichtiger Termin, Sie entschuldigen mich?

Blender ließ mich stehen.

Herr Doktor, rief ich, eine letzte Frage: Würden Sie mir ein ausführliches Gespräch gewähren, die Leser meiner Zeitung, vorwiegend liberal-konservative Kreise, zeigen sich gerade Ihren Erfahrungen außerordentlich aufgeschlossen. Es wäre ein Gewinn …

Sie sind ja ein zäher Bursche, raunzte der Kapitalist, das gefällt mir, kommen Sie heut abend zu mir, ich gebe ein kleines *Dinner*, da können Sie erklären, was Ihnen *in concreta* vorschwebt. Sabine, übergeben Sie dem Herrn eine *invitation*.

Der blonde Engel öffnete seine Krokodillederhandtasche und reichte mir einen kreideweißen Briefumschlag.

Yvette, Jacques' Bekannte im Pressebüro, bewirtete uns mit einem Espresso. Der Elsässer las die Einladung.

Der Direktör und Aufsichtsratsvorsitzende der *Scho-Ko-Kult AG Muniche, monsieur docteur* Oswald Blendeerr, gibt sisch Ehre zu einladen zu eine Empfang wegen Anlaß von Aröffnung *de la exposition EURO-BON-BONHEUR à Paris, in la Villa Ralfini, avenue Raimond Poincaré, le samedi*, Sonnabend, also heute, *à dix-neuf heures*, um neunzehn Uhr abends. Es würd gebeten, in Abendkleidung zu arscheinen. *C'est tout*.

Steht diese Villa außerhalb der Stadt?

Non, l'avenue Poincaré befindet sisch in die Nähe von *Place Charles de Gaulle*, bei *Champs-Elysées*, wärst du eine echte Freund, hättest du gebeten um zweite *invitation* für deine Kameramann. Sicher gibt es Austern und Trüffel, Kaviar und viel *champagne*.

Entschuldige, ich war nervös, stammelte ich, und froh über eine Karte …

Hast du überhaupt eine Anzug? unterbrach Jacques.

Nein, wieso, woher denn?

Merde, schimpfte der Elsässer, meine *robe noire* wird dir nich passen. Siehst du aus wie eine Vogelscheusal. Aber in dein Katakomb-Hosen und die graue Pullover kannst du nisch gehen zu die Business-Läute. Das macht kein serjöse *journaliste*. Du mußt anrufen die osdeutsche Botschafter und bitten um *solidarité*.

Bist du wahnsinnig, mein Botschafter läßt mich verhaften oder steckt mich ins erste Flugzeug nach Hause. Der Mann hat doch keine Ahnung, welche Intrigen hinter seinem Rücken gesponnen werden. Der leiht mir keinen Anzug, der steckt mich in eine Zwangsjacke. Möglicherweise kenne ich jemanden, der mir weiterhelfen kann, aber ohne Garantie.

Du mußt es probieren, sagte der Elsässer, ohne Anzug kein Kaviar, das is so sischer wie das Amen in der Kirsche.

Ich fummelte meine Brieftasche heraus und begab mich zum Telefon, Jacques nutzte die freie Minute und beschoß Yvette mit Papierkugeln.

Allô! hörte ich eine weibliche Stimme sagen.

Hallo, rief ich, Hallo, Madame von Trautenheim?

Qui est à l'appareil?

Jacques war beschäftigt, ich verstand nichts, begann zu schwitzen.

Je vous comprends très mal, sagte die Stimme.

Elisabeth von Trautenheim, wiederholte ich, bitte, ich möchte Frau von Trautenheim sprechen.

Ne quittez pas, hauchte die Unbekannte.

Wer spricht dort? fragte die Diva.

Wie schön, Sie zu hören, jubelte ich, Frau von Trautenheim, ich bin's, erinnern Sie sich, wir trafen uns in Amsterdam, auf dem Flughafen …

Ach, der Dichter, schnarrte die alte Dame, kamen Sie heil nach Paris?

Danke der Nachfrage, antwortete ich, und Sie selbst? Trafen Sie Ihren (wie hieß er doch gleich?) Sohn?

Shambhutnath, natürlich, er weilte nur kurz zu Hause, flog heut morgen schon wieder nach Boston.

Wie schade, da werde ich ihn wohl nicht kennenlernen. Peinliche Pause. Was sollte ich sagen? Die Diva war eine kluge Frau und ich ein schlechter Lügner. Ehrlich währt am längsten, riet mir meine tote Großmutter.

Frau von Trautenheim, ich muß unbedingt mit Ihnen sprechen. Ich stecke in einer Klemme, und nur Sie …

Nicht am Telefon, unterbrach mich die weise *Lady*, ich habe Ihnen doch angeboten, Sie können mich jederzeit besuchen.

Jetzt gleich? fragte ich tollkühn.

Oho, rief Elisabeth, Sie beschäftigt offenbar ein dringender Fall. Ich erwarte Sie, Verehrtester.

Jacques setzte mich an der Oper ab, nicht ohne eine Bemerkung über das *monstre* fallengelassen zu haben. Nach seiner Erklärung sollte ich bis zur nächsten Kreuzung laufen und dort auf den *Boulevard Haussmann* abbiegen. Hunderttausende Autos verstopften die Straßen, hupten, scherten aus, stießen zurück, drehten um, überholten, knallten gegeneinander, dröhnten, rauschten, klapperten, jaulten. Politessen ruderten ekstatisch mit den Armen, wie Leonard Bernstein im Finale von Beethovens Dadadatam-Sinfonie. Alle *sensations* ließen mich kalt, ich überlegte fieberhaft, was ich der alten Dame sagen konnte, ohne sie in den *Fall* einzuweihen, ohne Gefahr zu laufen, von ihr des Meineides überführt zu werden. Immerhin besaß sie einen *tiefen* Blick.

Das Portal des Hauses Nr. 12 hatte ohne jeden Zweifel ein Meister des Jugendstil entworfen. Trotz meiner Eile verharrte ich in Bewunderung. Hündchen und Hirsche, Pferde und Schwäne lebten in der friedvollen Eintracht des Holzes, geharnischte Jäger ruhten im Mittag an kräftigen Eichen oder Buchen oder Ahornbäumen, umspielt von

Nymphenwesen und Blumen, Blüten und Ranken. Schön war sie, diese Tür, und, wie alles Schöne der Welt, verschlossen. Ich zog an der altmodischen Klingel – und wartete. Nichts geschah. Stimmte die Anschrift, ich kramte die Visitenkarte hervor, ja, Nummer 12. Plötzlich stand ein junger Mann vor mir, der, wie ich blitzschnell erkannte, meine Statur besaß und einen erstklassigen Anzug trug.

Bonjour, sagte ich freundlich und reichte dem Herrn meine Rechte.

Dieser sah mich verblüfft an – was mich nicht minder verwirrte – und gab mir, sein Zögern überwindend, die Hand. Siehst du irgendwie infektiös aus? grübelte ich und kontrollierte meine Erscheinung in einem der kristallenen Spiegel, die das Treppenhaus zierten. Ein Palast. Das Geländer glänzender Messing, marmorn die Stufen, auf denen arabische Teppiche zur Wohnung hinanführten. Das glorreiche Portal erschien wie eine Spielerei im Vergleich zu den Deckengemälden, wilden Jagdszenen, den Rossen und Rittern, halbnackten Göttinnen, der Farbenpracht der Gobelins, dem Glanz der Lüster. Ich betrat die *salons* der Elisabeth von Trautenheim – und roch, ja schmeckte den Geruch meines umhergetriebenen Körpers.

Treten Sie ein, treten Sie ein, trällerte die Diva.

Sie erschien in einem – ich hätte es ahnen können – laubgrünen Kimono, das Haar hochgesteckt, einen Fächer in den Fingern. Ich tippelte ihr entgegen, verbeugte mich wie ein Schuljunge, drückte den obligaten Kuß auf die lässig dargebotene adlige Hand und trat in gebührenden Abstand zurück.

Es freut mich, freut mich außerordentlich, Sie bei mir zu wissen, mein Lieber, Ihr Anruf hat mich in Angst und Schrecken versetzt, Paris ist ein gefährliches Pflaster, ein Hort von Sünde und Laster, verzeihen Sie mein Altweibergeschwätz, nehmen Sie Platz, *Cognac*, Champagner oder einen guten kanadischen Whisky? Ein edler Tropfen, der jeden *Bourbon* in den Schatten stellt. Sie stehen ja immer noch. Legen Sie ab. Fühlen Sie sich ganz wie zu Hause.

Sosehr ich mich bemühte, das Gefühl wollte sich nicht einstellen. Ich war geblendet, was ich hier, in dem parkettversiegelten Gemach – kein anderes Wort schien passender –, zu sehen bekam, verschlug mir die Sprache. Auf glitzernde, leuchtende edle Metalle und Hölzer war ich vorbereitet, doch zwischen einem Picasso und einem Modigliani – ich zweifelte keine Sekunde an ihrer Echtheit – zu stehen kam mir unwirklich vor wie ein Traum. Ich stolperte auf einen Korbstuhl zu und ließ mich fallen.

Sie sitzen im Katzensessel, sagte Elisabeth von Trautenheim. Ist Ihnen nicht wohl?

Die Geschichte ist nicht ganz einfach, begann ich stokkend, sie ist sogar reichlich verworren.

Das nahm ich an, bemerkte die *Lady*, doch glauben Sie mir, *mon cher*, nichts ist so verworren, als daß man es nicht entwirren könnte. Denken Sie an den gordischen Knoten.

Als ich in Paris landete, erzählte ich, fiel kalter Herbstregen auf die Stadt, ich wußte nicht, wohin, da setzte ich mich müde in ein *bistro*, und dort …

… haben Sie sich verliebt, vollendete Frau von Trautenheim meinen Satz.

Ja, ich begegnete einer jungen Frau, zu der es mich unwiderstehlich hinzog, sozusagen Liebe auf den ersten Hieb, eine Art Wahlverwandtschaft würden Sie sagen.

Gratuliere, aber die Sache besitzt offenbar einen Haken, ist die Dame nicht *frei*?

Das kommt hinzu, sprach ich, sie lebt mit einem Mann zusammen, doch mein jetziges Problem ist ein anderes, ich soll sie heut abend auf einen Empfang begleiten …

Und Sie fürchten eine Auseinandersetzung mit Ihrem Kontrahenten?

Nein, widersprach ich heftig, ich kann nicht auf das Bankett, weil …

Ist das Mädchen reich? unterbrach mich der Filmstar erneut.

Keineswegs, lachte ich, so arm wie ich.

Dann geht doch ins Kino wie andere Verliebte, das ist billig und allemal amüsanter als eine stupide Stehparty der *high society*.

Unbenommen, erwiderte ich, würde ich jeden x-beliebigen Western einer solchen Veranstaltung vorziehen, aber leider gibt es Gründe, die unsere Präsenz auf dem *dinner* erzwingen, und darum wollte ich Sie fragen …

Moment, sagte die Diva, goß sich Sekt in ihr hauchdünnes Glas, immer der Reihe nach. Was für Gründe?

Elisabeth von Trautenheim ließ sich nicht einwickeln. Ich hätte es wissen müssen. Sie investierte nicht in unklare Angelegenheiten.

Dieses Mädchen, fuhr ich fort, leidet an einem eigentümlichen Wahn. Zwar bin ich neurologisch ungebildet, denke aber, daß Fachleute dahinter einen Grenzfall von *pseudologia phantastica* vermuten dürften. Katharina verwechselt, ach, was sag ich, sie lebt die Biographie ihrer Mutter, hat diese zutiefst verinnerlicht.

Was Sie nicht sagen, mein Lieber, die menschliche Seele ist reich an Extravaganzen.

Ganz recht, doch so spannend der *akademische* Befund scheint, so bewegend und zermürbend ist die lebendige Begegnung mit demselben. Zumal das Mädchen offenbar in akuter Lebensgefahr schwebt.

Mon Dieu, stöhnte die alte Dame und stürzte das Glas hinunter, ich bin erschüttert.

Offenbar, erläuterte ich weiter (sicher, den rechten Weg zum Herzen der Elisabeth von Trautenheim gefunden zu haben), kreuzte irgendwann nach dem Krieg ein Mann das Leben der Mutter von Katharina, der dieser im folgenden, wie, entzieht sich meiner Kenntnis, übel mitspielte. Der Unbekannte (der im übrigen leider kein Unbekannter ist) zerstörte, wie meine Freundin versicherte, die harmonische Jugend dieser Frau …

Welcher? warf die Diva mit berechtigter Unsicherheit ein.

Der Mutter, sagte ich knapp, die, verfolgt und gepeinigt von jenem Herren, ihre Heimat aufgab, in die Fremde zog, ins soziale Abseits geriet, schwer erkrankte und im Elend starb. Diesen Schock konnte das Mädchen, also Katharina, offenbar nie verwinden. Sie wußte um die schändliche Rolle jenes Mannes, sah in ihm den *Mörder* ihrer Mutter, den Schänder ihres Familienglücks. Jener Herr war, inzwischen reich geworden, mit einem neuen Namen untergetaucht. Katharina setzte alles daran, ihn zu finden und – mit Erfolg. Ihr Plan heißt Rache. Sie will jenen Verbrecher nicht allein überführen, sie will sein Geständnis und bedient sich einer ungewöhnlichen Taktik. Sie verfolgt den Mann in der *Person* ihrer Mutter und kann dies, weil sie um deren Leidensgeschichte weiß und ihr, dank eines sonderbaren Einfalls der Natur, auf verblüffende Weise ähnlich sieht.

Und jener Mann, flüsterte Elisabeth, weilt in Paris?

Exactement, sagte ich weltmännisch, er gibt heute abend ein Essen in der Villa Ralfini, der *monsieur* wechselte zwar seine Identität, nicht aber seine grausamen Methoden.

Rufen Sie an, befahl die alte Dame, telefonieren Sie, ich muß das Mädchen kennenlernen.

Aber das geht nicht, stotterte ich.

Mein Lieber, hauchte die adlige Diva, brauchen Sie einen der englischen Zweireiher meines Shambhutnath oder nicht? Also tun Sie einer alten Freundin den Gefallen, meine Neugier wird Ihnen nicht zu Schaden gereichen, denn mir scheint, *pardon*, mein Gefühl trügt mich selten, irgend etwas ist an dieser *story* faul.

Wenn sie wüßte, dachte ich, wie recht sie hat. Blieb mir eine andere Wahl, als das Risiko einzugehen? Ich hatte mich schon zu tief in den Fangstricken des *Falls* verfangen, um jetzt aussteigen zu können, der gordische Knoten, ich spürte es, zog sich immer enger um meinen Hals zusammen, durch den ich langsam, Tropfen für Tropfen, den *Whisky de Canada* fließen ließ. Mich mühsam aus dem Katzensessel quälend, kramte ich das Notizbuch aus der Tasche, in der in wildem Durcheinander die teuren (und *sinnlosen*?) Materialien meines Auftrags sich stapelten, ich straffte mich, ging zum Telefon, das, äußerlich dem Jahrhundertanfang zugehörig, ein hochtechnologisches Wunderwerk darstellte. Ich wählte die erste der Telefonnummern, lauschte kurz dem Freizeichen und legte wieder auf.

Es geht niemand an den Apparat, sagte ich mit bedrückter Stimme. Katharina wollte zum Golfplatz, wenn ich mich recht erinnere.

Jetzt, kurz vor dem Winter? wunderte sich die Herrin der *salons* und nahm mir die Kladde aus den Fingern, setzen Sie sich wieder hin, aber, wenn ich bitten dürfte, aufs *chaiselongue*, nicht auf den *Prinzen*.

Der *Prinz*, ein großer grauer Kartäuserkater, räkelte sich auf meinem (besser *seinem*) Korbstuhl und starrte mich mit sonnenblumengelben Augen an.

Michelle, rief die Diva, *venez ici, ma chère, s'il vous plaît.*

Die Gerufene, die, in ein eng anliegendes schwarzes Kostüm gehüllt, den Raum betrat, würde ich sofort die *Rote* getauft haben, wäre dieser Name nicht schon durch Helena Zielinski usurpiert gewesen, ihr Haar glänzte wie die Kühlerhaube eines frischgewaschenen Feuerwehrautos und verlieh dem Gesicht eine wächserne Unnahbarkeit. Michelle sah durch mich hindurch. Elisabeth von Trautenheim redete mit ihr, doch zu rasant, als daß ich hätte begreifen können, um was es ging.

Wie heißt das Fräulein mit Nachnamen, wollte die alte Dame wissen.

Lichtfeld, Katharina Lichtfeld, nuschelte ich und fügte mich in mein Schicksal.

Und unter welcher dieser drei Nummern erreichen wir die Dame Ihres Herzens?

Ich muß gestehen, ich weiß nicht, in welcher Pension *Voltaire* sie eigentlich wohnt.

Sie Geck, lachte Elisabeth und flüsterte mit Michelle.

Diese setzte sich neben das Rokoko-Tischchen, auf dem das Telefon stand, und begann die Nummern durchzuprobieren. Ich blickte abwechselnd auf den schnurrenden *Prinzen* und die Gazellenbeine der jungen Dame, welche, wie mir die Diva nebenbei erklärte, ihre Sekretärin sei. Frau von Trautenheim beobachtete mich schweigend, als denke sie angestrengt nach.

Sie ist schön, nicht wahr?

Ich nickte, ertappt, zerstreut, und sah, der Zeigefinger der Greisin wies nicht, wie ich vermutete in Richtung der Telefonistin, sondern zu einer kleinen Bronze-Statue auf dem Kaminsims. Eine zierliche Tänzerin, die sich den Schuh vom Fuß zog.

Degas, sagte sie.

Ach ja, sagte ich.

J'aurais aimé parler avec mademoiselle Catharine Lichtfällt, sang Michelle in den Hörer, *oui, oui, un petit moment, monsieur. Madame, la ligne est libre*.

Elisabeth gab mir ein Zeichen, ich solle mich zum Telefon begeben. Ich folgte widerwillig.

Hallo, rief ich, *bonjour,* Fräulein Lichtfeld.

Hallo, baßte eine Stimme, die mich zusammenzucken ließ, wer spricht dort?

Es war P., und ich verfluchte mich, nicht an ihn gedacht zu haben. Was, wenn er mich erkannte? Ich riß mein zerknautschtes Schnupftuch aus der Hosentasche und wikkelte es um die Muschel.

Ich bin ein Freund, krächzte ich wie ein fünfzigjähriger Rabe, ein Freund der Familie, ich muß mit Katharina reden.

Moment, grunzte der Maler grimmig.

Ich zog das Tuch von dem silbernen Hörer. Zu früh, wie mir leider zu spät auffiel.

Warten Sie einen Augenblick, schnarrte der *Kandidat* erneut.

Jaja, krähte ich, versuchte den Lappen wieder in die verhüllende Lage zu bringen, wobei mir das Telefon aus dem Griff glitt, ich es nur mit einem kühnen Ausfallschritt vor dem Sturz bewahren konnte, dabei selbst auf einem schmalen Orient-Teppich ausrutschte und mit zitternden Knien auf dem Parkett landete.

Hallo, sagte Katharina.

Hallo, stammelte ich auf dem Boden sitzend. Wie geht es Ihnen?

Gut, antwortete diese so matt, daß ich an ihrer Ehrlichkeit Zweifel hegte.

Haben Sie viel zu tun, auf der Messe?

Es hält sich in Grenzen. Gerade heut nachmittag konnte ich mich für ein paar Stunden freimachen und wollte Sie fragen, ob wir nicht gemeinsam einen Kaffee trinken könnten.

Aber ich bitte Sie, sagte die *Komplizin* zurückhaltend.

Ich bitte Sie, entgegnete ich.

Ich preßte das Taschentuch auf den Hörer und wandte mich den beiden Damen zu, die mit gewisser Entgeisterung auf mich niederblickten.

Sie will nicht, preßte ich durch die Zähne.

Frau von Trautenheim nahm mir kurz entschlossen den Hörer ab und die Verhandlungen in die Hand.

Hier spricht Elisabeth von Trautenheim, hören Sie, Fräulein Lichtfeld, zieren Sie sich nicht wie eine Zicke am Strick, ich bitte Sie herzlich, wir holen Sie ab, in dreißig Minuten? Gut, einverstanden, in einer Stunde. *A bientôt!*

Die Diva nickte noch mehrmals und hängte dann ein.

Was heißt *wir*? fragte ich vom Untergrund.

Wir heißt *Sie*, sagte die Dame und blickte auf ihre Armbanduhr, Katharina wartet Punkt 13 Uhr vor der Pension *Voltaire, rue de Cujas*.

Wunderbar, flüsterte ich traurig.

Übrigens, meinte die Diva und schritt zu ihrer Sektschale zurück, bewunderten Michelle und ich Ihre unkonventionelle *jonglage* mit dem Telefon, Chaplin, den ich bis zu seinem Tode meinen Freund nennen durfte, würde Ihnen die Stirn geküßt haben vor Vergnügen.

Sie steigen in die Metro, Richtung *Mairie d'Ivry*, wechseln *Chatelet* in die *RER*, fahren bis *Luxembourg*, laufen ein Stück den *Boul' Miche* hinunter. Oder nein, wir machen es anders, leider hat André, mein Chauffeur, ausgerechnet heute seinen freien Sonnabend, können Sie Auto fahren, ja?

Ich nickte, nicht ahnend, worauf *madame* hinauswollte.

Bien, sagte die Diva entschlossen, aber ich warne Sie, Teuerster, Auto fahren allgemein und Auto fahren in Paris unterscheidet sich in etwa so wie ein Spaziergang auf dem Bordstein von einem Seiltanz in der Zirkuskuppel. Nicht, daß ich Angst um meinen Wagen hätte, der ist gut versichert. Meine Sorge gilt einzig Ihrem werten Leben.

Worte, die ihre Wirkung nicht verfehlten.

Kann ich noch mal telefonieren? fragte ich.

Bitte, bitte, raunte die *Lady*, am besten stellen Sie den Apparat gleich auf den Perser.

Jacques, rief ich, ich bin's.

Hallo, *mon ami*, hast du den Frack?

Noch nicht, beruhigte ich ihn, er wird sozusagen gerade genäht. Kannst du mich abholen, ich muß dringend …

Tut mir leid, ächzte der Journalist, meine Wagen is varnichtet worden von eine wahnsinnige fliegende Holländer, der misch hat gerammt *à la Place de la République, une grande carambolage*, isch kann froh sein, daß isch noch lebendig, und der Mann aus Amsterdam auch, daß isch bin eine zurückhaltende Elsässer Humanistä.

Ärgerlich, sagte ich (und fror in Erwartung der bevorstehenden Autofahrt), kannst du mich um ein Uhr, das heißt in 45 Minuten, in der *rue de Cujas* Nummer 26 abpassen, ich brauche dich *unbedingt*.

Leider nein, sagte der treue Gefährte.

Unbedingt, wiederholte ich flehend.

Weil du ein gemeiner, böswilliger Varbrecher bist, rief er, werde isch meinen letzten freien Nachmittag opfern und nisch zu Yvette gehen, kannst du dieses Opfer einschätzen?

Ich werde es dir nie vergessen, rief ich.

Madame von Trautenheim reichte mir die Autoschlüssel.

Der Wagen steht unten, hier, nehmen Sie den Stadtplan. Das Garagentor öffnet sich per Druckknopf, der befindet sich, ach, wissen Sie, Michelle zeigt Ihnen alles an Ort und Stelle. Geben Sie auf sich acht.

Sie verabschiedete mich wie Amundsens Mutter ihren Sohn, als der zum Hochland des Südpols aufbrach. Ich hoffte sein Schicksal nicht teilen zu müssen. Michelle ging voran. Im Flur erblickte ich auf einem Kleiderständer aus Elfenbein einen großen Herrenhut und mehrere Sonnenbrillen. Erst lief ich daran vorbei, doch, schon an der Tür, überwand ich – einer Eingebung folgend – meine Scheu und holte mir die Kopfbedeckung und ein paar dunkle Gläser. Shambhunath, fremder Mann aus Uttar Pradesh, vergib mir, habe Dank, es dient einer guten Sache.

Die Garage, zweimal so groß wie meine Wohnung, nur besser möbliert, entsprach der Größe der schwarzen chromglitzernden Limousine, die ebenso alt und ebenso restauriert schien wie das Telefon.

Vous ne pouvez pas faire demi-tour, on est dans une rue à sens unique, sagte Michelle, drückte mit ihrem rotlackierten Finger einen roten Knopf, worauf sich das Tor schnarrend öffnete.

Ich steckte den Schlüssel ins Zündschloß, atmete durch

und startete. Der Wagen brummte wie ein Kühlschrank, eine übersichtliche Schaltung, offenbar mit fünf Stufen. Im ersten Gang tuckerte ich die Schräge hinauf, rollte auf einem Kiesweg durch einen kleinen, parkähnlichen Garten. Michelle lief vor dem Auto, und ich wußte nicht, worauf ich stärkere Aufmerksamkeit lenken sollte, auf das Lenkrad oder ihr wippendes Hinterteil. Bald sollte ich bereuen, sie nicht gebeten zu haben, mit mir zu kommen, aber jetzt war es zu spät, sie schloß die Ausfahrt auf, winkte und ließ mich davonfahren.

An der nächsten Ecke der kleinen Straße bremste ich die, wie ich sie forthin nannte, alte Schaluppe, entfaltete die Karte und folgte dem blauen Strich, mit dem mir die Diva die Route aufgezeichnet hatte. Ich befand mich in der *rue Taitbout* im Norden, wollte in den südlichen Teil, also hart links, dann die übernächste wieder, bis zum Opernplatz (den ich zu kennen glaubte), dort abbiegen auf die *avenue de l'Opéra*, gradeaus bis zur *rue de Rivoli*. Kann so schwer nicht sein. Vorsichtig zog ich den Wagen um die Ecke. Die Uhr im Armaturenbrett, das dem Cockpit eines Verkehrsflugzeugs glich, zeigte 12 Uhr 23. Eile mit Weile, beruhigte ich mich, schaltete und erreichte ohne größere Gefahr die *Place du monstre*. Dort war die Hölle los, ich versuchte die mittlere Spur zu fahren, wurde mehrmals abgedrängt, blinkend, die Hand aus dem Fenster streckend, driftete ich auf die Bahn für Rechtsabbieger ab, jeder Halt wäre mit Beulen bezahlt worden, alle Autofahrer rasten, als wären sie gerade Vater, Urgroßvater oder Großmama geworden und auf dem Weg zur Klinik. Eingekeilt in einen Blechpulk, jagte ich über die *Place Vendôme*, sah die Säule, Courbets Name und des *Kandidaten* Gesicht durchblitzten meinen fiebernden Kopf, ich steuerte die teure Schaluppe wie in Trance und erreichte die *Quais*. Die Seine bekam ich wieder nicht zu Gesicht, da meine Augen an der Stoßstange meines Vordermanns hingen und nervös in den Rückspiegel schielten. Ich nahm die erste beste Brücke, ein Blick in die Karte hätte mir gesagt, daß es die beste nicht war, denn ich geriet in die engen Gassen des *Quartier Latin*. Hier irgendwo hatten mich die *flics* verfolgt, mir fehlte jede Orientierung. Der Fahrzeugstrom stockte, im ersten Gang zuckelte ich Meter um Meter vorwärts, hoffend, auf eine Magistrale zu stoßen. *Rue de Provence* stand auf dem blauen Straßenschild, oGottoGott, es ging nicht voran, nicht zurück. *Rien ne va plus*. Sekunden verstrichen. Plötzlich ertönte eine Klingel im Fond der Limousine. Auch das noch, ein Alarmsignal, Kühlwasserverlust oder Motorschaden? Das Bimmeln machte mich rasend, obwohl ich feststand beziehungsweise -saß. Hartnäckiges Läuten, ich riß das Handschuhfach auf – und sah ein Telefon.

Ja, *madame*, sagte ich mit fester Stimme, alles *bien*, nur daß ich im Stau stecke, *rue de Provence*.

Wo liegt *die* denn, fragte die Diva am andern Ende der Stadt.

Das wollte ich Sie eigentlich fragen, sagte ich vorlaut, weil ich kann sie nicht entdecken, auf der Karte …

Ach ja, stieß Elisabeth aus, den *plan de Paris* gab ich Ihnen ja mit auf den Weg. Wie unangenehm …

Hören Sie, verehrte Frau von Trautenheim, fiel mir ein, während ich den Wagen zehn Zentimeter nach vorn schob, in meiner Ledertasche, am Fuße des Katzensessels, müßte ein Stadtplan liegen, wenn Sie so freundlich wären und mal nachschauten …

Moment, schnarrte der Filmstar und donnerte den Hörer auf das *Louis-quinze-Möbel*.

Wie ein echter Lebemann, das Autotelefon ans Ohr geklemmt, den Schlapphut auf dem Haupt, die Sonnenbrille auf der Nase, lenkte ich die Schaluppe durch das Universitätsviertel.

Sie befinden sich ganz in der Nähe, rief meine Retterin, nein, bin ich froh, bleiben Sie auf dieser Straße, sie führt direkt auf den *Boul' Miche*, überqueren Sie diesen, die gegenüberliegende Straße müßte die *rue de Cujas* sein.

Genau 12 Uhr 55 erreichte ich die Pension. Jacques wartete bereits, ich hielt neben ihm, er aber ignorierte mich oder mimte konspirative Zurückhaltung.

Monsieur, rief ich, mich aus dem Fenster beugend.

Oui, sagte der, *qu'est-ce que je peux faire pour vous, monsieur?*

Feuer bitte, sagte ich, schob die Brille auf die Stirn.

Der abgebrühte Journalist riß die Augen auf wie ein vom Wahnsinn Gepackter.

Eben noch bettelst du misch, disch abzuholen, in meine arme kleine Renault, stotterte er, und jetzt kommst angefahren in eine *Rolls-Royce. La tête me tourne*. Gib zu, daß du arbeitest für *le mafia*.

Später, winkte ich ab, erkläre ich dir alles. Jetzt haben wir keine Zeit zum Diskutieren. Jeden Augenblick verläßt Katharina das Hotel, ich nehme sie mit, wohin erfährst du noch, aber du, hörst du mir zu, Jacques?, du mußt ihn beschatten. Arbeitsteilung. Falls er weggeht, verfolge ihn, fühle ihm, vorsichtig, verstehst du, *avec sensibilité*, auf den Zahn ...

Warum, antwortete der Elsässer, tauschen wir nich? Ich übernehme *mademoiselle*, du den Kärl. Ihr Deutsche habt doch keine Ahnung von fäminine Psyche.

Erstens geb ich dir allgemein recht, im Einzelfall, was mich betrifft, jedoch nicht, zweitens *müssen* wir so verfahren, weil *er* mich kennt.

Übrigens, sagte Jacques, du siehst aus wie ein Bourgeois aus amärikanische Tevau-Serien, *horrible* ...

Gib mir Feuer, *mon ami*, schrie ich, als Katharina auf die *rue de Cujas* trat.

Jacques folgte meinem Befehl widerwillig, sah zur *Komplizin* und mich verbittert an.

Elle est très jolie, zischte er, vardammter Schurkä.

Die *Komplizin* nahm auf dem Beifahrersitz Platz, ich ließ den Motor an und sah das traurige Hundegesicht meines Freundes.

Ich hätte Sie fast nicht wiedererkannt, hauchte Katharina, der Hut, die Brille, das schöne Automobil.

Meine Augen vertragen die UV-Strahlung nicht, sagte ich und bog nach links ab, ich litt als Kind an schwerer Lidwurzelentzündung.

Hätte ich sagen sollen, daß ich fürchtete, ihr Freund, der von den *Genossen* gesuchte *Kandidat*, könne mich entdecken und erkennen?

Schnallen Sie sich an, Fräulein Lichtfeld, bat ich, die Straßen von Paris sind ein gefährliches Pflaster (ein Ort der Sünden und Laster, fügte ich schweigend hinzu).

Wie bitte? Was soll ich machen?

Ich zeigte zum Sicherheitsgurt, sie mühte sich, die Bandage anzulegen, kam jedoch nicht klar damit. An der Kreuzung, die Ampel schaltete auf Rot, half ich ihr. Katharinas Unbeholfenheit war entweder glänzend gespielt oder echt. Warum, dachte ich angestrengt, sollte sie mir etwas vorgaukeln? Konnte sie nicht aus ihrer Rolle heraus?

Ich durfte die *Komplizin* nicht spüren lassen, daß ich in der Stadt ein Fremder war wie sie. Lässig steuerte ich über den *Pont Neuf*.

Dort, ich wies auf ein eindrucksvolles *Palais*, sitzt die *Académie française*.

Katharina nickte stumm.

Ihre Pension macht einen soliden Eindruck, plauderte ich, schön gelegen, echt *pariserisch*, etwas anderes als die Nobelhotels, die sich immer wieder gleichen, ob in Washington oder in Amsterdam, in denen ich gezwungen bin abzusteigen …

Eine Nacht, sagte das Mädchen, kostet 300 Francs.

Wie preiswert, erwiderte ich und wäre vor Schreck beinah mit einem *Honda-Piloten* kollidiert.

Für Sie vielleicht, für uns ist es fast untragbar. Mein Freund hat in München alle seine Bilder verkauft, auf dem Flohmarkt, damit wir uns die Reise leisten konnten.

Ach, dachte ich, wie aufschlußreich.

War der Paris-Besuch so dringend, erkundigte ich mich beiläufig hinterlistig.

Ja, es gab zwingende Gründe.

Was für Gründe, fragte ich mit der Stimme der Diva, erzählen Sie doch.

Aber sie starrte stur auf den regungslosen Scheibenwischer.

Meine Tante, erklärte ich, die *rue Taitbout* entlangrollend, freut sich überaus, Ihre Bekanntschaft zu machen. Wundern Sie sich nicht, die alte Dame scheint etwas sonderbar, ist aber, keine Angst, eine gute Seele. Früher ein berühmter Filmstar, leidet sie heute ein wenig an Einsamkeit, sie wird Ihnen ganz sicher gefallen.

Das Tor zum Garten war verschlossen. Gewitzt griff ich mir das Autotelefon. Michelle meldete sich.

La porte est fermée, mademoiselle, sagte ich und bewunderte meine gewachsenen Französisch-Kenntnisse.

Verehrtester, mischte sich die Diva dazwischen, drücken Sie die 3729.

Automatisch öffnete sich die Pforte. Ein Staunen unterdrückend, steuerte ich die Schaluppe in die *Salon*-Garage.

Während die *Komplizin* ihre Jacke an den preziösen Kleiderständer hängte, stürzte ich, unhöflich, aber mit Dringlichkeit, in das mir bekannte Gemach, eilte auf die lächelnde Greisin zu und näherte mich, atemlos, einem ihrer gülden strahlenden Ohren.

Madame, flüsterte ich, verraten Sie mich nicht, ich habe ihr gesagt, Sie seien meine Tante.

Soso – sie starrte mich entgeistert an –, ohne mich zu fragen, Sie sind ein Rüpel, mein Bester.

Die *Komplizin* betrat, am Arm von Michelle, das Parkett, tapsig wie ein junger Dackel.

Fräulein Lichtfeld, strahlte *Lady* Trautenheim, treten Sie näher, mein Kind, er – sie wandte sich mir zu, funkelte mit den Augen in der Art der Kartäuserkatze –, mein Neffe hat mir soviel von Ihnen erzählt. Kommen Sie, legen Sie ab, leisten Sie einer alten Frau ein wenig Gesellschaft.

Bislang hatte ich es nur ahnen können, jetzt wußte ich, in Elisabeth von Trautenheim stand mir eine große Mimin gegenüber. Schleppenden Gangs wankte die rüstige Veteranin auf Katharina zu, küßte sie, ohne daß sich diese widersetzen konnte, links, rechts, links auf die errötenden Wangen. Ich verfolgte das Schauspiel vom Sofa aus, goß mir, unverfroren, war ich hier nicht *zu Hause*?, Schnaps ins Glas, setzte eine gelassene Maske auf, die mein innerliches Zittern verdecken sollte. Ganz in Familie. Die Diva, die *Komplizin*, der *Prinz* und ich.

Verehrtester, entschied Elisabeth, Sie gehen mit Michelle Ihre Abendgarderobe auswählen.

Jetzt, stöhnte ich, wo wir so traut beisammensitzen? Hat das nicht Zeit bis ...

Wer wird denn seiner alten Tante widersprechen, soll ich erst wieder mit Enterbung drohen?

Jawohl, Tante, sagte ich kleinlaut, Ihr Wunsch ist mir Befehl.

Sorgenvoll schlich ich zur Tür.

Wir Frauen kommen gut allein zurecht, nicht wahr, hörte ich die Diva sagen, was staunen Sie, Kindchen, daß wir uns siezen, mein Neffe und ich, ach, wissen Sie, das sind so aristokratische Marotten, *n'est pas*, mein braver Junge?

Adel verpflichtet, murrte ich aus der Türfüllung, Sie haben ganz recht, meine Teure.

Donnerwetter, woran die *Lady* alles denkt, geb's Gott, daß das gut geht.

Seien Sie ohne Sorge, säuselte die Alte, bei Michelle ist er in den besten Händen.

Das Zimmer, in das die rothaarige Sekretärin mich führte, empfing mich mit kühler Gegenwart, italienisches Design, Metall-Leuchten, obskur gebogen, mattschimmernder Stahl, gelbe, rote, schwarze keramikähnliche Kunststoffflächen, Schränke, die in utopischen Filmen die Kabinen der Astronauten füllten. Vor einer Wand stand ein bis an die Decke gefülltes verglastes Bücherregal, über dem flachen, mit marineblauem Tuch überzogenen Bett hing ein Gemälde, in dem der *Kandidat* ohne Zögern ein Frühwerk von Malewitsch – ich sah die Signatur des Russen – erkannt hätte. Von drei kleinen Tischen glotzten mich mehrere Buddhaplastiken an und erklärten mir, wer der Herr in dieser gestrengen Wohnstatt war – Monsieur Shambhunath. Michelle entnahm einem weißen Schrank ein Dutzend verschiedener Anzüge, diverse Hemden, Fliegen, Krawatten sowie drei Paar lackschwarze Schuhe. In den Innenseiten der Schranktüren hatte der Konstrukteur sinnvollerweise große Spiegelflächen angebracht, in denen ich Michelle sah, die sich, die Beine graziös kreuzend, auf den Bettrand setzte. Wartete sie? Auf was, dachte ich, will sie hinaus? Will sie nicht hinaus? Denkt sie, ich zöge mich? erhofft sie, daß ich? lächelte sie etwa? wie konnte ich?, da im Nebenraum meine vermeintliche Liebe? Ein verhindertes Abenteuer.

Michelle, sagte ich verlegen und deutete zur Tür, *s'il vous plaît.*

Sie zog sich den Rock gerade, lachte schnippisch und verließ, gekränkt oder bösartig den Hintern schwenkend, den Raum.

Der indische Adoptivsohn der Diva besaß offenbar eine blendende Figur, denn seine Anzüge paßten mir wie angegossen. Bislang hatte ich mich einzig am Tag meiner

Jugendweihe in ein solches Kleidungsstück zwingen lassen und sah darin aus, ich kannte das Foto, wie ein Affe in Uniform. Diese hier standen mir, wie ich, mich vor dem Spiegel hin und her drehend, feststellte, ausgezeichnet, gaben mir eine ungekannte männliche Reife und Verwegenheit. Ich tänzelte wie ein Backfisch in einem dachsgrauen Sakko – der mir *elegant* und *dezent* erschien – vor dem Schrank auf und ab, wählte eine blutrote Krawatte, steckte die Hände in die Taschen, rückte den Knoten zurecht, strich das Haar nach hinten, steckte eine *Gauloise* in den Mundwinkel, grinste, band die Schnürsenkel der ein wenig zu engen *römischen* Schuhe und schritt zur Tür. Die war verschlossen, von außen. Das Biest, fluchte ich.

Ich klopfte, hustete, pochte – keine Reaktion. Peinlich. Frauen, dachte ich, können so grausam sein. Ich setzte mich auf das Bett. – Ihr weisen, tausendarmigen Götter, rief ich die bronzenen Brahmanen an, wie komme ich heraus aus diesem Verlies, soll ich mich in Kontemplation üben oder Krach schlagen? ?

Die Inder schwiegen. Der Kater schlief. Michelle ließ mich schmoren. Die Diva und die *Komplizin* betrieben Konversation bei Kaffee und Kuchen. Worüber sie wohl plauderten? Ich ging erneut zur Tür, schlug mit dem Knöchel dagegen.

Michelle, rief ich, Michelle.

Eisige Stille. Was, wenn die Gräfin den Bankett-Besuch erwähnte, von dem meine vermeidliche Begleiterin noch kein Wort wußte oder wissen sollte. Unvorhergesehene Komplikationen. Ich öffnete das Fenster, sah, ein dreißig Zentimeter breiter Sims führte zum Balkon des *salon*, in dem die Damen den Mocca nahmen. Kein langer Weg, höchstens acht Meter, nur nach unten, zum Garten hin, öffnete sich ein dreimal so tiefer Abgrund. Wahnsinn, dachte ich, im Fensterkreuz sitzend. *Wer wagt, gewinnt, das ist der Weisheit letzter Schluß: Nur der verdient sich Freiheit wie das Leben, der täglich sie erobern muß.* Da du aussiehst wie Gérard Philippe als Fanfan der Husar, mußt du auch dessen Courage beweisen. Den Kopf gegen die Fassade gerichtet, tastete ich mich vorwärts, in meinem Rücken, auf einem Kastanienbaum, trällerte eine Amsel oder ein Sprosser, meine Hände krallten sich an den gelbbraunen Sandstein. Als ich das Schmiedeeisen des Balkons erreichte, schlug mein Herz wie der Geigerzähler in einem stillgelegten Kernkraftwerk, mal hektisch, mal aussetzend. Die Zigarette zwischen den Lippen, hämmerte ich an die Glastür, hinter den Seidengardinen erschien die Diva, eine Sekunde fürchtete ich, die Gute mit meinem Erscheinen umzubringen, doch verdrehte sie nur die Augen zu einer mißbilligenden Grimasse, war offenbar an einiges gewöhnt.

Sebastian, liebster Neffe, flötete die Alte, hat einen kleinen Spaziergang unternommen, wie froh ich bin, wenn Sie an Ihre Gesundheit denken.

Die Tür war zu, das Wetter herrlich, und viele Wege führen *home*, scherzte ich qualvoll.

Sind Sie noch zu retten? preßte die Diva durch die Nase, Sie sehen ja *très chic* aus, mein Freund, erinnern mich beinah …?

An Gérard Philippe in den besten Jahren, vermutete ich keck.

Woher wissen Sie das? staunte die Diva.

Ach, Tantchen, sagte ich und schlenderte auf die Sitzkissen zu, ein dreißigjähriger Mann sollte seine Stärken kennen.

Aber seine Schwächen nicht minder, bemerkte die *Lady* spitz, zwar steht Ihnen der Einreiher wirklich, von der albernen Krawatte mal abgesehen, aber Sie können doch unmöglich in *Grau* zu einem *dinner* gehen. Daß man den jungen Leuten aber auch die bescheidensten Anstandsregeln beibringen muß. Was meinen Sie, mein Kind, trägt man bei solchem Anlaß nicht eher Schwarz?

Mein Lehrmeister Sonneberg, sagte Katharina leise, würde dies bestätigt haben.

Sonneberg, überlegte ich, wo kam mir der sonderbare Name schon unter?

Na also, triumphierte Elisabeth von Trautenheim, da haben wir's, Katharina schlägt sich auf meine Seite. Lassen Sie den Fummel erst mal an, fahren Sie Ihre Freundin zurück in die Pension, es ist gleich drei durch, und sie hat, wie sie mir versicherte, noch eine dringende Verabredung.

D'accord, raunte ich, mich erwartet ohnehin ein spanischer Orangenzüchter.

Die Diva umarmte die *Komplizin* herzlich, küßte mich auf die Stirn.

Erst mal erwarte *ich* Sie, zischelte sie in mein Trommelfell.

Brille und Hut hatte ich in der Schaluppe liegengelassen.

Gefällt Ihnen meine Tante?

Sehr sogar, antwortete Katharina, sie ist so wohlhabend und doch so liebenswürdig. Wie meine Oma.

Sie hatten eine reiche Großmutter, staunte ich und ließ einen links blinkenden Autobus in die Lücke springen.

Reich an Güte, sagte das Mädchen gestelzt.

Wie meine Mutter, stieß ich dummerweise hervor.

Die *Komplizin* blickte fragend in meine im Rückspiegel funkelnden Pupillen.

Hunger, fügte ich hinzu, leidet meine gute alte Mutti natürlich nicht, doch sie verschmäht den Luxus dieser Welt.

Kommen Sie noch für ein paar Minuten mit auf unser Zimmer, mein Freund würde sich freuen, er ist so – sie senkte die Lider – eifersüchtig.

Ein andermal gern, log ich, leider bin ich in Zeitnot, der Andalusier besitzt ein aufbrausendes Temperament, ein Freizeit-Torero, den ich nicht versetzen möchte.

Und heute abend besuchen Sie den Empfang?

Ja.

Bei diesem Dr. Blender?

Woher wissen Sie, Fräulein Lichtfeld?

Ihre Tante sprach mit mir darüber, in der *Villa Ralfini*?

In Ihnen steckt ja eine *Mata Hari*, lachte ich – wiewohl mir mehr zum Heulen war.

Nein, sprach sie – und wußte also mit der Meisterspionin etwas anzufangen.

Die *Komplizin* öffnete den Verschlag der Limousine und stieg aus.

Warten Sie, Katharina, rief ich, ich gebe Ihnen die Nummer meiner Tante.

Ich faßte mir ans Herz, fühlte meine Brieftasche nicht, verloren, schoß es mir durch den Kopf, alles verloren, doch dann begriff ich, all meine Dokumente, mein Hab und Gut, lagen noch wild verstreut im Zimmer des indischen Rechtsgelehrten im Haus Nr. 12, *Boulevard Haussmann*.

Zu dumm, ich habe keine Karte mit.

Nicht nötig, zwitscherte sie, Ihre Tante gab mir die ihre.

Sonneberg, Sonneberg? überlegte ich, die Treppen zu den *salons* hinaufsteigend. *Ihr* Lehrmeister? Richtig, so stand es in der Kaderakte der HO. Ergo behauptete Katharina nach wie vor, ihre eigene Mutter zu sein? Wer war sie wirklich? Kein Lichtblick am Horizont des *Falls*. Zu allem Übel lenkte die Diva, unwissend freilich, *Komplizin* und *Kandidaten* auf eine heiße Spur. Der Empfang in der *Villa* würde eine Entscheidung bringen. Du mußt gewappnet sein, dachte ich, auf das Schlimmste gefaßt.

Ich bin Ihnen eine Erklärung schuldig, *madame*, brabbelte ich unterwürfig.

Nicht nur *eine*, schniefte die Diva und verwies mich auf das Sofa. Gehorsam, die Hände auf den Knien gefaltet, nahm ich im Zeugenstand Platz.

Also, da die Dinge nun einmal ...

Schweigen Sie, unterbrach mich die *Lady* inquisitorisch, jetzt rede ich. Sie, Verehrtester, bewiesen neben gutem Geschmack leider die unrühmliche Taktlosigkeit, sich ohne mein Einverständnis und Wissen in den Trautenheimschen Clan einzuschleichen. Da ich, Sie Narr des Glücks, Ihnen, aus unbegreiflichen Gründen, von Herzen zugetan bin, Sie gewissermaßen ohnehin zu meiner Familie zählte, sei diese Schwäche verziehen. Auch die wahnwitzige Fassadenkletterei und die dreisten Sprüche kann ich Ihnen nachsehen, nicht jedoch den Umstand, daß Sie mich belogen, mit meiner Seele verräterisches Spiel trieben.

Frau von Trautenheim, Sie unterstellen mir Sünden, die ich, bei all meiner Schuld, nicht gestehen kann.

Denn, fuhr die Greisin unbeirrt fort, Ihre Liebe zu Katharina Lichtfeld beruht auf reiner Heuchelei.

O nein, stöhnte ich, das Mädchen geht mir nicht aus dem Kopf (was immerhin stimmte), ich träume von ihr (wie wahr), ich möchte ihre Seele ergründen (trefflich formuliert), alles von ihr wissen.

Vielleicht, sagte die Diva nachdenklich, sagen Sie diesmal sogar die Wahrheit, doch Amors Pfeil lenkt Ihre Schritte nicht.

Wie kommen Sie darauf? – ich stützte den Kopf theatralisch in die Hände.

Welch ergreifende Szene, stichelte sie, Sebastian, oder wie Ihr Name immer sein mag, das Publikum durchschaute längst das Stück. Sicher halten Sie mich für eine verschrobene alte Jungfer, und das bin ich wohl auch?, der es an Übersicht gebricht, die ihren letzten Leidenschaften frönt, aber auch ich, mein Bester, war jung – und kannte die Männer. Es waren so viele nicht, wie die *Boulevard-Blätter* mir anschwatzen wollten, doch allemal genug, um das *starke Geschlecht* einschätzen zu können. Michelle, *est-ce qu'il reste de la confiture d'abricots*?

Oui, madame, sagte die eintretende Sekretärin und warf mir ein Unschuldslächeln zu.

Ich erwiderte diese Freundlichkeit und starrte sie an, diese zweifellos hinreißend böse Person.

In den 78 Jahren meines Aufenthalts auf Erden, sagte die *Lady*, verwirrte mich stets, wenn ein Mann von Treue und Verehrung sprach und dabei gebannt die Beine einer andern Frau begutachtete, so wie Sie, mein Lieber, den ich verstehen kann, denn Michelle ist ein begnadetes Geschöpf, es gerade tun. Und zwar nicht zum ersten Mal, *monsieur neveu*.

Erschöpft ließ ich mich in die Kissen sinken.

Der Sieg gebührt Ihnen, *madame*.

Die Diva rieb sich zufrieden die Nase.

Warum, fragte Elisabeth von Trautenheim nachdenklich, als ich meinen Bericht geendet hatte, gehen Sie nicht einfach auf Ihren Freund zu und fragen ihn, was für ein Geheimnis sich hinter alldem verbirgt?

Kann ich dies, da ich nur über vage Vermutungen verfüge, entgegnete ich, P. müßte annehmen, ich spionierte ihm nach.

Womit er so unrecht nicht hätte, meinte die *Lady* knapp. Wie kamen Sie eigentlich dem *Fall* auf die Spur.

Zufällig, log ich, tauchte ich eines Abends bei ihm auf, ich besitze einen Schlüssel zu seinem Atelier, er war nicht anwesend, weilte zu diesem Zeitpunkt, was ich nicht wußte, bereits in Bayern, und entdeckte halbverbrannte Tagebuchaufzeichnungen, Gespräche mit Freunden verstärkten meinen Verdacht, schließlich rief mich der *Kandidat*, will sagen der Maler, aus München an, ein verworrener Brief folgte. Als ein in mehrfacher Hinsicht glücklicher Umstand erwies sich die Studienreise nach Paris, weil es die beiden zur EURO-BON-BON-HEUR, zu Dr. Blender, zog.

Aber in seinem Brief, sagte die Greisin und versetzte mir einen Stromstoß, stand doch kein Wort von Paris.

Woher, stammelte ich, woher …

Pardon, mein Lieber, erwiderte sie mit einem Jungmädchenlächeln, jetzt bin ich zur Beichte gebeten. Unbeabsichtigt fiel mir – in des Wortes eigentlicher Bedeutung – das Schreiben Ihres Freundes in die Hände, als ich den Stadtplan aus Ihrer – übrigens chaotischen – Tasche zog, konnte ich der Versuchung, die filigranen Schriftzüge stachelten meine dreisten Augen an, nicht widerstehen, las, was in meinem Alter eine unverzeihliche Schande darstellt, ihre intime Post.

Nur den Brief des Malers? fragte ich mit belegter Stimme.

Nein, gestand die neugierige *Lady*, alles, mein Teuerster.

Nach dem zweiten Glas beruhigte sich mein Puls. Immerhin gelang der Diva keine Einsicht in Dokumente meiner Auftraggeber. Die Instruktionen des *Chefs* – meines Wissens das einzige Material, das die *Genossen* erwähnte – steckten noch immer in der rechten Hosentasche meiner *Bluejeans*, befanden sich also im Zimmer des Inders.

Wenn Sie mich fragen, dozierte Elisabeth von Trautenheim und lief – irgendwie dem *Chef* ähnlich – vom Modigliani zum Picasso, ich weiß nicht, wer Ihnen den Floh der Agenten-Story ins Ohr setzte, doch ich glaube davon kein einziges Wort. Mein Gefühl sagt mir, dieses Mädchen, mag sie Katharina heißen, Monika oder Marlene, ist eher eine Stripteasetänzerin als eine Spionin. Ein schüchternes Ding, mit zuviel Phantasie, zuwenig Erfahrung, einer bitteren Kindheit. Sie glauben doch selbst nicht daran, *Mister Holmes*.

Zugegeben, mich plagen Zweifel, aber ersparen Sie mir bitte Ihren Spott, ich weiß selbst nicht mehr, was ich von alldem halten soll. Die Tatsache, daß sie jener Katharina Lichtfeld aus dem Jahr 1953 so ähnlich sieht, daß sie gegenüber dem Neurologen vorgab, ebendiese zu sein, daß sie in der Gestalt den verruchten Manager verfolgt, muß doch einen Sinn ergeben.

Kennen Sie jenen neorealistischen Film, Italien, Mitte der Sechziger, wo der Held eine Schaufensterpuppe begehrt? Meine Freundin Gina spielte darin eine Nebenrolle …

Ein Film, warf ich ein, den ich leider nicht kenne, aber unser *Fall* – Himmel, jetzt war es schon *unser* – handelt im Leben.

Es gibt Beispiele der Reinkarnation, wo das Äußere wie auch die psychische Substanz eines Toten in einem anderen Menschen auferstehen.

Erstens, fuhr ich aus der *chaiselongue* hoch, rannte vom Katzensessel zur Degas-Tänzerin, kennen Sie meine Haltung zur Metaphysik, zweitens würde dies, selbst wenn es, was unmöglich ist, möglich wäre, noch nicht Katharinas Verhalten erklären. Sie selbst sagen, das Mädchen benehme sich, als sei es erst letzte Woche zur Welt gekommen.

Und wenn dies nun, sagte die *Lady* leise, zutrifft?

Lilly, sagte ich, Sie machen mich wahnsinnig.

Michelle brachte den Tee herein, das Chronometer schlug *dingdong, dingdong, dingdong, dingdong, dingdong. Five o'clock.*

Diese Waffengeschichte stinkt zum Himmel, sagte die *Lady* grob, nehmen Sie Sahne, *Holmes*?

Es bereitete ihr offenbar Vergnügen, mir diesen Titel anzuhängen. Ich verschluckte den Protest, immerhin war ich weder ihr Neffe, noch hieß ich Sebastian. Allerdings mußte ich meine ganze höfliche Energie mobilisieren, sie nicht *Miss Watson* zu nennen.

Worauf, Verehrtester, gründet sich die felsenfeste Überzeugung, Ihr *Heimatland*, ein Ausdruck, der mich, *pardon*, geradezu entzückt, könne auf keinen Fall in dem Schlamassel mitquirlen?

Wir sind, trumpfte ich auf, trotz gegenteiliger Behauptungen westlicher Journale, eine *demokratische* Republik.

Schön, lästerte Lilly, daß Sie selbst auf die *Feindpropaganda*, so sagt man wohl noch?, verweisen, dazu schweige ich, aber was die holde Dame *Demokratie* betrifft, mein Bester, so kenne ich diese, falls Sie die Meinung einer alten Frau zu hören gewillt sind, auch nur als ein, *excusez-moi*, verwöhntes Flittchen, das mit dem ersten besten Gauner ins Bett steigt, wenn er zahlungsfähig und niemand von der Presse anwesend ist. Politik und *moralité*, sollten Sie sich merken, vertragen sich wie – nun wie Rotwein und Fisch, also überhaupt nicht.

Und wenn Sie mich foltern, meine Liebe, das kann ich, will ich, werde ich nicht glauben.

Tapfer, tapfer, schnurrte die Alte, bin lange keinem Idealisten mehr begegnet – oder sollte ich besser sagen: Traumtänzer? Sie sind – und wissen es nur nicht – genauso blauäugig wie Katharina, nur nicht ganz so charmant.

Hereinspaziert, meine Damen, rief ich.

Michelle und die Diva betraten Shambhunaths Zimmer, beäugten mich kritischen Blicks. Die Alte korrigierte das weiße Seidendreieck in der Reverstasche, die Junge straffte den Krawattenknoten, bis sich, ich geriet in Atemnot, meine Gesichtshaut der ihren anglich, noble Blässe.

Ausgezeichnet, sagte Lilly, so können wir gehen?

Was heißt *wir*?

Wir heißt *Sie*. Darf ich Ihnen den Wagen anbieten?

Danke, ich nehme die Metro, sagte ich und warf mir die Jacke über, in der ich meine Dokumente fühlte.

Unmöglich, rief die wahlverwandte Tante, verlassen Sie in dieser proletarischen Toga mein Haus, damit blenden Sie die *clochards* unter den Brücken, aber nicht die *Haute Couture de Paris*. Hier, steigen Sie mal in die englische Wolle.

Die *Lady* half mir in einen leichten, warmen dunklen Mantel und nickte anerkennend.

Und wo, fragte ich, meine Lumpen mit den Fingern knetend, laß ich den Kram?

A la boîte à ordures? zischte Michelle und griff meine Wäsche.

Michelle, wies die Diva die eilige Sekretärin zurück, wollen Sie, Verehrtester, die Sachen in den Müll geben oder mit ins Hotel nehmen?

Ich hänge, rief ich und entriß dem Mädchen Hemd und Hose, an diesen Textilien, würde sie gern hier deponieren, bis ich eine Unterkunft ausgespäht habe.

Je ne comprends pas, nuschelte Frau von Trautenheim, ich glaubte, Sie wären bereits versorgt, natürlich steht Ihnen jederzeit ein Zimmer zur Verfügung, mein Sohn kehrt erst am Monatsende aus den Staaten zurück.

Lilly, sagte ich gerührt, Sie sind zu gütig, aber ich würde, Sie wissen, warum, ein kleines Hotel in *ihrer* Nähe favorisieren.

Verfügen Sie, flüsterte sie mir ins Ohr, über hinreichende pekuniäre Mittel?

Beschämt senkte ich den Kopf, denn mein Vermögen war bereits auf ein bescheidenes Sümmchen geschrumpft.

Ja, sprach ich stockend, ich verfüge.

Was bist du für ein kleiner Junge, sagte die Diva.

Sie eilte mit wehenden Kimonoschößen davon, ich nutzte die einsame Sekunde, zog den *Chef*-Brief aus meiner Hose, verstaute ihn im Mantel. Die *Lady* brachte meine Tasche aus dem *salon*, umarmte mich, den Tränen nahe.

Falls Ihnen irgend etwas zustößt, melden Sie sich *unbedingt*, sollten Sie, man weiß ja nie bei dieser Geschichte, Ärger mit der Polizei bekommen, berufen Sie sich auf mich, der Präfekt, Yves Chien-Renifler, diente bei meinem verstorbenen Mann in Algerien.

Merci madame, Sie beschämen mich mit Ihrer Freundlichkeit.

20 Minuten vor 19 Uhr saß ich in der Metro Richtung *La Defense*, so glaubte ich jedenfalls. Pünktlich mußte ich bei

Dr. Blenders Abendgesellschaft erscheinen, wollte ich den guten Eindruck, den der Manager bislang von mir hatte, vertiefen, seine Gäste in Augenschein nehmen und vor den beiden am Ort des Geschehens sein. Die Diva hatte den Stadtplan (und alle Materialien) wieder in die Ledertasche gepackt, die, früher mein teuerstes Reiseutensil, nun nicht mehr mit meiner auserlesenen Garderobe harmonierte. Ich öffnete die Schnalle und erblickte ein Bündel Geldscheine, das mir kein anderer als Lilly zugeschanzt haben konnte. Ängstlich drehte ich den Kopf, ob mich auch kein Mitreisender beobachtete, immerhin *sah* ich nicht nur nach Geld aus, sondern *hatte* es zudem. Zweitausend Francs, das sind ja, mir schwirrte der Kopf, mehr als dreihundert Dollar. Es stimmt also doch, dachte ich, in diesem System kann, wer Glück hat, über Nacht Millionär werden, und mir waren die Götter wohlgesonnen, wenn man einmal davon absah, daß ich zwischen den Fakten des *Falls* herumirrte wie Odysseus in der Ägäis auf dem Weg zu Penelope. Dies dachte ich, als der Zug in die Station *Bastille* einrollte. Was suchte ich an ehrwürdiger Stätte? *Freiheit, Gleichheit undsoweiter*, verfahrene Kiste, ich sprang auf den Bahnsteig, in einer meiner Rolle wenig angemessenen Pose, eilte die Stufen zur Straße hinauf. Taxi, Geld macht leichtsinnig, Taxi, rief ich, und, simsalabim, schon bremste ein blauer Citroën.

Avenue Raymond Poincaré, Villa Ralfini, s'il vous plaît, verkündete ich dem Fahrer, der eine blonde Frau war.

La rue de Rivoli est barrée, monsieur, il y a un accident, nous devons emprunter la déviation.

Oui, oui, sagte ich.

Der Festsaal der *Villa* strahlte in prachtvollem Glanz, etwa hundert Gäste standen, rauchend oder mit Cocktailgläsern, in kleinen Gruppen. Plaudereien am Kamin. Meinen Mantel (und die sperrige Tasche) hatte mir ein livrierter Neger am Eingang abgenommen. Wo steckte Blender? Ich stand verloren unter den Anwesenden, schlürfte einen süffigen Martini, mimte, eine Hand leger in die Hosentasche gesteckt, unbeteiligte Langweile.

Indeed, grunzte ein dicker Zigarrenraucher, *the italiens can't keep their marketabilities in South West Europe.*

Und Paul sagte, fistelte eine Dame, ich kann doch unmöglich alles allein machen, also nein.

Alle Raucher besaßen goldene Etuis, nur ich fummelte die Zigaretten aus dem Aluminiumpapier. Mit dem Rücken an der Wand beobachtete ich die Szenerie. Einzig mein Pflichtgefühl hielt mich an zu bleiben. Neben mir verharrte, so verlassen wie ich, ein älterer Herr mit kurz geschorener Igelfrisur und hagerem Gesicht. Ich bat, da meine Streichhölzer sich dummerweise in der Garderobe befanden, um seine silbrige Feuerzeugpistole, er hielt mir diese unter die Nase, als eine brünette Mittfünfzigerin ihn anfiel und die Wange tätschelte.

Comment est-ce que vous vous sentez, monsieur Chien-Renifler, vous allez mieux?

Depuis quelques jours, j'ai de nouveau des douleurs assez fortes, sagte der Herr mit dem ungewöhnlichen Namen, *mon analyse de sang n'est pas satisfaisante toujours.*

Oh non, Yves, chéri, rief die Dame exaltiert, *vous feriez mieux de vous mettre au lit.*

Der Mann neben mir mußte, wenn mich nicht der Zufall oder mein Gehör narrte, Yves Chien-Renifler sein, Präfekt der Pariser Polizei. Daß der offenbar kranke, müde Beamte aus Vergnügungssucht – sein Gesichtsausdruck sprach dagegen – auf dem *dinner* erschienen sein sollte, konnte ich nicht glauben.

Dr. Blender hatte die kurze Begrüßungsansprache gerade beendet, als der Tumult im Foyer den höflichen Beifall der Gäste unterbrach. Ein stämmiger Mitarbeiter des Münchners, dem ich schon am *Scho-Ko-Kult-Messestand* begegnet war, führte P. und Katharina herein. Beide wehrten sich nicht, die Abendgesellschaft verstummte, verfolgte gebannt den unvorhergesehenen Skandal. Ich wich unauffällig in einen benachbarten *salon* aus.

Entschuldigen Sie, verehrte Freunde, hörte ich den Manager sagen, mich einen kurzen Augenblick.

Blender lief mit dem Riesen und den Gefangenen die große Freitreppe hinauf, Chien-Renifler, sah ich, ging gemessenen Schritts hinterher. Ich mußte handeln, was sollte ich tun? Kurz entschlossen stürzte ich zum Foyer, eilte in den Park des Anwesens, erblickte die der Straße abgewandte Fassade der Villa. In einem Raum im Obergeschoß ging das Licht an. Ein offenes Fenster. Offenbar war mir niemand gefolgt.

Der Blitzableiter schien fest im Mauerwerk verankert. Vorsichtig zog ich mich an dem fingerdicken Eisen hoch, erreichte schweratmend, mit zitternden Gliedern, den Fenstersockel, schob mich, Zentimeter für Zentimeter, zum Raum hin, aus dem erregtes Stimmengewirr drang. Im Zwielicht, an die Brüstung geduckt, mußte ich eine wunderbare Zielscheibe abgeben. Durch die Gardinen sah ich Blender, seinen *bodyguard* und Katharina. P. konnte ich nicht entdecken.

Ich glaubte, hörte ich den Münchner ausrufen, mich in Leipzig klar und eindeutig ausgedrückt zu haben. Was wollen Sie eigentlich noch?

Ja, dachte ich, *that is here the question*.

Die Wahrheit, sagte die *Komplizin*, Sie sollen offen erklären, was Sie mir angetan haben.

Max, wandte sich der Doktor an den Leibwächter, wir wollen ungestört bleiben, aber lassen Sie mir Ihr stärkstes Argument hier.

Ich spähte durch die Scheibe, Max übergab einen schweren Revolver und wankte aus dem Zimmer.

Wer ist der Mann, fragte Blender, deutete in ein Nebengemach, für wen arbeitet er?

Ein Freund, stammelte das Mädchen, er hat mich erlöst, wie ich Ihnen schon sagte.

Unsinn, brüllte Blender, ich will diesen Unsinn nicht mehr hören.

Früher hießen Sie anders, ich besitze Beweise.

Hören Sie, Fräulein, lenkte der Manager ein, ich sagte schon einmal, es glaubt Ihnen niemand, daß Sie Katharina Lichtfeld sind, geboren 1935, Sie sehen einfach zu jung aus.

Dann bin ich eben die Tochter meiner Mutter Katharina Lichtfeld, entgegnete die *Komplizin* schnippisch.

Dieser Umschwung, die beliebige Wahl einer Identität, verwirrte mich vollends. Zehn Meter über der Erde, in einem kostbaren, geborgten englischen Abendanzug an ein Fenstergitter geklammert, wurde ich Zeuge eines metaphysischen Disputs.

Aber wenn Sie deren Tochter sind, ist doch alles okay. Ich habe noch nicht gehört, daß Schaufensterpuppen die Fähigkeit der Vermehrung besitzen.

Sie elender Lump, schrie die junge Dame.

Was wollen Sie, oder besser, wieviel verlangen Sie?

Wir sind nicht käuflich, Sie haben mein Leben verpfuscht.

Ich denke, das Ihrer Mutter, sagte Blender kalt. Sie sollten sich endlich für eine Variante entscheiden, sonst landen Sie in der Klapsmühle, Fräulein Lichtfeld.

Er ist ein Schwein, dachte ich, aber seine Rede entbehrt nicht einer gewissen Logik. Katharina schluchzte.

Ich habe doch gar nichts, weinte sie, nicht einmal einen ordentlichen Paß.

Höchst aufschlußreich, lachte der Münchner, was halten Sie davon, wenn ich diese Information der französischen Polizei zuspielte? Zufälligerweise weilt heute der Präfekt persönlich in meinem Haus, ein guter alter Freund übrigens.

Ich werde Ihre Waffengeschäfte aufdecken, Sie Imperialist!

Tun Sie, sagte Blender, was Sie nicht lassen können. Mein Angebot steht, ich biete zehntausend Mark, als Schweigegeld, oder nennen Sie es Abfindung, wenn Sie aufhören, mich zu belästigen. Nicht, daß ich Angst hätte, mehr als humanitäre Geste, immerhin haben wir uns, oder nein, Ihre werte Mutter und ich, einst gut gekannt. Aber das ist lange her. Was die Drohung betrifft, sollten Sie sich keinen Illusionen hingeben, Sie erpressen mich nicht. Diese angebliche Waffen-Geschichte kauft Ihnen niemand ab, meine Geschäftspartner in West und Ost mögen keine *publicity* und werden eine solche zu verhindern wissen. Überdenken Sie das Angebot, ich lasse Sie laufen, gebe Ihnen Bedenkzeit bis morgen abend. Entweder einigen wir uns im guten – zehn Riesen sind eine Menge Geld –, oder ich beauftrage Max – den etwas einfältigen, kräftigen Herrn, der Sie hereinführte –, sich der Sache anzunehmen. Seine Umgangsformen sind nicht unbedingt *gentlemanlike*, aber wirkungsvoll, ich hoffe, Sie nehmen Vernunft an. Meine Gäste erwarten mich, leben Sie wohl.

Sollte ich Chien-Renifler einschalten, dachte ich und begann mit dem gefahrvollen Abstieg. Würde der mich verstehen, mir glauben, zumal der Münchner Schoko-Boß ihm offensichtlich bekannt war? Was konnte der Präfekt unternehmen? Alle verhaften? Allen voran meinen Freund und die mir – ich konnte mich des Gefühles nicht erwehren – sympathische *Komplizin*? Meine staubigen Finger brannten, als ich, die Erdleitung loslassend, auf dem Rasen landete. Wie sollte ich der Polizei mein Wissen begründen? Nicht grundlos erteilte der *Chef* die Weisung, die Nichteinmischung in innere Angelegenheiten betreffend. Ganz sicher wäre ich, verbündete ich mich mit den *flics*, den *Fall* los, ein Kronzeuge, mein Aufenthalt zöge sich hinaus, die *Republik* geriete unweigerlich in den Strudel der Ereignisse. Nein, mir waren die Hände gebunden. Ich berührte das nasse Gras, versuchte den gröbsten Schmutz in ein Papiertaschentuch zu reiben, als Max die *beiden* zum Tor führte. Von meinem Versteck aus, einer mannshohen Hecke, sah ich, ein Wagen hielt, der Wächter riß die Tür auf, P. und Katharina stiegen ein, fuhren ab. Ich mußte noch bleiben, ging, eine kalte Zigarette zwischen den Lippen, die Hände in den Taschen, durch das Foyer, an dem unnahbaren Schwarzen vorbei, in Richtung der Toilette.

Auf dem geschlossenen Klodeckel sitzend, versuchte ich die weißen Kalkflecken aus dem Jackett zu wischen. Gut und schön, angenommen, die *Komplizin* weiß irgend etwas von Blender, das diesen in Schwierigkeiten bringen konnte, warum ging sie nicht auf seine Offerte ein, was wollte sie außer Geld. Da sie vorzog, mit ihm zu verhandeln, wollte sie ihn offenbar nicht umbringen. Wie sah die Wahrheit aus, die der Doktor verkünden sollte? Was erhoffte sich Katharina – Blenders öffentlichen Bankrott? Arbeitete sie für dessen Konkurrenz? Der *Fall* ein Wirtschaftsverbrechen? Seit wann interessierte sich P. für Süßwarengeschäfte. Tarnte sich hinter der *Roten Grütze* ein anderes Schokoladenunternehmen? Fest stand, Blender wußte um die Person Katharina Lichtfeld. Seine ausgestellte Sorglosigkeit schien wenig glaubwürdig, da er mit dem Einsatz seines Büttels Max drohte. Ich mußte schnell an den Mann aus München heran. Fände ich heraus, was *Scho-Ko-Kult* verbarg, würde ich wissen, welche Motive Katharinas Schritte lenkten. Allerdings dachte ich – von meinem eigenen Gedanken überrascht –: Was, wenn das Mädchen keine anderen Absichten verfolgte als die ihrer wirren Geschichte?

Jacques behielt recht: Kaviar, Trüffel, ein Spanferkel, Rebhühner, Früchte aller Art, üppige Gemüseplatten, Salate, Saucen, Cremes und Pudding – ein Fest für jeden Gourmet. Ich legte mir gerade einige Pilze auf den Teller, als Dr. Blender in Begleitung eines graumelierten Herrn auf mich zukam.

Sie sind doch jener Journalist, sagte er, dem ich heute morgen ein Gespräch anbot, ich habe es nicht vergessen, wie war gleich der Name?

Sebastian von Trautenheim, sagte ich leise, denn ich fürchtete die Nähe Chien-Reniflers.

Leider muß ich Sie heut versetzen, wir haben noch zu arbeiten, Herr Herzig und ich.

Der Manager wies auf den neben ihm wartenden Herrn. Ich schluckte, verschluckte mich, hustete vor Schreck.

Nicht so hastig, junger Mann, kein Grund zur Unruhe, kommen Sie morgen gegen 15 Uhr ins *Eden-Royal* mit ihrem Diktiergerät, dann bringen wir die Sache hinter uns.

Selbstverständlich, Herr Doktor, herzlichen Dank.

Blender ging mit Herrn Herzig davon, ich knallte die *champignons* auf den Tisch, trank mein Glas aus und eilte zur Garderobe. Das kann ja wohl nicht wahr sein. Beim Hinausgehen lief ich an einer großen Tafel vorbei, auf der sich *Scho-Ko-Kult-Pralinenschachteln* stapelten. Der farbige Diener reichte mir einen Konfektkasten. Ohne Dankeswort nahm ich das Präsent entgegen, stopfte es in meine Tasche und verließ rennend die *Villa Ralfini*.

Keine Telefonzelle in Sichtweite. Ich nahm ein Taxi, ließ mich in der *rue de la Provence* absetzen, wo, wie ich mich erinnerte, ein Fernsprecher stand. Wie spät? 22 Uhr 58. Ich wartete die volle Stunde ab, Geburtsdatum vorwärts plus 32.

Chef, rief ich, sind Sie's?

Warum meldest du dich stets, knurrte der *Genosse*, wenn werktätige Bürger ins Bett gehen. Was gibt's? Sprich.

Schlechte Nachrichten, wissen Sie, wen ich eben getroffen habe, in der Villa?

Wen denn, in aller Welt Namen?

Herzig, stieß ich hervor, *Genosse* Herzig in trautem Einvernehmen mit Dr. Blender.

Unmöglich, entgegnete der *Chef*, ich traf diesen – bitte keine weiteren Namen – gestern auf der Vollversammlung der Generaldirektoren im Ministerrat.

Ich habe ihn mit eigenen Augen gesehen, und der Doktor, also der Münchner, nannte seinen Namen.

Tja, sagte der *Genosse*, warum sollte er eigentlich nicht dort sein, immerhin stellt doch *Süßholz* auf der Messe aus, bestimmt flog er heut morgen, und wenn die Verhandlungen mit dem Doktor weiterlaufen, kann uns das nur freuen, Kollegen, denn Weihnachten, Weihnachten steht vor der Tür, ist das nicht wunderbar?

Ja, ganz recht, wenn man es so sieht.

Man muß, wir brauchen den Kakao, rief der *Chef*, koste es, was es wolle. Ein Engpaß bei Schoko-Weihnachts- und Schoko-Schneemännern könnte die ohnehin angespannte Lage zum Überkochen bringen.

Leuchtet mir ein, sagte ich matt.

War das alles, was du mitteilen wolltest?

Ich glaube, ja.

Wie ist das Wetter in Paris?

Trocken, sagte ich trocken.

Sehr gut, brummte mein Teilnehmer, ein gutes Omen. Warte auf weitere Instruktionen. Wir melden uns.

Du bist auch zu blöd, dachte ich, darauf, daß Herzig als Geschäftsmann auf der EURO-BON-BON-HEUR weilt, hättest du auch selber kommen können. Ich überquerte den *Boulevard Saint-Michel*, *merde*, dachte ich müde.

Das *Hôtel des Arts* lag in der *rue de Cujas*, genau gegenüber der Pension *Voltaire*. Für 150 Francs mietete ich ein Zimmer, mit Blick auf die Straße. Der Portier an der Rezeption hatte mich verwirrt gemustert, als ich radebrechend um eine möglichst billige Unterkunft bat, und noch mehr, als ich das Geldscheinbündel hervorkramte und bezahlte. Der Name des Hotels gefiel mir, hier war ich richtig. Ins dritte Stockwerk führte eine schmale Wendeltreppe hinauf, an den Wänden hingen billige Reproduktionen von Renoir, Monet, Delacroix, warum P. nicht hier abgestiegen war, wunderte mich. Die Zimmertür mußte schon einige Male gewaltsam geöffnet worden sein. Dutzende Veränderungen am Schloßsystem. Eine düstere Glühbirne warf ein kümmerliches Licht, das Bett bot Platz für zwei Personen, an der Wand hing ein großer, halbblinder Spiegel, der – man konnte sich vorstellen, warum – den Liegenden ungeahnte Ansichten bot. Auf dem mit den Jahren verblaßten Rot der Tapete tummelten sich Tausende ehemals weißer, jetzt grauer Hasen. Ich knipste das Deckenlicht aus, warf einen Blick auf das Waschbecken, den zweiten trüben Spiegel, das Bidet, öffnete das Fenster. Kühler Nachtwind fuhr herein. Kaum zu glauben, mir gegenüber, keine zehn Meter entfernt, lag das Zimmer der beiden. Der Fensterladen war zurückgeschlagen, der Raum hell erleuchtet – heller als der meine zu erleuchten ging –, mein Freund P. stand rauchend an einem Stuhl und redete energisch auf die im Bett sitzende *Komplizin* ein, die, nervlich am Ende, aus einem Weinkrampf in den nächsten verfiel. Leider war der Lärm, der vom *Boulevard* herüberwehte, und die Entfernung zwischen den Häusern zu groß, als daß ich ein Wort hätte verstehen können. Sicherlich, dachte ich, verhandeln die beiden, ob sie auf Blenders Vorschlag eingehen oder die gefährliche Auseinandersetzung weitertreiben sollen. Zehntausend Mark waren, wie ich fand, eine Erörterung wert. Dreißigtausend Francs bar auf die Hand. Könntest du da nein sagen? Ungläubig schüttelte ich den Kopf.

Von meinem Zimmer aus hatte ich Jacques angerufen und mich mit ihm an der *Gare du Nord* verabredet. Schließlich lag meine Reisetasche noch immer im Schließfach, und so bequem Shambhunaths Anzug war, hatte ich doch Sehnsucht nach meiner personengebundenen Garderobe, meiner Zahnbürste und sauberen Socken. Er wartete bereits, als ich den langen Gang der Gepäckboxen passierte.

Bon soir, du *bourgeois*, sagte er und klatschte mir die elsässische Pranke auf die Schulter, wie war es auf dem *dinner*?

Man reichte alle Köstlichkeiten dieser Erde, doch kannst du mir einen bösartigen Kommentar ersparen, da ich außer drei Pilzen und zwei Drinks nichts davon abbekam.

Que c'est tragique, sagte der Journalist, du hast nix reingekriegt, hast du wenigstäns etwas rausbekommen?

Jacques beharrte störrisch darauf, einen Henkel meiner Tasche zu tragen. Andauernd mußten wir ausweichen, Passanten Platz machen, denn die Straßen – es war Sonnabendabend – waren bevölkert wie ein Warenhaus am Tag des Winterschlußverkaufs.

Isch habe dir gleich gesagt, erklärte der Franzose, die Sachä mit den Waffen is nich *propre*. Aber du wolltest mir nisch glaubän …

Daß die *Republik* darin verwickelt sein soll, sagte ich, habe ich nicht geglaubt und sehe bis jetzt keinen Grund, meine Auffassung korrigieren zu müssen.

Wart nur ab, knurrte mein Freund. Übrigens habe isch misch nachmittags zwei Stunden sehr angeregt unterhalten mit deine *compagnon, le peintre*, was is, im Gegenteil zu dir, eine sehr simpathische deutsche *monsieur*. Durch seine *idée* habe isch endlich besucht *le musée de Rodin*, wir haben gestanden eine halbe Stunde schweigend vor dem *Grüblär*, eine große, sitzende nachdenkliche Mann, bis ich sagte zu deine Freund, *en français*, was er wohl denken mag. So kamen wir ins Dialog, isch habe von meine elsässischä Großmama arzählt, un daß isch ihm nachspioniere für eine idjotische *poète* …

Bist du noch zu retten? rief ich, wie konntest du …

Pourquoi pas? fragte der, sei ruhig, *mon ami*, das war *qui va de soi*, ein Schwindel von mir. Aber im Ernst, wir haben uns gut varstanden, isch finde, er is eine sehr seriösä *monsieur*, gar nisch aggresive oder sehr interessiert in politische Dingä.

P. ist eigentlich schüchtern, nur wenn er trinkt, kann er aus der Haut fahren.

Wieso, sagte der Jacques verwirrt, tut er das, aus der Haut fahren, er is doch keine Schlange nisch.

Vielleicht ist er doch eine falsche Schlange und spricht mit zwei Zungen?

Aber isch denke, er is dein Freund.

Ist er, ja, sagte ich, ist er wirklich.

Wie kannst du dann sagen so etwas? Das is nisch gerecht gegen den Maler und nisch gegen die Schlangen sowieso.

Nr. 33, rue de Chabrol. Jacques öffnete die Haustür. Er hatte mir bisher nicht verraten, wohin er mich führte. Wir gingen durch den Flur, betraten einen Hof, standen vor einem zweistöckigen Fabrikgebäude.

Pierre zeigte seine strahlend weißen Zähne, grinste mich an, Kim lächelte, der zweite, mir unbekannte Mann, schaute ernst und gelassen drein. Jacques stellte eine Flasche Wein auf eine der im Raum herumstehenden Maschinen.

Echte elsässischä Weißwein, sagte er und schnalzte mit der Zunge, *très exellent*. Das hier is *Richard*, ihm gehört diese kleine Druckerei, wo er produziert unter anderem *La Constellation Rouge*, die einzige akzeptable Journal der Linken *en France*.

Der Rasta-Mann kam sofort zur Sache, stand, auf seinen Setzkasten gestützt, regungslos und begann seinen Vortrag.

Pierre meint, übersetzte mein Freund, es gibt, wie er hat gestern schon varmutet, keine Organisation *Gruau Rouge*, oder *Rotä Grietzä*, weder in Frankreich noch in *Italie* oder *Allemagne*, er kenne *Rote Brigaden, Rote Union, Rote Mémoire*, alles seine *camarades* – und einige seien ehemals oder noch immer Mitglieder der Szene – haben nur gelacht über seine Anfrage. Zweitens varfügt Pierre über sichere *informations* über das Waffenhandel. Er hat mitgebracht eine Artikel aus große *magazine*, eine Gespräch mit übergelaufene Geheimdienstmann aus Osdeutschland, der bestätigt den Fakt. Angeblich verkauft eine *société à responsabilité limitée*, mit Namen *Limes, munitions et des armes* in die drittä Welt. *Limes* tritt über andere Unternehmen, Maschinenbau, *l'industrie polygraphique etcetera* auf dem Markt in Arscheinung, *ne jamais directement*. Und schließlich, sagt Pierre, gebe es genug Beweise für eine Beteiligung des *monsieur de Munich*, *Docteur Blendeer*, der vor allem *Amérique du Sud et Central* beliefere. Seine Kakao-*business* habe nur die *functions* von eine Fassadä, seine eigentliche Quelle von Profit seien Waffen. Da *Blendeer* varfüge über gute *relations* zu die große Politike, keine *gouvernement* in Europa würde schicken die *police* auf seine Verhaftung.

Jacques öffnete die Flasche, ich schwieg betreten, wollte das Bild, das sich immer deutlicher abzuzeichnen begann, nicht erkennen.

Natürlich habe isch disch nisch nur hergeführt, um deine geordnete Weltbild zu zarstören, *mon ami*, isch habe ausgedacht eine Plan, ein varflixt gute *idée*. Morgen du wirst, wenn du besuchst den *Docteur* in sein *Hôtel*, *le monsieur* konfrontieren mit diese Fakten.

Wie soll das gehen? Ich habe mir alle Mühe gegeben, den *jungkonservativen* Journalisten herauszukehren, um sein Vertrauen zu erschleichen, er muß augenblicklich Verdacht schöpfen, wenn ich ihn beschuldige, er hätte in dieser Geschichte die Finger drin.

Man merkt, du bist ein Literate und keine intelligente *journaliste*. Du sollst *monsieur* nisch anklagen, *non*, du mußt *le Docteur Blendeer* varteidigen wollen, gegen die *propagande infâme*.

Hm, schniefte ich nachdenklich, und woher, soll ich ihm erklären, beziehe ich die skrupellosen Unterstellungen?

Tja, lachte Jacques, *c'est le cœur* von meine *idée*, eine famose Trick, du hast gelesen diese Gemeinheiten in eine linke *journal*, das sisch nennt *Constellation Rouge*, ein kommunistischä Schmutzblatt, wo drin geschrieben steht über angebliche Machenschaften des *capitaliste Blendeer*. Und kannst du dir denken, wer hat gezeichnet *l'article*?

Nein, sagte ich, wieso?

Isch dachte immer, du seist eine phantasievoller Mensch, stöhnte Jacques, *naturellement mademoiselle Catharine Lichtfeld*.

Genial, entfuhr es mir, aber meinst du nicht, daß Blender einen Pressereferenten unterhält, der ihn über alle ihn betreffenden Berichte auf dem laufenden hält?

Sischer, so einen Lakaien wird er schon haben, aber wie sollte der arme Mann die morgige Ausgabe von *Constellation Rouge* lesen können, da am Sonntag die Zeitung nisch arscheint und diese Nummer sowieso nur in einem Exemplar. Und das hast zufällig du, *mon frère*.

… ich kenne Dr. Blender durch die Erzählungen meiner Mutter, die mit ihm Anfang der fünfziger Jahre in Berlin zusammenarbeitete. Damals lebte er, was er heute tunlichst verbirgt, als kleiner Angestellter unter dem Namen Oswald Kult, leitete eine Abteilung des Staatlichen Warenhauses. Schon zu dieser Zeit vermochte er es, durch korrupte Manipulationen und Schmuggelgeschäfte zu einigem Reichtum zu gelangen, zu Geld, das den Grundstock seiner späteren Unternehmen bildete.

Meine Mutter, die seine Praktiken durchschaute und der

Polizei melden wollte, wurde von Blender erpreßt und mußte das Land verlassen. Später berichtete sie mir davon. Nach dem Tode meiner Mutter setzte ich alles daran, den Mann zu finden, der ihr Leben zerstört hatte. Ich erfuhr, daß er, jetzt Blender heißend, einem bedeutenden Münchner Süßwaren-Konzern vorstand. Zudem brachten meine umfangreichen Recherchen Beweise ans Tageslicht, die ihn als internationalen Waffenexporteur entlarven. So verfüge ich über umfangreiches Aktenmaterial, das belegt, wie von Dr. Oswald Blender (über Zweitfirmen) in Ostblockstaaten aufgekaufte Gewehre, Pistolen, Munition, Panzerkanonen auf Kriegsschauplätzen in Afrika und Lateinamerika zum Einsatz kamen. Gewisse Gewinnanteile bekamen die östlichen Partner (zumeist in Rohstoffen, Früchten, Kakao, aber auch in Form von Bargeldzahlungen für die Politbürokratie), die größeren Profitraten kassierte der Münchner Manager in die eigene Tasche. Eine Öffnung seiner Schweizer Bankkonten könnte darüber Aufschlüsse ergeben. Bislang jedoch scheiterten alle Versuche, Blender das schändliche Handwerk zu legen, nicht zuletzt an den intimen Beziehungen, die jener zu verschiedenen Regierungschefs europäischer Staaten unterhält.

Nur der Druck der internationalen Öffentlichkeit kann bewirken, daß dieser Verbrecher endlich zur Rechenschaft und juristischen Verantwortung gezogen wird.

Jacques, Kim, Pierre und Richard hörten aufmerksam zu, der Elsässer dolmetschte.

Woher weißt du, fragte mein Freund, von den eidgenössischen Banken?

Hab ich mir ausgedacht, wo sonst sollte sein Geld liegen? Jeder gewiefte Spekulant investiert in Zürich oder Genf.

Zu riskant, entgegnete der Journalist, wenn eine so wichtige Detail nisch stimmt, varliert der ganze Angriff seine *force*. Isch denke, es is sicherer, wann wir die *passage* streichen.

Ein einleuchtender Einwand. Jacques setzte sich, eine Zigarette im Mund, Kaffee und Aschenbecher neben dem Papier, an den Tisch und begann mit der Übersetzung des Textes.

Wir sollten den *article* zweisprachig varöffentlichen, meinte er, erstens wegen der *authenticité*, zweitens könnte er sich wundern, daß du Französisch lesen kannst, ohne eine Wort zu sprechen.

D'accord, sagte ich ein wenig gekränkt, aber überzeugt.

Überleg dir mal eine *titre*, eine gute *headline*.

Waffen statt Waffeln, sagte ich spontan.

Non, zu poetisch, wir brauchen eine politische *phrase*.

Aus dem Osten für den Westen in den Süden – internationalen Waffenhändlern auf der Spur.

Bien, entschied Jacques, vielleicht kann doch noch etwas aus dir werden.

Richard und Pierre veränderten die Titelseite der letzten Nummer, Berichte über die Lage im Nahen Osten und die Streikbewegung der Fluglotsen konnten stehenbleiben, nur das Erscheinungsdatum wurde ausgewechselt.

Hier, c'était le combien? fragte Pierre.

Demain, c'est dimanche le 16 septembre, sagte Kim, die offenbar in den Zeitläuften immer den Überblick behielt.

Der Artikel von *Katharina Lichtfeld* wurde auf der zweiten Seite plaziert, mit einer fettgedruckten Schlagzeile.

Zwei Stunden nahmen die Vorbereitungen in Anspruch, dagegen dauerte der Druck nur wenige Sekunden. Die Uhr ging auf zwei, als wir auf die Sonderausgabe der *Constellation rouge* anstießen, von der es nur fünf Exemplare gab, für jeden eins.

Du kannst mitnehmen mein Fotto-Apparat, sagte der Elsässer, wenn du gehst morgen zu *Blendeer*, machst ein paar Aufnahmen von *monsieur*, kommst du klar mit die Technologie *japonaise*?

Kein Problem, entgegnete ich lässig und steckte die Kamera in die Tasche.

In heiterer Stimmung verließen wir die Druckerei, ich nahm den Elsässer am Arm und ins Vertrauen.

Jacques, sagte ich, kannst du Kim zu verstehen geben, daß ich heute …

Non, entgegnete der, das, bei aller Freundschaft, mußt du alleine anstellen, du bist alt genug.

Ich wollte widersprechen, das Mißverständnis aufklären, doch in dem Augenblick umarmte man sich schon, Richard startete einen klapprigen Lieferwagen, Pierre und Jacques sprangen auf – und ich stand allein mit Kim auf den nächtlichen Straßen von Paris. Das Mädchen hakte sich bei mir ein, und wir gingen, schweigend und als wäre es das Normalste von der Welt – und war es nicht das Normalste von der Welt? –, über den *Boulevard de Magenta* in Richtung *Place de la République*.

Siebter Tag

Ich bin in Paris, die es hören, freuen sich, die meisten beneiden mich. Sie haben recht. Es ist eine große Stadt, groß, voll merkwürdiger Versuchungen. Was mich betrifft, ich muß zugeben, daß ich ihnen in gewisser Beziehung erlegen bin. Ich glaube, es läßt sich nicht anders sagen. Ich bin diesen Versuchungen erlegen, und das hat gewisse Veränderungen zur Folge gehabt, wenn nicht in meinem Charakter, so doch in meiner Weltanschauung, jedenfalls in meinem Leben.

Rainer Maria Rilke,
Die Aufzeichnungen des Malte Laurids Brigge

Das Flugzeug vibrierte, die Düsen jaulten auf, jetzt, fühlte ich, stürzen wir ab, Kim hielt sich an meinem Arm fest, ich schlug die Hände vor das Gesicht – und erwachte. Hinter dem Bambusvorhang lärmende Nähmaschinen. Das Mädchen fehlte, die Decke war zurückgeschlagen, nur der Abdruck im Kissen erinnerte an ihren Kopf. Wie spät? Ich stieg aus dem Bett, in meine Hose. Shambhunaths Londoner Einreiher lag auf dem Boden. Durch die dünnen Bambusstäbe spähte ich in den Vorderraum, dort fügten zehn Chinesinnen bunte Stoffe zusammen, ich trat heraus, die Frauen wandten wie auf Kommando die dunklen Köpfe, und alle lächelten mir zu.

Bonsoir, sagte ich und meinte *Bonjour*.

Die Schneiderinnen sprangen auf, umringten mich, zwitscherten, zogen mich in die kleine Teeküche, ich widersetzte mich freundlich, aber entschieden, nickte und lächelte, was mir am frühen Morgen nie gut gelang.

Kim, sagte ich, *where is mademoiselle Kim, où est Kim*?

Alle schienen es zu wissen, doch keine der Frauen verstand ich.

Merci, merci, ich eilte, mich verbeugend, aus der Wohnung.

Erst auf der Straße lockerten sich meine Gesichtszüge. Es war sieben Uhr, Dämmerung, zu früh, um bei Jacques um ein Frühstück zu bitten, auch die Diva konnte ich nicht aus dem Schönheitsschlaf reißen. Am besten, dachte ich, du fährst in dein Hotel, wäschst dich, putzt die Zähne, ziehst dich um und schläfst eine Stunde, *mon chéri*.

Ein ältere Frau auf einem der Klappsitze an der Tür öffnete ihre Handtasche, entnahm einen Handspiegel, begann sich zu schminken, erst die Augenlider, dann die Lippen. Fuhr sie zur Arbeit? Ich bewunderte ihre Ruhe. Warum, dachte ich, bleibst du nicht in Paris, läßt alles sausen, den *Fall* fallen, beginnst von vorn, Alltag gibt es hier wie dort, Freunde besitzt du einige, sogar eine Geliebte, mit der du nicht reden kannst, aber das lernt man. Außerdem braucht es, wie Nadine wußte, nicht allein der Sprache, um sich zu verstehen. Ja, warum eigentlich nicht? dachte ich, wußte keine Antwort und stieg aus der Metro.

An der Rezeption des *Hôtel des Arts* erblickte ich, den Schlüssel suchend, in meiner Tasche neben dem *Journal* die Pralinen der Firma *Scho-Ko-Kult*. Ich ärgerte mich, sie nicht Kim ans Bett gelegt zu haben, erbat, mit Händen und Füßen gestikulierend, von der Kellnerin des kleinen Frühstücksraumes eine Papierserviette und ein Stück Klebeband. Die Frau erfüllte meine Wünsche, ich setzte mich in einen der speckigen Ledersessel und wickelte den Konfektkasten ein. Dann zog ich aus der Brieftasche die Visitenkarte der Diva, strich kurzerhand ihren Vornamen, ersetzte *Elisabeth* durch *Sebastian*. Auf die Rückseite des Kassibers schrieb ich mit eckigen Schriftzügen, die meiner eigenen Handschrift wenig ähnelten: *Liebe Katharina Lichtfeld, ich erwarte Sie um 17 Uhr vor der Pension. Bitte kommen Sie allein. Gruß, Ihr Sebastian von T.* Die Karte schob ich unter die Serviette, stand auf und lief über die *rue de Cujas* in die gegenüberliegende Pension. Der Mann am dortigen Empfang sagte verschlafen *oui, monsieur*, als ich Katharinas Namen nannte.

Frisch gewaschen, neu eingekleidet, auf dem Bett liegend, wählte ich die Nummer, die ich vorsorglich in mein Notizbuch geschrieben hatte. Frau von Trautenheim meldete sich.

Guten Morgen, Teuerste, rief ich, haben Sie gut geschlafen?

Leider nein, ich träumte unruhig, hatte noch bis Mitternacht gehofft, Sie würden sich melden.

Es wurde gestern sehr spät, ich war verhindert.

Verlief alles reibungslos?

Kann man nicht behaupten, Katharina und P. erschienen, wie erwartet, auf dem Bankett, aber Blenders Leibwächter paßte beide am Eingang ab, ein kleiner Skandal, dann folgte eine Unterhaltung des Münchners mit dem Mädchen, in welcher Blender ein Ultimatum stellte, entweder Katharina bricht ihre Verfolgung ab und kassiert dafür eine nicht unbeträchtliche Summe, oder …

Oder was?

Oder es geschieht, fürchte ich, ein Unglück.

Wie schrecklich, stöhnte die alte Dame.

Noch ist nichts entschieden, beruhigte ich sie, wissen Sie übrigens, wen ich zu treffen, wenn auch nicht zu sprechen, die Ehre hatte, in der *Villa Ralfini*?

Reden Sie, mein Guter.

Yves Chien-Renifler, den Waffenbruder Ihres Mannes, will sagen, den Herren Präfekten.

Ach, hat er sich überwunden, meinte Lilly, als ich ihn

gestern, nachdem Sie aus dem Haus gingen, anrief, schützte er seine angeblich angegriffene Gesundheit vor, suchte sich herauszureden. Nebenbei ließ mein alter Yves durchblikken, daß man gegen den Münchner Herren seit geraumer Zeit wegen Rauschgiftdelikten ermittelt. Bislang leider ohne greifbare Erfolge.

Was Sie nicht sagen, staunte ich, und von Schnellfeuergewehren und Handgranaten wußte er nichts?

Ich gewann den Eindruck, flüsterte die Diva, als ob der Präfekt zu dieser Geschichte keine Antwort wagen wollte.

Gegen zehn öffnete P. den Sonnenschutz vor dem Fenster, ich saß hinter der Gardine und konnte in ihr Zimmer blicken. Sie hatten in einem Bett geschlafen, also doch, ich lächelte weise, Katharina trug ein weißes Nachthemd, zog es sich über den Kopf und lief in die Ecke des Raumes, die meinem Blick verborgen blieb. Weibliche Instinkte. Wenige Minuten später verließ P. die Pension, wohin spazierte er am Sonntagvormittag. Ich sah ihn zum *Boul' Miche* hinuntergehen. Als er nach einer halben Stunde noch immer nicht zurück war, griff ich mir des Inders Mantel und eilte die Treppen hinunter. Die *Komplizin* saß im Restaurant der Pension vor einem großen *café au lait*.

Guten Tag, Fräulein Lichtfeld, stieß ich hervor, ich fuhr gerade vorbei und dachte, schaust du auf einen Sprung herein, vielleicht ist sie schon wach.

Herr von Trautenheim, sagte diese, auf die Pralinen weisend, das wär doch nicht nötig gewesen.

Wie sieht es aus, am Nachmittag, darf ich Sie entführen?

Ich weiß es nicht, sagte das Mädchen, möglicherweise reisen wir heute schon ab.

Ach, stotterte ich, wie denn, warum, wohin denn, so schnell?

Katharina begann zu weinen, dicke Tränen rollten aus

ihren Augen die Wangen hinunter, über den winzigen Leberfleck und fielen neben den Milchkaffee.

Was haben Sie, was quält Sie?

Ich handelte gewissenlos, aber nur jetzt, so wußte ich, in diesem Augenblick der Schwäche, bestand für mich die geringe Chance, etwas aus ihrem wirren Kopf herauszupressen.

Ihr Freund, Dr. Blender, schluchzte sie, ist ein erbärmlicher Verbrecher, er erpreßt uns, er droht, uns umzubringen.

Wer erpreßt wen? dachte ich.

Das *kann* ich nicht glauben, entgegnete ich fest, Oswald Blender, ich traf ihn erst gestern, ist ein *gentleman*.

Auch ich traf ihn gestern, diesen Hund, diesen Schieber, diesen Waffenhändler. Sie wissen ja gar nicht, wie brutal er sein kann. Wir verfügen über Beweise ...

Kommen Sie, sagte ich und griff ihre Hand, ich kenne zufällig den Präfekten der Pariser Polizei.

Der steckt mit Blender unter einer Decke, rief Katharina entsetzt. Ein internationales Komplott.

Aber, aber, versuchte ich einzulenken, bleiben Sie ganz ruhig und erzählen Sie, immer der Reihe nach.

Sie berichtete die Geschichte, die ich schon kannte, aber nicht glaubte, den Leidensweg ihrer Mutter, ihre Suche nach Blender, die Entlarvung seiner Geschäftspraktiken. Die Handelsbeziehungen des Münchners zu östlichen Firmen verschwieg sie, kannte sie nicht oder wollte sie nicht offenbaren.

Was würden Sie an meiner Stelle tun?

Tja, wissen Sie, sagte ich, das Bild, das Sie von Oswald Blender zeichnen, schockiert mich zutiefst, sollte es aber stimmen, würde ich Ihnen, als Unternehmer und Mensch, dringend raten, das Geld anzunehmen und die Sache zu vergessen. Die Methoden der transnationalen Schieberringe sind berüchtigt, die Herren verschonen niemanden, der ihnen in die Karten blickt. Ich weiß, Ihnen liegt viel an der Wahrheit, aber noch mehr sollte Ihnen an Ihrem Leben liegen.

Das gleiche, sagte die *Komplizin* und schneuzte sich die Nase mit der Serviette, in die ich das Konfekt gewickelt hatte, sagt mein Freund.

Ein verständiger Mann, lobte ich. Vermeiden Sie unbedachte Schritte, Wagemut zahlt sich in diesem *Fall* nicht aus.

Ich rückte den Stuhl an den Tisch.

Übrigens, Fräulein Lichtfeld, fragte ich lächelnd, essen Sie gern Rote Grütze?

Ja, sagte sie, warum, wie kommen Sie darauf?

Entweder besaß sie erstaunliches Reaktionsvermögen, oder ihre naive Verwunderung war echt.

Nur eine Frage, sagte ich, ich erwarb gestern eine ausgezeichnete Lizenz für ein *Rote-Grütze-Instant-Pulver*, in zwei Minuten ist der Pudding tafelfertig.

Ich schlüpfte aus dem Frühstücksraum, erblickte vor der Glastür, noch auf der Straße, doch schon auf den Stufen, den zurückkehrenden *Kandidaten*, ich mußte ausweichen, eilte die Stufen zu den Zimmern hinauf. Würde er hinterherkommen oder sich zu ihr setzen? Im zweiten Stock blieb ich stehen, ein Zimmermädchen mit Besen und Eimer kam mir entgegen, ich grüßte und stieg weiter. Unter mir hörte ich die Stimmen der beiden. Sie wohnten wie ich in der obersten Etage, ein Umstand, der mich in eine schreckliche Enge trieb. Wo sollte ich hin? Der Gang maß zehn Meter in der Länge, alle Räume waren verschlossen und, grausige Vorstellung, möglicherweise belegt. Am Ende des Flurs stand eine Schuhputzmaschine, daneben lagen Säcke mit alter Wäsche, ich warf mich dahinter.

Was hat er genau gesagt? hörte ich die *Komplizin* fragen.

Er ist einverstanden, hat aber den Preis heruntergehandelt, er zahlt fünftausend und die Papiere. Die Übergabe erfolgt um 12 Uhr im *Jardin du Luxembourg*. Ich bin darauf eingegangen. Wir müssen endlich eine Entscheidung erzwingen, verstehst du?

Ja, sagte Katharina, es hat ja alles keinen Sinn.

Wie wahr, dachte ich, mit pochendem Herzen unter den Laken liegend, die Zähne in die Faust beißend. Ein Schlüssel drehte sich im Schloß, eine Tür wurde geöffnet und kurz darauf wieder geschlossen. Nachdem ich bis zehn gezählt hatte, sprang ich über das Bettzeug, rannte die Treppen hinunter. Die Reinigungsfrau sah mir erstaunt hinterher.

Kaum an meinen Fensterplatz zurückgekehrt, sah ich die beiden, Arm in Arm, die Pension verlassen. Ich warf mir den Mantel, den ich gerade ausgezogen hatte, über die Schultern und eilte auf die Straße. In einem Abstand von hundert Metern folgte ich dem Paar. Sie bogen links auf den *Boulevard* ab, ich überquerte diesen, ging auf der anderen Straßenseite, jederzeit bereit, in einen der Eingänge zu fliehen. Sonntägliche Ruhe, wenige Spaziergänger, alle Geschäfte geschlossen, schlechte Bedingungen für eine Beschattung. P. und Katharina betraten den Garten, setzten sich trotz des kühlen Herbstwetters auf eine Bank in der Nähe eines Brunnens. Dreißig Meter entfernt, in einem dichten Laubengang versteckt, konnte ich sie in aller Ruhe beobachten. Ich kramte nach meinen Zigaretten, sah eine Frau mit Pudel an den Rabatten vorbei auf das Rondell mit der Fontäne zusteuern, sie stoppte an der Parkbank, der Hund schnupperte am Boden. Von Blender keine Spur. Plötzlich wurde ich gewahr, daß die Dame mit den beiden sprach. Idiot, dachte ich, wie konntest du annehmen, der Manager persönlich mache sich auf den Weg. Ich riß die Kamera aus der Tasche, drückte das Laub auseinander und auf den Auslöser. *Klick, klick*, die Dame trat einen Schritt an P. heran, *klick, klick, klick*, übergab einen Umschlag, *Klick, klick*, der *Kandidat* öffnete das Kuvert, *klick, klick*, beide erhoben sich, gingen zum Ausgang davon. Frau und

Hund hingegen näherten sich meinem Versteck, wenn dich der Köter wittert?, *klick, klick, klick*, irgendwie kam mir das Gesicht bekannt vor, Unsinn, *klick, klick*, ein letztes Porträt, und dann nichts wie weg.

Ein Diktiergerät? Noch besaß ich genug Geld, um mir eins kaufen zu können, leider waren alle Läden mit katholischer Strenge verriegelt. Ich mußte Jacques um Hilfe bitten. Er saß gerade mit seiner Familie am Mittagstisch, ich wurde eingeladen. Es gab Tauben. Der Elsässer stellte mich seiner Frau vor, Nicole, die im Gegensatz zu ihm das braune Haar kurz geschnitten trug, kein Wort Deutsch verstand und offenbar in der Ehe das Regime führte.

Du mußt, sagte Jacques und legte mir ein Stück Fleisch auf den Teller, aber achten auf das Blei. Wegen die Zähne.

Ich begriff nichts.

Wegen die *munitions*.

Hä?

Piffpaff, sagte der Journalist und schoß mit dem Finger in die Luft. Die Vögel werden füsiliert mit, wie sagt man *en allemand*, Schrott?

Ach so, rief ich – und biß auf einen harten Gegenstand, tastete ihn mit der Zunge ab, war dies eine Schrotkugel oder ein Stück Zahn?

Jacques schlich ins andere Zimmer, wo sein Sohn Mittagsschlaf hielt, und kam mit dem kleinen Kassettenrecorder zurück. Ich reichte ihm den Fotoapparat.

Kannst du von den Aufnahmen Vergrößerungen herstellen? Mir ist so, als hätte ich die Hundebesitzerin schon einmal getroffen.

Mal sehen, was sich machen läßt. Isch bringe dir jeden Fall den Film un die Kopien heute abend in deine Untarkunft, *Hôtel des Arts, c'est vrai*? Wenn du nisch da bist, kann seien, du bevorzugst eine andere *quartier*, isch gebe ab an die *réception*.

Der Journalist drückte mir eine Tonbandkassette in die Hand, deutete in Richtung der Küche, wo seine Frau den Abwasch machte, kniff die Nase zusammen und drehte unruhig die Finger.

Sie hat schlechte Launä, weil isch gestern so spät nach Hause kam und angeblich betrunken war. Glaub mir, *mon ami*, die Ehe mit eine Frau is eine *liaison très fatale*.

In der Lobby des *Eden-Royal* wartete bereits der stämmige *monsieur* Max.

Kommen Sie, sagte er knapp und führte mich zum Lift. Mir war ein wenig unbehaglich zumute, denn ich traute dem Manager zu, sich inzwischen über mich erkundigt zu haben. Zwar konnte ich einen adligen Namen vorweisen, doch das Blatt *Alemannische Woche*, für das ich zu arbeiten vorgab, dürfte Blenders Pressereferenten bislang unbekannt sein. Der Fahrstuhl hielt in der vierten Etage, und Max – war er höflich oder übervorsichtig? – ließ mich zuerst aussteigen. Natürlich bewohnte der Doktor eine *suite*. Der Leibwächter pochte dreimal, öffnete die Tür, ließ mich stehen, ging hinein, kam nach vier Sekunden wieder heraus, klopfte mir den Anzug ab, ob ich nicht etwa Waffen bei mir führte – ein Vorgang, der mich erbleichen bleichen ließ –, öffnete meine Tasche, wühlte darin herum, grunzte befriedigt und winkte mich ins Zimmer.

Dr. Blender läßt bitten, sagte er mit polternder Stimme, als beorderte er mich zur Exekution.

Ah ja, sagte Blender hinter einem Biedermeierschreibtisch aufblickend, Pünktlichkeit ist eine Tugend, die ich zu schätzen weiß, nehmen Sie Platz, Max, ich brauche Sie nicht mehr.

Der Büttel zog sich in eines der Nebengemächer zurück, Blender goß zwei *Cognac* ein, ließ sich in einen Sessel fallen, schlug ein Bein über das andere, wobei er weiße Socken entblößte, eine Farbe, die mir bei einem Mann seines

Alters und seiner Figur unangemessen vorkam, doch wagte ich nicht, diese Bedenken zu äußern.

Das Tonband stand auf dem Tisch, die rote Leuchte zeigte an, es war aufnahmebereit, ich drückte die Pausentaste.

Herr Dr. Blender, lassen Sie uns mit Ihrer Arbeit beginnen. Immerhin ergibt sich nicht täglich die Gelegenheit, einen der führenden Süßwarenfabrikanten Europas zu sprechen. *Scho-Ko-Kult*, beliebt bei alt und jung, steht für Markenerzeugnisse. Welche Leckereien Ihres Sortiments verkaufen sich am besten – und welche davon bevorzugt der Direktor persönlich?

Über Geschmack, sagte Blender, läßt sich bekanntlich streiten, und das Sprichwort gilt fürs Leben, also auch die Genußmittelbranche. An der Spitze laufen bei uns die *Nuß-Nougat-Kugeln, die likörgefüllten Scho-ko-Früchte*, das gesamte *konventionelle Schokoladen-Sortiment* und die *doppelte Müsli-Reihe*.

Nicht auch die berühmten *Scho-Ko-Kult-Schoko-Bären*?

Doch, doch, nickte Blender selbstgefällig, wenngleich die Marktforschung einen gewissen rückläufigen Trend bei *figuriner Gußschokolade* konstatiert, der wir Rechnung tragen müssen.

Also ich war geradezu verrückt nach *Scho-Ko-Kult-Schoko-Bären* in meiner Jugend.

Wissen Sie, sagte der Münchner, das ist es eben, was viele Leute schwer begreifen, auch die Süßwarenindustrie unterliegt einer enormen *Innovation*. Nehmen Sie den Kaugummi, nach dem Krieg drang er sozusagen mit den GI's in Europa vor, verbreitete sich schneller als die schwarze Pest im Mittelalter, dann, in den Sechzigern, erlebte er einen letzten großen Aufschwung durch den Blasenkaugummi, den *bubble*, doch schon in den Siebzigern wurde der *Vormarsch des Kaubonbons* schier übermächtig. Heute teilen sich beide Erzeugnisse den Markt. Ähnlich ergeht es unseren *Bären*, ich will nicht behaupten, der *Schoko-Bär* sei vom Aussterben bedroht, aber wer nur auf ihn setzte, ginge ein unverantwortbares Risiko ein. Ich denke, ja, ich bin davon überzeugt, jede neue Generation prägt eine eigene Eßkultur.

Überaus nachdenkenswerter Gedanke, Herr Doktor, und, um auf meine zweite Teilfrage zurückzukommen, was naschen Sie am liebsten?

Mein Vater, Herr Trautenheim, war Fischer von Beruf und aß keinen Fisch. Verstehen Sie?

Wollen Sie damit sagen, daß Sie …

Daß ich Bonbons hasse, mir wird schlecht davon, Pralinen bereiten mir Sodbrennen, Gummitiere Schluckauf, egal, ob ich mein eigenes Zeug oder das der Konkurrenz fresse, es ist mir allemal ekelhaft. Dies im Vertrauen, nicht für die Öffentlichkeit.

Sie erwähnten Ihre Familie, Sie stammen – wie ich gelesen habe – aus, wie man früher gesagt hätte, eher bescheidenen Verhältnissen?

Exakt, wobei *bescheiden* ein harmloser Ausdruck ist, meine Eltern waren armselige Schlucker, meine vier Geschwister und ich wurden mit Hering und trocken Brot großgezogen, wie die Katzen. Aber wir erbten auch deren Charakter, zäh und unzähmbar.

Andere Leute in Ihrer Position würden eine vergleichbare Herkunft tunlichst verschweigen?

Warum sollte ich, brummte Oswald Blender, was ich erreichte, danke ich niemandem als mir selbst, ich mußte hart arbeiten, um hochzukommen, bekam nichts in die Wiege gelegt, außer Talent, das wissen meine Angestellten zu schätzen. Ich habe eine sympathische Schnauze, meine Leute erkennen sich in dem, was ich vollbrachte. Ich komme aus dem gleichen Milieu wie sie.

Aber nicht alle *lieben* Sie, wenn man den Zeitungen trauen kann?

Das wäre das letzte, was ich mir wünschte. Ich bin der Chef, kein *Don Juan* für die Gewerkschaft, die Arbeitnehmer sollen mich nicht lieben, sondern meine Anweisungen befolgen, dann werden sie am Ende nicht zu kurz kommen. Und was die Journalisten anbetrifft, nehmen Sie das nicht persönlich, so schreiben die, wenn man sie nicht empfängt, was sie wollen. Und wenn man sie empfängt, ist es nicht anders. Und für die Linken bin ich eben ein *Ausbeuter*, ein Was-nicht-Alles, darüber kann ich nur lachen.

Ich kenne diese Leute, sagte ich bekümmert, sie denken sich die haarsträubendsten Gruselgeschichten aus, weil ihnen Argumente fehlen. Haben Sie die jüngsten Anschuldigungen denn sehr überrascht?

Welche? rief Blender, mit funkelnden Augen aus dem Sessel auffahrend.

Angewidert warf ich die Zeitung auf den Tisch. Blender nahm das Blatt und knirschte mit den Zähnen.

Katharina Lichtfeld, flüsterte er.

Kennen Sie diese, ich stockte, Person?

Natürlich nicht, antwortete der Münchner gedankenverloren, woher sollte ich? Diese ganze Glosse ist von A bis Z erlogen, *kommunistische* Phantasten, *Constellation Rouge*, da weiß man doch, mit wem man es zu tun hat.

Entschuldigen Sie mich einen Augenblick.

Blender stand auf und ging zum Telefon.

Hallo, rief er, ja, hier Blender, ja, haben Sie die Post erledigt? Alles klar, nein, gut, ist nicht mehr zu ändern, ja, nein, ich erhielt nur gerade eine Information, die den Sachverhalt ein wenig verändert hätte, ja, natürlich den Preis, nein, unternehmen Sie nichts, wenn die Sache damit abgetan ist, na, das hoffe ich stark, daß Sie ein Auge darauf werfen. Gruß an Herzig, der weiß, was auf dem Spiel steht, ja, selbstverständlich. Wiederhörn.

Wo waren wir stehengeblieben? Blender schien nicht ganz bei der Sache.

Ich hatte, auf Ihr Bitten, diesen lächerlichen Artikel vorgetragen.

Ja, richtig. Eine Infamie, eine Frechheit, eine Intrige sondersgleichen.

Aus diesem Grund, glaube ich, ist es dringend geboten, eine Gegendarstellung zu publizieren. Die *Alemannische Woche* ist dafür genau der richtige Ort. Allerdings müßte ich wissen, ob sich die Verfasserin sämtlichst auf Spekulationen beruft oder auf Teilwahrheiten.

Wie meinen Sie das? rief der Marzipan-Magnat, ich sagte doch, dieser Wisch enthält sowenig Tatsachen wie meine Müsli-Riegel-Streckstoffe.

Demnach, dachte ich, müßten seine Erzeugnisse einen ziemlich geringen Kakao-Anteil besitzen.

Aber Ihr Name, warf ich vorsichtig ein, lautete, wie ich unserem Redaktionsarchiv entnahm, doch früher wirklich Kult und taucht ja auch im Signet Ihrer Firma auf.

Na und, bellte Blender, ich heiratete und nahm den Namen meiner Frau an, was ist daran ungewöhnlich?

Herr Doktor, lenkte ich ein, *mich* müssen Sie nicht überzeugen, aber die Öffentlichkeit hat ein Recht auf die Wahrheit, *ihr* müssen wir klarmachen, daß alle gegen Sie erhobenen Anschuldigungen von kriminellen Verleumdern aus der Luft gegriffen wurden. Können Sie versichern, niemals einer Frau Lichtfeld begegnet zu sein?

Unsinn, ich habe nie in Berlin gelebt oder gearbeitet, schon gar nicht in einem Warenhaus, ich bin Bonbon-Fabrikant. Diese läppischen Anwürfe perlen an mir ab wie Regenwasser, einzig diese Waffen-Story bereitet mir Kopfschmerzen, weil sie mein Image ankratzt und wider meine Prinzipien steht. Das ist Rufmord.

Könnte Ihre Konkurrenz Interesse daran haben, Sie in einen solchen Skandal verwickelt zu sehen?

Das wüßte ich, aber diese Leute – er nahm erneut das Journal in die Finger – sind mir vollkommen unbekannt.

Startet man das erste Mal von linksaußen derartige Kampagnen gegen Sie?

Das gehört zum Geschäft. Selbst, im Vertrauen, der Vorwurf des Handels mit von internationalen Ausfuhrverboten belegten Waren, Waffen, Drogen, *hightech* etcetera, trifft mich nicht zum ersten Mal. *Scho-Ko-Kult* kauft und verkauft in fünf Kontinenten, Rohstoffe beziehen wir – wie sollte es anders sein? – aus Ländern, die durch den Export von Bananen, Ananas, Kaffee, Kakaomasse und durch illegalen Handel mit Kokain und Cannabis ihre Auslandsschulden tilgen. Die *Regimes* dieser zerrütteten Staaten zeigen logischerweise einen gewissen Bedarf an Militärtechnik. Wer mit ihnen Verträge abschließt – und mir bleibt, wie betont, nichts anderes übrig –, gerät unweigerlich in Verdacht. Was soll ich tun? Nur noch mit Schweden verhandeln oder mit der Schweiz? Zugegeben, diese Länder besitzen alle Vorteile der Demokratie – nur keine Bananen, Mangos und Kokosnüsse.

Winzige Schweißperlen glänzten auf des Münchners breiter Stirn. Er lag in seinem Sessel, bot mir eine Zigarre an, die ich, mich der Havanna-Zigarre von *La Villette* erinnernd, dankend ablehnte. Der Doktor schmauchte genüßlich.

Ich habe eine Idee, sagte er unvermittelt, Sie müssen nicht darauf eingehen, aber hören Sie erst einmal zu. Morgen vormittag verlasse ich Paris, fliege nach Mittelamerika, Toledo del Sur, um dort die Lieferung von Kakaobutter und Südfrüchten zu vereinbaren. Was hielten Sie davon – es wären drei, vier Tage in den Tropen –, mich zu begleiten, um sich und Ihre Leser von der Sauberkeit meiner Geschäfte zu überzeugen. Mein Jet bietet ausreichend Platz, es würden Ihnen keine Unkosten erwachsen.

Ich starrte den Münchner an, glaubte mich verhört zu haben.

Sie meinen, stammelte ich, daß ich, morgen, aber ich, wissen Sie, Herr Doktor, verfüge ja über kein Visum.

Lächerlich, rief er und klatschte sich die dicken Finger auf die Schenkel, daran soll es nicht scheitern, mich verbindet eine alte Freundschaft mit Präsident General Patricio Nazareno, das Stempelchen erhalten Sie im Vorbeigehen, wenn Ihnen daran liegt.

Aber meine Redaktion, begann ich wieder, erwartet dringende Korrespondenzen.

Versuchen Sie, sagte der Manager, Ihren Chef von der Reise zu überzeugen, immerhin wird sich Ihre *Alemannische Woche* kaum einen ständigen Berichterstatter in Zentralamerika leisten können, die *story*, junger Mann, wäre ganz sicher etwas für die erste Seite.

Ich rufe meinen *Chef* an, heute abend, versprach ich und dachte, wüßte Blender, wo derselbe sitzt und welcher Tätigkeit er nachgeht, würde er kaum so freundlich blicken.

Gut, meinte Oswald Blender und beendete das Gespräch, mein Angebot steht, lassen Sie Ihre Adresse hier, mein Fahrer kommt morgen um zehn zu Ihrem Hotel. Wenn Sie sich positiv entscheiden, freue ich mich auf die Zusammenarbeit, wenn nicht, Ihr Problem, wünsche ich Ihnen alles Gute, muß Sie jedoch bitten, das Gespräch nicht ohne den Segen meines Referenten abzudrucken. Sie erreichen ihn, sein Name lautet Winfried Selinger, in meiner Münchner Niederlassung.

Moment, Augenblick, Sekunde, dachte ich, über den Opernplatz taumelnd, was hatte *Kult-Blender* gesagt?, wohin sollte ich fliegen? Toledo del Sur, nie gehört, das konnte, das durfte, das mußte ein Irrtum sein. Unmöglich, Kompetenzüberschreitungen sind untersagt, hörte ich den *Chef* sagen, und meine eigene innere Stimme warnte vor den unberechenbaren Methoden der Verbrechersyndikate. Galt mein Auftrag nur für Paris, oder trug ich auch außerhalb Europas Verantwortung für das Leben des Münchner Bosses. Woher wußte ich, daß die geäußerten Rückzugspläne der *Komplizin* und des *Kandidaten* keine Finte waren, die mich auf eine falsche Spur lenken sollten. War ich nicht mittlerweile derart mit dem *Fall* verwachsen, daß ich ihn, ob mit oder ohne Zustimmung der *Genossen,* zu einem guten Ende führen mußte. Ging es noch allein um nationale Interessen? Durfte ich aussteigen? Mußte ich nicht, wenn schon *Interpol* nicht wagte, gegen Blender und Co vorzugehen, *Justitia* zur Ehre den *Fall* allein lösen, allein gegen alle, sei es unter Einsatz meines Lebens, zum Ruhme der *Republik*? Ich war gerührt von meiner edlen Gesinnung – doch wie sollte ich entscheiden?

Herr von Trautenheim, rief eine mir nicht unbekannte Stimme, als ich die Tür zum *Hôtel des Arts* öffnete, Sie gehen ja in die falsche Pension.

Katharina. Richtig, wir waren um 17 Uhr verabredet.

Wie dumm von mir, sagte ich und mußte die Verwirrung nicht spielen, ich hätte geschworen, Sie wohnten hier. Sind Sie allein?

Ja, mein Freund nutzt die letzten Stunden für den *Louvre*, heute ist Sonntag und freier Eintritt, morgen reisen wir ab.

Ach, entfuhr mir ein Staunen, wie schade, morgen schon?

Am Vormittag, sagte das Mädchen.

Seltsamer Zufall, genau am Tage von Blenders Abflug packten die beiden ihre Koffer. Wollten sie hinterher? Immerhin verfügten sie, davon konnte ich ausgehen, über zehn- oder fünftausend Mark, also ausreichend Geld, um sich ein Ticket nach Toledo leisten zu können.

In welche Ecke der Welt zieht es Sie so plötzlich?

Bitte zeigen Sie mir die Stadt, wich die *Komplizin* aus, ich bin schon drei Tage hier, habe noch nichts gesehen, machen Sie eine kleine Führung, Sie sind doch hier so gut wie zu Hause.

Katharina tänzelte wie ein kleines Mädchen neben mir her, sie war, wie ich fand, auf verdächtige Weise gelöst, gesprächig und lustig.

Die Seine! rief sie.

Wahrhaftig, ich staunte ebenfalls, das ist sie, so sieht sie also aus, verblüffend, ich hätte geglaubt, das Wasser sei blau.

Herr von Trautenheim, Sie müssen nicht, weil für mich alles neu ist, so tun, als erschiene Ihnen die Stadt zum ersten Mal, weilen Sie doch jedes Jahr hier, was ich, da ich Ihre liebenswerte Tante kennenlernen durfte, nur allzu gut verstehen kann.

Die Seine, faselte ich, meine Augen in den Fluß versenkend, ist ein famoser Strom, der mich stets aufs neue fasziniert, immer anders schimmern die Wellen, mal grün, mal azurblau, schwefelgelb, braun im Herbst, kalkweiß im Winter, ein großer französischer Poet nannte sie einst das Chamäleon unter den Flüssen.

Lieben Sie die Dichtung?

O ja, sehr, sagte ich, ab und zu brauche ich ein Gedicht, um der schnöden Welt des Geldes, dem Staub der Bilanzen, den trockenen Börsenberichten entfliehen zu können.

Rilke auch?

Rainer Maria, ein edler Charakter, formvollendet, sanftmütig, er lebte einige Jahre in dieser Stadt.

Ich weiß, sagte sie leise, meine Mutter verehrte ihn über alle Maßen, besaß sogar eine Erstausgabe der *Duineser Elegien* mit persönlicher Widmung des Meisters.

Was Sie nicht sagen? Eine bibliophile Kostbarkeit.

Ich schwieg und rechnete. *Wer aber sind sie, sag mir die Fahrenden, diese ein wenig Flüchtigern noch als wir selbst?* Rilkes Elegien erschienen Anfang der zwanziger Jahre. Wenn Katharinas Mutter diese Gedichte las und verstand, mußte sie damals mindestens fünfzehn oder sechzehn

Jahre alt und von erstaunlicher Reife gewesen sein. Nahm man ferner an, sie erwarb ein persönliches Autograph des Dichters und setzte als letztmöglichen Zeitpunkt dessen Sterbejahr 1927, drängte sich der Schluß auf, daß die Frau zwischen 1911 und 1912 geboren war. Diese Rechnung vernachlässigte Rilkes Distanz zu Deutschland, der kranke Künstler verbrachte die letzten Lebensjahre fast ausschließlich in Frankreich oder den Schweizer Alpen. Wie auch immer, wenn es diese Widmung wirklich gab, mußte die *Komplizin* von einer Frau geboren worden sein, die als Mittfünzigerin schwanger wurde. So etwas war anatomisch möglich, jedoch um so seltsamer, als sie mir von den schweren Leiden ihrer Mutter erzählt hatte.

Ihre Mutter reiste wohl viel als junges Mädchen?

Sie las sehr viel, sagte Katharina, und ich begriff nicht, was das eine mit dem andern zu tun hatte.

Befindet sich der Band der *Duineser Elegien* in Ihrem Besitz, ich habe nämlich eine Freundin, Frau Professor Polatschek, die über Rainer Maria arbeitet, mit seinem Werk und Leben sehr vertraut ist.

Leider nein, es ging in den Wirren der Nachkriegsjahre verloren.

Aber Sie selbst, hakte ich nach, hielten es noch in den Händen?

Natürlich, gab sie zur Antwort, natürlich nicht, ich war ja noch nicht auf der Welt.

Wurde Ihre Mutter eigentlich sehr alt?

Nein.

Wie alt waren Sie, als sie verstarb?

Warum wollen Sie das wissen? fragte sie zweifelnd, meine Mutter starb vor fünf Jahren.

Komisch, sagte ich verwirrt.

Was ist daran komisch, Herr von Trautenheim?

Verzeihen Sie, Katharina, eine dumme Bemerkung, aber ich glaubte mich erinnern zu können, Sie hätten erzählt,

Ihre Mutter wäre kurz nach der Übersiedlung schwer erkrankt und bald gestorben?

So, sagte sie kühl, das soll ich gesagt haben? Sie müssen sich irren, Muttchen wurde bald krank, das ist wahr, doch die Ärmste mußte lange leiden.

Linker Hand erstreckte sich die *Ile de la Cité*. Den Stadtführer in der Hand – *um nichts Falsches zu erklären* –, berichtete ich von ersten Siedlern, genannt die Parissii, die 200 Jahre vor Christus hier ihre Zelte aufschlugen, erwähnte die Weissagungen der *heiligen Genoveva*, Schutzpatronin der Stadt, fügte meine Kenntnisse der Metro-Geschichte ein, wies auf die leuchtende Fassade von *Notre-Dame*.

Haben Sie den Film gesehen, mit Anthony Quinn als Glöckner? fragte ich und veranschaulichte dessen Rolle, indem ich mich einige Meter wie ein Orang-Utan fortbewegte.

Nein, das scheint ein lustiger Streifen gewesen zu sein.

Nie und nimmer, entgegnete ich, todtraurig. Sie kennen ihn wirklich nicht? Eigentlich sahen den alle irgendwann, in meiner Jugend.

Ich gehöre einer anderen Generation an als Sie, Herr von Trautenheim, erklärte die *Komplizin* unbarmherzig.

Da muß ich Ihnen leider recht geben, wie alt sind Sie eigentlich?

Schätzen Sie mal.

Schwer zu sagen, sagte ich (und beschloß, einen Vorstoß ins Unbekannte zu wagen), mitunter könnte man meinen, Sie seien, nehmen Sie mir das nicht übel, eine reife Frau von vierzig, dann wieder möchte man Sie für ein verspieltes Kind halten, also denke ich, Sie liegen in der Mitte, zweiundzwanzig?

Ich beobachtete sie während meines Exkurses genau, doch folgte sie meinen Worten mit regungsloser Miene.

Danke für das Kompliment, ich bin vierundzwanzig.

Wann haben Sie Geburtstag?

Am 4. Juli, ich bin Krebs.

Neunzehnhundertfünfundsechzig?

Ja, sagte Katharina Lichtfeld – und mir war so, als zögerte sie einen Augenblick –, fünfundsechzig.

Wir standen vor dem gewaltigen Portal der Kathedrale, die wie ein riesiger fünfbeiniger Käfer auf der Insel hockte.

Übrigens, was ich Ihnen schon all die Tage sagen wollte, der Kölner Dom ist nicht, wie Sie behaupteten, ein Meisterwerk der Hoch-, sondern der Früh-Gotik. Ich habe meinen Freund gefragt.

Wirklich? fragte ich überrascht, ja, unzweifelhaft, wissen Sie, der Dom ist ja fast doppelt so hoch wie zum Beispiel *Notre-Dame*, ich meinte, als ich von Hochgotik sprach, weniger die Bauzeit, mehr seine Höhe.

Die Gassen auf der Nordseite der Stadt lagen verlassen, ich bekam allmählich Hunger, denn Jacques' Taube war wohl einst ein fleißiges Vögelchen gewesen, flink, schlank und fettarm. Katharina blieb vor jedem Geschäft stehen, mochte sie rätselhaft sein, verwirrend, mysteriös, in bestimmten Dingen des Lebens glich sie jeder ihrer durchschnittlichen Geschlechtsgenossinnen.

Wirklich sehr reizvolle Hüte.

Der mit den Federn, wie lustig, rief sie aus.

Ich dankte dem Schöpfer, daß er sich, der Arbeit müde, eine Ruhepause gegönnt und der Welt den Sonntag geschenkt hatte, wo in zivilisierten Nationen die Hutläden geschlossen blieben. Nicht auszudenken, wenn sie jeden zweiten hätte aufsetzen wollen. Irgendeinen würde ich ihr, schon um sie wieder aus dem Geschäft zu locken, am Ende gekauft haben.

Und was ist das? Ein Beichtstuhl?

Nein – wiederum verwunderte mich ihre abstruse Phantasie –, ein Fotografier-Apparat.

Wirklich?

Ja, sagte ich und zog den Vorhang zur Seite, hier setzt man sich hin, steckt ein paar Münzen hinein und, *klick*, schon wird ein Bild gemacht, das man in ein paar Minuten in den Händen halten kann.

Unglaublich, kommen Sie, Herr von Trautenheim, das will ich sehen, wir setzen uns zu zweit auf den Hocker und lassen uns knipsen.

Hübscher Gedanke, sagte ich, aber leider trage ich gerade kein Hartgeld bei mir, man benötigt fünf Francs.

Das fehlte noch, ein Foto, das sie am Abend P. zeigen könnte. Schau mal, das ist der nette Herr Trautenheim aus Köln, der sich so freundlich um mich kümmerte, bei dessen herzensguter Tante ich zu Kaffee und Kuchen eingeladen geladen war, gestern nachmittag.

Ich besitze eine Fünf-Francs-Münze, rief sie, über ihr handgroßes Portemonnaie gebeugt. Nehmen Sie Platz.

Besser nicht, sträubte ich mich, ich sehe auf allen Fotos dumm aus, ich verderbe die Aufnahme. Außerdem funktioniert die Kamera nur, wenn eine Person auf dem Stuhl sitzt.

Kann nicht sein, widersprach die junge Dame energisch, denn hier – sie wies auf eine Werbetafel über der Kameraluke – sind sogar drei Personen auf einem Bild.

Sie nahm mich – jeder Widerstand wäre zwecklos und zudem verdächtig gewesen – am Ärmel und schob mich auf den Sitz. Wir hockten nebeneinander wie zwei verliebte Kindergartenkinder, die *Komplizin* stopfte die Münze in den Schlitz. Nichts geschah. Kein Blitz, kein *Klick*, kein Geräusch.

Wahrscheinlich kaputt, bemerkte ich, meine Freude unterdrückend, und wollte aufstehen.

Sie hielt mich zurück, drückte auf irgendeinen Knopf, ich drehte den Kopf zur Seite. Wieder umsonst. Als ich mich erheben wollte, kurz den Blick auf die Luke richtete, traf mich der Blitz wie ein Schuß. Katharina jubelte, ich zündete eine Zigarette an.

Die vier Minuten dauerten eine Ewigkeit. Der Apparat rumpelte einige Male, dann trat Stille ein.

Wie ich gesagt habe, das Ding funktioniert nicht. Kommen Sie, Fräulein Lichtfeld, hier, gleich um die Ecke, befindet sich einer der ältesten und schönsten Plätze Europas. Sooft ich mich von einer solchen *camera obscura* fotografieren ließ, ein Bild habe ich noch nie erhalten.

Das ist ja Betrug, schimpfte das Mädchen und schlug mit der Faust gegen die Blechkonstruktion.

Ich lief voraus, blieb jedoch nach wenigen Schritten, da sie nicht nachkam, stehen und wartete. Mit Schrecken vernahm ich, daß der Apparat erneut zu rattern begann. Das Foto kam heraus, es war feucht, doch zeigte zu meinem Mißvergnügen unsere beiden Gesichter gestochen scharf. Das, mein Lieber, bricht dir das Genick, einen alten Freund bist du mit Sicherheit los.

Olala, sagte ich, auf dem Foto gleiche ich mir ja beinahe, nein wirklich, eine so lebensechte Aufnahme sehe ich zum ersten Mal. Katharina, tun Sie mir den Gefallen und schenken mir das Bild.

O nein, rief diese, bei aller Verbundenheit, Herr von Trautenheim, es waren meine fünf Francs, es ist meine Erinnerung, geben Sie mir Ihre Adresse, und ich schicke Ihnen eine Kopie.

Das Mädchen schmollte, öffnete ihre Handtasche und ließ das belastende Material darin versinken.

Die *Komplizin* wählte mit Geschmack ein so reizvolles wie teures Restaurant. Ich half ihr aus dem Mantel, der, wie mir auffiel, als ich den Kragenhaken suchte, in Dresden hergestellt worden war. Der junge Herr an der Garderobe legte seinen Taschenrechner zur Seite, hängte unsere Kleider auf zwei Bügel, verlangte 15 Francs, was mich erschreckte – was würde ein Essen kosten? –, ich gab ihm zwei Zehnermünzen, winkte ab, worauf sich des Mannes Gesicht erhellte.

Bestimmt halte ich Sie von Ihrer Arbeit ab, sagte meine Begleiterin, als wir am Tisch saßen, können Sie das verantworten?

Meine Mitarbeiter sind zuverlässig, ich lasse ihnen viel Raum für Eigeninitiative. *Teamwork* währt am längsten.

Schade, daß ich Ihren Stand nicht besuchte, das heißt, ich habe ihn, ehrlich gesagt, nicht gefunden.

Sie waren draußen, in *La Villette*?

Gestern vormittag.

Auch in Halle 13?

Nein, ich glaube nicht.

Dort hätten Sie mich angetroffen.

Wie bedauerlich.

Der Kellner brachte die Karte. Ich bestellte einen *Pernod*, für Katharina ein Wasser. Wenigstens trinkt sie keinen Wein, dachte ich erleichtert, doch ein Blick auf die Preise sagte mir, daß ein Sprudel genausoviel kostete wie ein Schoppen *Beaujolais*.

Alles sehr teuer, Herr von Trautenheim, flüsterte sie über das Tischtuch.

Fräulein Lichtfeld, bitte, übersehen Sie einfach die Ziffern, immerhin sitzen wir zu unserm Abschiedsessen beisammen, wer weiß, wann wir uns jemals wiedersehen.

Ja, sie nickte betrübt, das weiß niemand. Ich nehme *Pute mit Kastanien, Kroketten und grüne Bohnen*.

Als Vorspeise? Eine Suppe, Leberpastete, Froschschenkel?

Danke, danke.

Begreifen Sie es nicht als Unhöflichkeit, sagte ich gestelzt, wenn ich nur etwas Kleines zu mir nehme, abends esse ich für gewöhnlich wenig, mein Magen reagiert auf die viele Reiserei stets mit nervöser Gereiztheit.

Der Kellner räumte mit der Zurückhaltung eines Geistes das Geschirr ab, ich orderte eine Flasche Rotwein, nachdem ich Katharina überzeugt hatte, daß man einen so feierlichen Anlaß – zumal in dieser Stadt – nicht ohne ein Glas des edlen Getränkes ausklingen lassen durfte. Meine Zigaretten gingen zur Neige, und da ich, obwohl mich der Salat kaum gesättigt hatte, nach jeder Mahlzeit rauchen mußte, erhob ich mich, um zur Garderobe zu gehen.

Wenn Sie mich einen Augenblick entschuldigen würden.

Der Junge, der sich, des Trinkgeldes wegen, gut an mich erinnerte, holte eine blaue Schachtel aus der Vitrine, in der neben Feuerzeugen, Tabakwaren, Streichhölzern, Süßwaren auch Stadtpläne und Postkarten lagen. Sehr amüsante Fotos. Ein schönes weibliches Hinterteil von Man Ray, eine Aufnahme des halbfertigen Eiffelturmes, ein Knabe in napoleonischer Uniform und Geste, zwei sich umarmende Männer auf dem *Pont Neuf*, zwei Kinder am Strand, ein kleines schwarzes Mädchen, ein kleiner weißer Junge, beide nackt, *United Nations*. Ohne zu wissen, warum, kaufte ich die beiden letzten Karten. Als der Verkäufer den Taschenrechner bediente, kam mir der erste geniale Gedanke.

Monsieur, könnten Sie mir den Rechner ein paar Minuten leihen?

Er verstand mich nicht, ich deutete auf das Gerät, zeigte in das Restaurant, tippte auf meine Handfläche.

Business, stammelte ich, *business*.

Ich zog eine 100-Francs-Note aus der Brieftasche. Grinsend reichte er mir seine Rechenmaschine. So einfach geht das. Mir eine Zigarette anzündend, lief ich zum Telefon und wählte die Nummer der Diva.

Bonsoir, madame, wie geht es Ihnen?

Bestens, mein Lieber, nur daß ich Ihre Gegenwart ein wenig vermisse. Wollen Sie nicht auf einen Sprung bei Ihrer alten Freundin vorbeischauen?

Zur Zeit ist mir dies leider nicht vergönnt, gurrte ich, da ich mit Fräulein Lichtfeld im *Marais-Viertel* zu Abend speise.

Wie vornehm, rief die alte Dame, was hielten Sie davon, wenn ich kurzerhand zu Ihnen stieße, André, mein Chauffeur, würde keine Viertelstunde dazu benötigen. Und ich stecke noch nicht unter der Nachtmütze.

Wir sitzen an einem Zwei-Personen-Tisch, entgegnete ich.

Verehrtester, das kann wohl keine *contrariété* sein? Wir sind doch nicht, wie sagt man?, Hinz und Kunz?

Das wäre noch schöner, lachte ich, nein, meine Liebe, ich brauche Sie dort, wo Sie zur Zeit weilen, in Ihren *salons*, und zwar, wie immer, dringlich.

Inwiefern? fragte die erlebnishungrige *Lady* verschnupft.

Bitte rufen Sie in einer halben Stunde hier an und verlangen Mademoiselle Lichtfeld zu sprechen, die Nummer lautet 43008276.

Moment, ich brauche einen Stift, *Michelle*, hörte ich Elisabeth von Trautenheim rufen, *apportez-moi un stylo s'il vous plaît*, so, repetieren Sie, verehrter Halunke.

Vierdrei, nullnullacht, zwosiebensechs.

Siebensechs, sagte die Diva, und was soll ich das arme Ding fragen, bitte sehr?

Irgend etwas, was Ihnen einfällt. Sie reist morgen ab, wohin, weiß ich nicht, Sie müssen das Mädchen nur ein paar Minuten an den Telefonhörer fesseln.

Soll mir nicht schwerfallen, aber warum das Ganze? Sie wissen, ich tue nichts, ohne die Hintergründe zu kennen.

Ich möchte, sagte ich leise, ein paar Sekunden allein sein – mit Katharinas Handtasche, verstehen Sie, *madame*?

Zwar bin ich unsicher, ob ich solche Methoden mit meinem Gewissen in Übereinstimmung bringen kann, aber da ich Ihnen, warum, vermag wohl nur der Herrgott zu sagen, vertraue, erfülle ich Ihnen auch diesen Wunsch, erwarte jedoch baldige Aufklärung, was Sie in nämlicher Tasche suchten oder zu finden hofften. Also, in dreißig Minuten?

Die *Komplizin* saß regungslos vor dem unberührten Weinglas.

Auf Ihr Wohl, sagte ich, es hat etwas länger gedauert, ich mußte mit meiner Tante sprechen, in dringenden Geschäftsangelegenheiten. Schmeckt der *Beaujolais*?

O ja, erwiderte sie, aber ich bin keine Spirituosen gewöhnt.

Ich muß, sagte ich, einige Kalkulationen überprüfen, die Kurse für Vanillezucker sind über Nacht um sechs Prozent gestiegen. Man muß gut überprüfen, ob die *Effizienz-Rate* weitere Investitionen rechtfertigt.

Aha, staunte meine Begleiterin.

Wollen Sie mir behilflich sein, nur ein paar kleine Additionen?

Aber ja, rief sie, ich war immer gut in Mathematik.

Fein, sagte ich und reichte ihr den Taschenrechner, 726 plus 833, plus 255, plus 1312. Haben Sie das?

Ich blickte aus meinem Notizbuch auf, in dem die vermeintlichen Zahlen standen. Katharina hielt den Rechner in der Hand wie einen prähistorischen Teller.

Haben Sie keinen Stift und ein Blatt Papier? fragte sie schüchtern.

Mit dem Mikroprozessor, sagte ich lächelnd, geht es doch zuverlässiger und schneller.

Ich vertippe mich immer, wich sie aus, ich brauche, glaube ich, eine Brille.

Naja, ich bin auch ein Flegel, spanne Sie einfach in meine Arbeit ein, wo es doch Zeit bis morgen hat, genießen wir lieber diesen schönen Abend, *santé*, auf Ihre Gesundheit.

Während mein Mund plauderte, arbeitete mein Kopf, warum konnte sie, dachte ich, obwohl sie vorgab, Verkäuferin zu sein, nicht einmal einen simplen Rechner bedienen? Wo hatte sie die letzten Jahre ihres Lebens verbracht, auf einer menschenleeren Insel, im Urwald oder gar im Gefängnis?

Schauen Sie, was für eine lustige Postkarte ich an der Garderobe erstand, darf ich sie Ihnen schenken?

Beinah hätte ich mein Glas umgestoßen, als ich ihr das Foto mit den beiden Herren hinüberreichte.

Erkennen Sie die beiden?

Ich kann mir Gesichter so schlecht merken.

Nun, vielleicht waren Sie damals noch zu jung, eine berühmte Aufnahme vom amerikanisch-sowjetischen Gipfeltreffen in Paris, Anfang der siebziger Jahre, dämmert es Ihnen? Hier, der ein wenig korpulente Genosse mit dem schütteren Haar, der sowjetische Generalsekretär Wladimir Wyssotzki und neben ihm Jimi Hendrix, der damalige US-Präsident, der erste Schwarze in diesem Amt, so vertraut sah man die beiden nur selten.

Ja, sagte das Mädchen, das kann man wohl sagen.

Wollte sie mich auf den Arm nehmen? War sie verrückt oder dumm? Weder das eine noch das andere wollte mir einleuchten. Sie starrte lächelnd auf die beiden unbekannten Herren.

Ich glaube, sagte sie, meine Mutter erzählte mir einmal davon, ich kann mich dunkel erinnern.

Eine bewegte Zeit, erzählte ich, in meiner Schulklasse wurde heftig gestritten, ob Wyssotzki sich nicht zu kompromißbereit gezeigt hätte, als er den Amerikanern die Halbierung der Rüstungsausgaben vorschlug.

Waren Sie auch dieser Meinung?

Selbstverständlich, wir standen alle auf der Seite der Russen.

Obwohl doch die Amerikaner Ihre Besatzungsmacht stellten?

Wie kommen Sie darauf? Aber natürlich, gerade deswegen.

Löste dieser Wyssotzki Generalissimus Stalin ab?

Nein, dem folgte noch Chruschtschow, der mit dem Schuh auf die Tribüne der UNO pochte, apropos UNO, gefällt Ihnen dieses Foto auch so wie mir?

Sie lächelte über die beiden nackten Kinder – und errötete.

Ja, das ist wirklich sehr hübsch.

Der Kellner kam an den Tisch geschlichen, nuschelte etwas, das ich nicht verstand, da ich jedoch das Wort *téléphone* deutlich heraushörte, konnte ich als Übersetzer glänzen.

Katharina, der *monsieur* macht darauf aufmerksam, daß man Sie am Telefon zu sprechen wünscht, der Apparat befindet sich gleich neben der Garderobe.

Das Mädchen blickte mich verwirrt an, stand dann langsam auf und ging, vom Kellner geleitet, in Richtung des Fernsprechers. Die Tasche ließ sie, in Gedanken versunken oder gutgläubig, an der Lehne des Stuhles hängen. Kaum war sie im Foyer verschwunden, überkam mich der geplante, unwiderstehliche Niesanfall, ich suchte ein Schnupftuch und griff, da ich vorgab, kein solches zu finden, nach ihrem Lederbeutel, öffnete denselben. Eine Geldbörse, ein Füllfederhalter, eine Brieftasche, eine Spraydose, ein Lippenstift, den sie offenbar nie benutzte, dazu ein Handspiegel, zwei Stofftaschentücher, gebügelt, eine kleine Gummikatze, ein Plan des Messegeländes *La Villette*. Wo war das Foto, hatte sie es nicht wie nebenbei eingesteckt? Ich klappte die Brieftasche auf, erblickte fünf oder sechs 50-Francs-Scheine, zu meiner Freude die klebrige Fotografie und zu meinem Entsetzen – einen blauen Paß. Ein Reisedokument, ich sah es am Wappen, der *Republik*, ausgestellt auf Katharina Lichtfeld, geboren am 4. Juli 1965 in Hamburg, mittelgroß, Augenfarbe: graubraun, besondere Kennzeichen: keine, Wohnort: Berlin-Friedrichshain. Mit zittrigen Fingern blätterte ich in dem Ausweis, ohne Zweifel, er gehörte der *Komplizin*, das Lichtbild war eindeutig, das spitze Kinn, der Leberfleck, alles stimmte. Aber warum war sie Bürgerin der *Republik*, seit mindestens drei Jahren, wenn man dem Ausstellungsdatum trauen konnte? Wie konnten die *Genossen* behaupten, sie nicht zu kennen? Eine Fälschung? Der Paß enthielt einen Aufdruck, der ihn als *gültig für alle Staaten und Westberlin* erklärte, das Visum gestattete eine *einmalige* Ausreise und trug – was mich vollends in panische Verwirrung stürzte – einen Stempel des *Flughafen Schönefeld*, datiert am 7. September. Die Zeit drängte, ich notierte mir die Nummer des blauen Ausweises auf die Rückseite der Fotografie, *RA 064577627*, steckte dieselbe in die Innenseite meines Jacketts, den Paß in Katharinas Brieftasche und hängte den Beutel wieder an den alten Platz.

Regungslos wie eine Buddha-Figur aus Shambhunaths italienischem Zimmer saß ich vor dem Weinglas und grübelte. Die Entdeckung, die ich gemacht hatte, gab dem *Fall* eine überraschende Wendung, mir fehlte jede logische Erklärung, aber das ungute Gefühl war untrügerisch. Entweder ist sie rechtmäßige Inhaberin des Dokuments, dann haben die *Genossen* dies gewußt, oder aber nicht, dann mußte ich dies die *Genossen* wissen lassen. Warum sollte mich der *Chef* auf eine Person ansetzen, die er ohne weiteres an der Ausreise hätte hindern können, wie kam er darauf, sie mir als Unbekannte vorzustellen, wenn sie doch in den Registern verzeichnet war? Unsinn. Andererseits, was bewog Katharina, sich ausgerechnet mit falschen Papieren der *Republik* auszustatten, P. konnte doch, als *Republikflüchtiger*, unmöglich in die Heimat zurückkehren, ohne Gefahr zu laufen, ein bis zwei Jahre hinter Gittern zu landen? Unsinn. Und vor allem, wie kam der Ausreisestempel in den Paß? Was nützte dieser, wenn die *gelbe Zählkarte* fehlte? Die blieb fälschungssicher, da die eine Hälfte mit der laufenden Nummer an der Grenze lagerte, die andere Hälfte der Reisende bei seiner Rückkehr vorweisen mußte. Dies alles mußten die beiden berücksichtigen. Unsinn. Nichts als Unsinn.

Die mysteriöse junge Frau, ich hatte sie gar nicht bemerkt, kam zurück, beschwingt und vergnügt wie eine Ehebrecherin.

Ihre Tante, plauderte sie, sich setzend, und wissen Sie, was sie mir erzählte?

Was denn? fragte ich matt.

Angeblich hat sie soeben erfahren, von einem ihr bekannten hohen französischen Polizeioffizier, daß die Verhaftung von Oswald Blender kurz bevorstehe.

Im Ernst? rief ich erstaunt.

Ja, sagte sie, aber Sie, Herr von Trautenheim, scheinen nicht gerade begeistert.

Doch, doch, nur Sie ahnen ja nicht, was das bedeutet, ein Kurssturz an der Aktienbörse ist das geringste, der *Joydowns-Index* spielt ohnehin seit Wochen verrückt, die Italiener werden den Markt mit Lakritzstangen überschwemmen, Südkorea wird seinen Weichtoffeeberg auf Australien verteilen, Lateinamerika den Kaffeepreis drükken. Ich muß meinen Mann in Frankfurt benachrichtigen. Geht es um dieses ominöse Waffengeschäft?

Nein, die Zollbehörden in Marseille haben eine Schiffsladung Kokosnüsse beschlagnahmt, die mit Kokain vollgestopft waren, zwar weiß ich nicht, was das ist, aber offenbar etwas Verbotenes, denn, wenn sich bewahrheitet, daß diese Fracht von Blender bestellt wurde, wird der, sagt Ihre Tante, in arge Bedrängnis geraten.

Für Sie also, sagte ich, eine überaus freudige Nachricht?

Natürlich, antwortete das Mädchen, wenn der Kapitalist hinter Gitter kommt, atme ich auf, denn meine Leiden und die meiner Mutter waren dann nicht ganz umsonst.

Aber der Münchner wird doch für ein ganz anderes Delikt bestraft als für jenes, das Sie ihm vorwerfen.

Hauptsache, er muß büßen und die Welt ist vor ihm sicher, sagte die *Komplizin* kalt.

Seltsame Vorstellungen von Gerechtigkeit. Ihnen ist doch damit nicht geholfen.

Wissen Sie, ich muß gestehen, ich bin des Herumirrens müde, ich mag nicht mehr diesem Verbrecher hinterherreisen, er jagt mir Angst ein, Sie hatten recht, als Sie mir heut morgen anvertrauten, mit diesen Leuten sei nicht zu spaßen.

Heißt das, sagte ich, Sie haben das Geld ...?

Ja, sagte Katharina Lichtfeld.

Über einen Mittelsmann.

Eine Mittelsfrau, dachte ich, wäre exakter. Sie erzählte mir allzu freizügig über Dinge, über die sie sonst stets den Mantel des Schweigens gehüllt hatte. Wollte sie mich bewußt in dem Glauben wiegen, für sie sei der *Fall* erledigt, spürte sie, daß mein Interesse an ihr und Blender über höfliche Anteilnahme hinausging?

Nächste Woche, sagte ich, bin ich zu einer Schiffstaufe nach Hamburg eingeladen, vielleicht könnten wir uns treffen, wenn ich schon mal im Norden bin.

Wie schade, sagte die junge Dame lächelnd, aber ich fahre nicht nach Hause.

Urlaub?

So kann man es nennen.

An der Ecke *rue de Cujas/Boul' Miche* reichte ich der *Komplizin* die Hand. Ich wollte nicht das Risiko eingehen, doch noch von P. gesehen zu werden. Es war spät geworden, ich konnte mir vorstellen, daß er, im offenen Fenster stehend, gekränkt und eifersüchtig Ausschau nach ihr hielt.

Es war ein schöner Abend, ich wünsche Ihnen, wo auch immer, erholsame Ferien, wenn Sie mir schreiben wollen, erreichen Sie mich am besten über die Adresse meiner Tante. Ich werde demnächst des öftern in Paris weilen.

Herr von Trautenheim, antwortete Katharina, haben Sie vielen Dank, Sie wissen gar nicht, wie sehr Sie mir geholfen haben. Auf Wiedersehen.

Während das Mädchen in der Gasse verschwand, lief ich einige Meter den *Boulevard* in Richtung *Sorbonne* hinauf und überlegte, inwiefern ich ihr Hilfe geleistet haben konnte, was meinte sie damit? Ironie oder Floskel? Fünf Minuten später rannte ich im Sprint in mein Hotel, der Mann an der Rezeption überreichte mir ein Kuvert, ich stürzte zum Zimmer hinauf und versteckte mich hinter der Gardine.

Sie hatten die Vorhänge zugezogen. Ich machte das Licht an, legte mich auf das Bett und riß den Briefumschlag auf. Darin waren der Film und circa vierzig Fotografien. Mit offenem Mund starrte ich auf die Vergrößerungen. Das einzige Wesen, das ich nicht kannte, war der Pudel. Die Frau, die der *Komplizin* und dem *Kandidaten* das Geld übergab, war mir in den letzten zehn Tagen schon einmal über den Weg gelaufen. Nur wo? In Amsterdam? Nein. In der Heimat? Ja, ich meinte, es müsse in der *Republik* gewesen sein. Sie mochte Anfang Vierzig sein, trug ein grünbraunes elegantes Kostüm, eine schwarze Tasche und ein sandsteinfarbenes Umhängetuch aus Wolle. Der Pudel war weiß und gut frisiert. Ich zog eine weitere Aufnahme aus dem Fotostapel und sah – die Frau kam nach der Übergabe geradewegs auf mich zu – das Gesicht in der Nahaufnahme. Ohne Zweifel – mir stockte das Herz –, ich sah die sächsische *Sekretärin*, die mir vor einigen Tagen im Vorzimmer des *Chefs* einen Kaffee angeboten, aber diesen nie gebracht hatte. Jene unfreundliche *Genossin* im Rollkragenpullover aus Wolpryla spazierte durch den *Jardin du Luxembourg* mit einem aristokratischen Köter und einer 3000-Francs-Garderobe. Teufel noch mal, stöhnte ich, das ist ja wohl das letzte.

Achter Tag

> Wenn ich mich beim Urphänomen zuletzt beruhige, so ist es doch auch nur Resignation; aber es bleibt ein großer Unterschied, ob ich mich an den Grenzen der Menschheit resigniere, oder innerhalb einer hypothetischen Beschränktheit meines bornierten Individuums.
>
> Goethe, *Maximen und Reflexionen*

Faß den Dreck nicht an, du wirst ihn nie wieder los. Nasses Pflaster, schlafende Stadt, müdes Herz der Welt, ich war ein Hund, der durch die Gassen strich, Regen peitschte über die Brücken, ich stieg die Treppen hinab, stand am Ufer der Seine. Träg zog das Wasser zum Meer hin. Die Kopfhörer auf den Ohren, Jacques' Kassettenrecorder in der Hand, vernahm ich des Münchners Stimme. *Na, das hoffe ich stark, daß Sie ein Auge darauf werfen. Gruß an Herzig, der weiß, was auf dem Spiel steht* ... Unzweifelhaft, der Generaldirektor und die *Chef-Sekretärin* steckten mit Blender unter einer Decke. Schmutz, Abschaum, Schweinehunde. Tief war der *Gegner* in den Apparat der *Genossen* eingedrungen, der *Chef* umzingelt, ein Opfer wie P. Armer Mann, er würde verrückt werden wie sein Lieblingsdichter Hölderlin. Überwachte der *Feind* sein Telefon? Wer war das – der *Feind*? In wessen Auftrag handelte ich? Wer wußte, *was* ich wußte? Hielt man mich noch immer für den unbedarften Komparsen, der die Groteske nicht überschaute? Wem konnte ich vertrauen? Ich hielt die rostigen Ketten der Uferbefestigung mit den Händen umklammert. So schnell schaltete man mich nicht aus. Morgen würde ich mit dem Manager nach Amerika fliegen – falls man ihn nicht vorher in polizeilichen Gewahrsam nahm.

Gegen 5 Uhr erreichte ich Kims Wohnung. Der englische Mantel war völlig durchnäßt, meine Hände blau vor Kälte. Die kleine Asiatin öffnete mir in einem Nachthemd, müde blinzelnd, doch mit einem Lächeln, das mein verödetes Herz erwärmte. Wir sprachen nicht, sie führte mich in die Küche, nahm eine Kanne vom Herd, goß schweigend eine Tasse Tee ein. Sie konnte nichts fragen, und ich glaube, sie würde mich, selbst wenn wir eine Sprache gesprochen hätten, nichts gefragt haben. Kim verschwand hinter der Glastür der Dusche, ich sah den Schatten ihres Körpers, nippte an dem grünen heißen Getränk und rauchte. In ein Handtuch gewickelt, stand sie vor mir und wies mit dem Finger auf eine an der Wand hängende, riesige Uhr.

Il faut que je me dépêche. Il est déjà cinq heures et quart, sagte sie und entglitt durch den Bambusvorhang.

Der schwarze Plastiksack wog bestimmt einen Zentner, ich staunte, mit welcher Mühelosigkeit Kim den ihren trug. Mir rutschte meiner beständig von der Schulter. Jacques hatte erzählt, daß das Mädchen dreimal in der Woche, bevor sie zur Universität ging, die von ihren Verwandten genähten Blusen und Röcke zu einem Straßenhändler schaffte. In der Metro sitzend, wußte ich nicht, ob ich naß vom Regen oder vom Schweiß war. Richtung *Porte de Clignancourt*. Kim lehnte den Kopf gegen meinen, schloß die Augen. Das Schweigen des Berufsverkehrs – wie überall in der Welt. Die Leute fuhren zur Arbeit, Montagmorgen, blickten in Zeitungen, starrten dumpf vor sich hin. Meine Nase berührte das lackschwarze Haar des Mädchens – schwarz wie die Säcke vor meinen Knien. Jasminblüten? Etwas ging dem Ende zu. Sie wußte nicht, daß ich die Stadt, vielleicht für immer, verließ. Würden wir uns jemals wiedersehen? Die Passagiere sahen in mir vielleicht – falls sie darüber nachdachten – einen Händler aus der der *rue de rosiers*, sie ahnten nicht, daß ich ins Ungewisse unterwegs war, mit nichts als dem Mut des Verzweifelten.

Der Gang, den wir durchquerten, glich einem Theaterfundus. Überall hingen Mäntel, Kleider, Tücher, Hosen. In dem schäbigen Büro saß ein Mann, offenbar ein Araber, hinter einem Schreibtisch, auf dem neben einigem Papier ein Telefon und ein Aschenbecher standen. Er begrüßte Kim mit einem Kopfnicken und begann einen Zettel auszuschreiben. Ein stummer Vorgang wie ein Ritual. Das Mädchen öffnete die Säcke und legte bunte Röcke auf einen Stuhl. Der Mann erhob sich ächzend, zählte die Textilien, nuschelte etwas Unverständliches, begab sich auf seinen Platz und notierte eine Ziffer. Dann zog er ein Schubfach auf, entnahm ein buchgroßes Stempelkissen und einen winzigen Stempel, drückte diesen auf das Schriftstück. Ohne ein Wort reichte er dieses Kim, die den Zettel ebenso stumm entgegennahm, zusammenfaltete, in die Tasche steckte und mich am Arm aus dem Kabuff zog. Sie führte mich in ein Bistro, wir bestellten Kaffee und Brote *avec fromage*. Ein einsamer Schäferhund irrte zwischen den leeren Stühlen hin und her.

Am Vorplatz der *Sorbonne* küßten wir uns. Ich hatte ihr mit Händen und Füßen zu verstehen gegeben, daß ich heute abreiste. Eine Sekunde glaubte ich eine Spur von Traurigkeit in ihrem Gesicht zu erkennen, dann lächelte sie wieder.

Au revoir, sagte ich.

Au revoir, sagte sie.

Seltsamer Abschied in einer seltsamen Geschichte. Kim lief zum Hauptportal der Universität, langsam, selbstbewußt, ein wenig wie eine Ente. Ein liebes, beileibe kein häßliches Entlein. In der Tür wandte sie ein letztes Mal den Kopf herum und deutete einen flüchtigen Gruß an. Ich riß meinerseits den rechten Arm hoch und verlor durch die abrupte Geste die Zigarette. Zerschlagen schlich ich zu meinem Hotel.

Ans Fenster gelehnt, sah ich das Zimmermädchen, dem ich – gestern oder vorgestern? – in der Pension begegnet war, das Bettzeug abziehen, in dem Katharina und P. geschlafen hatten. Sie waren also abgereist. Ich packte meine Reisetasche. Meine Bewegungen waren mechanisch und entschieden zugleich. Hätte ich einen Revolver besessen, würde ich mich aufs Bett gelegt haben, um die Patronen ins Magazin zu laden. Ein Blick in den Spiegel zeigte mir ein unrasiertes Kinn, dunkle Schatten unter den Augen. *Humphrey Bogart, keep on running*, laß dich nicht so hängen. Noch eine halbe Stunde. Ich spritzte mir heißes Wasser ins Gesicht und eine Portion Rasierschaum, fügte mir nur drei oder vier streichholzgroße Schnittwunden zu und schloß daraus, daß meine Nerven stärker waren, als ich in den kühnsten Träumen gehofft hatte.

Zehn Minuten vor dem vereinbarten Termin verließ ich das Zimmer, bezahlte an der Rezeption die fälligen 150 Francs für die letzte Nacht. Der Hotelier überreichte mir einen Brief. Ohne Absender. Als ich das Kuvert öffnen wollte, fühlte ich eine schwere Hand auf meinem Schulterblatt. *Monsieur* Max, des Münchners Leibwächter, griff meine Tasche. Vor der Tür wartete ein schnittiger kleiner Sportwagen mit westdeutschem Kennzeichen. Max ließ mich auf dem Rücksitz Platz nehmen, stieg selbst zum Fahrer nach vorn. Wir rasten los.

Wann fliegt die Maschine? fragte ich, um das peinliche Schweigen zu brechen.

Gleich, sagte Max und schaltete das Radio an.

Ich überlegte, ob ich jetzt die Post öffnen sollte, doch schien mir dies ein zu großes Risiko, immerhin konnte mich der Büttel im Rückspiegel beobachten, und *Monsieur* Max war mir nicht ganz geheuer, verfügte er doch über gewisse *Argumente*, gegen die ich nicht mit Vernunft und rhetorischen Künsten ankommen würde.

Wie geht es meinem verehrten Freund Dr. Blender? erkundigte ich mich, in der Hoffnung, eine Vertraulichkeit anzudeuten, die mich in Max' Wertskala steigen ließ.

Blendend, knurrte der – und ich wußte nicht, ob dies ein Witz sein sollte.

Ich kicherte höflich. Der Typ, dachte ich, ist genauso dumm wie grausam.

Der Manager saß in der Halle der Flugabfertigung, neben der Blondine Sabine, die ich bereits am *Scho-Ko-Kult-Stand* kennengelernt hatte.

Hätte mich auch enttäuscht, junger Mann, sagte er, wenn Sie meine Offerte zurückgewiesen hätten. Kommen Sie, wir haben nur auf Ihre Ankunft gewartet.

Der Kapitalist und seine Sekretärin hielten ihre Reisepässe in den Händen. Daran hatte ich nicht gedacht.

Pardon, sagte ich stockend, vielleicht gehen Sie schon voraus, ich müßte noch einmal dringend mit meiner *Redaktion* telefonieren.

Im Transitraum, piepste der goldgelockte Engel, stehen Ihnen ausreichend Leitungen zur Verfügung.

Ich weiß, aber mein *Chef* wollte mir noch ein Telex im Informationsbüro der Pan Am hinterlegen, es dauert keine fünf Minuten.

Wie Sie meinen, beendete Blender die Debatte, aber vertrödeln Sie sich nicht, Herr Trautenhein, wir starten Punkt 11 Uhr. Kommen Sie zum Gate Nummer 34 C. Hier, Ihre Bordkarte, ein Ticket erübrigt sich, da wir *nichtkommerziell* reisen. Berufen Sie sich bei den Behörden auf meinen Namen. Max, nehmen Sie die Tasche unseres Begleiters.

Die *Scho-Ko-Kult-Reisegesellschaft* lief zur Paßkontrolle (und mit ihr meine Reisetasche), ich schritt, Eile vortäuschend, zu den Vertretungen der Luftfahrtgesellschaften.

Hinter einem Pfeiler ging ich in Lauerstellung und sah, daß Blender und Co. problemlos und zügig die Formalitäten erledigten.

Der französische Grenzpolizist warf einen finsteren Blick in meinen unschuldigen Paß. – *I am a journalist, a friend of Mister Oswald Blender, you know?*

Bländärr? fragte der Beamte, *ah, je comprends, toutes mes excuses, nous vous souhaitons un voyage agréable.*

Er salutierte, knallte mir einen Stempel in das Dokument, öffnete das Gatter zur Transithalle. In düstere Gedanken versunken, lief ich zum Treffpunkt 34 C, an einer Mokka-Bar vorüber, wo – wie ich in letzter Sekunde erkannte – die *Komplizin* und P. saßen und Kaffee tranken. Ich hechtete hinter einen Zeitungskiosk. Was trieben die beiden noch hier? Wohin flogen sie? Im Privat-Jet des Münchners dürften sie kaum Aufnahme finden. Die Anzeigetafel kündigte mehr als zwanzig Flüge an. Sidney, Colombo, Moscow, Nairobi, Mexico-City, Boston, Caracas, Amsterdam, London, Stockholm, Tokio. Kein Direktflug nach Toledo del Sur. Möglicherweise gelangte man dorthin über Mexico oder Venezuela? 10 Uhr 48. Ich mußte weiter, den Doktor verärgerte, wenn man seinen Anweisungen nicht folgte. Max blickte mich grimmig an, als ich auf die Gruppe zutrat.

Im *salon* von Blenders Maschine standen einladende Schalensessel, mehrere Glastische (aus Plastik), eine reichhaltige Getränkebar, ein Videorecorder sowie diverse Töpfe mit üppig wuchernden Pflanzen. Die Crew bestand aus drei Männern und einer jungen Frau, die, nahm ich an, die Rolle der Stewardeß spielte. Der Münchner stellte mir den *Captain* vor, Herrn Peter Klangschmid, einen *der erfahrensten Piloten unserer Luftwaffe*. Mit dem, sagte Oswald, kommen wir immer wieder auf die Erde zurück.

Naja, sagte ich, um einen Witz bemüht, bislang blieb ja auch noch keiner oben.

Offenbar kannte jeder den Scherz, denn niemand verzog eine Miene. Die Stewardeß führte mich wie einen Blinden zu einem der Sessel, legte mir den Sicherheitsgurt um die Brust, dabei gewahrte ich, daß das Fräulein, das auf den reizenden Namen Hilde hörte, einen leichten Silberblick hatte, was ihr zu einer diabolischen Erscheinung verhalf.

Darf ich Ihnen ein Bonbon anbieten? fragte sie mit original bayrischem Timbre.

Gern, sagte ich.

Und Sie, Herr Doktor?

Wie oft, brauste dieser auf, soll ich Ihnen noch sagen, daß ich darauf verzichten kann? Gehen Sie und sagen Sie dem Captain, wenn er nicht gleich das *Okay* vom Tower einholt, komme ich nach vorn und fliege den Vogel eigenhändig.

Mein Gott, dachte ich, schütze mich vor diesem Irren, der Mann reißt uns noch alle in den Abgrund. Die Augen geschlossen, lutschte ich meinen Drops, der, wie sollte es anders sein?, von Blenders Firma hergestellt, nach nichts als Zucker schmeckte. In gewissem Sinne verstand ich des Doktors Aversion. Aber meine stille Weisheit hütete mich davor, ihn in diese Erkenntnis einzuweihen.

Kaum in der Luft, brachte Hilde das Mittagessen. Eisbein mit Kartoffeln und Erbspüree. Wir speisten zu dritt, der Manager, Sabine, die – wie ich mir ausmalte – wohl nicht nur die Post des Doktors betreute, und ich. Max und die Mannschaft weilten in den anderen Räumen der dreistrahligen Fokker.

Schmeckt's? schniefte Blender und tupfte sich mit der Serviette die fettigen Lippen.

Hervorragend, sagte ich, solch deftiges Mahl aß ich zuletzt vor fünfzehn Jahren bei meiner Großmutter.

Woher stammen Sie, Herr Trautenhein?

Trautenheim, verbesserte ich meinen Decknamen und versuchte mir eine unverfängliche Antwort auszudenken.

Hin wie her, woher? grunzte der Kapitalist erbarmungslos und schob sich ein Stück Schwarte in den Rachen.

Meine Familie kommt eigentlich aus Berlin, aber ich wohne schon längere Zeit im Kölner Raum.

Übersiedler?

Ganz recht, gab ich zur Antwort, ich habe am eigenen Leibe erfahren, wie es die Kommunisten mit der Freiheit halten. Könnte Ihnen unglaubliche Geschichten erzählen, die mir im Osten zustießen, Gottlob nutzte meine Mutter Anfang der siebziger Jahre eine Reise nach Bulgarien ...

Ich kenne, schnaufte der Kauende, durch meine Geschäfte das Leben in der *Zone* ganz gut, der verwaltete Mangel, der Schlendrian und die Bürokratie, ein Jammer, daß unsere Heimat so heruntergewirtschaftet wurde.

Ja, ein Jammer, sagte ich, aber noch ist das Vaterland nicht verloren.

Genau meine Meinung, ich sehe, junger Mann, wir verstehen uns, Sie haben einen gesunden nationalen Standpunkt.

Selbstverständlich, Herr Doktor – ich kämpfte gegen einen Brechreiz, von dem ich nicht wußte, ob er dem Gespräch, dem Essen oder den Turbulenzen verschuldet war –, wer sein Vaterland nicht ehrt, ist nicht besser als ein Sohn, der sich gegen die Eltern wendet.

Genau, stimmte mir Blender zu, was meinst du dazu, Sabine?

Ja, sagte diese, ich liebe Deutschland auch ganz doll. Aber jetzt brauche ich einen Kräuterschnaps.

Hilde wies mir mein Schlafzimmer zu, das ich, *leider geht es nicht anders, Herr von Trautenheim*, mit Max teilen mußte. Der Leibwächter lag in seiner Koje und starrte auf einen Fernseher, in dem Japaner sich mit Samurai-Schwertern die Bäuche aufschlitzten. Mein Magen, der gerade zur Ruhe gekommen war, begann erneut wie ein Jo-Jo-Ball auf und ab zu hüpfen. Ich betrat die Toilette, ließ kaltes Wasser über meine Pulsadern fließen. Max lachte scheppernd, die asiatischen Recken stießen wilde Urlaute aus, ich saß auf dem Klo, seufzte, suchte meine Zigaretten und entdeckte dabei den fast vergessenen ungeöffneten Brief.

Lieber Freund, die Dinge erfuhren eine ungeahnte Wende. Der Fall konnte auf diplomatischem Wege geklärt werden. Deine Tätigkeit, für die wir Dir unsere Anerkennung aussprechen, ist abgeschlossen. Ich möchte Dich bitten und dringend auffordern, Deinen Aufenthalt in Paris sofort abzubrechen und in die Republik zurückzukehren. Jede weitere Initiative in bezug auf den Münchner Mann könnte die mühevoll errungenen Ergebnisse unserer Arbeit gefährden. Dies ist ein Befehl. Wir erwarten Dich umgehend. Verfahre mit diesem Schreiben wie mit dem ersten, es ist aus dem gleichen Material. Bis bald. (unleserliche Unterschrift.)

Schwarz auf weiß – ich war entlassen, entlastet, entnervt und entsetzt. Über mir der Himmel, unter mir der Atlantik, in mir die moralische Instanz. Per Befehl wurde ich zurückbeordert, der Mohr hat seine Schuldigkeit getan, er kann gehn, von wegen, ich flog und nicht Richtung Osten, heimatwärts, im Gegenteil, ich raste als ruhendes Objekt, auf dem Toilettenrand hockend, mit einem Schub von knapp 1000 km/h, in Richtung *Toledo*, zu einer Stadt, irgendwo zwischen Mexiko und dem Panama-Kanal gelegen. Der *Chef* fiel mir in den Rücken. Auch er ein Verräter? Müde zerriß ich das Schreiben in vier Teile, wollte gerade eine Portion verspeisen, als ich mich der ersten Reispapierbotschaft erinnerte. Die steckte noch immer in meiner Hosentasche, zerknäult, aber lesbar. Mit welchem beginnen? Die Briefe waren gleich groß, beide Texte, der eine kürzer als der andere, auf der gleichen Maschine getippt, aber – meine Augen erstarrten – von verschiedenen Händen unterzeichnet.

Irrtum ausgeschlossen, jemand hatte die Unterschrift des *Chefs* gefälscht, stümperhaft – offenbar wähnte mich der Imitator nicht mehr im Besitz der Originalinstruktionen. Die *Sekretärin*, stöhnte ich, na klar, gut möglich, daß ihr der Boden heiß wurde unter den Füßen – sah sie mich im *Jardin du Luxembourg*? –, verständlich, daß sie versuchte, weitere Nachforschungen zu verhindern. *Ha! Huh!* brüllten die Freunde meines blutrünstigen Zimmergenossen und jagten sich die Kurzschwerter in die Zwerchfelle. Es klopfte an der Tür.

Ich will ja nicht stören, hörte ich den Wächter brummen, aber ich muß auch mal.

Augenblick, sagte ich und wunderte mich über die sanfte Zurückhaltung, mit der die eiserne Hüfte des Managers sein Bedürfnis anmeldete.

Beweismaterial vernichtet man nicht, dachte ich und faltete die Briefe – eine Schriftprobe würde die Doppelagentin ohne Zweifel überführen.

Nachdem Max, der *cinéaste*, einen Film in den Videorecorder legte, der farbenfroh zeigte, wie wirkungsvoll eine durch chemische Kampfstoffe bedingte Virusinfektion die zwischenmenschlichen Beziehungen verändert, da viele Menschen intolerant und gereizt reagieren, wenn unscheinbare Männer im Bus des Städtischen Nahverkehrs Hektoliter giftigen Schlagschaums aus Mund und Nase entäußern, entschied ich mich dafür, im *salon* einen Kaffee zu nehmen. Dort saß Blender und ließ sich von Sabine den feisten Nacken massieren.

Treten Sie näher, Herr Trautenheim.

Mich ärgerte, mit welcher Ausdauer er meinen geliehenen Adelstitel unterschlug, offenbar litt er an Minderwertigkeitskomplexen, die ihn hinderten, anderen Leuten Eigenheiten zuzugestehen, die er sich nicht kaufen konnte. Typisch neureicher Kleinbürger.

Wir überfliegen gerade die Azoren, sagte *Captain* Klangschmid, aus dem Cockpit tretend.

Wie aufregend, lispelte Sabine und warf einen Blick aus dem Fenster.

Weiterkneten, befahl der Münchner.

Wenn Sie denn darauf bestehen. Meine Eltern, ich stellte sie Ihnen schon vor, lebten am Oderhaff, in Ueckermünde bin ich geboren, 1922, der jüngste von fünf Söhnen, meine Brüder fielen allesamt an der Ostfront. Schon aus diesem Grund übrigens würde ich mich nie geschäftlich mit Waffen einlassen. Bin ein friedliebender Mensch, der Krieg verdarb mir die Jugend, schon früh mußte ich dem Vater zur Hand gehen. Glauben Sie mir, bei Sonnenaufgang, bei jedem Wetter auf den Bodden tuckern ist kein Kinderspiel. Acht Jahre besuchte ich, mehr recht als schlecht, die Schule, Fischer werden wollte ich nicht, der Drang nach Höherem war mir schon damals eigen. Mit vierzehn begann ich die Lehre in einer lütten Maschinenfabrik, Schlosser, damals ein Beruf mit Zukunft, dreimal vom Wehrdienst freigestellt, die Werkstatt meines Chefs erhielt umfangreiche Aufträge von den Raketenwerken, der Betrieb lief, bald nach der Kapitulation der Franzosen war ich neben zwei Invaliden der letzte Mann bei Schumanns, so hieß der Besitzer. Der machte mich zum Vorarbeiter. Gutes Leben, für die Zeit. Ich schuftete, wollte mich unentbehrlich machen, immerhin blieben wir dem Industrierat der Luftwaffe unterstellt. Aber umsonst, Ende '43 bekam ich den Gestellungsschein, ab nach Serbien mit den Kameraden. Partisanen, sage ich nur, Tito überall. Kein Zuckerschlecken, aber wir standen tapfer unseren Mann. Befehl ist Befehl. Was soll ich sagen? September '44 brach alles zusammen, mit einem Freund schlug ich mich durch, über Ungarn in die Heimat. Hatten uns von einer netten kleinen Schwester Köpfe und

Arme verbinden lassen, paar Krücken gezimmert und Urlaubsscheine gefälscht. Februar im letzten Kriegswinter kam ich, auf einem Verwundetenzug, nach Deutschland zurück. Bis ans Haff. In der Räucherhütte meines Alten versteckte ich mich bis zum Mai. Sie sehen, junger Mann, ich war kein deutscher Siegfried, dadurch bin ich noch am Leben.

Aber wie, fragte ich, ging die Geschichte weiter, wie gelangten Sie nach München, wie in die Schokoladenindustrie?

Verrückte Umwege, sagte der Manager, ein alter Kamerad, Oberst, na ja, Name spielt keine Rolle, brachte es durch günstige Umstände während der NS-Zeit zu einigem Reichtum, besaß die damals stabilste Währung, Gold und Diamanten, in beträchtlicher Menge, suchte einen Partner, machte über den Rot-Kreuz-Dienst meinen Aufenthaltsort ausfindig, kam zu mir in die Provinz. Er litt an den Folgen eines Bauchschusses, konnte das Geschäft nicht allein tragen und bot mir die Teilhaberschaft an. Da ich auch über ein wenig Kapital verfügte, gründeten wir die *Scho-Ko AG München-Schwabing*.

Müßte so '46 oder '47 gewesen sein?

Später, später, so schnell schießen weder die Preußen noch die Bayern. Anfang der fünfziger Jahre, ich müßte nachsehen, '53 oder '54. Kurz nach dem Zusammenbruch hätte die Gründung einer Süßwaren-Firma mit einem wirtschaftlichen Fiasko geendet. Erst mit der Konjunktur stiegen die Chancen für das Delikatessengeschäft. Wissen Sie, wenn die Leute kein Brot zum Fressen haben, gönnen sie sich nur mal zu Weihnachten ein Bonbon.

In der Zwischenzeit arbeiteten Sie in Berlin? wagte ich einen Einwurf.

Nein, sagte Blender, aber nicht doch.

Herr Doktor, entgegnete ich lächelnd, Sie dürften doch wissen, daß man der freien Presse nichts vorenthalten kann, ich verfüge über sichere Informationen, heute erst schickte mir meine Redaktion diese Karteikarte.

Riskant war das Manöver, das ich in Angriff nahm, aber nur kühne Vorstöße würden den Doktor aus der Reserve locken. Der Manager glotzte mit einigem Entsetzen und gewisser Rührung auf die vergilbte Pappe, die mir Frau Grundmanns gewerkschaftliche Hilfe in die Hände gespielt hatte.

Donnerwetter, knurrte der Kapitalist, Sie recherchieren ja mit der Gründlichkeit eines Goldwäschers. Sabine, besser du gesellst dich ein paar Minütchen zu unserm Freund Max, sag ihm, er soll den *Thriller* noch mal zum Anfang zurücknuddeln.

Goldlöckchen verzog die Lippen, wagte aber keinen Widerspruch und tippelte zum Heimkino des blutrünstigen Schergen. Dabei schwenkte sie den Hintern, als wolle sie den Doktor mit symbolischen Ohrfeigen strafen. Der blieb gelassen, zündete sich seine Zigarre an und blickte mir stumm in die Augen.

Sie graben da, wie Ihnen kaum entgangen sein wird, ein Kapitel meiner Biographie aus, das ich lieber vom Gras des Vergessens bedeckt sehen würde. Im Leben jedes Mannes gibt es Episoden, über die er nur ungern Auskunft erteilt. Warum zeigen Sie ein so hartnäckiges Interesse an jenen Jahren?

Herr Doktor, beruhigte ich ihn, ich stelle nur Fragen, das verlangt mein Job, niemand zwingt Sie zur Antwort. Aber da ich mir das Ziel setzte, Sie meinen Lesern als die *komplexe Persönlichkeit* zu schildern, die Sie zweifelsfrei sind, als *Jahrhundertfigur*, bin ich genötigt, in die Tiefen Ihrer Existenz vorzudringen. Halbheiten, Ausschmückungen, Vermutungen, Gerüchte überlasse ich anderen Schreibern – Sie faszinieren mich gerade wegen der Professionalität, mit der Sie Ihr Leben, was Sie auch immer anpackten, meistern.

Gut, gut, ich verstehe, aber gedenken Sie etwa eine Art Biographie zu erstellen?

Warum nicht? Rockefellers Aufstieg vom Tellerwäscher zum Millionär liest sich im Vergleich zu Ihrer Karriere wie ein Ammenmärchen.

Solange ich lebe, kommt mir keine Erinnerungsschwarte auf den Markt. Wenn ich im Koma liege und Sie dann noch Kraft genug haben, den Kugelschreiber zu führen, können wir über das Thema erneut verhandeln. Meine Ahnen wurden durchschnittlich sehr alt, von meinen Brüdern, Sie kennen ihr Schicksal, mal abgesehen. Und was nun meine Berliner Jahre anbetrifft, so wissen Sie ja inzwischen, daß ich kurzzeitig in diesem HO-Unternehmen mein Dasein fristete – mehr war es wirklich nicht.

Die Verfasserin dieses unsäglichen Artikels, jene Frau *Lichtknecht* oder *Lichtenfeld*, bezog sich also auf gesicherte Fakten, wenngleich mir schleierhaft bleibt, woher sie die Hinweise erhielt, denn ich …

Fakten? Ich höre Fakten, Tatsachen? Einzig der Umstand, daß ich dort tätig war, trifft zu, alles andere sind doch Gespinste von radikalen Phantasten. Genausogut könnte man mir vorwerfen, ich handelte mit, was weiß ich, Heroin oder Thaimädchen oder Negersklaven. Propaganda, nichts als Hetze.

Katharina Lichtfeld? Schon möglich, vielleicht hieß das Flittchen so, ich erinnere mich nicht, zu lange her, unbedeutend, die Abteilung, der ich vorstand, mit nur geringen Vollmachten, weil ich mich weigerte, eine Parteifunktion zu übernehmen …

Herr Doktor, Sie waren Parteimitglied?

Aus taktischen Gründen, sehen Sie – er tippte auf die Karteikarte –, hier steht es sogar, auch der Ausschluß, der mich aber nicht störte, da ich schon über die grüne Grenze war, jedenfalls, wo war ich stehengeblieben?

Bei der Abteilung, beeilte ich mich zu bemerken.

Richtig, also, da arbeiteten fast nur Frauen, Untertrikotagen, Reizwäsche, Sie verstehen, das faßt ein Mann nur außerhalb der Arbeit an. Und diese Lichtfeld war, glaube ich, eine kleine dumme Verkaufskraft. Nicht sehr begabt, aber politisch auf der Linie. Irgendwie kam ich mit ihr ins Gehege.

Privat? fragte ich.

Unsinn, ich bevorzuge Frauen, keine Kinder. Allerdings kannte ich ihre Mutter, nicht persönlich, denn die ging auf den Strich, wie mir ein alleinstehender Kollege erzählte.

Verfolgte Sie die Tochter aus diesem Grund?

Wieso? Ich hab dem Nüttchen nichts getan, und selbst wenn, dann wär's eine, nun, sagen wir, geschäftliche Beziehung gewesen. Geld gegen Ware. Das Mädchen, also die Tochter Lichtfeld, oder wie sie hieß, zeigte ein aufdringliches Interesse an meinen Privatgeschäften. Handel mit Seidenstrümpfen, Kleinvieh macht auch Mist, also, die blöde Gans pfuschte mir dazwischen, wollte die Sache an die große Glocke hängen.

Sie wären aus der Partei geflogen?

Darüber hätte ich nur gelacht, es waren ernste Zeiten, die Roten hätten mich hinter schwedische Gardinen gesteckt, *Wirtschaftsverbrecher*, zehn Jahre Bautzen oder Brandenburg, aber nicht mit Oswald Blender.

Hatten Sie damals schon geheiratet?

Herrgottnochmal, nein, meinetwegen Oswald Kult, unterbrechen Sie mich doch nicht ständig.

Verzeihung, Herr Doktor.

Also hab ich mir gesagt, wie du mir, so ich dir, bin auf das neugierige Fräulein zugegangen, habe ein sachliches Angebot gemacht. Hältst du die Klappe, sagte ich, kriegst du ein Viertel vom Gewinn, viel zuviel, aber sie wußte ja nicht, wieviel Umsatz ich machte. Doch die Puppe wollte nicht mitspielen.

Ich zog wie ein Taucher in Atemnot an meiner Zigarette

und hörte gespannt zu. Hatte der Münchner eben von einer *Puppe* gesprochen?

Was tun? Ich saß in der Klemme. Ginge das Mädchen zur Polizei, flöge mein einträgliches Geschäft auf, und ich wäre geliefert. Deshalb mußte ich ein wenig Druck ausüben, was nicht meine Art ist, im Normalfall. Hör zu, erklärte ich ihr, läßt du die Katze aus dem Sack, hetz ich deiner Mutter die Sitte auf den Hals. Sie betreibt da einen Beruf, den unser demokratisches Gesetz unter Strafe stellt. Wenn du mich in den Kahn schickst, kommt deine Alte mit. Wir sitzen alle in einem Boot. Ein echter Volltreffer. Scheinbar wußte diese Katharina gar nicht, woher das Geld und die Lebensmittelkarten stammten, die Mama in die Haushaltskasse steckte.

Daraufhin herrschte Ruhe?

Gewissermaßen, schniefte der Kapitalist, die Göre schwieg vorerst, aber nach dem Aufstand wurde mir der ostdeutsche Boden zu heiß, überall schnüffelten die Bullen in den Betriebsbilanzen. Da sah ich zu, daß ich meine Sachen packte. Außerdem gingen die Strümpfe nur noch mit geringer Gewinnspanne. Miese Qualität. Und mein Freund in Schwabing unterbreitete mir seinen Plan, so daß ich nicht lange zauderte.

Die Lichtfeld ließ Sie in Ruhe?

September diesen Jahres – ich hatte alles längst vergessen – tauchte die Verrückte auf, verlangte Entschädigung, erzählte Greuelmärchen von Magie, Erpressung, Notzucht und wasweißichnoch.

Komische Geschichte, sagte ich, haben Sie eine Vermutung …

Nein, unterbrach mich der Doktor, habe ich nicht, und ehrlich gesagt, verschwenden wir nur Zeit mit diesen Kamellen, ich bin etwas müde, mich langweilt dieser Erinnerungskram, lassen wir es für heute genug sein, ich brauche ein paar Stunden Ruhe.

Blender erhob sich, stampfte den Gang entlang, riß die Tür zum Schlafzimmer des Leibwächters auf und steckte seinen dicken Kopf hinein.

Sabine, sagte er herrisch, komm jetzt, wir haben noch ein Diktat zu erledigen.

Die blonde Sekretärin kicherte, betrat den *salon* und tänzelte, sich den Rock aufknöpfend, dem Doktor hinterher.

Monsieur Max hockte auf seinem Bett und putzte den Revolver.

Schönes Modell, sagte ich anerkennend.

Browning, grunzte der Hüne.

Wieviel Schuß?

Kommt drauf an, wie viele Patronen im Magazin stecken.

Der Idiot richtete die Waffe auf mich und drückte ab. Ich wäre beinah tot umgefallen, vor Schreck. Max lachte und schoß mehrmals auf einen fliehenden Bankräuber im Fernseher, der auch wirklich stürzte und sich mit einem riesigen Blutfleck auf der Brust über das Pflaster wälzte. Der Leibwächter kannte den Film.

Schießen Sie oft, Max?

Zu selten, brummte der, schob das Magazin in die Pistole und die Waffe unter sein Kopfkissen.

Mein Gott, hoffentlich stört diesen Sadisten nicht dein nächtliches Schniefen, so neurotisch, wie er ist, jagt er dir eine Kugel in den Kopf, damit er seine Ruhe hat. Gute Nacht, dachte ich und sah durch das Bordfenster in den strahlenden Himmel. Wir flogen immer der Sonne hinterher. In Europa wurde es Abend. Während auf dem Bildschirm das Gemetzel seinen Lauf nahm, wurde ich müde und schlief ein.

Pygmalion, auf den Stock gestützt, wankte, ein gebrochener Mann, durch die Nacht des Palastes. Wieder hatte er keinen Schlaf gefunden. Viel Zeit war verstrichen, seit Pallas

Athene, die verfluchte Göttin, seine Gebete erhört hatte. Herrscher und Händler, vom Festland, von den Inseln, der ganzen Ägäis, kamen, um ihm, dem sagenumwobenen Schöpfer, die Aufwartung zu machen. Die Empfänge rissen nicht ab. In den ersten Jahren schmückte der König seine Geschichte mit blumigen Variationen, witzigen Anmerkungen, amüsanten Einzelheiten. Lange vorbei. Knapp und gleichförmig leierte der müde Rhapsode heut seinen Bericht herunter, unbemerkt von der Zuhörerschar blieb seine Trauer – man wollte erschaudern, sich an den kalten Worten ergötzen. Das Gerücht der erfüllten Leidenschaft überstrahlte die Schatten seiner Augen. Die Menschen, geschlagen mit Blindheit, übersahen die Zeichen. Pygmalion gehörte die Nacht. Schleppend ging er zur Küche. Dort stand, über den Holzbottich gebeugt, jenes Mädchen, das er einst, in den ersten Tagen seiner Königswürde, in die Dienste genommen hatte. Die Alte war häßlich, ihre Haut mürbes Leder. In schwarze Tücher gehüllt, knetete sie den Teig. Der König setzte sich stöhnend vor die Feuerstelle. Die Alte bemerkte ihn kaum. Der König sah das Geschwür auf ihrer Stirn, das zottige, trockene Greisenhaar, die Bartfussel über den rotblauen Lippen. Jede Nacht saß er hier, vergrübelt, seit Jahren. Es war alles gesagt. Morgen, wenn die Sonne aus dem Meer stieg, würde er hinaufgehen zum Altar, niederknien unter den Felsen, die Herrin anflehen, ihm ein letztes Mal ihre Gnade zu erweisen. Was hatte er nicht schon alles versucht, Rehe, Ziegen, Gold, Wein, Früchte aller Länder opferte er der Tochter des Zeus. Umsonst. Die Göttin blieb stumm, strafte seinen Hochmut. Selbst die Bitte, ihn sterben zu lassen, gewährte sie nicht. Der König schleppte seine Hoffnung den Berg hinauf wie Sisyphos seinen Stein. Laß sie erstarren, betete er, zu dem, was sie war, zu kaltem Elfenbein, nimm sie zurück, ich brauche sie nicht, oder, wenn Dir, reine Jungfrau, diese Kraft nicht gegeben, laß sie altern, mir gleich werden, laß sie vergehen, nimm ihr die ewige

Jugend. Seine Gemahlin glich der Sonne. Wie diese zeigte sie jeden Tag eine grausam zeitlose Schönheit. Am Anfang ihrer Ehe, in der Blüte seiner Manneskraft, hatte Pygmalion diese Eigenheit nicht wahrgenommen, die Liebe füllte ihn aus, die Nächte ein einziger Taumel, ein Bad in den Wellen des Meeres, ein Tanz, der unendlich anmutete. Erst als sein Haar ergraute, gewahrte er den Unterschied. Keine Falte zeichnete ihr Antlitz, es war rein wie am ersten Tag, makellos wächsern wie Elfenbein. Ihr Haar glänzte schwarz, er konnte, sooft er das Gesicht darin vergrub, keinen Silberschimmer entdecken. Ein einziges Grauhaar hätte ihm Frieden gegeben. Vergebens. Als die Tochter gezeugt war, hoffte der König, am Körper der Frau Wandlungen ausmachen zu können, eine gewisse Erschlaffung, einen Ansatz von Behäbigkeit, doch sie wurde nicht einmal dick, kaum merklich schwoll die Bauchdecke. Niemand im Palast ahnte die nahende Niederkunft. Nur Pygmalion spürte in den Nächten, schlaflos schon damals, den klopfenden Rhythmus des erwachenden Lebens. Während sie schlief, lag er reglos über dem Nabel und lauschte in die Ferne der Götter. Paphos, das Mädchen, gesund und kräftig geboren, verdrängte die Ängste, wuchs heran, bekam die ersten Zähne, erbte das Haar von der Mutter, überhaupt glich sie dieser, wie eine Tochter der Mutter nur gleichen kann. Pygmalion, wie jeder Vater, im stillen enttäuscht, sich nur wenig in seinem Kind wiederzufinden, liebte sie darum nicht minder. Erst als Paphos zur jungen Frau wurde, der König die Gebrechen des Alters zu spüren begann, sammelte sich neue Verzweiflung in seinem Herzen. Mutter und Tochter wandelten wie Zwillinge in den Gängen des Hauses. Es geschah, daß sich Pygmalion an die Gemahlin wandte und die Tochter ansprach, eines Abends glaubte er sein Kind in die Gemächer zu weisen, und die Königin lachte ihn aus. Seit dieser Zeit schlief er allein, ordnete an, daß sein Weib fortan blaue oder rote Kleider zu tragen, Paphos in hellen Farben, weiß, gelb oder ocker, zu erscheinen habe. Die Frauen nahmen die Weisung duldend hin, ohne zu verbergen, wie sehr sie die Einschränkung ihrer Freiheit kränkte. Sie mieden den König – die Zeit seiner Einsamkeit war angebrochen. Mißtrauisch verfolgte er jeden Schritt seiner Gattin, mutmaßend, sie halte sich einen jungen Geliebten. Nachts stand er, mit bebender Brust, vor ihrer Pforte. Stets ohne Erfolg. Die Frau gab ihm keinen Anlaß, lebte zurückgezogen wie er, einzig mit dem Unterschied, daß Pygmalions Leben verblühte, an ihr die Zeit vorüberging. Der König, zermürbt und verbittert, dem Wahnsinn nahe, spürte zudem den allmählichen Verlust seiner Macht. Die Staatsgeschäfte ließ er längst die Minister verwalten, und da er deren Berichte keines Blickes würdigte, nahm er an, sie wären gründlich erlogen. Nachlässig erfüllte man seine Ordern. Selbst die Wachen strafften sich nicht mehr, ging er an ihnen vorüber. Zwei aufmüpfige Soldaten ließ er im Innenhof des Palastes auspeitschen, ein Akt, der Wirkung zeigte, für wenige Wochen. Nach einer zweiten, einer dritten Strafmaßnahme wurde er der Sache überdrüssig. Er hatte alles reichlich satt. Inzwischen gebar Paphos den Enkel Cinyras, ein stattliches Weib war die Tochter, breit in den Hüften, vollbusig, wer es nicht wußte, hielt sie für die ältere Schwester ihrer Mutter. In der Zeit der Schwangerschaft hatte Paphos' Mann, der Thronfolger, der die Regierung bereits in den Händen hielt, oft, verdächtig oft, wie der alternde König fand, in den Gemächern der Königin geweilt. Das Verhängnis, spürte Pygmalion, holte ihn ein, doch zu schwach und todessüchtig, um dagegen angehen zu können, fügte er sich in sein Schicksal, zahlte den Preis seiner Hybris. Er wußte, er hatte, als er die Statue schnitzte, mit den Göttern den Wettstreit gewagt. Ein Fluch lag auf seinem Geschlecht, das Unheil war, selbst wenn die Göttin, huldvoll, seine Schreie erhörte, die Schöpfung zurücknahm, nicht mehr abzuwenden. Der Kreis hatte sich lautlos geschlossen. Und jeden Tag, heute wieder, verlangten die Fremden seine

Geschichte zu hören, die Legende eines glücklichen Menschen, und wie immer würde er sie belügen, die alles ertrugen, nur nicht die Wahrheit. Neidvoll würden sie den Hof verlassen, seinen Ruhm vermehren in der Welt, seine Weisheit preisen, seine Güte. Der Haß, der seine Seele ausbrannte, blieb verborgen in seinem Innern. Der König starrte mit stumpfem Blick in die Flammen. Sein Entschluß war gefaßt. Die Alte reichte ihm einen Becher kalter Ziegenmilch. Danke, Myrrha, sagte Pygmalion. Es dämmert, mein König, sagte die Greisin. Der alte Mann erhob sich, nahm seinen Stock, legte der Alten, was er in all den Jahren nie getan hatte, die Hand auf den Kopf und schwankte in den Nebel des Morgens. Er ging und würde, wußte die Frau, die ihm nachblickte, niemals zurückkehren.

Wir flogen noch immer. Der Fernseher flimmerte, Max lag, mit Schuhen an den Füßen, im Bett und schlief wie ein Schulkind. Ich verspürte Durst, stieg in meine Hosen und betrat den leeren *salon*. Blender schien seinem Engel einen längeren Text zu diktieren. Mir war kühl, und das leichte Frösteln veranlaßte mich, eine Whiskyflasche aus der Bar zu ziehen, um auf meine Gesundheit anzustoßen. Schlief die Mannschaft auch, Hilde, der Navigator, der *Captain*? Ich stolperte zum *Cockpit* und klopfte.

Herein, tönte eine Männerstimme.

Guten Morgen, meine Herren, sagte ich eintretend.

Danke, sagte Klangschmid, der die Beine auf den Sitz des Kopiloten gelegt hatte, aber der Gruß trifft nicht ins Schwarze. Zu Hause ist es kurz vor null Uhr, und hier herrscht Nachmittag.

Ach, sagte ich, die Zeitverschiebung.

Besser kann man es nicht sagen, sagte der *Captain*. Fliegen Sie das erste Mal *rüber*?

Allerdings, gab ich zweideutig zu, ich war noch nie drüben.

Beim ersten Mal ist es immer am schönsten, witzelte der Navigator aus seiner Ecke.

Dauert's noch lange bis zur Landung?

Wenn wir nicht allzuweit vom Kurs abgeraten, murmelte der Pilot und warf einen schelmischen Blick zu seinem Kollegen, dürften wir in einer knappen halben Stunde in Toledo aufsetzen, falls ich die Landebahn nicht verfehle. Ansonsten fallen wir im Urwald runter. Auf des Doktors Bananen.

Ich bemühte mich, in das Gelächter einzustimmen, zog mich jedoch bald zu meiner Flasche zurück.

Klangschmid hielt Wort und traf die Piste. Der Mann verstand sein Handwerk, wenn mir auch sein Humor nicht gefiel. Ich blickte aus dem Bordfenster auf die vorbeihuschende Landschaft, über der ein strahlend blauer Himmel stand, und sah Pflanzen, die ich bisher nur im Kino oder im Zoo gesehen hatte.

Palmen, rief ich verzückt, aber niemand teilte meine Begeisterung.

Na, Herr Trautenhein, sagte der Münchner Manager und streckte sich, so schnell erreicht man die Neue Welt. Kolumbus brauchte ein paar Tage länger.

Ja, sagte ich, aber eine Schiffspassage hat sicher auch ihre Reize, ein alter Freund von mir war Seemann auf der *Concordia*, neunzehnhundertvierundzwanzig …

Wenn Sie wollen, meinte der Kapitalist, können Sie gern mit auf dem Seeweg zurück nach Europa. Einer meiner Frachter geht Freitag ab nach Hamburg. Ein Wort genügt, und Sie haben eine Koje und eine Schwimmweste dazu.

Mein Magen, wissen Sie, spielt da nicht mit.

Papperlapapp, es kotzt sich herrlich an der Reeling, man muß nur achtgeben, daß man nicht über Bord geht dabei.

Das Flugzeug stand, die Tür wurde geöffnet, nach Blender und der Blondine trat ich auf die Gangway. Die Luft schlug mir ins Gesicht wie nasse heiße Pappe. Ich hatte vergessen, mich umzuziehen, trug noch immer den dikken Pullover, den ich mir am Morgen in Paris übergestreift hatte. Bis zum Flughafengebäude von Toledo del Sur war nur das dreißig Meter breite Rollfeld zu überqueren, doch da ich nach zwei Schritten fürchtete, einem Hitzestau zu erliegen, ließ ich meine Tasche fallen und zog mir die Wolle vom Körper. Auch das Hemd war zuviel, ich spürte kaum Erleichterung, doch schien es mir unpassend, im Unterhemd oder mit nackter Brust vor die amerikanische Grenzpolizei zu treten. Ich hätte mich nackt ausziehen können, denn im Gefolge der Blenderschen Abordnung kam ich ohne jede Kontrolle aus der Transitzone.

Vor dem *Aeropuerto General Augusto Nazareno* parkten zwei schwarze Straßenkreuzer, umringt von zehn mit Maschinenpistolen bewaffneten Soldaten. Auch hinter dem Steuer saßen Uniformierte. Blender wurde von einem Herrn begrüßt, den mir Sabine als *Señor* Joaquin Lacayo Schneider vorstellte, seines Zeichens erster Geschäftsführer des Münchner Unternehmens für den zentralamerikanischen Markt. Derselbe stieg mit Blender und Max in den ersten Wagen, die Sekretärin und ich nahmen im zweiten Fahrzeug Platz. Neben uns fuhren sechs Gardisten auf Motorrädern, am Kopf und am Ende der Kolonne je ein Jeep. Im Innenraum des Autos herrschte eisige Kühle. Die Klimaanlage drückte die Temperatur auf etwa fünf Grad über Null. Wir rasten eine dreispurige Straße entlang, die gesäumt wurde von hohen tropischen Bäumen – grüne riesige Pilze –, grauweißen Palmenstämmen und zahllosen Bretterhütten. Schwarze, braune Frauen in weißen oder knallroten Blusen trugen Eimer oder Körbe auf dem Kopf, bunte Matratzen stapelten sich im Straßenstaub, Männer standen gelangweilt rauchend in der Tür einer Bar. Tausende barfüßige Kinder. Als wir an einer Kreuzung hielten – ein überfüllter Bus ohne Scheiben, die Leute saßen auf dem Dach, blockierte die Straße –, klopfte ein kleines Mädchen mit ungekämmten Locken, einem zerrissenen schmutziggelben Kleidchen, an die Scheibe. Sie lachte mit großen Augen, wies auf eine flache Korbschale, gefüllt mit Kaugummis, Streichhölzern und Zigaretten, spreizte vier dreckige Finger, ich schüttelte stumm den Kopf, versuchte zurückzulächeln. Das Mädchen knickte einen Finger ein und zeigte eine drei an. Auf ihrer Brust stand in verwaschenen Buchstaben etwas von Tennis und *Worldchampionship*. Der Fahrer ließ eine Bemerkung fallen, die ich nicht verstand, dann legte er den Gang ein und fuhr Blenders Limousine hinterher. Ich sah durch das Rückfenster die Kleine über die Straße rennen, auf die andere Seite, zu anderen Autos, sie stand mitten auf dem Asphalt, die Wagen rasten an ihr vorüber, der Fahrtwind bewegte ihr zerzaustes Haar.

Das *Intercontinental*, ein zehnstöckiges weißes Gebäude, lag an einen Berghang geschmiegt und bot einen guten Ausblick auf die Stadt. Hinter dem Meer der Hütten sah man das wirkliche Meer, den Ozean. Die Karawane hielt, ich wollte die Tür öffnen, doch der Fahrer wandte sich zu mir herum, schüttelte den Kopf. Die Soldaten sprangen von den Motorrädern, stürzten aus den Jeeps und verteilten sich auf der Hotelauffahrt, je zwei Mann gingen hinter den Säulen in Stellung, der Rest schlug sich in die Büsche. Sonderbares Benehmen. Erst als ein Uniformierter mit einigen Sternen auf den Schulterblättern den Arm hob, kamen zwei schwarze Herren in schwarzen Hosen und weißen Hemden und öffneten die Wagentüren. Einer der beiden nahm mir wortlos die Reisetasche aus der Hand. Blender trat auf mich zu und zog mich in die Halle.

Herr Trautenhein, hier wohnen Sie, ein Zimmer ist reserviert, auf meine Rechnung. Leider kann ich mich jetzt nicht weiter um Sie kümmern, da ich gleich weiterfahre.

Schade, sagte ich, vielleicht finden wir heut abend noch ein paar ruhige Minuten.

Kaum, gab der Manager leise zur Antwort, ich schlafe bei einem meiner Freunde, außerhalb der Stadt.

Ach, das Hotel taugt wohl nicht allzuviel?

Nein, eine Frage der Sicherheit, es kursieren gewisse Gerüchte, die es mir ratsam erscheinen lassen, einen unbekannten Ort als Quartier zu wählen. Bestimmte Leute dürfen ruhig glauben, daß ich hier untergekommen sei, Sie verstehen?

Natürlich, meinte ich rasch, aber im Grunde begriff ich nicht, wovon er redete. Werden Sie verfolgt, Dr. Blender?

Keine Sorge, morgen früh um zehn holen wir Sie ab und fahren gemeinsam zu den Plantagen.

Blender, Sabine, Max, *Señor* Dingsbums Schneider und zwei weitere Herren durchquerten die Empfangshalle und verschwanden hinter einer Tür. Ich blickte mich um. Hinter mir stand der geduldige *Boy*, der noch immer meine Tasche hielt.

Trautenheim, sagte ich der dunkelhäutigen Schönheit an der Rezeption, *my name is Trautenheim, Sebastian von.*

Ochocientos veinte y nueve, sang die Dame und schob mir einen kleinen Schlüssel über die Theke, der an einer handtellergroßen Metallplakette hing.

Auf derselben stand die Zimmernummer. Mit der mir angeborenen logischen Gabe schloß ich, daß sich meine Kammer im achten Stockwerk befinden dürfte, ich streckte dem Träger die Hand hin, verlangte mein Gepäck, doch dieser klammerte sich daran wie der schiffbrüchige Paul Renke an seine Holzplanke. Der Lift stand offen. Wie ein Schatten folgte mir der Mann, drückte auf die Acht und fuhr mich nach oben. Sicher, dachte ich, spekuliert er auf ein Trinkgeld, und ich würde ihm, der Form gehorchend, auch eins geben, besaß aber nur *Francs* oder heimatliche Münzen, und was sollte er damit (vor allem mit letzteren) beginnen? Der *Señor* schloß die Tür auf, stellte meine Tasche auf einen kleinen flachen Tisch, nickte, drehte sich akkurat auf den Hacken um und verließ das Zimmer.

Amerika, dachte ich, zog mir das Hemd aus, ging rauchend auf den Balkon. Toledo del Sur. Schweiß begann aus der Haut zu fließen, wie bei meinem letzten Saunaaufenthalt. Schwüle Hitze lag über dem Land, obwohl die Sonne schon tief am Himmel stand, sie leuchtete in Orange zwischen lilagrünen, rosa Wolken. Irgendwo erklang Musik, aus den Bäumen, deren Kronen drei Etagen unter mir endeten, fiepten seltsame Vögel seltsame Töne. Zwischendurch krächzten andere um die Wette. Dann trat Stille ein, plötzlich, als bereite sich ein Unheil vor. Nur der Lärm der Autos störte die regungslose Ruhe. Ich ließ die Zigarette fallen, trat mit dem Schuh auf die Glut und ins Zimmer zurück. Ein weißer Raum in dunkles Holz gekleidet, ein Fernseher, ein Kühlschrank, den ich öffnete. Bier, bayrisches Bier, hergestellt in Florida, eiskalt und würzig – ich wischte den Schaum von den Lippen.

In ein Badetuch gewickelt, aus der Dusche tretend, sah ich glänzende Lichter im Tal. Hatte ich so lange unter der Brause gestanden? Litt ich an der Zeitverschiebung, immerhin mußte mein Körper glauben, es wäre tiefe Nacht. Die Dämmerung mußte sich abrupt wie ein Lichtwechsel auf dem Theater vollzogen haben. Fremder Kontinent. Aufs Bett fallen, die Augen schließen, schlafen, einschlafen, wenn wir erwachen, sehen wir weiter. Ich verspürte keine Lust, tiefer darüber nachzusinnen, was ich in diesem fernen Land suchte. Die Wahrheit? Eine Bestätigung? Ein Abenteuer? Eine Geschichte? Mir fehlte ein klares Motiv. Eigentlich, dachte ich, bist du nur hier, weil sich alles so ergab, dich führt der Zufall. Was willst du herausbekommen? Daß Blender ein Schwein ist? Längst bewiesen. Daß P. und

Katharina Opfer und Täter sind? Eindeutig. Nur ihre Auftraggeber kennst du nicht. Daß Herzig, die *Chef-Sekretärin* und Konsorten krumme Geschäfte abwickeln. Was geht es dich an? Oder suchst du einzig nach deiner Bestimmung, deiner Chiffre in einer Rechnung mit vielen Unbekannten? Was fängst du am Ende an mit der gewonnenen Klarheit? Gräbst du dir selbst das Wasser ab? Märtyrersehnsucht. Lehrte dich nicht *Pygmalion* die Folgen? Das Scheitern der Träume, die vorgeplante Niederlage. Glücklich sind, die arm an Geist, die sich aus dem Streit der Welt halten, die Weisen. Hältst du dich für neunmalklug? Grotesk. Noch ist das Elfenbein unförmig, noch hat der Golem keine Augen, in die du versinken kannst wie in den Krater eines Vulkans.

Das Telefonklingeln riß mich aus dem Halbschlaf, ich rieb die Augen, wußte für Sekunden nicht, wo ich mich befand. Wenn das der *Chef* ist, dachte ich, sind die *Genossen* wirklich Weltspitze in ihrem Metier.

Señor Trautenain, hörte ich eine weibliche Stimme sagen, *in our restaurantbar a table is booked for you.*

Aha, *merci, mademoiselle.*

Obwohl ich nicht hungrig war, wühlte ich aus meiner Reisetasche ein grünes kurzarmiges Baumwollhemd, das ich am zyprischen Strand hatte tragen wollen. Leider paßte es nicht zu Shambhunaths Hose. Das einzige weiße Hemd, über das ich verfügte, zeigte am Kragen graue Streifen. Elisabeth von Trautenheim wäre erbleicht, hätte sie mich in die ausgewaschenen Jeans steigen sehen. Mein Kleiderfundus war begrenzt. Egal, *take it esay, mister Trautenheim.* Tausend Francs und Tabakwaren in der Hosentasche, taumelte ich zum Fahrstuhl. Am *Change-Office* oder *Cambio*-Stand schob ich die Hälfte des Bargelds über den Tisch. Ein Herr mit kurzem Oberlippenbart fragte mich etwas, das mir spanisch vorkam. Was wollte er? Ich nickte wie ein mechanischer Weihnachtsmann, *si si, change*. Es schien, als würfe mir der Kollege einen zweifelnden Blick zu, aber ich verdrängte jede weitere Überlegung. Es dauerte einige Minuten, bis der Beamte seine umfangreichen Berechnungen beendet hatte, dann legte er einen Stapel bunter Geldscheine vor meine Nase, den ich nur mit Müh und Not in all meinen Taschen unterbringen konnte. Ausgestopft wie ein Bankräuber, der seinen Geldsack vergaß, ging ich in Richtung der Bar, die sich im Freien befand, unter Bäumen, an einem *swimming pool*, den niemand benutzte. Die Kleiderordnung wurde lax behandelt, zwar sah ich Damen in Abendkleidern, doch dazwischen lümmelten amerikanische Langhaarige, die meinen Aufzug als spießbürgerlich eingeschätzt haben dürften, hätte man sie danach befragt. Andere Gäste saßen in Badehosen an ihren Tischen und tranken Bier. Das Restaurant war mäßig besucht.

My name is Trautenheim, rief ich einem vorbeischlendernden Kellner zu.

Un momento, por favor, antwortete dieser und balancierte sein Tablett mit hohem Schauwert über die Terrasse.

Der Himmel war klar und sternenübersät. Irgendwie – lag es an der Luft? – hatte sich meine Sehkraft verändert, verschärft, verbessert, denn so hatte ich die Galaxis noch nie wahrgenommen. Der Oberkellner pochte mir mit dem Finger auf die Schulter, führte mich zu einem Tisch am Rande des Beckens.

Aquí tiene usted el menú, sagte der Mann und reichte mir eine Karte, *qué quisiera tomar, señor, cerveza, vino, agua mineral, jugo, un traguito?*

Si, sagte ich, *beer and traguito*.

Bueno, freute sich der Mann und schritt von dannen.

Mon Dieu, dachte ich, die vielen fremden Sprachen machen einen ja völlig verrückt, Englisch, Holländisch, Französisch, Chinesisch, jetzt Spanisch. Ich war auf dem besten Wege, Weltbürger zu werden. Hoffentlich bekommt mir das Essen, *traguito*, klingt nicht übel, sicher eine Art mittelamerikanische Nudel.

Die Zikaden zirpten unaufhörlich, im Schwimmbecken quakte mit heiseren Stimmen ein Chor Frösche, ich lag in meinem Stuhl, ließ die Stunden verstreichen. Der Kellner brachte kein Essen, dafür eine Flasche Bier, die so kalt war, daß der edle Gerstensaft stückchenweise als Eismatsch ins Glas rutschte. Auf meine Zähne Rücksicht nehmend, griff ich zu dem zweiten Glas, das mir als *traguito* vorgestellt worden war. Ein Cocktail, bestehend aus Rum, dem Saft von Orangen – oder anderen Früchten – und viel Eis. Nach dem zweiten Glas wurde mir klar, daß ich auf eine Mahlzeit verzichten konnte. Ein Mann trat an meinen Tisch und deutete auf seine Zigarette.

Buenas noches, sagte er, *tiene usted fuego*?

Geistesgegenwärtig reichte ich ihm die Streichhölzer, die in meinen Jeans gesteckt hatten. Der *Señor* blickte zuerst verwundert auf die Schachtel, dann auf mich, nahm ein Holz und zündete die Zigarette an.

De qué país es usted? gurgelte es aus seinem Mund. *De dónde?*

Den Kopf schüttelnd, nahm ich die Hölzer zurück. Der Unbekannte zog einen Stuhl vom Tisch und nahm Platz.

I don't speak Spanish, stammelte ich, hoffend, dem sich anbahnenden Gespräch aus dem Wege gehen zu können. Bislang hatten sich solche Zufallsbekanntschaften immer als folgenreich herausgestellt. Ich wollte endlich meine Ruhe, aber der Raucher ließ nicht locker.

Alemán, sagte der Fremde und pochte auf die Streichholzschachtel. Du biste Deutscher?

Ja, entfuhr es mir entsetzt, sieht man das? Wohin ich auch kam, mein Vaterland stand mir offenbar auf die Stirn geschrieben.

Ick kenne Deutschland, erklärte mein Tischgenosse – und ich wunderte mich darüber nur wenig –, ick habe dort studierrt. Vor einige Jahre, meine Schprache is schon schlecht. In welchä *ciudad* du wohnst, *amigo*?

Köln am Rhein.

Ah so, ick dachte, du kommst aus die Osten?

Wieso?

Wegen *de cerillas* – er klopfte auf die Zündhölzer – *Sischereitszundholzer aus Riesa*, ick habe oft benützt in meine Studentenzeit. So was vergißt man nicht in *todo la vida*. Ick war an *universidad* in Leipssik, *Carlos Marx*.

Verrückter Zufall, rief ich – nun doch einigermaßen verblüfft –, die Streichhölzer habe auch ich in Leipzig gekauft, ich war dort zur Messe vor einigen Tagen.

Geschäftsmann?

Na ja, eigentlich nein, ich bin Journalist.

Kollega, wir habben den gleiche Beruf, Ernesto, rief der Fremde dem Kellner zu, *dos traguitos para los periodistas alemanes*.

Ramón Guevara – so hieß mein neuer Freund – schrieb für die Wochenzeitung *El globo* und redete mit der gleichen Schnelligkeit, mit der er die Getränke auffahren ließ. Ich merkte, wie ich allmählich betrunken wurde, mein Gesprächspartner zeigte keine Zeichen der Ermüdung.

Sechs Jahre lebte ick in Leipssik, ärst eine Jahr an Herder-Institut, dann an die *facultad*, eine gute Zeit für mich, nur die Winter war Katatstrophe, Regen und Kalte. Aber die deutschä *chicas* mich haben entschädigt für alles. Ick war eine gute Schuler in alle Dinge.

Und wie, fragte ich vorsichtig, bist du mit Herrn Marx klargekommen, immerhin steht der im Osten doch hoch im Kurs?

Keine *problemas*, ick sympathisiere – er beugte sich zu mir herüber – mit *Izquierda Unidad*.

Kannst du das übersetzen?

Vereinigte Linkä. Die Opposition hier im Land. Hast du noch nich gehört davon? Seit wann du bist in *Toledo*?

Fünf Stunden, erklärte ich.

Ach so. Von Europa?

Si, aus Paris.

Komisch, sagte Ramón, eigentlich landen nur Dienstag und Sonnabend Flugzeuge aus Frankraich.

Kaum hatte ich mein Glas geleert, stand ein neues vor mir. Die Nacht war von weicher Beschaffenheit, und mit jedem Schluck rückten die Sterne näher, mischte sich die Musik der Tanzkapelle mit den Morsesignalen der Heimchen, den Froschgesängen und dem Gelächter der Frauen an den anderen Tischen.

Ich begleite einen prominenten Industriellen auf der Dienstreise, erklärte ich freimütig, durfte in seiner Maschine mitfliegen. Der Mann unterhält in Mittelamerika große Bananenpflanzungen, sein Name ist ...

Oswald Blender, sagte *Señor* Guevara. Ich kenne den Mann zufallig. *Un hombre muy influente*.

Die Bar hatte sich geleert, ich war voll, Ramón plauderte ununterbrochen. Ein Mädchen kam an unseren Tisch, das Rosa oder Rosario hieß, ich verstand nicht mehr alles. Sie trug ein weißes Kleid, ein rotes Tuch im Haar. Ich bot ihr einen Schluck aus meinem Glas an, das, so mußte ich fürchten, mein letztes sein würde, doch Rosa dankte und nippte am *traguito* von *Señor* Guevara. Dieser erhob sich und ließ mich mit der *muchacha* allein. Wir schwiegen. Es wurde Zeit für einen geordneten Rückzug, doch fürchtete ich, meine Beine würden den Dienst versagen, falls ich darangingaufzustehen. Peinlich. Mein erster Tag in Zentralamerika lähmte mein Zentralnervensystem. Wie spät war es eigentlich? Ich griff mühsam nach der Hand des Mädchens und starrte – diese ließ mich gewähren – auf die winzige Armbanduhr. Doch sosehr ich mich mühte, ich konnte die Ziffern nicht erkennen. Es mußte in jedem *Fall* zu spät sein. Ramón kam zurück, im Arm eine Flasche.

Hast du etwas Geld, *amigo*? fragte er lächelnd.

Ich stülpte meine Hosentaschen um und legte die bunten Knäuel der Scheine auf den Tisch.

Dios mio, stöhnte mein Zechbruder, wir brauchen *dollares*, damit – er zeigte auf den Geldhaufen – kannst du kaufen *piñas y naranjas* auf dem *mercado*, aber nich *cervezas y traguitos in* Hotel *Intercontinental*. Kommt, *adelante*, ick muß schprechen mit Ernesto.

Ramón griff sich das wertlose Geld, mir unter die Arme, schleppte mich zum Kellner. Er und Rosa diskutierten mit diesem, der, nach einer zehnminütigen Auseinandersetzung, verärgert meine gesamte Barschaft in die Brieftasche packte. Meine beiden Freunde führten mich wie den blinden Ödipus zum Lift. Die Geschwindigkeit, mit der dieser in die Höhe schoß, ließ mir kalten Angstschweiß auf die Stirn treten. Mir war sterbensübel.

Im Zimmer fiel ich in den Sessel. Rosa schloß die Balkontür, Ramón Guevara hantierte an der Dusche. Gute Idee, dachte ich, schwankte ins Bad, stellte mich, ohne die Kleider abzuwerfen, unter den armdicken Strahl. Kalt konnte man das Wasser nicht nennen, dennoch genoß ich die Erfrischung, ließ mir das nasse Element ins Gesicht schlagen, hoffend, durch diese Folter wieder zur Besinnung zu kommen. Nach einigen Minuten begann mein trüber Geist aufzuklaren. Ich schob den Plastikvorhang zur Seite, Rosa – in keiner Weise von meinem ungewöhnlichen Auftritt beeindruckt – reichte mir ein Handtuch, Ramón schloß die Badezimmertür, was mich um so mehr verwirrte, als mein vermeintlicher Freund in der rechten Hand einen schweren Gegenstand hielt, in dem ich trotz meines Zustandes eine Pistole erkannte. In jedem anderen Augenblick hätte ich einen Schnaps gebraucht. Schlagartig war ich nüchtern.

Der Mann aus Toledo sagte kein Wort, gab die Waffe dem Mädchen, zog mich aus der Duschkabine, drehte das Wasser wieder auf und begann, meinen nassen Körper abzutasten. Was suchte er? Geld besaß ich nur noch wenig, es befand sich in meinem Jackett. Glaubte er einen reichen Europäer ausnehmen zu können, irrte er sich. Wie sollte ich ihm das Mißverständnis erklären? Er sprach mit Rosa, diese legte ihm die Pistole in die Hand, ging ins Zimmer zurück.

Mach kaine Dummheiten, *amigo*, sagte Guevara, das Ding is geladen.

Mein Vermögen, sagte ich, findet ihr in der Innentasche des Jacketts, aber ihr werdet enttäuscht sein, ich besitze nicht mehr als 500 Francs.

Du bist in eine Irrtum, erklärte der *Señor* bedächtig, wir sind keine Räuber oder Kriminelle.

Was wollt ihr dann von mir?

Rosa reichte ihrem Gefährten meine Brieftasche. Der warf einen flüchtigen Blick auf das Foto, das mich gemeinsam mit Katharina zeigte, grinste, nahm alle Zettel heraus und musterte sie aufmerksam. Als er meinen Paß durchblätterte, kniff er die Augenbrauen zusammen, knurrte, nuschelte etwas und starrte mich an.

Wer sind Sie, *Señor Sebastian von Trautenheim*? Diese *pasaporte* is ausgestellt auf eine andere *persona*, die nich Wohnung besitzt in Köln. Is dieses Dokument eine Fälschung oder Ihre jetzige *identidad*?

Ich weiß nicht, was Sie das angeht, *Señor* Guevara, sagte ich mit der Frechheit eines Betrunkenen.

Eine ganze Menge, antwortete der falsche Freund, du scheinst nich zu begreifen, mit wem du zu tun hast, Rosa und ick handeln im Auftrag der *Frente Liberacion*, und du kannst dir aussuchen, ob du mit *Señor* Blender zusammenarbeiten wüllst oder mit uns. Im Augenblick würde ick dir zu letzterem raten.

Das Wasser prasselte auf die Fliesen. Im Zimmer lief das Radio. Ramón glaubte mir nicht.

Verdammt noch mal, rief ich – vor Kälte und Übermüdung zitternd –, ich weiß nicht, wo er wohnt, wie oft soll ich es noch sagen, ich bin mit ihm heute abend hier eingetroffen, aber er ist gleich weitergefahren, zu einem seiner Freunde, wie er sagte.

Wohin? fragte Guevara zum zehnten Mal.

Keine Ahnung, irgendwo außerhalb der Stadt, ich gehöre nicht zu Blenders Vertrauten. Ich bin nur ein Journalist, der ihn begleitet.

Aber du kommst aus Ostdeutschland?

Ja, aber davon weiß der Doktor nichts, ich habe ihm eingeredet, ich käme aus Köln, wie ich es dir erzählte, ich verfolge ihn wegen seiner angeblichen Waffengeschäfte.

Angeblisch is gut, stöhnte der *guerillero*. Oswald Blender beliefert *Guardia Nacional* seit funf Jahren. Neunzig Prozent von alle Waffen im Land kommen von seine Frachtschiffe.

Und eure, fragte ich, woher kommen die?

Ramón Guevara schnalzte mit der Zunge und steckte die Pistole in den Gurt.

Einige kaufen wir über *testaferros*, Mittelsmänner, bei Komplizen vom deutschen Doktor, die meisten müssen wir erobern im Kampf gegen Truppen von General Nazareno.

Ich durfte mich umziehen. Der Mann ließ mich keine Sekunde aus den Augen, das Mädchen wandte sich diskret ab, bewies Takt und Bildung. Auch Ramón schien ein kluger Kopf zu sein, doch fühlte ich mich von ihm betrogen. Er hatte mein Vertrauen mißbraucht.

Aus welchen Ländern kommen die Waffen, die Blender verkauft?

Frag ihn selbst, *amigo*, sagte Guevara. Ich denke, du machst *entrevistas* mit die Doktor.

Blender lügt, wenn er den Mund aufmacht.

Claro, es un explotador, un hijo de puta. Für *Dollares* macht er alles, ihm is egal, wer die Gewehre bekommt, Hauptsache, sie werden bezahlt. Im Gegenteil, die Waffen-Mafia is sogar sehr bemüht, uns zu varsorgen mit Nachschub, weil, kapituliert die *Frente* – was nie geschehen wird –, Krieg ist aus, schlecht für ihr *business*.

Stimmt es, daß Waffen über den Rostocker Hafen nach Amerika gelangen?

Rostock, kenne ick, eine Freund von mir, ein *Chileno*, lebte dort in *exilo*, geheiratet mit eine deutsche Frau, Susanne, konnte machen *excellente tortillas y frijoles*.

Ist es wahr, Ramón?

Sie waren wirklich ausgezeichnet, fast so gut wie von meine Mama.

Ramón, rief ich mit dem Mut des Hoffnungslosen, ich habe dich etwas gefragt, ich dachte, wir wollten zusammenarbeiten?

Caramba! brüllte der, ja, es is wahr, teilweise über Rostock, andere über Hamburg oder Marseille. Die Waffen sind deutsche Fabrikate, tschekische, russische, von Schweden, österraisch, sie hängen alle mit drin, reicht das?

Ja, sagte ich, das reicht.

Weißt du, uns, die *Frente*, kummert nisch, woher die Waffen komme, uns stört nur, wenn falsche Leute sie benutzen. Wir kämpfen mit eine kinesische *pistola* oder *Kalaschnikow* genauso für die Befreiung von unser Volk wie mit alte M-3 aus *Estados Unidos*.

Morgen früh, um 10 Uhr, holt mich ein Wagen vom Hotel ab, Blender wollte zu einer seiner Plantagen.

Zu eine Plantage *unseres Volkes* meint der Doktor sicherlich, sagte Ramón Guevara.

Das sieht der Münchner etwas anders, gab ich müde zu bedenken.

Der *Señor* wird Zeit bekommen, seine Meinung zu ändern.

Der *Frente*-Mann blickte auf die Uhr, wandte sich an Rosa, die während des gesamten Gesprächs kein Wort verloren hatte.

In sechs Stunde es is soweit, am besten ihr zwei schlaft noch ein wenig, der Tag wird anstrengend für alle.

Ramón legte die Pistole auf den Tisch und setzte sich in den Sessel. Mit einer Handbewegung gab er mir zu verstehen, daß ich mich neben Rosa auf das Bett legen sollte. Mir war das Ganze nicht geheuer, doch der Blick des Mannes duldete keinen Widerspruch. Wir lagen Rücken an Rücken, ich vermied jede Berührung mit dem fremden Körper und sah, bevor ich die Augen schloß, das leise Lächeln des *Revolutionärs*, der, unter der Lampe sitzend, meine Zigaretten rauchte.

Neunter Tag

> Und dennoch: Angesichts von Unterdrückung, Plünderung und Verlassenheit ist unsere Antwort – das Leben. Weder Sintfluten noch Seuchen, weder Hungersnöte noch Kataklysmen, nicht einmal die ewigen Kriege durch Jahrhunderte und aber Jahrhunderte haben den hartnäckigen Vorteil des Lebens gegenüber dem Tod zu verringern vermocht.
>
> Gabriel García Márquez,
> *Die Einsamkeit Lateinamerikas*

Die Sonne blendete mich. Rosa auf dem Balkon, die Pistole auf dem Tisch, Ramón schniefte unter der Bettdecke. Ich erhob mich – noch immer vom Rum benommen, mit trockenem Mund –, trottete zum Badezimmer. Rosa folgte mit der Waffe, hinderte mich daran, die Tür zu schließen. Mit hilfloser Geste wies ich zum Toilettenbecken, bat um Isolation. Sie ließ mich allein. Zähneputzen. Es klopfte an der Tür. Ich öffnete die Verriegelung und erblickte *compañero* Guevara.

Morgen, schnarrte er und betrat die Dusche, gut geschlafen, *amigo*?

Hunger, sagte ich, hab ich, ist das eine Folge der *traguitos*?

Weiß nich, sagte der, ick trinke nie.

Aber du hast doch, entfuhr es mir, gestern …

Irrtum, ick habe nur so getan, Ernesto weiß, daß ich *drago* ohne *ron* bevorzuge.

Also hast du mich betrunken gemacht?

Es brauchte keine große *agitación*, deine Widerstand war schnell gebrochen.

Eigentlich, knurrte ich, wollte ich zuerst duschen, immerhin ist es mein Zimmer.

Erstens, widersprach der nackte *guerillero*, is es meine Land, zweitens deine Zimmer bezahlt von eine *capitalista*, drittens ick bin *commandante* der *Frente*, viertens du, *amigo*, mein personlische Gefangener, funftens war ick zuerst unter *la ducha*, und sekstens, oder *last but not least*, wie der *gringo* sagt, hast du heut in *la noche* ausreichend unter die Wasserhahn geschtanden.

Es is jetz dreißig Minuten nach neun Uhr. In eine halbe Stundä kommt, *ojalá*, Blender dich abholen. Du wirst dir nix anmerken lassen. Wenn du uns varrätst, *amigo mio*, würst du teilen das Schicksal von alle *traidores*, denk an Judas, wir werden jede deine Schritte observieren. Du hast keine andere Chance, vargiß das nich.

Ramón, sagte ich, warum sollte ich euch in den Rücken fallen, ich zahle monatlich fünf Mark für *solidaridad*, bloß wüßte ich gern, was ihr eigentlich vorhabt.

Eine *acción revolucionaria*, erklärte er mit fester Stimme.

Was sonst? sagte ich, aber was genau?

Es is besser für dich und uns, wenn du nich zuviel weißt. Was du nich kennst, kannst du nich erzählen, falls dich *la Guardia* foltärt.

Wie bitte? Warum? Wie kommst du darauf?

Hombre, erklärte der *commandante*, ick darf dir nich sagen, was passiert, heute, auf der *excursión* in die Gebirge. Aber es is keine Spiel für Touristä aus Europa. Du bist in die Sache varwickelt und mußt irgendwie mitmachen. Wann du hörst Schüsse oder Explosionen, varsuche schnell aus dem Auto zu kommen. Die *compañeros* wollen sowenig Blut vargießen wie möglich. Falls, was ick nich hoffe, der Anschlag mißlingt, hast du natürlich von alles nix gewußt. *Claro?*

Aber die *Guardia* und Blender selbst werden sich doch fragen, wie die *Frente* auf die heiße Spur kommen konnte?

Correcto, darum muß dir viel gelegen sein daran, daß die *operación* eine Erfolg würd, fur uns alle.

Hose und Hemd hatte der milde Nachtwind getrocknet. Die Tasche über die Schulter geworfen, wartete ich vor dem *Interconti*. Der Abschied von Rosa und Guevara, im Flur der achten Etage, war knapp und formlos geschehen. Es war alles gesagt, ich wußte von nichts. Wiederum funktionierte ich als Lockvogel, als Köder im *internationalen Klassenkampf*. Obwohl, vielleicht, möglicherweise, hoffentlich einem guten Zweck dienend, verspürte ich Angst. Und durfte mir nichts anmerken lassen. Der *Fall* nahm mich in die Zange, ich konnte nicht mehr entscheiden. Jetzt lief ich wie ein Hase zwischen den Fronten um mein Leben. Ich verfluchte P., die *Komplizin*, Blender, Herzig, die *Sekretärin*, sogar den *Chef* – alle, die mir die heiße Suppe eingebrockt hatten, die ich nun bis zur Neige auslöffeln sollte. Am meisten verdammte ich mich *selbst*, meinen ungerechtfertigten Größenwahn. Hochmut kommt vor dem *Fall*, die Sentenzen meiner alten Großmutter bewiesen täglich ihre dauerhafte tödliche Wahrheit.

Ein Jeep hielt. Neben dem Fahrer in khakigrüner Uniform saß Blenders Leibwächter. Er winkte, ich sprang in das offene Heckteil, machte es mir auf der hinteren Bankreihe bequem.

Guten Morgen, Max, rief ich, um einen freundlichen Ton bemüht.

Tag, grunzte der abweisend.

Schläft der Doktor noch?

Ist vorgefahren, sagte der grimmig Mensch, wir treffen uns an der Kreuzung nach Mantanzas.

Günstiger Platz – ich konnte einsehen, was hinter dem Wagen vorging, ohne mich ständig umwenden zu müssen. Wir fuhren bergan, die Vegetation wurde üppiger, Palmenhaine, Bananenstauden, Mangos, die Straße säumten blattlose Bäume, an denen ellenbogenlange schwarze Bohnen hingen. Villen mit prachtvollen Auffahrten, versteckt in Parkanlagen, Zäune mit Stacheldrahtkronen, bewacht von schwerbewaffneten Männern. Der Fahrer raste mit hoher Geschwindigkeit über die engen Serpentinen, ich konnte keine Verfolger ausmachen. Hatten Ramón und *Genossen* den Anschluß verpaßt? Ich fühlte überrascht, der Gedanke bedrückte mich. Wir erreichten ein Hochplateau, ein Stück schnurgerader Autobahn, das durch eine trostlose Landschaft führte. Riesige verdorrte Grasflächen, vereinzelte zusammengebrochene oder zerstörte Häuser und Gehöfte. Kalter rußiger Wind. Der plötzliche Temperatursturz verwirrte mich, da ich gerade begann, die Hitze erträglich zu finden. In der Ferne des Horizonts zeigte sich der majestätische Kegel eines rauchenden Vulkans. Schwefelgeruch. Am Straßenrand Kühe und vereinzelte Reiter, Frauen vor Melonenbergen, Ananas und Bananen. Kinder boten den Vorbeifahrenden Tiere zum Verkauf an.

Sind das Hasen? fragte ich.

Leguane, knurrte Max, sollen hervorragend schmecken.

Nach einer knappen Stunde bog der Fahrer von der Piste ab, holperte einen staubigen Feldweg entlang, der direkt in die Berge führte. Ich sah mit Schaudern, daß Max eine Maschinenpistole auf die Knie nahm, die zu seinen Füßen gelegen hatte. Aha, dachte ich, offenbar ist der Gegner vorbereitet. Dummerweise fuhr ich in einem Fahrzeug der Leute, die ich haßte, und bot denen, denen ich zugetan war, eine erstklassige Zielscheibe.

Warum das? wandte ich mich an Max und zeigte auf die automatische Waffe.

Wir durchqueren eine Spezialzone, die teilweise von Rebellen kontrolliert wird, sagte der Riese – und dies war der erste vollständige Hauptsatz, den ich aus seinem Mund vernahm –, man muß mit einem Hinterhalt rechnen.

Verdammt, preßte ich durch die Zähne, Partisanen, das fehlt noch. Was wollen die von uns?

Die Schweine, brummte der Beifahrer, kämpfen gegen Nazareno, unterstützt von Russen und Kubanern.

Kommunisten?

Was sonst?

Max, bat ich mit zitternder Stimme, geben Sie mir Ihren Revolver, ich war beim Dienst ein ausgezeichneter Schütze und habe wenig Lust, nackt dazustehen, wenn die *Roten* aus dem Busch feuern.

Der Leibwächter drehte sich um und glotzte mich an. Er schien unschlüssig.

Nun machen Sie schon, schrie ich ihn an – ein wirkungsvoller Stimmungswechsel –, das ist mit Blender vereinbart, drei Mann sind allemal mehr als zwei, wobei ich noch bezweifle, ob der da, der Neger – ich deutete auf den Fahrer, einen Mestizen –, überhaupt weiß, wohin er zu zielen hat.

Ich traf ins schwarze rassistische Loch der Seele des Wachmanns, er griff sich ans Herz – ich fürchtete, er würde kollabieren – und reichte mir den Browning nach hinten. Das kalte Eisen gab mir eine eigenartige Kraft. Doch was, fragte ich mich, sollte ich damit anfangen, wenn die *guerilleros* wirklich angriffen, ich würde mich auf eine Seite schlagen müssen. Die Rebellen würden mich als bewaffneten Feind einschätzen, die *Guardia* und Blender müßten mitbekommen, wenn ich mich gegen sie stellte. Was mir bei einem Erfolg von Ramóns Leuten blühte, war unsicher, was mir bevorstand, wenn Blender die Attacke abwehrte, unausdenkbar.

Als Kind hatte ich oft vom Urwald geträumt, jetzt stand ich unter Lianen, Ranken, gelben, roten, lila Blüten, umzingelt vom Gesang tropischer Vögel, eigenartigen Schreien aus den Spitzen sattgrüner Bäume – und zitterte. Der Soldat ging voran, Max lief, mit der MPi im Anschlag, am Ende, ich in der Mitte, die Finger um den Revolver gekrallt. Wurden wir verfolgt? Einmal schien mir, als hätte ich weit hinter uns, als wir den Kamm, den Dschungel, erreichten, auf der Landstraße eine zweite Staubwolke erspäht, doch war ich unsicher. Äste knackten, ein mühsamer Weg durchs Dickicht, schon nach Minuten rann mir der Schweiß in die Augen, die Sonne donnerte mit der Kraft des Mittags durch das Blätterdach, Millionen Mükken und Fliegen umkreisten unsere Köpfe. Der Mestize und der Riese trugen Mützen, ich war dem Ansturm der Insekten schutzlos ausgeliefert, wußte nicht, wohin ich blicken sollte, auf den Boden, um nicht auf Schlangen oder Skorpione zu treten, oder ins grüne Labyrinth, aus dem jeden Augenblick ein *guerillero* auftauchen konnte. Wohin gingen wir eigentlich? Der Soldat blieb stehen, regungslos, als hätte er etwas Ungewöhnliches beobachtet. Schweigend lauschten wir der Musik des Urwalds. Menschliche Stimmen. Der einheimische Führer wies mit dem Arm in Richtung der Ansammlung. Minuten später erreichten wir Blender, der auf der Terrasse eines Blockhauses in einem Schaukelstuhl wippte, Whisky trank, Zigarre rauchte und sich von Sabine massieren ließ.

Ein Dutzend Soldaten, zählte ich, umstellten das Haus. Der Doktor lächelte selbstzufrieden.

Na, Herr Trautenhein, wie gefällt Ihnen das Land?

Traumhaft, sagte ich, nur die Rebellen machen mir ein paar Sorgen.

Warum sollte ich meine Ängste verschweigen? Die Anspannung würde ich ohnehin nicht verbergen können. Blender reichte mir wohlgefällig die Flasche *Johnny Walker* und winkte ab.

Halb so schlimm, Nazareno gab uns seine besten Leute als Geleittruppe. Die Kommunisten sind, das muß man ihnen lassen, mutig, aber kein Himmelfahrtskommando, sie schätzen ihre Kräfte genau ein und schlagen nur zu, wenn minimale Aussichten für einen Erfolg bestehen. Außerdem haben wir sie in die Irre geleitet, sie denken, wir seien in den Norden unterwegs, wir aber befinden uns im Südosten.

Und in diesem Dickicht wachsen Ihre Bananen, Herr Doktor?

Unter anderem, schniefte der.

Vor allem gedeiht hier die Kokapflanze, woraus man Meskalin gewinnt, piepste der blonde Engel.

Du redest wieder mal zuviel, schnauzte der Manager, und zuviel Unsinn dazu. Weibergeschwätz.

Blender stand auf, lief die Veranda auf und ab, wobei er sein weites Hemd lüftete und schwenkte wie eine alt und dick gewordene Primaballerina.

Man bat zum Essen ins Innere des Hauses. Ich wusch mir am Ziehbrunnen im Vorhof der *estancia* die Hände, sah die Gardisten mit Blechnäpfen zum Seiteneingang des Hauses treten, wo sie von einer alten Frau zwei Kellen Reis und schwarze Bohnen in Empfang nahmen. Allesamt junge Burschen mit rotbraunen Gesichtern. Sie setzten sich auf Ziegelsteine oder den nackten Lehmboden und aßen. Blenders Gesellschaft, *Señor* Schneider, Sabine, Max, ein Offizier und der Doktor selbst, saß zu Tisch, als ich das Speisezimmer betrat. Eine schwarze Bedienstete schenkte gerade Wein ein, als draußen ein Schuß fiel. Die Sekretärin kreischte auf, warf den Teller hinunter, der Doktor floh in Begleitung von Max ins obere Stockwerk, der Leibwächter entsicherte im Laufen sein Gewehr, der Offizier rannte aus dem Raum ins Freie, wo offenbar einiges Durcheinander herrschte. Schneider und Sabine krochen unter das Tischtuch. Ich wußte nicht, wohin ich mich wenden sollte, riß die Pistole aus dem Gürtel, eilte zum Fenster und sah die *Guardia* mit erhobenen Händen vor zwei maskierten Männern stehn, die sie mit kurzen Schnellfeuergewehren in

Schach hielten. Der Offizier lag am Boden, rührte sich nicht. Ich stürzte in panischer Angst die Treppe hinauf, mehrere Kugeln trafen die Holztäfelung der Decke. Glas splitterte. Die Sekretärin stieß hysterische Schreie aus. Meine Flucht schien sinnlos. Ich hob die Hände und blickte in die Mündung einer MPi. Vor mir standen drei Rebellen, deren Gesichter ich nicht erkannte, da sie von violetten Drahtmasken verdeckt waren. Ich ließ die Waffe fallen. Eigenartigerweise reagierte ich völlig logisch, als ob ich auf eine solche Lage vorbereitet gewesen wäre. Ein *guerillero* schob sich die Larve auf die Stirn und zeigte sein schweißüberströmtes Gesicht. Ramón. Was würde er mit mir tun? Ich ließ die Hände über den Kopf erhoben und starrte ihn an.

Wo sind Blender und seine Gorillas, *amigo*? fragte er mit verhaltener Stimme.

Keine Ahnung, flüsterte ich, sie rannten hierher, nach oben. Max ist bewaffnet.

Mierda, stöhnte der *commandante*, wir haben keine Zeit. In wenigen Minuten können neue Truppen einträffen. Wir brauchen den Doktor lebendig.

Guevara sprach hinter vorgehaltener Hand mit einem *compañero*, während der dritte meine Pistole an sich nahm, mich an die Wand stellte und abklopfte.

Hombre, du mußt uns helfen, letzte Mal. Klopf an die Tür dort, und sag beiden, die Luft is sauber, sie können rauskommen. *Guardia* hat die *acción* zurückgeschlagen.

Er gab mir den Browning zurück, schob mich zum Zimmer, das am Ende der Galerie lag, ich ließ es geschehen. Ramón stülpte sich die Maske über die Augen und klopfte. Dann forderte er mich durch Handzeichen zum Sprechen auf. Mir saß ein Frosch im Hals, ich schluckte.

Dr. Blender, rief ich, hallo, Dr. Blender, hier spricht Trautenheim, es ist alles in Ordnung, die *Guardia* hat die Rebellen überwältigt. Kontrolliert die Lage.

Der *commandante* trommelte mit den Fingern an sein Mundloch. Weitersprechen.

Vier Kommunisten sind tot, der Rest gefangen, Sabine hat einen Nervenzusammenbruch, der Offizier ist verwundet. Beeilen Sie sich, wir müssen schleunigst hier weg, Schneider vermutet einen zweiten Angriff.

Sind Sie allein, Trautenheim? baßte die Stimme des Leibwächters.

Ramón nickte mir eifrig zu.

Natürlich bin ich allein. Alle andern sind unten und kümmern sich um die Verwundeten.

Kommen Sie rein, machen Sie langsam die Tür auf!

Ich blickte fragend zu den *compañeros*. Sie schienen ebenfalls ratlos. Schließlich deutete Ramón Guevara auf meine Pistole, nickte und ballte die Faust. Mit der linken Hand drehte ich am Türknauf, schob mich durch den schmalen Spalt, den mir Max gewährte, und stand vor den beiden Deutschen. Oswald Blender zitterte wie Espenlaub, sein dickes Gesicht glühte puterrot, das Hemd klebte mit dunklen Flecken an seiner Brust. Max musterte mich mißtrauisch.

Warum sind Sie nicht geflohen? fragte er drohend.

Weil ich gekämpft habe, im Gegensatz zu Ihnen, entgegnete ich forsch. Fragen Sie Schneider, ich habe ihm das Leben gerettet.

Haben Sie geschossen, Trautenheim?

Ja, *claro*.

Sie lügen, Mann, ich kenne meine Pistole, die ist unbenutzt.

Was? schrie ich, hob die Waffe, zog am Abzug und ballerte auf einen wunderschönen Spiegel, der in tausend Splitter zerfiel.

Blender schrie auf, griff sich an den Kopf, Max hockte sich nieder, ließ das Gewehr zu Boden fallen, ich trat ihm blitzschnell gegen die Schulter, so daß er wie ein Bauklotz in die Glasscherben fiel, riß mit dem Fuß die MPi aus seiner Reichweite, löste dabei eine Salve aus, die donnernd in die Wand jagte. Die *compañeros* stießen die Tür auf, richteten die Läufe gegen Blender und Max. Ramón schlug mir anerkennend auf die Schulter. Mir wurde schwarz vor Augen.

Man goß mir einen Eimer Wasser über den Kopf. Ich saß auf der Erde, an die steinerne Brunnenumrandung gelehnt.

Komm jetzt, *hombre*, sagte der *commandante*, wir müssen machen, daß wir Land gewinnen.

Die *Frente*-Männer sperrten die Soldaten der *Guardia* und das Personal der *estancia* in den Keller des Hauses, fesselten Blenders Abordnung, *Señor* Schneider und dem am Oberarm verletzten Offizier die Hände, führten sie in den Busch. Ich genoß das Privileg, mich ohne Stricke bewegen zu dürfen. Nur die Pistole hatte mir Rosa – ich erkannte sie an der Stimme – abgenommen. Offenbar hielt man mich für einen Risikofaktor. Nach einem halbstündigen Fußmarsch erreichten wir in einer Talsenke einen Lastkraftwagen und einen klapprigen Jeep. Die Gefangenen wurden auf die Ladefläche gezogen, wobei ich bemerkte, mit welcher Höflichkeit die *compañeros* nicht nur der Sekretärin, sondern allen, die sich in ihrer Gewalt befanden, begegneten. Auch ich stieg auf die Pritsche. Sechs Rebellen saßen mit den Gewehren zwischen den Knien vor der Ladeluke.

Der Wagen schwankte wie ein Schiff bei Windstärke zehn. Alle Mann hockten auf den Planken, jede Bodenwelle wirbelte die Gefangenen wie lose Säcke durcheinander. Blender fiel mir vor die Füße. Da er sich nicht allein aufrichten konnte, zerrte ich den schwergewichtigen Münchner in die Sitzposition. Er war ein Verbrecher – das stand fest –, trotzdem konnte ich dem alten Mann die

Hilfe nicht versagen. Als ich ihn berührte, funkelten mich des Doktors kleine Augen haßvoll an.

Warum, Trautenhein, preßte er hervor, haben Sie mir das angetan? Vaterlandsverräter.

Bleib sachlich, Blender, die Gründe sind Ihnen bekannt, Sie haben dieses Land ausgesaugt wie ein Vampir. Die *Frente* präsentiert nun die Rechnung.

Wir sprechen uns noch, grunzte der Manager, Sie werden büßen.

Hier ist nicht Deutschland, sagte ich. Wir fahren nicht zum Hotel oder zu Ihren Freunden – kapiert?

Für wen eigentlich, fragte Blender, hin und her schaukelnd wie ein Stehaufmännchen, arbeiten Sie, Trautenhein? Wer bezahlt Ihnen die Dreckarbeit?

Katharina Lichtfeld, knurrte ich lustlos.

Das Aas, das verfluchte Miststück, ich ahnte, daß sie nicht lockerläßt, ich hätte sie umlegen sollen, damals schon, dreiundfünfzig.

Wie meinen Sie das? wollte ich wissen.

Lassen Sie mich in Ruhe, Trautenhein, sagte der Doktor und drehte den Kopf weg.

Die Regenzeit, erinnerte ich mich der Worte Ramóns, fiel in diesem Jahr spärlich aus. Die Gesichter und Kleider der Männer und Frauen bedeckte feiner graugelber Staub. Der Wagen hielt, ich konnte kaum noch sitzen. Man löste die Plane. Wir befanden uns in einer Holzgarage, durch Bretterschlitze fiel Sonnenlicht. Nacheinander wurden die Geiseln vom Wagen gehoben, drei Mann bemühten sich um den Riesen Max. Ramón Guevara zog mich durch einen Vorhang in eine düstere Hütte. In der Mitte des Raumes brannte ein Holzfeuer, an dem eine Alte stand, schweigend Teig knetete und *tortillas* buk.

Der *commandante* bot mir eine von meinen Zigaretten an.

Amigo, begann er, ick spreche dir im Nammen der *Brigada cinco* unsere Dank aus. Du bist eine echte Freund *de nosotros*, von unsere Volk. *Compañero*, du kannst gehen.

Commandante, antwortete ich, was macht ihr mit Blender und seinen Leuten?

Leider kann ick dir nich sagen. Sie bekommen jetzt zu essen, dann fahren wir weiter in unser Hauptquartier, Nationalleitung der *Frente* wird entscheiden. Du aber, bitte, nimm meine Rat an, darfst nich mehr aufsuchen *Interconti*, mußt *directo* fahren oder laufen zu *Aeropuerto*.

Aber meine Sachen, mein Gepäck befindet sich doch noch auf dem Zimmer. Ich habe doch nur diese Tasche am Mann.

Willst du deine Zahnbürste oder deine Leben? Die *Guardia* wird umstellen Hotel und dich suchen, denn möglisch, daß die Soldaten in *estancia* schon sind frei, man wird dich varhören.

Wie komme ich durch die Grenzkontrolle? Ich hab kein Ticket und nur einen ostdeutschen Paß ohne Visum.

Si, amigo, darum spreche ick mit dir. Du gehst aus diese *casa*, befindest dich in eine *barrio* in Delicias, sechzig Kilometer sudlich Toledo. Auf die große Nationalschtrasse *Tres* varsuchst du, von eine Auto mitgenommen zu werde – aber nich von Kollonne der Militärs –, wenn du dem *pilotas*, dem Fahrer, gibst eine oder zwei *dollares*, bringt der dich zum *Aeropuerto Nazareno*. Zeig aber nich deine ganze Geld, das is lebensriskant. Auf Flugplatz arkundige dich nach *Señor* Enrique Pablo Meneses, eine *compañero*, er weiß Bescheid, bringt dich zur Maschine nach Mexico, von dort geht am Abend eine Linie nach Paris. Enrique du übergibst *dollares* für Ticket.

Aber verdammt, Ramón, sagte ich, woher soll ich das Geld nehmen, ich besitze noch 500 Francs, das reicht doch nicht mal bis nach Panama.

Comprendo, sagte Guevara knapp, daran ick habe gedacht naturlisch, der Doktor – er zeigte in die Garage – dich hat eingeladden, bezahlt auch deine Rückflug.

Der *commandante* zog Blenders Schlangenleder-Brieftasche aus der Jacke, öffnete sie, blätterte in einem Stapel grüner Geldscheine, zählte etwa zwanzig Banknoten ab und reichte mir das Bündel.

Tausendtzweihundert *dollares*, einhundert behältst du für alle Fälle, den Rest bekommt Enrique. Steck das Geld am besten in deine Schuhe. Hier sind drei Dollar für die Fahrer.

Wir erhoben uns. Es entstand eine kurze Pause des Schweigens. Dann umarmte mich der *commandante*, reichte mir die Zigaretten, aber ich nahm sie nicht entgegen.

Adios amigo, sagte Ramón Guevara, gruss Leipssik von mir, wenn du zu Hause kommst.

Auf dem Weg des *barrio* spielte eine Gruppe Jugendlicher Baseball. Der Ball rollte mir vor die Füße, ich bückte mich, warf ihn den Jungen zu, dachte an Xenia, die *Rote*, die Szene vor den Denkmälern der Berliner Universität. Lange her. Unwirklich. Ich lief durch ein Elendsviertel, schmutzig, verschwitzt, in meiner Tasche alle Unterlagen des *Falls*, nutzlose Dokumente. Unter meiner linken Fußsohle drückte das Geld, ich würde eine Blase bekommen. Die schwarzen Schweine, die Ziegen, Hähne und Hunde rannten mir hinterher. An den Bretterzäunen, die wie durch ein Wunder oder Gottesmacht nicht zusammenbrachen, prangten Losungen, die ich nicht dechiffrieren konnte. Ein Gleichnis. Ich las die Zeichen – und verstand sie nicht. Die Luft vibrierte wie in einem Backofen. Wenige Leute ließen sich blicken. An einem Wasserhahn, der mitten auf einem freien Platz aus der Erde ragte – umringt von einem Autowrack, Müllbergen, alten Flaschen, Schutt und Asche –, füllte ein kleines

Mädchen zwei Fässer aus Plastik. Sie sagte etwas, ich schüttelte den Kopf, ließ mir das lauwarme Wasser über den Nacken laufen, wusch Hände und Gesicht. Obwohl mein Mund ausgetrocknet war wie eine verlassene Karawanserei, widerstand ich der Versuchung, einen Schluck zu trinken.

Nach einer knappen halben Stunde hielt ein Kleintransporter. Auf der Ladefläche türmte sich ein riesiger Zwiebelberg. Der Fahrer, ein fünfzigjähriger *Señor* mit Cowboyhut, öffnete die Beifahrertür.

Toledo? fragte ich bittend.

Si, si, lachte der Farmer. Der Mann erzählte, ihn störte nicht, daß ich kein Wort verstand. Wir tuckerten die löchrige Landstraße entlang, durchfuhren ein kleines Städtchen, in dessen Zentrum sich eine wuchtige Kathedrale erhob. Weißgrauer verwitterter Stein. Nachmittag. Am Himmel zogen dunkle Wolken auf, die Palmen an den Feldrainen bogen sich im Wind. Plötzlich brach der Regen los, wie aus Gießkannen, pladderte gegen die Windschutzscheibe. Mein Chauffeur dachte nicht daran, das Tempo zu drosseln, fegte durch die engen Bergstraßen, als verfolgten ihn die Gardisten oder böse Geister. Die Scheibenwischer fehlten, und ich fürchtete, jeden Augenblick mitsamt den tausend Zwiebelbündeln in eine der Schluchten zu stürzen.

Der Mann brachte mich ans Ziel meiner Wünsche, ich gab ihm die drei *dollares*, dankbar, die tollkühne Expedition lebend überstanden zu haben. Vom Parkplatz bis zum Eingang des *Aeropuerto* rannte ich im Spurt, erreichte die Halle, naß bis auf die Haut. Die Uhr zeigte 17 Uhr 15 Minuten.

Señor Enrique Pablo Meneses, *por favor*, fragte ich die Dame, die an einem Stand Postkarten, Bücher, Kleider, Gürtel und Süßigkeiten verkaufte.

Darunter auch *Scho-Ko-Riegel* aus Blenders Sortiment.

Der Mann verfolgte mich. Grotesk. Die Verkäuferin plapperte mit der Schnelligkeit brasilianischer Fußballkommentatoren, wies mit der faltigen Hand auf ein Schild mit der Aufschrift *Aduana*. Ich trottete dorthin, klopfte an die Bürotür, fragte nach dem Verbindungsmann. Ein Uniformierter hinter einem Schreibtisch, der mit Papierstapeln beladen war, die bis zur Decke reichten, griff zum Telefon, schnarrte hinein. Nichts geschah. Hilflos wie ein Kind, das sich verlaufen hat, wartete ich in der Halle. Was, dachte ich, unternimmst du, wenn *Señor* Meneses heute dienstfrei hat oder Frühschicht, wenn er, was möglich war, verhaftet wurde, im Zusammenhang mit Blenders Entführung? Verrat oder Vorbeugehaft? Wie sollte ich Toledo verlassen? Was, wenn die *guerilleros* in eine Falle der *Guardia* gerieten, der Doktor und seine Mannschaft befreit würden, bevor ich die Grenze überschritten hatte? Quälende Gedanken. Ich zuckte schreckhaft zusammen, als eine Hand meinen nassen Oberarm berührte.

Buenos días Señor, Enrique Pablo Meneses, a sus órdenes.

Sebastian von Trautenheim.

Mucho gusto, estás esperando un avión?

Niederkniend band ich meinen Schuh auf, holte die Geldlappen hervor, nahm zwei 50-Dollar-Noten an mich, reichte den Rest meinem Gesprächspartner, der die Rangabzeichen von Nazarenos Armee trug und leider nicht wie der *commandante* in Leipzig studiert zu haben schien. Enrique wandte sich um, ob uns jemand beobachtete, doch die Halle lag wie ausgestorben. Nur an der Flugabfertigung herrschte Gedrängel und Geschrei. Der Mann steckte das Geld ein, zog mir den Paß aus den Fingern, deutete auf eine Sitzbank und ging davon.

Der Regen hatte aufgehört, ich sah an der Anzeigetafel den Aufruf für die Maschine nach Mexico-City, jene, die Ramón angekündigt hatte. Die Zeit wurde knapp. Schnell mußte ich dieses Land verlassen, mußte weg, der Boden war glühend heiß geworden – nicht wegen der Sonne. In meiner Tasche lag (neben Jacques' Kassettenrecorder, den Fotos, den *illustrierten Ruinen*, den Karteikarten) eine letzte Schachtel meiner französischen Zigaretten. Begierig sog ich den Rauch in die Lungen, der Magen hing mir im Körper wie eine Backpflaume. Nach wenigen Minuten – ich sah zur Uhr –, die sich dehnten wie Stunden, kehrte *compañero* Meneses zurück, reichte mir den Paß, in dem ein Ticket steckte, forderte mich auf, ihm zu folgen. Wir liefen an wartenden Passagieren vorbei durch einen separaten Gang auf das Rollfeld, wo bereits die mexikanische DC-9 stand und die Düsen aufheulen ließ. Enrique begleitete mich bis zur Gangway.

Pues, hasta pronto, amigo, feliz viaje!

Er legte die Hand zackig an die Schirmmütze und ließ mich stehen, ich eilte die Treppe hinauf, drehte mich vor der Luke noch einmal um, warf einen letzten Blick auf die Palmen, die fernen Berge, den Himmel, über dem wieder eine große rotgelbe Sonnenscheibe stand.

Als der Silbervogel abhob, das Fahrwerk in den Rumpf polterte, die Landschaft sich unter den Tragflächen verlor, löste sich meine Verkrampfung. Die Stewardeß zog den Getränkewagen durch den Gang, ich bestellte einen großen *traguito*, stürzte ihn hinunter wie Apfelsaft. Ich war in der Luft, jenseits der Grenze, in Sicherheit. Seid gegrüßt, weiße Wolken, Freiheit, dachte ich, jetzt kann nichts mehr passieren. Die zwei Stunden bis Mexico vergingen im Flug, leicht beduselt verließ ich die Maschine, verbrachte knapp 50 Minuten auf dem Flugplatz der Millionenstadt, deren Lichtermeer sich kilometerweit hinstreckte. Der Jumbo, der mich zum alten Kontinent brachte, war halbleer, ich flog *Business Class* und schlief, in Decken gehüllt, über dem Ozean ein.

Zehnter Tag

> Der Schlag war gut gewesen. Die Schulter hatte sich gesenkt, und der Körper war mit vor gegangen. Es lag ein ganz schönes Gewicht in dem Punch, und der Mann, der ihn gelandet hatte, besaß eine Menge Praxis.
>
> Raymond Chandler, *Leb wohl, mein Liebling*

Hatte ich lange geschlafen? Keine Ahnung. Mein Biorhythmus war vollständig aus dem Gleichgewicht. Die Stewardeß schenkte mir einen mitleidsvollen Blick, schob ein Seelachsfilet mit Krabben vor mein zerknittertes Gesicht, fragte nach meinem Begehr.

Whisky mit viel Eis, stammelte ich, und die Uhrzeit.

12 Uhr mittags mitteleuropäische Zeit, sagte die junge Frau in exzellentem Hochdeutsch.

Gracias, antwortete ich in exzellentem Spanisch und machte mich über den Fisch her.

Gewaltiger Hunger. Als die Holländerin mir den Bourbon brachte – und die Dame war flink –, saß ich schon vor dem leeren Teller.

Möchten Sie noch etwas speisen? fragte sie.

Danke nein, mein Magen, mehr schaffe ich nicht, später gern.

Sie bekommen noch Kaffee und Kuchen, bevor wir in Amsterdam landen.

Was, fliegen wir nicht nach Paris?

Aber nein, in zwei Stunden erreichen wir *Schiphol*. Die Maschine nach *Charles de Gaulle* startete um 22 Uhr Ortszeit Mexico.

Auch nicht schlecht, sagte ich.

Ihnen ist wohl egal, wo Sie ankommen?

Ehrlich gesagt, ja, sagte ich, Hauptsache Europa.

Amsterdam, dachte ich, da erreiche ich, mit etwas Glück, vielleicht noch einen Jet nach Berlin. Der Gedanke, in wenigen Stunden zu Hause zu weilen, ließ mich innerlich aufseufzen. Den Whisky kauend, überlegte ich, was ich zuerst machen würde, angekommen in meiner Höhle. Ein Bad nehmen? Post sichten? Oder den *Chef* anrufen? Immerhin mußte ich mich zurückmelden, dem Mann einige Fragen stellen, einiges klarstellen. Oder gleich zur schönen Helena gehen? Kim? Vergiß es, eine Episode, ohne Zukunft, folgenlos. Meine Mutter sollte ich anrufen, sie mußte denken, ich sei verschollen. Nicht ahnend, wie recht sie damit hatte. Ihr konnte ich meine Abenteuer nicht schildern, ohne fürchten zu müssen, mich mit wenigen Worten zur Vollwaise zu machen – denn mein Vater war für mich, obwohl er noch lebte, längst ein Gestorbener. Niemand, begriff ich augenblicklich, würde diese Geschichte glauben oder verkraften – die *Genossen* sowenig wie meine Freunde. P. war verloren, vielleicht irrte er mit Katharina durch Toledo del Sur, auf ergebnisloser Suche nach Dr. Blenders Spur. Dr. Z., der Neurologe, würde mich in eine geschlossene Abteilung einweisen, Inge mich rausschmeißen, weil ich an den letzten Säulen ihres Weltbildes rüttelte. Die *Republik*, ein Partner internationaler Waffenhändler? Mach, daß du rauskommst, Klassenfeind! Die *Rote* glaubte, ich weilte zwischen antiken Trümmern auf Kypros, fahndend nach *Pygmalion*. Xenia hatte mich abgeschrieben, vertrieb sich die Zeit mit *Happenings*. Diese Reise gehörte mir allein – und das Privileg des unteilbaren Privatbesitzes machte einsam und tat weh.

Über England gerieten wir in einen Herbststurm, wie der *Captain* mit hypnotischer Stimme verkündet hatte. Der Jumbo fiel aus einem Luftloch in das nächste, ich hätte gern noch einen Drink genommen, denn der Fisch in meinem Bauch schien solche Turbulenzen sowenig zu mögen wie ich, doch meine Freundin, die Stewardeß, ließ sich nicht blicken. Ein Absturz, dachte ich, wäre nun wirklich das blödeste Ende für diese Story, rein literarisch betrachtet. Möglicherweise kathartisch, im Sinne des Hochmuts, der vor dem Fall kommt, aber individuell katastrophal. Leider bist du nicht der Held eines Romans, sondern ein wirkliches Wesen mit Haut und Knochen, die kaputtgehen, mit neunundneunzigprozentiger Sicherheit, wenn sie aus zehntausend Metern auf britischen Golfrasen stürzen. Augen zu, Affe tot. Schwarze Gewitterwolken, backbord, steuerbord. Jetzt kam die holländische Schöne den Gang entlanggeschwankt – man konnte vermuten, sie habe die Flasche Bourbon allein vernascht – und verteilte Papiertüten, eine Maßnahme, die mir den Schweiß in die Achselhöhlen trieb. Ich habe gern gelebt, sagte ich, gern geliebt, getrunken, geraucht, meine Jahre genossen, mal faul, mal fleißig, immer artig zu meiner Mutter, freundlich zu Freunden, loyal und hilfsbereit zu den *Genossen*. Kein Held, guter Durchschnitt, im Schreiben, im Trinken, in der Liebe – freilich im letzteren hielt ich mich im stillen für besser als die Masse, doch wollte ich Abstand nehmen von Überheblichkeit in dieser Minute, die möglicherweise meine letzte sein sollte. Buff, wieder sackte das Flugzeug um einige Meter. Der Pilot drosselte den Schub. Hoffentlich dreht er nicht durch und schaltet die Düsen aus. Du kannst sagen, phantasierte ich, du hast, so gut es gelang, das Deine getan. Bedauerlicherweise sitzt du nicht wie der Zimmermann, in jenem berühmten Vers Hölderlins, auf dem Dachfirst, sondern einige Meilen darüber, angeschnallt in einem Plüschsessel.

Es schneite in Holland. Geschafft, Europa, Winter, Nachmittag. Als ich die *Boeing* verließ, meine Decke abgab, fuhr mir die eisige Kälte in die Glieder. Ich besaß nichts als mein Dschungelhemd und die Ledertasche. *Schiphol* war noch immer der Termitenhaufen, als den ich ihn kennengelernt hatte. Der Zufall wollte es, daß am Informationsstand wieder jene nette Mulattin Dienst tat, die mir einst die schlechte Botschaft übermittelt hatte, derentwegen ich die Nacht mit Adrian Zengli verbrachte, um am Morgen Elisabeth von Trautenheim kennenzulernen. Verdammt, ich hätte den Schweizer anrufen sollen, in Mexico. Hatte ich nicht seine Nummer notiert? Zu spät. Aber die Diva könnte ich erreichen, immerhin hatte sie ein Recht darauf, zu erfahren, warum der Anzug ihres Adoptivsohnes in einem zentralamerikanischen Nobel-Hotel von der Geheimpolizei konfisziert wurde. Mir blieb eine gute Stunde bis zum letzten Start, der mich nach Hause bringen würde. Zu meinem Glück fehlte mir einzig eine warme Jacke. Meine Barschaft zählte 100 Dollar und einige Francs. Was soll der Geiz? Die Läden führten ein reichhaltiges Angebot – und angeblich sollte man nirgendwo so billig kaufen wie hier.

Die schwarze Bundjacke paßte wie angegossen. Und da mir die Hose ebenfalls gefiel – im Gegensatz zu meinen dreckigen, speckigen, zerrissenen Jeans –, nahm ich diese dazu, und auch ein dunkles Hemd, um meine Garderobe abzustimmen. Immerhin hatte mich Paris gelehrt, auch in besseren Textilien kann man sich wohl fühlen, wenn man versteht, sie mit Würde zu tragen. Geld, das ausgegeben ist, kann einem niemand mehr abnehmen, und der Gedanke, die *Genossen* würden eine Rückrechnung verlangen – ich traute *ihnen* solche bürokratischen Finessen zu –, wollte mir nicht behagen. Sollte ich *ihnen* die *dollares* anvertrauen, die meine revolutionären *compañeros* expropriiert hatten? Das fehlte noch. Wer weiß, in welche Kanäle die Valutamittel flossen, vielleicht in Herzigs blutige Transaktionen? Nicht mit mir, *Genossen*. In einer engen Umkleidekabine tauschte ich die Wäsche, durchsuchte meine

Hosentaschen nach letzten Schätzen, verstaute Brieftasche und Paß in der Jacke, trat als neuer Mensch durch den Vorhang und schritt zur Kasse. 30 Dollar blieben übrig. Die zerschundenen Kleidungsstücke warf ich auf der Toilette in eine Abfalltonne.

Ich leerte die Mokka-Tasse und lief mit den Münzen, die mir der Kellner gewechselt hatte, zum nächsten Telefon. Die Einwahlnummer der französischen Hauptstadt stand an einer Tafel über dem Apparat.

Hallo, rief ich, Michelle, ich bin es, *le monsieur d'Allemagne. Madame Trautenheim, s'il vous plaît.*

Verehrtester, jubelte Lilly, wie können Sie so etwas mit mir alter Frau anstellen, ich bin in größter Sorge Ihretwegen.

Dazu besteht kein Grund, meine Beste.

Wo stecken Sie? Kommen Sie auf der Stelle zu mir, ich erbitte, nein, ich verlange einen sofortigen Bericht.

Leider geht das nicht, denn ich stehe in Amsterdam auf dem Flughafen. Und bedauerlicherweise muß ich Ihnen eine schlechte Nachricht überbringen.

Um Gottes willen, was ist passiert, stöhnte die *Lady* ängstlich.

Shambhunaths Anzug, sagte ich stockend, ging verloren, wurde beschlagnahmt.

Was Sie nicht sagen, von wem, von den Zollbehörden?

Nein, von der *Guardia Nacional* in Toledo del Sur.

Wahnsinniger, schrie die alte Dame pathetisch, wollen Sie damit sagen, daß Sie gemeinsam mit dem Zweireiher meines Sohnes in Mittelamerika …

Genau das, unterbrach ich sie – mein Vorrat an Gulden war begrenzt –, genau das will ich sagen.

Demnach kann ich annehmen, daß Sie der Entführung entgingen?

Welcher Entführung? entfuhr es mir.

Dem *Kidnapping* des Münchner Managers, haben Sie kein Fernsehen gesehen? Den Mann halten die Rebellen gefangen, irgendwo im Urwald. Die ganze Welt spricht davon. Eine Million Dollar Lösegeld fordern die irren Halsabschneider.

Pardon, madame, entgegnete ich, diese Leute sind alles andere als verrückt, sie sind akkurat, prinzipienfest und gewitzt.

Kennen Sie diese Partisanen?

Mit Verlaub, Verehrteste, es sind, aber sagen Sie es nicht weiter, gewissermaßen Freunde von mir.

In Ihnen soll sich einer auskennen, Sie sind ja unberechenbar. Naja, verstehe die Jugend, wer will. Übrigens, nicht daß Sie denken, dieser Oswald Blender täte mir leid. Im Gegenteil, dem Mann gönne ich sein Schicksal.

Frau von Trautenheim, sagte ich, Sie dürfen mir glauben, wie sehr ich Ihre Weisheit schätze.

Und Katharina, was ist mit ihr?

Das, meine Liebe, entzieht sich meiner Kenntnis.

Bedauerlich, so ein nettes Mädchen.

Elisabeth, rief ich und warf den letzten Gulden in den Schlitz, mein Geld geht zur Neige, ich grüße Sie, rufe Sie an oder schreibe Ihnen, haben Sie Dank für alle Freundlichkeiten.

Aber, aber, werter Neffe, seufzte die alte Dame, wie sagten Sie unlängst so treffend: Adel verpflichtet. Besuchen Sie mich, wann immer Ihnen danach ist. Leben Sie wohl.

Commandante Guevara hatte es also geschafft, Blender in die Berge zu bringen. Gerechtigkeit siegt. Zu Hause mußte ich, meiner Erschöpfung trotzend, Nachrichten sehen – möglich, daß man Bilder vom Hauptquartier der *compañeros* zeigte, ein Video, geschmuggelt aus den befreiten Gebieten. Der Münchner Doktor im Zelt neben Ramón und Rosa, beide maskiert. Was Katharina mißlang, was die *Genossen* verhindern wollten, hatte ich befördert. War ich es nicht gewesen, der den Leibwächter eigenhändig überwältigte auf der *estancia*? Schnell und instinktiv reagierend. Hätte ich feige abgewartet, würde mein Körper jetzt vielleicht von Kugeln durchlöchert in tropischer Erde liegen, verscharrt im Urwald oder aufgebahrt im Leichenschauhaus der *Guardia*. Gemächlich, mit der Ruhe eines dem Tode Entronnenen, lief ich zum *Gate 26*. Dort drängelten sich bereits 50 bis 60 Passagiere, in denen ich – an Dialekt, Umgangsformen und Taschen – Bürger meiner Heimat erkannte.

Tja, die Preise für Unterhaltungselektronik, sagte ein junger Schnösel mit gewichtiger Miene, sind einfach verblüffend. Erst wollte ich nur ein Radio kaufen, aber dann ...

Wenn es kaputtgeht, ohne Garantieansprüche ...

Im Abstand von einigen Metern blieb ich stehen und blickte aus dem Fenster. Schwere Schneeflocken klatschten an die Scheiben – ich sah darin mein Spiegelbild, ein hagerer Mann in Schwarz. Als käme ich von einer Trauerfeier.

In der kleinen *Tupolew* begrüßte Dixieland-Musik die Fluggäste. Eine Musik, die mir zuwider war wegen ihrer fröhlichen Penetranz. Ich schnappte mir ein *Zentralorgan*, eine heimatliche Zeitung, aus dem Gepäcknetz im Frontteil und tippelte zu dem mir vorgeschriebenen Platz an den Düsen. Hier, wußte ich, verstand man kaum sein eigenes Wort, durfte aber rauchen. Mit Genugtuung registrierte ich, einen Blick auf die Titelseite werfend, daß die *Republik* die alte geblieben war, *stabil, sozial, friedlich, sportlich, kinderlieb*. Ich suchte eine Nachricht von Blenders Entführung. Vergeblich. Weder auf Seite eins oder fünf – Außenpolitik – eine kleine Notiz. Wahrscheinlich tuckerte die Meldung erst nach Redaktionsschluß aus den Fernschreibern. Oder die *Genossen* hatten sich noch keine Meinung gebildet, wie mit der Neuigkeit zu verfahren sei. Immerhin hatten sie Grund zur Vorsicht. Sie wußten, was ich bezeugen konnte und beweisen würde; die Geschehnisse in Mittelamerika waren längst nicht so *fern* der Heimat, wie der ahnungslose Bürger meinte. Herzig und der *Sekretärin* dürften die Herzen in die Hosen fallen, wenn sie am Abend die Schlagzeilen des Tages vernahmen. Flugkapitän *Lenz* rollte zum Start. Wer oft genug fliegt, wird gleichgültig. Der dicke Herr an meiner Seite – ein Tubist des Dresdner Kammerorchesters – schniefte aufgeregt, als hätte er gerade sein Solo aus den *Bildern einer Ausstellung* verpatzt.

Nach Hause. *Heimatland, streck deine Glieder.*

Was möchten Sie trinken? fragte die Stewardeß.

Whisky mit viel Eis.

Tut mir leid, hab ich nicht.

Dann ohne Eis.

Verzeihung, Eis können Sie bekommen, aber keinen Whisky.

Ach so, also einmal Eis, und was empfehlen Sie mir sonst?

Bier, Brause, Cola, Kaffee.

Hm, ein Pils.

Mit Eis?

Ja, brummte ich grimmig.

Der Tubist glotzte mich an wie einen einarmigen Dirigenten.

Kennen Sie nicht? Noch nie Eisbier getrunken?

Nein, sächselte dieser breitmaulig.

Eine Delikatesse, echt zentralamerikanisch.

Verehrter Herr, säuselte die Stimme der Stewardeß, ich muß mich berichtigen, das Eis ist alle.

Mein Nebenmann las die Zeitung. Eine Kulturreportage berichtete über den *außergewöhnlichen Erfolg* des Dresdner Kammerorchesters bei den Musikfestspielen in *Los Angeles*. Vielleicht hoffte der Mann eine Erwähnung zu finden, die des Tubisten besondere Leistungen pries. Ich konnte der Versuchung nicht widerstehen und schielte auf die Zeilen – und erblickte im oberen rechten Viertel ein Foto, verschluckte mich, bekam ein paar Tropfen Pilsner in die Luftwege und hustete wie ein Sterbender. Der Musiker legte die Zeitung weg, schlug mir hilfsbereit auf den Rücken, so stark, daß ich annahm, er besuchte in seiner Freizeit einen *Karate-Klub*, ich hob die Hände, hechelte, wischte die Tränen aus den Augen und riß das Blatt an mich.

Sie gestatten, keuchte ich, eine Sekunde.

Bitte, bitte, grunzte der Bläser verschnupft.

Die Aufnahme zeigte niemand anderen als P. und Katharina. Beide standen vor einer Leinwand, blickten mit ernsten Gesichtern in die Kamera. *Der Maler und sein Modell vor dem jüngsten Werk des Berliner Künstlers: »Das große Schweigen«* lautete die Bildunterschrift. Daneben gesetzt ein Gespräch mit dem *Kandidaten*. Ich kontrollierte das Erscheinungsdatum der Zeitung, unumstößlich, Mittwoch, das heutige *Zentralorgan*.

Frage: Als Mitglied des Verbandes Schaffender Bildner haben Sie sich mehrfach für eine Erneuerung der Interessenvertretung ausgesprochen. Wie sehen Sie die Lage heute?

Antwort: Ich denke, es gibt viel zu tun, unser Verband ist ein wichtiges Gremium, in das auch junge Kollegen ihre Erfahrungen einbringen müssen. Wir sollten endlich die Fraktionskämpfe beenden und zu gemeinsamen Positionen vordringen, die es uns gestatten, unsere Kunst, unsere Ansprüche, für breitere Teile der Gesellschaft nutzbar zu machen.

Frage: Kommunikation, das Stichwort für Ihr letztes Werk. Sie sagten, daß Sie vor einer »eingeengten Interpretation« warnen möchten.

Antwort: Ja, eine verkürzende politische Auslegung lehne ich ab. Für mich stellt dieses Bild vielmehr den Versuch dar, Beziehungen aufzuzeigen, Zeichen für unsere Zivilisation zu finden, zwischenmenschliche Barrieren, gestörte Verhältnisse, Torsi, die auf Auseinandersetzung verweisen.

Frage: Sie wehren sich also gegen Vorwürfe, die Sie in die Ecke der Nörgler und Kritiker unserer Gesellschaft abstellen wollen?

Antwort: »Das große Schweigen« spricht, wenn man so sagen will, auch von uns, aber nicht allein. Es gibt in diesem Gemeinwesen auch positive Ansätze von Dialog, die ich nicht missen will, die in der bürgerlichen Gesellschaft nicht oder nur in kleinen Gruppen realisiert werden.

Frage: Ihre Vorbilder sind, glaube ich zu erkennen, eher in der realistischen Schule oder der neuen Sachlichkeit zu suchen, ein expressiver Bildausdruck scheint in Ihrem Werk wenig dominant.

Antwort: Richtig, ich neige eher zu konventionellen Techniken, nicht zum Expressionismus oder zur Moderne. Meine Favoriten sind Antipoden, die sich ergänzen: Courbet und Beckmann. Ich hatte unlängst die Möglichkeit, »Das Atelier« von Gustave Courbet im Original sehen zu können. Bei ihm kann man lernen, daß eine realistische Malweise nicht automatisch zur Einschichtigkeit des Ausdrucks geraten muß. Die Kraft der Details, die Aufsprengung des Raumes ohne seine Zerstörung, die Vergänglichkeit des Augenblicks, die Verdrängung von Trauer und Hoffnung – sind Komplexe, die mich in jüngster Zeit besonders beschäftigen.

Unverschämt, während ich, *ihn* zu retten, die halbe Welt durchreiste, mein Leben in die Waagschale warf, gab der *Kandidat* in der Heimat akademische Interviews über *Raum* und *Zeit, Bild* und *Zeichen, Form* und *Zweck*, eine Farce. Beide, P. und die *Komplizin*, lebten, konnte man annehmen, wenn man Artikel und Foto überflog, als unbescholtene Bürger der *Republik*, fleißig, bemüht, engagiert, ohne kriminelle Ambitionen, unbelastet von *Fällen*, kriminellen Delikten, sie waren nie *republikflüchtig* gewesen, das ehrwürdige Künstlerpaar. Ich kaute an meiner Unterlippe. Würde ich am Ende der Schuldige sein, der Verrückte, der Phantomen nachjagte, sich absetzte nach Paris und, was noch schwerer wog, Mittelamerika, in Krisenregionen, in bewaffnete Auseinandersetzungen, ein Privat-Agent, Hobby-Terrorist, romantischer Verehrer Che Guevaras?

Grauer Himmel über Berlin. Ich betrat den Heimatboden und verstand – trotz der Zweifel, die an meiner Seele nagten – den Papst, der bei jeder Ankunft seinem *Chef* dankte, daß der ihn heil zur Erde zurückkehren ließ. Der junge Offizier an der Paßkontrolle musterte mein Dokument, mein Gesicht, erneut mein Foto, knallte den Stempel auf die Seiten und winkte mich in die Gepäckabfertigung, als verscheuche er ein lästiges Insekt. Die Fluggäste warteten auf ihre Koffer, Kisten, Rucksäcke, Bündel, Pakete. Ich ging geradewegs zum Zoll. Ein verhängnisvoller Fehler. Denn für die brünette Beamtin war ich der einzige Kunde, mit dem sie sich die Zeit vertreiben konnte.

Kein weiteres Gepäck? fragte sie mißtrauisch und blätterte in meinen Unterlagen.

Nein, sagte ich, das ist alles.

Sie waren wie lange in Frankreich?

Oh, da muß ich nachrechnen, sieben Tage, glaube ich.

Soso, eine Woche, ohne jede Kleinigkeit?

Alles verloren, Diebstahl, Sie wissen doch, die grassierende Kriminalität in den westlichen Metropolen …

Na, dann packen wir mal die Tasche aus.

Das Tonband – das ich meinem elsässischen Freund würde schicken müssen –, die Fotografien aus dem *Jardin du Luxembourg*, ein Taschentuch, mein Notizbuch, die *illustrierten Ruinen*, die Akten aus dem HO-Archiv, eine Postkarte mit zwei nackten Kindern, ein Exemplar der Zeitung *Constellation rouge*. Die Zöllnerin wühlte in den ausgebreiteten Absonderlichkeiten.

Wieviel Geld führen Sie ein?

500 Francs und 25 US-Dollar, wie ich in der *Zoll- und Devisenerklärung für das Ausland* vermerkte, bemerkte ich schnippisch und tippte auf das Papier.

Wiedersehen, wünschte die Dame.

Sie hat nicht mit mir gezankt, darum sei sie auch bedankt, reimte ich und trat aus der Sperrzone.

Wie in Paris, dachte ich, als ich die drei Wagen am Taxistand sah. Der Fahrer, ein behäbiger Fünfziger, drehte den Schlüssel in der Zündung und fuhr los.

Nich' gekommen, der Besuch? nuschelte er in der zurückhaltenden Art des Berliners.

Ich habe niemanden erwartet, entgegnete ich gesprächsunwillig.

Bulgarien?

Wieso ausgerechnet Bulgarien?

Da bleibt oft mal 'ne Tasche stehen, bei den Assis.

Hm.

Amsterdam also?

Ich weiß nicht, was Sie das angeht, sagte ich und beendete das Gespräch.

Der Mann, gekränkt, zuckelte die Straßen entlang. Seine kleine Rache. Von mir aus. Der nebeltrübe Herbstabend hüllte die Stadt in trostloses Licht. Aus dem Glanz von Paris und der Sonne der Tropen fiel ich in die kalte Blackbox der Heimat. Trotz alledem freute mich die vertraute Umgebung. Am Adlergestell erblickte ich eine S-Bahn. So war es früher, wenn ich aus dem Ferienlager zurückkehrte, nach glücklichen zwei Wochen mit Lagerfeuer, verschämten Küssen und Geländespielen – der erste rote Schnellbahnwagen sagte immer: Du bist zu Hause.

Fünfundzwanzigachtzig, knurrte der Taxist.

Achtundzwanzig, sagte ich.

Der Muffel gab mir auf den Pfennig heraus, legte, kaum berührte mein Fuß den Bürgersteig, den Gang hinein und ließ den Motor aufheulen. Vollidiot, dachte ich und knallte die Tür zu, daß ich fürchtete, die Karosse bräche auseinander. Kleinbürger, Fettsack, Provinztrottel, ganz ruhig, Junge, immer sachte, laß dir nicht gleich die Laune verderben.

Meine Fenster waren, wie nicht anders erwartet, dunkel. Xenia machte mit ihren Drohgebärden Ernst. Wie sie meint, bitte. Ich fummelte nach dem Lichtschalter, holte den Schlüssel aus der Tasche, öffnete den Briefkasten. Darin lagen, was mich verwirrte, nur zwei Briefe. Eine Energierechnung, die ich angewidert in die Hosentasche steckte. Der andere (ohne Briefmarke) wies eine schnörkelige Handschrift vor, die ich nicht kannte. *Paul Renke* stand auf dem Absender. Der alte Seebär, dachte ich verblüfft, was will der von dir? Ich ging, eine Zigarette in der Jackentasche suchend, zum Treppenabsatz, merkte, daß die Schachtel leer war, und blieb stehen. Sollte ich die vier Stockwerke hinaufkeuchen, um Minuten später wieder hinuntergehen zu müssen, denn ohne Tabak würde ich mich kaum wohl fühlen in meiner Behausung. Blieb nur das *Sportlerheim*, eine Ecke weiter. Zwar würde ich dort keine *Gauloise* erhalten, was vorbei ist, ist vorbei, höchste Zeit, sich wieder an einheimische Produkte zu gewöhnen. Ich lief los, den Kragen hochgeschlagen, feiner Nieselregen fiel, die Kühle der Nacht behagte meinem übermüdeten, hitzeverwöhnten Körper überhaupt nicht.

Das *Sportlerheim* zeigte, wie anders?, Mittwoch *Ruhetag*, geschlossene Jalousien. Hatte ich noch Zigaretten zu Hause? Unsicher. Also zur *Klause*, die mußte, wußte ich, bis Mitternacht offen sein. Zwei Querstraßen weiter, an der Schönhauser. Schon von weitem hörte ich die Rufe.

Betrunkene zeigen die Nähe von Gaststätten an wie Leuchttürme die nahende Küste. Ich lief an Autobussen vorbei, in Gedanken versunken, gewahrte plötzlich die Menschen auf dem Asphalt. Sie brüllten nicht, sie sangen. *Dona nobis pacem.* Eine Prozession mit Kerzen? Ich stockte. Straßenmusik. Wie in Paris. Eigenartig. Hundert junge Menschen im Kreis. Regungslose Posen. Ein nächtliches Panoptikum, beleuchtet von flackerndem Blaulicht. Jetzt sah ich die Polizisten, die, ebenfalls bewegungslos, den Sängern zuhörten, in einem Abstand von dreißig Metern, eine Menschenmauer, behelmt und bewehrt mit Plexiglasschilden. Kultur am Arbeitsplatz? Über dem Geschehen, dachte ich flüchtig und wirr, liegt ein düsterer Schatten. *Ich weiß nicht, was soll es bedeuten.* Aus einem schnarrenden Megaphon ertönte das Kommando: *Verlassen Sie die Straße, verlassen Sie umgehend die Straße.* Ich hatte einen Schauplatz betreten. Filmaufnahmen. Kannte ich den Regisseur? Hatte mein alter Freund J., ein vierzigjähriger Jungfilmer, endlich, nach jahrelangen Mühen, die Genehmigung für sein Szenarium *Wie einst im Mai* durchsetzen können? Drehte er hier die ergreifende Geschichte aus der alten guten APO-Zeit. Neben mir tauchte ein schmalgesichtiger Mann auf, mit gehetzten, tiefliegenden Augen und einem Sprechfunkgerät vor dem Mund.

Entschuldigung, sprach ich ihn an, sind Sie zufälligerweise der Aufnahmeleiter?

Der Kollege warf mir einen kalten Blick zu, schüttelte kaum merklich den Kopf.

Einsatzleitung befindet sich hinter der grauen Linie, unmittelbar am ZVA-Komplex. Wenn du was zu melden hast, passiere die Schleuse am östlichen Kirchenflügel.

Mein lieber Mann, dachte ich, seit wann arbeitet das Spielfilmstudio mit militärischer Präzision. Aber das muß wohl so sein. Bewahrt man bei Massenszenen keine Übersicht, endet alles im Chaos.

Wer führt eigentlich Regie? wandte ich mich an den nervösen Herren.

Mach, daß du weiterkommst, preßte der durch die Zähne und stieß einige mir unverständliche Zischlaute in sein Sprechgerät.

In diesem Augenblick sah ich, wie sich der Polizeigürtel lockerte. Nach einem zackigen Links-Schwenkt-Marsch trabten hundert Kleindarsteller in Richtung der U-Bahn-Bögen. Der Gesangsverein verharrte an seinem Spielort, übte mit großer Ausdauer den friedvollen Kanon. Vergeblich suchte ich den Kamerastandpunkt, wo ich den Regisseur vermutete. Auf der anderen Straßenseite erblickte ich einen Fotografen, der offenbar Probenfotos schoß. Er würde mir sicher sagen können, wo sich der Drehstab befand. Kaum hatte ich mich dem Mann auf zehn Schritte genähert, wurde ich Zeuge einer Szene, die mir schlagartig bewußt machte, daß die Handlung bereits lief, der Film belichtet wurde, ich mitten im Spiel stand. Zwei kräftige Schauspieler stürzten sich auf den Fotoreporter und schlugen ihm den Apparat aus der Hand. Wie eine Blechbüchse klatschte die Kamera auf den feuchten Bürgersteig. Der Angegriffene attackierte seinerseits, mit wutverzerrtem Gesichtsausdruck, den kurzhaarigen Mann, dieser zog die Imitation eines elastischen Metallschlagstocks aus der Tasche und ließ diesen auf den Rücken seines Opfers niedersausen. Der zweite Kerl schlug dem Fotografen die Beine weg. Die Auseinandersetzung war verblüffend realistisch inszeniert. Perfekt. Künstliches Blut lief dem Fotografen aus der Nase, als ihn die beiden Kollegen über den Platz schleiften. Ich erwartete, daß irgend jemand *Aus* rief oder *Danke, das Ganze noch einmal von vorn.* Doch die Einstellung war noch nicht beendet. Greifen, schrie ein Herr in Offiziersuniform, den ich für einen Hauptdarsteller hielt. Ich wandte mich um und sah, eine grüne Horde kam im Laufschritt auf mich zu. Keine Gewalt, antworteten die Sänger, die Rufe verhallten zwischen den Fassaden. Offenbar erreichte die Szene ihren dramaturgischen Höhepunkt. Ich mußte irgendwie aus dem Bild verschwinden, rannte in einen schützenden Hauseingang. Wie in Paris. Die Tür war verschlossen. Polizisten droschen wie wild auf sich duckende Komparsen ein, zerrten einzelne heraus, schleiften sie an Armen und Beinen über das Pflaster. In diesem Film, dachte ich, scheint sich die Gewalt zu verselbständigen. Offenbar liegt dem Regisseur modernes amerikanisches Kino. Ich verfolgte die Straßenschlacht mit dem distanzierten Blick eines Rezensenten, bemerkte den gedrungenen Herren nicht, der sich vor mir aufbaute. Als ich ihm ins Gesicht sah, verwirrte mich der Stumpfsinn seiner Augen. Er packte mich am Jackenkragen, zog mich aus dem Eingang, stieß mich vor sich her. Ich strauchelte, stürzte, meine rechte Hand schlitterte über die Steine, ich spürte, wie sich die Haut löste.

Na hör'n Sie mal, was fällt Ihnen ein, ich bin hier nur Zuschauer, ich spiele nicht mit.

Gesocks, fluchte der offenbar durchgedrehte Mime und schlug mit einem Gummiknüppel gegen meine Brust.

Mir blieb die Luft weg. Wahnsinn, durchfuhr es mich. Der Typ kommt nicht mehr aus seiner Rolle heraus. Ich pumpte ein wenig Sauerstoff in meine verbeulten Lungenflügel, drehte mich auf dem Hacken um und rannte davon. Der Dicke mühte sich, mich zu verfolgen, blieb jedoch bald zurück. Auf der Allee standen acht bis zehn Militär-LKW quer auf der Fahrbahn, längs der Straßenbahnschienen verharrte eine Polizeikette. Welch eindrucksvolles Szenenbild. Was ich tat, zeigte keinen Sinn, links war der Weg versperrt, der Metro-Viadukt abgeriegelt. Wie in Paris. Zwei Jungen und ein Mädchen mit Punkfrisur teilten meine blödsinnige Lage. Wir blickten uns an.

Wird das ein Horrorfilm? fragte ich atemlos.

Diese Schweine, stieß der Rothaarige aus, diese Schweine.

Er lispelte. Wenn dies sein Text war, würde man ihn synchronisieren müssen. Die Punks sprinteten in Richtung Pankow, aus der nächsten Seitenstraße stürzten mehrere Zivilisten, rissen sie zu Boden. *Alles festnehm'. Verlassen Sie die Straße, sonst wird geräumt.* Ich blieb stehen, hörte die Kommandos. Sonst wird ... geträumt, flüsterte ich. Es ... war genug, es reichte, ich ging auf die Polizisten zu.

Wenn Sie mich bitte durchlassen würden, ich möchte nach Hause.

Keine Antwort. Ich starrte durch die Sichtscheibe des Plastehelms in ein junges, glattrasiertes Gesicht.

Hallo, sagte ich und klopfte mit dem Knöchel meines Zeigefingers an den Helm, hören Sie, ich will hier mal durch, ich gehöre nicht dazu, ich bin kein Schauspieler. Da der Mann taub war oder ausgestopft, versuchte ich ihn ein Stück zur Seite zu schieben, doch kaum hatte ich den filzigen Stoff seiner grünen Garderobe berührt, spürte ich einen heftigen Schmerz an der Schläfe, wurde herumgerissen, sah einen dunklen Knüppel wenige Zentimeter über meinem Gesicht, ich duckte mich, der Schlagstock prallte an meiner Elle oder Speiche, jedenfalls an meinem Unterarm ab, zwei Herren rissen meine Arme herum, daß ich für eine Sekunde nicht mehr wußte, wo bei mir vorn und hinten war, um mich dann wie eine Kasperpuppe über die Straße zu schleifen. Die Bilder verschwammen – eine warme Flüssigkeit lief mir in die Augenwinkel. Auf den Gleisen des Viadukts fuhr eine gelbe U-Bahn durch die Nacht. Darin saßen, ich sah es, als ich den Kopf hob, irgendwelche Leute, die von einer Geburtstagsfeier kamen, aus dem Theater oder einem Konzert. Filmkunst, dachte ich, baut auf Illusion. Kino, sagt man, soll wie Leben sein.

Auf der Ladefläche des Lastwagens tastete ich, da ich nichts erkennen konnte, nach dem Griff; der Polizist, der mich zum Auto gezerrt hatte, schlug mir erneut den Gummiknüppel in den Rücken.

Tempo, Tempo, soll ich dir Beine machen?

Auf allen vieren kroch ich über die Bretter.

Durchtreten, Schnauze halten, brüllte der Grüne.

Auf der Pritsche befanden sich etwa ein Dutzend junger Leute, niemand sprach, ich blieb auf dem Boden hocken, fingerte nach meiner Brille, die wie durch ein Wunder nicht zerbrochen war. Mühsam zog ich mich auf einen Sitzplatz. Was passierte hier? Ein Regierungswechsel? Ich leckte mir das Blut von der Lippe, betupfte meine Nase und die Wunde an der rechten Schläfe. Ein Mädchen, sechzehn oder siebzehn Jahre alt, wurde auf den LKW geworfen, landete zu meinen Füßen, irgendwie glaubte ich ihm helfen zu müssen, doch hielt mich eine geheime böse Kraft auf der Bank fest. Hättet ihr euch vorher überlegen müssen, schrie ein Mann in einem roten Nylon-Anorak, zwei Polizisten donnerten die Ladeklappe zu, sprangen auf und zogen einen dritten Bewacher zu sich hoch. *Die Straße räumen!* hallte der Befehl durch die Nacht. Das kann ja wohl nicht wahr sein, dachte ich, als der Wagen erzitterte und zu fahren begann.

Hinter uns fuhr ein zweiter LKW, ich saß neben einem Mann in meinem Alter und einem weiblichen Teenager. Verblüfft registrierte ich, daß ich in der ganzen Zeit kein Wort des Widerspruchs gewagt hatte. Mich fror. Unsinnigerweise erinnerte ich mich, vor wenigen Stunden schon einmal auf der Ladefläche eines Militärlastwagens gesessen zu haben. Im tropischen Regenwald, nahe der *estancia*, gemeinsam mit Blender und Konsorten. Nichts fügte sich zusammen. Willkür. Das Mädchen rechts neben mir hielt eine erloschene Kerze in den Händen. Gehörte sie einer militanten Sekte an, einem Orden, einer Loge? Der LKW hielt, die Luke wurde geöffnet. Ein Polizist sprang ab.

Was weiblich ist, einzeln raus!

Sieben Frauen liefen in einer Riege, hintereinander aufgereiht, über eine Betonfläche, die eine Bogenlampe in blauweißes Licht tauchte, passierten eine Gasse, gebildet aus Uniformierten und zivilen Beamten, und verschwanden in einem zweistöckigen Gebäude. Mit mir, zählte ich, saßen dreizehn Gefangene und zwei Bewacher auf dem Wagen.

Entschuldigung, sagte ich leise zu dem jetzt neben mir sitzenden Grünen, was geschieht hier eigentlich?

Sie werden zugeführt, knurrte der gelangweilt.

Warum? Ich wollte nur Zigaretten kaufen.

Hättet ihr euch eher überlegen müssen.

Wohin werden wir gebracht? fragte ein Lockenkopf mit schwarzer Lederjacke.

Auf die Müllhalde, lachte der zweite Beamte.

Ach, sagte ich, streikt die Müllabfuhr?

Fünfzehn Augenpaare starrten mich an wie einen vom Mond gefallenen Außerirdischen.

So schlimm wird es schon nicht werden. Was habe ich damit zu tun. Am Ende wird sich alles aufklären. Bald. Ich bin ein unbescholtner Bürger. Eine Verwechslung. So was kommt vor. Den Kopf in die Hände gestützt, beschloß ich, an etwas anderes zu denken, an etwas Schönes. Paris, dachte ich, Kim, schlankes, atmendes Fragezeichen hinter dem Bambusverschlag. Die Lichter der Stadt. Das Schnarren der Zikaden unter den Bäumen von Toledo. Die gleißende Sonne. Enriques Lachen. Schwarze Bohnen und Reis. Die Welt war ein weites, reiches Feld. Ich hatte meinen Fuß daraufgestellt. Irgend etwas, meinte ich, hatte ich begriffen – nur wollte mir nicht einfallen, was. *Ich bin eine Verwechslung. Mich trifft keine Schuld.*

Meine Augen richteten sich starr auf ein Stück Metallbewehrung, das aus der Wand ragte. Links und rechts neben mir, im Abstand von zwei Metern, standen Männer, die ich nicht kannte – sie kamen von einem anderen Transport. Meine Hände hinterließen schmierige Abdrücke auf dem Kalk. Zwei Stunden wartete ich mit den anderen in der Garage. Der Junge mit den schwarzen Locken durfte am Boden hocken, ich beobachtete ihn aus den Augenwinkeln. Dumpf blickte er vor sich hin. Ich wurde als Vorletzter aus dem Raum geholt, ein Uniformierter führte mich in ein Zimmer mit Blumentapete, befahl, ich solle mich setzen, eine Aufforderung, der ich eifrig nachkam. Auf dem Tisch lag der Inhalt meiner Ledertasche. Irgendwie kam mir die Szene bekannt vor. Ein Offizier blätterte in meinem Reisepaß.

Frankreich, grunzte er, schönes Land?

Ja, sagte ich matt, freundliche Menschen …

Warum sind Sie nicht dageblieben? Statt dessen betreiben Sie hier Konterrevolution.

Ich bin hier zu Hause, sagte ich, und außerdem sind Sie einem Irrtum aufgesessen, ich habe mit alldem nichts zu schaffen, ich weiß gar nicht, was man von mir will, ich war auf dem Weg zur *Klause*, Zigaretten holen.

Ach, meinte der *Inquisitor* und zündete sich – offenbar durch meine Worte animiert – eine Zigarette an, wieder ein Unschuldslamm, keiner will's gewesen sein, aber nicht mit uns, so nicht, meine Herren.

Während der Grüne meine Sachen in eine Plastiktüte einsackte, die Personalien notierte, mußte ich die Schnürsenkel aus den Schuhen ziehen. Sollte ich die *Genossen* erwähnen? Immerhin schuldeten sie mir ein Entgegenkommen, ich wußte um eine Lücke in ihrem Netz, eine Hand wäscht die andere, vielleicht riefen die Bullen den *Chef* an, der hatte mich schon einmal rausgehauen. Doch die Zunge lag mir wie ein Stein im ausgetrockneten Mund.

Erneut an der Wand, sah ich wieder die Metallspitze, drückte meine Handflächen auf die schwarzen Flecke. Meine

Knie knickten ein; als ich die Beine lockern wollte, aus der Spreizhaltung nahm, brüllte der Posten hinter mir los.

Sonderbehandlung gefällig? Beine breit, Arsch raus. Verstehen Sie kein Deutsch, Sie Neger?

In diesem Augenblick stürzte der Mann neben mir, er fiel in sich zusammen, wie eine Marionette, sein Kopf berührte mein Hosenbein. Ein Polizist beugte sich über sein Gesicht und gab ihm ein paar Backpfeifen.

Der ist weg, sagte er.

Schlappschwänze, sagte sein Kollege und verließ den Raum.

Zurückkommend, trug er einen Teebecher in der Rechten und goß dem Ohnmächtigen kaltes Wasser über das Haar. Ich spürte einen seltsamen Neid, der Junge hatte es irgendwie hinter sich – und der Gedanke an ein Glas Wasser steigerte meinen Durst.

Holen Sie doch einen Arzt, bitte, sagte eine Stimme am anderen Ende der Garage.

Es herrscht Ruhe!

Wie in Paris, dachte ich, wie in Paris, nur anders.

Von zwei Uniformierten und einem Zivilen flankiert, führte man mich in den Hof, schob mich auf den Rücksitz eines Streifenwagens.

Wohin bringt man mich? fragte ich.

Niemand antwortete. Der Polizeiwagen raste los, ich sah die Innenstadt, verlassen, an einigen Fassaden brannte noch oder schon wieder Licht. Wir überholten einen Milchtransporter. Das Leben nahm seinen alltäglichen Lauf. Ein Betrunkener torkelte über den Gehweg, dort lag der Buchladen, in dem ich vor Jahren meinen ersten Erzählungsband signiert hatte. Jenes Café besuchte ich ab und zu mit Xenia, wenn wir aus dem Kino kamen.

Glauben Sie eigentlich an den Sinn Ihrer Arbeit? sagte ich, als der Fahrer das Blinklicht betätigte.

Die Männer blickten stur geradeaus, als suchten sie eine Antwort.

Wo ich mich genau befand, wußte ich nicht. Wir waren von der Karl-Marx-Allee in eine Seitenstraße abgebogen, hielten in einem Parkhaus. Der nicht uniformierte Beamte, ein Kriminalist oder – das Wort stürzte aus meinem Sprachzentrum – ein *Genosse*, brachte mich in einen Raum, dessen vergittertes Fenster auf einen Innenhof wies. Eingesperrt. Das Gitter verwirrte mich um so mehr, als ich mich, wie ich sehen konnte, in der achten Etage eines Hauses aufhielt. An Flucht hätte nur ein Bergsteiger zu denken gewagt. Auf dem Schreibtisch thronte eine elektrische Schreibmaschine, an der karierten Tapete hingen ein Kalender, das Bild eines Staatsmanns und eine Uhr. Der kleine Zeiger stand auf der Drei, der große fiel klickend auf die fünfzehnte Minute.

Elfter Tag

> Das Schwert wird verschwinden, aber die Sterne werden auch dann noch dasein, wenn von unseren Leibern und Taten auf Erden kein Schatten mehr übrig ist. Es gibt keinen Menschen, der dies nicht wüßte. Warum also sollten wir unseren Blick nicht zu den Sternen erheben? Warum?
>
> Michail Bulgakow, *Die weiße Garde*

Träumte ich? Sicher. Ich schloß die Augen, kniff mich in den Oberschenkel. Als ich die Lider hob, lächelte der *Repräsentant* auf mich herunter. Dunkelgrauer Anzug, weißes Hemd, rotschwarze Krawatte. Auf dem Revers blinkte das Abzeichen. Hör mal, sagte ich in die Stille, alter Pygmalion, kannst du mich aufklären? Erbitte Direktive, Orientierungsdefizit. Hast du einen Enkel in Berlin, in einer Garage? Wenn ja, auf welcher Seite? Wie geht es deiner Statue, Staatsmann, deiner Schöpfung? Große Sehnsucht? Große Illusion. War 'ne gute Zeit damals, *n'est-ce pas?*, als du das Elfenbein entdecktest, in den Schriften der Klassiker, den Stein der Weisen. Ändere die Welt, hauruck, sie braucht es, auch du, Brutus, wer wen? Irren ist menschlich. Wer hat nur den Käse zum Bahnhof gerollt, wir? Wer ist wir? Wer bist du, Müllers Esel, Müllers Kuh, was sich liebt, das schlägt sich, Pack verträgt sich. Vorsicht und gegenseitige Rücksichtnahme, plane mit, regiere mit, nimm auch noch die Liesel mit, Honig schmeckt wie Fensterkitt, Schritt um Schritt, vorwärts, freie deutsche Jugend, der Himmel ist aus Krepp-Papier, den Engeln und den Spatzen … Moment, Augenblick, mach mal halblang, die Irrenanstalten sind wegen Überfüllung geschlossen. Bleib auf dem Teppich. Ganz ruhig. *Tranquilo como Camillo y qual como Pasqual.*

Braune Flecken auf der Amsterdamer Jacke. Ärgerlich. Auch die Hosen hatten ihren Glanz verloren, der Schmutz des nassen Straßenpflasters klebte an den Knien. Bevor ich durchdrehte, sollte ich besser meine Kleiderordnung wiederherstellen. Ich suchte ein Taschentuch und entdeckte bei dieser eigenhändigen Leibesvisitation den ungelesenen Brief von Paul Renke. Da man mich in Ruhe ließ, die Tür keinen *Spion* aufwies, öffnete ich das Kuvert.

Verehrter Kollege Schriftsteller! Die Reise nach Zypern war bestimmt eine schöne Reise. Verstehst Du jetzt meine Begeisterung? Ist das Meer noch immer so blau wie früher? Vor ein paar Tagen erzählte ein Reporter im Fernsehn von Algen und Umweltverschmutzung und leeren Stränden. Aber deshalb schreibe ich Dir nicht – ich hab gerade Nachtdienst und viel Zeit.

Gestern fiel mir ein Karton mit alten Fotos in die Hände, besser gesagt, gesucht hab ich den, denn unser Gespräch im »Anker« weckte Erinnerungen, die ich schon lange vergessen hatte. Unter den Bildern war zufällig auch eins von Deiner Tante. Du kannst es ein paar Tage haben. Wir sehen beide lustig aus darauf, das hängt mit der Geschichte zusammen, wie die Aufnahme entstand. Katharina, Du siehst es ja selbst, macht eine komische Figur. Der Kerl mit der Matrosenmütze bin ich. Das war nämlich so. Katharina hatte damals, ich glaube Anfang '55, die fixe Idee, unseren Laden ansprechender zu gestalten. Die Kleider dürfen nicht wie andre Waren verpackt im Fenster liegen, sondern sollen Schaufensterpuppen angezogen werden. Der Gedanke erhielt die Zustimmung des Kollektivs, leider fehlten überall Puppen. Die Bomben hatten schließlich auch die nicht verschont. Keiner kümmerte sich drum, aber Deine Tante ließ nicht locker. Was sie sich in den Starrkopf gesetzt hatte, wollte sie auch durch-

setzen. Sie nahm, keine Ahnung, wie, Verbindung zu einem Fabrikanten auf, der Kinderpuppen herstellte, und überredete den Mann, daß wir, also die HO, sein Spielzeug verkaufen würden, wenn er uns fünf Schaufensterpuppen baute. Der Puppenbauer ließ sich von Katharinas Charme einwickeln und ging auf das Geschäft ein. Nur verlangte er eine Vorlage, ein Modell, denn aus dem Gedächtnis konnte er eben keine Puppe anfertigen. Wir debattierten lange in der Abteilung. Aber die eine Kollegin hatte keine Lust, eine andere schob ihre Familie vor, die Kinder und den Haushalt. Wie das so immer ist. Also blieb Katharina nichts übrig, als die Rolle selbst zu spielen, da sie die Sache angeschoben hatte. Mich nahm sie mit zum Modellstehen, aus Angst, der Mann könnte sie belästigen, so eine Art Geleitschutz. Wir besuchten diesen Spielzeugfritzen, aber Deine Tante war viel zu quirlig, konnte keine drei Minuten ruhig auf einem Fleck stehen. Wir lösten das Problem anders. Der Mann nahm Katharinas Maße und schickte uns zu einem Fotografen, wo wir mehrere Aufnahmen knipsen ließen. Das Mädchen zwang mich förmlich, ein Foto mit ihr gemeinsam zu machen. So bekam ich diesen Hut und später das Bild. Die Schaufensterpuppen wurden dann wirklich gebaut, nach den Vorlagen, allerdings nur drei Stück, dann war unser Fonds überschritten. Außerdem kam der Juni, und alles wurde sowieso anders. Diese Geschichte ist bestimmt nicht sehr interessant für Dich, aber mir macht sie noch heute Vergnügen.

Wenn Du mal wieder ein Bier trinken willst, ich bin noch immer jeden zweiten Tag im »Anker«. Gruß. Paul Renke. Übrigens sitze ich gerade über einem Kreuzworträtsel und krieg nicht raus, wie ein »sagenhafter zyprischer König« heißt, neun Buchstaben, in der Mitte ein A. Eine Schande für einen Profi-Rater, wie ich es bin.

Pygmalion, dachte ich, ohne jeden Zweifel. Das Foto, vergilbt, aber scharf, zeigte Katharina (besser deren Mutter), wie ich sie kannte, nur eben in einem weißen altmodischen Plisseekleid, den rechten Arm ausgestreckt, einen Fuß leicht angewinkelt, den Hals steif emporgereckt. Daneben stand ein grinsender magerer Mann von vierzig Jahren, offenbar Paul Renke im Jahr '53. Die Ähnlichkeit des Fotomodells mit der jungen Dame, die sich meines falschen Freundes P. Freundin nannte, mußte in der Tat verblüffen. Kein Wunder, daß selbst ein eiskalter Typ wie Blender durcheinandergeriet. Mutter Lichtfeld hatte für Schaufensterpuppen posiert. Ein Zufall? Würde ich an Zauberei glauben, könnte ich annehmen, daß, ach Unsinn, du bist ja krank, der *Fall* ist abgeschlossen, Blender sitzt in Dschungel-Haft, du in heimatlichem Gewahrsam. Kümmere dich um deine Angelegenheiten, sie sind undurchschaubar genug. Reicht dir eine zerschlagene Nase, eine Platzwunde nicht? Zieh dich zurück aus der Affäre, schreib Gedichte über tropische Sonnenuntergänge, Kinderlieder oder einen Roman, von mir aus über den alten König und seine Frau aus Elfenbein, du wirst ja allmählich wahnsinnig, Mann.

War da wer? Hörte ich Stimmen? Holte man mich? Zu müde zum Erheben, versuchte ich, den Stuhl ankippend, in die Nähe der Tür zu gelangen, kaum berührte mein Ohr das Holz, vernahm ich unter mir ein morsches Knarren, ein Stuhlbein zerbrach, das Sitzmöbel geriet aus dem Gleichgewicht und mit ihm mein Körper, der, von der Gravitation unbarmherzig angezogen, in die Schräglage geriet und dumpf polternd gegen die Tür schlug. Nahm mein Unglück nie ein Ende? dachte ich und starrte verwundert in den vor mir liegenden Flur. Die Tür stand offen. Was nun? Was tun? Eine Zelle mit Schwelle. Ich kauerte auf dem Boden. Lauernd. Niemand kam.

Das Gebäude glich einem verlassenen Raumschiff. Hatte man es aufgegeben? Mich vergessen? Kein Mensch. Verschlossene Räume. Irgendwo am Ende des endlos scheinenden Gangs ratterte eine Maschine. Wo war ich – und wo, um Himmels willen, wollte ich hin? Eine Vitrine. Fahnenstoff, bronzene Büsten, Urkunden, Wimpel und Hochglanzfotos. Der Lärm kam – eine Glasscheibe bot Einblick – aus einem Büro, in der Größe eines Tennisplatzes. Zwei Männer bewegten sich darin wie Geister. Der erste, auf einer Leiter stehend, zog Aktenordner aus einem bis zur Decke reichenden Regal, reichte sie dem zweiten, dieser öffnete die Mappen, entnahm den Inhalt, trug diesen zu der im Zentrum des Raumes rumpelnden Anlage. Dann warfen beide die Unterlagen der Maschine in den Schlund, die alles, in winzige Papierschnipsel zerteilt, wieder ausspuckte. Das Büro erinnerte an einen Tanzsaal am Neujahrsmorgen – überall Konfetti.

Bloß weg. Ich bestieg den Paternoster und hörte, zwischen der vierten und dritten Etage, menschliche Laute in den unteren Stockwerken. Hinter mir die Stimmen, eilige Schritte, sprintete ich einen Flur entlang, der sich nicht von dem mir bekannten unterschied. Das Zimmer, das ich klopfenden Herzens betrat, war hell erleuchtet und dem ersten Anschein nach leer. Im Gang krakeelten die Verfolger. Wie ein gejagter Hase hockte ich hinter dem blauen Schaltschrank, kroch auf Knien durch ein Labyrinth elektronischer Bauelemente. Tausende Kassettenrecorder neben- und übereinandermontiert, einige Geräte liefen, andere standen still. An der Stirnseite der obskuren Konstruktion hing ein Wirrwarr von Kopfhörern. Ich stülpte mir den ersten besten über den schweißnassen Schädel.

Ganz sicher, den kennst du, neulich bei Fricklers Silberhochzeit, so ein großer Blonder mit Brille?

Von der Bauakademie?

Ja, ich frage, was woll'n Sie denn dafür haben? Sagt der, geschenkt.

Is ja toll.

Ich nahm einen zweiten Kopfhörer.

Nein, ich hab's einfach nicht bemerkt, vernahm ich eine schluchzende weibliche Stimme, du hättest mir doch mal sagen können …

Fang nicht wieder damit an, antwortete ein unbekannter Mann, das hat ja keinen Sinn.

Und was wird mit Lisa?

Ja, was soll schon werden? Ich werde sie ab und zu nehmen. Oder willst du, daß ich sie nicht mehr sehe?

Ich kann's einfach nicht verstehen, sagte die Frau.

Ich auch nicht, dachte ich und griff nach einer auf dem Tisch liegenden Zigarettenschachtel. Leider war sie leer.

Na, wer wird denn? hörte ich plötzlich eine dunkle, knarrende Stimme, wer wird denn fremder Leute Privatgespräche belauschen?

Regungslos ließ ich den Kopfhörer fallen, drehte den Kopf. Kein Mensch weit und breit.

Sehr betrüblich Ihr Verhalten, Kollege.

Irgendwie kam mir die Stimme bekannt vor.

Heben Sie mal den Blick zur Decke, sagte das Phantom.

Ich tat, wie mir befohlen, und erblickte eine Kamera, deren Objektiv mir genau in die Augen zielte.

Rühren Sie sich nicht von der Stelle, wir holen Sie ab.

Der Beamte, der mich ins Zimmer gesperrt hatte, lief stumm, mit düsterer Miene, hinter mir, schlug sich mit dem Knüppel gegen den Oberschenkel. Jeden Augenblick konnte er den elastischen Kautschuk auf meiner Haut tanzen lassen. Meine Gedanken konzentrierten sich auf jeden Schritt, alle schönen Worte und Phantasien schwanden aus dem Gehirn. Reflexe contra Reflexionen. Angst macht gefügig. Vor der Tür hielt mich der Bewacher fest und hieb mir den Stock in die Flanke.

Damit du's dir merkst, sagte er, drückte die Klinke und schob mich durch die Türfüllung.

Nach Luft schnappend, den Tränen nahe, stand ich in einem perfekt eingerichteten Büro. Verchromte Drehsessel, Computer, Videoanlage, Zypergras und Yucca-Palmen, Leichtmetalljalousien. Hinter dem Schreibtisch saß ein Mensch, in dem ich den schweigsamen *Genossen* erkannte, den ersten Kinderheber der *Republik*.

Genosse, rief ich, stürzte auf ihn zu, stemmte die Hände auf die Glasplatte des Tisches, was geschieht hier? was soll das ...?

Moment, unterbrach mich der *Schweigsame* schneidend, bevor Sie sich ereifern, darf ich die Gelegenheit benützen, Ihnen unseren Dank auszusprechen.

Er öffnete ein Schubfach, erhob sich, trat an mich heran, öffnete einen winzigen roten Kasten und machte sich an meiner Jacke zu schaffen.

In Würdigung Ihrer Leistungen übergebe ich Ihnen hiermit die Medaille *Für vorbildlichen Einsatz zur Erhaltung von Frieden und Sicherheit in Bronze.* Gratuliere.

Mir schwanden die Sinne, ich griff mir ans Herz und fühlte das kalte Metall.

Ich will das nicht, stotterte ich benommen, ich will nichts mehr damit zu tun haben, ich habe nichts mit Ihnen zu schaffen, mit Ihnen und Ihren Banden, Unschuldige, Frauen, halbe Kinder, draußen auf der Straße.

Schweigen Sie, brüllte der *Schweigsame* mit sich überschlagender Stimme, stehn Sie grade, wenn ich mit Ihnen rede.

Auch er, dachte ich, er also auch, der noch vor einer Woche in meinem Sessel gesessen, meinen Weinbrand getrunken hatte, ein Büttel.

Sie scheinen nicht begreifen zu können, daß die *Konterrevolution* unsere *Republik* in den Abgrund zu reißen sucht. Ihr intellektuelles Geschwafel geht mir auf die Nerven. Sie können froh sein, daß ich Sie aus dem *Bunker* hab rausholen lassen. Die andern werden länger drinbleiben.

Hören Sie, sagte ich matt, ich wollte nur Zigaretten kaufen …

Des *Schweigsamen* Gesichtshaut verfärbte sich fahnentuchrot, tuchrot, er sprang auf, ging mir an den Kragen und schüttelte mich wie einen Apfelbaum im September.

Sie denken wohl, krächzte er, etwas ganz Besonderes zu sein, Sie sind eine Null, ein Nichts, ich kann Sie in den Kahn schicken und dafür sorgen, daß Sie nie wieder das Sonnenlicht erblicken, gefällt Ihnen das, Sie Großmaul?

Er ließ mich los, ich taumelte gegen die Schrankwand, in der einige Gläser klirrten.

Diese Null, *Genosse*, brüllte ich, außer mir vor Wut, hat einiges herausbekommen auf der Dienstreise. Weder Ihnen noch dem *Chef* dürfte gefallen, wenn das bekannt wird – Kopien meiner Informationen liegen gesichert im Ausland. Sie können mich zehnmal hinter Gitter stecken. Der Drogenschmuggler Dr. Oswald Blender handelt mit Waffen – das ist kein Geheimnis –, nur daß die *Republik* in den Geschäften die Hände drin hat, schmutzige Finger, das dürfte einigen Zeitungen im Westen eine Schlagzeile wert sein. Zumal Generaldirektor Herzig persönlich, ein Duzfreund des *Genossen* Abend, die Fäden zieht und *Ihre Firma, Genosse*, die Angelegenheit deckt und koordiniert. Die *Sekretärin* des *Chefs* konnte ich in Paris eigenhändig überführen und auf Film bannen. Daß die Militär-Exporte nach Mittelamerika gehen, die Arsenale der *Guardia Nacional* füllen, der berüchtigten Killer-Truppe General Nazarenos, die gegen die Befreiungsfront kämpft, dürften Sie wissen, aber die Welt weiß es nicht, noch nicht.

Der *Schweigsame* trommelte mit den Fingern auf die Schreibtischunterlage, drehte seinen Kugelschreiber in der linken Hand. Er schien überrascht.

Cognac? fragte er und trat zu einer kleinen Hausbar.

Nein, sagte ich, obwohl ich nichts nötiger hatte als einen Schluck hochprozentigen Alkohols.

Ihre Zuführung erfolgte zufällig, ich weiß, Sie wollten zur Gaststätte *Klause*. Dennoch kann ich Sie nicht von der Schuld freisprechen. Wir sind ein Rechtsstaat, das gegen Sie eingeleitete Ermittlungsverfahren prüft den Verdacht von *Zusammenrottung, Rowdytum, Widerstand gegen die Staatsgewalt* und *Erregung öffentlichen Ärgernisses*. Keine Bagatellen. Drei Jahre könnten dabei herausspringen.

Ich warne Sie, wenn ich mich nicht heute bei meinen Freunden in Paris melde, übergeben diese den *Fall* der Presse. Sie wollten mich schon heut nacht anrufen, sicher sind sie in Sorge, weil ich nicht da war.

Nein, erklärte der Mann, Anrufe erhielten Sie keinen in den letzten zehn Stunden, dafür verbürgen sich meine Kollegen – die Telefonzentrale ist Ihnen ja bereits bekannt. Lassen Sie uns in Ruhe reden. Selbstverständlich werde ich mich persönlich dafür einsetzen, daß die Untersuchung Ihres Falls umgehend eingestellt wird. Aber das verlangt Kooperationsbereitschaft.

Lassen Sie mich gehen, ich will hier raus.

Überlegen Sie sich jeden Ihrer Schritte, es könnte Ihnen auch etwas zustoßen, rein zufällig, oder Ihrer werten Mutter. Verstehen Sie? Im übrigen, was soll das jüngferliche Gesabber, Sie selbst haben das Spiel mitgespielt, eifrig und pflichtbewußt, auf unsere Kosten, bezahlt von den Werktätigen der *Republik*, erholten Sie sich in Paris, niemand zwang Ihnen auf, in unseren Dienst zu treten …

Ich wollte meinem Freund helfen, der guten Sache …

Papperlapp, wer wird denn jemals danach fragen? Am besten für uns wäre, Sie würden alles schnell vergessen, die gestrige Nacht und überhaupt alles. Vergessen Sie es. Auch wir sind nicht nachtragend.

Wo ist der *Chef*? Ich will den *Chef* sprechen.

Der sitzt hier und rät Ihnen ein letztes Mal – der *Fall* ist zu den Akten, vergessen Sie alles. Hier sind Ihre Sachen. Sie können jetzt verschwinden.

Der neue *Chef* reichte mir den Plastiksack, ich holte meine Tasche heraus, öffnete sie und blickte in eine gähnende Leere. Nur mein Schlüssel, ein Taschentuch und Jacques' Kassettenrecorder lagen darin. Meine Brieftasche schien unberührt.

Der Rest, sagte ich, wo ist der Rest?

Keine Ahnung, sagte der *Schweigsame*, ich bekam die Tasche so von der Polizei übergeben. Fehlt etwa etwas?

Ja, sagte ich, so gut wie alles.

Bedauerlich, meinte der Mann und schüttelte lächelnd den Kopf, ich versichere Ihnen, daß ich mich kundig machen werde. Wir finden immer, was wir suchen.

Auf dem Gang lief eine Frau mit Kaffeekanne an mir vorüber. Erst übersah ich sie, doch nach einigen Metern wußte ich, wer es war.

Hallo, rief ich und lief ein Stück zurück, guten Tag, wie geht es Ihrem Pudel?

Was? Wem? Ich habe keinen Hund.

Doch, sagte ich, einen weißen mit Locken.

Wollen Sie mich auf den Arm nehmen?

Gefällt Ihnen Paris? Eine herrliche Stadt, nicht wahr?

Ich weiß nicht, wovon Sie sprechen.

Falls Sie ein paar Fotos als Andenken brauchen, der neue *Chef* hat einen ganzen Stapel, Farbbilder, ein Herbstnachmittag im *Jardin du Luxembourg*, fällt der Groschen? Letzte Woche, ich habe Sie selbst fotografiert.

Sie phantasieren wohl, fistelte die Dame giftig und fixierte mich mit bösem Blick, dummes Zeug.

Ach ja, schon möglich. Übrigens stand Ihnen das grüne Kostüm, das Sie in Frankreich trugen, fünfmal besser als dieser billige Lappen von einem Pullover.

Die *Chef-Sekretärin* drohte vor Zorn zu platzen, durfte sich jedoch nichts anmerken lassen, ihr Kinn zitterte nervös. Ich löste den bronzenen Orden von meiner Amsterdamer Jacke, hob den Deckel der Kaffeekanne und ließ die Medaille in den heißen Mokka plumpsen. Mit versteinertem Gesicht glotzte mich die Dame an.

Wohl bekomm's! sagte ich und ließ sie stehen.

Ich schlich die Treppen hinauf, müde, entsetzt und hoffnungslos. Die Schönhauser Allee hatte ich gemieden, war mit dem Bus gefahren, das letzte Stück zu Fuß gegangen, kaufte in einem Lebensmittelladen einen Liter Milch und Zigaretten, hatte die Milch gleich vor dem Laden stehend ausgetrunken und war nach Hause gegangen. Mittlerweile war es neun Uhr, ein sonniger Vormittag. Vor meiner Wohnung saß auf einem Packen Altpapier ein kleiner strohblonder Junge mit einem Pionierhalstuch.

Was treibst du denn hier?

Ich warte auf meinen Kumpel, sagte der Knabe, der holt den Wagen.

Und warum?

Ich bemerkte, daß ich lauter sinnlose Worte aussprach, Fragen stellte, ohne Antworten zu erwarten. Irgendein Teil in meinem Gehirn arbeitete nicht mehr richtig, irgend etwas war blockiert oder zerbrochen.

Altstoffe sammeln für den *Republikgeburtstag*.

Hast ja noch nicht viel, sagte ich und fingerte den Schlüssel ins Schloß.

Die Leute trinken wohl nichts in diesem Haus?

Ein Irrtum, Junge, einer trinkt hier ganz gewiß, aber der hat jetzt keine Lust, sich mit dir abzugeben.

Haben Sie nichts, bohrte der Pionier, Lumpen, Flaschen, Gläser, Altpapier?

Nein, stöhnte ich, drückte die Tür auf, die polternd gegen einige Flaschen schlug, die ich gewohnheitsmäßig im Flur abstellte.

Der Junge sah mich an. Kinder sollte man nicht anlügen. Sie werden sonst zu schnell erwachsen.

Na los, komm rein.

Der Kleine schnappte sein Papierbündel und lief schnurstracks in mein Zimmer.

Hier is ja 'ne irre Unordnung, wissen Sie, was mein Vater mit mir machen würde, wenn so mein Kinderzimmer aussähe. Würde mir die Ohren langziehen, sag ich Ihnen, aber gewaltig.

Wie heißt du, fragte ich, da der Junge nun mal da war und sich auch schon auf den Stuhl setzte, mit den Beinen baumelte.

Heiner, gab er zur Antwort.

Hallo, Heiner, mit dir spielt wohl keiner ...

Mit mir spieln 'se alle, ich heiß Kalle, alter Hut, kenn ich, sagte das Kind.

Ich nahm das Tonband aus der Tasche, öffnete es, griff die Kassette und legte sie in meine Heimanlage ein. Wenigstens das Interview mit dem Doktor hatten die *Genossen* mir gelassen. Meinen Paß legte ich ins Regal, Renkes Brief und das Foto warf ich zusammen mit der Pariser Aufnahme von Katharina Lichtfeld und mir auf den Tisch.

Sie kommen wohl gerade von Arbeit?

Gewissermaßen, sagte ich und drückte die Taste, die das Band zum Anfang zurückspulte.

Willst du eine Brause?

Da sag ich nicht nein, meinte der Knabe Heiner lässig, bringt dreißig Pfennig.

Ich meine zum Trinken, rief ich aus der Küche.

Ach ja, gern.

Wir tranken die letzte Brause, die ich im Kühlschrank hatte. Ich stand am Fenster und blickte auf die kahlen Äste der Kastanie, der Junge saß am Tisch. Ich drückte die Wiedergabetaste.

Ist das dein Nebenbuhler? fragte Heiner.

Mein was?

Ich drehte mich um. Heiner wies mit seinem schmutzigen Zeigefinger auf Paul Renke in seinen besten Jahren.

Der Kerl hier mit Ihrer Freundin.

Nein, sagte ich. Erstens ist das nicht mein Nebenbuhler, zweitens nicht meine Freundin, drittens sind das zwei verschiedene Frauen, viertens schnüffelt man nicht in fremden Sachen, fünftens geht dich das gar nichts an, sechstens gehst du jetzt besser, ich brauche meine Ruhe.

Komisch, piepste Heiner, ich hätte gewettet, das ist ein und dieselbe Person. Jeder zweitklassige Privatdetektiv würde das annehmen, da beide den Leberfleck an der gleichen Stelle haben.

Zeig her, sagte ich und starrte auf Perenkes Jugendbild. Verdammt, der Junge war ein helles Köpfchen und hatte bessere Augen als ich. Beide Katharinas trugen ein Muttermal auf der linken Gesichtspartie. Zwar mußte man sich sehr anstrengen, um den Punkt auf der alten Fotografie zu erkennen, doch verglich man diese mit der neueren, schied jeder Zweifel aus. Es mußte ein und dieselbe Frau sein. Vergiß es, dachte ich, vergiß es, der neue *Chef* hat ganz recht. *Spaniens Himmel breitet seine Sterne* grölte plötzlich ein Kampfgruppenchor aus den Lautsprechern. Heiner und ich starrten uns überrascht an. Was hatte das zu bedeuten? Ich eilte zum Tonbandgerät, spulte vorwärts. *Die Heimat ist weit.* Stopp. *Und weil der Mensch ein Mensch ist.* Stopp. *Thälmann ist niemals gefallen.* Stopp. *Wacht auf, Verdammte dieser Erde.* Verdammt, die *Genossen* hatten das Band überspielt. *Die stets man noch zum Hungern zwingt.* Das Telefon klingelte. Ich hob den Hörer ab. *Das Recht wie Glut im Kraterherde.*

Hallo, brüllte ich gegen die Musik.

Ich bin's, endlich bist du mal zu Hause, hörte ich P. sagen. Wie wär's, wenn wir mal bei dir vorbeikämen, es gibt 'ne Menge zu erzählen, wir haben uns ja Ewigkeiten …

Uns aus dem Elend zu erlösen, können wir nur selber tun.

Wer ist wir? fragte ich.

Richtig, ihr kennt euch noch nicht, meine Freundin Katharina und ich, sie wird dir gefallen.

Leider bin ich krank, tut mir leid.

Tragt es nicht länger, alles zu werden strömt zuhauf.

Was hast du denn?

Ansteckend, eine Infektion, mit Fieberanfällen.

Ich knallte den Hörer auf die Gabel.

Ist das Ihre Freundin?

Verdammt noch mal, nein, brüllte ich.

Völker hört die Signale, auf zum letzten Gefecht.

Ist das Ihre Freundin?

Ich riß wütend den Kopf herum, sah den grienenden Heiner – und Helena Zielinski.

Der Mann ist krank, sagte der Knabe, eine gefährliche Infriktionskrankheit, na ja, ich werd mal wieder, einer muß ja die Arbeit machen.

Die Tür stand offen, sagte die *Rote* schüchtern.

Im Flur sammelte das vorlaute Kind die klappernden Flaschen in ein Netz, ich schaltete das Tonband aus.

Du hast dich verletzt?

Ja, sagte ich, dummerweise.

Wo, sollte ich erklären, passierte mir der Unfall, in Paris, Toledo, Mexico, Amsterdam, Nikosia oder auf der Berliner Schönhauser Allee?

Bin ausgerutscht, sagte ich – es war immerhin die halbe Wahrheit.

Sieht schlimm aus, sprach sie leise und fuhr mit dem Finger über meine Stirn.

Ich wandte mich ab, mir war alles zuviel. Helena lief in die Küche.

Ich koche uns einen Kaffee, rief sie. Übrigens habe ich sensationelle Entdeckungen gemacht.

Ganz meinerseits, dachte ich und legte mich auf die Couch.

Pygmalion, fand ich heraus, war gar kein König. Eine falsche Interpretation. Nichts deutet bei Ovid darauf hin. Er lebte als ganz gewöhnlicher Mensch, einzig mit der Gabe versehen, zu schnitzen. Seine Meisterschaft machte ihn berühmt, so berühmt, daß man seine Figuren wie Götter verehrte und wie diese für lebendig hielt. Sein Talent ließ ihn zu einem mächtigen Mann werden. Wer so lebensähnliche Wesen schaffen konnte, mußte mit den Göttern im Bund sein. So wuchs seine Legende – und schließlich verfügte er wirklich über eine Macht, die ihn wie ein König herrschen ließ. Was sagst du nun?

Sie stellte zwei dampfende Tassen auf den Tisch und trat zu mir.

Aber ich rede und rede, was ist mit dir? Sag, was du hast, du bist so fremd, so abwesend, kann ich dir helfen? Wie war die Reise? Ist Zypern schön? Hast du im Meer gebadet? Sag doch, wie geht es dir?

Ich umfaßte ihre Hüfte, zog sie auf die Couch, ihr Kopf lag auf meiner Brust, auf meinem schlagenden Herzen, mein Kinn berührte ihr Haar. *Räumen Sie die Straße …, sonst wird … ge… träumt.*

Phantastisch, sagte ich und preßte sie an mich, phantastisch, einfach phantastisch.

Nachwort

> Nicht aus Trotz, zu eitlem Schöpferruhme;
> Folgsam lauschend nur dem innern Ruf,
> Stellt' er im verborgnen Heiligthume
> Uns die Gattin dar, die er sich schuf.
> Jenem Funken, den Prometheus raubte,
> Zum Verderben seinem stolzen Haupte
> Gib ihn mir für den bescheidnen Sinn
> Meines Künstlers zum Gewinn!
>
> A. W. v. Schlegel, *Pygmalion*

Dieses Buch besitzt eine Vor- und Nachgeschichte, die zu benennen der Herausgeber als seine Pflicht ansieht. Für die Veröffentlichung des vorliegenden Romans fehlt zwar die Zustimmung des Autors – dieser, seit Januar 1990 als verschollen geltend, wurde zuletzt am 27. Dezember des Vorjahres in Berlin gesehen –, doch bestreite ich als sein langjähriger Vertrauter die in letzter Zeit vermehrt aufgestellte These, er, der Verfasser der brillanten Novelle *Skimützentausch* (1984) und des bahnbrechenden Lyrikbandes *Kahlschlag* (1987), sei freiwillig aus dem Leben geschieden. Daran kann ich nicht glauben. Vielmehr vermute ich hinter seinem mysteriösen Verschwinden, seinem beharrlichen Schweigen eine Art Rückzug, die zugleich Suche nach neuen Maßstäben andeutet. Vielleicht beweist er nur mehr Konsequenz als jene, die über sein Handeln müde lächeln und eifrig so weitermachen wie vordem?

Ist es verantwortbar, das Manuskript zum Druck zu bringen? Für meine Entscheidung, die ich – eingestandenermaßen – über Monate hinausschob, ließen sich viele

Argumente finden, aber mindestens ebenso viele dagegen. Mein Vorteil, ich kannte die Genesis, das Wachsen dieses ungewöhnlichen (und keinesfalls unproblematischen) Textes. Der Autor konzipierte die Grund-Geschichte Ende 1987, begann 1988 mit der Niederschrift, im Sommer 1989 lagen zwei Drittel des Romans vor.

Trotz öffentlicher Leseabende in Bibliotheken und Theatern zweifelte der Verfasser, ob er seinen Stoff jemals in Buchform der literarischen Öffentlichkeit dieses Landes würde vorstellen können. Mit den gesellschaftlichen Herbststürmen des 89er Jahrs legten sich diese Befürchtungen, um neuen zu weichen. Würde der Text, so lautete die bange Frage nun, jetzt noch Sinn machen, auf Lesererwartungen treffen, angesichts der Wirren, der Winkelzüge der alten, der Profilierungssüchte der neuen Politiker, in Anbetracht von Enthüllungen, Skandalen, Wirtschaftschaos, Supermarktschlachten, möglich gewordenen Reiseplänen, Gebrauchtwagenanzeigen und Wahlkampf? Die Zeit drängte. Eilig mühte sich mein Freund, sein gefährdetes Projekt abzuschließen, und wurde Tag um Tag gewahr, daß das, was er sich als satirische Fiktion ausgedacht hatte, nur ein schwacher Schatten der Wirklichkeit war. Die Waffen, die er beschrieben hatte, lagerten, in Holzkisten verpackt, in einem Speicher im Norden des Landes, die *Terroristen*, die sich zwischen seinen Zeilen verbargen, lebten als unscheinbare Werktätige im Nachbarhaus, die *Genossen*, über die er Possen gerissen, waren im wirklichen Dienst dümmer und brutaler, als der Roman-Held es sich jemals hätte träumen lassen. Überhaupt, was ist das für ein Held, dieser oberflächliche Schwätzer, dieser Möchte-gern-Macho, diese Mixtur aus *James Bond* und *Pawel Kortschagin*, ein Narr, der *alles* sieht und *nichts* erkennt. Er ist das ideale Mittelmaß. Niemand will so gewesen sein in dieser ruhmreichen Republik des Widerstands. Wohin mit ihm, unserem glorreichen Kleinbürger – steckt er nicht in uns allen, in den einen mehr, den andern weniger? – ins Schubfach, ins Museum, in die Verdrängung mit ihm? Er ist keine seriöse Figur und handelt in keiner seriösen Story, alles ist Kolportage, zitatenumrankter Abklatsch, trivial und versponnen. Und dennoch, was ist an dieser *Geschichte* so besonders (und besonders *billig*), vergleicht man sie mit der Geschichte (*Historie*), die wir gerade erlebten. Einige Zeitgeister werden nicht müde zu behaupten, das Volk hätte die *Geschichte gemacht*, möglich, bis es seine *Stimme* wiederum abgab an den Wahlurnen und sich seine *Sprecher* suchte. Der Vorgang ist nicht heroischer als die Räuberpistole, die uns hier vorliegt. Der *Fall* erscheint dagegen wie ein Kinderspiel, die Wirklichkeit als ein Coup von Format. Der Held des Romans ist möglicherweise ein armer Trottel, aber aus dem Stoff, aus dem man noch immer die Helden knetet, die Weltgeschichte machen. Als der Autor im Wende-Winter über die offene Grenze in fremde Regionen aufbrach, muß er geahnt haben, daß seine Hauptperson, ohne Läuterung zu erfahren, fröhlich Auferstehung feiern würde oder aber, sollte ihn die Katharsis ergreifen, fliehen müßte, in die Welt oder den Wahnsinn, um endlich bei sich anzukommen. Natürlich besitzt der Schriftsteller im Roman Züge seines Verfassers, die selbstironischen Verweise sind offenbar. Die Kunstfigur schrieb die Novelle *Verwechslung der Jacken*, des Autors Prosa-Debüt hieß *Skimützentausch*, die Erzählung *Die Einsamkeit des Schiedsrichters in der Halbzeitpause* zitiert die 1988 veröffentlichte Samson-Geschichte *Die Traurigkeit des Scharfrichters im Halbdunkel der Dämmerung.* (Möglich wäre auch ein Spiel mit dem Titel des unaufgeführten absurden Theaterstücks *Das Verschwinden des Linienrichters in der Abseitsfalle.*) Autor und Held sind verwandt. Und ersterer hat sich einem ihn bedrohenden *Pygmalion-Komplex* durch sein Fortgehen zu entziehen gewußt. Oder wurde er in die Flucht geschlagen? Inwieweit verarbeitete er eigene Erfahrungen, Verstrickungen in jene dubiosen Institutionen, die seinen Helden köderten? Fürchtete der Verfasser Verleumdungen und Übergriffe? All meine Bemühungen um Akteneinsicht wurden von den zuständigen Stellen abgewiesen. Noch immer ist der Geheimdienst ein Feld, legendenüberwuchert und nebulös. *Hier weiß keiner alles*, sagt eine Figur des vorliegenden Buches.

Anfang Mai 1990 erhielt ich durch die Post ein kleines Päckchen, in welchem sich fünf Disketten befanden. Mein Freund schickte mir auf diesem Weg (die Sendung war in Mexico aufgegeben) das Manuskript, ein Begleitbrief fehlte, so daß ich nicht sicher sein kann, ob er oder ein von ihm Beauftragter die Datenträger absandte. Ich sah darin ein Zeichen, das mir den Auftrag erteilte, den Text der Öffentlichkeit zu übergeben. Ich änderte lediglich Interpunktionsfehler sowie einige grammatikalische Ungenauigkeiten und hoffe, im Sinne des Autors gehandelt zu haben, im Sinne der Leser, die ihn (und seine Bücher) so wie ich in guter Erinnerung behalten mögen. In einem seiner Gedichte hieß es:

Wir gingen ein Stück des Weges gemeinsam / der Weg war schlecht / und wir liebten uns nicht / doch vergessen werde ich nie / seinen Blick, dort zwischen den Hügeln / wo sich die Pfade verzweigten.

Der Herausgeber, Berlin, August 1990

0.50 €